Steffi Hege

So weit dein Herz mich trägt

Die Autorin
Steffi Hege, 1984 geboren, wuchs im bayerischen Allgäu auf, wo sie auch heute noch mit ihrem Mann und ihren drei Kindern lebt. Hauptberuflich arbeitet sie seit ihrem Hochschulabschluss 2006 als Sozialpädagogin. Bis 2015 im psychiatrischen Arbeitsfeld, aktuell als Sprachförderkraft in einer Kindertagesstätte. Sprache begleitet sie jedoch nicht nur in ihrer beruflichen Laufbahn, denn bereits seit 2014 schreibt sie leidenschaftlich. Nach dem kurzen Exkurs in das Genre der Regionalkrimis hat sie ihre Passion für Liebesgeschichten entdeckt. In ihre Liebesromane und Charaktere investiert sie neben viel Zeit vor allem Herzblut, da das Schreiben für sie ein unverzichtbarer Teil ihres Lebens geworden ist.

Das Buch
Große Gefühle in den Weiten Alaskas

Gerald hat vor Jahren nach dem Tod seiner kleinen Schwester jegliche Lebensfreude verloren. Von Schuldgefühlen zerfressen hat er kaum noch Kontakt zu seiner Familie und Freunden. Stattdessen lebt er nun als Mitglied einer Holzfällercrew in den abgeschiedenen Weiten Alaskas. Als er einen schweren Unfall bei der Arbeit hat und im Örtchen Chickaloon festsitzt, steht auf einmal Julie vor ihm. Julie, die in ihm Gefühle weckt, die er begraben geglaubt hat. Die beiden kommen sich bald näher, aber Geralds Vergangenheit holt sie unerbittlich ein …

Steffi Hege

So weit dein Herz mich trägt

Roman

FOREVER

MIX
Papier aus verantwortungsvollen Quellen
FSC® C083411

Originalausgabe bei Forever
Forever ist ein Digitalverlag
der Ullstein Buchverlage GmbH, Berlin November 2017

Umschlaggestaltung: zero-media.net, München
Titelabbildung: © FinePic®
Autorenfoto: © privat
Satz: Pinkuin Satz und Datentechnik, Berlin
Druck- und Bindearbeiten: CPI books GmbH, Leck
ISBN 978-3-95818-938-6

Kapitel 1

Der Helikopter taumelte, als er von einer Sturmbö erfasst wurde. Gerald hatte keine Ahnung, die wievielte es binnen weniger Minuten war, aber er klammerte sich längst am Polster seines Sitzes fest. Sie würden abstürzen und einfach wie ein Stein vom Himmel fallen und am Boden zerschellen. Dessen war er sich sicher. *Anna …*, dachte er. In diesem Moment fühlte er sich ihr ganz nah.

»Fuck, Jackson, halt den Vogel endlich ruhig, wenn du nicht willst, dass ich hier alles vollkotze!«, brüllte es Gerald ins Ohr. Trotz der lockeren Worte konnte Gerald die Angst in Tims Stimme hören, der neben ihm saß. Er wusste es also auch, dass sie in ernsthaften Schwierigkeiten steckten. Beunruhigt beugte er sich nach vorne, um einen Blick ins Cockpit zu erhaschen. Jackson war ein erfahrener Pilot und für gewöhnlich ruhig und souverän. Jetzt aber umklammerten seine Hände den Steuerknüppel so fest, dass die Gelenke seiner Finger unnatürlich hervortraten.

Gerald lehnte sich wieder zurück und versuchte das Tosen des Sturmes zu ignorieren, das bis ins Innere des Helikopters drang. In Gedanken verließ er den K-1200 K-Max Schwerlastenheber und wanderte zurück in die Zeit, als es noch undenkbar gewesen war, einen Job zu wählen, bei dem er jeden Tag sein Leben riskierte.

Es tat weh. Es tat so unglaublich weh über die vergangenen fünf Jahre zurückzufliegen und sich Annas lachendes Gesicht vorzustellen. Obwohl sie noch so jung war, bildeten sich kleine Lachfältchen um ihre großen blauen Augen.

»Sei doch nicht immer so ernst Gerald«, rief sie, stieß ihn von der Seite an und wirbelte herum. »Du wirst aufs College gehen und solltest Spaß haben!« Ihr blondes Haar wehte im Wind, als sie sich auf die Schaukel setzte und sich vom Boden abstieß. Gerald beobachtete sie und wünschte sich, dass er nur einmal so unbekümmert wie sie sein könnte. Aber wie sollte er, wenn er daran dachte, dass über zweihundert Meilen zwischen ihnen liegen würden, wenn er das College wählte, auf das er wirklich gehen wollte. Er schüttelte gedankenverloren den Kopf. Nein, niemals würde er seine kleine Schwester zurücklassen können, selbst wenn der Preis dafür seine Träume waren.

Der Helikopter taumelte und schien sich für einige Sekunden im freien Fall zu befinden, ehe er mit einem Ruck wieder nach oben gerissen wurde. Gerald wurde jäh zurück in die Realität geholt. »Heilige Maria, Mutter Gottes …«, brüllte Connor, der an seiner anderen Seite saß. Sein Gesicht war blass, die Augen vor Schreck geweitet. Gerald wurde es schummrig. Die Lage war wirklich schlimm, wenn selbst ein erfahrener Lumberjack wie Connor die Nerven verlor.

Er arbeitete schon fast zwanzig Jahre für die Delloway Tree Company und war unzählige Male mit dem Helikopter im Einsatz gewesen. Gerald wollte schreien, doch er verbot es sich. Verdammt, er war viel zu jung zum Sterben, hatte zu wenig gelebt. Er presste die Lippen hart aufeinander und krallte seine Finger noch fester ins Polster. Es war erbärmlich, sich vor Angst fast in die Hosen zu machen. Was musste Anna – ein unschuldiges Mädchen – erst gefühlt haben, als sie die Lichter des Trucks gesehen hatte, der auf sie zugerast war? Er sollte sich zusammenreißen und das, was auch immer nun kommen mochte, wie ein Mann hinnehmen.

»Sixth Logger an Tower, Sixth Logger an Tower, wir stecken in ernsthaften Schwierigkeiten«, rief Jackson ins Mikro. Er wartete einen Moment ab und schien einer Antwort zu lauschen, dann knurrte er einen deftigen Fluch. »Verfluchte Scheiße, seid ihr bescheuert? Wenn wir nicht bald eine Landemöglichkeit finden, dann kommen wir so runter! Nach Palmer sind es mindestens noch vierzig Meilen. Ich brauche verdammt noch mal einen näheren Landeplatz als in fucking Palmer!«, brüllte er zurück.

Wie Jackson überhaupt noch wissen konnte wo sie sich befanden, war Gerald angesichts der vielen Lämpchen, die ihm aus dem vorderen Teil des Helikopters entgegenblinkten, ein Rätsel. Er presste die Lippen hart aufeinander und schüttelte den Kopf. Wie oft hatte er sich gewünscht, einfach sterben zu können? Dennoch fiel es ihm nun schwer, den Gedanken zu akzeptieren.

Der Helikopter sackte wieder ab. Gerald erschien es wie eine Ewigkeit, bis er sich wieder fing und stabilisierte. Jackson fluchte laut. Das nächste Mal würde es ihm vermutlich nicht noch einmal gelingen, ihn unter Kontrolle zu bringen. Geralds ganzer Körper spannte sich an. Nun war es zu spät, seine Entscheidung, dem Trupp beigetreten zu sein, zu bereuen.

»Haltet euch gut fest, Männer.« Jackson drehte den Kopf kurz über die Schulter und warf einen ernsten Blick in die Runde. »Wir gehen runter.«

»Was meinst du damit?«, schrie Will, doch Jackson antwortete nicht, sondern drehte sich fluchend wieder auf dem Pilotensitz nach vorne. Der Helikopter erzitterte unter den wütenden Schlägen des Sturms. Das Metall knirschte drohend. Gerald presste die Lider zusammen und hielt sich mit aller Kraft an seinem Sitz fest. Es fiel ihm nicht schwer, in Gedanken wieder Annas Abbild heraufzubeschwören. Er hatte es so lange ganz tief in sich vergraben und sich verboten, an sie zu denken, dass es sich nun mit all der Macht der Liebe, die er für sie empfunden hatte, in seinem Inneren ausbreitete. Ich *komme zu dir*, dachte er als der Helikopter stürzte und vom Himmel taumelte.

»Das ist nicht der Landeplatz von Palmer«, stellte Connor trocken fest, als er einen Blick aus dem Fenster warf. Gerald löste seine klammen Finger vom Polster und legte die Hände in seinen Schoß. Hoffentlich bemerkten die anderen nicht, dass sie unkontrolliert zitterten. Es war ihm verflucht noch mal egal wo sie sich befanden, nur dass sie nicht in der Explosion des zerschellenden Hubschraubers verbrannt waren, zählte.

»Wo verdammt noch mal hast du uns hingebracht?«, setzte Connor nach und lachte zittrig. Auch er schien erleichtert, auch wenn er zu verbergen versuchte, dass er um sein Leben gebangt hatte.

»Sei froh, dass ich uns überhaupt noch irgendwohin bringen konnte.« Jackson drehte sich grinsend zu ihnen herum. In seinem Mundwinkel baumelte eine Zigarette. »Die Sturmfront hatte sich direkt vor Palmer aufgebaut«, sagte er und steckte sie an. »Wenn der Tower mich nicht zu diesem privaten Landeplatz gelotst hätte, würden wir jetzt mit den Engeln fliegen, anstatt morgen wieder für Delloway zu starten.« Er zog an seiner Zigarette und inhalierte tief. Die Erleichterung in seinen Augen drückte aus was Gerald dachte: Wir hatten mehr als nur Glück.

»Und jetzt? Sag nicht, dass wir hier im Vogel schlafen sollen. Wir haben nicht mal etwas zu essen dabei«, sagte Will, der Gerald gegenübersaß, und spähte aus dem Fenster. So weit Gerald von seinem Platz aus feststellen konnte, befanden sie sich mitten im Nirgendwo. Jedenfalls wiesen keine Straßenbeleuchtung oder die Lichter eines Hauses auf eine naheliegende Zivilisation hin. »Wir warten«, antwortete Jackson jedoch gelassen und zog genüsslich an seiner Zigarette. »Der Tower ist darüber informiert, dass wir hier gelandet sind. Sie werden jemanden herschicken. Soweit ich weiß, müsste Chickaloon ganz in der Nähe sein.«

»Du *denkst*, dass uns jemand abholen kommt? Verdammt, Jackson, greif dir verflucht noch mal dieses Funkgerät und kümmere dich darum. Ich bin am Verhungern und mir tun die Knochen weh. Ich habe keinen Bock, hier herumzusitzen und zu warten …«

Gerald schloss die Augen und legte seinen Kopf in den Nacken. Er achtete nicht weiter auf den maulenden Tim und die anderen, die sich feixend darüber austauschten, wie sie sich in der Kälte Alaskas in der Nacht aneinanderkuscheln würden, um nicht zu erfrieren. Sie waren allesamt harte Kerle, das war Gerald klar. Andernfalls könnte keiner von ihnen den Knochenjob eines Holzfällers erledigen. Aber während sie nicht einmal in einer Situation wie dieser Schwäche zulassen konnten, musste er selbst sich verdammt zusammenreißen, um nicht zusammenzubrechen. Es war nicht nur das pure Glück, noch am Leben zu sein, das ihn aufwühlte. Es waren vielmehr die Erinnerungen, die er zugelassen hatte und die ihn nun zu überwältigen drohten.

Kurz nachdem er volljährig geworden war, hatte er bei der Delloway Tree Company in Colorado angeheuert. Harte Arbeit, mit dem Trupp von einem Ort zum nächsten zu ziehen, ein Kapitel in seinem Leben zu schließen und sich nicht an das vorherige erinnern zu müssen, das machte den Job aus. Er hatte gehofft, auf diese Weise weiterleben zu können. Er hatte geglaubt, dass nicht mehr jeder Atemzug weh tun würde, wenn er ein ganz anderes Leben führte, als er geplant hatte. Ein Leben, das unendlich weit weg von seinem alten war. Doch es war nicht genug gewesen. Immer wieder hatte ihn der Alptraum jenes Abends eingeholt, wenn er auch nur in die Nähe seines Heimatortes kam. Deshalb hatte er sich vor sechs Monaten von Delloway so weit entfernt wie nur möglich wegversetzen lassen. So war er bei Jackson Hollys Trupp in Alaska gelandet. Und die Männer und die Arbeit waren so, wie er es sich erhofft hatte. Hart, rau und weit davon entfernt, Raum für andere Lebensinhalte zuzulassen.

Zwar wusste Gerald, dass Connor als Einziger von ihnen Familie hatte. Aber er sprach zum Glück nie von ihnen. Nur wenn er aus dem Urlaub oder einem verlängerten Wochenende zurückkam, den Gerald selbst mit den anderen in dem Ort verbrachte, in dem sie zuletzt stationiert waren, bekam Gerald den Hauch einer Ahnung, dass Connor glücklich war. Er wirkte dann stets weicher und schloss sich für kurze Zeit nicht mehr den derben Witzen über so manche kurzweilige Eroberung der anderen Männer an. Doch meist passte er sich schnell wieder an. Rauchte, trank und klopfte großspurige Sprüche. So waren sie: Jackson, Tim, Conner und Will. Und auch er – Gerald – tat sein Bestes, so wie sie zu sein. Doch egal wie sehr er sich bemühte, sie schienen ihn immer noch nicht als einen von ihnen zu akzeptieren.

»Hey Ger, wach auf. Da kommt jemand.« Gerald blinzelte benommen als Tim ihn unsanft mit dem Ellbogen anstieß. Die Gedanken an seine Kumpel hatten ihn etwas zur Ruhe kommen lassen. Verstohlen musterte er einen nach dem anderen. Bis die Scheinwerferkegel, die in weiter Ferne auftauchten, sie erreichten, würde noch eine ganze Weile vergehen. Obwohl er seit einem halben Jahr praktisch mit diesen Männern zusammenlebte, wusste er nur wenig über sie.

»Hey Kleiner, traurig, dass du heute Nacht nicht mit mir kuscheln darfst, oder was kuckst du so dämlich?«, zog Will ihn auf, als er ihn nachdenklich betrachtete. Gerald kniff die Augen zusammen und erwiderte seinen provokanten Blick. Will konnte er am wenigstens einschätzen.

Connor gab nur den harten Mann, das war ihm inzwischen klargeworden. Tim war ein Mitläufer und gab gerne seinen Senf dazu, war aber im Grunde genommen einfach gestrickt, und Jackson war insgeheim ein Softie. Er tanzte lieber mit den Frauen, umgarnte sie und eroberte ihre Gefühle mit schönen Worten, anstatt sie schnellstmöglich ins Bett zu locken, wie Will und Tim, die nur an die Befriedigung ihrer Triebe zu denken schienen. In diesem Punkt unterschieden die beiden sich nicht, dennoch konnte Gerald Will in keine Schublade stecken. Im einen Moment wirkte er beinahe melancholisch, wenn er mit starrem Blick brütend vor seinem Bier saß, im nächsten Augenblick konnte er wegen einer Kleinigkeit ausrasten. Auch jetzt schien ihm der Sinn nach Streit zu stehen.

Gerald ignorierte das warnende Stimmchen, dass er sich nicht von seinem herablassenden Grinsen provozieren lassen sollte und nickte Will herausfordernd zu. »Mit dir will ich bestimmt nicht kuscheln. Ich habe eher darüber nachgedacht, wie ich deinen Gestank die ganze Nacht ertragen soll. Du riechst wie eine Horde Büffel.« Tim grunzte amüsiert, ansonsten war es totenstill im Helikopter. Ein Muskel in Wills Unterkiefer zuckte, doch anstatt hochzugehen, wie Gerald es erwartete, breitete sich ein verächtliches Grinsen auf seinem Gesicht aus. »Das kommt davon, wenn man hart arbeitet und nicht wie du den ganzen Tag wie eine Ballerina durch den Wald tänzelt, so wie ihr es ihm sonnigen Colorado anscheinend macht.«

Gerald erstarrte. Colorado – seine Heimat, die er so sehr zu vergessen versuchte. Das saß. Er lächelte eisig und hoffte, dass ihm der Schock nicht anzusehen war. Es konnte nicht gut sein, wenn Will seine Schwachstelle entdeckte. Er würde sie zu nutzen wissen, denn Wills Launen ihm gegenüber waren der Grund dafür, dass er immer noch wie der Neuling behandelt wurde. Will drängte ihn in die Rolle des Außenseiters und erinnerte ihn darüber hinaus auch noch stets an das, was er vergessen wollte: Dass er ein Leben vor Alaska geführt hatte. Wann immer es Will möglich war, hob er hervor, dass Gerald nicht wie die anderen schon seit Jahren diesem Trupp angehörte. Dabei arbeitete er genauso hart. Das wusste Will, und vermutlich ärgerte er sich darüber, dass er dem Job gewachsen war.

Gerald verbreiterte sein Lächeln und zuckte betont locker mit den Schultern. »Wer kann, der kann. Wer sogar tanzend diesen Job erledigt, ohne am Abend vor Schweiß nur so zu stinken, ist bei den Frauen wohl klar im Vorteil.«

»Als ob du an irgendeiner Frau interessiert wärst. Seit du hier bist haben wir dich jedenfalls noch nie mit einer gesehen«, brauste Will auf und schnellte in die Höhe.

»Jetzt kommt mal runter«, griff Connor ein und erhob sich ebenfalls von seinem Platz. »Wir sind alle gestresst und hungrig, schon klar. Aber uns gegenseitig fertig zu machen ändert auch nichts daran, und unser Taxi wird nicht ewig warten.« Besänftigend klopfte er Will auf die Schulter und nickte in Richtung Fenster.

Die Lichterkegel waren am Rande des Landeplatzes zum Stillstand gekommen. Doch davon schien Will sich nicht ablenken zu lassen. Angespannt stand er da und fixierte Gerald mit gefährlich funkelnden Augen. »Nimm deine Pfoten von mir«, warnte er Connor, ohne seinen Blick von Gerald zu nehmen. Doch anstatt auf Wills scharfen Ton zu reagieren, packte Connor ihn an der Schulter und rüttelte ihn leicht. »Ich lass dich los, wenn du dich beruhigst. Mach jetzt keinen Scheiß, Will.« Obwohl Connor versuchte locker zu klingen, bemerkte Gerald den warnenden Unterton in dessen Stimme.

Auch Will schien er nicht zu entgehen. Mit einem Ruck machte er sich von Connor los und nickte ihm widerwillig zu. »Schon gut. Aber von so einem Hosenscheißer lass ich mich nicht anmachen. Wenn er das noch mal versucht, reiße ich ihm den Arsch auf, so dass er hinterher weder Frau noch Mann glücklich machen kann. Ich habe schon Bäume gefällt, da hat er noch an Mommys Rockzipfel gehangen.«

Das war zu viel für Gerald. Will konnte kaum sechs Jahre älter sein als er, und der Streit kam ihm gerade recht, um seinem aufgestauten Gefühlschaos Luft zu machen. »Du weißt einen Scheiß über mich«, zischte er und stand auf, um mit seinem Gegner auf Augenhöhe zu kommen. Noch eine dumme Bemerkung und er würde ihm seine arrogante Visage polieren. Doch Connor war schneller: »Hör auf, Gerald. Steig jetzt aus und lass Will in Ruhe«, warnte er ihn deutlich lauter als Will zuvor und deutete auf die Tür des Helikopters.

Gerald zögerte. Jetzt den Rückzug anzutreten bedeutete, dass Will gewonnen hatte. Das war ihm wohl ebenfalls klar. Mit einem höhnischen Grinsen stand er hinter Connor und wackelte provokant mit den Augenbrauen. Gerald schäumte vor Wut. Aber wenn er jetzt aber zuschlug, verlor er Connors Respekt. Und er schien ohnehin schon der Einzige zu sein, der sich um ihn scherte. »Na gut. Der Klügere gibt nach«, grummelte er in Wills Richtung und öffnete schwungvoll die Tür. Die kalte Luft raubte ihm beinahe den Atem und half ihm, wieder klar zu denken.

Steifbeinig stieg er aus und verfluchte sich für seinen Hitzkopf. Er hatte nicht nachgedacht und Will hatte ihn auf dem falschen Fuß erwischt. Dabei war er vor allem wütend auf sich selbst. Darauf, dass er noch am Leben war und die Erinnerungen an glücklichere Tage zugelassen hatte, die ihn seit jenem Abend quälten. Es würde ihn einige Kraft kosten, sie wieder dorthin zu verstauen, wo sie hingehörten – in die Vergangenheit.

»Dann seid ihr also nur zufällig auf dem Landeplatz des alten Jack gelandet? Da habt ihr aber Glück, dass zurzeit nicht viele Touristen in der Stadt sind und Sharon über ihrem Pub noch ein paar Zimmer frei hat.«

Gerald lehnte die Stirn gegen das kühle Fenster des Trucks, mit dem Jack Reynolds sie von seinem privaten Landeplatz abholte. Der Kerl schien ein Sonderling zu sein. Vielleicht hatte er zu lange alleine gelebt und hatte deshalb sein Gehöft außerhalb der Kleinstadt Chickaloon aufgegeben und war in die Stadt gezogen. Jedenfalls plapperte er vor sich hin, seit sie sich in seinen schäbigen Truck gequetscht hatte.

Die Straße führte durch eine tiefe Schlucht. Rechts und links von ihnen erhoben sich die Western Chugach Mountains, in denen sie seit einer Woche das Holz schlugen. Jackson flog es dann nach Palmer, wo sie auch wohnten, und von dort aus wurde es abtransportiert. Wie sie nun erfahren hatten, hatte die Gewalt des Sturmes sie weit von ihrer Flugroute abgetrieben und sie waren nur wenige Meilen von ihrem Ausgangspunkt entfernt mitten im Nirgendwo gelandet.

Gerald fragte sich, was sie in der Stadt erwartete. Nicht einmal er konnte sich vorstellen, wer ein Leben so fernab wählte. Zumindest niemand, der alle Sinne beisammen hatte, da war er sich sicher.

Ihr Fahrer verstärkte diese Ahnung. »Ja, der alte Jack hat schon viele Leute in die Stadt kommen sehen. Wanderer, Abenteuer und Touristen. Aber die Lumberjacks, die in den Chugachs ihre Bäume fällen, die schlagen meistens in Palmer oder Anchorage ihr Lager auf. Sharon freut sich bestimmt, wenn ihr bei ihr übernachtet …«, murmelte der Alte und Gerald fand es ziemlich befremdlich, wie er in der dritten Person von sich sprach. Tim gab neben ihm sein grunzendes Lachen von sich. »Wie ist sie denn, diese Sharon?« Gerald musste grinsen. Tim schien sich einen Vorteil aus ihrer überraschenden Ankunft zu erhoffen.

»Sharon ist eine Seele von Mensch. Kocht den besten Eintopf in ganz Alaska. Bestimmt habt ihr Hunger …«, antwortete Jack, doch Gerald hörte nicht weiter hin. Mit gemischten Gefühlen betrachtete er die Lichter der Kleinstadt, denen sie sich nun rasch näherten. Er war immer noch angespannt. Die aufgeladene Stimmung zwischen Will und ihm und der Schrecken des Fluges steckten ihm in den Knochen. Zudem hatte er einen harten Arbeitstag hinter sich und war eigentlich todmüde. Dennoch spürte er, dass er nicht so schnell zur Ruhe kommen würde.

Anna war wieder zu nah. Wenn er sich heute Nacht schlafen legte, würden die Alpträume kommen. Er wusste es und konnte nichts dagegen unternehmen. Das machte ihn nervös. Hoffentlich musste er sich das Zimmer nicht mit einem der anderen teilen. Oft wachte er schreiend auf, wenn er von Anna träumte, und er wollte einfach nicht, dass die anderen von ihr erfuhren. Sie würden vermutlich Fragen stellen, und er wollte keine Antworten finden müssen. Es würde eine lange Nacht werden. Hoffentlich hat Sharon gutes Bier, dachte er und atmete tief durch.

Es war seltsam ruhig, als Gerald aus Jacks verrostetem Truck stieg. Von dem Sturm, der hoch über ihnen noch am Himmel wüten musste, war in dem geschützten Tal, in dem die Stadt lag, nichts zu spüren. Und auch sonst war es in den Straßen wie ausgestorben. Niemand war unterwegs, obwohl der Abend erst angebrochen war. Nur aus der Bar, vor der Jack den Wagen abgestellt hatte, drang leise Musik.

Gerald wartete bis auch die anderen ausgestiegen waren und musterte die heruntergekommene Fassade des Hauses.

An einigen Stellen blätterte die dunkelrote Farbe ab und die Neonröhre, mit der in großen Buchstaben der Name der Bar angebracht war, blinkte müde. *Herzlich Willkommen in Chickaloon*, dachte er müde und folgte Jack und den anderen ins Innere des Hauses.

»Was hast du so lange gemacht, Old Jack? Hast du die Jungs spazieren gefahren, oder warum hat das so lange gedauert?«

Gerald war überrascht, dass die üppige Mittvierzigerin, die um die Bar herumgeschossen kam, über ihre Ankunft bereits informiert zu sein schien.

»Du weißt, dass mein Truck nicht mehr der Jüngste ist«, verteidigte sich Jack und hievte sich ächzend auf einen der Barhocker. Sharon schnaubte leise und schenkte ihm keine weitere Beachtung. »Kommt, ihr könnt nach dem Schrecken bestimmt etwas Warmes im Magen vertragen«, sagte sie und führte die Neuankömmlinge zu einem freien Tisch. »Ich bringe euch gleich was.« Schon wuselte sie wieder davon.

»Und bitte fünf Bier«, rief Jackson ihr nach. Grinsend langte er in das vor ihm stehende Schälchen mit Nüssen und lehnte sich auf der hölzernen Bank zurück. »Ich denke, wir hätten es schlechter treffen können.« Zufrieden schob er sich eine Nuss in den Mund und schob die Schale über den Tisch an Connor weiter. Der nickte. »Woher wussten Sie, dass wir kommen?«, fragte er Sharon, als sie ihnen das Bier brachte.

»Jack war hier, als er den Anruf bekam und ihm gesagt wurde, dass ein Logging Trupp wegen des Sturms auf seinem Privatgelände landet. Ich nehme an, dass ihr auch einen Platz zum Schlafen braucht. Ihr werden wohl kaum heute Nacht weiterfliegen, sobald der Sturm vorbei ist …?«

»Sag bloß, ihr habt hier sogar Telefon«, rutsche es Gerald bissig heraus. Innerlich fühle er sich immer noch viel zu angespannt und der Gedanke, für diese Nacht in der Kleinstadt gestrandet zu sein, versetzte ihn in Unruhe. Aber dafür konnten Sharon und Chickaloon schließlich nichts. »Sorry«, murmelte er und grinste Sharon zerknirscht an. Doch für Reue war es bereits zu spät. Mit eisiger Miene baute Sharon sich vor dem Tisch auf und verschränkte abweisend die Arme. »Ja, junger Mann, wir haben hier ein Telefonnetz, schließlich sind wir nicht rückständig, nur weil es bis zur nächsten größeren Stadt ein paar Meilen sind! Wir sind keine Stadt im Nirgendwo, wir haben sogar ein eigenes Krankenhaus.«

Gerald hob beschwichtigend die Hände. »So war das echt nicht gemeint. Ich dachte nur daran, dass ich vielleicht dein Telefon benutzen könnte …« Es war längst überfällig, dass er sich wieder einmal bei seiner Mom meldete. Die Gedanken an Anna hatten ihn daran erinnert. Es fiel ihm schwer, sich mehr oder weniger regelmäßig bei ihr zu melden, denn er hatte sie damals zusammen mit Anna auf die eine oder andere Weise ebenfalls verloren. Dennoch brachte er es nicht über sich, sie im Ungewissen darüber zu lassen, wo er gerade steckte und ob es ihm gutging. Er musste nur zusehen, dass er an ein Telefon kam, denn er hatte nicht vor, das plötzlich zu ändern. »Es tut mir wirklich leid, Sharon. Ich wollte dich nicht kränken«, setzte er hinterher und lächelte Sharon entwaffnend an.

»Wenn das so ist«, sagte Sharon und nickte ihm gnädig zu, »dann kannst du gerne das Münztelefon hier unten benutzen. Ihr bleibt doch über Nacht, oder?«

Sie brauchten nicht abstimmen, um sich dazu zu entscheiden. Keiner von ihnen hatte Lust, sich vors Radio zu setzen, um die Unwettermeldungen zu verfolgen und nicht zu verpassen, wann sie weiterfliegen konnten.

Während sie aßen, füllte sich die Bar. Die anderen schienen sich von der heiteren Stimmung der Gäste anstecken zu lassen, die bei Sharon ihr Feierabendbier tranken oder zu Abend aßen. Nur Gerald erreichte sie nicht. Innerlich immer noch wie gelähmt saß er auf seinem Platz und beobachtete die Einwohner der Kleinstadt, wie sie sich entspannt unterhielten oder das ein oder andere Tänzchen zu der Musik aus der Jukebox wagten. Connor lachte, als Tim sich ein Herz fasste und nach langem hin und her eine Blondine aufforderte. Es machte Gerald noch einsamer, nicht wie seine Kumpel sein zu können, sich ein Mädchen zu schnappen und einfach nur Spaß zu haben. Das Brennen in ihm wurde stärker.

»Bin gleich wieder da«, murmelte er, als Sharon ihnen die zweite Runde Bier brachte und Jackson ihr das Versprechen abnahm, mit ihm zu Tanzen, sobald es an der Bar ein wenig ruhiger wurde. In dieser Verfassung würde er keine Minute ruhig schlafen, das wusste Gerald.

Er lehnte sich gegen die hölzerne Wand, die das Münztelefon vom Gastraum trennte, und rieb sich müde über die Stirn. Es war Wochen her, seit er zuletzt mit seiner Mom gesprochen hatte – als sie sich aus den Tordrillo Mountains aus Zentralalaska näher zur Küsten hin zurückgezogen hatten, wo das Klima milder war und der Winter später und nicht so unerbittlich hart hereinbrach. Gerald griff nach dem Hörer und betrachtete die Vierteldollarmünze in seiner Hand. Der Gedanke, ihre vertraute Stimme zu hören und etwas Trost darin zu finden, ließ ihn nicht mehr los. Andererseits vermochte auch sie nicht zu ändern, was geschehen war, und sie konnte nichts sagen oder tun, das ihm zur Ruhe verhalf. Unschlüssig drehte er die Münze zwischen seinen Fingern herum. Seine Mom kannte ihn viel zu gut, um seine aufgewühlte Verfassung vor ihr zu verbergen. Er brachte sie nur unnötig in Aufruhr, wenn er sie jetzt anrief und sie damit an die vielen Dinge erinnerte, die zwischen ihnen standen. Mit einem schweren Seufzen hängte er den Telefonhörer wieder ein und machte sich auf den Weg zurück zu den anderen. Noch ein Bier, dann würde er hoffentlich zu betrunken für Alpträume sein.

»Wo sind Tim und Will?«, fragte er Connor, als er zu ihm an die Bar trat, an die er in der Zwischenzeit umgezogen war. Jackson hatte es tatsächlich geschafft, Sharon einzulullen und tanzte mit ihr einen langsamen Tanz. Doch die anderen waren nicht zu entdecken.

»Sind schlafen gegangen«, antwortetet Connor und nahm den letzten Schluck aus seinem Glas. »Und das sollten wir auch tun. Morgen wird wieder ein harter Tag.« Er stand auf und sah Gerald abwartend an.

»Geh du ruhig schon vor. Ich trinke noch etwas«, sagte Gerald und setzte sich.

»Was ist los mit dir, Gerald?«, fragte Connor jedoch, anstatt zu gehen, und lehnte sich an den Tresen.

Gerald winkte Sharon zu, die ihren Tanz mit Jackson beendet hatte, und beobachtete sie aufmerksam, wie sie sein Bier zapfte. Er wollte Connor nicht in die Augen sehen müssen, wenn er ihn anlog. »Was soll mit mir los sein? Es ist gerade mal acht, und ich bin noch nicht müde …«

Connor schüttelte den Kopf und ließ sich auf den Barhocker neben ihm sinken. »Du weißt genau was ich meine, Junge. Du schottest dich ab, seit du dich uns angeschlossen hast. Du arbeitest wie ein Besessener und lachst so gut wie nie. Keinen lässt du an dich ran. Will hat recht. Es ist nicht normal, dass ein junger Kerl wie du sich nicht mal nach der Nähe einer Frau sehnt. Irgendetwas stimmt doch da nicht.«

Gerald nickte Sharon dankbar zu, als sie ihm sein Bier vor die Nase stellte, und nahm einen langen Zug. Bemüht locker wandte er sich Connor zu und verzog verächtlich den Mund. »Will? Wenn du mich fragst, dann ist er derjenige, mit dem etwas nicht stimmt. Ich habe ihn heute nur angeschaut und er ist an die Decke gegangen.«

»Und du hast dich auf seine Provokation eingelassen.« Ratlos schüttelte Connor den Kopf. »Was auch immer es ist, du musst mit ihm klarkommen. Sonst kannst du nicht bei uns bleiben. Vielleicht hilft es dir, Will ein bisschen besser zu verstehen …« Er ließ seinen Blick durch den Raum schweifen und rieb sich nachdenklich das Kinn. »Er hasst es, dass du noch die Möglichkeiten hast, die er nie ergriffen hat. Er hätte die Farm seiner Eltern übernehmen können. Aber die Aussicht, als Holzfäller schneller zu Geld zu kommen, als es mit Farmarbeit wohl möglich wäre, hat ihm mehr zugesagt. Die Farm wurde versteigert, als seine Eltern starben. Will bereut seine Entscheidung, das weiß ich, aber es gibt kein Zurück mehr. Vermutlich wäre für ihn alles besser gewesen, als in diesem Job festzuhängen.« Connor nickte beklommen und wandte sich Gerald zu: »Vielleicht seid ihr euch ähnlicher, als euch bewusst ist. Es gibt nur einen bedeutenden Unterschied: Du kannst dich noch anders entscheiden.«

Gerald versteifte sich unwillkürlich. Connor hatte ja keine Ahnung. »Dann sollte Will vielleicht derjenige sein, der den Trupp verlässt, wenn er diese Arbeit so hasst«, antwortete er gepresst.

Connor nickte knapp. »Dazu wird es aber nicht kommen. Halte dich also besser ein wenig zurück.«

Gerald schnaubte leise und sah Connor hinterher, als er sich den Schlüssel für sein Nachtquartier von Sharon holte und davonging. Es fühlte sich an, als gefriere er innerlich. »Ich habe auch keine andere Wahl«, flüsterte er.

»Mit wem redest du?«

Gerald zuckte zusammen und drehte sich um. Für einen Moment war er wie erstarrt. Vor ihm stand die vermutlich hübscheste Frau, die er je gesehen hatte. »Ähm, mit niemandem«, murmelte er verlegen.

»Hm …« Die Frau runzelte die Stirn und nahm auf dem Barhocker neben ihm Platz, auf dem eben noch Connor gesessen hatte. »Für mich klang es ganz so als hättest du etwas gesagt«, sagte sie und schenkte Gerald ein süßes Lächeln. Ihre grünen Augen funkelten schelmisch und Gerald entspannte sich ein wenig. Sie nahm ihn einfach nur auf den Arm.

»Hab mit mir selbst geredet«, sagte er und nahm einen Schluck Bier.

Sie nickte nachdenklich. »Liegt wohl an dem einsamen Leben, das ihr Holzfäller angeblich führt. Da ist es wohl unvermeidlich, dass man eigenartig wird.« Gerald öffnete den Mund, um zu protestieren, doch das Lächeln, das die Frau ihm schenkte und ihm damit zeigte, dass sie immer noch ihren Schalk mit ihm trieb, hielt ihn davon ab. Stattdessen nickte er.

»So muss es wohl sein. Aber woher weißt du, dass ich ein Lumberjack bin?«

Sie lachte hell. Gerald rieselte bei dem Ton ein wohliger Schauder über den Rücken. Aufmerksam sah er sie an und wartete ihre Antwort ab. Die Frau sah sich um und beugte sich verstohlen zu ihm herüber. »Jeder hier weiß von eurer Notlandung auf Old Jacks Land. Du und deine Kumpel, ihr seid die Sensation des Abends.«

Gerald inhalierte ihren warmen Duft. Sie war ihm so nah, dass er jede einzelne ihrer langen dunklen Wimpern ausmachen konnte. Ein sehnsüchtiges Ziehen meldete sich in ihm. Er wollte diese zarte Haut berühren. Wie hypnotisiert beugte auch er sich ein wenig nach vorne. Doch anstatt ihn wenigstens mit seinem Atem ihre Wange streicheln zu lassen, zog die Frau sich zurück und verzog ihre vollen Lippen zu einem wissenden Lächeln. Ihre Augen blitzen.

»Es ist irgendwie erbärmlich, dass ein Trupp heruntergekommener Holzfäller das Gesprächsthema des Abends ist, findest du nicht auch? Mir zeigt es jedenfalls, dass diese Stadt gewaltigen Aufholbedarf an Unterhaltung hat.« Sie wandte sich von Gerald ab und versuchte Sharon winkend auf sich aufmerksam zu machen.

Gerald konnte nicht anders, als sie fasziniert anzustarren. Sie spielte mit ihm, er wusste es und schaffte es dennoch nicht, einfach aufzustehen und zu gehen. Die Art, wie sie es tat, war zu unbedarft und zu nett, als dass er es ihr nachtragen konnte. Sharon hatte sie inzwischen bemerkt und stellte ihr eine Cola vor die Nase. Gerald wollte nicht, dass sie ging. »Wie wäre es, wenn ich dir einen Drink ausgebe und du erzählst mir, was für ein Unterhaltungsprogramm dir für diese Stadt vorschwebt?«, schlug er vor.

Sie sprang vom Hocker und Gerald befürchtete für einen Moment, dass sie genug von ihrem Spiel mit ihm hatte. Doch anstatt ihn sitzen zu lassen, griff sie nach seiner Hand und zerrte ihn von seinem Platz. »Tanz mit mir«, forderte sie ihn auf.

Gerald konnte nicht anders, als ihr gehorsam auf die kleine Tanzfläche in der Ecke der Bar zu folgen. Es war schön, ihren zierlichen Körper an sich zu spüren und wie sie sich sofort im Takt der Musik zu bewegen begann. Sie wirkte so frei, so arglos. Unbeholfen schlang er seine Arme um ihren Körper und sog ihre Wärme in sich auf. Sie schmiegte sich an ihn, und Gerald ging auf, dass sie ihn bewusst angesprochen hatte. Vielleicht hatte sie ihn schon länger beobachtet und nur auf einen günstigen Moment gewartet. Er wusste, dass er gut aussah. Schon früher war er bei den Mädchen gut angekommen, aber seit er als Holzfäller arbeitete, hatte sich sein Körper von dem eines Jungen zu dem eines gut trainierten Mannes entwickelt. Dennoch war er von ihrer Direktheit überrascht und wusste nicht, wie er damit umgehen sollte. Wie sie ihre Hüften bewegte …

»Du findest Tanzen also unterhaltsam?«, fragte er rau. Sie rückte mit ihrem Gesicht näher an ihn heran. »Das kommt ganz auf den Tanzpartner an«, flüsterte sie an sein Ohr und lachte leise. Gerald erschauderte. Ihr Duft und ihr offenkundiges Interesse benebelten ihn.

Zuletzt hatte er in Colorado seinem körperlichen Bedürfnis nachgegeben und sich auf einen One-Night-Stand eingelassen – etwas, das er, wie Will bemerkt hatte, wirklich nur sehr selten tat. Er mochte es nicht, dass die rein körperliche Intimität ihm eine Nähe vorgaukelte, die es in seinem Leben längst nicht mehr gab. Aber vielleicht brauchte er heute genau das … Wagemutig zog er sie näher an sich, während sie ihren Kopf an seine Schulter schmiegte. Ihr langes dunkles Haar kitzelte ihn an der Nasenspitze. »Was für Unterhaltung würde dir noch gefallen?«, fragte er leise und streifte mit den Lippen ihr Ohrläppchen. Zufrieden beobachtete er, wie sich eine Gänsehaut auf ihrer Haut ausbreitete. Sie entzog sich ihm und wirkte plötzlich befangen. »Ich kenne noch nicht einmal deinen Namen …«

»Gerald«, antwortete Gerald ihr und zog sie sanft wieder an sich. »Ich heiße Gerald Turner.« Die Frau ließ sich nachgiebig gegen ihn sinken. Auch sie musste spüren, dass sie für diese eine

Nacht zusammengehörten. Er schluckte trocken und fixierte ihren Mund. Verflucht, wie konnte eine Frau einen derart einladenden Mund haben? Vorsichtig legte er einen Finger unter ihr Kinn und hob ihren Kopf an. »Und wie heißt du?«, fragte er und sah ihr fest in die Augen. Sie erwiderte seinen Blick. Ihre Wangen glühten, und Gerald ging auf, dass er längst gewonnen hatte. »Julie«, antwortete sie leise. »So ähnlich wie der Monat.« Gerald erstarrte.

»Und Juli ist doch der schönste Monat, den es gibt«, rief Anna bockig und warf ihm einen trotzigen Blick zu. Sie hatte im Juli Geburtstag, deshalb war er der schönste Monat für sie. Und nun behauptete er, dass November – sein Geburtsmonat – noch viel schöner sei. Ein kleines Teufelchen ritt ihn, sie ein wenig zu ärgern. »Und was bitteschön ist im Juli so besonders? Eis essen und baden kann man auch im August. Der November hingegen ist einzigartig. Er ist nicht mehr so herbstlich wie der Oktober, aber auch noch nicht so winterlich wie der Dezember.« Anna verzog weinerlich ihr Gesicht. »Ich bin das Besondere im Juli«, sagte sie leise.

Sie hatte recht. Gerald knickte ein. Wie immer hatte Anna recht. Sie war nicht nur das Besonderste im Juli, sie war es überhaupt – in seinem ganzen Leben. »Das stimmt allerdings«, sagte er und zog Anna liebevoll an sich. »Und deshalb ist der Juli jetzt auch mein Lieblingsmonat.«

Und es war wahr. Er liebte es, Anna zu ihrem Geburtstag mit einem besonderen Geschenk zu überraschen und die Freude darüber in ihren Augen zu sehen. Wie auch an ihrem Geburtstag vor fünf Jahren, als er ihr versprochen hatte, einen Ausflug zu einer Pferderanch mit ihr zu machen. Doch das hatte sie nicht mehr erlebt. Ihr Todestag lag ebenfalls im Juli.

Gerald schob Julie von sich und sah sie benommen an. Warum hatte sie das sagen müssen? Er hasste den Juli und die schmerzhaften Erinnerungen, die er mit diesem Monat verband. »Geht es dir gut?«, fragte Julie und trat mit besorgtem Gesichtsausdruck auf ihn zu. Gerald wehrte sie ab und atmete schwer gegen die Enge an, die sich wie ein Stahlring um seinen Brustkorb zog. Er war nicht auf der Hut gewesen und Julie hatte ihn eiskalt erwischt.

»Was ist mit dir?«, fragte sie und wollte ihre Hand auf seinen Oberarm legen. Gerald wich zurück. »Ich muss gehen«, antwortete er knapp und floh.

* * *

Julie sah Gerald verwirrt hinterher. Den ganzen Abend lang hatte sie den hübschen Kerl mit den etwas zu langen Haaren und dem verwegenen Dreitagebart beobachtet. Ja, er sah verdammt gut aus, aber das allein war es nicht, was ihre Blicke wie hypnotisiert anzog. Gerald strahlte etwas aus, das Julie nicht einordnen konnte, und das ließ ihr keine Ruhe. Etwas Melancholisches, Einsames. Sie hatte nicht damit gerechnet, dass sie so auf ihn reagieren würde. Sonst hätte sie ihn nicht angesprochen. Aber mit wenigen Worten und noch weniger Berührungen hatte er sie gehabt. Beinahe war sie froh darüber, dass er sie so plötzlich hatte stehen lassen. Sie hatte keine Ahnung, worauf diese Begegnung sonst hinausgelaufen wäre. Oder noch schlimmer: Sie hatte eine ziemlich genaue Ahnung, und die war erschreckend. Sie war eigentlich keine Frau, die einfach so mit einem fremden Kerl ins Bett stieg.

Julie schnaubte leise und kehrte zur Bar zurück. Sie brauchte dringend ein Bier, um sich zu beruhigen und ihre zittrigen Knie wieder in den Griff zu bekommen. Wahrscheinlich hatte er vorhin mit seiner Freundin gesprochen, als er zum Münztelefon gegangen war. Warum auch sonst hätte er sie plötzlich einfach so stehen lassen sollen, wenn er nicht in einer Beziehung war? Hatte sich das schlechte Gewissen in ihm geregt? War er von dieser seltsamen Anziehungskraft zwischen ihnen ebenso überrascht worden wie sie und zur Besinnung gekommen, als sie sich vorgestellt hatte?

Fragen über Fragen drängten sich ihr auf, die Julie sich eigentlich nicht stellen wollte. Ihr war bewusst, dass die Holzfäller sicher nicht lange in Chickaloon bleiben würden. Es lohnte sich nicht, sich den Kopf über einen von ihnen zu zerbrechen. Dennoch konnte sie nicht anders, als den restlichen Abend über Gerald und sein Verhalten nachzudenken. Und auch wenn sie am Ende beschloss, die kurzweilige Begegnung einfach zu vergessen, konnte sie diese nachdenklichen Augen nicht mehr aus ihrer Erinnerung löschen.

Kapitel 2

»Verdammt, warum dauert das denn so lange?«

Gerald warf Will einen abschätzenden Blick zu. Seit ihrer Auseinandersetzung am Vorabend hatten sie nur wenige Worte miteinander gewechselt. Wie er selbst hatte Will sich zurückgehalten. Wahrscheinlich hatte Connor ihm ebenfalls ins Gewissen geredet.

»Keine Ahnung, vielleicht sollte jemand Tim mal erklären, dass er die Motorsäge erst anwerfen muss, ehe er damit einen Baum fällen kann«, antwortete Gerald. Die frostige Stimmung aufzulockern konnte nicht schaden. Tatsächlich reagierte Will mit einem breiten Grinsen und hob das Funkgerät an seinen Mund. »Hey Tim, hast du die Motorsäge auch an? Wenn du noch länger für diesen verfluchten Baum brauchst, frieren wir hier noch fest. Over.« Kleine Wölkchen stiegen vor Wills Mund auf. Obwohl heute kein Wind die Temperaturen noch frostiger wirken ließ, war es eisig kalt.

»Scheiße Will, dieser Baum ist hart wie Beton. Aber ich glaube, ich hab ihn gleich«, hörte Gerald Tims Antwort keuchend durch das Mikrophon des Funkgerätes. Im Hintergrund war das Brummen der Motorsäge zu hören. Ein seltsames Gefühl regte sich in Geralds Magengrube. Etwas stimmt nicht mit diesem Baum. Vielleicht lag es aber auch daran, dass er gestern deutlich mehr Bier als gewöhnlich getrunken und kaum geschlafen hatte. Wie bereits befürchtet, hatte ihn ein grauenvoller Alptraum aus dem Schlaf gerissen.

»Die Motorsäge benutzt er wohl richtig. Es ist also nur noch eine Frage der Zeit, bis wir an die Arbeit dürfen.« Will wandte sich mit einem Kopfschütteln ab und ging zu ihren eigenen Motorsägen hinüber, die sie auf dem Stumpf des zuvor gefällten Baumes abgestellt hatten, den Jackson bereits mit dem Helikopter abtransportiert hatte. Gerald sah ihm nachdenklich hinterher. Aus diesem Kerl wurde er einfach nicht schlau. Nachdem er ihn gestern aus einer Laune heraus vermutlich windelweich geprügelt hätte, wäre Connor nicht dazwischen gegangen, griff er jetzt seinen Scherz auf.

»Was ist, Kleiner? Hast du schon Wurzeln geschlagen?« Grinsend drehte Will sich zu ihm herum. Der lachende Ausdruck in seinen Augen wich jähem Schrecken. Gerald wusste was passierte, noch ehe er seinem Blick folgte. Das dumpfe Knarzen und das Brechen von Ästen verrieten ihm, dass der Baum fiel.

»Lauf!«, schrie Will, doch Geralds Beine waren schwer wie Blei. Stille. Gerald drehte sich wie hypnotisiert um und sah, dass sich die Äste der Fichte mit denen der danebenstehenden verhakt hatten. Über ihm schwebend verharrte sie in der Luft. Gerald atmete schwer. Er schaffte es einfach nicht, sich von der Stelle zu bewegen. Wieso fiel der Baum in ihre Richtung? Er sollte meterweit von ihnen entfernt zu Boden stürzen …

Als der plötzlich aufkommende Wind den Baum aus seiner Verankerung löste, konnte er nur noch die Arme schützend vors Gesicht reißen. Dichtes Astwerk umfing ihn und riss ihn von den Beinen. Gerald spürte seinen Körper nicht mehr, als er begraben unter dichtem Grün auf dem Boden lag und nach Atem rang. Ein stechender Schmerz durchzuckte seine Brust. Der Geschmack nach Blut breitete sich auf seiner Zunge aus. »Gerald!« Wills Schreien drang aus weiter Ferne an sein Ohr. Gerald japste krampfhaft, aber er konnte einfach nicht richtig atmen. Blut rann ihm über die Stirn und in die Augen und vernebelte seine Sicht. Dann wurde es schwarz um ihn herum.

»Anna!« Gerald kämpfte sich von der weichen Unterlage in die Höhe. Die Lichter, die auf sie zugekommen waren. Annas Schrei. Ein harter Aufprall. Gerald konnte das kreischende Geräusch immer noch hören, mit dem das Metall seines Wagens bei dem Zusammenstoß geborsten war. »Anna ... Ich muss zu ihr«, rief er verzweifelt und stemmte sich erneut gegen die scheinbar unzähligen Hände, die ihn auf die Unterlage zurückdrängten. Er ignorierte den beißenden Schmerz, den das grelle Licht der Deckenbeleuchtung in seinem Kopf auslöste, und wehrte sich verbissen.

»Beruhigen Sie sich, Mr. Turner. Bitte«, bat ihn eine Stimme eindringlich. Sie klang besorgt. Gerald wandte den Kopf und sah in das Gesicht der hübschesten Frau, die er je gesehen hatte. Benommen versuchte er zu erfassen woher er sie kannte, während er sich weiter gegen die vielen Hände stemmte, die ihn festhielten.

»Ich spritze Ihnen etwas zur Beruhigung, Mr. Turner. Sie müssen sich unbedingt ausruhen«, sagte eine andere, viel dunklere Stimme. Gerald drehte mühsam den Kopf in die Richtung, aus der sie gekommen war. An seiner anderen Seite stand ein Mann in einem weißen Kittel. Er sah konzentriert auf das Medikamentenfläschchen in seiner Hand und zog eine Spritze auf. Er wollte ihn betäuben. »Nein!«, schrie er und entriss der jungen Frau seinen Arm. Er würde nicht zulassen, dass sie das taten. Sie würden ihm nicht sagen, dass Anna tot war. Sie musste unglaubliche Angst haben. Er wollte sie sehen, ihre Hand halten, sich von ihr verabschieden.

Gerald presste wütend die Lippen aufeinander, als er wieder auf sein Lager zurückgedrängt wurde und nichts anderes tun konnte, als dabei zuzusehen wie der Arzt ihm die Spritze in den Arm drückte. »Anna«, murmelte er nur wenig später schläfrig. »Ich will doch nur zu ihr.«

»Was ist passiert?« Gerald stöhnte, als er flatternd die Lider öffnete. Sein Schädel fühlte sich an als würde er gespalten. Er blinzelte in das gedimmte Licht und drehte vorsichtig seinen Kopf.

»Wo bin ich?«, fragte er Connor leise, der an seinem Bett auf einem Stuhl saß und seine Hände betrachtete. Überrascht blickte er auf. »Du bist wach«, stellte er fest und atmete zittrig ein und aus.

»Wo bin ich?«, wiederholte Gerald leise.

»Verflucht, Junge, bin ich froh, dich sprechen zu hören«, sagte Connor und sah erleichtert aus. »So wie du geblutet hast, dachten wir alle, dass du das nicht überleben würdest.« Er schüttelte gedankenverloren den Kopf und betrachtete erleichtert Geralds Gesicht. »Ich gehe schnell die Krankenschwester holen. Bin gleich wieder da«, murmelte er und verschwand durch die Tür.

Gerald sah sich benebelt um. Nur langsam kehrte die Erinnerung zurück. Er war eingeklemmt gewesen und hatte nicht richtig atmen können … Um ihn herum standen allerhand piepende und blinkende medizinische Geräte. Elektroden klebten auf seiner nackten Brust, um die ein dicker Verband geschlungen war. Tropfen für Tropfen rann eine klare Flüssigkeit durch einen Schlauch direkt in seinen Arm.

Gerald wagte es nicht, sich die Nadel zu ziehen. Stattdessen zog er die Klemme ab, die an seinem Zeigefinger befestigt war, und setzte sich vorsichtig auf. Sein Schädel pochte dumpf, und vor seinen Augen zuckten kleine Lichtblitze. Dennoch kämpfte er sich in die Höhe. Das Zimmer schien sich plötzlich zu drehen. »Fuck«, fluchte er leise und ließ sich, halb sitzend, zurück ins Kissen sinken.

Er wollte weg von hier. Er hasste Krankenhäuser. Als er das letzte Mal in einem aufgewacht war, hatte er erfahren, dass seine kleine Schwester tot war. Während er im künstlichen Koma gelegen hatte, hatte sie nur wenige Zimmer von ihm entfernt um ihr Leben gekämpft und verloren – fünf Tage nach ihrem neunten Geburtstag. Sie war einfach fort gewesen, als er aufgewacht war. Gerald war bewusst, dass es eine Erinnerung war. Doch der Schmerz war plötzlich so frisch und so nah, dass es ihm nur mühsam gelang, sich an der Oberfläche der Dunkelheit aus hilflosem Entsetzen und Verzweiflung zu halten.

»Wie geht es Ihnen, Mr. Turner?«, durchbrach eine helle Stimme seine Gedanken.

»Also, Junge, ich geh dann mal. Sie wollen dich jetzt bestimmt untersuchen und so. Ich schau morgen wieder vorbei, bevor wir aufbrechen, okay?«, verabschiedete sich Connor, der neben einer Krankenschwester ans Fußende des Bettes trat. Verlegen drehte er seine Wollmütze in den Händen und schien nicht recht zu wissen, wie er mit der Situation umgehen sollte. Gerald nickte ihm zu und Connor trat eilig den Rückzug an. Gerald starrte ihm hinterher, um nicht in seine Erinnerungen abzudriften. Connor war der Beweis, dass er Jahre zwischen sich und die Vergangenheit gebracht hatte.

»Mr. Turner?«

»Mein Kopf tut weh«, antwortete er der Krankenschwester abwesend.

»Na das ist auch kein Wunder. Sie haben eine schwere Gehirnerschütterung und sollten ruhig liegen bleiben.« Beherzt griff sie zu und half Gerald, sich wieder flach auf den Rücken zu legen. »Außerdem sollten Sie Ihre Finger vom Pulsoximeter lassen, solange ein Arzt nicht anordnet, ihn zu entfernen. Er misst den Sauerstoffgehalt in Ihrem Blut«, tadelte sie Gerald leise und griff nach seiner Hand, um den Clip wieder an seinem Platz zu befestigen. Ein sanftes Kribbeln durchflutete Gerald, als ihre warmen Finger sich um seine Hand legten. Ein süßer Duft umhüllte ihn, und zum ersten Mal, seit sie das Zimmer betreten hatte, sah er der Krankenschwester ins Gesicht.

»Julie?«, fragte er überrascht. Sie sah mit dem dunkelblauen Shirt und der dazu passenden Hose anders aus. Die dunklen Haare, die ihr bei ihrer ersten Begegnung in sanften Wellen über die Schultern geflossen waren, trug sie zu einem strengen Knoten im Nacken zusammengebunden. Aber sie war es eindeutig.

Julie verlangsamte für einen Moment ihre Arbeit, Geralds Kissen zu richten. Ihre Augen huschten unsicher über sein Gesicht. Dann aber fuhr sie fort und schob Gerald das frisch aufgeschüttelte Kissen vorsichtig unter den Kopf. »Sie erinnern sich an mich?«

Gerald folgte ihr mit seinem Blick, als sie ihm den Rücken zuwandte und den Monitor des Gerätes überprüfte, das nun wieder den Sauerstoffgehalt in seinem Blut maß. »Natürlich erinnere ich mich. Es ist nicht lange her«, antwortete er leise. Wie hätte er diesen süßen Duft je vergessen können und diese einladenden Lippen?

»Das ist gut«, antwortete Julie. »Nachdem Sie anscheinend einen heftigen Schlag auf den Kopf bekommen haben, ist es ein gutes Zeichen, sich an kurz zurückliegende Ereignisse zu erinnern.«

Gerald nickte langsam. Warum behandelte sie ihn, als würde sie ihn nicht kennen? Gestern noch hatte er ihren zierlichen Körper in den Armen gehalten und für einen ganz kurzen Moment hatte sie ihm gehört. Oder war seither viel mehr Zeit vergangen, als er vermutete? »Seit wann bin ich hier?«

Julie wandte sich ihm wieder zu und lächelte höflich. »Sie sind heute Morgen von Ihrem Piloten zu uns ins Chickaloon Medical Center gebracht worden, nachdem Sie unter die Äste eines fallenden Baumes geraten sind. Sie hatten Glück, Mr. Turner. Hätte der Stamm Sie erwischt, hätten wir wohl nichts mehr für Sie tun können.«

Die Fichte. Will, der panisch seinen Namen rief. Schlagartig erinnerte Gerald sich, was geschehen war. Er hatte nicht atmen können, und Connor hatte gesagt, dass sie nicht daran geglaubt hatten, dass er überleben würde. Warum aber hatte Jackson ihn dann in dieses Provinzkrankenhaus geflogen? Gerald fühlte keinen körperlichen Schmerz, doch er war sich sicher, dass er das der Infusion zu verdanken hatte. Seine Hände zitterten, als er vorsichtig den Verband um seiner Brust betastete.

»Das muss ein ziemlicher Schock für Sie sein«, sagte Julie leise und legte ihm für einen kurzen Moment die Hand auf die Schulter. »Versuchen Sie einfach nicht darüber nachzudenken, was hätte passieren können. Tatsächlich haben Sie keine Verletzungen davongetragen, die nicht wieder heilen werden.«

»Was habe ich denn sonst noch, außer einer Gehirnerschütterung?«, fragte er bitter. Es fiel ihm schwer zu akzeptieren, dass er anscheinend wieder einmal glimpflich davongekommen war. Anna hatte nicht so viel Glück gehabt wie er.

»Ich hole den Arzt. Er wird Sie aufklären«, sagte Julie und wandte sich ab, um zu gehen.

»Würdest du mich bitte Gerald nennen«, hielt Gerald sie zurück. Dass zumindest eine Person in der ganzen Situation ihm nicht völlig fremd war, war ein tröstliches Gefühl. Aber dass sie ihn wie vermutlich jeden anderen Patienten auch behandelte, irritierte ihn.

»Mal sehen«, antwortete Julie mit dünner Stimme und räusperte sich. »Ich gehe jetzt Dr. Richmond holen.«

* * *

Julie fühlte sich innerlich aufgerieben, als sie das Krankenzimmer verließ. Für einen Augenblick lehnte sie sich gegen die weiß gestrichene Wand des Ganges und atmetet tief durch, um ihre Nerven wieder unter Kontrolle zu bringen.

Sie wurden in dem kleinen Krankenhaus mit nur einer Station zum Glück nicht sehr häufig mit Unfällen wie Geralds konfrontiert. Für gewöhnlich wurden Unfallopfer nach Palmer oder Anchorage gebracht. Doch der Pilot des Logging Helikopters hatte in seiner Panik das nächstgelegene Krankenhaus angeflogen. Als er den Tower per Funk darüber informiert hatte, dass er einen Schwerverletzten herbringen würde und sie angerufen worden waren, um bereit zu sein, hatten Julies Nerven vor Anspannung vibriert. *Lass es nicht Gerald sein*, hatte sie im Stillen gebetet. Bestimmt waren noch mehr Holzfällergruppen in den Wäldern der Chugach Mountains unterwegs. Doch bereits an dem dunkelblonden Haarschopf, der aus der Kopffixierung der Rettungstrage hervorgeschaut hatte, hatte sie erkannt, dass er es sein musste.

Julie stieß sich von der Wand ab und konzentrierte sich auf ihre Aufgabe, Daniel Richmond zu finden. Es war unprofessionell, Privates und Berufliches zu vermischen. Und überhaupt –

sie kannte Gerald im Prinzip nicht. Ihre kurze Begegnung änderte nichts daran. *Er ist nur kein völlig unbekanntes Gesicht*, rief sie sich ins Gedächtnis und öffnete die Tür zum Dienstzimmer. Dort saß allerdings nur Carolyn, die Oberschwester, am Tisch und verteilte die Nachtmedikation in die dafür vorgesehenen Döschen.

»Mr. Turner ist aufgewacht. Es scheint ihm den Umständen entsprechend gut zu gehen, aber Daniel sollte nach ihm sehen«, informierte Julie sie. Carolyn seufzte erleichtert. »Gott sei Dank. Es wäre schade um einen so jungen Kerl … Daniel ist im Bereitschaftsraum. Wollte sich nur kurz hinlegen.«

Julie nickte und machte sich auf dem Weg zu ihm. Sie war ihm dankbar, dass er nach einer Zwölfstundenschicht und nach der anstrengenden Operation noch hier war, um abzuwarten wann Gerald aufwachte.

»Ist er wach?«, fragte Daniel alarmiert und schoss vom Bett des diensthabenden Arztes in die Höhe, kaum dass Julie die Tür einen Spalt breit öffnete. Sie nickte. Ein warmes Gefühl breitete sich in ihrem Bauch aus, als sie Daniels müde Züge betrachtete. Wäre er nicht gewesen, hätte Gerald wohl kaum die Chance, wieder völlig gesund zu werden. »Gut, dann werde ich gleich zu ihm gehen«, sagte Daniel und rappelte sich vom Bett hoch.

»Seine Werte sind stabil. Er spricht und kann sich erinnern. Vielleicht sollte Kent nach ihm sehen und du nach Hause gehen. Du siehst müde aus«, stellte Julie fest. Daniel schenkte ihr ein schiefes Lächeln. »Er ist mein Patient, und ich kann erst richtig schlafen, wenn ich sicher bin, dass er keine schwereren Kopfverletzungen davongetragen hat und wir ihn nicht doch besser nach Anchorage schaffen sollten.«

Julie nickte. Sie verstand was Daniel ihr sagen wollte. Kent war im Bereich der Unfallchirurgie nicht halb so erfahren wie er. Das war keine arrogante Anmaßung, sondern die Realität. Bevor Daniel nach Alaska gekommen war, hatte er in der Notaufnahme einer New Yorker Klinik gearbeitet und in einem Jahr vermutlich mehr Menschen behandelt als Kent in den sieben Jahren, die er bereits im Medical Center arbeitete.

»Du warst heute unglaublich«, sagte sie zu Daniel, als sie nebeneinander den Stationsgang entlangschritten. »Wir alle sind beinahe in Panik verfallen, aber du bist völlig ruhig geblieben.« Julie wäre im Schockraum angesichts des bewusstlosen und blutverschmierten Geralds beinahe durchgedreht. Alle Kräfte des kleinen Gesundheitszentrums, die zu entbehren waren, waren zur Erstversorgung gerufen worden, da unklar war, welchen Ausmaßes Geralds Verletzungen waren. Doch Daniel hatte ruhig agiert, die notwendigen Schritte unternommen, um Gerald zu stabilisieren, und die weiteren Untersuchungen angeordnet, um sicherzustellen, dass keine schwere Kopfverletzung vorlag und er nach Anchorage gebracht werden musste. Zwar konnte er sich erst jetzt, nachdem Gerald aufgewacht war, restlos davon überzeugen, aber aufgrund der ersten Ergebnisse seiner Untersuchungen und seiner Erfahrung hatte Daniel die Entscheidung getroffen, Gerald selbst zu operieren. Mehrere Stunden hatte es gedauert, bis er den gebrochenen Knochen in Geralds Unterschenkels geschient und den verletzten Muskel wieder zusammengenäht hatte.

Julie wurde wieder übel, als sie an das Bild des beinahe unnatürlich weißen Unterschenkelknochens dachte, der sich durch Geralds Muskeln und Haut gebohrt hatte. Während sie sich zitternd vor Erschöpfung auf der Toilette übergeben hatte, als Gerald in den OP geschafft worden war, hatte Daniel getan was getan werden musste. Julie schämte sich für ihr unprofessionelles Verhalten. Es tröstete sie nur ein wenig, dass Daniel nichts davon ahnte.

»Du warst ebenfalls unglaublich, Julie«, sagte er, als könne er den Zweifel von ihrem Gesicht ablesen und blieb stehen. »Du hast dich genau ans Protokoll der Erstversorgung eines Schwerverletzten gehalten, warst souverän und aufmerksam. Genauso wie eine Schwester sich in so einer Situation verhalten muss. Ich habe schon viel Schlimmeres gesehen und bin abgestumpft.

Aber du hast eben erst deine Ausbildung beendet, und du bist ebenfalls immer noch hier bei deinem Patienten.« Der Ausdruck, mit dem Daniel sie betrachtete, war Julie unangenehm. Es lag mehr als nur Anerkennung in seinem Blick. Würde er auch nur ahnen, weshalb sie sich Gerald auf eine seltsame Art und Weise verpflichtet fühlte … »Du hast ganze Arbeit geleistet und bist eine talentierte Krankenschwester«, fuhr Daniel fort.

»Danke«, flüsterte Julie beschämt und zuckte verlegen mit den Schultern. »Bringen wir es hinter uns und machen dann Feierabend. Den haben wir uns wohl verdient.« Im Stillen schwor sie sich, sich Gerald gegenüber genau so professionell zu verhalten wie Daniel sie einschätzte. Zumindest in diesem Punkt wollte sie seiner Anerkennung gerecht werden.

* * *

Frustriert schlug Gerald die Augen zu, als Dr. Richmond und Schwester Julie – wie sie sich im Beisein des Arztes offiziell vorgestellt hatte – sich von seinem Krankenbett entfernten, um Feierabend zu machen. Gemeinsam. Noch während sie sich auf dem Weg zu Tür befanden, hörte er, wie Dr. Richmond Julie zum Essen einlud. Und sie nahm an.

Gerald hatte keine Ahnung was ihn derart ärgerte. Julie schien nicht daran interessiert zu sein, ihre Bekanntschaft vom Vorabend zu vertiefen. Das sollte ihn nicht stören. Sie war nur irgendeine Frau, und er konnte sich jederzeit eine andere Frau suchen, wenn er das wollte. Sein letzter Sex lag schon Monate zurück. Vielleicht zog Julie ihn deshalb so an. Kylie oder Kayla war ihr Name, und er hatte sie in Chicago in einer Bar kennengelernt. Ja, sobald er wieder gesund und mit den Jungs unterwegs war, würde er sich so eine suchen.

Vermutlich war das der springende Punkt, der ihn so frustrierte. Er würde dieses Krankenhaus nicht gesund verlassen. Die Heilung der Muskeln seines rechten Beines würde Zeit in Anspruch nehmen. Zwischen sechs und sechzehn Wochen, hatte Dr. Richmond gesagt. Das sei nicht genau vorhersehbar und hänge von verschiedenen Faktoren ab. Unter anderem davon, wie intensiv er bei der notwendigen Krankengymnastik mitarbeite. Selbst dann stand es in den Sternen, ob die Nerven wieder vollständig verheilen und sein Bein wieder voll funktionieren würde. Dr. Richmond hatte von Monaten, vielleicht sogar Jahren gesprochen. Wenn er Pech hatte, würde er für immer ein Taubheitsgefühl spüren und hinken.

Gerald atmete flach, um den stechenden Schmerz seiner gebrochenen Rippen so wenig wie möglich zu spüren. Ein Schutzengel hatte dort oben in den Wäldern über ihn gewacht, das war ihm klar. Aber im Moment fühlte es sich nicht so an.

Die Infusion war längst durchgelaufen, und langsam setzten die Schmerzen ein, die die Knochenbrüche, Prellungen und unzähligen Schürfwunden auf seinem Oberkörper und die Platzwunde über seiner linken Augenbraue verursachten.

Wie sollte es nur für ihn weitergehen, wenn er nicht wieder auf die Beine kam? Gerald krallte seine Finger ins Laken des Krankenhausbettes, um sich festzuhalten. Darüber nachzudenken, wie er die Zeit bis zu seiner Genesung überstehen sollte, verschob er. Sein Schädel pochte dumpf und er war unendlich müde. Dennoch fiel er nur in einen sehr unruhigen Schlaf, nachdem die Nachtschwester nach ihm gesehen und eine neue Flasche mit Schmerzmittel in den Infusionsständer gehängt hatte.

Kapitel 3

»Barney Drayer hat heute Morgen wieder gefragt wann er endlich entlassen wird. Er macht sich Sorgen, dass es seiner Hündin Lacey bei seiner Nachbarin nicht gutgeht.« Tanya, die Nachtschwester, hob für einen kurzen Moment den Blick von ihren Notizen und schmunzelte Daniel über den Rand ihrer Brille hinweg an. Er nickte seufzend. »Ich weiß. Er erzählt mir jeden Tag wie schlau sie ist und dass er mindestens eine Stunde am Tag mit ihr spazieren gehen muss, weil ihr sonst langweilig wird. Die Nachbarin sieht das wohl anders.«

Julie presste ihre Lippen aufeinander, um nicht zu lachen. Barney Drayer war wirklich ein spezieller Fall. Er war ein ziemlich ruppiger alter Kerl und schien nur diesem Hund gegenüber eine weiche Seite zu besitzen. Sie war nicht gerade traurig, wenn er entlassen wurde, denn er hasste es, ans Bett gefesselt zu sein, und machte seinem Unmut darüber vor allem bei den Schwestern Luft. »Wie lange muss er denn noch bleiben?«, fragte sie Daniel. »Ich meine, wir sollten ihn und Lacey nicht länger als nötig trennen.«

Daniel warf einen Blick herüber und nickte zustimmend. »Du hast recht. Wenn seine Entzündungswerte weiter gefallen sind, kann er gehen. Aber er muss versprechen, dass er in zwei Tagen noch mal vorbeikommt und sich Blut abnehmen lässt.«

»Ich kümmere mich nachher gleich um die Blutabnahme«, sagte Julie erleichtert.

»Gut, was haben wir denn noch?«, murmelte Tanya und überflog ihre Notizen für die morgendliche Übergabe. Daniel zwinkerte Julie verstohlen zu. Er schien sie in Bezug auf Mr. Drayer durchschaut zu haben.

Julie spürte, wie ihr die Röte in die Wangen stieg. Daniels verschmitztem Grinsen nach schien er ihr ihre Haltung jedoch nicht übel zu nehmen. Überhaupt wirkte er heute Morgen frisch und belebt, ganz so als hätte die Herausforderung des gestrigen Tages ihm zu neuem Schwung verholfen. Vielleicht lag es aber auch an ihrem gemeinsamen Abend. Julie konnte nicht definieren was es war, aber es schien mehr gewesen zu sein, als ein Feierabendbier mit einem Kollegen. Ein warmes Kribbeln breitete sich in ihr aus. Sie mochte Daniel.

»Ach ja, es gibt noch jemanden, der uns verlassen möchte«, durchbrach Tanya Julies Gedanken und seufzte schwer. »Gerald Turner hatte eine harte Nacht. Er hat selbst mit zwei Decken noch gefroren und hatte offensichtlich starke Schmerzen. Er war sehr unruhig, hat ein paarmal geklingelt, um Schmerzmittel zu bekommen, und bei meinen Rundgängen war er immer wach. Heute Morgen hat er dann darum gebeten, nach Anchorage oder Palmer verlegt zu werden.«

Der schelmische Ausdruck auf Daniels Gesicht wich einem ernsten. »Wie waren die Werte – Sauerstoffsättigung, Puls und Blutdruck? Musste er sich übergeben, und hat Kent ihn sich angeschaut?«

Julie liebte ihn in diesem Moment für seine Sorgfalt und dass er Geralds Verhalten nicht einfach als Schockauswirkung beiseite wischte, wie sie es in ihrer Ausbildung leider so manches Mal nach Unfällen erlebt hatte.

»Übergeben hat er sich nicht, die Werte waren alle im normalen Bereich, und auch die Pupillenreaktion war in Ordnung. Ich habe Kent geholt, als er zum zweiten Mal geklingelt hat«, antwortete Tanya.

Daniel nickte erleichtert. »Gut. Trotzdem werde ich ihn nachher noch mal durchchecken. Vermutlich ging ihm der Unfall nach, oder er fühlt sich bei uns nicht gut versorgt …«

Oder er will zu seiner Anna, dachte Julie.

Geralds Gebaren, kurz nachdem er aus der Narkose erwacht war, hatte ihr bewiesen, dass es jemanden in seinem Leben geben musste. Er war verzweifelt gewesen und hatte für einen Schwerverletzten unnatürliche Kräfte aufgebracht, um zu ihr zu gelangen.

»Würdest du bitte auch ihm Blut abnehmen, Julie? Wenn er stabil ist, können wir in Palmer oder Anchorage bezüglich einer Verlegung anfragen. Informiert mich bitte, wenn das Labor fertig ist«, sagte Daniel und Julie nickte knapp. Gerald verunsicherte sie und es wäre ihr lieber gewesen, ihm so weit wie möglich aus dem Weg zu gehen, aber so wie die Dinge standen, würde er ohnehin nicht mehr lange bei ihnen sein. Und dann konnte sie vergessen, dass das Schicksal eines Patienten sie viel zu tief berührt hatte, um noch angemessen zu sein.

* * *

Gerald döste, als jemand das Krankenzimmer betrat. Im Grunde genommen war es ihm egal, ob Connor wie versprochen vorbeischaute. Sein Besuch machte ihm die Situation auch nicht leichter. Vielmehr würde es ihn anstrengen, ihm Zuversicht vorspielen zu müssen. Dabei zweifelte er nach Dr. Richmonds Worten gestern daran, dass er wieder in Ordnung kommen würde. Doch Connor sollte diese innere Schwäche nicht sehen. Nach der beinahe durchwachten und durchgrübelten Nacht würde ihm das aber kaum gelingen. Deshalb tat er so als schliefe er, als die Person neben das Bett trat. Vielleicht ging Connor ja auch wieder, wenn er merkte, dass er störte.

»Es tut mir leid, Sie wecken zu müssen. Aber ich muss Ihnen jetzt Blut abnehmen, wenn wir Ihre Verlegung vielleicht noch heute organisieren wollen.«

Julies Stimme wärmte etwas tief in seinem Inneren. Er hatte die ganze verdammte Nacht hindurch gefroren. Selbst dann noch, als die Nachtschwester ihm eine Wärmeflasche und eine zweite Decke gebracht hatte. Die Kälte schien von Innen zu kommen und ließ ihn regelrecht erstarren. Doch die Sanftheit in Julies Stimme bewegte etwas in ihm. Er war sich im Klaren darüber, dass er sich in diese Frau verlieben könnte. Doch sein Leben war auch so schon kompliziert genug. Es machte keinen Sinn, sich das anzutun, also war es das Beste, wenn er so schnell wie möglich von hier verschwand.

»Holen Sie sich so viel Blut wie Sie wollen. Hauptsache ich kann bald nach Anchorage«, brummte er, hielt seine Augen jedoch geschlossen, um Julie nicht in ihr bezauberndes Gesicht sehen zu müssen. Je weiter er von hier weg kam, desto besser. Also war Anchorage besser als Palmer. Es lag weiter entfernt von Chickaloon.

»Na schön, dann wollen wir mal«, murmelte Julie, und Gerald hörte das Blutabnahmebesteck klappern. Das kalte Nass in seiner Armbeuge, das ihn unvermittelt traf, ließ ihn leicht zusammenzucken. »Keine Sorge, ich bin ziemlich geübt. Sie werden die Nadel kaum spüren«, sagte Julie leise und wischte das Desinfektionsmittel ab.

Gerald verzog spöttisch den Mund. »Mein ganzer Körper tut weh. Da kommt es auf den einen oder andern Nadelstich auch nicht mehr an«, antwortete er und schlug die Augen auf. Julie sollte ihn nur nicht für eine Memme halten. Ein schelmisches Lächeln umspielte ihre Lippen, als sie die Nadel aus der sterilen Verpackung löste und mit Zeigefinger und Daumen seine Haut leicht zusammendrückte. Die sanfte Berührung fühlte sich warm an. Ein prickelndes Gefühl rieselte durch Gerald hindurch.

»Dann wird es Ihnen auch nichts ausmachen, dass ich nicht nur ein Röhrchen Blut brauche …«, meinte Julie und durchstieß seine Haut. Tatsächlich spürte Gerald es kaum. Er fixierte wie hypnotisiert ihre konzentrierte Miene, mit der sie ihrer Arbeit nachging. Eine Strähne, die sich aus ihrem Haarknoten gelöst hatte, fiel lose um ihr ovales Gesicht. Im hellen Gegenlicht, das durch das Fenster fiel, konnte Gerald erkennen wie unglaublich lang ihre Wimpern waren. Der Drang, sie zu berühren, war beinahe übermächtig, wie an dem Abend in der Bar. Umso frustrierender war es, dass Julie immer noch diese Distanz zu ihm wahrte. Verdammt, ihr musste klar sein, dass er nicht bleiben würde, aber das hatte sie auch nicht gestört, als sie miteinander getanzt hatten, als sie sich an ihn geschmiegt hatte und ihre Hüften an seinem Körper im Takt der Musik gewogen hatte. Allein die Erinnerung wühlte ihn auf.

»Warum weigerst du dich, mich beim Vornamen zu nennen?«, fragte er rau.

Julie hob den Blick und löste das erste Röhrchen voll Blut aus der Verankerung an der Nadel. »Das war das erste … Wie geht es Ihnen?«, fragte sie. Aufmerksam musterte sie sein Gesicht, als wolle sie den Grund seiner Frage herausfinden. Gerald fühlte sich ertappt.

»Bestens«, antwortete er und räusperte sich. »Ich meine, wegen so ein bisschen Blut falle ich nicht gleich in Ohnmacht. Aber du weichst mir aus …«

Julie zog ihre Augenbrauen in die Höhe und schenkte ihm ein kleines Lächeln. »Das tue ich immer, wenn ein Patient eine Spur zu aufdringlich wird«, antwortete sie lächelnd und griff nach einem der leeren Röhrchen auf dem Tablett. Das Sonnenlicht tanzte über ihre Haut und spiegelte sich funkelnd in ihren grünen Augen. »Sie scheinen das gut wegzustecken. Sagen Sie bitte trotzdem Bescheid, wenn Ihnen schwindelig oder übel wird.«

»Mach ich«, brummte Gerald. Er würde sie nicht dazu bringen, *du* zu ihm zu sagen, aber das war Gerald egal. Sie flirtete mit ihm und forderte ihn mit ihrer Widerspenstigkeit heraus. Seufzend lehnte er sich zurück, um sich zu entspannen. Tatsächlich wurde ihm ein wenig schummrig, als das zweite Röhrchen fast voll mit seinem Blut war, aber er würde einen Teufel tun und das Julie sagen. Vorsichtig schielte er auf das Tablett, das Julie mitgebracht hatte, und stellte fest, dass nur noch ein leeres Röhrchen übrig war.

Verdammt, reiß dich zusammen, redete er sich zu und konzentrierte sich auf Julies hübsches Gesicht – ein Anblick, der ihn beinahe alles vergessen lassen konnte. Es gelang ihm nicht zu erfassen, was es war, aber etwas an Julie faszinierte ihn. Als spüre sie seinen Blick, sah sie auf.

»Wieso wollen Sie überhaupt in ein anderes Krankenhaus verlegt werden?«

Gerald atmete tief ein und bereute es sofort. Ein stechender Schmerz fuhr in seine Brust, wieder hatte Julie ihn eiskalt erwischt. Er hatte damit gerechnet, dass sie ihn danach fragen würde. Doch er konnte ihr keine plausible Antwort geben. *Weil ich es kaum aushalte, in deiner Nähe und dir doch so fremd zu sein*, war keine denkbare Alternative. Selbst wenn sich etwas daran ändern ließe, er würde weiterziehen, sobald er dazu in der Lage war. Doch darüber wollte er mit Julie nicht reden. Die Hintergründe und seine ganze verfluchte Geschichte waren zu kompliziert, um sie da mithineinzuziehen.

»Na ja, es gibt für mich auch keinen Grund, hierzubleiben«, antwortete er und sah Julie vorsichtig von der Seite an. Keine Regung ihrer Mimik verriet ihm, was sie von seiner Aussage hielt. Sie richtete ihre Aufmerksamkeit weiterhin darauf, das dritte Röhrchen mit Blut zu füllen. »Ich meine, die Jungs sind in Palmer und werden meinetwegen bestimmt nicht nach Chickaloon übersiedeln.«

Julie hob ihren Blick und musterte nachdenklich Geralds Gesicht. »Wieso wollen Sie dann nicht nach Palmer, sondern nach Anchorage?«

»Sagte ich nicht Palmer?«, fragte Gerald und legte vorsichtig die Stirn in Falten. Die Platzwunde über seiner Augenbraue und sein ganzer Kopf taten immer noch weh und Julies Nähe verwirrte ihn. Aber er war sich sicher, dass er heute Morgen um Verlegung nach Palmer oder Anchorage gebeten hatte. Warum also die Haarspalterei?

»Vorhin sagten Sie jedenfalls klar und deutlich Anchorage«, antwortete Julie leise und senkte ihren Blick wieder auf ihre Arbeit. Sie zog die Unterlippe zwischen ihre Zähne und knabberte darauf herum. Die Geste machte Gerald schier verrückt. Am liebsten hätte er seine Hände um ihr Gesicht gelegt und den

Kuss nachgeholt, der ihm am Abend in der Bar verwehrt geblieben war. Verflucht, musste sie seine Aufmerksamkeit auf ihre sinnlichen Lippen lenken und musste er derart begehrlich darauf reagieren?

»Sie scheinen ziemlich verwirrt zu sein«, meinte Julie, ein zartes Lächeln umspielte ihre Lippen, als sie zu ihm aufsah. Ihre Blicke trafen sich und Gerald hatte das Gefühl, als durchzucke ihn ein kleiner Blitz. Verdammt, diese Frau war mehr als nur nett. Das war nicht gut, gar nicht gut. Er würde weiterziehen, er wollte weiterzeihen. Jetzt … »Ist doch völlig egal, was ich vorhin sagte, ich bin nicht verwirrt. Jedenfalls habe ich es mir überlegt und will nach Anchorage verlegt werden. Die Jungs werden ohnehin nicht mehr allzu lange in Alaska sein. Sobald der Winter richtig hereinbricht, sind sie weg. Deshalb kann ich mich auch genauso gut in Anchorage ins Krankenhaus legen.«

Julie nickte, erwiderte aber nichts, als sie das letzte Röhrchen Blut zu den anderen aufs Tablett legte und vorsichtig die Nadel aus Geralds Arm zog. »Wenn Sie denken, dass Sie in Anchorage besser aufgehoben sind als hier, kann ich Ihnen nur sagen, dass die Ärzte dort auch nicht mehr für Ihr Bein hätten tun können«, sagte sie und stand von dem Stuhl an seinem Bett auf, auf dem sie während der Blutabnahme gesessen hatte. Die Stimmung hatte sich geändert. Der leichte Flirt, der in der Luft gelegen hatte, wich einer unangenehmen Anspannung.

»Nein, so ist es nicht«, erwiderte Gerald heftig. Er hatte das Gefühl, Julie beleidigt zu haben, und das fühlte sich mies an. Julie wandte ihm schweigend den Rücken zu und packte ihr Zeug zusammen. Gespannt wartete er ab. Doch anstatt sich wieder zu ihm umzudrehen, hielt sie in ihrer Arbeit inne und straffte die Schultern. »Ist es wegen Anna, ist sie in Anchorage?«

Gerald zog überrascht den Atem ein. Woher wusste Julie von Anna? »Nein, Anna ist nicht in Anchorage«, antwortete er. Seine Stimme klang brüchig, als sei sie nicht mehr daran gewöhnt, über Anna zu sprechen. Hoffentlich bohrte Julie nicht weiter nach. Er wollte mit ihr nicht über die Tiefpunkte seines Lebens sprechen, sondern sich darauf konzentrieren, dieses Gefühl zwischen ihnen zu ergründen, solange er noch hier war. Noch nie hatte ihn eine Frau derart in ihren Bann geschlagen. Er hatte keine Ahnung, ob es ihre Art war sich zu bewegen – elegant und fließend –, oder ob es einfach nur an ihrer Attraktivität lag. Vielleicht hatte er aber auch einfach nur viel zu viel Zeit mit seinen raubeinigen Kumpeln verbracht und Julie berührte mit ihrer Feinfühligkeit eine Seite tief in ihm, die er viel zu lange missachtet hatte. Vielleicht war es von alldem ein bisschen, jedenfalls hatte Gerald das Gefühl, etwas Wichtiges zu verpassen, wenn er diese knisternde Anspannung zwischen ihnen jetzt nicht ergründete. Als spüre Julie sie auch, wandte sie sich ihm wieder zu und musterte ihn aufmerksam.

Gerald hielt den Atem an, als er die Verwirrung in ihren Augen sah. Auch er schien sie anzuziehen, wie eine Motte das Licht. Langsam setzte sie sich wieder auf den Stuhl und legte ihm eine Hand auf den Unterarm. Ein Feuerwerk explodierte auf Geralds Haut. »Julie, ich …« Er hatte keine Ahnung, wie er ausdrücken sollte, was ihn tief im Innern bewegte.

Julie blinzelte und zog erschrocken ihre Hand zurück, als habe sie ihn gar nicht berühren wollen. Sie räusperte sich. »Du scheinst Anna jedenfalls sehr zu vermissen. Als du aus der Narkose aufgewacht bist, hast du immer wieder nach ihr gerufen. Es tut mir leid für dich, Gerald, wenn sie dich verlassen hat.«

Gerald presste seine Lippen aufeinander und nickte. Das dachte sie also … »Verlassen … Ja, das hat Anna getan«, murmelte er. Er brauchte einen Moment, um sich zu sortieren. Julies Nähe wühlte ihn auf, aber so langsam dämmerte ihm, woher sie von Anna wusste. Es war kein Traum vor dem Aufwachen gewesen, in dem er nach Anna gerufen hatte. Julie war auch dagewesen und hatte ihm zugeredet und ihn festgehalten.

»Meine Grandma hat immer gesagt, dass die Menschen, die für uns bestimmt sind, auch bei uns bleiben werden. Die, die kommen und wieder gehen, habe das Schicksal nicht für uns vorgesehen. Aber vielleicht kommt Anna ja her, wenn sie von dem Unfall erfährt. Ich meine, es kann ein ziemlich heilsamer Schock sein, wenn man erfährt, dass ein geliebter Mensch verletzt ist«, sagte Julie und legte ihm wieder die Hand auf den Unterarm. Gerald musste schlucken, um den Kloß in seinem Hals loszuwerden. Julie zog völlig falsche Schlüsse. War sie deshalb so nett zu ihm, weil sie dachte, Anna wäre seine Exfreundin, und ihm helfen wollte, wieder mit ihr zusammenzukommen? Nannte sie ihn darum plötzlich beim Vornamen? Der Gedanke war Gerald unerträglich.

»Ich kann Anna nicht anrufen, Julie. Sie ist tot«, flüsterte er und sah Julie fest in die Augen. Es tat weh, es laut auszusprechen. Aber es erstaunte Gerald, dass es nicht noch mehr schmerzte. Sein Herz fühlte sich beinahe wie immer an, wie ein erstarrter, harter Klumpen in seiner Brust.

Julie zuckte zusammen, ihr Blick huschte hilflos über sein Gesicht. »Gerald, es tut mir leid, dass ich …«

»Das muss es nicht«, unterbrach Gerald sie sanft. Sein Herz zog sich zusammen und er konnte die Unsicherheit und den Schmerz in Julies Augen kaum ertragen, die sie für seinen Verlust zu empfinden schien. Dennoch prallte Julie vor ihm zurück, als verbrenne seine Nähe oder sein Schicksal sie. »Julie …«, rief Gerald ihr hinterher, doch Julie hörte nicht auf ihn. Sie raffte das Blutabnahmebesteck und die befüllten Röhrchen auf das Tablett und floh aus seinem Zimmer.

* * *

Mit verkrampften Fingern umschloss Julie das Tablett mit dem Blutabnahmebesteck, ihre Hände zitterten. Warum hatte sie sich nur nicht an ihren Vorsatz gehalten, Gerald wie jeden andern Patienten zu behandeln? Ein kleines Stimmchen hatte ihr zugeraunt, dass es mit seinem Verhalten neulich in der Bar und nach dem Aufwachen etwas auf sich hatte. Aber sie hatte ja nicht darauf hören wollen. Jetzt konnte sie die Melancholie zuordnen, die er an jenem Abend ausgestrahlt hatte. Aber anstatt dass es ihr weiterhalf, riss es sie in eine Sache hinein, die nicht gut für sie sein konnte.

Die Qual in seiner Stimme, als er ihr gesagt hatte, dass Anna tot war, ließ Julie erschaudern und ahnen, dass er zutiefst um sie trauerte – wer auch immer sie war. Sie sollte zuschauen, dass sie Abstand zwischen sich und ihm schaffte. Er tat ihr leid und weckte ihr Mitgefühl. Aber das war noch lange nicht alles.

Gerald hatte etwas an sich ... Julie konnte nicht benennen was es war, aber am liebsten hätte sie sich neben ihn gelegt, ihren Kopf an seiner Brust geborgen und seinem Herzschlag gelauscht, um sich zu beweisen, dass sein Leben weiterging. Alles in ihr hatte danach verlangt, sich schutzsuchend an ihn zu schmiegen und ihre Verwirrung von ihm fortküssen zu lassen, anstatt zu gehen. Dabei sollte sie sich davor hüten, sich in eine Sache zu verrennen, deren Ausmaße sie noch nicht einmal ansatzweise erfassen konnte. Sie hatte keine Ahnung, wer Anna war und wie schwer Gerald an ihrem Verlust zu tragen hatte. Sie sollte zusehen, dass sie sich von ihm fernhielt.

»Hast du die Aufkleber fürs Labor schon ausgedruckt?«, fragte sie Carolyn, als sie ins Dienstzimmer trat. Die Gedanken um Gerald wirbelten in ihrem Kopf durcheinander. Carolyn nickte und reichte sie ihr. Mit zittrigen Fingern machte sie sich daran, die Kleber mit Namen und Geburtsdatum auf den Röhrchen mit Blut zu befestigen. Wie mochte sich ein Leben mit einem derartigen Verlust wohl anfühlen?

Julie strich den Aufkleber glatt und starrte auf die Ziffern vor ihren Augen. 25. November. Er hatte in fünf Wochen Geburtstag, und vermutlich würde er ihn alleine verbringen. »Oh Mann«, flüsterte sie tonlos. *Hör auf, dich um ihn zu sorgen!* »Sag mal, wann soll ich eigentlich den ganzen Resturlaub des Jahres nehmen?«, fragte sie Carolyn möglichst beiläufig, die auch ihre Vorgesetzte war, und betete stumm darum, dass Carolyn ihr vorschlug, es sofort zu tun.

»Hm, du sagtest ja, dass es dir nichts ausmacht, über die

Weihnachtsfeiertage zu arbeiten, also solltest du den Urlaub unbedingt vorher einplanen. Wann ist eigentlich egal.«

Julie atmete heimlich auf. »Gut, dann würde ich gerne die nächsten beiden Wochen frei nehmen, wenn das nicht zu kurzfristig ist.« Sie ignorierte das Gefühl, Carolyns fragenden Blick im Rücken zu spüren, und drehte sich mit einem gezwungenen Lächeln zu ihr herum. »Seit ich hier angefangen habe arbeite ich durch, und nach der Aufregung um Mr. Turner bin ich endgültig urlaubsreif.« Zum Glück nickte Carolyn zustimmend. Julie war erleichtert. Egal ob Gerald sich nun verlegen lassen würde oder nicht, er würde verschwunden sein, wenn sie zurückkam.

* * *

Gerald richtete sich in seinem Bett mühselig ein Stück auf, um die Müdigkeit zu vertreiben. Obwohl er erst seit knapp zwei Tagen ans Bett gefesselt war, hielt er es kaum mehr aus, einfach nur dazuliegen. Die Gedanken an die Vergangenheit abzuwehren war so viel schwieriger, wenn er ruhig dalag und sich nicht mit harter körperlicher Arbeit schinden konnte. Und dann kam auch noch dieses drängende Gefühl dazu, dass er Julie so einiges erklären sollte. Das war zu viel und er wünschte sich zutiefst, einfach aufstehen und weitermachen zu können, wo er vor ein paar Tagen aufgehört hatte – hoch oben in den Chugach Mountains. Zwar hatte er auch dann ruhige Momente, beispielsweise nach Feierabend, aber meist war er so erschöpft, dass er in einen traumlosen Schlaf glitt sobald er sich hinlegte. Nun war er auch müde, aber es war anders …

Vielleicht lag es am Krankenhaus, vielleicht auch an der Tatsache, dass er in den vergangenen Tagen gleich zweimal hätte sterben können und doch noch da war. Was auch immer es war, der Abstand zwischen Vergangenheit und Gegenwart schmolz immer schneller dahin und er hatte plötzlich das Gefühl, darüber reden zu müssen. Dennoch hätte er Julie nicht so damit überrumpeln dürfen. Sie hatte so ausgesehen, als wäre sie mit seinen Worten über Anna völlig überfordert gewesen. Ein leises Ziehen meldete sich hinter seinem Brustbein. Aber es war unfair, zu erwarten, dass Julie in irgendeiner Weise richtig auf seine Worte reagierte. Er konnte noch nicht einmal sagen, was richtig gewesen wäre. Ja, er kam selbst überhaupt nicht mit dem Verlust zurecht, wie konnte er da erwarten, dass Julie für ihn damit umgehen konnte?

Bereits den ganzen Tag wartete er darauf, dass sie wiederkam, damit er sich ihr erklären konnte und ihr sagen konnte, dass er nicht erwartete, dass sie auf seine Worte einging. Doch anstelle von Julie hatte ihm die Oberschwester das Essen gebracht. Nun brach langsam der Abend herein und Gerald hoffte, dass Julie ihm wenigstens das Abendbrot bringen würde. Vielleicht würde ihn das so weit zur Ruhe kommen lassen, dass er einigermaßen ruhig schlafen konnte. Die letzten Nächte waren unruhig gewesen, jetzt fühlte er sich innerlich aufgerieben. Er wusste, dass er den Alpträumen damit viel zu viel Angriffsfläche bot.

»Scheiße, wie soll ich das nur durchstehen?«, murmelte er, um die Stille in seinem Zimmer zu vertreiben, die ihm im fahlen Abendlicht noch mehr zu schaffen machte. Müde ließ er den Kopf zurück ins Kissen sinken und versuchte krampfhaft, an etwas Schönes zu denken. Seine Lider waren viel zu schwer, um sie noch länger offen zu halten, und er war zu erschöpft, um noch weiter dagegen anzukämpfen. Vielleicht konnte er die Träume fernhalten, wenn er mit einem guten Gedanken einschlief …

»Ach jetzt komm schon, Gerald, hör auf zu schmollen«, bat ihn seine Mom und stellte ihm einen Teller mit Spaghetti Bolognese vor die Nase. Dass sie ihn mit seinem Lieblingsessen einwickeln wollte, machte ihn aber noch wütender. Als ob das sein Problem lösen würde … »Ich bin nicht beleidigt, sondern sauer«, brummte er und warf seiner Mom einen eisigen Blick zu. Konnte oder wollte sie in nicht verstehen?

»Und ich kapier überhaupt nicht, warum du sauer auf uns bist. Wir freuen uns für dich, dass die Juilliard dich annimmt, und du nörgelst die ganze Zeit nur herum.« An ihrem Tonfall konnte

er erkennen, dass auch sie langsam wütend wurde und die angespannte Atmosphäre nicht mehr mit einem Lächeln hinnehmen konnte. Dennoch schaffte er es nicht, seinen Ärger zu verbergen. Als der Brief aus New York am Mittag eingetroffen war, hatten sich seine schlimmsten Ahnungen erfüllt: Er würde sich entscheiden müssen.

»Vergiss es einfach, okay? Ich werde nach New York gehen und dann seid ihr mich los«, maulte er und schob sich eine Gabel Spaghetti in den Mund. Seine Mom zog getroffen die Augenbrauen in die Höhe, aber Anna kicherte leise. Sie fand es also witzig, dass ihr großer Bruder sie verlassen würde. Gerald war noch nie so böse auf sie gewesen wie in diesem Moment. Die Situation schien nicht den geringsten Funken Bedauern in Anna hervorzurufen: Vielmehr legte sie ihre glatte Stirn in Falten und versuchte, seinen grimmigen Blick nachzuahmen, um ihn damit zum Lachen zu bringen. »Ach Gerald –«

Gerald warf unruhig den Kopf auf die andere Seite und glitt zwischen Schlaf und Bewusstsein dahin. Er wollte nicht hören, was Anna ihm sagte. Sie hatte versucht den Streit zu bereinigen. Doch er hatte das nicht zugelassen. Er hatte wütend auf sie sein wollen, um ihr klarzumachen wie sehr ihn ihr und das Verhalten ihrer Mom verletzte.

»Ist gut, Anna«, murmelte er im Halbschlaf. Hätte er das nur zu ihr gesagt, dann wäre dieser verfluchte Unfall vielleicht nicht geschehen.

Anna verzog ihren Mund und schüttelte langsam den Kopf. Nichts war gut. Ihre Augen füllten sich mit Tränen und ihre kindlich glatte Haut nahm plötzlich eine hässlich graue Färbung an. »Nichts ist gut, Gerald«, sagte sie mit hohler Stimme und lachte kreischend. Ihre Zähne waren schwarz und aus ihrem Mund krochen Maden und Käfer hervor.

»Anna!«, schrie Gerald und schreckte hoch.

»Mr. Turner, geht es Ihnen gut?« Erschrocken hastete Carolyn an sein Bett und stellte eilig das Tablett ab. Gerald blinzelte ins Licht, das sie angeschaltet hatte, und brauchte einen

Moment, um sich zu orientieren. Diese verfluchten Träume … »Alles okay«, murmelte er beschämt. Er fühlte sich grauenvoll, und dass Carolyn anscheinend mitbekommen hatte, wie er im Traum geschrien hatte, war ihm unangenehm. »Sie sehen aber nicht so aus«, sagte sie streng und trat an sein Bett. Gerald versuchte ihr auszuweichen, als sie ihre Hand auf seine Stirn legen wollte. Er hasste mütterliche Gesten wie diese. Sie erinnerten ihn daran, was er außer Anna noch verloren hatte. Doch Carolyn ließ sich nicht abwimmeln. Sie legte ihre Hand auf seine heiße Haut und runzelte besorgt die Stirn. »Sie glühen ja regelrecht.« Ihre kühle Handfläche fühlte sich gut an.

»Ich hab nur schlecht geträumt«, gestand Gerald, doch Schwester Carolyn schüttelte bestimmt den Kopf. »Nein, Sie haben Fieber. Ich hole jetzt ein Fieberthermometer und Doktor Richmond.«

Gerald schloss ergeben die Augen, als die Krankenschwester sich wuselig von seinem Bett entfernte. Solange dieser grauenvolle Alptraum nicht wiederkehrte, war ihm alles egal. Anna wieder und wieder vom Tod gezeichnet sehen zu müssen, würde ihn irgendwann um den Verstand bringen. Nur nicht wieder einschlafen, befahl Gerald sich. Seine fiebrigen Gedanken verflüchtigten sich. Er dachte an Julie und dass er die Situation mit ihr immer noch nicht hatte klären können.

»Was ist los, Mr. Turner?«, schreckte ihn die Stimme des Arztes hoch, der scheinbar geräuschlos ins Zimmer getreten war. Er klang wie Schwester Carolyn besorgt. »Mir ist nicht besonders gut«, murmelte Gerald. War es vielleicht doch mehr als nur der Schrecken des Alptraums, der ihn so mürbe machte?

»Er glüht«, ergänzte Schwester Carolyn und reichte Dr. Richmond ein Fieberthermometer. »Und sieh dir nur seine fiebrigen Augen an.« Dr. Richmond nickte und steckte Gerald das elektrische Thermometer ins Ohr. Das hektische Piepen, das kurz darauf erklang, war alarmierend.

»Lassen Sie uns Ihr Bein anschauen, Mr. Turner«, murmelte Dr. Richmond und schob Geralds Decke beiseite. Ein kühler

Luftzug streifte seinen geschundenen Körper. Er zitterte. Reglos, um das schmerzhafte Pochen in seinen Gliedern nicht noch zu verstärken, wartete Gerald ab, als Dr. Richmond vorsichtig den Verband von seinem Bein löste, den die Nachtschwester am frühen Morgen noch gewechselt hatte.

»Herr im Himmel …« Schwester Carolyn zog scharf den Atem ein. Gerald öffnete seine schweren Lieder und sah direkt in ihr erschrockenes Gesicht. »Die Wunde hat sich entzündet, Mr. Turner«, informierte Dr. Richmond ihn. Er klang ernst. »Wir müssen sie sorgfältig spülen und entsprechend versorgen.« Carolyn nickte heftig und eilte davon.

»Sie bekommen sofort ein Antibiotikum, damit sich die Infektion nicht ausbreitet und es zu einer Blutvergiftung kommt«, fuhr Dr. Richmond an Gerald gewandt fort und erklärte ihm, wie es zu einer Wundinfektion kommen konnte. Doch Gerald hörte ihm nicht richtig zu. Nur dass die Infektion vermutlich die Verlängerung des Heilungsprozesses bedeutete, durchdrang den dichten Nebel, der seine Gedanken träge machte.

Kapitel 4

»Sie müssen essen, Mr. Turner. Wie wollen Sie denn wieder zu Kräften kommen, wenn Sie kaum etwas zu sich nehmen …«

Gerald wandte den Blick von dem Tablett ab, das Carolyn ihm auf dem Tischchen zuschob, das quer über sein Bett ragte, und sah zum Fenster hinaus. Er hatte es satt, hier zu liegen und darauf zu hoffen, dass seine Wunden heilten. Das Antibiotikum hatte gut angeschlagen und die Entzündung sich nicht weiter ausgebreitet. Doch ihm ging trotzdem alles viel zu langsam. Nun lag er schon fast fünf Tage in diesem Bett und hatte noch kein einziges Mal aufstehen dürfen. Nicht einmal, um mit den Krücken zum Klo zu humpeln, die in der Ecke neben seinem Bett standen.

»Wozu sind die Dinger überhaupt da, wenn ich sie nicht benutzen darf?«, fragte er Carolyn bitter und nickte in die Richtung der Krücken. Es war erniedrigend, wie sie oder eine ihrer Kolleginnen ihm die Bettpfanne unter den Hintern schoben, wenn er mal musste. Beinahe war er froh darum, dass Julie frei hatte, wie Carolyn ihm auf seine Frage nach ihr erzählt hatte. Zu sehen, wie sie sein Geschäft wegbrachte, um es ins Klo zu schütten, hätte das Maß des Erträglichen einfach überstiegen.

»Sie dürfen bald aufstehen, Mr. Turner, das verspreche ich Ihnen.« Carolyn seufzte und nahm schwerfällig auf dem Stuhl an seinem Bett Platz. Jetzt würde wieder einer ihrer Vorträge folgen. »Solange die Ränder ihrer Operationswunde noch gerötet sind, will Dr. Richmond, dass Sie Ihr Bein absolut ruhig halten. Weitere Schwierigkeiten können wir einfach nicht riskieren.«

Gerald presste die Lippen aufeinander und nickte. Er kannte

die Haltung seines Arztes und sie kotze ihn an. Jede Minute, in der er nur dalag, war anstrengend. Könnte er wenigstens aufstehen und sich ein wenig auf der Station umsehen, dann könnte er sich vielleicht ein wenig ablenken. Nicht einmal einen Zimmernachbarn bekam er, damit er es möglichst ruhig hatte. Doch anstatt ihm zu sagen, wann er endlich aufstehen durfte, vertröstete Carolyn ihn nur.

»Wir machen einen Deal, okay?«

Überrascht wandte Gerald sich Carolyn zu. Dass die Krankenschwester zugänglicher zu werden schien, weckte seine Hoffnung. Sie lächelte zufrieden und schob das Tablett mit Brot und Wurstaufschnitt noch näher an ihn heran. »Sie essen jetzt schön auf, damit Sie auch kräftig genug zum Aufstehen sind, und ich lege bei Dr. Richmond ein gutes Wort für Sie ein, ja?«

Jetzt fehlte nur noch, dass sie ihm das Brot belegte. Gerald fühlte sich verarscht. Er war doch kein Kind, das auf solcherlei Tricks hereinfiel. Doch gerade, als er protestieren und ihr sagen wollte, dass er keinen Hunger hatte, klopfte es und Connor streckte seinen Kopf zur Tür herein.

»Hallo. Vielleicht können Sie ihn überzeugen, etwas zu sich zu nehmen«, sagte Carolyn zu ihm, als er gefolgt von Jackson das Krankenzimmer betrat. Connor nickte und die Krankenschwester verließ den Raum.

»Machst die Frauen hier wahnsinnig, hm?«, fragte Jackson amüsiert, als er zu Gerald ans Bett trat und einen hungrigen Blick auf sein Abendbrot warf. Gerald brummte missmutig. Connor hierzuhaben war schon seltsam. Er hielt sein Versprechen vom ersten Tag und kam jeden Abend vorbei. Jetzt auch noch Jackson an seinem Krankenbett sitzen zu sehen, seinen rauen Piloten, war geradezu absurd.

»Lass den Jungen zufrieden. Um Frauen kann er sich später wieder Gedanken machen, jetzt sollte er erst einmal zusehen, dass er wieder auf die Beine kommt«, sagte Connor und nickte auffordernd auf sein Abendessen. Wie Schwester Carolyn … Wiederwillig klatschte Gerald eine Scheibe Schinken auf eine

Brotscheibe und biss hinein. Der Bissen fühlte sich in seinem Mund wie ein Stück Pappe an.

»Ist nicht gerade Sharons Eintopf, hm?«, fragte Jackson und grinste. »Den würde ich jetzt auch nicht besser hinunterbekommen«, nuschelte Gerald abweisend. Er hatte einfach keinen Appetit und das Gefühl, dieses verfluchte Brot nicht hinunterschlucken zu können.

»Das nimmst du jetzt aber mal schön zurück. Niemand kocht besser als Sharon. Du solltest mal ihr Steak probieren, oder erst ihre Roastbeefs …«

Gerald musste tatsächlich grinsen. Jackson schien wirklich einen Narren an ihr gefressen zu haben. Connor legte ihm beschwichtigend die Hand auf die Schulter. »Lassen wir's dabei, dass der Junge keinen Hunger hat, weil er nur im Bett rumliegt anstatt den ganzen Tag im Wald zu buckeln, und kommen zum Wesentlichen.«

Gerald ließ sein Brot sinken und kniff alarmiert die Augen zusammen. Connor und Jackson wirkten nervös, wie sie verstohlen die Blicke tauschten. Gerald würgte den Bissen Schinkenbrot hinunter und spülte mit einem Schluck Kräutertee nach. »Was ist los?«

Hoffentlich zog Delloway den Trupp nicht bereits ab. Es war zwar seltsam, Connor und Jackson hier zu haben, aber es war besser als ganz alleine zu sein. Er war seinen Kumpeln dankbar, dass sie einstimmig beschlossen hatten, sich für die Dauer ihrer Arbeit in den Chugach Mountains in Chickaloon bei Sharon einzuquartieren, um ihn jeden Abend besuchen zu können.

Denn bevor er Julie nicht noch einmal gesprochen hatte und sich versichert hatte, dass alles mit ihr in Ordnung war, wollte er nicht weg von hier. Ihre Flucht vor ihm und dass sie urplötzlich Urlaub nahm, ließen ihn daran zweifeln. Zu seinem Glück hatte nicht einmal Will gegen einen verlängerten Aufenthalt in Chickaloon gestimmt, hatte Connor ihm erzählt. Nun schien es allerdings ein Problem zu geben. »Holt Delloway euch nach Colorado?«, fragte Gerald bedrückt.

Ihm war von Anfang an klargewesen, dass es zurück in die Heimat gehen würde, sobald der Winter in Alaska zu hart wurde und sie nicht mehr fällen konnten. Aber das war eigentlich noch nicht der Fall. Tatsächlich lag für Anfang November nur sehr wenig Schnee.

»Nein, wir bleiben in den Chugachs bis wir im Schnee ersaufen«, antwortete Jackson und schielte wieder auf Geralds Abendbrot. Vermutlich waren die beiden von Jacks Landeplatz direkt ins Krankenhaus gekommen. Der verschrobene Kerl schien gefallen an der Wichtigkeit der Rolle des Chauffeurs zu finden und hatte dem Trupp zugesichert, dass sie sich auf ihn verlassen konnten, solange sie in Chickaloon bleiben wollten. Jacksons Magen knurrte laut.

»Kannst es haben, wenn du magst. Ist zwar nicht Sharons Eintopf …«, sagte Gerald und schob Jackson seinen Teller hin. Beherzt griff der sich die zweite Brotscheibe und den verbliebenen Schinken und biss hinein. »Der Chef hat mich heute angefunkt. Er will mit dir reden«, erzählte er kauend.

Gerald beschlich ein ungutes Gefühl. Wusste Alexander Delloway über das Ausmaß seiner Verletzungen Bescheid und dass er vielleicht über Monate hinweg ausfallen würde? »Wirft er mich raus?«, fragte er Connor bedrückt. Ein Ersatz für ihn war bestimmt besser zu finden, wenn er nicht nur für eine begrenzte Dauer gesucht wurde.

»Wir wissen es nicht. Jackson hat er nur gesagt, dass er so schnell wie möglich einen Ersatzmann für dich herschickt«, antwortete Connor. Gerald nickte beklommen. »Natürlich. Ihr braucht einen vierten Mann am Boden.« Einer der den Baum fällte, zwei die mit den Motorsägen entasteten und den vierten, der die Bäume für den Abtransport am Stahlseil des Helikopters befestigte, damit Jackson sie wegfliegen konnte. Drei waren einer zu wenig. Vermutlich war er damit raus.

»Na ja, er war auch ziemlich sauer, weil es einen üblen Zeitungsbericht über den Unfall gab. Über die heftigen Arbeitsbedingungen und welcher Gefahr wir Holzfäller ausgesetzt sind und so«, ergänzte Jackson nuschelnd und erntete dafür einen bösen Blick von Connor. *Fuck*, dachte Gerald. Alexander Delloway war bekannt für sein aufbrausendes Temperament. Den Ärger würde er wahrscheinlich an ihm auslassen. »Aber was hat das mit mir zu tun? Ich meine, wir wissen alle, dass wir einen gefährlichen Job erledigen. Keiner von uns geht unwissend dieses Risiko ein. Ich kann nichts dafür, wenn irgendein Reporterheini das anders darstellt.«

Connor nickte beklommen. »Wissen wir ja auch, aber Delloway war ziemlich in Rage darüber, dass dein Unfall anscheinend als das Beispiel überhaupt hergenommen wurde, um unsere heftigen Arbeitsbedingungen wieder mal aufzurollen. Die Delloway Tree Company ist dabei wohl nicht gerade gut weggekommen, mit dem alten Heli, mit dem wir fliegen und so.«

Gerald überlegte fieberhaft, was das nun für ihn bedeutete. Es war schließlich richtig, dass sie mit ihrer betagten Ausrüstung hier in Alaska nicht gerade auf dem neuesten Stand waren und noch traditionelles Heli Logging betrieben. In Colorado arbeitete die Company bereits mit dem Standing-Stem-Verfahren. Würden sie dieses Verfahren auch in Alaska anwenden, wäre der Unfall nicht geschehen, da der Baum dabei nicht zu Boden fiel. Er wurde bei dieser Methode nur angesägt und mit einem Greifarm vom Helikopter quasi direkt aus dem Wald geholt, nachdem Kletterer den Stamm von den Ästen befreit hatten. Doch den Heli entsprechend umzurüsten war teuer und schien sich für den alten Vogel von Jackson nicht mehr zu lohnen. Er war aber noch gut genug, um ihn noch nicht aus dem Verkehr zu ziehen …

Wie Gerald es auch drehte und wendete, er war sich nicht sicher, ob Alexander Delloway vielleicht sogar zu Recht angegriffen wurde, weil er in Alaska mit der Beschaffung einer moderneren Ausrüstung knauserte. »Ich rufe morgen Vormittag im Büro an. Dann werde ich ja sehen, ob ich meinen Job los bin.« Er versuchte locker zu klingen, was ihm aber gründlich misslang.

»Es tut mir leid, Junge. Wir haben keine Ahnung, woher der Reporter Bescheid wusste.« Müde klopfte Connor Gerald auf den Arm und stand von seinem Stuhl auf. Für ihn schien seine Kündigung bereits festzustehen. »Ich hab Delloway aber gesagt, dass du deine Sache verdammt gut machst.« Gerald nickte ihm dankbar zu. Auf seine Unterstützung konnte er sich verlassen. Das war zumindest ein kleiner Trost.

Gerald starrte auf das Ziffernblatt des Krankenhaustelefons, das eine Kollegin von Carolyn und Julie ihm am Morgen angemeldet hatte. Er sollte einfach die Nummer des Büros der Delloway Tree Company wählen. 719 … Gerald drückte auf die rote Taste, als er die Vorwahl von Colorado Springs eingegeben hatte, wo der Hauptsitz der Firma lag. Sein Nacken kribbelte nervös.

Was wenn sein Chef ihm tatsächlich sagte, dass er seinen Job los war? Das war nicht ganz unrealistisch, da unklar war, wie lange er ausfallen würde und ob er überhaupt je wieder als Holzfäller würde arbeiten können. Dennoch klammerte er sich an den letzten Strohhalm, der ihm blieb. Sein Job war sein größter Halt, und er mochte gar nicht darüber nachdenken, was aus ihm werden sollte, wenn ihm diese Sicherheit genommen wurde. Im Prinzip kannte er die Antwort. Viele Optionen hatte er nicht.

Er hatte in den letzten Jahren nicht viel gebraucht und den größten Teil seines Lohnes angespart. Dennoch würde er nicht ewig davon leben können. Letztendlich würde er irgendeinen schlecht bezahlten Aushilfsjob annehmen müssen. Im Falle einer Kündigung war es aber wohl die beste Option, nach Hause zu gehen und sich in Ruhe darüber klarzuwerden, wie er sein Leben gestalten wollte, ob er studieren sollte. Doch dazu war er nicht bereit. Es war Jahre her, seit er sein Elternhaus zuletzt betreten hatte.

Gerald seufzte leise und wählte die andere Nummer, die ihm in den Fingern juckte. Es war längst überfällig, dass er seine Mom anrief. Sie machte sich bestimmt bereits Sorgen. Auch wenn er gern ihre Stimme hörte und die Wärme in sich aufsog, die ein Teil von ihm bei ihrem Klang empfand, breitete sich eine gewisse Anspannung in ihm aus. Wie immer, wenn er zu Hause anrief.

»Hallo, hier sind Amy, Dave und …«

Gerald legte schnell auf, ehe der Anrufbeantworter die ganze Nachricht abspulen konnte. Im Gegensatz zur Stimme seiner Mom hasste er es, von den anderen Mitgliedern der neuen Familie zu hören, die sie geschaffen hatte. Die Tatsache erinnerte ihn daran, dass es nicht wirklich zur Wahl stand, nach Hause zu gehen. Er sollte also verdammt noch mal aufhören sich so anzustellen und Delloway anrufen. Gerald seufzte und gab erneut die Vorwahl von Colorado Springs und den Rest der Nummer ein und lauschte gespannt dem Tuten in der Leitung.

»Herzlich Willkommen bei der Delloway Tree Company. Sie sprechen mit Avery Combs. Was kann ich für Sie tun?«

Gerald nannte seinen Namen und sein Anliegen und wurde sofort ins Büro des Chefs und Firmeninhabers durchgestellt. Dass die Sekretärin ihm sagte, dass sein Anruf bereits erwartet wurde, half nicht unbedingt gegen das unangenehme Grummeln in seinem Magen. Überrumpelt räusperte Gerald sich, als sich kurz darauf Alexander Delloway persönlich am Apparat meldete.

»Ähm, hallo Mr. Delloway. Hier spricht Gerald Turner. Jackson … ja also, unser Pilot – mir fällt sein Nachname grad nicht ein – hat mir gesagt, dass ich Sie anrufen soll …« – »Gerald, wie schön von Ihnen zu hören«, unterbrach Alexander Delloway ihn. Der überschwängliche Tonfall irritierte Gerald ein wenig. »Ich bin froh, dass Sie anscheinend ohne Probleme in der Lage sind zu telefonieren. Schenkt man der Presse Glauben, könnte man meinen, dass sie halb tot sind. Aber lassen Sie uns später davon reden. Wie geht es Ihnen denn?«

Gerald massierte sich mit der freien Hand die Schläfe. Delloways freundlicher Tonfall verführte ihn, sich zu entspannen. Doch er wusste, dass sein Chef ein knallharter Geschäftsmann war und sollte mit Bedacht antworten. »Nun, so wie es aussieht hatte ich Glück. Natürlich bin ich verletzt, sonst würde ich nicht im Krankenhaus liegen. Aber wir alle in diesem Geschäft wissen, dass ein Unfall beim Fällen glimpflich ausgeht, wenn man ihn ohne lebenslange Schäden übersteht. Das kann ich auch gerne der Presse sagen.« Gerald wartete ab, als es in der Leitung still blieb und fluchte lautlos. »Ich meine, ich sage dem Reporter gerne, dass ich mir über die Gefahr in diesem Job durchaus bewusst war, und nicht dass die meisten Unfälle dabei tödlich enden.« Zu seiner Erleichterung lachte Delloway.

»Ich weiß schon was Sie meinen, Gerald. Aber lassen Sie es gut sein. Sie haben den Artikel vermutlich nicht gelesen, aber lassen Sie mich sagen, dass Sie es nicht schaffen werden, diesen Möchtegernschreiber von den guten Seiten des Helikopter Loggings zu überzeugen. Für ihn scheint jedenfalls festzustehen, dass die Company junge Männer ausnutzt, indem wir sie mit einem halbwegs guten Lohn ködern und sie dann unter den miesesten Bedingungen buckeln lassen, um selbst einen Wahnsinnsprofit einzustecken.«

Gerald presste die Lippen aufeinander. *Denk nach.* Er konnte sich Delloways lauernden Gesichtsausdruck geradezu vorstellen, mit dem er seine Reaktion abwartete. *Jetzt nur nichts Falsches sagen.* »Also ich finde den Lohn sehr fair«, war das Erste, was ihm einfiel. *Fuck*! Delloway erwartete vermutlich ein klares Statement, das ihn von seiner Loyalität der Company gegenüber überzeugte. Und ihm fiel nichts Besseres ein. Das würde seinem Chef vermutlich nicht gefallen. Tatsächlich blieb es wieder unangenehm still in der Leitung. Gerald spürte, wie sein Mund trocken wurde. »Hören Sie, Mr. Delloway, ich arbeite gerne für die Company und es macht mir nichts aus, dass es sich dabei um einen verdammt harten Job handelt. Sobald ich wieder auf den Beinen bin, will ich einfach nur da weitermachen, wo ich vor diesem Unfall aufgehört habe. Was irgendein Reporter davon hält, ist mir eigentlich ziemlich egal.«

»Gut«, sagte Alexander Delloway knapp und Gerald wagte es, ein wenig aufzuatmen. »Ihre Haltung gefällt mir sogar richtig gut«, fuhr sein Chef nachdenklich fort. »Damit können wir vielleicht sogar noch eine Positivschlagzeile für uns rausholen.« Gerald wurde wieder nervös. Er wollte keine unrealistischen Erwartungen in Delloway wecken. Das würde ihm über kurz oder lang zum Verhängnis werden. »Es wird aber schon eine Weile dauern, bis ich wieder an die Arbeit kann«, sagte er unbehaglich. Delloway gab einen grunzenden Laut von sich. »Nach dem, was ich über das Ausmaß des Unfalles aus der Zeitung erfahren habe und von Ihren Kollegen gehört habe, ist mir das klar. So ganz nebenbei frage ich mich aber schon, woher dieser Schreiberling diese Informationen hatte, aber egal, das finde ich noch heraus ... Lassen Sie es uns denen zeigen. Ich meine, wenn Sie so hart Sie können daran arbeiten, dass Sie schnellstmöglich wieder an die Arbeit gehen können, dann werde ich Ihnen helfen. Meine Unterstützung ist natürlich finanzieller Natur. Wie klingt das für Sie?«

Gerald klappte die Kinnlade herunter. Seine Krankenkasse war äußerst sparsam, wenn es um die Übernahme von Kosten ging, und bestimmt belief sich seine Krankenhausbehandlung bereits auf ein ganz ordentliches Sümmchen. Delloways Angebot kam genau richtig. »Das ist ein sehr großzügiges Angebot, Mr. Delloway. Ich weiß gar nicht wie ich Ihnen danken soll«, brachte er beinahe sprachlos hervor. Delloway lachte trocken. »Ich führe jeden Monat einen Teil Ihres Lohnes an Ihre Versicherung ab und weiß daher genau, mit was für Knauserern Sie sich herumschlagen dürfen. Wenn es unkomplizierter geht und wir alle davon profitieren können, helfe ich Ihnen gerne weiter und gebe einen kleinen Zuschuss zu Ihrer Rehabilitation dazu. Und genau das soll auch dieser Reporter erfahren.«

Gerald sicherte seinem Chef zu, alles ihm Mögliche dafür zu tun und legte auf. Er lehnte sich in seinem Kissen zurück und atmete erleichtert durch. Er konnte nicht benennen was es war, doch Delloways Unterstützung machte etwas mit ihm. Vielleicht war es das Gefühl, dass er seinen Platz im Leben nicht wieder verlassen musste ...

Veränderungen behagten ihm nicht. Seine Situation war vor dem Unfall vielleicht nicht perfekt, aber sie war in Ordnung. Die Arbeit in den Wäldern trieb ihn bis an die Grenzen seiner physischen Belastung und schien ihn in eine andere Welt zu entführen – eine Welt aus Erschöpfung und von der Schinderei schmerzenden Knochen und Muskeln. Aber es war auch eine Welt, in der er nicht viel zum Nachdenken kam. Erst jetzt, als er nutzlos im Bett herumlag, wurde ihm vollends bewusst, wie sehr er das brauchte und dass er keinen besseren Job für sich hätte finden können. Und Delloways Unterstützung machte ihn perfekt.

Gerald machte sich nicht vor, dass er aus wohltätigen Beweggründen handelte. Dafür hatte er zu offen gesprochen. Aber wenn er ihn unterstützte, um seine eigenen Ziele zu erreichen – die Delloway Tree Company als Heilsbringer für seine Mitarbeiter zu verkaufen –, sollte ihm das recht sein. Es war erleichternd, seine Gedanken auf ein lohnendes Ziel zu richten: den Fortschritt seiner Genesung.

»Langsam, Mr. Turner. Ihr Kreislauf braucht einen Moment, um sich an die Bewegung zu gewöhnen, und ich kann es nicht gebrauchen, dass Sie mir noch stürzen.«

Gerald presste die Lippen aufeinander und ließ sein gesundes Bein über den Rand des Bettes gleiten. Sein gebrochenes Bein, das immer noch geschient und verbunden war, schmerzte, doch davon würde er sich nicht abhalten lassen, endlich dieses verfluchte Bett zu verlassen.

»Geht's, oder sollen wir eine Pause einlegen?«, fragte Carla, die Physiotherapeutin, die ihm das Laufen mit den Krücken zeigen sollte. Gerald schüttelte entschlossen den Kopf und ließ sich langsam von der Bettkante heruntergleiten, bis er mit dem Fuß seines gesunden Beines den Boden berührte. Carla trat an seine Seite und umfasste seinen Oberarm mit einem für so ein zartes Persönchen erstaunlich festen Griff. »Lassen Sie es ruhig angehen. Sie sehen ziemlich blass aus. Sind Sie sicher, dass Ihnen nicht schwindelig ist?«

Gerald ignorierte ihren zweifelnden Gesichtsausdruck, mit dem sie ihn von der Seite musterte. Seine Knie fühlten sich weich wie Pudding an. Aber er lag nun seit zehn Tagen in diesem Bett und wollte endlich raus. Die Entzündung seiner Wunde hatte sich zurückgebildet, und auch sonst sprach nichts dagegen, dass er an diesem Vormittag endlich loslegen konnte. Und das würde er sich sicher nicht von einem schummrigen Gefühl und weichen Knien versauen lassen.

»Geht schon«, murmelte er und rutschte auf der Matratze noch ein Stück nach vorne, bis er auf seinem gesunden Bein stand. »Das machen Sie ganz prima«, lobte Carla ihn und stützte ihn, damit er nicht einfach umfiel, so unsicher wie er dastand. »Nehmen Sie erst eine Krücke zum Üben. Ich übernehme zuerst einmal die Funktion der zweiten.«

Gerald fühlte sich lächerlich, als er sich gestützt von Carla und einer Krücke im Schneckentempo durch sein Zimmer bewegte. In dieser Geschwindigkeit würde er ewig zum Klo brauchen. »Ich will schneller laufen«, presste er angestrengt hervor. Die wenigen Schritte, die er gegangen war, hatten seine Kraftreserven beinahe gänzlich aufgebraucht. Er ignorierte Carlas Protest und setzte den Gummistöpsel der Gehhilfe in einer größeren Entfernung als zuvor auf dem Boden ab, so dass er zwangsläufig einen größeren Schritt machen musste. Das alles hier musste einfach schneller gehen.

»Fuck!«, Gerald schaffte es gerade noch, sein Gewicht auf den Gehstock gestützt abzufangen, ehe er zu Boden stürzte. Und wahrscheinlich wäre ihm nicht einmal das gelungen, hätte Carla ihn nicht zusätzlich aufgefangen. »Ich finde, das reicht jetzt«, teilte sie ihm streng mit und half ihm, wieder sicheren Stand zu finden. »Sie legen sich jetzt wieder hin und ruhen sich aus. Für den Anfang war das sehr gut.«

»Ja, klar …« Gerald schnaubte frustriert, leistete aber keinen Widerstand, als Carla die Richtung wechselte und auf sein Bett zusteuerte. Wenn er ehrlich war, kostete es ihn alle verbliebene Energie, die wenigen Meter zu überwinden.

»Das wird dauern, Mr. Turner. Es hilft Ihnen nichts, ungeduldig zu sein und sich dadurch wieder zu verletzen«, sagte Carla und half ihm, sich auf die Bettkante zu setzen. Ihr mitfühlender Blick ärgerte ihn. Er hasste es, sich so gebrechlich zu fühlen. »Wann kann ich wieder aufstehen?«, fragte er. Carla schüttelte fassungslos den Kopf. »Ich komme morgen wieder. Ab jetzt üben wir jeden Tag, dann können Sie in ein paar Tagen bestimmt alleine laufen. Und wenn das gutgeht, machen wir uns an die ersten vorsichtigen Übungen zum Muskelaufbau. Wenn Sie Glück haben und schnell einen Platz bekommen, werden Sie vielleicht auch schon bald in die Rehabilitation entlassen. Das kann aber auch noch etwas dauern.«

Gerald nickte grimmig. Er hatte bereits bei der Krankenkasse angerufen, um die Kosten für die Reha abzuklären. Aber auch dass Delloway die Restkosten aufstocken würde, beschleunigte das Verfahren nicht. Tatsächlich hatte man ihm mitgeteilt, dass er Wochen auf einen Rehabilitationsplatz würde warten müssen und sich besser nach einer ambulanten Möglichkeit umsehen solle. Aber auch davon würde er sich nicht aufhalten lassen. »Mir ist egal wie, aber ich will wieder auf die Beine kommen. Wie wäre es also, wenn Sie heute Nachmittag noch mal vorbeischauen und wir es gleich noch mal versuchen?«, fragte er Carla entschlossen.

Kapitel 5

Julie hastete durch das Foyer, von dem die Gänge in die Ambulanzräume, die zum Glück selten genutzten Schockräume und die Station abgingen. Sie hatte den Aufbruch zur Arbeit so weit hinausgezögert, dass sie nun zu spät kam. Sie arbeitete gerne als Krankenschwester. Ja, sie empfand es eher als eine Berufung als ihren Beruf. Deshalb war sie auch nach Alaska gekommen, nachdem am schwarzen Brett der Uni mehrfach für die zu besetzende Stelle Werbung gemacht worden war. Und es schien, als wolle niemand dem Ruf folgen, deshalb hatte sie es getan. Um Menschen zu helfen, die sie brauchten. Menschen in Not, die auf eine fachkundige medizinische Versorgung angewiesen waren. So wie Gerald.

Der Gedanke an Gerald ließ Julie ihre Schritte automatisch verlangsamen. Ihre Grenzen zwischen professionellem und unangebrachtem Verhalten waren verschwommen. Aber sie hätte nicht so überreagieren und gleich überstürzt frei machen sollen, nur weil sie das Gefühl hatte, dass sie zu nahe an ihn herangekommen war. Mit jedem Urlaubstag, der verstrichen war, war sie sich lächerlicher vorgekommen. Sie hätte sich einfach nur zusammenreißen müssen und sich daran erinnern, was ihr Job war und wo ihre Kompetenzen lagen. Insgeheim war sie jedoch froh, dass er wahrscheinlich längst entlassen war und sie so nicht auf den Prüfstand gestellt wurde. Ein überaus dummer Teil von ihr bereute jedoch zutiefst, dass sie sich nicht wenigstens ein einziges Mal völlig unprofessionell verhalten hatte und sich einen Kuss geholt hatte. Wie sich allein schon die festen Muskeln seines Unterarms unter ihrer Handfläche angefühlt hatten.

Ein wohliges Kribbeln rieselte durch sie hindurch, gleichzeitig schüttelte sie den Kopf über sich. Gerald Turner war nicht ihre Angelegenheit. Sie sollte damit aufhören, mehr in ihm zu sehen, als er vermutlich war, und ihn retten zu wollen. Verdammt, sie wusste noch nicht einmal, wovor sie ihn überhaupt retten wollte und ob er das wollte.

Sie presste verkniffen die Lippen aufeinander und setzte ihren Weg fort. Sollte sie je wieder in eine ähnliche Situation gelangen, würde sie sich anders verhalten, tröstete sie sich und stieß die Tür zur Station auf.

»Oh mein Gott!« Erschrocken zuckte sie zusammen, als sie aus dem Augenwinkel im Frühstücksraum für die mobilen Patienten eine Bewegung wahrnahm. Es war halb sechs Uhr morgens und Zeit für die Übergabe der Nachtschwester an die Frühschicht. Die Patienten sollten noch schlafend in ihren Betten liegen.

»Entschuldige, ich wollte dich nicht erschrecken.«

Ein Schwarm Schmetterlinge stieg in Julies Magengegend auf. »Gerald, was machst du um diese Zeit hier drin?«, fragte sie und trat durch die Tür in den dunklen Raum und schaltete das Licht an. Was machte er überhaupt noch im Krankenhaus? Er sollte sich längst in der Rehabilitation befinden. Stattdessen stand Gerald mit einem verlegenen Grinsen, das Julie innerlich zum Schmelzen brachte, mitten im Frühstücksraum und zuckte mit den Schultern. »Na ja, ich dachte, wenn Übergabe ist, ist niemand unterwegs und ich könnte ein wenig üben.« Er hob eine der Krücken an, auf die er sich stützte, und winkte damit. Julie legte irritiert die Stirn in Falten. »Und warum wartest du nicht auf die Physiotherapeutin, oder zumindest darauf, dass es hell wird?« Wieder grinste Gerald verlegen. Dabei wirkte er wie ein spitzbübischer Junge, und Julie fiel auf, dass er meist sehr ernst dreinblickte. Es war schön, seine Züge so entspannt zu sehen. Nein, es war mehr als schön: Es brachte ihr Herz dazu, seinen Takt zu beschleunigen. Was war es nur, das sie sosehr an ihm anzog?

»Ich warte nicht auf Carla, weil sie mir verboten hat, ohne

sie aufzustehen«, antwortete Gerald, und Julie musste sich ein Grinsen verkneifen. Irgendwie hätte sie sich denken können, dass Gerald nicht der Typ Mann war, der geduldig auf jemanden wartete, der ihm half. So ungeduldig, wie er darauf beharrt hatte, dass sie ihn beim Vornamen nannte ... Aber darum ging es jetzt nicht.

Julie zog vielsagend die Augenbrauen in die Höhe und setzte zum Tadel an: »Du solltest auf Carla hören, sie ist –« – »Verpetz mich bitte nicht«, unterbrach Gerald sie und legte mit einem bestechenden Lächeln den Kopf zur Seite. »Ich will doch einfach nur schnell wieder fit werden.« Unwillkürlich erwiderte Julie sein Lächeln. Es nahm sie einfach mit. So viel zu professionellem Verhalten ... Sie seufzte leise. »Na gut, ich sag Carla nichts von deinem morgendlichen Ausflug. Aber nur wenn du mir versprichst, dass du es nicht übertreibst und du jetzt zurück in dein Bett gehst.«

Gerald nickte, und Julie wollte sich abwenden. Ihre Verspätung wurde durch diesen Zwischenfall immer größer. Doch Geralds nachdenklicher Blick und das Lächeln, mit dem er sie musterte, hielten sie davon ab, einfach weiterzugehen. »Was ist?«, fragte sie unsicher. Hatte sie noch irgendwo Zahnpasta kleben? Verstohlen wischte sie sich über die Mundwinkel. Gerald schien ihre Gedanken lesen zu können und lachte. »Du hast nichts im Gesicht.« Julie warf einen schnellen Blick auf die Uhr über dem leeren Frühstücksbuffet. Acht nach halb sechs. »Wie auch immer, ich muss los.«

»So wie du letztes Mal, als wir uns gesehen haben, gegangen bist, dachte ich nicht, dass wir uns so locker unterhalten könnten«, sagte Gerald, als sie ihm den Rücken zuwandte. Verdammt, Gerald hatte recht. Sie hatte sich in den letzten beiden Wochen gedanklich so viel mit ihm beschäftigt und dieses Aufeinandertreffen war so entspannt, dass es sich anfühlte, als treffe sie auf einen alten Bekannten. Sie hatte überhaupt nicht darüber nachgedacht, wie sie ihm gegenübertrat oder was sie bezüglich ihrer letzten Begegnung zu ihm sagen sollte.

»Ich …«, stotterte sie.

»Julie? Bist du schon da?« Julie atmete erleichtert auf. *Danke*, bedankte sie sich im Stillen bei Daniel, der nach ihr rief. »Ich komme!«, rief sie zurück und ließ Gerald nach einem hastigen Blick über die Schulter einfach stehen.

Was hätte sie ihm auch sagen sollen? Dass sie das Gefühl hatte, als kenne sie ihn, nur weil es sich anfühle, als wolle er mit seinem intensiven Blick direkt in sie hineinsehen, oder weil sie ihm ohne nachzudenken nachgeben würde, würde er auch nur versuchen sie zu küssen, so wie am Abend in der Bar?

Julie schüttelte den Kopf und hastete weiter in Richtung des Stationszimmers. Gerald war für sie kein normaler Patient, das machte sie sich nicht länger vor. Sie würde einen neuen Weg finden müssen, mit ihm umzugehen – irgendwo zwischen professionell und persönlich. Mit dieser Erkenntnis fühlte sie sich bereits viel wohler, als sie Daniel gegenübertrat, der sie mit einem freudigen Lächeln an der Tür des Stationszimmers empfing. »Da bist du ja. Mit wem hast du geredet?«

Julie schenkte Daniel ein entschuldigendes Lächeln. »Tut mir leid, dass ich zu spät bin. Ich habe deshalb mit mir selber geschimpft.« Das wurde ja immer besser. Jetzt log sie auch schon für Gerald. Daniel schien zum Glück nichts zu bemerken, sondern legte eine Hand in ihren Rücken und schob sie ins Dienstzimmer. »Na dann komm, es liegt viel Arbeit vor uns, und ich bin wirklich froh, dass du wieder da bist.«

* * *

Wie viele Ameisen leben in einem Ameisenhügel?, fragte Gerald sich, als er mit einem kribbeligen Gefühl wieder alleine im Frühstücksraum stand. Es fühlte sich jedenfalls so an, als marschiere mindestens eine ganze Kolonie durch ihn hindurch. Julie war wieder da … Und nicht nur das, sie begegnete ihm offen und hatte sich direkt in eine Verbündete verwandelt. Gerald hoffte, dass sie es sich nicht doch noch anders überlegte.

Er wartete, bis die murmelnden Stimmen am Ende des Ganges verstummten und humpelte dann zur Tür, um vorsichtig hinauszuspähen. Nur ein schmaler Streifen Licht schien aus dem Dienstzimmer auf den spärlich beleuchteten Gang hinaus. Die Übergabe hatte begonnen und er sollte schleunigst zusehen, dass er seinen Teil der Abmachung einhielt. Mit dem Ellbogen schaltete er das Licht aus und schritt leise den Gang entlang. Um in sein Zimmer zu gelangen, musste er am Dienstzimmer vorbei. Er war froh, dass er den Umstand, früh morgens von einem Alptraum geweckt zu werden, nun anders nutzen konnte, als in die Dunkelheit zu starren und zu bereuen, dass er zu Anna an ihrem letzten Tag so garstig gewesen war und sich aus tiefstem Herzen zu wünschen, die Zeit zurückdrehen zu können und langsamer zu fahren. Es ging nicht. Sosehr Gerald darum gebetet hatte, die Dinge ließen sich nicht mehr verändern. Er hatte einen Fehler begangen und Anna hatte den Preis dafür bezahlt.

Gerald schüttelte stumm den Kopf und beschleunigte sein Tempo. Am dritten Tag, seit er begonnen hatte allein mit den Krücken zu laufen, war er schon richtig gut darin. Er fühlte sich ein wenig ausgeglichener, wenn er seine überschüssige Energie bis zu ihrer Erschöpfung auslaugte. So würde er hoffentlich bald wieder zu dem oberflächlichen Frieden zurückfinden, der ihn die letzten Jahre hatte ertragen lassen.

»Ein paar der Patienten kennst du noch und sie werden sich freuen, dass du wieder da bist. Viele haben nach dir gefragt«, sagte die Nachtschwester gerade, als Gerald am Dienstzimmer vorbeischlich. »Ach ja, wer denn?«, fragte Julie, und Gerald hielt inne. Der Klang ihrer Stimme war besonders und er hörte ihn gerne. Vielleicht lag es an dem Gefühl der Vertrautheit, das er Julie gegenüber empfand. Vielleicht lag es aber auch daran, dass sie nie laut war oder unwirsch klang, sondern so als spreche sie stets mit Bedacht. Sanft und melodisch. Gerald fühlte sich davon wie magisch angezogen, und er hoffte, sie noch einmal zu hören, ehe er und die Ameisenkolonie in sein Bett zurückkehrten.

»Mr. Reynolds schien richtig enttäuscht zu sein, dass er sich wahrscheinlich nicht mehr von dir verabschieden kann. Er wird sich freuen, dass es nun doch klappt, bevor er morgen nach Hause geht«, sagte die Nachtschwester und Julie lachte leise. »Dabei hat er mich insgeheim wahrscheinlich für die unangenehmen Verbandswechsel verflucht.« Gerald schob sich vorsichtig näher an die Tür heran. Er mochte Julies Lachen. Durch den Spalt konnte er Dr. Richmond sehen. Auf seinem Gesicht lag ein zärtlicher Ausdruck. Wen er damit ansah, konnte Gerald nicht erkennen, denn die Person lag außerhalb seines Blickfeldes. Ein fieser Stich in der Brust sagte ihm jedoch, dass es vermutlich Julie war.

»Und Mr. Turner hat sich auch nach dir erkundigt«, sagte die Nachtschwester.

Gerald hielt den Atem an. Wie reagierte sie auf sein Interesse?

»Wenn wir schon bei ihm sind, dann sollten wir uns gleich überlegen wie wir weiter verfahren«, sagte Dr. Richmond. Sein Gesichtsausdruck wurde härter. »Carla sagte, dass er kaum zu halten sei und sich ständig über ihre Anweisungen hinwegsetzt. Wir sollten zusehen, dass wir so schnell wie möglich eine Reha-Möglichkeit für ihn finden, ehe er sich hier im Krankenhaus noch mal verletzt. Dann ist es nicht mehr unser Problem, dass er keinerlei Rücksicht auf seinen Zustand nimmt.«

Gerald presste die Lippen aufeinander und nahm sich zusammen. Am liebsten wäre er in das Dienstzimmer hineingestürmt und hätte Dr. Richmond gesagt, was er von seiner Arroganz hielt. Er mochte den Arzt einfach nicht, und wie es schien beruhte das auf Gegenseitigkeit.

»Sei nicht so hart mit ihm. Er will bestimmt nur schnell wieder gesund werden«, warf Julie ein, und Gerald entspannte sich wieder. Es fühlte sich großartig an, dass sie ihn in Schutz nahm. Dr. Richmond schien das nicht zu gefallen. Er lächelte kühl.

»Ich meine, du hast recht. Mr. Turner handelt nicht gerade

besonnen und wir sollten zusehen, dass wir ihn so bald wie möglich entlassen. Aber kannst du es ihm verdenken, dass er wieder auf die Beine kommen will?«, fuhr Julie fort. Ihre Worte fühlten sich wie eine eiskalte Dusche an. So sah sie das also, sie wollte ihn schnellstmöglich loswerden.

Entschlossen umfasste er die Griffe seiner Krücken wieder fester, die er während des Lauschens lose in den Händen gehalten hatte, und setzte seinen Weg fort. Verflucht, es sollte ihm egal sein, seine Pläne sahen schließlich nicht anders aus. Ob Dr. Richmond nun höchstpersönlich dafür sorgte oder nicht – er würde ohnehin bald verschwinden.

»Hey«, sagte Julie leise und lächelte sanft, als sie eine gute Stunde später an Geralds Bett trat und ihm das Tablett mit dem Frühstück hinstellte. Noch immer lag er allein im Zimmer, obwohl seine Gehirnerschütterung abgeklungen war und er nicht mehr absolute Ruhe brauchte. Wahrscheinlich war die Station nicht voll belegt und Julie hätte etwas Zeit für eine Unterhaltung. Gerald vermutete, dass sie deshalb nicht sofort ging, nachdem sie ihre Pflicht erledigt hatte. Stattdessen blieb sie abwartend neben seinem Bett stehen. Aber es war das Vernünftigste, sich gar nicht erst darauf einzulassen. »Hey«, antwortete er einsilbig und hob den Plastikdeckel an, der sein Frühstück bedeckte. Schon wieder Brot mit Schinken. Er hatte nach wie vor keinen großen Appetit, aber Carolyn hatte recht: Für den Weg, der vor ihm lag, brauchte er vor allem Kraft.

Missmutig bestrich er das Brot mit Butter und klatschte eine Scheibe Wurst drauf. Er mochte Julie, aber daraus konnte nichts werden, dazu war sein Leben viel zu unruhig. Nie war er länger an einem Ort, und er wollte auch nie länger an einem Ort bleiben. Er war nicht bereit, sein Leben für eine Frau zu ändern – erst recht nicht für eine, die er gar nicht kannte. Dennoch wühlte das widersprüchliche Bedürfnis ihn auf, jede Minute ihrer Gesellschaft auszukosten.

Aus den Augenwinkeln sah er, wie Julie sich einen Stuhl heranzog und sich setzte. Er ignorierte ihren abwartenden Blick und biss in sein Brot.

»Wie geht es dir?«, fragte Julie, die seinen Unmut entweder nicht bemerkte, oder ihn nicht bemerken wollte. »Dr. Richmond sagte, dass es Komplikationen gab und du deshalb noch hier bist.«

Gerald würgte den Bissen hinunter und erwiderte Julies fragenden Blick. Was sah sie in ihm – ein Sorgenkind? War das der Grund dafür, dass sie seine Nähe suchte? Wenn er eines bestimmt nicht für sie sein wollte, dann das. »Es geht mir gut«, antwortete er knapp und konzentrierte sich wieder auf sein Frühstück. Aus den Augenwinkeln sah er, wie Julie irritiert blinzelte und ihren Blick auf ihre Hände senkte, die sie in den Schoß gelegt hatte. Seine Reserviertheit schien sie zu treffen. Er mochte es nicht, sie so zu sehen. Leise seufzend legte er sein Brot auf den Teller und sah sie wieder an. »Du hältst mich also für unbesonnen und denkst es wäre das Beste, mich loszuwerden?«, fragte er.

Julie hob den Blick und sah ihm fest in die Augen. Es erstaunte ihn, dass sie nicht im Mindesten ertappt oder erschrocken wirkte. Ein sanfter Ausdruck lag auf ihrem Gesicht. »Du hast uns belauscht«, stellte sie fest. Warum versuchte sie nicht einmal, sich zu rechtfertigen? Machte es ihr gar nichts aus, dass ihre Worte ihn kränkten? Gerald war verwirrt. Als er nichts erwiderte, seufzte Julie leise und straffte ihre Schultern. »Ja, ich denke, dass das das Beste ist – für uns alle. Du scheinst emotional nicht sehr gefestigt zu sein, du bringst mich durcheinander. Im einen Moment bist du total locker drauf, im nächsten – jetzt – bist du abweisend und ich verstehe einfach nicht, warum. Ich weiß nicht sehr viel über dich, Gerald, aber ich denke, dass du Probleme hast. Zumindest bist du kompliziert. Ist es nicht so?«

Gerald öffnete überrascht den Mund. Er hatte nicht damit gerechnet, dass sie ihm das so direkt sagte. *Er brachte sie durcheinander …* »Ja, schon. Ich meine, ich habe mein Päckchen zu tragen. Aber so was sagt man einem nicht mitten ins Gesicht«, murmelte er. Was sollte er dazu sagen, dass sie verwirrt von ihm war? Sie gestand ihm damit praktisch ein, dass er sie emotional berührte. *Lass dich nicht darauf ein*, raunte ihm ein warnendes Stimmchen zu. Julies Mundwinkel zuckten, ihre Augen funkelten belustigt. »Und warum tut man das nicht?«

Gerald zuckte ratlos mit den Schultern und drehte sich Julie ganz zu. Seine gebrochenen Rippen schmerzten noch immer bei der Drehung des Oberkörpers. Unwillkürlich verzog er sein Gesicht. Er wehrte jedoch ab, als Julie erschrocken aufstehen wollte, um was auch immer zu tun. »Geht schon …«, presste er hervor und setzte sich anders hin. Er konnte es nicht leiden, sich Julie gegenüber wie ein Pflegefall zu fühlen. In der entlastenden Pose konnte er wieder durchatmen. »Warum man jemandem nicht sagt, dass er durchgeknallt ist?«, murmelte er. Irgendwie musste er da wieder herauszukommen, ohne sich zu tief in Erklärungen zu verstricken und Julie damit einzugestehen, dass sie ihn ebenfalls interessierte. Schon wieder hatte er das Gefühl, als drehe sich die Welt ohne Julie und ihn weiter, nur weil sie sich im selben Zimmer aufhielten und miteinander redeten. Das war reiner Zündstoff für mehr, das war zu viel.

»Ich finde, es ist einfach unhöflich, so mit jemandem zu sprechen.« Er nickte bestätigend. Doch anstatt ihm zuzustimmen, zuckten Julies Mundwinkel nun endgültig nach oben und formten ihre geschwungenen Lippen zu einem Lächeln. »Du bist wirklich seltsam, Gerald. Ich meine, ich habe als Krankenschwester ziemlich versagt, als ich davongelaufen bin, nachdem du mir von Annas Tod erzählt hast. Ich sollte auch für die seelischen Nöte der Patienten ein offenes Ohr haben. Aber sei ehrlich: Hat es dir geholfen, dass ich nicht darauf eingegangen bin? Hilft es dir, wenn die Leute ignorieren, dass es dir schlecht geht? Macht das deine Situation einfacher?«

Gerald zog irritiert die Augenbrauen zusammen. Jetzt verstand er Julie gar nicht mehr. Wollte sie das alles wirklich nur wissen, weil sie das für ihre Aufgabe hielt, weil sie ihn durchschauen und begreifen wollte? Sein Kopf schwirrte, aber er wollte im Moment einfach nicht darüber nachdenken, welche Fehler er begangen hatte, und Julie davon erzählen. Gott, er hatte in den letzten vierzehn Tagen mehr Zeit damit zugebracht, Erinnerungen zu wälzen, als im letzten halben Jahr, in dem es ihm beinahe vollständig gelungen war, die Vergangenheit zu verdrängen.

»Ja, es ist einfacher für mich, wenn ich nicht auf die Vergangenheit angesprochen werde. Wenn ich nicht darüber nachdenken muss, was schiefläuft, dann geht es mir besser«, sagte er und bereute es beinahe sofort. Julies Lächeln verschwand. Für einen Moment presste sie die Lippen nachdenklich aufeinander und schnaubte leise. »Das glaube ich dir nicht«, sagte sie und stand auf. »Ich denke, du kannst nur besser davonlaufen, wenn du nicht über Anna nachdenken musst. Aber auch so scheint dir das nicht allzu gut zu gelingen.«

Gerald starrte Julie wie versteinert hinterher, als sie ohne noch etwas zu sagen sein Zimmer verlies. Was hatte er Falsches gesagt? Und überhaupt … Noch nie hatte es jemand gewagt, ihn so direkt auf seinen Umgang mit Annas Tod anzusprechen. Alle um ihn herum hatten seine Weigerung akzeptiert, ihr Grab nach der Beerdigung zu besuchen. Er hatte alle ihre geliebten Orte gemieden und auch ihr Zimmer nie wieder betreten. Keiner, nicht einmal seine Mom, hatte von ihm gefordert anders mit seinem Schmerz umzugehen. Doch auch das hatte irgendwann nicht mehr geholfen und er hatte keine andere Wahl, als dafür zu sorgen, dass ihn nichts in seinem Leben mehr an Anna erinnerte.

Doch Julie schien seinen Schmerz aushalten zu können. Sie vermied es nicht, die gefährlichen Klippen seiner Not zu umsteuern. Das machte Gerald sprachlos, erst recht, nachdem er überhaupt nicht damit gerechnet hatte. Er brachte Julie durcheinander? Vielmehr war wohl das Gegenteil der Fall.

* * *

Julie ließ sich erschöpft gegen die Wand des Ganges sinken, kaum dass sie die Tür zu Geralds Zimmer hinter sich zugezogen hatte. Sie hatte es ihrer Meinung nach gut hinbekommen, nicht zu privat zu werden und dennoch auf Gerald einzugehen. Was sie jedoch überhaupt nicht auf die Reihe bekam, war, Geralds Antworten nicht zu nah an sich heranzulassen. Er wich seinem Schmerz aus, das war offensichtlich.

Vielleicht lag es an der Einsamkeit, die er ausstrahlte – ein hochgewachsener, kräftiger Kerl, der in dem Krankenbett so unglaublich verletzlich aussah, aber ihr Entschluss, ihn nicht zu ihrer Angelegenheit zu machen, geriet zunehmend ins Wanken. Sie konnte nicht anders, sie musste einfach herausfinden, was mit Anna geschehen war und ob Gerald tatsächlich irgendwie damit klarkam, wie er ihr glauben machen wollte. Und dazu würde sie sich noch intensiver mit ihm befassen müssen.

Julies Herz klopfte unwillkürlich schneller, in ihrem Magen grummelte es. Es gab wesentlich Schlimmeres, als sich mit einem großen, attraktiven, rauen und dennoch unerwartet sensiblen Holzfäller abzugeben. Oh Gott, ihr Puls raste. Genau das brachte sie in eine Zwickmühle. Sie würde verdammt gut auf sich und ihr Herz aufpassen müssen, so interessiert wie Gerald sie ansah.

Seufzend stieß sie sich von der Wand ab und machte sie auf in Richtung Dienstzimmer. Vielleicht hatte Daniel ja inzwischen eine Lösung gefunden, dann hätte sich das Thema ganz von allein erledigt.

* * *

Gerald lag im Bett und verfluchte sich für seine Unfähigkeit, ein normales Gespräch mit Julie zu führen. Aber schließlich lag es an ihr, dass sie immer wieder auf Themen zu sprechen kamen, die er nicht diskutieren wollte. Er schloss die Augen und wartete. Das nächste Mal, wenn sie sein Zimmer betrat, würde er sich für seine abweisende Art entschuldigen – die hatte sie schließlich bemängelt- und sie darum bitten, nicht mehr von Anna zu sprechen. Er würde freundlich und charmant sein, so dass Julie sah, dass er nicht nur komplizierte Seiten besaß. Verflucht, noch nie hatte ihm eine Frau derart zugesetzt. Aber er musste zugeben, dass bisher auch noch nie eine besonders an seinem Seelenleben interessiert gewesen war, und schließlich hatte er auch noch nie zugelassen, dass eine tiefer bohrte. Sex. Eine leidenschaftliche Nacht, manchmal auch zwei oder drei, das hatte die Frauen und ihn bisher miteinander verbunden, mehr nicht. Aber mit Julie war es anders. Ihre Art, mit ihm umzugehen, forderte ihn heraus. Sie reizte ihn. Ihr hübsches Gesicht, die warmen Augen, ihr zierlicher Körper. Wie sie sich beim Tanzen in seinen Armen angefühlt hatte … »Gott, ich muss hier raus …«, stöhnte Gerald und zog sich die Bettdecke über den Kopf. Wenn dieses Auf und Ab mit Julie noch länger so weiterging, sie ihn mit ihrer aufreizenden Nähe betörte und sie sich dann wieder vor ihm zurückzog, dann würde er noch durchdrehen.

An diesem Tag bekam Gerald Julie nicht mehr zu Gesicht. Das Mittagessen wurde ihm von einer anderen Krankenschwester gebracht, und auch ansonsten wurde er in Ruhe gelassen. Nur Carla kam, um Aufbauübungen mit ihm zu machen, damit der Muskel seines verletzten Beines nicht verkümmerte.

Gerald erinnerte sich daran, was Dr. Richmond am Morgen gesagt hatte und wie Julie darauf reagiert hatte. Er nahm sich zusammen, um sich nicht über Carlas Anweisungen hinaus zu belasten. Verdammt, er hasste es, dass sie ihn für emotional labil hielt, und er würde ihr beweisen, dass er gelernt hatte, mit seiner Vergangenheit klarzukommen.

Doch Julie ließ auf sich warten. Am nächsten Tag hatte sie keinen Frühdienst. Und so wurde es Abend, bis Gerald sie wiedersah. Er war enttäuscht, dass Connor bei ihm war, als schließlich die Tür aufging und sie das Zimmer betrat. Und sie kam nicht allein.

»Mr. Turner, wir haben uns beraten und entschlossen, dass es Zeit für Sie wird, uns zu verlassen«, sagte Dr. Richmond, kaum dass er neben ihm stand. Der Gedanke schien ihm zu gefallen, denn ein zufriedenes Lächeln lag auf seinem Gesicht. Julies neutrale Miene hingegen verriet Gerald nicht, wie sie dazu stand. Sie konzentrierte sich darauf, das Blutabnahmebesteck herzurichten, das sie mitgebracht hatte.

»Wir nehmen Ihnen jetzt noch mal Blut ab, um sicherzugehen, dass alles in Ordnung ist. Wenn ja, können Sie schon morgen die Klinik verlassen.« Julie sprühte Gerald die desinfizierende Alkohollösung auf die Armbeuge und tupfte die Stelle vorsichtig mit einem Wattebausch ab. Gerald versuchte ihren Blick einzufangen, doch sie wandte sich von ihm ab und griff nach der Spritze.

»Mr. Turner?«

»Ja?« Hatte der Arzt etwas gefragt? Connor grinste Gerald amüsiert an. Ihm schien sein Interesse an Julies Aufmerksamkeit nicht zu entgehen. Gerald kniff die Augen zusammen und schüttelte leicht den Kopf – *Sag bloß nichts dazu* – dann wandte er sich Dr. Richmond zu. »Ich sagte gerade, dass wir uns jedoch noch Gedanken um ihre Rehabilitation machen müssen. Leider scheint in absehbarer Zeit kein Platz in einer der Kliniken frei zu sein, die einen Versorgungsvertrag mit Ihrer Krankenversicherung abgeschlossen haben.«

Gerald nickte bitter. »Ich weiß, ich hab mit denen telefoniert. Und da es ohnehin nur vier Kliniken in Alaska gibt, die diese Geizhälse bezahlen, wird es vermutlich ewig dauern. Aber so lange kann ich nicht warten.« Und Delloway zu fragen, ob er die Kosten für einen Platz in einer anderen Klinik vollständig tragen würde, wagte er nicht. Wenn er zu fordernd wurde, überdachte sein Chef womöglich noch ihr Arrangement.

Gerald zuckte leicht zusammen, als Julie die Nadel durch seine Haut stach. Er hatte nicht mehr auf sie geachtet. Vielleicht erschrak er aber auch vor der Realität. Wohin sollte er nun gehen und wie sollte er gesund werden, wenn er keine Reha-Maßnahmen bekam?

»Und was wird dann aus ihm?«, fragte Connor den Arzt, als

habe er Geralds Gedanken gelesen. Dr. Richmond warf einen Blick auf das Klemmbrett, das er mitgebracht hatte, und lächelte abermals zufrieden. »Wir haben Ihnen eine kleine Auswahl sehr empfehlenswerter Physiotherapeuten herausgesucht, bei denen Sie eine ambulante Therapie machen könnten.« Er löste ein Blatt und reichte es Gerald.

Coleen Pierce – Beaver Creek Boulevard 39/ Avon Colorado, Matthew Court – Lake Street 8/ Avon Colorado, … Gerald überflog die Liste und stellte fest, das sämtliche vermerkte Adressen in Avon lagen – seiner Heimatstadt, in der er offiziell gemeldet war. »Es gibt da ein Problem«, sagte er und presste angespannt die Lippen aufeinander. Jetzt saß er richtig in der Klemme. »Ich kann nicht zurück nach Colorado. Ich meine, ich bin dort gemeldet, aber ich wohne nicht mehr dort.« Dr. Richmond legte irritiert die Stirn in Falten. Gerald sah aus dem Augenwinkel, dass Julie ihren Blick hob und ihn fragend von der Seite ansah.

»Was soll das heißen, Mr. Turner? Wenn Sie dort gemeldet sind, dann wird es wohl eine Wohnung geben«, bemerkte Dr. Richmond. Gerald schüttelte langsam den Kopf. Wie sollte er dem Arzt erklären, dass er richtiglag, dass er aber noch nicht bereit dazu war, in das Haus in der Riverfront Lane zurückzukehren? Irgendwann würde er es sein, das hatte er sich vorgenommen. Irgendwann würde er seiner Mom ihren größten Wunsch erfüllen und nach Hause kommen. Aber an dem aufkeimenden Engegefühl in seiner Brust spürte er deutlich, dass er meilenweit entfernt von *irgendwann* war.

»Hören Sie, ich kann nicht nach Colorado. Na ja, zumindest kann ich nicht nach Avon. Dort ist niemand, der sich um mich kümmern könnte«, erklärte Gerald dem Arzt so ruhig wie möglich. Es musste eine andere Lösung geben.

»Und nun? Wie stellen Sie sich vor, kommen Sie die nächsten Wochen über die Runden, solange Sie noch nicht vollständig regeneriert sind? Wir können Sie jedenfalls nicht so lange hierbehalten«, sagte Dr. Richmond. Sein Tonfall war schroff. Gerald zuckte mit den Schultern. »Keine Ahnung …« Ratlos sah er zu Connor hinüber.

»Na ja, wir sind ja erst mal noch in Chickaloon. Der Junge könnte doch zumindest so lange bleiben und irgendwo hier zur Physiotherapie gehen, bis wir nach Colorado weiterziehen, und wir können ihm am Abend Gesellschaft leisten«, sagte dieser zu Dr. Richmond. Gerald war ihm für seinen Rückhalt dankbar. Doch ihm war klar, dass sein Problem damit nicht gelöst war. Es fühlte sich an als lege sich ein tonnenschweres Gewicht auf seinen Brustkorb. Vermutlich hatte er gar keine andere Wahl, als bei seiner Mutter unterzukriechen. Und bei Dave. Die Enge in seiner Brust nahm zu. – Und bei Joyce … Gerald rang nach Atem, als er an Joyce dachte.

»Hören Sie, es ist ja nett von Ihnen, dass Sie Mr. Turner unterstützen wollen, aber darum geht es nicht. Carla ist nach der Entlassung nicht mehr führ ihn zuständig und die nächsten qualifizierten Therapeuten für eine Behandlung, wie Mr. Turner sie benötigt, befinden sich in Palmer. Wie stellen Sie sich vor, soll er dort hinkommen? Selbst wenn Sie allesamt nach Palmer umziehen, wird es ihm in den ersten Wochen kaum möglich sein, selbständig mit dem Bus zur Behandlung zu fahren.«

Gerald versuchte tief durchzuatmen, um das schwindelige Gefühl aus seinem Kopf zu vertreiben. Verdammt, er musste nachdenken. Er fixierte Dr. Richmonds säuerliche Miene, um sich daran festzuhalten. Es musste eine Lösung geben. Er konnte nicht mit Dave und Joyce zusammen unter einem Dach wohnen. *Reiß dich zusammen!* Doch das Atmen fiel ihm immer schwerer.

»Na wenn das so ist, dann können wir ihm wohl auch nicht helfen. Wir sind ja den ganzen Tag über draußen in den Wäldern …«, sagte Connor bekümmert.

»Und gerade deshalb sollte Mr. Turner nach Hause gehen, weil er dort vermutlich deutlich besser versorgt werden kann …« Gerald achtete nicht weiter auf den Wortwechseln zwischen Connor und dem Arzt. Das Undenkbare schien ohnehin schon besiegelt zu sein. Er atmete schneller, um noch genügend Sauerstoff zu bekommen. Er war seit mehr als fünf Jahren nicht in Avon gewesen. Und nun würden sie ihn einfach entlassen und ihm keine andere Wahl lassen, als in seine Heimat zurückzukehren. Die Wände schienen näher zu rücken.

»Hey, alles in Ordnung?«

Gerald zuckte zusammen, als Julie ihre Hand auf seinen nackten Unterarm legte. Mitleid stand in ihren Augen, doch das war Gerald im Moment egal. Verzweifelt erwiderte er ihren Blick und schüttelte stumm den Kopf. Julies Blick glitt über sein Gesicht, als versuchte sie zu erfassen was in ihm vorging. Was auch immer sie sah, es schien sie zu berühren. Sie drückte seinen Unterarm und lächelte kurz. Dann hob sie den Blick und wandte sich an die beiden Männer, die über seinen Verbleib hin und her diskutierten. »Ich weiß, wie wir es machen«, unterbrach Julie sie. Ihr entschlossener Tonfall half Gerald, wieder ruhiger zu atmen. Sie schien zu begreifen, was sie in ihm bewirkte. Sie lächelte ihm flüchtig zu und nickte bestätigend. Das Gewicht auf seiner Brust löste sich. Beinahe unmerklich strich sie über seinen Unterarm und wandte sich wieder an Connor und Dr. Richmond: »Er wird erst einmal hier bei seinem Trupp bleiben, und wenn er die Therapiestunden an meine Arbeitszeiten anpasst, dann fahre ich ihn nach Palmer.«

Connor und Dr. Richmond, die trotz Julies erstem Einwand leise weiterdiskutiert hatten, verstummten. »Wie meinst du das?«, fragte Dr. Richmond und sah Julie irritiert an. Connor jedoch grinste zufrieden. »Na das klingt doch nach einer passablen Lösung.«

Gerald zuckte hilflos mit den Schultern. Er hatte keine Ahnung, wie er es finden sollte, sich von Julies Hilfe abhängig zu machen. Aber alles war besser als Colorado. Das schien Dr. Richmond aber ganz und gar nicht zu gefallen. »Julie, du arbeitest hart und du brauchst deine Freizeit als Ausgleich dafür«, beschwor er Julie. Doch sie schüttelte zu Geralds Erleichterung bestimmt den Kopf. »Es ist ja nur für ein paar Wochen. Und ich wollte ohnehin öfter mal aus der Stadt rauskommen. Warum also soll ich dazu nicht nach Palmer fahren?«

Dr. Richmond presste das Klemmbrett an seine Brust und schenkte Julie einen kühlen Blick. »Du musst natürlich selber wissen, wie du deine private Zeit nutzt. Aber ich finde es nicht gut, sie für einen Patienten aufzuwenden. Er könnte doch in Palmer auch ein Taxi nehmen, um zur Physiotherapie zu kommen.«

Gerald folgte schweigend dem Blickwechsel seines Arztes und der Krankenschwester. Hier ging es um viel mehr, das war deutlich zu spüren. Dr. Richmond wollte ihn ganz eindeutig loswerden, und wenn er ihn schon nicht nach Colorado abschieben konnte, dann wenigstens nach Palmer.

»Also ich finde, dass das eine gute Idee ist. Warum die Sache unnötig verkomplizieren? Wir wohnen gerne bei Sharon, und bestimmt hat keiner von uns etwas dagegen, wenn wir nicht schon wieder umziehen müssen. Außerdem ist Gerald ja gar nicht mehr Julies Patient, wenn er morgen entlassen wird, und ihre Freizeit darf sie ja wohl gestalten, wie sie möchte, oder?«, warf Connor trocken ein. Julie tauschte noch einen schnellen Blick mit Dr. Richmond.. Er schüttelte leicht den Kopf, doch Julie reagierte gar nicht mehr darauf. Sie wandte sich von ihm ab und lächelte Connor beinahe erleichtert an. »Ich denke auch, dass das die beste Lösung sein wird.«

Connor nickte zufrieden und stand von seinem Stuhl auf. »Dann wäre das wohl geklärt«, meinte er zu Julie und grinste dann Gerald breit an. »Ich mache mich wohl besser mal auf den Weg, um Sharon zu informieren, dass wir dein Zimmer wieder brauchen.«

Kapitel 6

»Das machst du prima – jetzt ganz langsam.«

Gerald brummte unzufrieden. Es war ihm unangenehm, sich von Julie beim Einsteigen helfen zu lassen. Sie war bis vor die Tür des kleinen Medical Centers gefahren, damit er nicht bis zum Parkplatz humpeln musste. Und jetzt ergriff sie seinen Arm, um ihn zu stützen, während er sich langsam auf den Beifahrersitz sinken ließ. Sie wirkte verkrampft und versuchte offensichtlich, dabei so viel körperlichen Abstand wie möglich zu halten. Dennoch streifte eine lose Strähne ihres Haars, die sich aus ihrer strengen Schwesternfrisur gelöst hatte, sein Gesicht, als er sich auf den Sitz gleiten lies und Julie sich nach vorne beugte, um seiner Bewegung zu folgen. Es fühlte sich seltsam an, ihr so nah zu sein. Ihre Haare dufteten nach irgendeiner Frucht, vermutlich von ihrem Shampoo, und nach dem sterilen Krankenhaus roch das unheimlich gut.

Gerald atmete auf, als er es geschafft hatte und vorsichtig sein verletztes Bein in den Innenraum von Julies altem Chevrolet nachzog. Heimlich gestand er sich ein, dass die wenigen Meter, die er zurückgelegt hatte, ihn mehr Energie als erwartet gekostet hatten.

»Alles in Ordnung?«, fragte Julie, als sie um das Auto herumgelaufen war und sich auf den Fahrersitz fallen ließ. Gerald nickte stumm. Er freute sich, dass Julie sich so klar auf seine Seite gestellt hatte, und er war ihr zutiefst dankbar, dass sie ihm zur Hilfe kam. Aber er fühlte sich ihr gegenüber auch plötzlich befangen. Es war ihm unangenehm, dass er ihr einen Blick auf seinen wunden Punkt gewährt hatte. Verdammt, er war mehr als nur seine Vergangenheit, und es wurmte ihn, dass er Julie erneut ihre Sichtweise auf seine emotionale Verfassung bestätigt hatte.

Er hatte noch nicht einmal die Zeit gehabt, sich wieder halbwegs zu fangen. Plötzlich war alles viel zu schnell gegangen. Connor hatte sich nach dem Gespräch mit Dr. Richmond sofort auf den Weg gemacht, um alles Nötige mit Sharon zu besprechen, und Julie hatte ihn mit dem Arzt verlassen, so dass er ihre Beweggründe, ihm zur Hilfe zu kommen, nicht mehr ergründen konnte. Bereits am Vormittag hatte eine Kollegin von ihr ihm die Entlassungspapiere gebracht und ihm gesagt, dass Dr. Richmond einen fähigen Physiotherapeuten in Palmer ausfindig gemacht hatte, bei dem er bereits am nächsten Tag seinen ersten Termin hatte.

»Na dann wollen wir mal«, murmelte Julie und startete ihren betagten Chevrolet Blazer. Der SUV fuhr mit röhrendem Motor an. Gerald betrachtete von der Seite ihre angespannte Miene. Sie schien nicht besonders glücklich darüber zu sein, ihn nun am Hals zu haben.

»Sag mal, bist du dir sicher, dass wir es mit diesem Auto bis nach Palmer schaffen?«, fragte er. Wollte sie das alles überhaupt, oder hatte sie es einfach nicht ausgehalten, ihn so verzweifelt zu sehen? Gerald bekam immer mehr den Eindruck, dass Julie einen ausgeprägten Helferkomplex hatte. Sie warf einen schnellen Blick zu ihm hinüber und lächelte verkrampft. »Nach Palmer sind es nur knapp zweiunddreißig Meilen. Daniel hat zwar so getan als müsste ich meine gesamte Freizeit dafür opfern, aber tatsächlich werden wir für einen Termin höchstens zwei Stunden unterwegs sein«, sagte Julie und starrte wieder auf die Fahrbahn.

Gerald nickte langsam. Bildete er es sich ein, oder wollte sie ihn damit auf seinen Platz verweisen? Gerald zog beklommen die Schultern nach oben und starrte aus dem Fenstern auf die vorbeiziehende Landschaft. Auch wenn er zutiefst dankbar dafür war, er hätte Julies Unterstützung ablehnen sollen. »Danke, dass du das für mich tust. Aber du kannst es dir jederzeit noch anders überlegen«, sagte er und sah sie prüfend von der Seite an. Er wollte nicht, dass Julie sich ihm aus falschen Beweggründen verpflichtet fühlte, und so wie sie aussah, fühlte sie sich mit ihm nicht besonders wohl.

»Das ist kein Problem für mich. Ich habe Zeit«, antwortete Julie und umklammerte mit beiden Händen das Steuer. »Hm«, brummte Gerald. Das war nicht die Antwort, die er erhofft hatte. Sie sagte zu wenig darüber aus, ob sie gerne tat, was sie ihm zugesagt hatte. »Du könntest deine Zeit aber sicher besser nutzen, anstatt mich durch die Gegend zu fahren …«

Julie warf ihm wieder einen kurzen Blick zu und musterte ihn forschend. »Geht es jetzt um mich oder um dich? Bist du mit dieser Lösung etwa nicht zufrieden?«

Gerald hob abwehrend die Hände und schüttelte den Kopf. Er hatte das Gefühl, sich rechtfertigen zu müssen. »Nein, ich beklage mich bestimmt nicht. Ich bin dir wirklich dankbar. Ich habe keine Ahnung, wie ich das ohne deine Unterstützung hinbekommen sollte.«

Julie atmete tief durch und presste ihre Lippen aufeinander. Gerald stöhnte innerlich auf. Warum nur musste sie seine Aufmerksamkeit immer wieder auf ihre einladenden Lippen lenken? Aber darüber, das Bild eines heißen Kusses in die Realität umzusetzen, das in seinem Kopf Form annahm, sollte er gar nicht erst nachdenken. Julie dachte an etwas völlig anderes, das konnte er ihr ansehen. Sie musste unzählige Fragen haben.

Er richtete seinen Blick auf seine Hände in seinem Schoß und schwieg. Julie hatte recht: Er war kompliziert. Sein ganzes verdammtes Leben war es. Aber die Stimmung zwischen ihnen war ebenfalls kompliziert, und zwar schon genug, auch ohne dass er seine Probleme vor ihr ausbreitete.

Er lehnte seinen Kopf gegen das kühle Glas des Beifahrerfensters und schloss die Augen, um sich auszuruhen. Bei Sharon würde er sich erst einmal einrichten müssen, da sie während seines Krankenhausaufenthaltes sein Zimmer geräumt hatte. So wie die Dinge lagen, würde er noch weitere Wochen hierbleiben, und es lohnte sich, seinen Rucksack auszupacken, in dem er sein ganzes Leben verstaut hatte. Die frische Luft und das monotone Brummen des Motors machten ihn schläfrig.

»Eines will ich allerdings wissen«, durchbrach Julie plötzlich die Stille. Gerald musste schmunzeln. Es wunderte ihn nicht, dass sie nicht durchhielt, und dass sie dabei viel lockerer klang – nicht mehr so aufgesetzt fröhlich und dadurch steif wie vorhin – freute ihn. Zwei Stunden mit Julie pro Termin … Wenn sie in den nächsten Wochen schon so viel Zeit miteinander verbringen sollten, dann sollte die Stimmung zwischen ihnen deutlich lockerer werden. Ansonsten würden diese Fahrten nach Palmer ziemlich anstrengend werden.

»Was willst du wissen?«, fragte er und schmunzelte Julie von der Seite an. Sie neigte ihren Kopf verlegen zur Seite und biss sich auf die Unterlippe und lachte leise. »Ich bin schlimm, oder?«, fragte sie bekümmert und sah Gerald beklommen an. »Ich meine, ich kann es einfach nicht lassen, dich auszuhorchen.« Gerald richtete sich ein Stück auf und grinste. »Ja, irgendwie schon. Aber da du jetzt so was wie meine Privatkrankenschwester bist, hast du wohl irgendwie ein Recht darauf.« Julie nickte und setzte den Blinker. Sie bog von der Hauptstraße ab und seufzte leise. »Wenn du das so siehst, dann würde ich gerne wissen warum du nicht nach Colorado gehen wolltest. Ich meine, Daniel hatte recht. Du musst schließlich irgendwo wohnen, oder deine Eltern müssen irgendwo wohnen. Sie hätten sich doch bestimmt auch um dich gekümmert.«

Gerald räusperte sich, um Zeit zu gewinnen. Wie sollte er ihr das erklären, ohne jede schmerzliche Einzelheit der Geschichte auszupacken? »Das ist ebenfalls kompliziert. Ich meine die Beziehung zu meiner Mom«, sagte er und beobachtete aus den Augenwinkeln, wie Julie darauf reagierte. Nachdenklich verzog sie den Mund und bog in eine Seitenstraße ab. Er konnte einfach nicht anders, als auf ihre Lippen zu starren, die Julie nachdenklich zusammenpresste. »So kompliziert, dass sie in deiner Lage nicht für dich da gewesen wäre?«

Gerald mochte ihren mitfühlenden Tonfall nicht und dass Julie zu denken schien, dass seine Mom ihn im Stich lassen würde. »Nein, meine Mom ist toll. Sie hätte mich sofort zu Hause aufgenommen und mich wahrscheinlich von vorne bis hinten verwöhnt, damit ich schnell wieder gesund werde. Aber sie hat es leichter, wenn ich nicht da bin.« *Und ich habe es leichter, wenn ich nicht dort sein muss*, ergänzte er in Gedanken. Ihm war klar, dass seine Erklärung mehr Fragen aufwerfen mussten, als sie beantwortete. Dennoch vermied er es, die Stimmung zwischen ihm und seiner Mom ausführlicher zu benennen. Wie auch sollte er Julie verständlich machen, dass er seine Mom über alles liebte, es aber hasste wie sie mit Annas Tod umgegangen war? Es waren hässliche Worte zwischen ihnen gefallen, und seither hatten sie sich nicht mehr gesehen. Das waren ihm deutlich zu viele intime Einzelheiten, um sie vor Julie auszubreiten.

»Na da hast du ja Glück, dass du ausgerechnet in Chickaloon gelandet bist«, sagte Julie und hielt ihren Wagen vor Sharons Pub. Sie lachte leise und schüttelte den Kopf.

»Wieso?«, fragte Gerald grinsend und besah sich zweifelnd das heruntergekommene Haus, das für die nächsten Wochen sein Zuhause werden sollte. Julies Stimmung war ansteckend und er fühlte sich plötzlich unerwartet leicht, auch wenn er insgeheim dachte, dass sie zumindest eine modernere Unterkunft hätten erwischen können. Aber Julie war an seiner Seite. Das fühlte sich verdammt gut an.

Julie legte ihren Arm um seine Nackenstütze und wandte sich auf dem Fahrersitz nach hinten um. »Weil die Leute hier füreinander sorgen«, erklärte sie lächelnd und parkte gekonnt rückwärts zwischen zwei anderen Autos ein. Gerald konnte nicht anders, als sie fasziniert von der Seite zu betrachten. »Wieso?«, wiederholte er. Er verstand einfach nicht, warum sie ihm half. Er wollte es aber verstehen, und ein ziemlich vorlauter Teil von ihm hoffte darauf, dass Julie es nicht seiner Probleme wegen tat, sondern weil da irgendetwas zwischen ihnen war und sie es ebenso wie er ergründen wollte.

Julie schaltete den Motor ab und seufzte leise. Sie wirkte unentschlossen, wie sie auf die Straße hinausstarrte, anstatt ihn anzusehen. »Das hier ist eine kleine Stadt und jeder kennt jeden. Die Leute bilden eine Gemeinschaft. Wir leben hier zu abgeschieden, um kurzfristig auf Familie oder Freunde in Palmer oder Anchorage zurückgreifen zu können. Wenn es jemandem schlecht geht, dann kümmert man sich um ihn. So einfach ist das.« Sie wandte sich zu Gerald um und lächelte verhalten. »Und solange du hier bist, gilt das auch für dich.«

Gerald sah nachdenklich einem vorbeifahrenden Auto hinterher. Ihre Beweggründe waren völlig andere, als er gedachte hatte. Es fühlte sich seltsam an, dass Julie ihn mit ihrer Erklärung zu einem Teil dieser Gemeinschaft machte. Irgendwie gut, aber auch einengend. Er hatte keine Ahnung, was sie im Gegenzug von ihm erwartete. Ehe er sie jedoch danach fragen konnte, öffnete sie schwungvoll die Tür und stieg aus.

»Herr im Himmel, du siehst grauenvoll aus«, empfing ihn Sharon, als er hinter Julie in das Innere des Pubs hineinhumpelte. Geschäftig wuselte sie hinter der Theke hervor und trat mit besorgtem Blick auf ihn zu. »Sieht dich nur an. Ganz dünn bist du schon geworden. Dabei warst du so ein stattlicher Kerl …« Vorsichtig legte Sharon eine Hand um sein Kinn und zog seinen Kopf ein Stück zur Seite, um die Narbe über seiner Augenbraue zu betrachten, die noch nicht gänzlich verheilt war. Da sie einen guten Kopf kleiner war als er, musste sie dabei zu ihm aufschauen. »Die Narbe sieht aber gut aus. Wird wahrscheinlich gar nicht mehr zu sehen sein«, murmelte sie und klopfte Gerald aufmunternd auf die Schulter. »Und alles andere bekommen wir auch wieder hin. Jetzt geh erst mal nach oben und ruh dich aus, und ich bringe dir nachher ein schönes Steak.«

Gerald bedankte sich und wartete auf Julie, die mit Sharon hinter die Theke verschwand, um den Schlüssel zu seinem Zimmer zu holen.

»Da wären wir«, sagte Julie und stieß die Tür zu Zimmer

Nummer Drei auf, das der Treppe ins untere Stockwerk am nächsten gelegene Zimmer, das noch frei gestanden hatte – wie Sharon Julie erklärt hatte. Dabei klang sie schon wieder so steif, als wisse sie nicht was sie sagen solle. »Gemütlich«, murmelte Gerald, als er an ihr vorbei durch die Tür humpelte. Ihm erging es nicht anders. Dabei war er Julie und Sharon für ihre Mühen wirklich dankbar.

Erleichtert ließ er sich auf der Bettkante nieder und atmete auf. Geschafft. Julie stand immer noch in der Tür und beobachtete jede seiner Bewegungen. »Danke, dass du mich hergefahren hast«, sagte Gerald und lächelte Julie an. Sie schien nervös zu sein, so verkrampft wie sie ihre Hände ineinander verschlungen hatte. »Na gut, dann lasse ich dich mal allein«, murmelte sie und stieß sich vom Türrahmen ab, an den sie sich angelehnt hatte. Gerald nickte, streifte sich die Schuhe von den Füßen und ließ sich vorsichtig rücklings auf die Matratze gleiten. Gerne hätte er noch mehr Zeit mit ihr verbracht, aber sie tat schon so viel für ihn, da wollte er sie nicht länger aufhalten. Außerdem würde es ihm auch guttun, sich ein wenig auszuruhen. Nach der vielen Bewegung schmerzten seine Rippen wieder stärker. Flach atmend schloss er die Augen, um sich für einen Moment auszuruhen.

»Ähm, morgen hole ich dich dann um halb zwei ab. Dann schaffen wir es auf jeden Fall pünktlich zu deinem Termin.«

Gerald wandte Julie den Kopf zu und grinste in sich hinein. Irgendwie hatte er den Eindruck, dass sie gar nicht gehen wollte. »Danke, ich werde startklar sein«, antwortet er. Julie stand einfach nur da und trat unentschlossen von einem Fuß auf den anderen, anstatt zu gehen. Gerald zog abwartend die Augenbrauen in die Höhe, Julie schüttelte seufzend den Kopf. »So geht das doch nicht. Du kannst dich doch nicht vollständig angezogen ins Bett legen.« Sie deutete auf seine Jeans, die sich über sein bandagiertes Bein spannte und betrat das Zimmer. »Das ist doch unbequem.«

Gerald musste schmunzeln. Julie war auch nach Feierabend

ganz und gar Krankenschwester. »Es geht schon, ich zieh mich später um. Jetzt will ich einfach nur für einen Moment die Augen schließen.« Julie ignorierte ihn und stellte die Tasche mit den Sachen, die Connor ihm ins Krankenhaus gebracht und die sie gerade eben neben der Zimmertür abgestellt hatte, auf das Sideboard an der Wand. »Ich kann dir gerne beim Umziehen helfen, wenn du zu müde dazu bist«, sagte sie, wandte ihm den Rücken zu und begann in der Tasche herum zu kramen. Mit Jogginghose und einem Langarmshirt trat sie an sein Bett. Gerald musste zugeben, dass diese Klamotten tatsächlich viel bequemer wären als Jeans und Hemd.

»Wenn es dir nichts ausmacht«, meinte er und richtete sich ein Stück auf. Ein scharfer Schmerz durchzuckte seine Brust. Intuitiv griff er an die Stelle und stöhnte leise. Sofort war Julie an seiner Seite und legte ihre Hand auf seine Schulter. »Alles in Ordnung?«

Für einen Moment hatte Gerald das Gefühl als stünde die Zeit still. Julies Gesicht war seinem so nahe, dass er kleine, goldene Sprenkeln in ihren grünen Augen erkennen konnte. »Es geht schon«, murmelte er. Julie blinzelte und rückte ein Stück von ihm ab. »Gut … Kannst du dein Hemd selber ausziehen?« Gerald nickte benommen und öffnete die Knopfleiste. Es erschien ihm beinahe unwirklich, dass diese wundervolle Frau bei ihm war, um ihm zu helfen. Womit hatte er sich ihre Unterstützung nur verdient? Aufmerksam beobachtete sie ihn, wie er Knopf um Knopf öffnete.

»Komm, ich helfe dir«, unterbrach sie ihn, als er an der Mitte des Hemdes angekommen war, und schob seine Hände beiseite. Sie schien seine verhaltenen Bewegungen kaum aushalten zu können. Gerald stützte sich auf den Händen ab und versuchte möglichst flach zu atmen. Immer wieder berührten Julies Fingerknöchel seine nackte Haut, während sie sich weiter nach unten vorarbeitete, und wenn er nicht höllisch aufpasste, würde sein Körper darauf reagieren. Und dass er eine Erektion hatte, wenn sie ihm mit der Hose half, darauf konnte Gerald getrost verzichten. Auch so schien sie sich nicht besonders wohl damit zu fühlen, ihn auszuziehen.

Befangen starrte sie an seinem nackten Oberkörper vorbei, als sie ihm das Hemd von den Schultern streifte und nach dem Shirt angelte, das sie neben ihm auf dem Bett abgelegt hatte. Gerald nahm es ihr ab und zog es sich über den Kopf. Wieder half Julie ihm, als er in die Ärmel schlüpfte. Ob sie sich nun damit wohlfühlte oder nicht, sie konnte es einfach nicht sein lassen, ihm zu helfen. Gerald musste grinsen, als er mit dem Kopf durch die Halsöffnung des Shirts tauchte. »Immer ganz die Krankenschwester, hm?«

Julies lächelte verlegen. »So ist es wohl … Jetzt ist die Jeans dran.« Gerald musterte prüfend ihr Gesicht. Bildete er es sich nur ein, oder klang ihre Stimme belegt? Egal. Gerald fand es so oder so unangemessen, vor Julie die Hosen herunterzulassen, und er konnte nicht dafür garantieren, dass er seine körperlichen Reaktionen im Griff hatte. »Ich schaff das schon alleine«, wehrte er verlegen ab.

Julie zog tadelnd die Augenbrauen in die Höhe. »Ich bin Krankenschwester, Gerald. Ich sehe, dass du Schmerzen hast und bin es gewohnt, Männer ohne Hosen zu sehen. Also steh jetzt bitte auf, damit ich dir helfen kann, diese Jeans auszuziehen.« Julie pustete sich die wiederborstige Haarsträhne aus dem Gesicht, die schon wieder in ihre Stirn fiel. Ihre Wangen glühten. Und Gerald konnte einfach nicht anders, als ihr nachzugeben.

»Wie du meinst.« Er presste die Lippen aufeinander und verkniff sich ein Grinsen. Er bildete es sich definitiv nicht ein, dass es für Julie so selbstverständlich war, ihm beim Umziehen zu helfen, wie sie es ihm einreden wollte. Es ließ sie genauso wenig kalt wie ihn.

Vorsichtig stellte er sich auf sein gesundes Bein und stützte sich auf der Bettkante ab, um nicht das Gleichgewicht zu verlieren und wartete ab.

»Na dann wollen wir mal«, sagte Julie belegt und strich sich hektisch die Haarsträhne aus der Stirn, die sich nicht bändigen lassen wollte. Gerald musste lachen. »Ich kann die Jeans auch später ausziehen, oder ganz einfach anlassen.« Wie nervös Julie auf ihn reagierte, versetzte ihn in eine ausgelassene Stimmung. Das schien sie zu ärgern.

»Wie gesagt, ich bin Krankenschwester und ziehe beinahe täglich Männern die Hosen aus«, sagte sie trotzig und griff nach unten, um den ersten Knopf zu öffnen. Gerald hielt unwillkürlich den Atem an, als sie dabei seinen Bauch streifte. Wäre die Situation eine andere gewesen … *Verflucht, reiß dich zusammen!* Gerald verbot sich den Gedanken daran, dass Julie sich aus einem anderen Grund an seiner Hose zu schaffen machen könnte und hielt still.

Provokant sah sie ihm in die Augen, als sie einen Knopf nach dem anderen öffnete. Vermutlich wollte sie ihm beweisen, dass sie kein Problem damit hatte. Gerald entging aber nicht, dass sich ihr Blick musternd über seinen Körper tastete, als er sich auf die Bettkante setzte und sie in die Hocke ging, um ihm die Jeans abzustreifen. Es konnte nicht einmal eine Minute dauern, bis sie ihm half in die Jogginghose zu steigen und er sie nach oben zog. Doch es fühlte sich viel länger an. Julie schien es nicht anders zu ergehen. Sie wirkte sehr erleichtert, als sie es schließlich geschafft hatten.

»Siehst du, gar kein Problem«, bemerkte sie, wobei ihr Tonfall in Geralds Ohren betont gleichgültig klang. Er nickte grinsend. Von wegen … Julies Wangen waren immer noch feuerrot und sie wirkte erhitzt.

Julie wich seinem amüsierten Blick aus und räumte die ausgezogene Kleidung weg. »Wir sehen uns dann also morgen«, murmelte sie, und plötzlich klang das ziemlich verheißungsvoll in seinen Ohren.

Kapitel 7

Julie war nervös, als sie am nächsten Tag die Treppen in das obere Stockwerk des Pubs hinaufstieg, um Gerald wie vereinbart abzuholen. Ihr war schon klar, warum sie im Krankenhaus dazwischengegangen war, als Daniel ihn loswerden wollte. Aber es war besser, wenn Gerald nicht ahnte, wie sehr er sie in Wirklichkeit beschäftigte. Wie er sie gestern Abend angesehen hatte, als sie ihm beim Umziehen geholfen hatte …

In der Not sorgen die Menschen hier füreinander, das war die beste Erklärung, die sie Gerald liefern konnte, ohne ihm zu viel über ihre Schwäche für ihn zu verraten. Dank des Abends, an dem sie ihn kennengelernt hatte, hatte sie so eine Ahnung, wie er tickte, und sie wollte ganz bestimmt nicht als One-Night-Stand in seinem Bett landen. Sie war sich sicher, dass Gerald gestern Abend durchaus bemerkt hatte, was für eine Wirkung er auf sie hatte. Da war es besser, die angespannte Stimmung zwischen ihnen nicht auch noch anzusprechen.

Bloß nicht an den Anblick seines nackten Oberkörpers denken, redete sie sich zu, während sie die Treppe weiter nach oben stieg.

Sofort wurde ihr heiß, als sich ihr automatisch wieder das Bild seiner gestählten Brustmuskulatur und der deutlich sichtbaren Bauchmuskeln aufdrängte. Sharon lag definitiv falsch: Gerald war nicht dünn geworden, sondern immer noch durchtrainiert, die Tage der Bettruhe hatten dem keinen Abbruch getan. Und sie sollte lieber zusehen, dass sie loskamen, anstatt sich den Kopf über ihn und seinen sexy Körper zu zerbrechen.

Sie warf einen schnellen Blick auf ihre Armbanduhr und atmete tief durch. Sie war zehn Minuten zu früh dran, dennoch klopfte sie. Je schneller sie es hinter sich brachte, desto besser … Und sie warf Gerald vor, kompliziert zu sein? Julie musste grinsen.

»Komm rein«, rief Gerald. Julie drückte die Klinke herunter und streckte vorsichtig ihren Kopf durch die Tür. Ein ziemlich dummer Teil von ihr hätte nichts dagegen, ihn beim Umziehen zu erwischen, aber leider saß er bereits in Jeans und Hemd auf dem Bett. Insgeheim war Julie enttäuscht, aber so war es vermutlich besser. »Bist du so weit?«, fragte sie Gerald. Diesmal, so nahm sie sich vor, würde es ihm nicht gelingen, sie aus der Fassung zu bringen.

Gerald nickte. Die Krücken lehnte neben ihm an der Bettkante, so als warte er bereits eine ganze Weile auf sie.

»Kommst du direkt aus dem Krankenhaus?«, fragte er und kam auf sie zu gehumpelt. Julie nickte. Die nächsten Wochen würden ziemlich anstrengend werden. An den Tagen, an denen sie seine Chauffeuse spielte, würde sie direkt von der Arbeit starten oder danach ins Krankenhaus zur Spätschicht gehen. Heute hatte sie nicht einmal Zeit gehabt, etwas zu essen. Gerald schien zu ahnen, was in ihr vorging. Seine eingehende Musterung bereitete ihr Unbehagen. »Wollen wir? Ich hasse es, spät dran zu sein«, sagte sie und stieß sich vom Türrahmen ab. Sie wollte sich nicht schon wieder dafür rechtfertigen müssen, dass sie ihm half.

»Willst du nicht lieber erst etwas essen? Sharon hat heute einen ausgezeichneten Hackbraten auf der Speisekarte, und wir haben noch Zeit«, sagte er, als er sie erreichte. Julie musste zu ihm aufsehen, um ihm ins Gesicht schauen zu können, so groß war er. Sie schätzte gut einen Meter fünfundachtzig, und sie war mit ihrem einen Meter vierundsechzig nicht gerade hochgewachsen. »Wie gesagt, mir ist es lieber, gleich loszufahren. Ich kann auch in Palmer etwas essen, während du bei der Therapie bist.«

»Wie du meinst. Ich habe übrigens mit meinem Chef telefoniert. Wenn du Buch über die Fahrten führst, übernimmt er die Kosten dafür. Ich schreib dir nachher die Telefonnummer auf, dann kannst du seiner Sekretärin deine Kontodaten durchgeben«, antwortete Gerald und humpelte an ihr vorbei. Hätte sie nicht seinen missmutigen Blick gesehen, würde Julie den Themenwechsel als Gleichgültigkeit deuten. So aber war ihr klar, dass er durchschaut hatte, dass sie seinetwegen Stress hatte. Das schien ihm nicht zu gefallen.

Leise seufzend zog sie Geralds Zimmertür ins Schloss und folgte ihm. Das würde eine ziemlich anstrengende Fahrt werden.

Sie tanzten umeinander herum. So viel Unausgesprochenes stand zwischen ihnen. So viel, das sie von ihm erfahren wollte und das sie aus Sorge, sich in etwas zu verrennen, nicht zu fragen wagte. Es war einfach nicht möglich, ungezwungen miteinander umzugehen. Gerald war ein Fremder und sie hatte sich bereits viel zu weit auf seine komplizierte Geschichte eingelassen.

Zum Glück schien Gerald müde zu sein und lehnte sich bereits nach kurzer Zeit auf dem Beifahrersitz mit geschlossenen Augen nach hinten. Immer wieder warf Julie verstohlene Blicke zu ihm hinüber. Schlau wurde sie trotzdem nicht aus ihm, und sie war sich fast sicher, dass er nur so tat, als schliefe er, um ihren Fragen zu entgehen. Sie brannte darauf, seine ganze Geschichte zu erfahren. Doch sie spürte auch, dass ihre Fragen ihn aufwühlten.

Natürlich, er hat einen geliebten Menschen verloren. Innerlich verdrehte Julie die Augen über sich. Sie wollte Gerald nicht weh tun, und so war es wohl am besten, wenn sie Geralds Beispiel folgte und ihm so weit wie möglich auswich. Für die restliche Zeit würden sie sich irgendwie miteinander arrangieren, und es war am besten, wenn sie dabei auf einer oberflächlichen Ebene blieben.

* * *

Als Gerald wieder in Julies Wagen stieg, um mit ihr zurück nach Chickaloon zu fahren, war er wirklich müde. Auf der Herfahrt war es ihm schwergefallen, nicht ständig die Augen aufzuschlagen und zu Julie hinüberzusehen. Etwas in ihm verlangte danach, sich immer und immer wieder ihr hübsches Gesicht anzusehen und sich jedes Detail einzuprägen. Die geschwungenen Augenbrauen, ihre ausdrucksstarken, grünen Augen, die gerade Nase und die vollen Lippen. Ja, Julie war verdammt hübsch anzuschauen.

Dennoch hatte er beschlossen, dass dieses Interesse an ihr nicht gut war – weder für ihn noch für sie. Er konnte sich nicht mit ihr unterhalten, ohne dass sie unweigerlich bei seiner Vergangenheit angelangten oder bei dieser aufgeladenen Atmosphäre, die die Luft zwischen ihnen zu verdichten schien. Sie standen ganz am Anfang, und schon schien es viel zu kompliziert zu sein. Also war es vermutlich besser zu schweigen. Deshalb hatte er murmelnd erklärt, dass er in der letzten Nacht kaum zur Ruhe gefunden habe und hatte vorgetäuscht zu schlafen. Als er nach einer Stunde harter Arbeit mit Cole, seinem neuen Physiotherapeuten, wieder in Julies Wagen stieg, fiel es ihm tatsächlich schwer, die Augen offenzuhalten. Dummerweise wollte er diesmal wach bleiben.

»Hast du was gegessen?«, fragte er, kaum dass Julie vor der Praxis vorgefahren und er zu ihr ins Auto gestiegen war. Julie verdrehte die Augen und fädelte den Wagen wieder in den fließenden Verkehr ein, ohne ihm zu antworten. Er beugte sich ein wenig nach vorne und fixierte sie von der Seite. »Julie?«

Julie warf ihm einen schnellen Blick zu und starrte dann wieder stur auf die Straße vor sich. »Nein, ich war unterwegs, um eine dickere Winterjacke zu kaufen. Ich hätte nicht gedacht, dass es hier schon zu Beginn des Winters so verdammt kalt wird …« Sie verstummte, als Gerald leise schnaubte. »Minus neun Grad nennst du kalt? Dann warte erst mal den Dezember und den Januar ab.« Er schüttelte zerstreut den Kopf. »Darum geht es jetzt aber nicht.«

Julie legte eine Hand auf die Gangschaltung und trommelte mit den Fingern gegen den Knauf. »Warum interessiert es dich überhaupt, ob ich zu Mittag gegessen habe oder nicht? Ich verhungere schon nicht.«

Gerald lehnte sich im Sitz zurück und starrte aus dem Fenster. Gute Frage. Aber wie sollte er Julie sagen, dass es ihm wichtig war, dass es ihr mit ihm gutging. Was auch immer sich da zwischen ihnen abspielte, er wollte, dass es Julie dabei gutging. Aber das konnte nicht der Fall sein, wenn sie für ihn durch die Gegend rannte und dabei nicht einmal mehr Zeit für eine Mahlzeit hatte. Das passte Gerald nicht. »Ich will nicht, dass du meinetwegen zu viel Stress hast und keine Zeit für ein ordentliches Mittagessen.« Julie zuckte mit den Schultern und lächelte Gerald zum ersten Mal, seit er aus dem Krankenhaus entlassen worden war, unverkrampft an. »Keine Sorge, Mom, ich pass schon auf mich auf.«

Ein warmes Gefühl rieselte durch Gerald hindurch, doch davon ließ er sich nicht ablenken. »Anscheinend nicht gut genug. Wusstest du, dass man schneller friert, wenn man hungrig ist? Der Körper braucht Energie, um warm zu bleiben, und wenn die nicht da ist …« Gerald brach ab, als er sah, wie Julies Mundwinkel zuckten. »Du meinst also, ich hätte besser etwas essen sollen, anstatt mir eine neue Jacke zu kaufen?« Sie prustete leise. Gerald nickte ernst. »Zumindest hättest du dir Zeit für einen Burger nehmen sollen.« Julie presste ihre Lippen aufeinander und blitzte Gerald schelmisch an. »Wie wäre es gleich mit mehreren Burgern? Winterspeck soll ja bekanntlich auch warmhalten.« Als sich ihre Blicke begegneten, konnte sie sich ein Lachen nicht länger verkneifen. Es war anstecken und befreiend. Gerald schüttelte grinsend den Kopf. »Mach dich nur lustig über mich, aber ich spreche aus Erfahrung. Wo kommst du überhaupt her, dass dir erst jetzt bewusst wird, dass es in Alaska sehr kalt ist?«

Gerald genoss die entspannte Stimmung, die sich zwischen Julie und ihm ausbreitete, während sie davon erzählte, wie sie erst vor vier Monaten in Chickaloon gelandet war. Ursprünglich stammte sie aus Kalifornien. »Ich bin mitten im Sommer angekommen und selbst da habe ich schon gefroren, mal ganz davon abgesehen, dass ich Minusgrade bisher gar nicht kannte«, erzählte sie Gerald lachend.

Fasziniert beobachtete er, wie sich um ihre Augenwinkel kleine Lachfältchen bildeten. Alles an ihr wirkte herzlich und offen. »So wie du über die Leute in Chickaloon redest, dachte ich, dass du schon immer hier lebst oder zumindest schon eine ganze Weile.« Er wunderte sich jedoch nicht, dass sie in der Gemeinschaft der Kleinstadt bereits voll integriert zu sein schien. Sie war einfach ein Mensch, der es einem leichtmachte, ihn zu mögen. »Die Leute scheinen dich jedenfalls zu mögen«, ergänzte er.

Julie verzog nachdenklich den Mund. »Vielleicht. Aber ich habe nicht das Gefühl, dass sie mich als eine von ihnen akzeptieren. Mag sein, dass sie denken, ich würde ohnehin nicht lange durchhalten und wieder zurück nach Kalifornien gehen. Ich will aber unbedingt zu ihnen gehören. Vielleicht spüren sie das und ich erinnere sie damit erst recht daran, dass ich fremd bin.« Sie runzelte die Stirn und schüttelte den Kopf. »Ich weiß, das klingt ziemlich verworren.« Mit ihrem Lachen konnte sie Gerald aber nicht darüber hinwegtäuschen, wie ernst sie die Angelegenheit tatsächlich zu nehmen schien.

»Hm«, brummte er. Er konnte sich nicht vorstellen, dass irgendjemand Julie absichtlich ausschloss. »Was tust du denn, um unbedingt dazuzugehören? Ich meine, ich bin ein Meister im Nicht-Dazugehören. Vielleicht kann ich dir ein paar Ratschläge geben, welches Verhalten du also lieber vermeiden solltest.«

Julie verzog ihren Mund zu einem breiten Grinsen. »Du bist seltsam. Hat dir das schon mal jemand gesagt?« Nachdenklich legte sie ihre Stirn in Falten. Gerald erwiderte nichts, sondern sah sie nur lächelnd von der Seite an. »Es war mein Ernst: Wenn ich dir ebenfalls irgendwie helfen kann, dann tue ich das von Herzen gerne.«

Sie lachte leise und rieb sich mit der freien Hand, mit der

sie nicht das Lenkrad umfasste, über die Stirn. »Ich kann dir das nicht erzählen.« Sie klang verlegen, und ihr unsicherer Blick rührte etwas in Gerald an. »Ich schwöre dir, ich erzähl es keinem weiter. Und wenn doch – wer würde mir glauben? Ich bin schräg, seltsam und labil, richtig?«

Julie zog die Unterlippe zwischen ihre Zähne und lächelte still in sich hinein. Es schien ihr zu gefallen, dass er ihr Vertrauen gewinnen wollte. »Na gut«, sagte sie schließlich und nickte entschlossen. »Du kennst doch Old Jack?« Gerald nickte und Julie fuhr fort: »Der Kerl ist auch seltsam und schräg, aber alle lieben ihn. Vielleicht gerade deshalb. Er ist einfach wie er ist und schert sich einen Dreck darum, was andere von ihm halten.«

Gerald nickte wieder und sah Julie abwartend an. Noch konnte er ihr nicht folgen. Sie zuckte mit den Schultern und lächelte verlegen. »Na ja, ich dachte mir, wenn ich mir auch irgendeine Eigenart zulege, dann macht mich das vielleicht irgendwie liebenswerter in den Augen der Stadtbewohner. Ich habe mir also überlegt was an Old Jack sofort auffällt …«

Gerald musste grinsen, als er an den Alten dachte. »Der Kerl redet nur als Old Jack von sich.« Er brach ab und sah Julie zweifelnd an. »Du hast aber nicht vor, nur noch in der dritten Person von dir zu sprechen?«

Julie schüttelte lachend den Kopf und in Geralds Nacken breitete sich ein wohliges Kribbeln aus. Dieses helle Lachen …

»Nein, herrje, das wäre zu dick aufgetragen. Aber es stimmt schon: Die Art, wie er sich vorstellt, macht ihn besonders«, erklärte Julie und Gerald dämmerte, worauf sie hinauswollte. Ein unbehagliches Gefühl regte sich in seiner Magengrube, das seiner entspannten Stimmung zusetzte. »Und deshalb hast du dir ebenfalls eine Eigenart zugelegt, dich vorzustellen?« Julie nickte ernst. »Ja. Ich habe mir überlegt, dass die Leute mich und meinen Namen mit etwas Positivem verbinden, wenn sie an Sonne und Sommer denken. Deshalb der Vergleich mit dem Juli. Das ist ziemlich dämlich, oder?«

Gerald spürte, wie seine Handflächen feucht wurden. Als Julie sich ihm vorgestellt hatte, hatte sie ihn damit mitten in eine schmerzhafte Erinnerung hineinkatapultiert. Davon abgesehen fand er aber, dass sie sich ziemlich gute Gedanken gemacht hatte. Sie war warm und schien vor Lebensfreude zu strahlen. Wie der Sommermonat. »Ich finde das nicht dämlich. Aber ich denke nicht, dass du es nötig hast, dir derart den Kopf darüber zu zerbrechen. Gib den Leuten einfach ein wenig Zeit.«

»Danke«, sagte Julie schlicht und warf Gerald einen kurzen Seitenblick zu. Gerald fand, dass er etwas Verschwörerisches an sich hatte. »Und weißt du was?«, fuhr Julie fort. »Ich finde, dass das mit der Kälte und dem Essen auch einleuchtend klingt.« Sie lenkte den Wagen auf eine freie Parkfläche vor Sharons Pub und Gerald wunderte sich, dass die Fahrt so schnell vorübergegangen war. Er war so auf Julie konzentriert, dass er gar nicht bemerkt hatte, dass sie bereits angekommen waren.

Julie zog den Schlüssel ab und stieg aus. So schnell es Gerald möglich war folgte er ihr. Anscheinend wollte sie seinen Ratschlag bezüglich des Essens gleich umsetzen, und vielleicht könnte er ihr noch Gesellschaft leisten. In Julies Nähe fühlte er sich unglaublich wohl. Er wollte einfach nicht, dass sich ihre Wege für heute schon trennten.

Nachdenklich starrte er auf ihren Hinterkopf, als er ihr ins Innere des Pubs folgte. Er hatte keine Ahnung, wie sie es anstellte, aber mit dieser Mischung aus Nähe und Distanz, mit der sie ihm begegnete, erreichte sie ihn. »Julie, da seid ihr ja.«

Gerald blieb abrupt im Eingangsbereich des Pubs stehen, als Daniel Richmond auf sie zutrat und Julie die Jacke abnahm, um sie aufzuhängen. »Ich hoffe du bist hungrig. Sharon hat heute Rumpsteaks mit Bratkartoffeln auf der Tageskarte, und ich habe schon viele davon schwärmen hören.« Der Blick, den die beiden tauschten, gefiel ihm nicht. Er wirkte zu vertraut, und Gerald zweifelte daran, dass sie sich hier zufällig begegneten.

»Willst du uns beim Essen Gesellschaft leisten?«, fragte Julie ihn. Es klang steif, und auch Dr. Richmond schien wenig begeistert zu sein. Abwartend sah er Gerald an und legte wie beiläufig einen Arm um Julies Schultern. Gerald hasste ihn für die besitzergreifende Geste. Er hätte es verdient, dass er Julies Angebot annahm und ihm damit das Date vermasselte. Andererseits fühlte Gerald sich bei dem Gedanken, das fünfte Rad am Wagen zu sein, nicht besonders behaglich. »Nein, danke«, murmelte er abweisend und wich Julies fragendem Blick aus. »Mein Bein tut weh. Ich sollte mich ausruhen.« Ohne Julies und Dr. Richmonds Reaktion abzuwarten, wandte er sich von ihnen ab und humpelte davon.

Gerald legte sich ins Bett und starrte an die weiß gestrichene Decke seines Zimmers. Sein verletzter Unterschenkel pochte dumpf. Das trug auch nicht gerade zur Besserung seiner düsteren Stimmung bei. Unten saß Julie mit diesem arroganten Kerl.

Gerald stemmte sich hoch und schnappte sich seine Krücken. Unruhig humpelte er durchs Zimmer. Er hatte sich heute viel bewegt und Cole hatte sich mit ihm an die Grenzen seiner momentanen Belastbarkeit herangetastet. Sein verletzter Muskel schmerzte und seine gebrochenen Rippen ebenfalls. Dennoch hielt er es nicht aus stillzustehen.

Warum ausgerechnet dieser Kerl? Es hätte ihn nicht so gestört, wenn Julie sich mit einem anderen träfe. Aber dass sie ausgerechnet Dr. Richmond traf – den Mann, der ihn so offensichtlich ablehnte wie er selbst ihn – ließ Gerald keine Ruhe. Julie war zu gut für ihn. Er schien ein fähiger Chirurg zu sein und ein ausgezeichneter Arzt – das hatte Cole ihm heute bestätigt – aber er schien das auch zu wissen und sich für etwas Besseres zu halten. Wie er ihn als Problem bezeichnet hatte … Ob er versuchen würde, Julie von seiner Meinung zu überzeugen?

Geralds Herz begann zu rasen, als es an der Tür klopfte und die Klinke heruntergedrückt wurde. Vielleicht erging es Julie wie ihm und sie hatte das Gefühl, dass die Fahrt zu kurz gewesen war und dass sie zu wenig Zeit miteinander gehabt hatten.

»Hey. Sharon sagte, ich soll dir das hochbringen«, sagte Will und trat mit einem Tablett durch die Tür. »Danke, stelle es einfach da hin.« Gerald nickte knapp in die Richtung seines Nachttisches.

»Alles klar bei dir?«, erkundigte sich Will und stellte das Tablett ab. Missmutig setzte Gerald sich aufs Bett und warf einen Blick auf die Rumpsteaks mit Bratkartoffeln. Die hätte er in Julies Gesellschaft essen können. »Klar«, antwortete er Will. Doch anstatt mit seiner Antwort zufrieden zu sein und zu gehen, zog Will sich den Sessel vor dem Fenster heran und setzte sich. »Siehst fertig aus.«

Gerald schnaubte spöttisch und griff nach der Gabel. »Hab einen Haufen Metall im Bein, einen zerfetzten Muskel, und diese gebrochenen Rippen tun höllisch weh. Wie sollte ich da deiner Meinung nach aussehen?« Wills Mundwinkel zuckten. »Du hast vergessen, dass du 'ne hässliche Narbe über dem Auge hast. Das dürfte deinem Schlag bei den Frauen in Zukunft auch nicht gerade guttun.«

Gerald kaute auf einem Bissen Fleisch herum und betrachtete Will nachdenklich. Seit dem Tag des Unfalls hatte er ihn nicht mehr gesehen und sie hatten ihren Streit offiziell nicht beigelegt. Wills Stimmung und die neckenden Worte wirkten versöhnlich. »Narben sind sexy, glaub bloß nicht, dass du in Zukunft deshalb einen Konkurrenten weniger hast«, erwiderte er flapsig. Die kumpelhafte Stimmung zwischen ihnen war angenehm, und Gerald konnte es nicht lassen, den kleinen Schlagabtausch fortzuführen. Will grinste breit. »Wegen der Narbe denke ich nicht, dass du mir nicht in die Quere kommen wirst, aber so wie du diese Krankenschwester angeschaut hast …«

Ertappt lies Gerald die Gabel sinken. Fuck! So weit war er also schon, dass sogar Will sein Interesse an Julie bemerkte. Gerald spürte, wie ihm das Blut in die Wangen schoss. Will lachte. »Scheiße, es stimmt: Du willst deine Krankenschwester vögeln.« Er lehnte sich zurück und verschränkte die Arme. Gerald versuchte, seinen forschenden Blick zu ignorieren und aß weiter. Will ließ sich davon jedoch nicht aus der Ruhe bringen und starrte ihn weiterhin herausfordernd an. So lange bis es Gerald schließlich zu dumm wurde. »Nein«, murrte er und warf die Gabel auf den Teller. Mit der Erwähnung von Julie war die heitere Stimmung verflogen. Er war eifersüchtig. Verdammt, er sollte nicht eifersüchtig auf Daniel Richmond sein, aber er war es. »Ich will sie nicht vögeln«, erklärte er Will ausweichend. »Sie tut verdammt viel für mich, und sie ist nett.« Genaugenommen stimmte es ja auch. Er wollte nicht *nur* mit Julie schlafen. Aber das würde er Will bestimmt nicht auf die Nase binden. Was Will betraf, war er sich einfach nicht sicher, ob er ihm über den Weg trauen konnte.

Doch Will schien ihm kein Wort zu glauben. Anstatt etwas zu erwidern, wurde sein Grinsen immer breiter.

»Hör zu«, sagte Gerald eindringlich und sah Will fest an. »Da ist nichts zwischen Julie und mir. Sie will mir einfach nur helfen. Außerdem scheint sie etwas mit diesem Arzt am Laufen zu haben.«

Will zog eine Augenbraue in die Höhe und beugte sich nach vorn. »Bist du dir sicher? Ich habe sie gerade gesehen, und für mich sah es nicht danach auch, dass zwischen ihnen die Funken fliegen.« Gerald horchte auf. Täuschte er sich und Julie und Dr. Richmond hatten gar kein richtiges Date? Will lachte leise, und Gerald ging auf, dass Will ihm eine Falle gestellt hatte. Und er tappte auch noch hinein und ließ Will dadurch ahnen, dass er sich über seine Worte freute. Betont locker winkte er ab und widmete sich wieder seinem Abendessen. »Denk doch was du willst.«

»Na gut«, seufzte Will und stand auf. »Ich wollte dir nur sagen, dass du dir gut überlegen solltest, was du da tust. Im Gegensatz zu ihrem Verhalten gegenüber diesem Arzt sprühen ihre Blicke nämlich heftige Funken, wenn sie dich ansieht, und du wirst über kurz oder lang wieder verschwinden …«

Gerald sah Will nachdenklich hinterher. Wollte er ihn verarschen oder tatsächlich warnen? Aber wovor – dass Julie sich in ihn verlieben könnte? Geralds Herz begann schneller zu klopfen. Eher musste er sich davor in Acht nehmen, sein Herz nicht an sie zu verlieren. Er hatte keine Ahnung, ob er dazu bereit war. Warum war Will überhaupt so nett zu ihm? Bestimmt wollte er ihn verarschen. Gerald wartete darauf, dass er sich an der Tür noch einmal zu ihm umdrehte, um genau das zu tun. Dann müsste er sich wenigstens nicht die ganze Nacht den Kopf über seine Andeutungen zerbrechen. Doch leider tat Will ihm den Gefallen nicht, sondern verließ schnurstracks sein Zimmer. Für einen Moment war Gerald versucht, ihm einfach nach unten ins Pub zu folgen und ihn auszuquetschen. Aber vielleicht war es genau das, was Will wollte, um ihm dann erst recht die Retourkutsche zu verpassen … Außerdem saßen dort unten Julie und Dr. Richmond, und Gerald hatte keine Lust darauf, mit eigenen Augen zu sehen, dass Will sich täuschte.

Grübelnd legte er sich wieder aufs Bett. Der Appetit war ihm vergangen. Es ging schließlich nicht nur darum ob Will in Bezug auf Julie recht hatte, sondern vor allem darum, dass er seinen Empfindungen hilflos ausgeliefert zu sein schien. Und wenn sich in den nächsten Wochen sein erster Eindruck von Julie bestätigte, lief er Gefahr, sich in sie zu verlieben. Aber Will hatte recht. Er hatte keine Lust darauf, in dieser Kleinstadt hängen zu bleiben. Es würde ihn nur in Schwierigkeiten bringen, sich auf etwas Ernsthafteres als unverbindlichen Sex einzulassen.

Kapitel 8

Julie atmete heimlich auf, als sie sich hinter dem Steuer ihres Wagens niederließ. Sie und Gerald waren genauso verkrampft wie am Vortag. Sie hatte gewusst, dass er eine intensive Therapie benötigen und sie ständig mit ihm auf Achse sein würde. Aber sie hatte nicht damit gerechnet, dass es ihr so zu schaffen machen würde, sich vorher auf die Zeit mit ihm einzustellen. Wie am Vortag kam sie direkt von der Arbeit und hatte kaum ein paar Minuten gehabt, um sich gegen Gerald und seine wechselnden Launen zu wappnen. Obwohl sie gestern auf der Heimfahrt ein lockeres, ja beinahe freundschaftliches Gespräch geführt hatten, war er heute wieder wortkarg und wirkte abweisend, wie er sich mit verschlossener Miene in den Beifahrersitz kauerte.

Julie war klar, dass es mit ihrer gestrigen Verabschiedung zu tun haben musste. Sie hatte gespürt, wie die Stimmung gekippt war, als Daniel zu ihnen getreten war. Doch es wurmte sie, dass die beiden Männer ihr mit ihrer gegenseitigen Abneigung das Leben so schwer machten. Sie konnte sich ein leises Seufzen nicht verkneifen, als sie rückwärts ausparkte und das Auto auf die Straße lenkte. Zum Glück war heute Freitag und Gerald würde am Wochenende keine Physiotherapietermine haben …

»Hast du heute zu Mittag gegessen?«, fragte Gerald, dem ihr gestresster Laut anscheinend nicht entgangen war. Wie auf Kommando knurrte ihr Magen. »Nein, aber ich gehe nachher in Palmer essen«, antwortete sie. Geralds Fürsorge schmeichelte ihr. Andererseits nervte es sie aber auch, dass ihre Ernährung beinahe das einzige Thema zu sein schien, über das sie sich locker unterhalten konnten.

»Hier bitte«, sagte Gerald und hielt Julie ein braunes Päckchen unter die Nase, das er aus seinem Rucksack hervorgekramt hatte. »Was ist das?«, fragte Julie perplex. Gerald grinste sie von der Seite an. »Na wonach sieht es denn aus?« Julie spürte, wie ihre Wangen zu glühen begannen. Gerald hatte recht. Ihre Frage war dämlich. »Danke«, sagte sie, als sie ihm das eingepackte Sandwich aus der Hand nahm und in ihren Schoß legte, um es auszuwickeln. Natürlich wusste sie, wie ein in Butterbrotpapier eingeschlagener Snack aussah. Aber das hatte sie auch nicht wissen wollen. »Hast du das extra für mich mitgebracht?«, rutschte es ihr heraus, als sie das dick mit Käse, Salat, Tomaten und Remoulade belegte Sandwich aus seiner Verpackung befreite. »Hmmm«, brummte sie genüsslich und nahm einen großen Bissen.

»Sharon hat es für dich gemacht. Sie hat mich heute Morgen gefragt wie es dir geht, und als ich ihr erzählt habe, dass du meinetwegen nicht mal Zeit zum Essen hattest, meinte sie, dass das so nicht gehe. Und hier sind außerdem noch die Kontaktdaten meiner Firma. Gib der Sekretärin deine Bankverbindung durch und halt sie über deine Unkosten auf dem Laufenden, dann wird sie die Erstattung veranlassen«, antwortete Gerald, reichte ihr auch noch eine Dose Coke und legte einen Zettel in die Mittelkonsole.

Julie wurde warm ums Herz. Lächelnd nahm sie das Getränk entgegen und klemmte es zwischen ihre Schenkel, um den Verschluss zu öffnen. »Erinnere mich daran, mich bei Sharon zu bedanken«, nuschelte sie und spülte den Bissen mit einem Schluck hinunter. Gerald betrachtete sie lächelnd von der Seite. »Siehst du: Die Leute mögen dich und machen sich Gedanken um dich. Sharon wird bestimmt auch nächstes Mal für dein Essen sorgen, dann musst du nicht bis zum Abend warten …«

Alarmiert zog Julie die Augenbrauen in die Höhe. In Geralds Stimme lag etwas Lauerndes, und es war bestimmt kein Zufall, dass er auf den gestrigen Abend anspielte. »Was auch immer du mit Daniel am Laufen hast, klärt es bitte ohne mich«, sagte sie bestimmt. Auch Daniel hatte es nicht sein lassen können, während ihres Dates auf Gerald herumzuhacken, und sie hatte keine Lust, dazwischen zu stehen und sich die gegenseitigen Sticheleien der beiden Männer anzuhören. Sie wusste auch so schon nicht, wie sie sich in Geralds und Daniels Gegenwart fühlen sollte, und die gegenseitigen Attacken machten das auch nicht gerade besser.

»Ich hab nichts mit ihm am Laufen. Ich mag den Kerl nur nicht besonders und ich denke, dass er nicht zu dir passt«, murrte Gerald.

Wow …! Sämtliche Alarmsirenen in Julies Kopf schrillten. Gerald war eifersüchtig auf Daniel. Deshalb hatte er sich am Vorabend so schnell zurückgezogen. Sie presste ihre Lippen aufeinander und überlegte. Doch in ihr wirbelte alles durcheinander und sie kam zu keinem Schluss, ob es ihr gefiel oder sie erschreckte, dass Gerald in Daniel scheinbar einen Konkurrenten sah. Letztendlich bedeutete es, dass sie sich nicht täuschte und dass da irgendetwas zwischen ihnen war.

»Daniel und ich sind nicht nur Arbeitskollegen, sondern Freunde«, erwiderte sie Gerald möglichst neutral. Mal sehen, wie er darauf reagierte.

»Freunde?«, erwiderte er ungläubig und schüttelte den Kopf. »Glaub mir, Julie, so wie der Kerl dich angeschaut hat, sieht er vieles in dir, aber bestimmt nicht nur eine Freundin …«

»Hm«, erwiderte Julie nachdenklich. *Und was ist mit dir?*, würde sie Gerald am liebsten fragen. Wollte er ihr Freund sein, oder gar mehr? Es versetzte sie in Unruhe, Gerald nicht einschätzen zu können, aber es war besser, gar nicht erst in dieses Wespennest zu stechen. Daniel hatte sie gestern Abend gebeten, sich öfter mit ihm zu einem Date zu treffen, und sie mochte ihn. Eine Aussprache mit Gerald würde die Situation nur unnötig verkomplizieren, wo sie Daniel im Anschluss an die Terminen in Palmer nun häufiger im Pub treffen würde.

»Ich mag Daniel. Er ist ein guter Mensch und ein verdammt fähiger Arzt«, erklärte sie Gerald. Ja, so war es besser. Gerald sollte gar nicht erst auf den Gedanken kommen, eine Chance bei ihr zu haben. Dann geriet sie nicht in die Schwierigkeit, seine Motivationen ergründen zu müssen. Der Kerl war verdammt anziehend und zudem mochte sie seine aufmerksame Art. Aber er war auch viel zu verschlossen, als dass Julie sich Hoffnungen darauf machte, ihn durchschauen zu können. Vorsichtig schaute sie zu ihm hinüber, um zu sehen, wie er auf ihre Worte reagierte.

Gerald sah geradeaus auf die Straße und grinste in sich hinein. »Das meinte ich eigentlich nicht. Ich wollte wissen, ob du ihn so richtig magst und ihm vertraust. Aber deine Antwort sagt mir so ziemlich alles …« Er wandte sich ihr zu und musterte sie aufmerksam von der Seite. Julie spürte, wie ihr das Blut in die Wangen schoss. Irgendwie fühlte sie sich ertappt. »Ich kenne Daniel noch nicht besonders gut, aber ich mag ihn«, beharrte sie, setzte den Blinker und fuhr in die Straße ein, in der sich die Physiotherapiepraxis befand. Insgeheim war sie froh, Gerald für die nächste Stunde loszuwerden, denn sie hatte keine Ahnung, was sie ihm erwidern sollte.

Zu ihrem Glück sagte Gerald nichts weiter dazu, sondern verabschiedete sich von ihr und öffnete die Beifahrertür, als sie am Straßenrand anhielt. Erst als er ausstieg, schien er es sich doch noch anders zu überlegen. Er beugte sich über den Beifahrersitz zu ihr herüber und strich vorsichtig ihr langes Haar beiseite. »Bist du dir sicher, dass du Daniel magst? Ich habe eher das Gefühl, dass du mir ausweichst«, flüsterte er an ihr Ohr. »Aber, ich …«, wollte Julie sich verteidigen, doch Gerald unterbrach sie: »Du hast nicht gesagt, dass du ihm vertraust …«

* * *

»Machen Sie ein bisschen langsamer, Gerald. Sie sollen sich an Ihre Belastungsgrenze herantasten und sie nicht im Vollschuss überschreiten.«

Gerald biss die Zähne zusammen. Er übertrieb und es begann weh zu tun. Aber er hatte das Gefühl, diese überschüssige

Energie loswerden zu müssen, die seit dem Gespräch mit Julie durch ihn hindurchströmte.

Er lockerte den Griff, mit dem er den Fuß seines verletzten Beines umfasst hielt und mit dem Bein dagegenstemmte, um seinen heilenden Muskel zu trainieren. Der Schmerz ließ augenblicklich nach. Cole nickte zustimmend. »Übertreiben Sie es nicht. Damit erreichen Sie Ihr Ziel nicht schneller, sondern schaden sich.«

Gerald nickte. Der Physiotherapeut hatte ja keine Ahnung, dass es ihm im Moment scheißegal war, wie schnell der Heilungsprozess voranschritt. Dass Julie völlig verwirrt auf seine Fragen reagiert hatte, versetzte ihn in Hochstimmung. Was auch immer sie in Daniel sah, er war ihm selbst keinen Schritt voraus. Jedenfalls hatte Julie nicht gerade so geklungen, als wären sie auf dem besten Weg, ein Paar zu werden.

Er hatte keine Ahnung, was er mit dieser Erkenntnis anfangen sollte, aber sie erleichterte ihn. Zumindest wie Julie zu Daniel stand hatte er herausfinden müssen, nachdem Will ihn mit der Idee, Julie könne etwas für ihn empfinden, ordentlich durcheinandergebracht hatte. Als ob er sich so seiner eigenen Gefühle klarer würde …

Nun, nach dem Gespräch mit Julie war dem nicht so, aber die Erleichterung über ihr scheinbar noch sehr unklares Verhältnis zu Daniel überwog die Verwirrung darüber, dass ihn seine Entdeckung in eine geradezu ausgelassene Stimmung versetzte. Schließlich hatte er nicht vor, selbst etwas mit ihr anzufangen, auch wenn er sich vorhin verdammt hatte zusammenreißen müssen, sich nicht noch etwas weiter nach vorn zu beugen, um mit seinen Lippen ihren Hals zu erkunden. Wie sich ihre Atmung beschleunigt hatte und sich eine Gänsehaut auf ihrem Nacken ausgebreitet hatte, als er ihr nahe gekommen war …

»Fuck«, stöhnte Gerald. Es war hart, diesem Drängen nach mehr nicht einfach nachzugeben.

»Ich sagte ja, dass Sie langsamer machen sollen, aber Sie wollen ja nicht hören …«, grinste Cole, der seine Reaktion anscheinend völlig falsch deutete, und legte beschwichtigend eine Hand auf Geralds Arm, mit dem er sein verletztes Bein wieder zu sich heranzog. »Ja, langsamer …«, murmelte Gerald und lockerte den Griff ein wenig. Vielleicht war langsamer gar keine schlechte Idee.

Er musste ja nicht gleich über Julie herfallen, aber zumindest konnte es nicht schaden, mehr über sie und diese Kraft zwischen ihnen in Erfahrung zu bringen. Anders würde er dieser Unruhe in sich wohl kaum mehr Herr werden, die Besitz von ihm ergriffen hatte, seit Julie in sein Leben geplatzt war.

Ein aufgeregtes Kribbeln rieselte durch ihn hindurch. Er konnte es kaum mehr erwarten, bis die Stunde bei Cole vorbei war, und als er die Praxis endlich verließ, fühlte er sich lebendiger, als er sich auch nur einen einzigen Tag in den letzten Jahren gefühlt hatte. Wohin auch immer ihn die Sache mit Julie letztendlich führen würde, es gab ihm Aufschwung, sich mit ihr zu befassen. Und jetzt würde er herausfinden, wie sie zu ihm stand.

Seine Nerven vibrierten vor angespannter Erwartung, als er die zwei Treppenstufen zum Parkplatz hinunterstieg und Julie ihn bereits erwartete. Sie stand einfach nur so an ihren Wagen gelehnt da und sah ihm entgegen. Ihre Miene wirkte angespannt.

»Oh mein Gott«, murmelte Gerald und blieb stehen. Sein Herz begann zu rasen. Ein leiser Wind zauste Julies langes Haar, wie wilde Wellen floss es um ihr hübsches Gesicht herum. Verunsichert sah sie zu ihm herüber und verschränkte die Arme vor der Brust. Mit der dicken Winterjacke wirkte ihr Körper noch zierlicher, und die Geste verstärkte ihre verletzliche Ausstrahlung. Gerald hatte das Gefühl, sie in die Arme schließen und beschützend an seine Brust ziehen zu müssen. Mit einem nervösen Lächeln setzte er sich in Bewegung und humpelte zu ihr hinüber. Wem machte er hier eigentlich noch irgendetwas vor? Er wollte Julie … Noch ehe er sie erreichte, zog sie fröstelnd ihre Schultern nach oben und stieg ein. Zögerlich folgte Gerald ihr, sein Herz wollte einfach nicht aufhören gegen seine Rippen zu hämmern. Irgendetwas zwischen ihnen veränderte sich und

Gerald hatte keine Ahnung, wie er damit umgehen sollte. Verdammt, er wusste ja noch nicht einmal genau, was er von Julie erwartete. Dass sie sich auf ihn einließ und ihn weiterziehen ließ, sobald sein Bein geheilt war? So egoistisch war er nicht …

»Ich sollte mich bei dir entschuldigen«, murmelte er verlegen, als er zu ihr ins Auto stieg, und warf ihr einen prüfenden Seitenblick zu. »Ich hätte dir wegen Daniel nicht so zusetzen dürfen.«

Julies Blick zuckte unsicher in seine Richtung, dann starrte sie wieder zur Windschutzscheibe hinaus auf die Fahrbahn. »So etwas in der Art wollte ich dir auch sagen. Es geht dich nichts an, was zwischen Daniel und mir läuft«, erwiderte sie und presste ihre Lippen aufeinander. Doch mit ihrem ruppigen Ton konnte sie Gerald nicht täuschen. Vielmehr hatte er das Gefühl, einen wunden Punkt aufgestöbert zu haben, den Julie ihm nicht preisgeben wollte.

Er atmete tief durch und musterte seine Hände, die er verkrampft auf seinen Oberschenkeln abgelegt hatte. Wie lange hatte er damit schon niemanden mehr gehalten? Und damit meinte er nicht nur berührt, sondern richtig gehalten, mit allen Sinnen genossen, dass dieser andere Mensch da war … Anna hatte immer seine Hand halten wollen, wenn er mit ihr unterwegs war. Sie hatte einmal gesagt, dass sie allen zeigen wollte, dass sie einen großen Bruder habe, der auf sie aufpasse. So würde es niemand wagen, sie zu ärgern. Aber Gerald hatte gewusst, dass sie einfach nur stolz auf ihn war.

Ein dicker Kloß bildete sich in seinem Hals. Die Angst vor einem weiteren Verlust wie diesem saß tief. Viel einfacher war es, niemanden so nah an sich heranzulassen, dass er ihn vermisste, wenn er vielleicht irgendwann nicht mehr da war.

»Ich kapier einfach nicht, was du mit deinem Verhalten bezwecken willst«, brach Julie die Stille und gab irgendetwas zwischen einem Schnauben und Seufzen von sich. Es klang beinahe verzweifelt. »Was erwartest du eigentlich von mir, Gerald?«

Gerald schluckte trocken. Ja, was? Will hatte recht, er sollte vorsichtig sein. »Ich bin dir dankbar für das, was du für mich tust. Ich schätze, ich will einfach nur ein Freund für dich sein.« Julies erleichtertes Aufatmen tat weh. Sie war froh, dass er nicht mehr erhoffte. »So geht das aber nicht, Gerald«, sagte sie leise. Aus den Augenwinkeln sah er, dass sie ihn mitleidig musterte. »Wir können keine Freunde sein, wenn ich das Gefühl habe, dass du mich für meine Gefühle für Daniel verurteilst. Außerdem kenne ich dich nicht und ich werde dich auch nicht kennenlernen können, wenn du es weiterhin vermeidest, von dir zu erzählen.«

Ein fieser Stich durchzuckte Gerald. So etwas Ähnliches hatte Craig zu ihm gesagt, als er ihm die Freundschaft gekündigt hatte. Sie kannten sich, solange Gerald denken konnte. Doch ungefähr ein Jahr nach dem Unfall hatte Craig die Person nicht mehr erkannt, zu der der Verlust ihn gemacht hatte. *Wenn du wieder du bist, dann melde dich*, hatte Craig gesagt. Seither hatte Gerald nie wieder etwas von ihm gehört und es nicht geschafft, selbst etwas gegen die Funkstille zu unternehmen. Er wollte nicht, dass Julie ebenfalls resignierte und ihn abschrieb. »Anna war meine kleine Schwester«, sagte er. Seine Stimme klang rau. Für einen Moment herrschte Stille.

»Das tut mir leid«, antwortet Julie leise. Ihre einfachen Worte taten gut, aber noch viel tiefer berührte Gerald, dass sie seine Hand ergriff. Warm schlagen sich ihre Finger um die seinen. »Es muss verdammt schwer für dich sein.«

Gerald hob den Blick und sah, dass Tränen in ihren Augen standen. Sie verstand, wie tief der Schmerz saß. Sein Herz verkrampfte sich. Er mochte es nicht, dass sie seinetwegen litt. Sie sollte sich gut mit ihm fühlen und sich darüber freuen, dass er sich ihr anvertraute, um eine Beziehung zu ihr herstellen zu können.

Er drückte ihre Hand und versuchte sich an einem Lächeln. »Ich meine es ernst, Julie, ich mag dich und will ein Freund für dich sein, nach allem, was du für mich tust. Deshalb erzähle ich dir von Anna. In den letzten Jahren habe ich mich wohl viel zu selten mit Leuten unterhalten, die keine ruppigen Holzfäller sind. Ich schätze, ich habe es irgendwie verlernt, wie man sich als Freund verhält. Ich meine, die Jungs sind nicht gerade feinfühlig …«

Julie nickte verständnisvoll und räusperte sich. Auch wenn sie tausend Fragen haben musste, schien ihr seine Erklärung zu genügen. Doch Gerald war noch nicht fertig. Er hielt Julie fest und sah ihr in die Augen. »Du hattest recht, als du sagtest, dass ich davonlaufe. Aber so ist es irgendwie einfacher …« Gerald hatte keine Ahnung, wie lange er sprach, während er Julie von seiner Vergangenheit erzählte. Von Anna und wie sie es mit ihrer kindlichen Sicht auf die Dinge immer wieder geschafft hatte, seinen Blick fürs Wesentliche geradezurücken. Während der ganzen Zeit hielt er ihre Hand. Die Berührung verlieh ihm Kraft. Es fühlte sich an, als entstünde mit seinen Worten und der Verbundenheit ihrer Hände etwas Besonderes zwischen Julie und ihm. Und Gerald redete die ganze Fahrt über, während Julie aufmerksam zuhörte. Nur hier und da stellte sie ein paar Fragen.

»Es ist erbärmlich, dass ich nicht besser damit umgehen kann, dass sie gestorben ist. Anna hat es nicht verdient, dass ich so wenig wie nur möglich an sie denke, um es mir einfacher zu machen. Aber verdammt, sie fehlt mir so«, schloss er schließlich ab, als Julie auf den Parkplatz vor Sharons Pub einbog.

Julie stellte den Motor ihres SUV ab und atmete langsam ein und aus. In ihrem Blick lag etwas Schweres, Mitfühlendes. »Gerald, ich weiß nicht, was ich sagen soll«, sagte sie. Ihre Stimme klang belegt, eine Träne rollte über ihre Wange.

Seine Vergangenheit machte Julie zu schaffen, dennoch bereute Gerald nicht, ihr davon erzählt zu haben. »Du musst gar nichts sagen«, murmelte er und beugte sich zu ihr hinüber, um die feuchte Spur auf ihrer Haut fortzuwischen. Er mochte es nicht, sie so traurig zu sehen. »Und du musst auch nicht für mich weinen. Ich bin schon okay, Julie«, flüsterte er und strich mit dem Handrücken sanft über ihre Wange.

Sie seufzte leise und schloss ihre Augen. »Ich will aber etwas sagen. Es ist erbärmlich, einfach nur zu heulen und keinen Trost geben zu können«, murmelte sie und schmiegte ihre Wange an seinen Handrücken.

Gerald stockte der Atem. Julies Nachgiebigkeit berührte ihn. Es fühlte sich an, als vertraue sie sich ihm damit vollständig an. Verdammt, er wollte es, er wollte sie. Aber er wollte sie auch nicht verletzten, was er unweigerlich tun würde, wenn er weiterzog. Chickaloon war nichts für ihn, das ganze Leben hier war nichts für ihn. Anstatt dem Bedürfnis zu folgen, die Melancholie des Augenblicks mit einem sanften Kuss ausklingen zu lassen, räusperte er sich und zog seine Hand zurück. »Wie wäre es, wenn du mir jetzt einfach sagst, dass wir vielleicht Freunde werden können?«, fragte er heiser. Julie war wie ein helles Licht, das er um sich haben wollte – auf welche Art auch immer.

Julie öffnete die Augen und blinzelte ihn entrückt an, ganz so, als habe sie sich völlig im Moment der Berührung vergessen. »Freunde …? Ja, nun – ich denke, das bekommen wir hin«, stotterte sie und sah ihn verwirrt an. Für einen Moment erschien es Gerald, als denke sie über ihre Worte nach, doch dann öffnete sie plötzlich die Fahrertür und stieg aus. »Ich will mich bei Sharon noch für das Sandwich bedanken.«

Gerald lehnte sich leise stöhnend auf seinem Sitz zurück, als sie die Tür ins Schloss warf. Jetzt war die hübscheste, netteste und perfekteste Frau, der er jemals begegnet war, also nur eine Freundin für ihn. Er war ein Idiot … Aber so war es vermutlich am besten. Leise seufzend folgte er ihr aus dem Wagen und verfluchte sich erneut.

»Schau mal, es schneit«, rief Julie ihm zu und drehte sich mit weit ausgebreiteten Armen auf dem Parkplatz herum. Ein Lächeln erhellte ihr Gesicht, ihre Augen glänzten. Beinahe erinnerte sie ihn damit an Anna. Gerald verdrängte den Gedanken und das klamme Gefühl, das ihn ergriff, und konzentrierte sich auf Julie. »Ich dachte, du magst Schnee und Kälte nicht besonders?«, neckte er sie.

Julies Lächeln verbreiterte sich. »Ich sagte, dass ich es nicht mag, wenn ich friere. Dennoch liebe ich Schnee. Von Kalifornien kenne ich das nicht, und ich bilde mir schon die ganzen letzten Wochen über ein, dass Weihnachten dieses Jahr etwas ganz besonders wird.« Sie zuckte verlegen mit den Schultern und nickte Richtung Pub. »Ich mag gar nicht reingehen, so schön wie es hier draußen schneit.« Immer dichter fielen die weißen Flocken vom Himmel und blieben in ihrem langen Haar hängen. Verdammt, hatte sie je schöner ausgesehen, als in diesem Moment?, fragte Gerald sich und schaffte es einfach nicht, seinen Blick von ihr abzuwenden. »Du meinst Tee trinken vor dem Kamin und dabei dem Schneegestöber vor dem Fenster zuzusehen?« Nur zu gut konnte er sich vorstellen, sich mit ihr in eine Decke einzuwickeln und sich vor den Kamin zu setzen, ihren zierlichen Körper fest an sich gepresst.

Julie nickte begeistert. »Eine Schneeballschlacht gehört auch dazu, und natürlich der Duft nach frischgebackenen Plätzchen, Organgenschalen und Tannenzweigen. Ich glaube, das wirkt vor einer wirklich verschneiten Kulisse doch ganz anders.«

Gerald nickte knapp. Sie hatte recht. Aber das Bild, das sich in seinem Kopf zusammensetzte, wie er Julie die Decke und ihre Kleidung vom Körper streifte, um sie in diesem zutiefst friedlichen Gefühl, das sie eben beschrieben hatte, vor dem Kamin zu lieben, machte es ihm verdammt schwer, ihre jüngst getroffene Vereinbarung, nur Freunde zu sein, nicht sofort wieder aufzukündigen. »Für mich bedeutet zu viel Schnee vor allem, dass wir vermutlich bald zurück nach Colorado beordert werden«, antwortete er düster. Darauf sollte er sich konzentrieren und nicht darauf, wie er seine Phantasie wahr werden lassen konnte. »Komm, lass uns reingehen.« Er riss sich von Julies bezauberndem Anblick los und ging ihr voraus ins Pub.

»Darf ich dir etwas gestehen, jetzt, wo wir dabei sind, Freunde zu werden?«, fragte Julie, als sie im Eingang standen und ihre Jacken an die Garderobe hängten. Gerald nickte erfreut. Es war befreiend, dass sie sich ihm anvertrauen wollte.

»Ich bin fast froh, dass ich mich heute nicht mit Daniel treffe. Ich meine, ich mag ihn wirklich, aber diese Kennenlernsache ist auch ziemlich anstrengend. Ständig denke ich darüber nach, was ich laut aussprechen soll und was nicht, um nichts Dummes zu sagen.« Sie lächelte und zuckte verlegen mit den Schultern. »Zum Beispiel habe ich ihm nicht davon erzählt, wie ich mich vorstelle, weil ich fürchte, dass er es für dämlich halten könnte. Vielleicht kannst du mir als männlicher Freund ein paar Tipps geben?«

Gerald musste sich ein Grinsen verkneifen. Dachte Julie wirklich, dass er ihr das abkaufte? Sie wollte ihm mit ihren Worten wohl verdeutlichen, dass sie ihm gegenüber so offen sein konnte, weil nichts zwischen ihnen lief und niemals laufen würde. Vielmehr ließ sie ihn damit aber wissen, dass sie Daniel nicht vertraute und ihm schon. Und sie schien sich in seiner Gegenwart geradezu an Daniel erinnern zu wollen.

»Ich kann es gerne versuchen, aber ich bin mir nicht sicher, ob ich der Richtige für Beziehungsratschläge bin«, erwiderte er und sah sich beiläufig um. Es fiel ihm zunehmend schwerer, ein triumphierendes Lächeln zu unterdrücken, und so ernst, wie Julie ihn ansah, erschien es ihm nicht fair, sich über ihre Unsicherheit zu freuen. Vermutlich wusste sie genauso wenig wie er, wie sie nun tatsächlich zueinander standen und wie sie miteinander umgehen sollten. Sein Blick blieb am Séparée des Münztelefons hängen.

»Geh doch einfach schon mal vor und such uns einen Tisch. Ich muss nur noch schnell telefonieren, danach können wir uns in Ruhe darüber unterhalten«, schlug er vor. Ein masochistischer Teil von ihm verlangte geradezu danach, zu erfahren, was Julie wirklich für ihn empfand.

»Prima!« Sie nickte erfreut und verschwand im Schankraum.

»Ja, prima«, seufzte Gerald leise und humpelte hinter die Trennwand zum Telefon. Eigentlich fühlte er sich schon aufgerieben genug, aber der Anruf bei seiner Mom konnte einfach nicht länger warten. Aber worüber sollte er sich diesmal mit ihr unterhalten? Er wollte sie nicht anlügen, indem er ihr nichts von dem Unfall erzählte, aber sie sollte sich auch keine unnötigen Sorgen machen.

Nachdenklich klopfte Gerald mit dem Vierteldollar gegen das Telefon. Je länger er seine Anrufe hinauszögerte, desto schwieriger wurden sie. Es gab kaum noch Berührungspunkte zwischen seinem Leben und dem seiner Mom, und wenn sie Wochen nicht miteinander sprachen, wusste er kaum, was er zu ihr sagen sollte. Für gewöhnlich beschlich ihn ein ungutes Gefühl, wenn er sich auf das Gespräch vorbereitete. Doch heute war es anders. Dank Julie fühlte er sich ungewohnt leicht.

Kurzentschlossen warf er die Münze ein und wählte die Nummer. Irgendetwas würde ihm schon einfallen, und wenn er nur vom Wetter sprach, damit seine Mom seine Stimme hörte und sich davon überzeugen konnte, dass es ihm gutging.

»Turner?«

Es hatte kaum dreimal in der Leitung getutet. Gerald fühlte sich überrumpelt. Er presste für einen Moment die Lippen aufeinander und atmete tief durch. Verdammt, er würde jetzt nicht kneifen, nur weil seine Mom sich nicht direkt meldete. »Hallo Dave, hier ist Gerald.« Für einen Moment herrschte Stille in der Leitung, als müsse Dave darüber nachdenken ob er einfach auflegen sollte. »Warte einen Moment, ich hole Amy«, sagte er dann jedoch. Er klang kühl. Gerald versuchte nicht darüber nachzudenken, was sein Anruf in seinem Stiefvater auslöste und lauschte dem Rascheln in der Leitung. »Gerald ist dran«, hörte er Dave gedämpft sagen. »Gerald?« Das leise Schluchzen seiner Mom schnitt ihm ins Herz. Ihre Stimme klang verzweifelt, aber auch hoffnungsvoll, und wieder einmal fragte Gerald sich, warum er seinen Groll und seine Abneigung gegen ihre neue Familie ihr zuliebe nicht überwinden konnte. Wieder raschelte es in der Leitung. »Schatz, bist du noch da?«

Gerald räusperte sich leise, um das bedrückte Gefühl aus seiner Stimme zu vertreiben. »Hey Mom, entschuldige, dass ich mich diesmal so lange nicht gemeldet habe …« Seine Mutter schluchzte wieder. »Verdammt Gerald, wieso kannst du nicht wenigstens anrufen? Ein Reporter war bei uns und hat uns erzählt, dass du einen schlimmen Unfall hattest, aber die Firma hat das nur heruntergespielt.« Gerald konnte am bebenden Tonfall ihrer Stimme erkennen, dass sie weinte. »Mir geht es gut, Mom. Ich habe mir nur das Bein verletzt, aber das wird schon wieder«, versuchte er sie zu beschwichtigen, fragte sich aber gleichzeitig, woher dieser Reporter die Details des Unfalls gekannt hatte, so dass er sogar seine Mutter ausfindig machen konnte, um an Informationen zu kommen. Seine Mom schniefte. Ihre Stimme klang fester, als sie fortfuhr: »Weich jetzt bitte nicht aus und erzähl mir was geschehen ist. Wo steckst du jetzt?«

Gerald beugte sich nach vorne und warf einen Blick in den Gastraum. Niemand befand sich in der Nähe des Telefons, der das Gespräch hätte belauschen und seine Schlüsse daraus ziehen können. Es beunruhigte ihn jedoch, Connor und die anderen bereits am Tresen sitzen zu sehen. Sie sollten mindestens noch zwei Stunden in den Bergen sein …

»Hör nicht auf diesen Reporter. Er hat nach einer Schlagzeile gesucht und die Geschichte anscheinend ziemlich aufgebauscht. Mein Bein ist gebrochen und musste operiert werden, aber es geht mir schon viel besser«, sagte er zu seiner Mom und lehnte sich wieder gegen das Holz der Trennwand. »Ich rufe aber nicht an, um über mich zu reden. Ich wollte wissen wie es dir geht.« Seine Mom schnaubte bitter. Schon oft hatte sie versucht, das Gespräch auf ihn zu lenken und darauf wie er sich fühlte. Es musste hart für sie sein, dass er das nicht einmal jetzt zulassen konnte. Gerald wusste jedoch, dass sie alles tun würde, um ihn so lange wie möglich am Telefon zu halten. »Mir geht es gut. Ich habe endlich eine neue Stelle. Erinnerst du dich an Roberta Hobbs, die in der Lester Street gewohnt hat?«, ließ sie sich wie erwartet auf den Themenwechsel ein.

Gerald musste sich ein Grinsen verkneifen. Als Kind hatten er und Craig immer die Kirschen von den Ästen des Baumes von Mrs. Hobbs geklaut, die über den Zaun hingen. Mehr als einmal hatte sie wütende Drohungen hinter ihnen her gebrüllt, sie wegen Diebstahls anzuzeigen, weil sie mit ihrer Körperfülle viel zu behäbig war, um sie in die Finger zu bekommen und ihnen die Ohren langzuziehen. Sie hatte sogar einmal seine Mutter angerufen, woraufhin sie ihn zuerst getadelt und dann mit einem Augenzwinkern gebeten hatte, ihr beim nächsten Mal eine Kirsche aufzuheben. Craig, dessen Mutter ebenfalls angerufen worden war, hatte Hausarrest bekommen und ihn um seine coole Mom beneidet.

Gerald seufzte leise. Es war lange her. »Ja, ich erinnere mich an Mrs. Hobbs. Sie arbeitet doch bei diesem Rechtsanwalt, richtig?« Seine Mom lachte leise. Auch sie schien sich an die Geschichte zu erinnern. »Sie hat bei diesem Rechtsanwalt gearbeitet, ja. Jetzt ist sie in Rente gegangen und ich bin ihre Nachfolgerin.« Gerald konnte den Stolz in ihrer Stimme hören. Es bedeutete ihr offensichtlich eine Menge, sich nicht mehr mit Putzjobs herumquälen zu müssen, um ihren Teil zum Einkommen der Familie beizusteuern. Er freute sich ehrlich für sie. »Das ist toll. Aber ist der Kerl wirklich so ein Griesgram, dass er Kirschendiebstahl ernst nimmt?«, rutschte es ihm heraus und bereute es sofort. Er wollte seine Mom nicht an die alten Zeiten erinnern, als ihrer aller Welt noch in Ordnung war.

»Ähm, nein, Porter ist sogar ein richtig netter Chef«, sagte sie steif. »Na ja, jedenfalls zahlt er sehr gut. Das entlastet uns ungemein.« Gerald fröstelte. Er hasste es, wenn seine Mom so fremd klang. »Das ist gut, dann könnte ihr euch dieses Jahr ein paar Extrawünsche zu Weihnachten erfüllen«, sagte er, um seine Mom wieder auf schöne Gedanken zu bringen. Sie seufzte. »Du kennst meinen einzigen Wunsch.«

Gerald fühlte sich benommen, als er hinter der Trennwand hervortrat. Wann hatte es angefangen, dass die Dinge ihm entglitten? Jedenfalls fühlte es sich so an, als könne er die Vergangenheit nicht länger beherrschen und verdrängen. So als ob sie ihre Zeit gekommen sah, sich zurück in sein Leben zu drängen.

Seit er mit seinem Trupp in Chickaloon gelandet war, kam er immer wieder an den Punkt, über seine Fehler und Entscheidungen nachdenken zu müssen.

»Hey Kleiner, willst du dich nicht auch zu uns gesellen?«

Gerald hielt inne, als er vor der Theke beinahe in Tim hineinlief. Grinsend nickte der in Richtung Gastraum, und Gerald sah, was er mit *auch* meinte. »Klar …«, antwortete er. Eigentlich hatte er Julie ganz für sich alleine haben wollen, doch sie saß bereits mit seinem Trupp zusammen an einem Tisch in der Ecke. Gerald seufzte und humpelte los. Vielleicht wurde es einfacher für ihn, in ihrer Nähe zu sein, wenn sie nicht allein waren. Wenn niemand anderer da war, der ihn ablenkte, musste er sich die ganze Zeit vorstellen, wie es wohl war, sie zu berühren, sie zu küssen, …

»Hey«, sagte er leise zu Julie, als er an den Tisch trat und ihr gegenüber auf der Bank Platz nahm. Als gehöre sie ganz selbstverständlich dazu, saß sie neben Jackson und nahm sich eine Handvoll Nüsse aus der Schale, die Will ihr über den Tisch zuschob.

»Hab gedacht, dass das Mädel auch mal richtige Holzfäller kennenlernen sollte, nachdem sie bisher nur mit dir Memme zu tun hatte«, erklärte Will, der am Kopf des Tisches saß, und zwinkerte ihm schelmisch zu. Gerald zog nachdenklich die Augenbrauen zusammen und schnappte sich die Tageskarte. Wollte Will seinen Scherz auf die Spitze treiben, oder hatte er tatsächlich vor, Amor zu spielen? Verstohlen schielte er über den Rand der Karte hinweg zu Julie hinüber, wie sie darauf reagierte.

Sie sah entspannt aus, wie sie eine Nuss nach der anderen in ihrem Mund verschwinden ließ und sich ein wenig zu Jackson hinüberlehnte, um bei der Musik, die aus den Boxen drang, zu verstehen was er ihr erzählte. Ab und zu hoben sich ihre Mundwinkel sanft und sie nickte. Zu gerne hätte Gerald gehört, was Jackson ihr erzählte. Doch über den Countrysong und die Gesprächsfetzen der Gäste in seinem Rücken hinweg konnte er es nicht hören.

»Was macht ihr um diese Zeit schon hier?«, fragte er Tim, um sich abzulenken. Anscheinend sprach wenigstens er laut genug, dass ihn die anderen am Tisch auch verstehen konnten, denn anstelle von Tim beugte sich Will über den Tisch und antwortete: »Dort oben in den Bergen tobt ein ziemlich heftiger Schneesturm. Es war unmöglich weiter zu fällen.« In Geralds Magengegend breitete sich ein unangenehmes Kribbeln aus. »Ist es für diese Saison vorbei?«

Will lehnte sich zurück und verschränkte grinsend die Arme vor der Brust. Gerald hätte ihn für seinen indiskreten Blick auf Julie ohrfeigen können. Will schien genau zu wissen, was in ihm vorging. Gerade jetzt, wo es so vieles zwischen Julie und ihm zu ergründen gab, wollte er noch nicht weg. Als könnte Will seine Gedanken lesen, nickte er ihm bedeutend zu. »Noch ist nicht sicher, ob wir die Zelte hier abbrechen.«

»Hab vorhin mit Delloway telefoniert«, mischte sich Connor ein, der neben Gerald saß. »Er meinte, wir sollen uns weiter an den Fuß des Berges zurückziehen. Heute waren wir noch ziemlich hoch oben. Wir werden also morgen sehen, wie es weitergeht.«

Gerald nickte beklommen. Selbst im Tal hatte es ordentlich geschneit … Er wagte kaum zu hoffen, dass es dem Trupp unter diesen Bedingungen noch möglich war weiterzuarbeiten. »Wäre schade, wenn wir schon zurück nach Colorado müssten, oder?«, warf Will in die Runde. Sein Blick blieb an Julie hängen. Sie hatte das Gespräch mit Jackson inzwischen beendet und zog überrascht die Augenbrauen in die Höhe. »Euch gefällt es hier wohl?«, fragte sie Will. Sie klang unverbindlich, doch Gerald entging nicht, dass sich ihre Wangen röteten.

»Ja, vor allem Gerald findet es hier richtig gut«, antwortete Will grinsend. Verdammter Will! Gerald warf ihm einen warnenden Blick zu. Die Situation zwischen Julie und ihm hatte sich gerade etwas entspannt – zumindest oberflächlich –, da konnte er es gar nicht gebrauchen, dass Will sie wieder verunsicherte.

»Nenn mir einen, dem es bei uns nicht gefällt«, mischte Sharon sich ein, die zum Glück genau in diesem Moment an den Tisch trat, und zwinkerte Julie schelmisch zu.

»Ich finde es jedenfalls spitze bei dir«, meinte Jackson und grinste Sharon breit an. »Und wenn du mir jetzt noch ein Bier und eine Portion deiner Bratkartoffeln bringst und mir versprichst, später noch mit mir zu tanzen, dann bin ich der glücklichste Mann in ganz Chickaloon.« Sharon kicherte und nahm die Bestellung der anderen auf.

»Denk nicht mal daran, dich zu verlieben und hier niederzulassen. Wir brauchen dich«, brummte Connor, als sie den Tisch verließ und Jackson ihr sehnsüchtig hinterherstarrte. Jacksons Mundwinkel zuckten. »Lern zu kochen wie sie und tanz ab und zu mal mit mir, dann verspreche ich dir, bleibe ich dem Trupp treu.« Connor verzog angeekelt das Gesicht und tippte sich dann lachend an die Stirn, als Jackson ihm eine Kusshand zuwarf. Die anderen, sogar Julie, fielen in sein Lachen ein, und der angespannte Moment nach Wills Anspielung schien vergessen zu sein. Nur Gerald wurde das alarmierende Gefühl nicht los, dass er mit dem Feuer spielte, denn er war auf dem besten Weg, sich in Julie zu verlieben.

Der Reihe nach blickte er in die sorglos wirkenden Gesichter seiner Kumpel. Er hatte sich ihnen nicht wirklich verbunden gefühlt. Doch jetzt hatte er das seltsame Gefühl, dass er zu ihnen gehörte. Aber es machte überhaupt keinen Sinn, sich den Kopf darüber zu zerbrechen, ob er sie für Julie verlassen würde.

Sie schien wild entschlossen, ihn nur als *einen* und nicht *ihren* Freund zu akzeptieren. Warum auch sonst hätte sie als erste freundschaftliche Handlung von ihm erwarten sollen, sich mit ihr über einen anderen Kerl zu beraten? Es gab nur eine schlüssige Erklärung dafür: Julie spürte genauso wie er, dass die Atmosphäre um sie herum wie mit flüssigem Zündstoff getränkt war. Ein Funkenschlag zu viel genügte, und die ganze Sache würde ihm um die Ohren fliegen.

Gerald schob den Gedanken beiseite und beschloss zumindest für diesen einen Abend seine Sorgen zu vergessen und das heimelige Gefühl zu genießen, das sich plötzlich in ihm ausbreitete. Es fühlte sich an, als wäre er doch nicht ganz alleine.

Kapitel 9

Schon den ganzen Tag lang tigerte Gerald durch die Gegend, ging Sharon in der Küche zur Hand, bis sie seine Unruhe nicht mehr ausgehalten und ihn vertrieben hatte, räumte auf und machte die Übungen, die Cole ihm gezeigt hatte. Doch selbst, als er seine Wäsche gewaschen und zum Trocken aufgehängt hatte und nichts mehr zu tun fand, kam er nicht zur Ruhe. Immer noch konnte er nur über den Vorabend mit Julie und den Jungs nachdenken.

Gerald legte sich auf sein ordentlich gemachtes Bett, verschränkte die Arme hinter dem Kopf und starrte an die Decke. Schon den ganzen Tag über drängte Julie sich in seine Gedanken. Es war ein ausgelassener Abend geworden und es war weit nach Mitternacht gewesen, als er ins Bett gekommen war. Er war so erschöpft gewesen, dass er sofort in einen traumlosen Schlaf gefallen war. Es war seltsam, aber seit er aus dem Krankenhaus entlassen worden war, verschonten ihn die Alpträume ohnehin. Die entspannte Stimmung, die seinen Trupp und ihn in Chickaloon erfasste, schien ihm gutzutun. Und Julie natürlich …

Gerald seufzte. Da war sie schon wieder. Bereits am Morgen war er mit einem kribbeligen Gefühl aufgestanden. Will hatte den ganzen Abend lang Anspielungen gemacht, und er kam nicht mehr drum herum, sich zu fragen, ob diese Freundschaftssache wirklich funktionieren konnte. Julie hatte mit keiner Regung ihrer Miene verraten, was sie von Wills Andeutungen hielt. Sie hatte ihm mit flotten Sprüchen gekontert, gelacht und gescherzt. Aber manchmal, nur für den Bruchteil einer Sekunde, hatte sie betroffen gewirkt, das war ihm nicht entgangen.

Gerald hatte keine Ahnung, was er davon halten sollte. Aber verdammt, er hatte sich schon viel zu tief in diese Geschichte verstrickt, um es herauszufinden. Er wäre ein mieser Bastard, wenn er versuchte, noch näher an sie heranzukommen und in Kauf nahm, dass er Julie am Ende damit vielleicht verletzte.

»Fuck«, murmelte er und stand von seinem Bett auf. Er wusste einfach nicht, wie er mit Julie umgehen sollte, wenn sie ihn zu seinem nächsten Termin abholte. Einfach darüber hinweggehen, dass Will ihr praktisch auf die Nase gebunden hatte, dass er an mehr an ihr Gefallen fand als nur an ihrer Freundschaft?

Gerald hielt inne und sah sich ratlos in seinem Zimmer um, um etwas zu tun zu finden und dieser Frage ausweichen zu können. Er fand nichts. »Scheiße«, fluchte er und ließ sich wieder aufs Bett sinken. Julie wusste es, da war er sich sicher, aber ein unvernünftiger Teil von ihm wollte, dass ihre Beziehung erneut zum Thema wurde. Derselbe Teil betete auch darum, dass sie sich auf ihn und die Ungewissheit, die sich ihr mit ihm bot, einließ. Er steckte bis zum Hals in Schwierigkeiten.

»Ja«, rief Gerald mürrisch, als es an der Tür klopfte.

»Also wenn du mies drauf bist, dann frage ich dich nicht, ob du Bock hast mit nach Palmer zum Bowlen zu fahren«, sagte Tim, als er den Kopf zur Tür hereinstreckte. Sein breites Grinsen verriet Gerald jedoch, dass er es nicht ernst meinte. »Bin dabei«, antwortete er wie aus der Pistole geschossen und schnappte sich seine Jacke, die über der Lehne des Sessels hing. »Mir fällt hier noch die Decke auf den Kopf. Wie soll man da gute Laune haben?«

Es tat wirklich gut, außerhalb seiner Termine bei Cole aus Chickaloon herauszukommen. Interessiert sah Gerald sich in dem Bowlingcenter um, das am frühen Samstagabend bereits gut besucht war. Überall wurde gelacht, Kugeln über die Bahnen geschoben und gejohlt, wenn einer einen Strike schaffte. Warum konnte das Leben nicht immer so heiter sein, wie auf dieser Bowlingbahn?

Gerald schob den Gedanken beiseite und konzentrierte sich wieder auf das Geschehen auf ihrer eigenen Bahn. Jackson hatte bisher die meisten Pins umgenietet und war den anderen meilenweit voraus. Doch wenn Will jetzt alle Pins erwischte und Jackson beim nächsten Durchgang patzte, konnte das Blatt sich wenden.

»Jetzt passt alle mal gut auf. Ich werde diese Pins jetzt schneller flachlegen als die hübscheste Frau, die ihr euch vorstellen könnt«, prahlte Will und griff selbstsicher grinsend nach einer Kugel. »Als ob du in letzter Zeit so ein Mädchen im Bett gehabt hättest«, murrte Connor und Jackson lachte.

Will ließ sich jedoch nicht aus der Fassung bringen, lief an und verfolgte den Lauf seiner Bowlingkugel über die Länge der Bahn. Tatsächlich gelang ihm der Strike. »Fuck, ja, was habe ich euch gesagt?«, rief er und stieß triumphierend die Faust in die Luft.

»Also mir wäre an deiner Stelle die Frau lieber«, grinste Tim, der als nächster dran war und stand auf, um seinen Wurf zu machen. Will schenkte ihm ein herablassendes Lächeln. »Die nächste, die mir über den Weg läuft …« Er zwinkerte vielsagend und lies sich lachend auf seinen Stuhl fallen. »Hätten wohl besser in eine Bar gehen sollen, wenn dich die Männlichkeit juckt«, meinte Connor und nahm gelangweilt einen Schluck von seinem Bier. Sprüche dieser Art kannte er zu Genüge, sie schienen ihn nicht mehr aufregen zu können.

»Kein Problem, in Chickaloon gibt es auch hübsche Frauen«, antwortet Will und grinste Gerald breit an. Er wusste ganz genau, worauf Will hinauswollte. Aber darauf würde er sich nicht einlassen. »Es sind vielleicht nicht so viele wie in Palmer, aber du hast recht. Die ein oder andere attraktive Frau ist auch in Chickaloon zu finden«, sagte er und griff nach seinem Bier. Verdammt, er klang steifer als er beabsichtigt hatte, und Will schien ihn zu durchschauen. Sein Grinsen wurde noch breiter. »Stimmt, Julie ist verdammt nett anzuschauen.«

Unwillkürlich spannte Gerald sich an. Will wollte ihn ärgern, das war ihm klar. Aber allein die Vorstellung, dass er sich an Julie heranmachen könnte, machte ihn wütend. »Kannst es ja versuchen. Ich glaube allerdings nicht, dass du bei ihr eine Chance hast«, antwortete er Will provokant. Er würde es nicht schaffen, ihn dazu zu bringen, vor der versammelten Mannschaft sein Gefühlsleben auszupacken.

»Hört bloß auf«, ging Connor dazwischen. »Ich kann es nicht gebrauchen, dass ihr euch jetzt auch noch wegen einer Frau zofft. Vielmehr sollten wir zuschauen, dass wir unseren Trupp beisammenhalten.« Seufzend schüttelte er den Kopf. Gerald ahnte, was er damit meinte. Wenn er und Will es nicht schafften, ihren Streit beizulegen, würde einer von ihnen den Trupp verlassen müssen, und einen geeigneten Ersatzmann für Alaska kurz vor Ende der Saison zu finden war anscheinend schwieriger als gedacht. Delloway hatte bislang noch nicht mal einen gefunden, der ihn kurzfristig ersetzte.

»Ich hab kein Problem«, sagte Gerald und hob beschwichtigend die Hände. Auch Will lehnte sich, ohne den Blick von ihm abzuwenden, auf seinem Stuhl zurück und nickte einsichtig in Connors Richtung. »Schon gut, wegen Julie bekommen wir bestimmt keinen Ärger miteinander. Sie kann höchstens zweiundzwanzig sein und ist damit ohnehin viel zu jung für mich.« Gerald musterte ihn misstrauisch. Trotzdem würde er Will im Auge behalten, nahm er sich vor. Denn nach wie vor hatte er das Gefühl, ihm nicht ganz über den Weg trauen zu können. Als Gerald später vom Klo kam, stand plötzlich Will vor ihm und baute sich vor ihm auf. »Lass mich bloß in Ruhe«, brummte Gerald und wollte um ihn herumhumpeln. Dank seinem Chef liefen die Dinge gut für ihn und er war fest entschlossen, keinen Streit mehr mit Will anzufangen und sich damit von ihm aus dem Ring werfen zu lassen. Doch Will war schneller als er und verstellte ihm erneut den Weg. »Kein Streit, ich meine es nur gut«, sagte er und hob beschwichtigend die Hände. Gerald hielt inne und musterte ihn argwöhnisch.

»Ich wollte dir nur sagen, dass Connor recht hat und du das

vorhin in den falschen Hals bekommen hast. Ich komme dir bestimmt nicht in die Quere.«

Gerald nickte knapp. »Ich hab's kapiert. Lass uns das einfach vergessen.« Erneut versuchte er um Will herumzugehen, doch wieder trat er einen schnellen Schritt zur Seite und stellte sich ihm in den Weg. »Hör auf, Kleiner. Du musst ja nicht mit mir über Julie reden, aber sei wenigstens ehrlich zu dir selbst. Ich habe doch gesehen, wie du sie anschaust, und vorhin hättest du mir am liebsten die Fresse poliert.« Er grinste wissend. »Nur ein gut gemeinter Rat: Wenn du sie dir nicht schnappst, dann wird es ein anderer tun. Dieser Arzt ist scharf auf sie, das weißt du so gut wie ich. Und vielleicht hat er mehr Chancen als ich …«

Gerald sah ihm verwundert hinterher, als er sich ohne eine Erwiderung abzuwarten umdrehte und ihn stehenließ. Zuerst warnte er ihn davor, sich auf eine komplizierte Geschichte einzulassen, und jetzt setzte er ihn regelrecht auf Julie an. Irgendetwas führte Will im Schilde …

Das weitere Wochenende verlief unspektakulär. Fast den ganzen Sonntag verbrachten sie damit, in Sharons Schankraum zu sitzen und Karten zu spielen, und Gerald konnte sich nur darüber wundern, dass Will sich plötzlich auffallend zurückhielt. Das verstärkte jedoch nur die Unruhe, die er mit seinen Worten in ihm ausgelöst hatte.

Auch wenn Gerald es sich nur ungern eingestand: Will hatte recht. Die Vorstellung, wie Julie mit Daniel Richmond zusammen war, machte ihn wahnsinnig. Er musste sich beschäftigen. Er schnappte sich seine Krücken und machte sich auf den Weg nach unten. Bestimmt konnte Sharon bei den Vorbereitungen für das Mittagessen ein wenig Hilfe gebrauchen.

Unten angekommen, stoppte er beim Münztelefon. Er hatte versprochen, seinen Chef auf dem Laufenden zu halten. Warum also nicht jetzt? Kurz entschlossen kramte er einen Vierteldollar aus seiner Hosentasche und warf ihn ein.

»Erinnern Sie bitte Ihre Krankenschwester daran mich anzurufen. Mir fehlen immer noch ihre Daten«, sagte Miss Combs, Delloways Sekretärin, als Gerald sich meldete. Ehe er sich jedoch von seiner Überraschung erholt hatte und etwas erwidern konnte, stellte sie ihn durch.

»Gerald, wie geht es Ihnen?«, begrüßte ihn Delloway überschwänglich. Wie immer, wenn er ihn am Telefon hatte, hatte Gerald das Gefühl, auf Kohlen zu sitzen. Aber das war gut. Das machte ihn wachsam – etwas, das bei einem Gespräch mit Delloway bestimmt kein Fehler war –, und er wurde damit ein wenig von seinen Gedanken an Julie abgelenkt. Er schob sie so weit wie möglich beiseite und sammelte seine Konzentration. »Es geht wie erwartet langsam, aber es geht voran. Mein Physiotherapeut ist jedenfalls guter Dinge, dass ich wieder ganz der Alte werde«, antwortete er seinem Chef.

»Das klingt doch fabelhaft«, rief Delloway und Gerald atmete auf. Delloway erwartete keine plötzliche Wunderheilung. Am Ende des Gesprächs war er sogar überzeugt davon, dass er nicht die Geduld mit ihm verlieren würde, denn er sicherte ihm weiterhin seine volle Unterstützung zu und würde bis auf Weiteres die Kosten für seine Unterkunft und die Fahrten nach Palmer übernehmen. Zumindest wenn Julie anfing sie abzurechnen …

* * *

Etwas unschlüssig trat Julie von einem Fuß auf den anderen, als sie vor Sharons Pub stand. Vielleicht hätte sie doch besser nach Hause fahren sollen, anstatt zum Mittagessen zu Sharon zu gehen? Dank Carolyn, die ihr vor Schichtende einen Verbandswechsel abgenommen hatte, war sie viel zu früh dran, um Gerald bereits abzuholen. So hatte sie entschieden, sich ein entspanntes Mittagessen zu gönnen. Aber was, wenn er ebenfalls unten war?

Ihr Magen grummelte. Ob vor Nervosität oder Hunger, konnte Julie nicht sagen. Aber das war lächerlich. Entschlossen stieß sie die Tür zum Pub auf. Sie hatte sich mit Gerald angefreundet, da konnte Will sagen was er wollte. Tatsächlich hatte er ihr mit seinen Andeutungen, dass Gerald mehr als nur interessiert an ihr war, ziemlich zugesetzt. Dabei hatte es so gut für sie ausgesehen. Gerald schien begriffen zu haben, dass sie sich in Daniel verlieben *wollte.* Auch wenn ihr Beisammensein noch verkrampft war, fühlte sie sich bei Daniel sicher. Gerald hingegen brachte sie mit seiner Offenheit, über seine Vergangenheit zu erzählen, nur noch mehr durcheinander. Als würde diese seltsame Anziehung zwischen ihnen nicht schon genügen … Sie schnaubte. Es war kompliziert, mit Gerald zusammen zu sein.

»Stell dich nicht so an«, beschwor sie sich, hängte ihre Jacke auf und betrat den Gastraum. Schließlich würde sie nicht zum ersten Mal mit Gerald nach Palmer fahren – einem viel sensibleren Mann, als sie zunächst gedacht hatte.

Seufzend ließ sie sich auf einem Barhocker nieder und überlegte, ob sie nach Sharon rufen sollte. Bestimmt war sie in der Küche und bereitete das Essen für den Mittags- und Abendbetrieb vor. Aber sie hatte Zeit und beschloss zu warten. Sie warf einen Blick auf ihre Armbanduhr und stellte fest, dass sie frühestens in einer halben Stunde nach Palmer aufbrechen sollte.

»Oh Mann«, stöhnte sie, faltete ihre Hände auf der Theke und stützte ihr Kinn darauf ab. Jede Menge Zeit, um sich über Gerald und ihre Gefühle für ihn Gedanken zu machen. Der Kerl hatte was, das hatte sie sich von Anfang an gedacht. Neu war allerdings, dass er eine ziemlich heftige Vergangenheit hatte, die sie ihn plötzlich in einem völlig anderen Licht sehen ließ. Aber was, außer dass er am ersten Abend mit ihr ins Bett wollte, wusste sie sonst darüber, wie er zu ihr stand? Seine Bereitwilligkeit, eine Freundschaft mit ihr einzugehen, war nicht gerade überzeugend. Er hing von ihrer Hilfe ab, es konnte nur eine Masche sein – eine, auf die sie über kurz oder lang hereinfallen würde, wenn es ihr nicht gelang, den Gedanken an ihn und sich aus dem Kopf zu bekommen.

»Was für ein Chaos …«, murmelte sie und schloss die Augen.

»Julie?«

»Ja?« Julie fuhr abrupt in die Höhe und sah mitten in Geralds lächelndes Gesicht. »Alles in Ordnung? Willst du was essen?« Sie nickte und versuchte sich zu sammeln. »Ist Sharon nicht da?«, fragte sie und spähte um Gerald herum. Warum kam *er* aus der Küche?

»Sie ist im Hinterhof und nimmt eine Getränkelieferung an ... Also, was willst du bestellen? Der Braten ist noch nicht fertig, das Beef für einen Burger wäre aber gleich durch«, erklärte er, als wäre es das Selbstverständlichste der Welt, dass er für Sharon einsprang. Julie musste unwillkürlich lachen. »Bist du jetzt ihr Hilfskoch?« Sie schüttelte leicht den Kopf und ertappte sich dabei, wie sie Gerald eine Spur zu lange in die Augen sah. Ein sehnsüchtiges Brennen durchzuckte sie.

»Holzfäller, Hilfskoch, Bedienung ... Such dir was aus«, erwiderte er grinsend, zuckte lässig mit den Schultern und wandte sich von ihr ab. Mit klopfendem Herzen beobachtete Julie ihn dabei, wie er seine Krücken an die Theke lehnte und eine Coke für sie einschenkte. »Du trinkst doch immer Coke?« Ihre Finger berührten sich, als er ihr das Glas reichte. Julie zuckte ungewollt zusammen. Es fühlte sich an, als flammten kleine Feuerzungen über ihre Haut. »Ja, danke«, erwiderte sie belegt. Geralds Aufmerksamkeit und dass er so locker mit ihr umging, warfen sie völlig aus der Spur. Und dann schien er sich auch noch für Sharon nützlich zu machen, anstatt vor dem Fernseher herumzuhängen oder sich die Zeit anders totzuschlagen. Das war ... unglaublich nett von ihm! Gerald war nett ... Die Erkenntnis brannte sich glühend in ihr fest. Er war kompliziert, aber woher das kam, wusste sie nun. Aber er war auch unglaublich sensibel. Konnte so ein Kerl tatsächlich ein Aufreißer sein?

Vorsichtig sah Julie unter gesenkten Wimpern zu ihm auf, als sie an ihrem Glas nippte. Warum sah sie nur eine Gefahr in ihm? Er würde mit seinem Trupp weiterziehen, das war klar, aber Flugzeuge flogen schließlich nicht nur in eine Richtung, und so intensiv, wie Gerald sie ansah, lag Will mit seinen Andeutungen vielleicht gar nicht so falsch.

»Ähm, du sagtest etwas von einem Burger …«, murmelte sie verlegen, als sie Geralds bohrenden Blick nicht länger aushielt. Wie auf Kommando knurrte ihr Magen. Gerald lachte. »Entschuldige, das hätte ich beinahe vergessen …« Er hob die Hand an die Schläfe und salutierte grinsend. »Ein Burger, kommt gleich.« Die kleinen Lachfältchen um seine Augen bezauberten Julie. »Warte, ich kann dir helfen«, hörte sie sich sagen und stand auf, um Gerald in die Küche zu begleiten.

»Du setzt dich und ich kümmere mich zur Abwechslung mal um dich«, wies er sie an und deutete auf einen Stuhl an der Arbeitsplatte. Julie zögerte. Vermutlich war er für Gerald bestimmt, damit er bei der Arbeit sein Bein entlasten konnte. Andererseits war Gerald erwachsen und wusste selbst, wo seine Grenzen lagen. Und er hatte recht. Es fühlte sich gut an, zur Abwechslung mal ein wenig umsorgt zu werden. Sie setzte sich und schaute ihm dabei zu, wie er den Burger Patty in die Pfanne legte und ein Brötchen aufschnitt. »Was willst du alles drauf haben?«

Ehe Julie ihm antworten konnte, kam Sharon in die Küche gewuselt. »Oh!« Überrascht sah sie zwischen ihnen hin und her und ein wissendes Grinsen erschien auf ihrem Gesicht. »Na so wie es aussieht, habt ihr hier ja alles im Griff, dann kann ich vielleicht noch schnell in die Apotheke – meine Baldriandragees sind alle. Wann müsst ihr denn los?«

Gerald wandte sich vom Herd ab, wo er gerade das Burgerfleisch gewendet hatte, und wandte sich Sharon zu. »Geh ruhig, wir haben Zeit.«

Julie hatte jedoch vielmehr das Gefühl, dass Gerald es genoss, für sie zu kochen, und dass Sharons Anwesenheit ihn störte. Erstaunlicherweise beunruhigte sie der Gedanke nicht mehr. In Gerald schien sich mehr zu verbergen, als sie auch nur geahnt hatte, deshalb stimmte sie ihm auch zu, als er vorschlug, den Abend wieder gemeinsam zu verbringen – nur sie beide, um sich noch etwas besser kennenzulernen. Offiziell waren sie Freunde, es war nichts dabei, und Gerald musste ja nicht wissen, dass ihre

Handflächen bei dem Gedanken an ein Date feucht wurden und ihr Pulsschlag sich bedenklich beschleunigte.

* * *

Gerald fühlte sich leicht, als er nach der Therapiesitzung aus der Praxis humpelte. Nur die Krücken hielten ihn noch am Boden und verhinderten, dass er abhob. Aber lange würde er die Dinger wohl nicht mehr brauchen. Dieser Tag war einfach perfekt. Erst war diese unerwartet entspannte Begegnung mit Julie gewesen und sie hatte so etwas Ähnlichem wie einem Date zugestimmt, und dann die Stunde bei Cole. Bereits dreieinhalb Wochen nach seinem Unfall schienen sich die zerrissenen Fasern seiner Muskeln langsam wieder zusammenzufügen, was zur Folge hatte, dass sie die Intensität der Übungen erneut steigern konnten. Cole war jedenfalls äußerst zufrieden mit dem Fortschritt seiner Heilung.

Gerald tat es nicht gern, aber er musste zugeben, dass Daniel Richmond bei seiner Operation tatsächlich ausgezeichnete Arbeit geleistet haben musste. Er musste beim Gedanken an ihn leise schmunzeln. Hätte Richmond gewusst, dass er da seinen zukünftigen Rivalen zusammenflickte, hätte er sich vielleicht nicht so viel Mühe gegeben. Immer noch grinsend sah er sich nach Julies Wagen um. Sie war noch nicht da, also setzte er sich auf einen der Betonblöcke, die den Parkplatz umrandeten, und wartete auf sie.

Es war kalt, aber die Luft war klar und die Sonne strahlte von einem wolkenlosen Himmel. Gerald wandte sein Gesicht dem Licht entgegen und ließ seinen Gedanken freien Lauf. Ein belebendes Kribbeln breitete sich in ihm aus. Wie sie ihn vorhin in der Küche und beim Essen immer wieder angesehen hatte …

Gerald war sich sicher, dass Julie bereit war, diese seltsame Vertrautheit zwischen ihnen zu ergründen – richtig zu ergründen, nicht nur unter dem Vorwand einer aufgesetzten Freundschaft. Er hatte sie darauf angesprochen, dass sie Delloways Sekretärin immer noch nicht ihre Daten übermittelt hatte, und

Julie hatte sich verlegen gewunden. Es ging ihr nicht ums Geld, und so wie ihre Wangen geglüht hatte, ging es ihr auch nicht um seine Freundschaft. Er musste nur zulassen, was sich zwischen ihnen zu entwickeln schien, und sich nicht vor Julie verschließen. Die Frage war nur, ob er das wirklich konnte. Das aufgeregte Pochen seines Herzens verriet ihm jedoch, dass es so weit war. Ja, heute war wirklich ein perfekter Tag.

Kapitel 10

»Willst du etwas Bestimmtes hören?«, fragte Gerald Julie, als sie sich einander gegenüber an einen der noch vielen leeren Tische in Sharons Pub setzten. Die Jukebox, die beim regen Betrieb selten stillstand, schwieg, und Gerald war es zu leise. Das hier fühlte sich fast so an wie ein Date und damit war es etwas völlig anderes, als nur mit Julie im Auto zu sitzen. Eine erwartungsvolle Anspannung hing in der Luft. Die Nervosität kehrte zurück, die er schon früher bei Dates immer empfunden hatte. Schlimmer noch. Die Treffen mit den Mädchen aus seiner Highschool waren so viel unbedeutender gewesen als das Beisammensein mit Julie. Gerald fühlte sich befangen.

»Such dir einfach etwas aus«, antwortete Julie und griff nach der Schale mit Knabberzeug, die wie immer auf dem Tisch stand. Gerald nickte und humpelte ans andere Ende des Raumes zur Jukebox. Und nun? Ratlos studierte er die Titel. Ein schnulziges Lied zu wählen erschien ihm zu voreilig. Eine zu fetzige Nummer könnte ihr jedoch vermitteln, dass er ihre Anwesenheit zu locker nahm …

Herrgott, wie konnte er sich nur so anstellen? Gerald kramte eine Münze hervor und überflog die Auswahl an Country Songs. Er liebte diese Songs, die mit einfachen Worten und leichten Gitarrenklängen unglaublich tiefe Gefühle transportieren konnten. Für den Moment wählte er jedoch einen unverbindlichen Country Hit von Brad Paisley. Der Nachmittag neigte sich dem Ende zu und die Jungs waren immer noch in den Bergen. Das war ein gutes Zeichen. Darüber, was sein würde, wenn sie nach Colorado zurückbeordert wurden, dachte er lieber noch gar nicht nach. Ein Schritt nach dem anderen gehen, hatte Cole zu ihm gesagt. Und nicht nur in Bezug auf seine Genesung würde er dann das Ziel erreichen, auch wenn er jetzt noch nicht erkannte, wohin der Weg ihn führte.

»Gute Wahl. Ich liebe die Songs von Brad Paisley seit meinem ersten Ball in der Middle School«, empfing Julie ihn zurück am Tisch und nippte an ihrem Bier, das Sharon ihnen in der Zwischenzeit hingestellt haben musste. Gerald musste grinsen. »Sag bloß, du hast auch schon vor deiner Zeit in Alaska Country gehört. Passt das denn zum California Lifestyle? Ich meine, sexy Beach Girls und surfende Sunny Boys kann ich mir mit Country Beschallung irgendwie nicht vorstellen«, sagte er schmunzelnd und griff nach seinem eigenen Bier. Ein warmes Gefühl breitete sich in ihm aus, als Julie herzlich über seinen Scherz lachte. »Warum denkt jeder bei Kalifornien sofort an tief ausgeschnittene Badeanzüge und braungebrannte Surfer? Ich komme aus Healdsburg, das liegt nicht mal an der Küste.«

Gerald hob ergeben die Hände. »Na gut, jetzt ist wohl der richtige Zeitpunkt, um dir zu gestehen, dass ich außer den Klischees so gut wie nichts über Kalifornien weiß, außer dass es da ziemlich schön sein muss. Was hat dich dann nach Alaska verschlagen?« Ein wehmütiges Lächeln erschien auf Julies Lippen. »Ich wollte, dass meine Grandma stolz auf mich ist.« Gerald nickte schweigend. Er hatte das Gefühl, dass das noch nicht alles war, und tatsächlich fuhr Julie nach einer kurzen Pause fort: »Meine Mom ist eine hingebungsvolle Schauspielerin. Leider ist sie nicht besonders talentiert und bekommt hier keine guten Jobs. Deshalb reist sie mit immer wieder neuen, meist eher zweitklassigen Engagements durch die ganze Welt, vor allem aber durch Europa. Sie ist glücklich damit, kaum länger an einem Ort zu bleiben, aber mit mir im Schlepptau war das schwierig. Deshalb habe ich seit meiner Einschulung bei meiner Grandma gelebt.«

Gerald tat es leid, dass Julie keine besonders innige Beziehung zu ihrer Mutter zu haben schien. Ganz automatisch griff er nach ihrer Hand, die auf der Tischplatte neben der Schale mit den Chips ruhte. »Es war bestimmt nicht leicht, dich von deiner Mom zu trennen.«

Julie blinzelte, als kehre sie tief versunken aus ihren Gedanken zu ihm zurück und schenkte ihm ein hinreißendes Lächeln. »Oh, das ist in Ordnung. Ich hatte eine wundervolle Kindheit. Meine Mom liebt mich, das weiß ich. Aber sie ist einfach anders. Irgendwie naiv und weltfremd. Vielleicht ist es sogar besser, dass ich bei Grams großgeworden bin. Letztendlich habe ich meine Berufswahl ihr zu verdanken. Sie hat im zweiten Weltkrieg in einem Lazarett auf Pearl Harbor gearbeitet und ihre Erzählungen darüber, wieviel sie für die Menschen dort tun konnte, haben mich dazu gebracht, mich auf dem College zur Krankenschwester ausbilden zu lassen.«

»Deine Grandma muss eine verdammt starke Frau sein, wenn sie dir das nach ihren Erfahrungen nicht ausreden wollte«, erwiderte Gerald und erschauderte leise, als er an den Geschichtsunterricht zurückdachte und daran, was er von der Bombardierung Pearl Harbors wusste. Wieder legte sich dieses wehmütige Lächeln auf Julies Lippen. »Ja, das war sie. Sie war stolz auf mich, dass ich diese Verantwortung ebenfalls übernehmen wollte. Aber sie hat nicht mehr miterleben dürfen, wie ich mein Abschlusszeugnis entgegennehme. Noch bevor ich das College beendet habe ist sie gestorben.«

Julie bewegte ihre Hand ein wenig, und Gerald wurde erst jetzt bewusst, dass er sie noch immer festhielt. Er wollte ihr Trost spenden, dennoch zog er seine Hand zurück. Er handelte viel zu instinktiv. Aber mit der Entscheidung, sie darum zu bitten, sich besser kennenzulernen, hatte er eine Verantwortung übernommen. Er konnte es sich nicht erlauben, nur auf sein Gefühl zu hören. Vorher sollte er sich darüber klarwerden, was er von Julie erwartete und was sie von ihm erwartete.

»Sie hat bestimmt auch so gewusst, dass du eine gute Krankenschwester sein würdest, sonst wäre sie nicht so stolz auf dich gewesen. Warum also Alaska?«, fragte er weiter.

»Weil ich hier wirklich gebraucht wurde.«

Gerald lauschte gebannt Julies Bericht über die wiederholte Stellenausschreibung an der Uni. Sie war wirklich besonders. Wo kein anderer sich angesprochen fühlte zu helfen, hatte Julie sich verantwortlich gefühlt – so wie bei ihm – und hatte die Stelle kurz nach der Beendigung ihres Studiums angetreten. Schnell überschlug er im Kopf ihr Alter. Er hatte nach der Highschool ein Jahr verloren, in dem er perspektivlos zu Hause versumpft war, anstatt seine Zukunftspläne anzugehen. Sie musste also ungefähr ein Jahr jünger sein als er.

»Und warum bist du hier, Gerald?«, gab sie seine Frage an ihn zurück. Gerald seufzte schwer und lächelte müde. Wieder kamen sie bei seiner Vergangenheit an. Aber Julie in allen Facetten davon zu erzählen gehörte wohl dazu, wenn er wollte, dass sie ihn ebenfalls richtig kennenlernte. »Weil ich hier besser davonlaufen kann«, sagte er fest. Er wollte nichts beschönigen, sie sollte wissen, worauf sie sich mit ihm einließ, wenn sie es denn tat.

Julies Miene wurde weicher. Die Wärme in ihren Augen machte etwas mit ihm. Gerald atmete tief durch. »Nach Annas Tod ist so viel geschehen. Sie war weg und alles hat sich verändert. Meine Mom schien zunächst an ihrem Schmerz zu zerbrechen. Doch dann haben sie und Dave, ihr zweiter Mann, beschlossen, noch ein Kind zu bekommen. Sie waren schon eine ganze Weile zusammen, aber nach Annas Tod schien der Kinderwunsch drängender zu werden. Ich war froh, dass es Mom besser ging, als sie schwanger wurde, aber ich wurde das Gefühl nicht los, dass ihre Entscheidung falsch war. Und als Joyce dann geboren wurde und meine Mom mich wieder zu dem großen Bruder machen wollte, der ich für Anna war, habe ich es nicht mehr ausgehalten.«

»Deshalb kannst du nicht zu deiner Familie nach Colorado«, stellte Julie leise fest. Gerald nickte. »Wir haben uns hässliche Dinge an den Kopf geworfen. Aber das spielt keine Rolle mehr. Fakt ist, dass ich Joyce nicht ertragen kann. Meine Mom hat wieder ein kleines Mädchen, und mir kommt es so vor, als ersetze sie Anna.«

Julie schwieg und Gerald wurde es eng in seiner Brust. Hatte er zu viel gesagt, zu viel über sich verraten? Er wusste, dass es schäbig war, seine kleine Halbschwester abzulehnen. Sie konnte schließlich nichts für die Vergangenheit. Dennoch …

»Weißt du, ich habe es versucht. Ich wollte meine Familie nicht verlassen und ich habe meiner Mom keine Vorwürfe gemacht, als sie und Dave ihren Kinderwunsch in die Tat umgesetzt haben.« Gerald brach ab und rang um Fassung. Seine Worte lösten so viele Erinnerungen, so viele Gefühle aus. »Meine Mom hat durch Joyce einen Grund weiterzumachen, das ist mir klar. Aber dass sie nach ihrer Geburt so glücklich war, habe ich kaum ausgehalten. Es fühlte sich falsch an. Anna war kaum ein Jahr tot, und Moms Leben drehte sich plötzlich nur noch um Joyce.« Gerald biss sich auf die Unterlippe. Er hätte es auch gekonnt. Es wäre so einfach gewesen, sich in Joyces Engelsgesichtchen zu verlieben. »Als ich sie zum ersten Mal im Arm hielt, Gott, ich kann dieses Gefühl nicht beschreiben …«

»Du warst überwältigt?«, fragte Julie vorsichtig nach. Gerald nickte, sein Herz pochte schmerzhaft gegen seine Rippen, als er sich an dieses vollkommene Gefühl erinnerte. »Als Anna geboren wurde war ich selbst noch ein Kind. Bei Joyce war es anders. Ich habe sie auf Anhieb geliebt und hatte das Gefühl, sie vor allen Gefahren dort draußen beschützen zu müssen.«

Gerald zuckte leicht zusammen, als Julie ihre Hand federleicht auf die seine legte und sie umschloss. Er war ganz bei sich und seinen Erinnerungen gewesen. Julies Berührung holte ihn zurück in die Realität. »Wie dem auch sei, ich habe bei Anna versagt. Ich konnte dieses verantwortungsvolle Gefühl für Joyce und Mom und Daves vollkommenes Glück einfach nicht aushalten.« Er räusperte sich leise, um seiner Stimme wieder einen festeren Klang zu verleihen. Seine Geschichte hörte sich an wie ein Melodrama. Julie sollte nicht denken, dass es nicht mehr gab, das ihn ausmachte, als seine Vergangenheit. Er versuchte sich an einem Lächeln und sah sich in der Bar um. »Ich finde allerdings, dass ich es schlechter hätte erwischen können. Ich habe einen guten Job, genieße derzeit die vermutlich beste Hausmannskost in ganz Alaska und äußerst angenehme Gesellschaft.«

Ein Blick in Julies Gesicht verriet ihm jedoch, dass sie sich nicht von seiner Scharade täuschen ließ. Sanft strich sie mit dem Daumen über seinen Handrücken und schüttelte leicht den Kopf. Seine Haut brannte und sein Herz klopfte schneller.

»Tu das nicht, Gerald. Ich habe den Eindruck, dass du mir gerade mehr von dir erzählt hast, als du eigentlich preiszugeben bereit bist. Mach das nicht kaputt, indem du dich wieder hinter einer Maske verschanzt«, sagte Julie leise. Ihre Blicke verhakten sich und Gerald hatte das Gefühl, als könne Julie mit ihren grünen Augen direkt in ihn hineinschauen. Was sie sah und was er sie sehen ließ, schien sie nicht abzuschrecken. Wie auch immer sie es anstellte, sie schaffte es ihn zum Reden zu bringen. Worte, die er seit Jahren nicht über die Lippen brachte, flossen plötzlich aus ihm heraus. Und es tat gut, dafür nicht verurteilt zu werden, so wie Craig es getan hatte.

Du bist ein richtiger Arsch geworden, Gerald. Ich verstehe ja, dass es nicht leicht für dich ist, aber wie kannst du nur sagen, dass du dir wünschst, deine kleine Schwester wäre nie geboren worden? Das ist einfach nur widerlich. Wann bist du so ein Egozentriker geworden?

»Ich konnte noch nie mit jemanden so darüber reden wie mit dir«, gestand er Julie leise. Er drückte kurz ihre Hand und verhakte ihre Finger ineinander. Julies Brustkorb hob und senkte sich, als sie tief ein- und ausatmete. Seine Worte schienen sie zu berühren. Das war es … Der Moment, in dem ihm klarwurde, dass er längst dabei war, sich in sie zu verlieben.

»Du bist –«, *eine wundervolle Frau*, wollte Gerald sagen. »Mann, habe ich einen Kohldampf. Wir stören doch nicht?«, unterbrach Jackson ihn jedoch, der unbemerkt an den Tisch getreten war, und ließ sich neben Gerald auf die Bank fallen.

Mit einem anzüglichen Grinsen sah er zwischen ihm und Julie hin und her. Will, der am Kopf des Tisches stehen blieb, grinste Gerald breit an. »Vielleicht sollten wir uns einen anderen Tisch suchen«, schlug er vor und lachte leise. Als hätte sie sich verbrannt, entzog Julie Gerald ihre Hand und schob sich mit gesenktem Blick eine lose Haarsträhne hinters Ohr. »Setzt euch ruhig.«

»Ist in Ordnung«, stimmte auch Gerald widerstrebend zu. Die Stimmung war dahin. Selbst wenn seine Kumpel sich an einen anderen Tisch setzten, würde zumindest Will sie im Auge behalten und ihn damit stören. Doch anstatt Platz zu nehmen, standen seine Kumpel unschlüssig herum. Gerald seufzte leise. »Ich verstehe zwar nicht was Julie an euch findet, aber sie fand eure Gesellschaft neulich tatsächlich angenehm.«

»Na wenn das so ist, dann hast du es wohl verkackt, Kleiner. Sie mag uns mehr als dich. Tut mir leid, aber in dem Fall werde ich sie heute Abend zum Tanzen auffordern«, sagte Will und klopfte ihm lachend auf die Schulter. Als er sich neben ihn setzte, zwinkerte er ihm jedoch verschwörerisch zu. Er konnte es einfach nicht sein lassen, ihn zu ärgern. Gerald schüttelte lachend den Kopf und tippte sich an die Stirn. »Bist du größenwahnsinnig geworden? Mit einem alten Sack wie dir könnte sie höchstens auf einer Rentnerveranstaltung tanzen«, erwiderte er. Wills Grinsen verbreiterte sich. Er beugte sich zu ihm hinüber und wackelte anzüglich mit den Augenbrauen. »Wie sagt man so schön? Auf den alten Gäulen lernt man das Reiten …«, sagte er gerade so laut, dass nur Gerald es hören konnte. Der schnaubte verächtlich. Insgeheim musste er aber zugeben, dass sich Wills Sicheleinen plötzlich freundschaftlich anfühlten.

Als Gerald kaum zwei Stunden später im Bett lag, war er zwar hundemüde, aber wie so oft dieser Tage fand er nicht zur Ruhe. Unruhig wälzte er sich auf die andere Seite. Sein Bein schmerzte vom Training und er konnte auch die Rippenbrüche noch spüren. Aber das war nicht der Grund für seine Unruhe.

Was macht diese Frau mit dir?, fragte er sich und starrte in die Dunkelheit, als könne er dort die Antwort finden. Julie war süß und hübsch und sie zog ihn an wie das Licht eine Motte. Aber deshalb hatte er ihr das alles nicht erzählt. Irgendwie schaffte sie es, sich sein Interesse zu Nutze zu machen und gepaart mit ihrer zurückhaltenden Anteilnahme Gefühle aus ihm herauszulocken, die er vor langer Zeit in sich vergraben hatte. Und das Verrückteste dabei war, dass er sich damit wohl fühlte. Es war wie Balsam, sich ihr anzuvertrauen. Vielleicht war es eine Art Therapie und er begann hier mitten im Nirgendwo tatsächlich damit, seine Vergangenheit aufzuarbeiten.

Gerald lächelte zynisch, als er sich Julies volle Lippen und ihre sexy Figur vorstellte. Therapie … In diesem Falle hätte er sehr unpassende Gedanken, denn er konnte sich sehr gut vorstellen, wie es sich anfühlen würde, an ihrer Unterlippe zu knabbern und mit seiner Zunge ihren Mund zu erkunden, während er mit den Händen ihre Kurven entlangstrich. Fuck! Leise stöhnend zog Gerald sich die Decke über den Kopf, als könne er so die Bilder abwehren, die seine lebhafte Phantasie automatisch heraufbeschwor. So weit waren sie noch lange nicht.

Kapitel 11

Gerald blinzelte benommen ins helle Tageslicht, als es an der Tür klopfte. Obwohl er gestern Abend nicht viel getrunken hatte, fühlte er sich verkatert. Es hatte ewig gedauert, bis er einschlafen konnte. Umso mehr ärgerte er sich, dass er jetzt aus dem Schlaf gerissen wurde.

»Entschuldige, dass es so spät geworden ist, ich –«, Sharon brach ab, als sie die Tür mit den Hüften aufschob und ihn noch im Bett liegen sah. In den Händen hielt sie das Tablett, mit dem sie ihm jeden Morgen Frühstück brachte. »Oh, wie ich sehe ist das wohl kein Problem und du hast noch nicht auf mich gewartet.«

Gerald richtete sich im Bett auf und zog die Decke hoch. Wie immer schlief er nur in Shorts. »Konnte gestern Nacht einfach nicht einschlafen«, murmelte er benommen.

»Schmerzen?«, fragte Sharon und stellte das Tablett auf dem Nachttisch ab. Sie seufzte leise, unter ihren Augen lagen dunkle Ringe.

»Nein, ich bin einfach nicht zur Ruhe gekommen«, antwortete Gerald und musterte sie prüfend. »Nimm es mir bitte nicht übel, aber so wie du aussiehst hast du auch keine besonders erholsame Nacht hinter dir.« Eigentlich sollte er sich nicht darüber wundern. Sharon schien rund um die Uhr zu arbeiten, doch bislang war es Gerald nicht so erschienen als ob ihr das etwas ausmachte. Heute wirkte sie jedoch abgekämpft.

»Die Nacht war kurz wie immer, aber das ist nicht das Problem. Das Aggregat im Kühlraum macht mir Sorgen. Es macht schon länger Ärger, aber heute Nacht scheint es endgültig den

Geist aufgegeben zu haben. Deshalb gibt es heute auch nur Marmelade, denn die Wurst sah nicht mehr besonders appetitlich aus.«

Gerald angelte sich ein Brötchen und biss hinein. »Was genau verstehst du unter Ärger? Ich kenne mich mit Technik und Elektronik ein bisschen aus. Vielleicht kann ich dir helfen.« Sharon seufzte wieder und reichte ihm die Kaffeetasse. »Das wäre ein wahrer Segen.« Sie zog sich den Sessel aus der Ecke heran und setzte sich steif. Das Aggregat schien ihr ernsthafte Sorgen zu bereiten. »Es macht schon seit ein paar Wochen Mucken und fällt immer mal wieder aus. Aber nachdem ich die Sicherung wieder eingeschaltet habe, ist es immer wieder angesprungen. Aber das funktioniert nun auch nicht mehr. Es will einfach nicht mehr anspringen.«

Gerald verkniff sich die Frage, warum sie nicht längst einen Elektriker geholt hatte. Sie hatte bestimmt ihre Gründe. Er spülte das Brötchen mit einem Schluck Kaffee hinunter und stellte die Tasse zurück aufs Tablett. »Ich zieh mich nur schnell an, dann sehe ich es mir gleich mal an.« Sharon hatte ihm ohne zu zögern ihre Unterstützung zugesagt, brachte ihm sein Essen aufs Zimmer und kümmerte sich darum, dass auch Julie auf ihren Fahrten versorgt war. Da war ihr mit dem Aggregat zu helfen und auch sonst unter die Arme zu greifen, wo er konnte, das Mindeste, was er für sie tun konnte.

»Danke, das ist sehr nett von dir«, sagte sie und stand auf.

Gerald schlüpfte schnell in Jeans und Hemd und folgte ihr nach unten. Inzwischen bewegte er sich beinahe mühelos mit den Krücken, was er der Übung und der zurückkehrenden Kraft zu verdanken hatte. Und damit auch Sharon. Was sie ihm täglich zubereitete war um Längen besser als die Mahlzeiten im Krankenhaus. Gerald hoffte, dass er sich mit der Reparatur dafür revanchieren konnte. Zu seiner Erleichterung erkannte er das Problem sofort, als er die Schutzabdeckung des Aggregats abnahm. »Da haben wir den Übeltäter«, sagte er und zeigte Sharon das verkohlte Kabel. »Vermutlich war die Isolierung schon länger beschädigt, deshalb ist die Sicherung immer wieder rausgesprungen. Jetzt ist es ganz durchgeschmort.«

Sharon, die ihm über die Schulter sah, zog besorgt ihre Augenbrauen zusammen. »Heißt das, dass ich ein neues kaufen muss?« Gerald zog vorsichtig an dem Kabel, um es von den vielen anderen abzusondern, die in Ordnung zu sein schienen. »Das muss nicht unbedingt sein. Ich kann versuchen es zu reparieren. Es kann allerdings sein, dass Folgeschäden entstanden sind, die ich nicht beseitigen kann.«

»Ein Versuch ist es wert. Vielleicht habe ich ja Glück und es klappt. Was brauchst du?«

Gerald warf einen Blick über die Schulter und sah in Sharons entschlossenes Gesicht. Sie wirkte mit ihrem Tatendrang bereits viel frischer als noch vor wenigen Minuten. Es schien ihr gar nicht bewusst zu sein, was hätte passieren können. »Du hattest schon jede Menge Glück, Sharon. Das Kabel hätte auch einen Brand verursachen können. Hol künftig lieber einen Fachmann, wenn die Elektrik Mucken macht.«

»Ich hole den Werkzeugkasten«, sagte Sharon und sah Gerald betreten an. Nachdenklich sah er ihr nach, als sie davonging. Er kannte Sharon nicht besonders gut, aber es war nicht ihre Art auszuweichen.

»Du musst mich für ziemlich verantwortungslos halten«, sagte sie leise, als sie ihm den Werkzeugkasten vor die Füße stellte, der eigentlich eine Plastikwanne war, in der sich allerhand Werkzeug, Ersatzteile und Reparaturmaterialen befanden.

»Ich denke eher, dass du dir der Gefahr nicht bewusst warst«, antwortete Gerald und begann sich durch die Wanne zu wühlen. »Wenn du jetzt noch einen Lötkolben hast, dann kann ich die verschmorte Stelle aus dem Kabel herausschneiden und ersetzen«, stellte er zufrieden fest, als er sämtliche Werkzeuge zum Durchtrennen, Abisolieren und Neuisolieren des Kabels gefunden hatte und sogar ein passendes Ersatzkabel. Als er den Blick von der Wanne hob, stellte er fest, dass Sharon immer noch wie festgewachsen dastand und ihn mitgenommen ansah.

Er machte eine wegwerfende Geste mit der Hand. »Jetzt zerbrich dir nicht den Kopf. Wenn du das nächste Mal Probleme mit einer Sicherung hast oder ein Gerät seltsam riecht, dann weißt du, was du zu tun hast.«

»Ich hol den Lötkolben aus der Garage«, sagte Sharon, anstatt darauf einzugehen. Als sie zurückkehrte, holte sie sich den Stuhl heran, auf dem Gerald saß, wenn er ihr half, und setzte sich zu ihm. »Mir war eigentlich klar, dass ein Fachmann her muss. Ich habe zwar nicht so weit darüber nachgedacht, dass das Aggregat einen Brand verursachen könnte, aber ich wusste, dass es kaputtgehen würde. Ich hatte nur gehofft, dass es diesen Monat noch übersteht.«

»Wenn alles gutgeht, dann wird es noch viel länger funktionieren als nur diesen Monat«, murmelte Gerald und trennte das verbrannte Stück des Kabels ab. Sharons Offenheit war ihm ein wenig unangenehm. Er hatte das Gefühl, dass es um viel mehr ging als nur um das Gerät. »Du musst dich wirklich nicht vor mir rechtfertigen«, sagte er und legte das defekte Kabel beiseite.

Sharon reichte ihm das Ersatzkabel. »Nein, muss ich wohl nicht. Genaugenommen ist es nicht mal meine Schuld, dass ich mit dem Laden kaum über die Runden komme und ich es mir nicht leisten konnte, den Elektriker zu holen, sondern Jasons. Damit wäre es auch auf sein Konto gegangen, wenn die ganze Bude abgebrannt wäre.«

Gerald musste schmunzeln. Das klang schon viel eher nach Sharon, und es erleichterte ihn, dass sie sich keine Vorwürfe mehr zu machen schien, sondern vielmehr wütend klang. »Gute Einstellung, aber wer ist Jason?«

»Mein Exmann …«

Während Gerald das defekte Kabel ersetzte, erzählte Sharon ihm von dem Nichtsnutz, den sie geheiratet hatte: »Er hat mich mit seinen Spielschulden fast um meine Existenz gebracht, aber verflucht, wie habe ich diesen Mann geliebt«, schloss sie schließlich ab, gerade als Gerald mit seiner Arbeit fertig war. In ihrer Stimme schwang ein wehmütiger Ton mit.

»Darf ich dich was fragen?«, fragte Gerald und packte die Werkzeuge zurück in die Wanne. Sharon nickte. »Warum hast du dich von ihm scheiden lassen, wenn du ihn so geliebt hast? Ich meine, es gibt doch Möglichkeiten gegen Spielsucht anzugehen.« Während Sharon von Jason erzählte, klang sie ganz so, als liebe sie ihn noch immer. Gerald verstand nicht, wie sie diese Liebe hatte aufgeben können.

Sharon griff nach der Schutzabdeckung des Kühlaggregats und wandte Gerald den Rücken zu, um es aufzusetzen. »Er hat mir keine andere Wahl mehr gelassen. Jason war der Meinung, dass er keine Therapie benötigt und es auch so schaffen würde. Hinter meinem Rücken hat er weitergespielt und sich immer tiefer in den Sumpf aus fragwürdigen Privatkrediten und riskanten Wetten hineingeritten. Und mich wollte er mit hineinziehen, indem er auch noch versucht hat, die Hypothek auf das Haus zu erhöhen.«

»Und da hast du es rausgefunden?«, fragte Gerald leise und musterte mitfühlend Sharons Hinterkopf. Es musste furchtbar für sie gewesen sein, herauszufinden, dass ihr Mann sie hinterging. Sharon hielt in dem Versuch, die Abdeckung zu montieren inne und nickte langsam. »Der Laden gehörte uns beiden, daher musste ich die Papiere ebenfalls unterschreiben. Ich bin aus allen Wolken gefallen, als die Bank sie mir zur Unterschrift zugeschickt hat, weil ich nicht persönlich zum Termin kommen konnte, wie Jason dem Berater wohl weismachen wollte.« Sie schniefte leise und legte die Abdeckung beiseite. Ihre Augen glänzten verdächtig, als sie sich zu Gerald herumdrehte. »Ich habe keine Ahnung, was er sich dabei gedacht hat. Er hätte wissen müssen, dass sie ihm das Geld nicht ohne meine Einwilligung geben würden. Aber seine Not war wohl groß genug, um es wenigstens zu versuchen. Aber das Schlimmste bei der Sache war, dass wir uns geliebt haben.« Sie nickte bestätigend und schenkte Gerald ein trauriges Lächeln. »Jason hat mich aus tiefstem Herzen geliebt. Aber er konnte einfach nicht der Mann sein, den ich an meiner Seite brauche. Ich meine, wie soll ich mit jemanden ein Geschäft führen, dem ich nicht vertrauen kann? Wie kann ich mir sicher sein, dass ich auch morgen noch über die Grundlagen verfüge, mein Leben zu finanzieren? Das Einzige, das ich noch für ihn tun konnte, war den Laden samt seiner Schulden alleine zu übernehmen.«

Gerald griff an Sharon vorbei nach der Abdeckung. Bereitwillig trat sie zur Seite und machte ihm Platz. »Das ist verdammt großzügig von dir«, murmelte er und nahm Sharon den Schraubenzieher aus der Hand. »Hat er das wenigstens zu schätzen gewusst?« Sharon tat ihm leid und es machte ihn wütend, dass sie dank Jason finanziell so belastet zu sein schien, dass sie scheinbar jeden Penny umdrehen musste, um über die Runden zu kommen. In seinen Augen war es das Mindeste, dass der Mann ihr dafür die Füße küsste.

»Ich habe keine Ahnung, was er mit seinem Neustart angefangen hat. Nach unserer offiziellen Scheidung vor Gericht habe ich ihn nie wiedergesehen und auch nichts mehr von ihm gehört. Das ist jetzt drei Jahre her.«

Gerald nickte bitter und betrachtete sein Werk. »Fertig. Mach die Sicherung rein, dann sehen wir, ob das Aggregat wieder anspringt. Ich hoffe es, dann musst du dir wenigstens darüber keine Sorgen mehr machen.« Er legte Sharon kurz die Hand auf die Schulter und hoffte, dass sie verstand, was er ihr damit sagen wollte. *Du hast es nicht verdient, für so einen Idioten zu leiden.* Es laut auszusprechen wagte er nicht. Wenigstens schien Sharon ihre Situation zu akzeptieren. Wie viel schwieriger wäre es für sie, wenn sie über Jasons Schuldenvermächtnis hinaus auch noch mit Groll gegen ihn fertig werden musste?

»Danke«, sagte Sharon leise und ging zum Sicherungskasten hinüber, der sich dem Kühlraum gegenüber auf der anderen Seite der Küche befand. Gerald sah, dass sie tief durchatmete, ehe sie die Sicherung einlegte. Zu seiner Zufriedenheit begann das Aggregat leise zu schnurren. Sharon stand die Erleichterung offen ins Gesicht geschrieben, als er grinsend den Daumen hob, um ihr zu signalisieren, dass alles gutgegangen war. Das bestätigte ihm, dass ihre finanzielle Lage mehr als nur eng zu sein schien.

Der Gedanke an Sharon und ihre Notlage ließ Gerald einfach nicht mehr los. Dabei freute er sich, dass Julie ihm vorgeschlagen hatte, nach seinem Termin bei Cole in Ruhe einen Kaffee zu trinken, ehe sie zurück nach Chickaloon fuhren. Sie sah bezaubernd aus, wie sie ihm in dem gemütlichen Café mit funkelnden Augen gegenübersaß, ganz so als wartete sie darauf, dass sie das intensive Gespräch von neulich im Pub fortsetzten.

Doch egal wie sehr Gerald versuchte, sich auf sie zu konzentrieren, in Gedanken schweifte er immer wieder von dem lockeren Gespräch über ihre Highschool-Zeiten und welche Kurse sie belegt hatten ab. Beharrlich drängte sich ihm die Frage auf, warum manche Menschen mit Schicksalsschlägen leichter fertig wurden, während anderen längst vergangene Ereignisse wie schlechtes Karma nachzuhängen schienen. Anders als er schien Sharon emotional mit ihrem Verlust klarzukommen. Aber verdammt, ein preiswertes, vielleicht gebrauchtes Kühlaggregat war bestimmt schon für tausend Dollar zu haben. Wenn sie nicht einmal über solche Rücklagen verfügte, war ihre Lage wirklich verdammt eng. Und dabei wusste er noch nicht einmal, wie hoch Jasons Schulden waren, die sie zu tragen hatte.

»Was ist heute mit dir los?«, fragte Julie unvermittelt. »Ich merke doch, dass dich was beschäftigt. Wenn es dir unangenehm ist, was du mir neulich alles erzählt hast –«

»Das ist es nicht«, unterbrach Gerald sie und musste lächeln. Julie war es alles andere als gleichgültig, wie er zu ihr stand. Es schien ihr sogar verdammt wichtig zu sein, dass er sich mit dieser eigenartigen Vertrautheit zwischen ihnen wohlfühlte. »Mit dir zu reden tut mir gut. Wie ich schon sagte, du bist der erste Mensch seit Langem, mit dem ich so offen reden kann«, setzte er warm hinterher und griff nach ihrer Hand, die auf der Tischplatte neben ihrer Kaffeetasse lag. Er wollte, dass sie ihm glaubte, hatte aber keine Ahnung, wieviel über Sharons Geschichte er ihr anvertrauen durfte. »Ich denke nur über Sharon nach. Ist dir schon mal aufgefallen, dass sie die ganze Arbeit im Pub fast vollständig alleine erledigt?« Zumindest konnte er sich vorsichtig an das Thema herantasten, um herauszufinden wieviel sie darüber wusste.

Julie bewegte ihre Finger in seiner Hand und erwiderte sein Lächeln. Es schien ihr zu gefallen, dass er ihr indirekt sagte, dass sie etwas Besonderes für ihn war. Geralds Herz klopfte schneller. Das einträchtige Gefühl, etwas Tiefgreifendes miteinander zu teilen – sie einen Blick hinter seine Fassade werfen zu lassen-, fühlte sich umwerfend an.

»Sharon liebt ihr Pub und ihre Stammgäste. Ich glaube, sie ist mit ihrer Arbeit verheiratet«, sagte Julie mitten in seine Gedanken hinein und holte ihn damit wieder zum eigentlichen Thema zurück. Gerald seufzte leise und senkte den Blick auf seine Tasse. Sie schien keine Ahnung zu haben, was wirklich mit Sharon los war.

»Warum denkst du darüber nach?«, fragte Julie und zog an seiner Hand, um seine Aufmerksamkeit wieder auf sich zu lenken. Gerald zuckte nichtssagend mit den Schultern. »Einfach nur so.« Julie lehnte sich zu ihm hinüber und senkte den Kopf, um ihm in die Augen sehen zu können. »Das glaube ich dir nicht. Wenn ich eines inzwischen von dir weiß, dann dass in deinem Kopf ziemlich viel vor sich geht und du wohl kaum *einfach so* über etwas nachgrübelst.«

Gerald wurde es warm ums Herz. Julie sprach von ihm als würde sie ihn kennen. Genaugenommen war das nicht mal falsch. Sie wusste mehr von ihm als die meisten anderen Menschen. Das war eigenartig, wo sie vor einem Monat noch nicht einmal gewusst hatten, dass es den anderen gab.

»Jetzt spuck es schon aus, Gerald. Ich habe keine Lust, mir die ganze Heimfahrt den Kopf darüber zu zerbrechen, was mit dir los ist, und heute Abend habe ich keine Zeit, um mit dir und den Jungs zu essen. Also erzähl mir endlich, was dich beschäftigt. Ich mag es nicht, wenn du so niedergeschlagen aussiehst.«

Damit hatte sie ihn. Ein Gefühl von Geborgenheit machte sich in Gerald breit. Er war Julie nicht egal. Dennoch … »Es geht dabei nicht um mich«, versuchte er sie abzuwehren und zu beruhigen. Doch sie ließ einfach nicht locker: »Wenn es dich so betroffen macht, dann geht es schon irgendwie um dich. Also …?«

Gerald musste lächeln. Julie war hartnäckiger, als er erwartet hatte, das gefiel ihm. Und sie war nicht der Typ Mensch, der leichtfertig mit den Gefühlen anderer umging. Bestimmt war auch Sharons Geschichte gut bei ihr aufgehoben. Er nahm ihr das Versprechen ab, alles, was er ihr über Sharon anvertraute, für sich zu behalten. Wie er erwartete hatte schwor Julie es ihm hoch und heilig. Zunächst zögerlich, dann aber immer sicherer, dass er keinen Fehler beging, berichtete er ihr, was er von Sharon erfahren hatte. Julies Miene wurde im Laufe seiner Erzählung immer düsterer.

»Die arme Sharon. Wahrscheinlich kann sie sich einfach keine zweite Kraft leisten und arbeitet deshalb von frühmorgens bis tief in die Nacht im Pub. Ich bin ein Idiot«, sagte sie betroffen und schlug sich gegen die Stirn, als er schließlich endete. »Ich habe noch nicht mal darüber nachgedacht, ob sie es vielleicht anders haben will.«

Gerald nickte beklommen. »Ehrlich gesagt bewundere ich sie dafür, dass sie Jason nicht zu hassen scheint. Du hättest hören müssen, wie sie von ihm gesprochen hat … Sie hat ihn Mistkerl und Arschloch genannt und dabei hat ihre Stimme geklungen, als würde sie eine Liebeserklärung aussprechen. So weich und sehnsüchtig.« Nachdenklich rieb er sich über die Stirn, mit der anderen Hand hielt er immer noch Julie fest. Es fühlte sich gut an, wie selbstverständlich sie ihm ihre Hand überließ, während sie ihre Sorge um Sharon teilten. Dennoch konnte er sich nicht entspannen. Sharons Verhalten machte ihn unruhig. Er wusste, wie es sich anfühlte zu lieben. Aber dass Sharon so für einen Mann empfinden konnte, der sie von Grund auf ausgenutzt zu haben schien und dann spurlos aus ihrem Leben verschwand, wühlte Gerald auf.

»Liebe ist keine rationale Angelegenheit«, durchbrach Julie seine Gedanken und warf ihm einen traurigen Blick zu. »Sharon hatte die Möglichkeit, sich und ihre Existenz zu retten, oder komme was wolle zu ihrer Liebe zu stehen. Sie hat sich für den vernünftigen Weg entschieden. Das bedeutet wohl nicht automatisch, dass sie für Jason nichts mehr empfindet.«

Gerald schnaubte leise. »Wie könnte sie auch wieder neu anfangen, so wie Jason es anscheinend getan hat, wenn sie durch seine Schulden ständig an ihn erinnert wird? Ich kann mir vorstellen, dass es sie nicht nur finanziell entlasten würde, wenn sie Rücklagen hätte, um solche Angelegenheiten wie ein reparaturbedürftiges Kühlaggregat aufzufangen.«

Julie kniff die Lider leicht zusammen und musterte nachdenklich Geralds Gesicht. Sie sah verwundert aus. »Natürlich, du hast recht. Wir müssen ihr irgendwie helfen.«

Gerald musste lächeln. Julie war einfach wundervoll, doch er zweifelte daran, dass es so einfach war. »Und was schlägst du vor? Ich meine, ich kann ihr ein bisschen in der Küche helfen, kleinere Reparaturen erledigen und ein dickes Trinkgeld geben, so wie es sicher auch manch anderer Gast macht. Aber das ist bestimmt nur ein kleiner Tropfen auf einen heißen Stein.« Natürlich dachte Julie sofort daran, wie sie helfen könnte. *Die Menschen hier sorgen füreinander*, hatte sie schließlich selbst gesagt. »Sei nicht so pessimistisch, Gerald. Auch viele kleine Tropfen ergeben zusammen einen kräftigen Schluck Wasser, und ich sagte ja nicht, dass Trinkgelder die einzige Möglichkeit für einen Extraverdienst sind«, tadelte Julie ihn streng und Gerald konnte nur denken, wie süß sie aussah, wenn sich ihre Wangen vor Eifer röteten und sie nachdenklich die Lippen aufeinanderpresste. Verdammt, es war unpassend, daran zu denken, dass er sie küssen wollte, während sie sich den Kopf über Sharons verzwickte Lage zerbrach. Um sich davon abzulenken, zog Gerald seine Hand zurück und nahm einen großen Schluck Kaffee. »So unproblematisch ist die Angelegenheit nicht. Anscheinend weiß keiner ihrer Freunde oder Stammgäste Bescheid, und Sharon hat mir auch nur aufgrund der Situation mit dem Kühlaggregat davon erzählt. Bestimmt hat sie sich bewusst dafür entschieden, die Sache für sich zu behalten. Das sollten wir respektieren und damit sind uns die Hände gebunden.« Julies entschlossene Miene verriet ihm jedoch, dass sie sich nicht so leicht von dem Gedanken abbringen ließ. »Sharon besitzt ein Pub. Sie hätte so viele Möglichkeiten, die sie nicht nutzt. Ich meine, sie verdient nur vom Ausschank und der Gastronomie. Aber bei einer Veranstaltung könnte sie auch noch Eintritt verlangen«, erwiderte sie, nachdem sie selbst einen Schluck von ihrem Kaffee genommen hatte.

»Veranstaltungen verursachen auch Kosten«, warf Gerald ein. Es tat ihm leid, Julie in ihrem Eifer auszubremsen. Aber sie war schließlich auf der Suche nach einer realistischen Option. Julie zog ihre Unterlippe zwischen die Zähne und kaute nachdenklich darauf herum. Wieder einmal lenkte sie damit seine Aufmerksamkeit auf ihren Mund. »Es muss doch etwas geben …«

»Speed Dating«, erwiderte Gerald rau. Bei dem Gedanken, ihre Lippen zu schmecken, war es das Erste, das ihm durch den Kopf schoss. Julie warf ihm einen fragenden Blick zu. Er lächelte verlegen. »Ich war einmal bei so einer Veranstaltung. Außer dass die Betreiber in der Bar rote Herzluftballons aufgehängt und die Tische umgestellt haben, mussten sie keinen Aufwand betreiben. Dafür haben sie aber zehn Dollar Eintritt kassiert.«

Julie sah ihn für einen Moment ernst an und prustete dann plötzlich los. Lachte sie ihn etwas aus? Gerald hatte das Gefühl, sich rechtfertigen zu müssen, wenn er nicht wollte, dass Julie ihn für zu verklemmt hielt, auf anderen Wegen Kontakt zum anderen Geschlecht aufzunehmen. »Ich war sechzehn«, verteidigte er sich und hob hilflos die Hände. Julie lachte noch lauter. Es war ansteckend und Gerald fiel mit ein. »Und ich bin nur hingegangen, weil ich wusste, dass Zoe Carter dort sein würde. Ich war überzeugt davon, dass ich beim Speed Dating ungeniert mit ihr flirten könnte und sie sich unsterblich in mich verlieben würde.«

Julie schnappte nach Luft und wischte sich die Lachtränen aus den Augenwinkeln. »Es tut mir leid«, sagte sie halb lachend, halb keuchend und legte ihm für einen kurzen Moment beschwichtigend die Hand auf den Unterarm. »Ich habe mir nur gerade die Bewohner von Chickaloon beim Speed Dating vorgestellt. Old Jack …« Ihr Lachen nahm wieder zu, und auch Gerald konnte ein breites Grinsen nicht unterdrücken. »Ja, der gute alte Jack mag hübsche Mädchen wie dich«, ahmte er Old Jack scherzend nach, beugte sich über den Tisch und boxte Julie spielerisch in die Schulter. Sie wehrte ihn kichernd ab: »Lass das, du stößt noch meine Tasse um.«

Gerald zog sich zurück und grinste still in sich hinein. Wäre die Lage nicht ernst gewesen, hätte er es noch viel mehr genießen können, mit Julie zu lachen. »Ich denke du hast recht. Speed Dating ist keine passende Option«, sagte er schließlich und sah sich grübelnd um. Julie hatte ihn mit ihrer Begeisterung angesteckt. Wenn ihnen noch etwas Besseres einfiel, dann war er dabei.

»Wir sollten bald los«, durchbrach Julie seine zufriedenen Gedanken. »Daniel hat schon seit Wochen Theaterkarten für heute Abend und ich will *Macbeth* auf keinen Fall verpassen.«

Daniel … Gerald verkniff sich ein missmutiges Schnauben und trank seine Tasse in einem Zug leer. »Dann solltest du Daniel nicht warten lassen, wenn du schon seit Wochen diesem Date entgegenfieberst«, brummt er und stand auf. Die kleine Spitze konnte er sich nicht verkneifen. Dass Julie überhaupt noch über Daniel und sich nachdachte, wurmte ihn.

Abends saß Gerald wie inzwischen jeden Abend mit seinen Kumpeln zusammen, um gemeinsam zu essen und den Tag ausklingen zu lassen. Mehr als in den letzten Monaten fühlte er sich ihnen zugehörig. Vielleicht lag es aber auch daran, dass sie seinen Ausfall und die Mehrarbeit, die dadurch für sie entstand, ohne zu murren hinnahmen. Nicht einmal heute, nachdem Delloway Jackson per Funk darüber informiert hatte, dass er ganz darauf verzichtete, weiter nach einem Ersatzmann für ihn zu suchen, fiel ein einziges bissiges Wort in seine Richtung. Alle waren sauer auf den Chef.

»*Es lohnt sich doch gar nicht mehr, vor der Winterpause einen Neuen zu euch nach Alaska zu schicken. Bis ihr ihn eingearbeitet habt, beginnt die Winterpause*«, äffte Jackson ihn nach und schüttelte schnaubend den Kopf. »Ich sage euch, wir sollten viel mehr Geld verlangen. Für diesen Lohn findet er einfach keinen.«

»Schlucks runter und halte durch. Der richtige Wintereinbruch kommt zwar dieses Jahr spät, aber es kann jeden Tag so weit sein, und dann machen wir alle erst einmal Urlaub«, tröstete Tim ihn und prostete ihm mit seinem Bier zu. Gerald hatte das Gefühl auf Kohlen zu sitzen. Es war bald Mitte November und Tim hatte recht. Jederzeit konnte der Winter mit aller Macht hereinbrechen und Delloway würde sie von heute auf morgen nach Colorado zurückbeordern. Und inzwischen hatte er nicht nur einen Grund, noch in Chickaloon zu bleiben. Sharon und natürlich Julie. Beiden zuliebe wollte er unbedingt eine Möglichkeit finden, die Sharon aus der Patsche half. Doch auch auf der Heimfahrt von Palmer hatten Julie und er keine Vorstellung davon gewonnen, wie sie Sharon, ohne dass sie sie durchschauen würde, unter die Arme greifen konnten.

»Hast du nicht gesagt, dass Julie für heute Abend andere Pläne hat?«, fragte Will Gerald unvermittelt in seine Gedanken hinein. Seinen Kumpeln schien Julies Gesellschaft zu gefallen, denn als er ohne sie hereingekommen war, hatten sie sofort nach ihr gefragt. Will hatte nur schnaubend den Kopf geschüttelt, als er ihnen von ihrem Date mit Daniel Richmond erzählt hatte. Jetzt grinste er Gerald zufrieden an und nickte in Richtung Eingang. Gerald folgte seinem Blick und sah Julie auf den Tisch zueilen. Weiter hinten, am Eingang der Bar, stand Daniel Richmond und sah ihr wenig begeistert hinterher. Gerald nickte Will düster zu. »Ja, das hat sie gesagt.« Aber warum war sie dann jetzt hier?

»Kann ich dich kurz sprechen?«, fragte sie ihn direkt, kaum

dass sie am Tisch ankam. Sie klang drängend und nahm sich nicht mal die Zeit, die anderen zu begrüßen. Gerald warf einen Blick auf Daniel Richmond, der eine säuerliche Miene zog, und nickte.

»Was gibt es?«, fragte er Julie, als er ihr in aller Seelenruhe an die Bar gefolgt war. Heimlich kostete er den Triumph aus, dass Julie es sich trotz ihres Dates anscheinend nicht hatte nehmen lassen, zu ihm in die Bar zu kommen.

»Weißt du noch, was ich gesagt habe, als wir uns zum ersten Mal hier begegnet sind?«, fragte Julie. Es war nicht lange her, doch Gerald kam es vor als lägen Jahre zwischen ihrem Kennenlernen und dem heutigen Abend. »Dass du Tanzen willst?«, fragte er und erinnerte sich an die wenigen Minuten, in denen Julie sich an ihn geschmiegt hatte. Ein flüchtiges Lächeln huschte über ihre Lippen, ihre Augen glühten, doch sie schüttelte den Kopf. »Das auch, aber das meinte ich nicht. Ich meine, dass diese Stadt einen gewaltigen Aufholbedarf an Unterhaltung hat.« Sie lächelte strahlend. »Das ist die Lösung Gerald: Wir brauchen eine Live Band. Gute Musik lockt die Leute bestimmt her, auch wenn sie dafür Eintritt bezahlen müssen. Wenn die Tische etwas umgestellt werden, bekommt Sharon bestimmt achtzig oder neunzig Leute unter. Damit könnte sie allein an einem Abend an die tausend Dollar durch Eintrittsgelder kassieren.«

»Ich bin beeindruckt, dass du nicht lockerlässt«, sagte Gerald ehrlich und warf einen erneuten Blick auf Daniel. Dass sie immer noch mit ihm ausging, war wie ein schlechtes Zeichen dafür, dass er selbst nicht vorankam. Julie schien seinen Unmut zu bemerken und zuckte verlegen mit den Schultern. »Ich habe dir versprochen, keinem von Sharons Geschichte zu erzählen, also bin ich hier, um mit dir darüber zu sprechen … Was hältst du von der Idee?«

Geralds Laune hob sich augenblicklich. In diesem Punkt vertraute sie sich nur ihm an. Und was hatte sie gesagt? Sie besaß die Karten schon seit Wochen. So lange kannten sie sich noch gar nicht … Er lehnte sich gegen die Bar und musterte Julie nachdenklich. Wie viel konnte Daniel Richmond ihr überhaupt bedeuten, wenn sie ihn für dieses Gespräch praktisch stehenließ?

Julie verlagerte ungeduldig ihr Gewicht von einem Bein aufs andere und ihr Date stand wartend im Eingang der Bar. Gerald dachte kurz über ihren Vorschlag nach und nickte schließlich. »Die Idee an sich ist gut. Aber das Problem mit den Kosten bleibt bestehen. Eine Band wird nicht umsonst spielen, und die Musiker benötigen Zimmer, die Sharon anderweitig nicht vermieten könnte, und so weiter.«

Julie trommelte ungeduldig mit ihren Fingern auf den Tresen. »Wir müssten nur die richtige Band finden«, murmelte sie und verzog nachdenklich den Mund. »Eine die nicht zu teuer ist und Publikum sucht. Vielleicht eine aufstrebende Band, die von positiven Postings im Internet profitieren würde. Plakate und Handzettel zur Werbung könnte ich selber entwerfen, der Druck dürfte nicht zu viel kosten …«

»Du bist unglaublich«, rutschte es Gerald heraus. Zärtlich betrachtete er Julies angestrengte Miene. Sie entspannte sich ein wenig, als seine Worte zu ihr durchzudringen schienen.

»Wenn du jemandem helfen kannst, dann bist du nicht aufzuhalten, oder?«, setzte Gerald nach. Julie seufzte und ließ sich resigniert auf den Barhocker neben ihm sinken. »Zumindest versuche ich es. Aber in dem Fall scheint es aussichtslos zu sein. Du hast recht. Wo zum Teufel sollen wir so eine Band finden?« Ihre Ratlosigkeit berührte Gerald. Ihm wurde bewusst, dass es Julies Natur war, andere Menschen zu unterstützen und dass sie es nicht aus Mitleid tat. Weder in Sharons noch in seinem Fall. Sie ertrug es einfach nicht, wenn sie nichts ausrichten konnte.

»Die *Avon Guys* …«, überlegte er laut. »Aber es ist ziemlich unwahrscheinlich, dass sie herkommen. Die Reise ist lang und kostet einen Haufen Geld.« Sie herzuholen würde außerdem bedeuten, dass er dazu seiner Vergangenheit erneut ins Gesicht blicken müsste – und zwar noch mehr, als er es bisher getan hatte. Gerald war sich nicht sicher, ob er das wollte.

»Wer …? Bitte, Gerald, wir müssen es wenigstens versuchen«, bat Julie ihn. Ihre Augen funkelten und ihre Wangen röteten sich vor Eifer. Gerald seufzte. Wie hätte er seinerseits nicht alles tun können, um Julie in ihrem Tatendrang zu unterstützen? »Na gut«, antwortet er. »Ich werde mich darum kümmern. Und jetzt geh und hab Spaß mit *Macbeth.*«

Julies Miene erhellte sich. Für einen Moment sah sie so aus, als würde sie ihm gleich um den Hals fallen. Stattdessen nickte sie ihm lächelnd zu und ging.

Gerald sah ihr bedrückt hinterher. Hoffentlich schaffte er es tatsächlich, Craig und die *Avon Guys* nach Chickaloon zu holen.

Kapitel 12

Bereits am nächsten Morgen stand Gerald am Münztelefon und versuchte sich zu überwinden. Seit Jahren hatte er Craigs Handynummer nicht mehr gewählt. Früher hatte er es beinahe täglich getan und sie hatten sich mehrfach in der Woche gesehen. Es schien ihm Ewigkeiten her, dass er selbst einmal Teil der Band gewesen war und regelmäßig mit seinem besten Kumpel und den anderen Jungs geprobt hatte. Aus der anfangs eher stümperhaften Highschool-Band hatte sich mit Talent und viel Hartnäckigkeit eine gute Musiktruppe entwickelt, die sich in ihrer Heimatstadt und über ihre Grenzen hinaus einen Namen machte. Gerald hatte es geliebt, die Lead Gitarre zu spielen und mit Craig zu singen. Bis zu dem Tag, an dem sie sich zerstritten hatten und er ausgestiegen war. Eine Woche danach hatte er den Vertrag bei der Delloway Tree Company unterschrieben.

»Verflucht, stell dich nicht so an«, murmelte Gerald, um sich Mut zu machen. Er hatte keine Ahnung, wie Craig auf seinen Anruf reagieren würde. Vor allem weil er sich nicht grundlos meldete, sondern ziemlich viel von ihm wollte. Wenn er ihn überhaupt erreichte und er seine Handynummer inzwischen nicht gewechselt hatte … Gerald schüttelte den Kopf und warf die Vierteldollar Münze ein. Es gab nur eine Möglichkeit, das herauszufinden. Mit steifen Fingern tippte er die Zahlenkombination ein.

»Hey Leute, ich hab jetzt keine Zeit zu telefonieren. Muss arbeiten, oder sonst was erledigen. Aber wenn ihr mir eine Nachricht hinterlasst, dann rufe ich zurück.«

Enttäuscht legte Gerald auf. Er kannte nicht einmal die Nummer des Pubs, unter der er zu erreichen gewesen wäre, und vermutlich würde Craig ohnehin nicht zurückrufen. Wieso sollte er? Er hatte ihn und die Band hängen lassen, weil er sich unverstanden fühlte. Klar, es waren beiderseits harte Worte gefallen. Aber er hätte sich längst überwinden und sich mit Craig aussprechen müssen. Es war schäbig, ihn jetzt um Hilfe zu bitten.

Verzagt lehnte Gerald sich gegen die Wand und atmete tief durch. Warum war es so verdammt schwer, Brücken in sein vergangenes Leben zu bauen? Julie würde enttäuscht von ihm sein. Gerald ballte seine Hände zu Fäusten und stieß sich von der Wand ab. Scheiß auf die Vergangenheit. Mehr als Nein sagen und ihn zum Teufel wünschen konnte Craig nicht tun.

Er schnappte sich seine Krücken und humpelte zu Sharon in den Gastraum, wo sie die wenigen Gäste, die sie außer dem Holzfällertrupp derzeit beherbergte, mit Frühstück versorgte. »Ist es für dich in Ordnung, wenn ich mich unter der Nummer des Pubs anrufen lasse?«, fragte er sie. Hilfsbereit wie Sharon war, hatte sie nichts dagegen, und notierte ihm die Nummer ihres Anschlusses, damit sie ihm das Mobilteil nach oben bringen konnte, für den Fall, dass ein Anruf einging. Er ging zurück zum Münztelefon und wählte diesmal ohne zu zögern Craigs Nummer. In groben Zügen erklärte er ihm sein Anliegen und bat ihn zurückzurufen. Nun lag es an Craig, ob er sich darauf einlassen wollte.

Zufrieden damit zog Gerald sich auf sein Zimmer zurück. Jetzt konnte er nur noch abwarten und darauf hoffen, dass Craig großzügig genug war, um ihm zu verzeihen. Und Gerald hoffte. Vielleicht war es ihm vorher nicht aufgefallen, vielleicht aber hatte der Zwischenfall mit dem Kühlaggregat Sharon ihre Lage deutlicher vor Augen geführt, denn sie hatte abgekämpft ausgesehen.

* * *

Julie machte für heute ihre letzten Einträge in die Patientenkurven. Obwohl die Woche erst angefangen und sie keinen

Wochenenddienst gehabt hatte, war sie müde. Seit Gerald in ihrem Leben aufgetaucht war, schien es Kopf zu stehen. Nicht nur die Fahrten mit ihm bedeuteten einen enormen Zeit- und Nervenaufwand. Auch die Abende, die sie mit ihm und seinen Kumpeln verbracht hatte, forderten ihren Tribut. Sie schlief zu wenig, und jetzt hatte Gerald auch noch dafür gesorgt, dass sie sich um Sharon sorgte.

Julie hatte Sharon kurz nach ihrer Ankunft in Chickaloon kennengelernt. Ihre künftige Wohnung wurde noch renoviert und war nicht rechtzeitig bezugsfertig geworden. So hatte sie in ihren ersten zwei Wochen bei Sharon gewohnt, und die hatte sie herzlich aufgenommen und sie den Stadtbewohnern vorgestellt, die ins Pub kamen. So hatte sie dafür gesorgt, dass sie sich nach ihrer Ankunft nicht so fremd und einsam fühlte, wie sie es sich vorgestellt hatte.

Aber nicht nur aus Dankbarkeit fühlte Julie sich verpflichtet, etwas zu unternehmen. Es fühlte sich gut an, sich mit Gerald zu verbünden und Pläne zu schmieden, und ihm schien es gutzutun, Zeit mit ihr zu verbringen. Er wirkte entspannter als an dem Abend, an dem sie ihn zum ersten Mal gesehen hatte. Er schien zur Ruhe zu kommen, seit er anfing über sich zu reden. Etwas, das er, wie er selbst gesagt hatte, sonst so gut wie nie tat.

Julie seufzte leise. Wem machte sie eigentlich etwas vor? Zuletzt war es nicht der Gedanke, noch mehr Zeit mit Gerald zu verbringen, der sie reizte. Wenn er es tatsächlich schaffte, die Band, von der er gesprochen hatte, nach Chickaloon zu holen, würden sie eine ganze Menge zu tun haben … Schon bei dem Gedanken erfasste sie ein kribbeliges Gefühl. Gerald schien doch ein ganz anderer Typ Mann zu sein, als sie zunächst vermutet hatte. Sein Herz saß am rechten Flecken, und Julie wollte mehr von dem warmen Mann kennenlernen, den sie mehr und mehr in ihm erkennen konnte.

»Schreibst du oder schläfst du mit offenen Augen?«

Julie zuckte zusammen, als Daniel sie unvermittelt ansprach. Sie ließ den Kugelschreiber sinken, den sie, ohne weiter ihren Bericht zu verfassen, immer noch in der Hand hielt, und schenkte Daniel ein verlegenes Lächeln. »Ich kann mich heute einfach nicht sehr gut konzentrieren«, gestand sie ihm.

Daniel setzte sich auf dem zweiten Bürostuhl zu ihr an den großen Schreibtisch und rückte ein Stück näher an sie heran. »Kein Wunder, es ist gestern auch ziemlich spät geworden. Du musst müde sein.« Julie zuckte unbestimmt mit den Schultern und übertrug die Daten, die sie sich über Sonja Lawyers Temperaturkurve notiert hatte, in die entsprechende Spalte in der Akte. Tatsächlich hatte sie sich erst kurz vor Mitternacht von Daniel getrennt. Der Grund für ihre Müdigkeit lag aber eher darin, dass sie die restliche Nacht über Gerald nachgedacht hatte. Obwohl sie inzwischen einiges von ihm wusste, gab es noch so viele offene Fragen.

»Du musste heute hoffentlich nicht auch noch nach Palmer fahren«, bemerkte Daniel beiläufig und warf einen Blick über ihre Schulter. Scheinbar interessiert studierte er den Eintrag. Julie war sich jedoch sicher, dass er den Vorwand nutzte, um ihre Nähe zu suchen. So wie gestern Abend. Mehrfach hatte sie geglaubt, dass er sie gleich küssen werde. Doch der passende Moment war nicht gekommen. Eine Grundanspannung hatte die ganze Zeit über in der Luft gelegen, die Julie bei all ihren Treffen zuvor nicht wahrgenommen hatte.

Natürlich hatte sie bemerkt, dass Daniel der Zwischenstopp in Sharons Pub nicht gefallen hatte. Doch er hatte seinen Ärger hinuntergeschluckt. Jetzt war es aber bestimmt kein Zufall, dass er sie indirekt auf Gerald ansprach.

»Nein, heute muss Gerald nicht nach Palmer«, antwortete sie Daniel wahrheitsgemäß, ohne den Blick von ihrer Schreibarbeit zu nehmen. Dass sie dennoch bei ihm vorbeischauen wollte, verschwieg sie. »Gut«, antwortete Daniel zufrieden und lehnte sich in seinem Stuhl zurück. »Weißt du, mir gefällt es nicht, dass du so viel Zeit mit ihm verbringst.«

Julie hielt inne und zog ihre Augenbrauen in die Höhe. »Es gefällt dir nicht?«, wiederholte sie sarkastisch und legte den Kugelschreiber beiseite. »Versuchst du mich zu bevormunden?«, fragte sie weiter und verschränkte ihre Arme vor der Brust. Sie hatte das Gefühl gehabt, dass Daniel ihre Entscheidung bezüglich Gerald leidlich akzeptierte. Zumindest bis zu diesem Zeitpunkt. Doch anstatt sich zu verteidigen, druckste er verlegen herum. »Du bist doch nicht etwa eifersüchtig?«, fragte sie. Wie zu Beginn bei Gerald wollte sie Daniel gleich klarmachen, dass sie sich auf Eifersüchteleien und Manipulationsversuche nicht einlassen würde. Daniel kniff seine Augen zusammen und musterte sie eingehend. »Ich weiß nicht. Gibt es denn einen Grund zur Eifersucht?«

Julie schnaubte leise und schüttelte den Kopf. »Mir ist nicht entgangen, dass ihr euch nicht sonderlich leiden könnt. Aber lasst mich da raus«, sagte sie zu Daniel, wie auch schon zu Gerald, und wandte sich wieder ihrer Arbeit zu. Sie hatte keine Ahnung, ob ihr die Zuneigung an der Nasenspitze anzusehen war, die sie für Gerald empfand. Doch die ganze Geschichte war auch so schon kompliziert genug, ohne dass sie sie mit Daniel erörterte.

»Mir scheint als wäre Gerald derjenige, der eifersüchtig ist. Warum sonst sollte er mich nicht leiden können, außer dass es ihm nicht passt, dass du mit mir ausgehst? Verdammt, ohne mich hätte er vermutlich sein Bein verloren«, murmelte Daniel.

Julie verzog angewidert ihren Mund. »Lass das Daniel, diese arrogante Haltung steht dir nicht.« Daniel senkte betroffen den Blick auf seine Hände, und Julie taten die Worte leid. Sie war schuld an dieser Konstellation, in der sie alle drei feststeckten. Sie lächelte Daniel ermutigend zu. »Hör bitte auf, über Gerald nachzudenken. Was auch immer er für mich empfindet, sollte für dich keine Rolle spielen. Ich bin diejenige, die herausfinden muss, was sie fühlt, und ehrlich gesagt sitze ich diesbezüglich gerade zwischen zwei Stühlen.«

Daniel kniff die Augen zusammen und stand von seinem Platz auf. »Du gibst also ganz offen zu, dass du etwas für ihn empfindest …« Julie folgte ihm, ehe er aus dem Dienstzimmer verschwand. Sie mochte Daniel und seine ruhige, ausgleichende Art. Er gab ihr ein Gefühl von Verlässlichkeit und Sicherheit. Das war doch eine gute Grundlage für Liebe, oder? »Sei nicht böse auf mich. Ich will doch nur ehrlich sein«, hielt sie ihn zurück. Und mehr, als sie Daniel gesagt hatte, gab es nicht zu sagen. Sie mochte Gerald. Sie mochte ihn sogar sehr. Wenn sie an ihn dachte, breitete sich ein warmes Prickeln in ihr aus, und wenn er sie berührte … Julie spürte, wie das Blut in ihre Wangen stieg. Wenn Gerald sie berührte, verspürte sie den tiefen Wunsch, seinen kraftvollen Körper an sich zu spüren. Sie wollte in seinen Armen liegen und sich in der Tiefe seiner Augen verlieren. Verdammt, mit Daniel schien alles gut zu laufen, bis Gerald aufgetaucht war. Er war ein Mann, auf den sie sich verlassen konnte, Gerald hingegen … »Daniel?«, fragte Julie verwirrt. Wenn er jetzt eine Entscheidung von ihr forderte, wusste sie nicht, was sie ihm antworten sollte.

Daniel blieb ihr den Rücken zugewandt stehen und schwieg. »Ich bin mir nicht sicher, was ich für Gerald empfinde. Ich meine, es ist kompliziert … Ich mag ihn, aber ich mag auch dich«, versuchte sie Daniel zu erklären was in ihr vorging. Was auch immer sich zwischen ihnen entwickelte, sie musste ehrlich sein, wenn sie wollte, dass es nicht bereits endete. Doch Daniel reagierte noch immer nicht. Vorsichtig legte Julie ihm eine Hand auf die Schulter. »Ich hab dich wirklich gern.«

Daniel drehte sich zu ihr herum und lächelte bemüht. »Ich weiß. Aber ich habe euch gestern zusammen gesehen. Gott, Julie, wie ihr euch angesehen habt … Als existiere die Welt um euch herum gar nicht mehr.« Er hob hilflos die Hände und schüttelte den Kopf, als verstehe er nicht, warum er mit ihr überhaupt darüber redete. Für ihn schien bereits klar zu sein, dass Gerald gewonnen hatte. Dabei wusste Julie noch nicht einmal, ob Gerald gewinnen wollte. »Er hat eine schwierige Vergangenheit, und ich scheine die Richtige zum Reden zu sein. Vielleicht macht das mich so wichtig für ihn und ich kann ihn deshalb nicht einfach fallenlassen«, sagte sie leise. *Da ist noch mehr*, raunte ein Stimmchen ihr zu. Doch Julie war sich nicht wirklich sicher. Gerald schien sie gerne zu berühren, aber er hatte noch nie einen Versuch unternommen, ihr noch näher zu kommen.

Daniel schien an Geralds Beweggründen jedoch weniger Zweifel zu haben. Er lächelte schief und strich Julie sanft mit dem Daumen über die Wange. »Du bist doch nicht so naiv und glaubst das wirklich, oder?« Julie holte empört Luft und setzte zu einer Verteidigung an, doch Daniel kam ihr zuvor: »Ich meine es nicht böse, Julie. Aber rede dir bitte nicht ein, dass dieser Kerl dich mag, weil du seiner Seele guttust. Wenn du dich so blind stellst, dann wird das übel für dich enden. Früher oder später wird er wieder verschwinden, das ist dir doch klar?«

Julie senkte betreten den Blick. Diesen Gedanken verdrängte sie immer mehr, je besser sie Gerald kennenlernte. Aber die Straßen führten schließlich nicht nur von Chickaloon fort … Und wer schrieb überhaupt vor, dass eine Beziehung nur funktionieren konnte, wenn man am selben Ort wohnte? Ihr Herz begann zu rasen. »Keine Sorge, ich passe schon auf mich auf«, sagte sie und ging an Daniel vorbei, um vor ihm auf die Toilette zu flüchten. Ihr Herz hatte sich längst entschieden, für wen es schlagen wollte. Nur ihr Verstand war sich nicht sicher, ob das gut für sie war.

* * *

Gerald tigerte unruhig in seinem Zimmer auf und ab. Coles Übungen hatte er bereits mehrfach wiederholt, und Sharon hatte sich für diesen Mittag für einfache Gerichte entschieden, so dass sie in der Küche nicht besonders viel zu tun hatten. Der Linseneintopf mit Würstchen brodelte bereits auf dem Herd vor sich hin und die Toasts waren belegt. Nun wusste Gerald nicht, womit der sich die Zeit vertreiben sollte.

Er setzte sich an den Tisch in der Ecke und holte aus der Schublade Papier und einen Bleistift hervor. Zögernd starrte er auf das leere Blatt. Es fehlte ihm zu schreiben. Früher hatte er alles was ihn bewegte in Worte gefasst. Er schrieb nicht Tagebuch, aber er schrieb Lieder. Vielleicht konnte ihn das auch jetzt entlasten.

Er setzte die Bleistiftspitze aufs Papier und dachte nach. Aber seine Gedanken waren wie blockiert. Er war viel zu unruhig, um einen Songtext zu schreiben. Allein schon der Gedanke daran, dass Craig zurückrufen und zusagen könnte und er den Jungs nach all den Jahren wieder persönlich gegenüberstehen könnte, brachte ihn völlig durcheinander.

Gerald warf den Bleistift auf den Tisch und sah auf die Uhr. Halb zwei. Die Mittagszeit neigte sich dem Ende zu und er hatte nichts von Craig gehört. Dabei hatte Gerald gehofft, dass er ihn in der Mittagspause zurückrufen würde. Was auch immer er arbeitete. Der Gedanke machte ihm schmerzlich bewusst, dass er keine Ahnung hatte, was aus den Menschen geworden war, die früher ganz selbstverständlich zu seinem Leben gehört hatten. Neben Craig gab es noch so viele andere. Er hatte sie willentlich aus seinem Leben verbannt, doch nun tat es weh, dass sie ihm fremd geworden waren. Er hatte damals nicht darüber nachgedacht, dass er je so empfinden könnte wie heute. Doch es gab kein zurück. Das erkannte er erst jetzt. Vielleicht hatte er damals geglaubt, dass er jederzeit zurückkehren konnte und ihm war es deshalb so leichtgefallen, einfach zu gehen. Doch jetzt war er machtlos, und das fühlte sich beschissen an.

»Ja?«, rief er aufgeregt, als es plötzlich an der Tür klopfte. Endlich! Eilig humpelte er durch den Raum, um Sharon das Telefon abzunehmen.

»Hey«, begrüßte Julie ihn und trat zögerlich ein. »Ich wollte nur fragen, ob du schon was in Erfahrung gebracht hast?«

Gerald schüttelte den Kopf, kehrte Julie den Rücken und humpelte zu seinem Bett hinüber. Mutlos ließ er sich auf die Matratze sinken. Er freute sich, sie so unerwartet zu sehen. Dass sie unangekündigt bei ihm auftauchte, verriet ihm aber auch, wie wichtig diese Sache ihr war. Er hätte ihr keine allzu großen Hoffnungen machen dürfen. Jetzt befand er sich in der misslichen Lage, ihr eingestehen zu müssen, dass aus seiner Idee vermutlich nichts werden würde. Und das nur, weil er so ein Feigling gewesen war und sich seinem Schmerz nicht hatte stellen können. »Ich hab versucht den Sänger der Band zu erreichen, aber bisher hat er nicht zurückgerufen.«

Julie schloss die Tür und kam zu ihm herüber. »Das ist noch keine Absage, wir warten einfach«, sagte sie und setzte sich neben ihn auf die Bettkante. Gerald betrachtete nachdenklich ihr Profil. Wie konnte sie nur immer so positiv bleiben? »Und was, wenn daraus nichts wird?«

Julie wandte ihm den Blick zu und lächelte sanft. »Dann haben wir es wenigstens versucht.« Ein warmes Gefühl breitete sich in Gerald aus. Er erinnerte sich daran, wie schön es sich angefühlt hatte, ihre Hand zu halten und ihr damit nicht nur körperlich näher zu sein. Vorsichtig legte er einen Arm um Julies Schultern und zog sich an sich. Vielleicht fiel es ihm so leichter, ihr die Illusion zu nehmen, dass er ein kompletter Versager war, der auf seiner Flucht vor seiner Vergangenheit nur verbrannte Erde zurückgelassen hatte.

Julie hob den Blick und Gerald versank im faszinierenden Grün ihrer Augen. Ihre Lippen öffneten sich leicht, ihr Atem ging schneller. Gerald war sich sicher, dass er sich nur ein wenig zu ihr hinüberlehnen müsste, um sie zu küssen. Sie würde ihn nicht abweisen. Er konnte einfach nicht anders. Vorsichtig neigt er den Kopf nach vorne, ihr schneller Atem streifte seine Lippen, ihre Lider senkten sich. »Gerald ...«, murmelte sie. Es klang wie eine Bitte. Verdammt, sie wies ihn wirklich nicht ab. Gerald presste die Lippen aufeinander und verfluchte sich in Gedanken dafür, dass er es auch nur versucht hatte. Es war einfach nicht der richtige Moment. »Es tut mir leid, Julie. Aber –«, flüsterte er stattdessen. Sie sollte ihn wirklich kennen, ehe sie sich ganz auf ihn einließ. Doch ein erneutes Klopfen an der Tür unterbrach ihn. »Gerald, Telefon für dich.«

Geralds Herz begann noch heftiger zu klopfen. So schnell er konnte stand er auf und humpelte zu Sharon hinüber. Mit dem

Telefon in der Hand wandte er Julie den Rücken zu und lehnte sich seitlich an die Wand. Seine Knie zitterten und Julie sollte nicht jede seiner Regungen von seiner Miene ablesen können. Er fürchtete sich ein wenig vor dem Gespräch mit Craig. Bei ihrer letzten Unterhaltung hatte er ihn einen widerlichen Arsch genannt, woraufhin Gerald ihn als gefühlsverkrüppelten Bastard abgestempelt hatte.

»Ja?«, meldete er sich vorsichtig. Er konnte Craig am anderen Ende der Leitung atmen hören, doch er sagte nichts. »Bist du dran, Craig?« In der Leitung raschelte es leise.

»Es wollte mir also doch keiner einen dummen Streich spielen. Du bist es eindeutig, Gerald.« Craig klang fassungslos.

»Kein schlechter Scherz, ich bin es wirklich«, bestätigte Gerald und warf einen kurzen Blick über die Schulter. Ihm wurde immer unwohler bei der Sache, und Julie saß noch immer auf seinem Bett und sah interessiert zu ihm hinüber.

»Hör zu, Craig, ich habe dir ja schon grob erzählt worum es geht. Warum halten wir uns also nicht einfach kurz und du sagst mir, ob du und die Jungs mitmachen«, fuhr Gerald mit gesenkter Stimme fort.

Craig lachte freudlos. »Sag mal, hast du sie noch alle? Du rufst zum ersten Mal nach über fünf Jahren an, verlangst von mir, dass ich meine Sachen und die Band zusammenpacke und so schnell wie möglich nach Alaska reise, um irgendwem zu helfen, den ich noch nicht einmal kenne und der mich ehrlich gesagt einen feuchten Dreck interessiert? Und um das Ganze noch zu toppen, sollen wir dafür nicht mal bezahlt werden!« Craig wurde immer lauter. Hoffentlich konnte Julie ihn nicht hören. Nervös warf Gerald einen erneuten Blick zu ihr hinüber. Mit argloser Miene beobachtete sie ihn. Verdammt, irgendwie musste er das hinbekommen.

»Ich weiß, dass ich viel von dir verlange, Craig, aber ich kann einfach nicht anders, als dich darum zu bitten. Es tut mir leid, trotzdem hoffe ich, dass du herkommst. Vielleicht könnt ihr es als eine Art Kurzurlaub in Alaska betrachten. Vorausgesetzt die

Wirtin des Pubs macht mit, würden euch natürlich auch keine Kosten entstehen. Wenn wir die Flüge und die Unterkunft nicht von den Einnahmen abzweigen können, dann werde ich persönlich dafür geradestehen«, erklärte er Craig angespannt und wartete ab. Vielleicht hätte er tiefgründigere Worte für seine Entschuldigung finden müssen, aber Gerald brachte es nicht über sich. Es ging hier schließlich auch nicht um ihn, sondern um Sharon. »Ich weiß, es lohnt sich eigentlich nicht, für eine Kleinstadt mit gerade mal dreihundert Einwohnern einen derartigen Aufwand zu betreiben. Aber wenn man es andersherum sieht, ist das sogar eine positive Publicity für euch. Stell dir mal die Nachricht auf Twitter vor: *Wir sind bereits so bekannt, dass man uns für einen Gig sogar bis nach Alaska holt.*«

Gerald konnte durch die Leitung hören, wie Craig leise schnaubte. Aber er lehnte nicht sofort ab. Gerald wertete es als gutes Zeichen und drehte sich zu Julie herum. »Und?«, formten ihre Lippen lautlos. Gerald zuckte mit den Schultern und wartete weiter ab.

»Das hast du dir ja gut zurechtgelegt«, sagte Craig schließlich. »Aber sag mir noch eines: Warum sollte ich das für dich tun? Du bist ohne ein Wort des Abschieds abgehauen. Ich hab mich wie der letzte Arsch benommen, das war mir klar. Aber du bist abgehauen, ohne dich zu verabschieden und mir die Gelegenheit zu geben, es wieder gut zu machen. Wir waren Freunde, Gerald. Seit ich dich als kleiner Hosenscheißer auf dem Spielplatz mit Sand beworfen habe und meine Mom mich gezwungen hat, mich bei dir zu entschuldigen, waren wir Freunde. Und hast dich aus dem Staub gemacht, als ob dir das nichts bedeutet hätte. Warum also sollte ich noch irgendetwas für dich tun?«

Gerald konnte Craigs schweren Atem hören. Vermutlich hatten ihm diese Worte seit Jahren auf der Seele gelegen, ohne dass er die Möglichkeit hatte, sich dieser Last zu entledigen. Aber er hatte recht: Warum sollte er noch irgendetwas für ihn tun? Sie waren längst keine Freunde mehr. »Weil es nicht für mich ist«, antwortete er leise. »Ich hab Scheiße gebaut und ich kann verstehen, wenn du mir das nicht verzeihen kannst. Aber hierbei geht es nicht um mich.«

»Wow, jetzt bitte mal ganz langsam und zum Mitschreiben. Ihr habt eine Band organisiert, die hier spielen soll, und ich soll alleine um die hundert Gäste bewirten, die ihr binnen einer Woche hierherlocken wollt?« Sharon sah fassungslos zwischen Gerald und Julie hin und her. »Wie kommt ihr nur auf diese verrückte Idee? Habt ihr Drogen genommen?«

Julie zuckte bekümmert mit den Schultern, doch Gerald war noch nicht bereit aufzugeben. Jetzt waren sie schon so weit gekommen. Außerdem drängte etwas tief in ihm danach, herauszufinden, was da vorhin eben auf seinem Zimmer geschehen war. Er hatte nicht vorgehabt, sich auf Julie einzulassen. Aber wenn sie in seiner Nähe war, schien sein Verstand ganz einfach abzuschalten. Er wollte noch mehr Zeit mit ihr verbringen. »Wir dachten, dieser Stadt würde eine richtige Party mal ganz guttun. Und genaugenommen sind es eineinhalb Wochen. Vorausgesetzt der Leadsänger der Band kann die anderen überzeugen und sie können sich freimachen, würden sie erst übernächstes Wochenende kommen. Julie und ich übernehmen die Werbung – wir schauen zu, dass wir auch Leute in Palmer erreichen, damit der Laden auch sicher voll wird –, und bis dahin findest du bestimmt jemanden, der dich unterstützen kann«, antwortete er Sharon und betete tief im Innern darum, dass sie mitmachen würde.

Sharon zog überrascht die Augenbrauen in die Höhe. »Es ist dir wirklich ernst«, sagte sie und lies ihren Blick durch den Gastraum schweifen, wo am frühen Nachmittag kein einziger Gast saß. »Na ja, dem Schuppen würde es schon mal guttun, richtig voll zu werden, und vielleicht könnte ich damit auch neue Gäste anwerben.« Gerald nickte zustimmend. Zwar war abends immer was los, aber richtig voll war das Pub nie. »Und wenn es gut läuft, dann kannst du so was vielleicht sogar öfter machen. Das würde dir dann auch künftig etwas einbringen.«

»Aha«, sagte Sharon knapp und musterte ihn argwöhnisch. Sie schien ihm auf die Schliche gekommen zu sein. Gerald setzte ein wie er hoffte entwaffnendes Lächeln auf und nickte in Richtung Küche. »Gib dir einen Ruck und sag Ja, Sharon. Oder willst du auf eine zusätzliche Einnahmequelle verzichten?«

»Ich könnte dir hinter der Bar oder im Service helfen«, schlug Julie vor. Sharon ließ ihren Blick wieder zwischen ihnen hin und herwandern und zwinkerte verstohlen. Gerald bildete sich ein, dennoch ein verdächtiges Glitzern in ihren Augen zu erkennen. »Ihr seid wirklich verrückt«, sagte sie.

»Heißt das, du bist dabei?«, hakte er nach. Ein aufgeregtes Kribbeln rann seine Wirbelsäule hinunter. Vielleicht bekam er tatsächlich die Chance, seine Fehler bei Craig wiedergutzumachen, auch wenn er nicht seinetwegen nach Chickaloon kommen würde. Sharon nickte entschlossen und sagte leise: »Ja.« Ihre Stimme klang belegt.

Julie sprang von ihrem Barhocker auf. »Dann müssen wir einen Flyer entwerfen, Gerald. Handzettel müssen gedruckt und verteilt werden und wir müssen Plakate aufhängen. Am besten schalten wir auch gleich eine Zeitungsannonce in Palmer.« Gerald legte ihr die Hand auf den Unterarm, um sie zu beschwichtigen. »Am besten warten wir erst mal ab, ob die Jungs fest zusagen.« Für einen Moment hatte er das Gefühl, als trete alles um ihn herum in den Hintergrund – Sharon, das Pub und die Gedanken an die Party. Nur noch er und Julie waren da, und die Frage, wie sein Annäherungsversuch geendet hätte, wäre Sharon nicht dazwischen geplatzt. Obwohl er nicht mal Julies Haut berührte, sondern nur den Stoff ihres Pullovers, kribbelten seine Fingerspitzen an der Stelle, an der er sie berührte.

Julie lachte ertappt und sah ihm tief in die Augen. Sein Bauch kribbelte. »Das werden sie, da bin ich mir sicher. Und das ist allein dein Verdienst«, sagte Julie leise. Ihre Augen funkelten. Auch sie dachte an vorhin, da war Gerald sicher. Und er war sich sicher, dass sie ihn nicht abgewiesen hätte. Sein Herz begann zu rasen. Sie wollte ihn …

Sharon räusperte sich und schüttelte ungläubig den Kopf. Gerald blinzelte und auch Julie schien sich plötzlich wieder bewusst zu werden, dass sie nicht alleine waren. Ertappt entzog sie Gerald ihren Arm und wandte sich an Sharon.

»Wer auch immer welche Rolle bei der Sache spielt, ich danke euch«, sagte Sharon. Sie breitete strahlend die Arme aus und Gerald versteifte sich unwillkürlich, als sie Julie und ihn gleichzeitig in ihre Arme zog. Es fühlte sich ungewohnt geborgen an, fast mütterlich. »Danke«, flüsterte Sharon noch einmal und Gerald begann sich zu entspannen. Ausnahmsweise schien er einmal alles richtig zu machen.

Kapitel 13

Gerald warf einen nachdenklichen Blick auf Julie, die auf die Straße sah, immer wieder zwinkerte und sich über die Augen rieb. Wieder einmal befanden sie sich nach seiner Physiotherapiestunde bei Cole auf dem Rückweg nach Chickaloon. Aber die Tatsache, dass Julie neben ihrem Job auch noch den Fahrdienst übernahm, war wohl nicht alleine der Grund dafür, dass sie so erschöpft war. Es war gerade Mal zwei Tage her, dass sich die Ereignisse förmlich überschlagen hatten und sie sah jetzt schon mitgenommen aus. Dabei hatte die Arbeit gerade erst begonnen.

Craig hatte noch am Abend ihres Telefonates und des Gesprächs mit Sharon zugesagt, und Julie hatte noch in der Nacht die Vorlage für die Flyer und Plakate an ihrem Computer entworfen. Gerald war begeistert, als sie sie ihm vor der Abfahrt nach Palmer noch schnell gezeigt hatte.

»Hast du die Plakate drucken lassen?«, fragte er. Sie hatte die Zeit während seiner Physiotherapie ebenfalls für die Partyvorbereitungen nutzen wollen, anstatt sich in ein Café zu setzen und sich ein wenig auszuruhen. Julie sah kurz zu ihm hinüber und nickte. »Und einen ganzen Haufen Handzettel«, ergänzte sie. Gerald nickte. Sie kamen gut voran, er sollte zufrieden sein, tatsächlich hatte er sich von der gemeinsamen Organisation der Party jedoch mehr erwartet, als fast in Arbeit zu ersticken. Er hatte gedacht, die würden sie nebenbei erledigen, während sie sich voll auf sich und das, was da zwischen ihnen vorging konzentrierten. Die Realität sah allerdings anders aus, und Gerald war froh, dass der Tag der Party bald kam und sie dann hoffentlich wieder mehr Zeit für sich hatten.

»Wenn wir übermorgen wieder in Palmer sind, können wir die Plakate und Flyer nach meinem Termin verteilen«, brummte er. Es gab so viel zu besprechen, so viel miteinander zu entdecken. Doch Julie sollte wissen, worauf sie sich einließ, wenn sie sich auf ihn einließ. Gerald musste sich verdammt zusammenreißen, sie nicht sofort damit zu überrumpeln. »Wenn das hier vorbei ist, dann würde ich dich gerne zum Essen einladen«, sagte er zu Julie und sah sie aufmerksam von der Seite an. Er wollte ihr in die Augen sehen und sie fragen, ob sie ihn wollte. Ob sie ihn zu den Bedingungen lieben könnte, die sein unstetes Leben ausmachten. Aber verdammt, sie sah todmüde aus. Er würde es mit ihr besprechen, aber nicht jetzt. Die Situation passte nicht, die Stimmung war abgespannt.

Julie presste die Lippen aufeinander und warf ihm einen schnellen Seitenblick zu. Sie sah nervös aus. »Essen klingt gut«, gestand sie. »Im Copy Shop ging es schnell, da dachte ich, dass ich die restliche Zeit gleich nutze. Ich habe Plakate im Einkaufszentrum, in einigen Cafés und Restaurants und beim Bürgerbüro aufgehängt und auch Flyer dort ausgelegt. Ich denke, das dürfte genügen.«

»Und wann hast du Pause gemacht?«, fragte Gerald vorwurfsvoll. Zu seiner Enttäuschung schien Julie bei seiner Einladung keinerlei Hintergedanken zu haben. Aber er konnte es ihr nicht verdenken. Sie musste bereits die halbe Nacht durchgearbeitet haben, heute Vormittag hatte sie Frühschicht im Krankenhaus und nun … Kein Wunder, dass sie müde aussah. »Zeit zum Ausruhen ist später«, antwortete sie entschieden.

»Ich lade dich nachher bei Sharon auf ein Bier und ein Steak ein«, erwiderte Gerald und nahm sich vor, es vorerst dabei zu belassen. Julie hatte jetzt überhaupt keine Energie, sich auch noch mit ihm, seinen Gefühlen für sie und seinen Erwartungen auseinanderzusetzen. Außerdem hatte er ein schlechtes Gewissen. Julie hatte nur seinetwegen so viel Arbeit. Anstatt ihm zu antworten, presste sie wieder die Lippen aufeinander und warf ihm einen reumütigen Blick zu. »Ich hatte eigentlich vor, die

Werbung auch gleich in Chickaloon zu verteilen. Je früher die Leute von der Party erfahren, desto besser.«

Gerald vermutete, dass Julie ihn abgesetzt hätte, ohne ihm etwas davon zu sagen. So ging das nicht. »Wenn du das heute noch erledigen willst, dann helfe ich dir und lade dich danach zum Essen ein«, sagte er und lächelte still in sich hinein. Julie war einfach unglaublich.

»Bin gleich wieder da«, sagte Julie, als sie gleich nach dem Ortsschild unvermittelt anhielt und aus dem Wagen sprang. Erst bei genauerem Hinsehen bemerkte Gerald das Schild an dem Haus, vor dem Julie ihren Wagen parkte. Sie öffnete den Kofferraum und knallte den Deckel kurz darauf wieder zu. Vermutlich hatte sie sich ein Plakat geholt. Gerald sah ihr hinterher, bis sie im Innern des Restaurants verschwunden war. So hatte er sich das nicht vorgestellt. »Und jetzt?«, fragte er, als Julie nur wenige Minuten später zurückkehrte, sich auf den Fahrersitz fallen ließ und den Motor startete.

»Wir fahren zur Tierarztpraxis, dort dürfen wir bestimmt auch ein Plakat aufhängen. Ganz in der Nähe befinden sich das Bürgerbüro und ein Café …«

»Heißt das, dass ich dich dann begleiten darf?«, fragte Gerald schmunzelnd. Julie warf ihm einen ertappten Blick zu und parkte rückwärts aus. »Das Zeug zu verteilen bedeutet eine ziemliche Lauferei und ich will nicht, dass du dich überanstrengst.«

»Du solltest dich auch nicht überanstrengen. Wir haben noch eine ganze Menge zu organisieren und ich will dich mit der ganzen Arbeit nicht hängen lassen. Außerdem sagt Cole, dass ich mir keine falsche Schonhaltung zulegen soll. Solange ich es nicht falsch belaste ist Bewegung gut für mein Bein«, antwortete Gerald und sah Julie eindringlich von der Seite an. Glaubte sie wirklich, das alles alleine schaffen zu müssen?

»Na gut«, gab sie sich nach mehreren Minuten des Schweigens schließlich geschlagen. Als sie das Auto das nächste Mal abstellte, stieg Gerald schnell aus, ehe sie es sich anders überlegen konnte. Julie folgte ihm und öffnete langsam den Kofferraumdeckel. »Wird dir das wirklich nicht zu viel?« Gerald konnte sich ein Lächeln nicht verkneifen. Julie war zu süß, wenn sie sich um ihn sorgte. »Ich will nicht wie ein Macho klingen, aber das bisschen schaffe ich locker. Ich meine, ich bin es gewohnt zu arbeiten und ich fühle mich schon wie ein elender Schwächling, weil ich zurzeit nur herumsitze.«

Julie musterte aus den Augenwinkeln verstohlen seinen Körper. Ihre Wangen röteten sich. Dieser Blick … Ein erregtes Prickeln rann durch ihn hindurch. Als sich ihre Blicke begegneten, strich sie verlegen eine Haarsträhne aus ihrer Stirn und räusperte sich. »Na gut, dann wollen wir dich mal arbeiten lassen«, murmelte sie und holte die zusammengerollten Plakate aus dem Kofferraum. *Nachher*, nahm Gerald sich vor. »Dann lass uns anfangen, damit wir hier fertig werden«, erwiderte er Julie rau. Nachher, in Ruhe beim Essen, würde er mit Julie über sie beide reden.

Er widerstand dem Drang, seine Krücken einfach beiseite zu werfen, sie an den Hüften zu packen, gegen das Auto zu drängen und so leidenschaftlich zu küssen, wie ihm zumute war. Jetzt war einfach nicht der richtige Moment … »Sperrst du dein Auto eigentlich nie ab?«, fragte er stattdessen, um sich abzulenken.

»Ich habe mir das abgewöhnt, seit ich hier wohne. Die Schrottkarre klaut doch keiner, außerdem vertraue ich den Leuten hier«, antwortet Julie und wandte sich von ihm ab. Täuschte Gerald sich oder klang sie wütend?

Mit einem leisen Seufzen folgte er ihr, als sie ohne sich nach ihm umzusehen losmarschierte. War sie sauer auf ihn, weil er darauf bestand, ihr zu helfen, anstatt sich zu schonen? Gerald biss die Zähne zusammen und ging schneller, um zu ihr aufzuholen. »Hey, alles in Ordnung?«

»Natürlich! Alles bestens«, zischte Julie und stieß die Tür des Hauses auf, das sie soeben erreichten. Bürgerbüro und Touristeninformation standen neben weiteren offiziell klingenden Stellenbezeichnungen auf dem Schild am Eingang. Gerald folgte Julie ins Innere des Hauses und wartete im Foyer, als sie auf die Suche nach jemandem ging, den sie um Erlaubnis bitten konnte, das Plakat aufzuhängen. So schnell wie sie plötzlich ging, konnte er ohnehin nicht mehr Schritt halten. Daher versuchte er es erst gar nicht.

»Warum rennst du dann regelrecht vor mir davon?«, fragte er, als sie zurückkehrte und ihr Plakat an einer der vielen Pinnwände, an denen allerlei Informationen aushingen, befestigte. Nachdenklich musterte er ihren Hinterkopf. Ihre Stimmung hatte sich plötzlich verändert, nachdem sie ihn flüchtig gemustert hatte.

Julie drehte sich zu ihm herum und schnaubte spöttisch. Gerald hatte das Gefühl, als bohrten sich ihre glühenden Augen in ihn. »Es ist wohl kaum nötig, dass ich vor dir davonrenne«, schnaubte sie und öffnete ihre Tasche und holte Flyer heraus. Geralds Herz klopfte schneller und seine Handflächen wurden feucht. Sie hatte mehr von ihm erwartet. Sie wollte nicht, dass er sich zurückhielt …

»Julie …«, sagte er leise, um ihre Aufmerksamkeit zu gewinnen. Er wollte, dass sie ihn ansah, wenn sie darüber redeten. Doch anstatt auf ihn zu reagieren, suchte sie unnötig lange nach einem geeigneten Platz auf dem Ständer, auf dem bereits Broschüren rund um die Sehenswürdigkeiten der Region auslagen.

Gerald hielt es nicht länger aus. Er trat ganz dicht an sie heran und beugte sich ein wenig nach vorne, um ihren Blick einzufangen. »Ich will nicht, dass du vor mir davonläufst, nicht jetzt und überhaupt niemals. Aber wie du selbst schon bemerkt hast, ist es kompliziert. Ich will dir nicht weh tun …«, sagte er leise.

Julies Hände zitterten, als sie die Flyer ablegte und langsam zu ihm aufsah. »Willst du nicht …?« Hilflosigkeit stand in ihrem Blick. Bisher hatte ihr wohl noch niemand richtig weh getan …

Gerald begriff, dass sie sich vor ihm fürchtete, davor dass er sie verletzen würde. Ein mächtiges Gefühl regte sich in seiner Brust. Ihre Gefühle für ihn waren so stark, dass er die Macht dazu besitzen würde. Noch immer stand sie ganz dicht vor ihm und sah zu ihm auf. Seine Handflächen kribbelten. Er bräuchte nur den Arm heben, seine Hand an ihre Wange legen und sich noch weiter nach vorne beugen … »Und jetzt? Was machen wir aus unserer komplizierten Lage?«, fragte er stattdessen rau. Auch er fürchtete sich. Davor, dass er nicht gut genug für sie war.

Julies Blick flackerte. Anstatt ihm zu antworten, stellte sie sich auf die Zehenspitzen und presste mit einem leisen Seufzen ihre Lippen auf seinen Mund. Ein heißer Schauder raste durch Gerald hindurch. Für einen Moment war er so überrascht, dass er seine Lippen öffneten und Julies Zunge in seinen Mund gleiten ließ. Fordernd drängte sie sich gegen die seine, ihre Hände legte Julie auf seiner Brust ab und presste sich an ihn. Gerald stöhnte unterdrückt. Es wäre so leicht, nicht weiter darüber nachzudenken, ob er richtig handelte. Es wäre so einfach, Julies leidenschaftlichem Drängen einfach nachzugeben. Er wollte es, aber mit ihrem ruhelosen Verlangen holte sie ihn zurück in die Gegenwart.

»Warte …«, murmelte er an ihren Mund und zog sich vor ihr zurück. Er wollte sich ihr erklären, ihr alles sagen, was ihn bewegte, doch ehe er seine durcheinanderwirbelnden Gedanken gesammelt hatte, fuhr sie auf dem Absatz herum und lief auf die Tür zu.

»Julie, warte …«, rief Gerald ihr hinterher. Sein Bein schmerzte, als er ihr so schnell er konnte folgte. Aber das war ihm egal. Julie musste denken, dass er den Kuss nicht gewollt hatte. Aber verdammt, nichts hatte sich je so intensiv und richtig angefühlt, wie die Lippen dieser Frau zu spüren. »Bleib stehen und rede mit mir!« Sie erreichten den Gehsteig und Julie stapfte noch immer wütend vor ihm davon.

»Worüber?«, zischte sie, kickte einen Eisklotz davon und wirbelte zu ihm herum. »Worüber willst du noch reden, Gerald? Wir haben die ganze Zeit geredet. Du hast mir Dinge anvertraut, die du noch keinem anderen anvertraut hast. Ich dachte, das würde etwas bedeuten und du würdest dasselbe empfinden wie ich …« Sie breitete ihre Arme aus und zuckte hilflos mit den Schultern.

Gerald wurde es warm ums Herz. Julie sah so unglaublich verletzlich aus, wie sie einfach nur vor ihm stand und ihm ihre Liebe anbot. Ein sanfter Windhauch bewegte ihr Haar. Vor ihrem Mund bildete ihr Atem in der Kälte des hereinbrechenden Abends kleine Dampfwölkchen.

Gerald fixierte ihr hübsches Gesicht und humpelte langsam auf sie zu. Die Entscheidung darüber, was aus ihnen wurde, würde fallen, sobald er sie erreichte. Und er hatte noch so viel zu sagen … »Ich kann kaum noch an etwas anderes denken als an dich. Ich bin gerne hier in Chickaloon, Julie, aber nicht weil ich die Stadt so toll finde. Die Fahrten nach Palmer sind die Höhepunkte meiner Tage. Jede Minute mit dir ist wie ein Geschenk. Noch nie habe ich mit jemandem über Anna reden können und was damals geschehen ist. Mit dir kann ich es, und seit ich dich kenne, habe ich das Gefühl, endlich wieder zu leben. Aber verdammt, ich mache mir etwas vor, wenn ich mir vorstelle, dass es ewig so weitergehen wird. Und du solltest dir das auch nicht vormachen.« Dicht vor Julie blieb er stehen. Verwirrung spiegelte sich in ihren Augen. Gerald war, als friere die Welt um sie ein. Nur er und Julie waren noch da. Zwei warme Körper, die sich wie Magneten zueinander hingezogen fühlten. »Ich könnte sicher noch hierbleiben, wenn der Winter hereinbricht und die Jungs zurück nach Colorado müssen. Aber irgendwann wird mein Bein wieder gesund sein und ich muss wieder los. Es gibt nichts anderes, was ich tun kann, Julie …«

»Darum geht es, deshalb weichst du mir aus?«, fragte Julie ungläubig. Gerald verlagerte sein Gewicht auf sein gesundes Bein und nahm beide Krücken in eine Hand. Er konnte dem Drang, sie zu berühren, nicht wiederstehen. Überwältigt sah sie aus großen Augen zu ihm auf und atmete schneller, als er sich ein wenig nach vorne beugte und seine Fingerspitzen federleicht über ihre Wange gleiten ließ. »Genau darum geht es, Julie, um nichts anderes.« Ihre Haut fühlte sich unter seinen Fingerspitzen glatt und warm an. »Du bist unglaublich. Ich habe noch nie eine Frau wie dich getroffen. Du bist klug, wunderschön und einer der liebevollsten Menschen, die ich kenne. Wie hätte ich mich nicht in dich verlieben können?«, fragte er und sah ihr tief in die Augen. Mit dem Daumen zog er die Konturen ihres Mundes nach. Julies Blick flackerte und sie öffnete ganz leicht ihre Lippen. Gerald beugte sich nach vorne, um sie zu küssen. Das hier war richtig, sie wollte es … Egal wie kompliziert es auch sein mochte, Julie und er gehörten zusammen.

»Würdest du wiederkommen?«, flüsterte sie, ehe er ihren Mund erreichte. »Ich würde wiederkommen – deinetwegen«, antwortet er. Julie lachte leise und schlang ihre Arme um seinen Nacken. »Und ich werde auf dich warten …«

Gerald verschloss ihren Mund mit einem Kuss, und als ihre Lippen sich berührten, war es als rücke seine Welt endlich wieder gerade. Als ergebe alles ganz plötzlich einen Sinn und er wäre nur an diesem Ort gelandet, um Julie zu treffen. Ungeduldig teilte er ihre Lippen mit seiner Zunge und erforschte ihren Mund. Julie gab ihm bereitwillig nach. Endlich … Gerald erschauderte bis in den tiefsten Winkel seines Herzens. Es war nur ein Kuss, aber er änderte alles. Sein Leben hatte wieder einen Mittelpunkt: Julie. Er presste sie fest an sich, um sich zu versichern, dass er nicht nur träumte.

Julie löste sich sanft von ihm und strich zärtlich über seine Wange. »Ich dachte schon, du sträubst dich dagegen, dich auf mich einzulassen«, flüsterte sie. Sie schmiegte ihren Kopf an seine Schulter und hauchte einen federleichten Kuss auf seinen Hals. Sie ahnte ja nicht, wie recht sie hatte. »Gegen dieses Gefühl bin ich machtlos«, antwortete er ebenso leise und presste einen Kuss auf ihr Haar.

Kapitel 14

»Da steckst du …«

Julie zuckte zusammen und richtete sie auf. Auf dem Boden des Lagerraumes kniend hatte sie die schweren Kartons mit den Ersatzgläsern ganz unten aus dem Regal hervorgeholt. Kaum dass sie auf den Beinen stand und sich umdrehte, lagen Geralds Lippen auf ihrem Mund. Julie seufzte und erwiderte den Kuss.

Wann immer sie in den letzten Tagen zusammen gewesen waren, hatte sie etwas oder jemand gestört. Entweder hatten sie sich im Auto geküsst, wo jeder Vorbeigehende sie beobachten konnte, oder sie hatten sich unter dem Vorwand eines Telefonates in Geralds Zimmer zurückgezogen und Sharon war plötzlich dazwischen geplatzt, weil sie noch irgendetwas über die Partyvorbereitungen wissen wollte. Sie hatten bei dem ganzen Trubel um die Party, Geralds fortwährende Termine in Palmer und Julies Arbeit einfach nicht genug Zeit gefunden, ihre neu entstandene Verbindung auszukosten und sich langsam aneinander heranzutasten. Der Mangel an Möglichkeiten schien Gerald ungeduldig zu machen. Forsch küsste er sie und ließ seine Zunge in ihren Mund gleiten. Julie seufzte. Selbst jetzt war eigentlich keine Zeit. Heute Abend stieg endlich die Party und die letzten Vorbereitungen waren im vollen Gange.

Widerwillig schob sie Gerald von sich und trat einen Schritt zurück. »Sharon wartet auf mich«, keuchte sie und rang nach Atem. Gerald brummte etwas Unverständliches. In scheinbar ungestörten Momenten wie diesen waren seine Küsse heiß und fordernd. Doch der Schein trog. Zu viele ihrer Freunde waren in ihrer Nähe, um sich wirklich ungestört ihrer Sehnsucht hinzugeben.

»Gib mir nur zwei Minuten«, sagte Gerald. Seine Augen schienen zu glühen. Langsam trat er auf sie zu. Zwei Minuten waren nicht genug. Julie wich ihm aus. Sie reichten gerade aus, um sie zu frustrieren. »Sharon kann sich jederzeit dazu entschließen, nach mir zu suchen, und uns erwischen«, erwiderte sie und zog sich auf die gegenüberliegende Seite des kleinen Raumes zurück. Gerald war noch nicht so weit, ihre Verbindung den anderen zu offenbaren. Sie wusste, wie kompliziert er in Gefühlsangelegenheiten war – er hatte lange genug gebraucht, um sich auf das hier einzulassen, sie beide hatten lange genug gebraucht –, deshalb wollte sie sich von einer derartigen Nichtigkeit nicht stören lassen. Aber wenn sie jetzt weitermachten … »Es würde unsere Situation ungemein erleichtern, uns nicht verstecken zu müssen«, zog sie ihn auf.

Geralds Augen blitzten und Julie blieb kaum die Zeit, sich darüber zu wundern, wie schnell er sich trotz der Verletzung bewegte. Plötzlich stand er ganz dicht bei ihr.

»Es hat doch durchaus seinen Reiz, vielleicht erwischt zu werden«, sagte er verführerisch. Julie seufzte wieder. Als ob sie irgendeinen zusätzlichen Anreiz nötig hätten. Ihre Beine wurden bereits weich, als er sie Schritt für Schritt zurückdrängte, bis sie rücklings an der Wand stand. Und das, obwohl er sie dabei noch nicht einmal berührte.

»Gib nicht mir die Schuld, wenn uns jemand sieht«, hauchte sie. Geralds Mundwinkel zuckten nach oben. Er wusste, dass er gewonnen hatte. »Werde ich nicht«, murmelt er, lehnte aufreizend langsam seine Krücke neben ihr an die Wand und legte seine Hände auf ihre Hüften.

Julie zog scharf den Atem ein, als er seine Finger unter den Saum ihrer Sweatjacke gleiten ließ und ihre nackte Haut berührte. Seine Lippen waren nur noch Millimeter entfernt. Doch als sie ihm entgegenkommen wollte, zog er sich zurück. Ihre Sehnsucht nach ihm wurde drängender. Sie hasste und liebte dieses herausfordernde Spiel zugleich. »Jetzt ist es nur noch eine Minute«, flüsterte sie. Verdammt, er sollte sie endlich küssen. »Fuck, dann sollen sie uns doch erwischen. Ich küsse dich solange ich will«, knurrte Gerald und senkte seinen Mund auf ihre Lippen.

Julie stöhnte überrumpelt, als seine Hände höher glitten und Gerald sich an sie presste. Seine Erektion drängte sich hart an ihren Oberschenkel. Ihr Schoß pochte sehnsüchtig. »Hör nicht auf«, verlangte sie leise stöhnend, als er sich von ihrem Mund löste. Doch anstatt zurückzutreten, senkte Gerald den Kopf und ließ seine Lippen über die empfindliche Haut an ihrem Hals tanzen. Sie vergrub ihre Hände in seinem Haar und legte den Kopf in den Nacken, um ihm Platz zu machen. Immer tiefer glitt seine Zunge in ihrem Dekolletee hinunter und hinterließ eine Feuerspur auf ihrer Haut. Er zog eine Hand unter ihrer Jacke hervor und öffnete aufreizend langsam den Reißverschluss.

»Julie? Wo bleiben die Gläser? Wir müssen sie alle noch spülen …«

»Shit«, murmelte Gerald und ließ von ihr ab. Julie hatte das Gefühl, als tauche sie aus einem Nebel auf. Nur die Feuchtigkeit zwischen ihren Beinen erinnerte an den Rausch, in dem sie sich bis vor wenigen Sekunden befunden hatte. Fahrig strich sie sich übers Haar und räusperte sich. Gerald stand immer noch vor ihr und sah sie schwer atmend an. »Verschwinde, sie wird gleich hier sein«, zischte sie und warf einen auffordernden Blick zur Tür.

* * *

Gerald riss sich zusammen und hauchte einen letzten sanften Kuss auf Julies Wange.

»Julie?« Sharons Stimme klang lauter als vorhin und sie schien auf ihrer Suche nach Julie näher zu kommen. »Ich komme gleich!«, rief diese zurück und sah ihn mit abwartend hochgezogenen Augenbrauen an. Gerald verkniff sich ein Grinsen.

»Nicht ohne mich …«, murmelte er und gab Julie einen flüchtigen Kuss. Ohne eine Antwort abzuwarten, ließ er sie stehen.

Inzwischen war es ihm völlig egal, ob die anderen von ihnen erfuhren oder nicht. Anfangs war ihm der Gedanke vor allem in Bezug auf Will unangenehm, solange er nicht wusste, was in dem Kerl vorging. Und er wollte das entspannte Verhältnis zu ihm nicht belasten. Doch so langsam wurde er ungeduldig. Er verschwendete mit seiner übertriebenen Vorsicht viel zu viel Zeit.

Julie schien es ebenso zu ergehen. Ihre Wangen glühten erhitzt, als er sie zurückließ. Sie hatte sich ebenso hinreißen lassen wie er. Für einen Moment hatte er völlig vergessen, wo sie sich befanden.

Mit ihrem ersten Kuss hatte sie etwas in ihm gelöst – einen harten Knoten in seiner Brust, der ihn seit er seine Familie und seine Heimat verlassen hatte belastete. Mit ihrem zweiten Kuss hatte sie ihn wissen lassen, dass es nicht nur ein Traum oder ein Ausrutscher war, und mit ihrem dritten Kuss hatte sie diese besitzergreifende Leidenschaft in ihm geweckt. Wann immer sie sich in einem dieser flüchtigen Momente nahekamen, spürte er das drängende Bedürfnis, ganz eins mit ihr zu werden. Noch nie hatte er eine Frau derart mit allem was er war und was ihn ausmachte begehrt.

Leise seufzend ging er zurück, setzte sich an die Bar und verdrängte die Erinnerung an ihre Begegnung im Lagerraum. Wenn er es nicht schaffte, seine Hormone in den Griff zu bekommen, würde er den ganzen Tag lang mit einer Erektion durch die Gegend laufen. Um sich abzulenken, ließ er seinen Blick durch den Raum schweifen und lenkte seine Gedanken bewusst auf das, was ihn heute noch erwartete.

Es war unglaublich, was Sharon, Julie und die Jungs binnen weniger Stunden geschafft hatten. Die Tische standen an den Wänden entlang völlig neu angeordnet, so dass Platz für Stehtische und eine Tanzfläche entstanden war, und an der Stirnseite hatte die Jukebox der Musikanlage Platz gemacht, die Sharon gemietet hatte. Sogar die Drums standen bereit. Die restlichen Instrumente, wie Gitarren und ein Keyboard, brachte die Band selbst mit.

Ein nervöses Grummeln meldete sich in Geralds Magengegend, als er an die Mitglieder der *Avon Guys* dachte. Natürlich wühlte es ihn vor allem auf, Craig wiederzusehen. Gerald konnte es noch immer kaum fassen, dass er ihn nicht einfach zum Teufel gejagt, sondern zugesagt hatte. Aber auch Rob, Franklin und Logan würde er zum ersten Mal seit Jahren wiedersehen, und er hatte keine Ahnung, wie gut oder schlecht sie auf ihn zu sprechen waren.

»Gott sei Dank, dass wir es bald geschafft haben. Jetzt bleibt uns nur noch zu hoffen, dass die Bude heute Abend rockt«, sagte Julie, die mit Sharon zusammen in den Gastraum trat, und zwinkerte ihm verstohlen zu. Beide trugen einen Karton voller Gläser in den Händen. »Jetzt müssen wir nur noch die hier spülen«, murmelte sie, stellte den schweren Karton ächzend auf dem Tresen ab und ließ sich neben ihm auf einen Barhocker sinken.

»Bin gleich wieder da, muss nur noch schnell den Eintopf umrühren. Dann können wir anfangen«, sagte Sharon und stellte ihren Karton ebenfalls ab. Julie nickte und sah ihr hinterher. Sie sah aufgewühlt aus, was sicherlich größtenteils an ihrem Aufeinandertreffen im Lagerraum lag. Aber sie schien auch erleichtert zu sein, dass die Party bald vorbei war. Neben all ihren anderen Pflichten hatte sie in den vergangenen Tagen pausenlos telefoniert, organisiert und weiter die Werbetrommel gerührt. Und die wenige Zeit, die sie sich hatte freimachen können, hatte sie mit ihm verbracht, um heimlich Küsse zu tauschen.

Gerald musterte sie zärtlich. Nicht einmal die Tatsache, dass er ihr Verhältnis vor seinen Kumpeln noch nicht offenlegen wollte, hatte sie erschüttert. Glücklich schmunzelte er in sich hinein und deutete in den Raum hinein.

»*Du* hast es geschafft, Julie«, sagte er. Er selbst hatte aufgrund seiner Verletzung nicht mal beim Aufbau helfen können. Er musterte anerkennend die Lichterorgel, die sie Sharons

Getränkelieferanten als Gratisleihgabe für die umfangreiche Bierbestellung abgeschwatzt hatte. Sogar die Stehtische, die sie ebenfalls von ihm mieten wollten, kosteten Sharon dank Julies Verhandlungstalent keinen Cent. »Ich wünschte, du hättest wenigstens was davon und könntest den heutigen Abend einfach nur genießen«, seufzte er und sah ihr tief in die Augen.

»Ich habe Sharon versprochen, dass ich ihr beim Ausschank helfe«, antworte Julie und seufzte ebenfalls. Auch sie schien zu bedauern, dass sie die Party nicht auf der anderen Seite der Theke würde miterleben können. Dennoch lächelte sie und machte eine abwehrende Geste mit der Hand. »Ach was soll's. Wenn es gut läuft, dann wird es hier noch weitere Partys dieser Art geben, da bin ich mir sicher. Morgen kann ich ausschlafen, und ab nächster Woche ist alles wieder normal. Und heute werde ich noch durchhalten.«

Sie hatte recht. Bald würden sie mehr Zeit für sich haben. Dennoch fühlte Gerald sich beklommen. Wer wusste schon, wann er fürs Erste abreisen musste und ob er bei der nächsten Party anwesend sein würde. »Ich hätte gerne noch einmal mit dir getanzt«, sagte er leise.

»Mit Krücken?«, fragte Sharon heiter, die aus der Küche zurückkehrte. Seit dem Vorabend kochte sie Unmengen an verschiedenen Eintöpfen vor, marinierte Steaks und bereitete die Beilagen vor.

»Seit Anfang der Woche kann ich mit einer laufen«, antwortet Gerald und schwenkte zum Beweis mit der verbliebenen Gehhilfe. Cole war mit seinen Fortschritten so zufrieden, dass er ihm angeordnet hatte, sein Bein stärker zu belasten. Auch wenn es schmerzte, es schien ihm nicht zu schaden. »Mir gelingen zwar noch keine wilden Drehungen, aber für einen langsamen Stehtanz reicht es allemal. Wenn du Julie also für ein paar Minuten entbehren kannst …«, ergänzte er und schenkte Sharon ein hoffnungsvolles Lächeln. Er wollte sie nur noch einmal zu einem langsamen Song in den Armen halten und den Zauber spüren, der dabei zwischen ihnen wirkte.

Sharon tätschelte ihm die Schulter und lächelte ihn milde an. »Wenn das so ist, dann solltest du sie besser darum bitten, dir einen Tanz zu reservieren. Meine Cousine hat mich vorhin angerufen und mir die Hölle heiß gemacht, weil ich sie nicht über diese Veranstaltung informiert habe. Als ich ihr erzählt habe, wie kurzfristig wir das Ganze auf die Beine gestellt haben, hat sie sofort ihre Hilfe angeboten, und sie ist eine ziemlich arbeitswütige Person.« Sie schüttelte lächelnd den Kopf, als könne sie gar nicht fassen, dass es so viele Leute gab, die ihr zu helfen bereit waren.

»Jetzt können wir nur noch hoffen, dass meine Flyer ansprechend genug waren und auch genügend Gäste kommen«, sagte Julie und warf Gerald einen sehnsüchtigen Seitenblick zu. Gerald wurde bereits von ihrem Blick schon wieder heiß.

»Ich bin mir sicher, dass es hier rappelvoll wird«, meinte Sharon und schüttelte erneut den Kopf. »Das Verrückteste bei der Sache mit meiner Cousine ist nämlich, dass sie aus Anchorage kommt. Eine Freundin aus Palmer hat sie angerufen und sie gefragt, ob sie mit mir verwandt ist – wir haben denselben Nachnamen. Aber darum geht es nicht, sondern darum, dass die Werbung anscheinend gut angekommen ist. Wenn auch nur ein paar Leute aus Palmer kommen und dann auch noch ein paar Leute aus der Stadt …«

»Dann wird der Abend ein Knaller«, ergänzte Julie und wandte sich an Gerald: »Und ich werde sehr gerne mit dir tanzen, wenn die Band auch langsame Lieder im Programm hat.« Sie warf an Sharon vorbei einen Blick auf die Uhr. »Apropos Band: Solltet ihr nicht langsam los, um sie abzuholen?«

Gerald folgte ihrem Blick und seufzte leise. »Wenn der Flug pünktlich landet, dann sollten wir sogar schleunigst los, um nicht zu spät zu kommen. Wo steckt Will?« Mit ihm zusammen sollte er die Jungs vom Ted Stevens International Airport in Anchorage abholen und er musste sich schon wieder von Julie trennen. »Ich gehe ihn dann mal suchen. Wir sehen uns später …« Flüchtig strich er Julie über den Arm und zwinkerte ihr verstohlen zu. Später würden sie noch mehr als zwei Minuten füreinander haben.

Kurz darauf stöberte er Will im Getränkelager auf, wo er noch ein Fass Bier holen wollte, und brach mit ihm zusammen in dem geliehenen Kleinbus von Sharons hilfsbereitem Nachbarn nach Anchorage auf. Will schien sich auf die Party zu freuen. Während er selbst zum Fenster hinausstarrte und versuchte, sich für das bevorstehende Wiedersehen zu wappnen, summte Will fröhlich vor sich hin. Gerald wäre es lieber gewesen, den Moment des ersten Aufeinandertreffens mit seinen alten Freunden noch länger hinauszögern zu können. Will hätte die Jungs auch alleine abholen können und er hätte vielleicht noch etwas Zeit mit Julie gehabt. Aber das wäre feige gewesen. Schließlich opferten seine alten Freunde nur seinetwegen ihr Wochenende für den Kurztrip nach Alaska. Craig, Rob, Franklin und Logan hatten Sharons Einladung für einen längeren Aufenthalt abgelehnt und würden bereits am folgenden Tag – Sonntag – wieder zurück nach Colorado fliegen, um am Montag wieder bei ihrer jeweiligen Arbeitsstelle antreten zu können.

Außer Franklin, der sich als Songwriter und Solokünstler durchschlug, hatte keiner der anderen die Musik zu seinem Beruf gemacht, so wie sie es früher immer gemeinsam vorhatten. Das hatte er von Craig während eines der vielen Telefonate erfahren, die sie im Laufe der vergangenen Woche zur genaueren Absprache geführt hatten. Gerald hatte das Gefühl, dass er seine Frage nach den privaten Verhältnissen seiner ehemaligen Freunde nur sehr zögerlich und ungern beantwortet hatte. Wie würde es da erst sein, ihm persönlich gegenüberzustehen?

»Hast da ganz schön was losgetreten mit dieser Partysache«, bemerkte Will plötzlich in seine Gedanken hinein.

»Wer weiß, ob ich es getan hätte, wenn ich gewusst hätte wieviel Aufwand dadurch entsteht.« Gerald seufzte leise. Andererseits waren Julie und er sich dadurch noch näher gekommen …

»Hättest die Zeit auch besser nutzen können, hm?«, fragte Will als könne er seine Gedanken lesen und grinste breit. »Julie scheinst du mit dem ganzen Rummel jedenfalls ziemlich imponiert zu haben.«

Gerald zog mahnend die Augenbrauen in die Höhe und schüttelte den Kopf. »Ich rede mit dir nicht über Julie. Warum ist dir das überhaupt so wichtig?«

»Diese Frau ist vielleicht die Chance deines Lebens, Kumpel. Ich an deiner Stelle würde sie keinen Tag mehr aus den Augen lassen. Für eine wie sie könnte es sich lohnen, bei Delloway auszusteigen«, murmelte Will mehr sich selbst als ihm zu und sah so aus als wolle er noch mehr sagen. Doch in diesem Moment fuhren sie vor dem Flughafengebäude vor. Geralds Magen grummelte. Die *Avon Guys* warteten bereits vor dem Gebäude auf sie.

»Da vorne stehen sie schon«, sagte er und deutete in ihre Richtung. Hoffentlich würden sie es schaffen, zumindest auf einer höflich distanzierten Ebene miteinander umzugehen.

Kapitel 15

»Und da wären wir – eure Bühne für den heutigen Abend«, präsentierte Gerald den Jungs das Pub und trat ihnen voraus durch die Eingangstür. Gespannt musterte er einen nach dem anderen, als sie sich im Gastraum um ihn versammelten. »Und, was sagt ihr?«

»Cool, Alter, ich hätte nicht gedacht, dass ein von außen derart schäbiger Schuppen so geil eingerichtet ist. Ich meine, irgendwie Retro«, antwortete Rob und sah sich begeistert um.

»Die Einrichtung ist nicht Retro, sondern wirklich alt«, lachte Sharon und trat um den Tresen herum, wo sie zusammen mit Julie immer noch mit den Gläsern beschäftigt war. »Schön, dass ihr da seid«, begrüßte sie die Bandmitglieder und drückte jedem von ihnen die Hand. »Wie war eure Reise? Ihr habt doch bestimmt Hunger …«

»Ja, esst erst einmal was. Sharons Steaks sind einfach der Hammer«, bestätigte Gerald, um überhaupt etwas zu sagen.

Franklin nickte begeistert, doch Craig hob abwehrend die Hand in seine Richtung. »Ich weiß, du bist am Verhungern, aber ich sage, wir sind verdammt knapp dran und sollten erst einmal den Soundcheck machen.« Ohne Gerald anzusehen, was er schon die ganze Zeit über vermied, marschierte er mit seinem Gitarrenkoffer in der Hand auf die Musikanlage zu. Franklin zuckte ergeben mit den Schultern und folgte ihm, und auch die anderen taten es ihm gleich. Gerald starrte ihnen betreten hinterher, während Sharon wieder geschäftig davonwuselte.

»Ein weiterer Geist aus deiner Vergangenheit?«, fragte Julie vorsichtig und trat neben ihn. Gerald wandte ihr den Blick zu und musste lächeln. »Warum wundere ich mich nicht darüber, dass du das sofort erkennst?« Julies Augen blitzen, als sie sein Lächeln erwiderte. »Ich kann eins und eins zusammenzählen, Gerald. Ich kenne von deiner Patientenakte deine Meldeadresse, und irgendwann hast du am Telefon einmal von der Flugverbindung von Avon nach Anchorage gesprochen. Und jetzt diese eisige Stimmung …« Verstohlen tastete Julie nach seiner Hand und schloss ihre Finger um die seinen. Gemeinsam beobachteten sie Craig, wie er sich am Mikrophon zu schaffen machte und seinen Bandkollegen schroffe Befehle gab.

»Eigentlich will er gar nicht hier sein, und ich kann es ihm auch gar nicht verdenken. Vermutlich ist einfach zu viel geschehen, um es wieder gutmachen zu können«, sagte Gerald. »Trotzdem ist er da«, widersprach Julie und drückte ermunternd seine Hand. »Du denkst nun schon etwas länger darüber nach, was in der Vergangenheit geschehen ist. Er hingegen hatte nur ein paar Tage, um sich auf das hier vorzubereiten. Vielleicht braucht er einfach etwas Zeit.«

»Dreh den verdammten Regler runter, Rob, das klingt als würde ich durch eine Blechdose singen. Einfach Kacke«, raunzte Craig den Tontechniker der Band an. Seine Stimmung schien am Boden zu sein.

»Entweder braucht er einen Tritt in den Arsch, damit er den Auftritt nicht versaut, oder eine Entschuldigung«, sagte Gerald mehr zu sich selbst als zu Julie. Er war sich nicht sicher, ob es gut war, ein klärendes Gespräch mit Craig zu suchen. Vermutlich war es besser, die Angelegenheit auf sich beruhen zu lassen und Craig lediglich daran zu erinnern, dass er hier war um Sharon zu helfen, die ihn freundlich in Empfang genommen hatte.

»Tu was du für richtig hältst«, sagte Julie, ließ seine Hand los und kehrte hinter den Tresen zurück. Er nickte. Für Sharon hing zu viel an diesem Abend, um ihn Craigs Laune zu überlassen. Und bestimmt hob es seine Stimmung nicht, ihn an die Geschehnisse vor mehr als fünf Jahren zu erinnern.

Gerald setzte sich wieder an die Bar und wartete. Als die

Band schließlich mit dem Klangbild zufrieden war und den Soundcheck abschloss, war die Chance gekommen, seinen einst besten Freund unter vier Augen zu sprechen. Während Rob, Franklin und Logan sich zu Sharon in die Küche trollten, um etwas zu Essen zu organisieren, blieb Craig zurück. Gerald hatte keine Ahnung, wie er anfangen sollte. Craig ignorierte ihn, als er zu ihm trat, und fummelte verbissen an seiner Gitarre herum.

»Lass die Gitarre in Ruhe, Craig, und geh etwas essen. Der Sound ist perfekt und du solltest sie nicht mehr verstimmen.«

Craig warf ihm einen finsteren Blick zu und drehte weiter an den Wirbeln herum, um die Tonlage der Seiten zu ändern. »Es ist ziemlich kalt hier drin. Wenn ich sie nicht kurz vor dem Auftritt noch mal stimmen will, muss ich das jetzt berücksichtigen«, antwortete er kühl. Gerald setzte sich auf den Hocker, auf dem eben noch Logan gesessen hatte. Es fühlte sich seltsam an, damit die Position des zweiten Leadsängers einzunehmen. Früher war das seine Rolle gewesen. »Hier drin ist es nicht kalt. Das Einzige, was du mit dieser Aktion erreichst, ist, dass die Gitarre nachher total scheiße klingt.«

»Was weißt du schon von meiner Gitarre?«, blaffte Craig und legte das Instrument unwirsch in den Koffer, der zu seinen Füßen am Boden stand. »Du hast keine Ahnung wie das Holz auf Temperaturschwankungen reagiert.« Mit einem lauten Knall klappte er den Deckel zu. Ohne ihn noch einmal anzusehen, machte er sich auf den Weg zu seinen Bandkollegen. Hilflos sah Gerald ihm hinterher.

Es ging Craig nicht um Sharon oder die Gitarre, das war ihm klar. »Du hast recht. Ich habe keine Ahnung von deiner Gitarre, genauso wenig wie ich darüber Bescheid weiß, was ihr so macht. Das ist so weil ich schon lange kein Teil mehr dieser Band bin«, sagte er. Er hatte ihn nicht so direkt darauf ansprechen wollen, doch anders schien er nicht an ihn heranzukommen. Craig blieb mit ihm zugewandten Rücken stehen. Sein ganzer Körper wirkte angespannt. Gerald seufzte. Craig brauchte keine Ermahnung, er brauchte eindeutig die Entschuldigung. »Ich habe eine ganze

Menge Fehler gemacht, das weiß ich. All die Jahre habe ich dir die Schuld daran gegeben, dass wir uns zerstritten haben, dabei ist *mir* einfach alles zu viel geworden. Ich habe es nicht mehr ausgehalten, über Mom, Joyce, Dave und Anna nachzudenken. So zu tun, als gäbe es euch alle nicht, hat mir dabei geholfen zu vergessen was geschehen ist«, sagte er leise und holte tief Luft. »Es tut mir leid, dass ich dich im Stich gelassen habe.«

Craig lachte bitter, drehte sich aber nicht zu ihm um. »Wärst du auch zu dieser Erkenntnis gelangt, wenn du meine Hilfe nicht gebraucht hättest?«

Gerald presste ertappt die Lippen aufeinander. »Vermutlich nicht«, antwortete er ehrlich. »Aber dieser Ort hier macht etwas mit mir. Zum ersten Mal denke ich über alles nach. Vielleicht ist das meine Chance, ein paar Dinge wieder gut zu machen.« Gerald war klar, dass er Craig seine verletzlichste Seite offenlegte, indem er ihn wissen ließ, dass er auf seine Vergebung hoffte. Aber er war sich sicher, dass er keine weitere Gelegenheit bekommen würde.

»Das kommt für meinen Geschmack aber reichlich spät. Lass mich also bitte einfach meine Arbeit hier in Ruhe erledigen«, sagte Craig und ging davon.

»Rede! Sharon, du musst eine Rede halten«, forderte Jackson laut und auch die anderen fielen nach und nach in seine Rufe ein. »Ja, komm schon«, und »du musst etwas sagen«, und Ähnliches erklangen durcheinander.

Sharon, die den ganzen Helfertrupp zusammengetrommelt hatte, damit sich alle vor Beginn der eigentlichen Arbeit richtig stärkten, stand von ihrem Platz auf und trat verlegen von einem Bein auf das andere. »Also, wenn ihr darauf besteht …« Sie ließ ihren Blick über alle, die verteilt an den neu platzierten Tischen saßen, hinweggleiten. »Manche von euch kenne ich schon mein ganzes Leben lang«, sie lächelte ihrer Cousine, die inzwischen eingetroffen war, rührselig zu. »Andere sind erst vor Kurzem in mein Leben getreten.« Das nächste Lächeln galt Gerald, seinen

Kollegen und Julie. Dann wandte sie sich an die Jungs von der Band: »Und manche von euch kenne ich noch nicht mal einen Tag lang … Eines habt ihr aber alle gemein. Und zwar, dass ich euch unheimlich dankbar bin, dass ihr mich so tatkräftig unterstützt. Ich glaube, ich habe es wirklich gebraucht, mal entstaubt zu werden und aus dem Alltagstrott herauszukommen. Auf euch!« Sie hob ihr Bierglas und prostete in die Runde.

Gerald ergriff sein Glas und prostete zurück. »Auf einen gelungenen Abend!«

»Und ein volles Haus«, ergänzte Julie, die neben ihm saß. Auch der ein oder andere gab seinen Teil zu dem Trinkspruch dazu. Doch Gerald achtete nicht weiter darauf.

»Es lief nicht besonders gut, oder?«, fragte Julie ihn leise und nickte in die Richtung von Craig, der am Nebentisch saß und mit düsterem Blick den Eintopf in sich hineinschaufelte. »Nein, das kann ich wirklich nicht behaupten«, antwortete er.

Julie griff unter dem Tisch nach seiner Hand und strich mit dem Daumen sanft über seinen Handrücken. »Das tut mir leid. Ich hoffe, die Sache versaut dir nicht komplett den Abend. Du hast so viel dafür getan …«

»Tut es nicht«, versicherte Gerald ihr eilig. Tatsächlich fühlte er sich unruhig, aber er wollte es Julie nicht merken lassen. Julie runzelte fragend die Stirn. »Wir sind früher die besten Freunde gewesen, aber das ist lange her. Ich habe Craigs Freundschaft schon vor Jahren verloren. Er hat damals zu mir gesagt, dass ich mich melden soll, wenn ich wieder normal geworden sei. Es ist traurig, dass sein Angebot ein Verfallsdatum hatte. Aber ehrlich gesagt bin ich selber schuld. Ich habe es einfach zu lange schleifen lassen. Ich komme schon klar«, erklärte er ihr und drückte beschwichtigend ihre Hand. Julies Beistand fühlte sich gut an, und er wollte dieses Gefühl der Zusammengehörigkeit nicht durch seine Verunsicherung trüben. Endlich hatten Julie und er zueinandergefunden, und er würde sich keine Minute von der Zeit versauen lassen, die ihnen noch blieb, ehe er nach Colorado aufbrechen und zumindest teilweise wieder in sein

Leben vor Chickaloon zurückkehren musste – nicht von Craig und auch von keinem anderen. Morgen würden die *Avon Guys* wieder nach Hause fahren und das seltsame Gefühl, das ihn durch Craigs Anwesenheit beschlich, würde wieder verschwinden. »Es geht nicht darum, dass Craig mir verzeiht, vielmehr darum, dass ich mich endlich bei ihm entschuldigen konnte. Ich bin okay«, bekräftigte er seine Gedanken.

Julie nickte verstehend. »Vielleicht ist er aber auch noch dabei herauszufinden, ob du wieder normal geworden bist.«

Gerald drehte den Kopf und sah zu Craig hinüber. In diese Richtung hatte er noch gar nicht gedacht. »Vielleicht hast du recht und eine Entschuldigung allein reicht ihm nicht aus. Aber wie soll ich ihm beweisen, dass ich wieder ganz der Alte bin?«

»Bist du das denn?«, fragte Julie.

Gerald sah ihr in die Augen, als könne er dort die Antwort finden. Schließlich zuckte er ratlos mit den Schultern und senkte den Blick wieder auf seinen Teller. »Keine Ahnung. Mein Leben hat sich seither völlig verändert.«

* * *

Knapp zwei Stunden später wischte Julie sich eine Haarsträhne aus ihrer verschwitzten Stirn und stellte das Tablett mit den Biergläsern auf einem der Tische ab. In Windeseile griffen die Männer danach und leerten das Tablett, und sie machte sich auf den Weg zurück zur Bar, um noch mehr Bier zu zapfen. Der Laden brummte. Schon als Sharon die Türen für den Partyabend geöffnet hatte, hatten die ersten Gäste gewartet. Knapp eine halbe Stunde später war das Pub bis auf den letzten Platz besetzt, und sie hatte alle Hände voll damit zu tun, Teller voll Essen und Getränke an die Tische zu schaffen. An die Pause, die Sharon ihr versprochen hatte, war nicht einmal zu denken, obwohl Tina, Sharons Cousine, tatkräftig mit anpackte.

»Ihr rockt richtig, Leute, das ist echt der Hammer. Aber für all die Verliebten unter euch spielen wir als nächstes eine etwas langsamere Nummer«, sagte Craig gerade durchs Mikrophon an, als die letzten Töne einer fetzigen Popnummer verklungen waren. Automatisch sah Julie sich nach Gerald um. Wann immer sie ihn erblickte, musste sie sich fragen, ob er es wirklich geschafft hatte, den Schmerz über Annas Verlust zu überwinden. Er hatte sich in den wenigen Wochen, die sie sich kannten, verändert, das stand außer Frage. Er wirkte offener und die Melancholie in seinem Blick war einem sanften Glanz gewichen.

Julies Herz klopfte schneller, als sie ihn mit Will an der Bar sitzen sah. Diese Sanftheit in seinen Augen, diese Zärtlichkeit, galt ihr. Sie blieb für einen Moment mitten im Raum stehen und beobachtete ihn. Lachend und wild gestikulierend sagte er etwas zu Will, der daraufhin in sein Lachen einstimmte. Als sie ihren Blick über sein hübsches Gesicht und seine breiten Schultern schweifen ließ, dachte sie sofort daran, wie er sie mittags überrumpelt und geküsst hatte …

Will sagte etwas zu ihm und nickte in ihre Richtung. Sofort sah Gerald sich um und lächelte, als er sie erblickte. Julie wurde es warm ums Herz. Sie hatte Daniel angelogen, schoss ihr durch den Kopf. Schon bei ihrer ersten Begegnung hatte sie sich in Gerald verliebt. Daniel schien das inzwischen begriffen zu haben. Er hatte um kein weiteres Date gebeten und war heute Abend nicht einmal zur Party erschienen. Sie seufzte leise und setzte ihren Weg zur Theke fort. Die Zusammenarbeit mit ihm würde nicht mehr so leicht sein wie früher. Aber das war es ihr wert.

»Kann ich euch noch was bringen?«, fragte sie Gerald und Will, als sie zu ihnen trat. Schon von Weitem hatte sie gesehen, dass ihre Gläser noch halb voll waren. Aber sie wollte nur ganz kurz in Geralds Nähe sein.

»Wir machen jetzt eine ganz kurze Pause und sind dann gleich wieder für euch da«, sagte Craig an, ehe Gerald oder Will ihr eine Antwort geben konnten. Wie Gerald sie immer noch ansah, machte sie ganz kribbelig. Wie lange hatte sie eigentlich dagestanden und ihn angestarrt, dass das langsame Lied, das die Band gespielt hatte, quasi an ihr vorbeigezogen war?

»Also, die nächste langsame Nummer –« *gehört uns*, hatte sie zu Gerald sagen wollen, wurde aber von Sharon unterbrochen: »Wärst du so lieb und würdest bitte den Jungs für die Pause was zum Trinken bringen?« Ihre Wangen waren hektisch gerötet, doch ihre Augen blitzten mehr als Julie es je gesehen hatte. Der Rummel tat ihr offensichtlich gut. Und sie war hier, um Sharon dabei zu helfen, und nicht, um mit Gerald zu flirten. »Ich muss …«, sagte sie bedauernd und machte sich auf den Weg hinter die Theke, um Bier und Wasser für die Band zu holen, ehe die Pause vorüber war.

»Hier bitte, du hast bestimmt Durst«, sagte sie und reichte Craig eine Flasche Wasser. Er ergriff sie und bedankte sich. Gierig trank er die Flasche fast in einem Zug aus. Julie stellte das Tablett auf den Boden. Die anderen Jungs konnten sich selbst bedienen, wenn sie von ihrer Pinkel- oder Zigarettenpause zurückkehrten. Doch anstatt wieder zu gehen, beobachtete sie Craigs verschlossene Miene. Ihm schien ihre Verbindung zu Gerald nicht entgangen zu sein und er richtete seine Abneigung nun auch gegen sie. Sie mussten sich damals ziemlich heftig gestritten haben. Julie nahm sich vor, Gerald bei der nächsten passenden Gelegenheit danach zu fragen.

»Was ist? Willst du mich nicht fragen, warum ich so fies zu Gerald bin?«, fragte Craig grimmig, schraubte die Verschlusskappe auf seine Flasche und sah Julie herausfordernd an. Vermutlich wollte er sie mit seiner Direktheit einschüchtern.

Julie zuckte unsicher mit den Schultern. War es richtig, mit Craig hinter Geralds Rücken über ihn zu sprechen? Andererseits schien ihn der gescheiterte Versöhnungsversuch tatsächlich nicht zurückzuwerfen, und sie würde ihn mit ihrer Fragerei völlig unnötig an die vergangenen Ereignisse erinnern. »Ja. Ehrlich gesagt interessiert es mich schon, warum du ihn abblitzen lässt«, sagte sie zu Craig.

Seine Augenbrauen schossen überrascht in die Höhe. Er schien nicht damit gerechnet zu haben, dass sie sich auf eine Konfrontation einließ.

Julie fuhr fort: »Ich habe keine Ahnung, was genau zwischen euch vorgefallen ist, aber er hat sich bei dir entschuldigt«, sagte sie und straffte entschlossen die Schultern. Craig sollte bloß nicht glauben, dass sie sich von seinem verächtlichen Blick einschüchtern ließ.

»Er wird schon wissen, warum er dir nicht davon erzählt hat«, sagte er und musterte sie eingehend.

»Na dann erzähl du mir doch davon«, erwiderte Julie mit zittriger Stimme. Hatte Gerald etwas getan, das sie ihn mit anderen Augen sehen lassen würde?

Craig lächelte spöttisch, als könne er ihre Gedanken lesen. »Seit ich denken kann waren wir Freunde. Nicht nur Kumpel, sondern so richtig dicke miteinander. Und dann hat er sich in einen richtigen Arsch verwandelt, abscheuliche Dinge über seine Familie gesagt und sich nur noch um sich selbst gedreht. Ich dachte, ich kann ihn aufrütteln, wenn ich ihm das sage. Aber anstatt auch nur einen Moment inne zu halten und sich zu fragen, ob ich – der Mensch der ihn schon fast sein ganzes Leben lang kennt – vielleicht recht habe, ist er abgehauen. Hat seine Sachen gepackt, hat die Stadt verlassen und hat nie wieder etwas von sich hören lassen. Du solltest also aufpassen, dass du ihn nicht kränkst …«

Julie atmete erleichtert auf. Das alles wusste sie bereits. »Bist du vielleicht mal auf die Idee gekommen, dass er nicht nur deinetwegen gegangen ist?«, fragte sie Craig. Sie hatte Geralds harte Zeiten nicht miterlebt. Doch selbst aus seinen Erzählungen hatte sie verstanden, dass er nicht bei seiner Familie bleiben konnte. »Wenn du wirklich sein bester Freund warst, dann hättest du dich vielleicht ein wenig mehr darum bemühen müssen, dich in seine Lage hineinzuversetzen. Er hat Annas Tod einfach nicht verarbeiten können. Wie sollte er da mit einer neuen kleinen Schwester umgehen können, die er vom ersten Augenblick so geliebt hat, dass er die Angst nicht ertragen konnte, sie wie Anna nicht beschützen zu können?«

Craig ließ sich auf den Barhocker plumpsen, auf dem er

während der langsameren Nummern Platz nahm, und schaute Julie überrascht an. Er schien nicht damit gerechnet zu haben, dass sie so viel über Gerald wusste. »Ja, ich weiß von Anna und Joyce«, sagte sie triumphierend, doch anstatt einzulenken, verschränkte er abweisend die Arme vor der Brust.

»Und? Das ändert nichts daran, dass Gerald Fehler gemacht hat. Er hat Dave keine richtige Chance gegeben, als er und seine Mom heirateten, und er war nicht bereit ihm die Rolle des Mannes im Haus zu überlassen – und das war schon über ein Jahr vor Annas Tod. Er hat sich für unersetzbar gehalten, weshalb es auch zu diesem Streit kam. Hätte er einmal nicht nur an sich gedacht, sondern sich für seine Mom und Anna gefreut, dann wäre dieser Unfall vielleicht nie geschehen. Es war geradezu meine Pflicht, ihm den Kopf zurechtzurücken und ihm zu sagen, dass er sich seiner Mom zuliebe endlich zusammenreißen muss, egal wie schwer es für ihn war. Denn auch dafür sind Freunde da.«

Craig sprang aufgebracht auf und tigerte vor Julie auf und ab. Ihr Kopf schwirrte. Neue Fragen stürmten auf sie ein, doch Craig hatte sich so in Fahrt geredet, dass er gar nicht zu bemerken schien, dass sie ihm nicht mehr folgen konnte. »Doch anstatt zu einer Therapie zu gehen oder sonst was zu tun, das ihm geholfen hätte, Annas Tod zu akzeptieren, ist er abgehauen«, fuhr er fort und warf aufgebracht die Hände in die Luft. »Er war nicht zu Hause, und auf seinem Handy war er auch nicht erreichbar. Gott, ich dachte er hätte sich was angetan. Ich bin fast verrückt geworden vor Sorge. Erst eine Woche später habe ich von seiner Mom erfahren, dass es ihm gutgeht, er aber nicht wiederkommt.« Craig blieb stehen und sah Julie in die Augen. Plötzlich wirkte er nicht mehr wütend, sondern einfach nur abgekämpft. »Ich habe über fünf Jahre kein Wort von ihm gehört. Und jetzt bin ich hier, sehe, dass es ihm abgesehen von seinem verletzten Bein bestens geht und soll so tun, als habe sich nichts verändert?«

Julie presste die Lippen aufeinander und atmete tief ein und aus. »Das ist hart für dich, das verstehe ich«, gestand sie Craig leise. »Aber vor ein paar Wochen war er noch ganz anders – er hat mir selbst gesagt, dass er erst jetzt das Gefühl hat, wieder richtig zu leben. Du hast dir eine Woche Sorgen machen müssen und sagtest, dass du beinahe verrückt geworden wärst. Gerald hat dieses Chaos über fünf Jahre ertragen und ist davor davongelaufen, um nicht darüber nachdenken zu müssen.« Konnte oder wollte Craig das nicht sehen? Sie sprang vom Hocker auf und starrte ihn an. Scheinbar ungerührt starrte er zurück. Julie wurde wütend. »Er hat einen Freund gebraucht und niemanden, der ihm auch noch Vorwürfe macht. Vielleicht ist ihm ja deshalb alles über den Kopf gewachsen und er hat so lange gebraucht, um das zu verdauen und sich bei dir zu melden.« Ohne Craigs Reaktion abzuwarten, drehte sie sich um und ging. Sie war stinksauer auf Craig, aber sie war zu weit gegangen. Ihr Herz klopfte hart gegen ihre Rippen. Sie hatte ihn aufgewühlt, das konnte sie ihm ansehen. Dabei hatte sie Gerald einfach nur in Schutz nehmen wollen. Völlig durcheinander wirbelten die Gedanken durch ihren Kopf. Hoffentlich tat Craig jetzt nichts Unüberlegtes und riss damit Geralds alte Wunden wieder auf. Und was hatte er mit *diesem Streit* gemeint?

»Julie …« Julie bleib abrupt stehen, als sie beinahe in Gerald hineinrannte. »Sharon sagte mir, dass du jetzt Feierabend machen kannst. Die ersten paar Runden Bier sind raus und die Leute sind mit Essen fertig. So langsam wird es ein wenig ruhiger. Sie meint, Tina und sie hätten die Lage im Griff, und Jackson lässt es sich auch nicht nehmen, ihr zu helfen.«

Julie nickte bekümmert. Sie hatte ein schlechtes Gewissen, und Gerald strahlte sie an, als könne ihm nichts Besseres passieren, als dass sie nun jede Menge Zeit hatte, um mit ihm zu tanzen. »Ich glaube, ich habe etwas ziemlich Dummes gemacht«, sagte sie, wurde aber unterbrochen: »Da sind wir wieder, Leute. Und wir haben uns gerade überlegt, dass eigentlich ein alter Bandkollege mit uns spielen sollte, der heute anwesend ist. Also, Gerald …«

Julie erstarrte, als Craig seinen Blick suchend über die Gäste gleiten ließ. Was hatte sie da ausgelöst? Vorsichtig warf sie einen Seitenblick auf Gerald. Wie vom Donner gerührt stand er da und starrte zur Bühne. »Jetzt komm schon, Alter. Lass uns nicht warten. Wir wollen *Laughing girl* spielen, und das ist nun mal dein Lied«, sagte Craig durchs Mikro.

Gerald stand wie erstarrt da. Seine Miene war wie eingefroren und verriet ihr nicht, was er dachte. Vorsichtig stupste Julie ihn von der Seite an. »Gerald?« Er blinzelte und lächelte unsicher. »Ich habe schon seit Ewigkeiten nicht mehr gesungen.« Er klang aufgewühlt, doch seine Augen funkelten. »Na dann ist das doch die Gelegenheit«, sagte Julie und nickte in die Richtung der Band. Gerald schenkte ihr ein überwältigtes Lächeln. »Die sollte ich mir wohl nicht entgehen lassen.«

Gespannt ging Julie ihm bis zum Rand der Tanzfläche hinterher. Sie hatte nicht einmal gewusst, dass er früher Teil der Band war, und wollte nichts verpassen. Dennoch konnte sie nicht hören, was Craig ihm sagte, als er die Hand auf das Mikro legte und sich zu ihm hinüberbeugte. Geralds Grinsen nach schien es aber etwas Gutes zu sein, und Julie entspannte sich.

Es wurde ganz still im Raum, als Gerald Robs Gitarre entgegennahm. Alle schienen zu spüren, dass hier etwas Bedeutsames passierte. Vielleicht bildete sie es sich aber auch nur ein, weil all ihre Sinne ganz auf Gerald ausgerichtet waren. Genau folgte sie jeder seiner Bewegungen. Wie er seine Krücke beiseitelegte, den Hals der Gitarre umfasste, sich bedächtig langsam auf den Barhocker setzte und sich zum Mikrophon nach vorne beugte.

»Dieses Lied habe ich auf der Highschool für ein Mädchen geschrieben, nach dem ich verrückt war. Aber sie hat mich nur ausgelacht, daher der Titel.« Ein Lachen hallte durch den Raum und Julie freute sich über Geralds aufgesetzt klägliche Miene. Plötzlich waren all die Geräusche um sie herum wieder da. Dennoch ließ Julie sich nicht von Gerald ablenken. Er zwinkerte ihr zu und begann mit der Band zu spielen. *»Blond hair, sweet* *lips and a smile, shining brighter than the sun. She makes a fool out of me, because I'm thinking she could be mine*«, sang er mit rauer Stimme.

Julie erschauderte. Geralds Stimme klang um einige Nuancen tiefer. Der raue Ton rann ihr prickelnd die Wirbelsäule hinunter und sie begann ganz automatisch, sich im mitreißenden Rhythmus des leichten Country Songs mit zu wiegen.

»Lauging girl, laughing girl, what are you doing to my heart? The louder you laugh, the more I love.«

Julie tanzte inzwischen wie die anderen um sie herum zu Geralds angenehm rauchiger Stimme und der Melodie. Er hatte eindeutig Talent und heizte die Stimmung ordentlich an. Sie musste lächeln. Gerald schien außerdem eine gehörige Portion Selbstironie zu besitzen, dass er seine damalige Verliebtheit derart auf die Schippe nahm. Sie hatte das Gefühl, zum ersten Mal den wahren Gerald zu sehen. Locker flirtete er mit seinem Publikum, wiegte sich im Takt der Musik und schlug die Seiten an, als habe er nie etwas anderes getan und als sei es nicht eine Ewigkeit her, dass er auf einer Bühne gestanden habe. Er wirkte ganz so, als gehöre er genau dort hin.

Julie blieb stehen und genoss diesen Anblick. Ein feierliches Gefühl breitete sich in ihr aus. Es kam ihr vor, als verändere sich etwas an Gerald – als wurde er zu einem völlig anderen Mann, wieder ganz er selbst, wie Craig von ihm verlangt hatte –, als Craig nach der zweiten Strophe zu ihm ans Mikro trat und mit ihm zusammen die Wiederholung des Refrains sang. *»Laughing girl, laughing girl, what are you doing to my heart? The louder you laugh, the more I love.«* Gelöst sang Gerald mit ihm und lächelte ihr flirtend zu. Julies Puls raste, in ihrem Körper breitete sich ein verlangendes Kribbeln aus. Wie er sie am Mittag an die Wand des Lagerraumes gepresst hatte und wie sich seine Hände auf der nackten Haut ihres Bauches angefühlt hatten …

Als das Lied endete, jubelten die Leute. »Der Kerl ist verdammt gut. Er sollte wieder in die Band einsteigen«, sagte ein fremder Mann, der neben ihr stand, begeistert zu Julie. Ihr dämmerte, dass sie längst noch nicht alles über Gerald wusste. Sie hatte nicht einmal geahnt, dass er Musiker war. Und dazu noch ein verdammt guter.

»Warum hast du mir nicht erzählt, dass du ein Mitglied der *Avon Guys* warst?«, fragte sie ihn vorwurfsvoll, als er die Rufe nach einer Zugabe von ihm abwehrte und zu ihr auf die Tanzfläche trat. Gelegenheiten hätte es genügend gegeben, also musste mehr dahinterstecken. Die Band spielte eine weitere fetzige Nummer an, um die Stimmung zu halten. Deshalb nahm Julie Gerald an der Hand und führte ihn in eine ruhige Ecke. »Nun?«, fragte sie ihn ernst. Doch Gerald lachte. Seine Augen sprühten Funken und Julie dachte, dass er noch nie zuvor so ausgelassen und lebendig ausgesehen hatte, wie in diesem Moment. »Vielleicht wollte ich dir nur nicht gleich alle Geheimnisse auf einmal anvertrauen. So bleibe ich länger interessant«, erwiderte er und griff nach ihrer Hand.

Julie spürte ein Flattern in der Magengegend. War er überhaupt schon einmal so unbekümmert mit ihr umgegangen? Das war ungewohnt und verdammt sexy. Ihr Herz schlug schneller, in ihrem Unterkörper pochte es verlangend. »Du hast keine Ahnung, was ich für dich empfinde, Gerald Turner, wenn du denkst, dass du dich für mich interessant halten müsstest«, sagte sie leise und sah Gerald tief in die Augen. Ihr Atem stockte, ein Sturm tobte darin.

»Muss ich nicht?«, fragte Gerald rau und griff nach ihrer Hand. Julie schüttelte stumm den Kopf. Das Pochen in ihrem Unterkörper wanderte tiefer. Auch Gerald hatte der Kuss am Mittag erregt und jetzt umschloss er besitzergreifend ihre Hand. »Gerald …« Ihre Stimme zitterte. Sie wusste nicht, wie sie ihm sagen sollte, dass sie ihn brauchte. Er sollte ihr gehören, jetzt, an diesem Abend. Doch sie wagte es nicht, sich vor den Augen aller an ihn zu drängen, um ihn ihr Verlangen spüren zu lassen. Geralds plötzliche Verwandlung, wie locker er war und wie er sie jetzt ansah, törnten sie an.

Gerald sah sich noch nicht einmal um, um zu sehen, ob ihnen jemand in der Ecke Beachtung schenkte. Er zog sie an der Hand zu sich heran und neigte seinen Kopf so weit nach vorne, dass sich ihre Nasenspitzen beinahe berührten. Sein Atem ging schnell und streifte heiß Julies Gesicht. »Lass uns nach oben gehen, ich will dich für mich haben«, sagte er leise und im nächsten Moment lagen seine Lippen auf ihrem Mund. Mit einer flüchtigen Berührung strichen sie über ihn hinweg, und sie konnte nicht einmal sagen, wer von ihnen die letzten Zentimeter überbrückt hatte. Aber sie übertraten damit die Grenze. Schnell wollte sie sich zurückziehen, doch Gerald hielt sie einfach fest.

»Nicht«, flüsterte Gerald an ihren Mund und zog sie noch enger an sich. Es war ihm egal, wer sie sah. Julie seufzte glücklich an Geralds Mund. Jetzt gehörten sie wirklich zusammen. Der Kuss war tief und gefühlvoll und weckte damit in Julie eine ungeahnte Unruhe. Sie konnte noch nicht einmal sagen wie lange sie da standen und ihre Lippen miteinander verschmolzen. Doch als Gerald sich von ihr löste und die Leidenschaft mit ein paar unschuldigen Küssen ausklingen ließ, hatte sie das Gefühl, in Flammen zu stehen. »Ja, lass uns nach oben gehen.« Sie ergriff seine Hand und zog ihn mit sich.

Kapitel 16

Gerald spürte, wie sein Herz noch schneller zu schlagen begann, als Julie die Treppe betrat. Sie drehte sich zu ihm um, sah ihm tief in die Augen und wartete, dass er ihr folgte. Fuck, ja, er wollte es. Aber war es richtig, ging das alles nicht plötzlich viel zu schnell?

Er trat neben Julie auf den Treppenabsatz und strich ihr sanft über die Wange. Wer wusste schon, wieviel Zeit ihnen noch blieb, bis sie sich auf unbestimmte Zeit würden trennen müssen. Eines wusste er jedoch mit Sicherheit, wann immer es ihm möglich war, würde er zurückkommen. »Bis ich dich getroffen habe, war ich mir sicher, nie wieder richtig lieben zu können. Ich meine, ich war wie erstarrt. Ich weiß nicht wie, aber du hast es geschafft, Julie. Ich liebe dich.«

Julie traten Tränen in die Augen. Sie presste ihre Lippen aufeinander und schmiegte sich in seine Arme. Wann hatte er sich zuletzt so lebendig gefühlt? Sein Herz schlug kräftig und sein Blut schoss berauschend schnell durch seine Adern. Jeder Nerv in ihm schien vor Anspannung zu vibrieren. Es fühlte sich an, als lebe er zum ersten Mal seit Langem wieder richtig, atme frei und spüre wie es sich anfühlte, nicht alleine zu sein. Und er wollte jede Minute und jede Sekunde dieses betörenden Gefühls auskosten. Sanft schob er Julie von sich und führte sie die Treppe hoch.

In seinem Zimmer angekommen schloss er leise die Tür und lehnte die verbliebene Krücke an die Wand. Wenn er sein Gewicht auf das gesunde Bein verlagerte, würde es schon gehen, und er wollte beide Hände für Julie frei haben.

Am liebsten hätte er sie sofort wieder in seine Arme gezogen, sie geküsst und jeden Zentimeter ihres Körpers berührt. Aber Julie ließ seine Hand los und wandte ihm den Rücken zu. Als sie sich von ihm entfernte, schien sich jeder Muskel in seinem Körper anzuspannen um ihr zu folgen.

»Du liebst mich also?«, fragte Julie leise und schritt langsam an der Kommode entlang. Mit der Handfläche strich sie leicht über das glatte Holz, die andere hielt sie vor ihrem Körper. Gerald machte einen Schritt auf sie zu, besann sich dann aber wieder und blieb stehen. Es war ihr Recht, sich seiner aufrichtigen Gefühle zu versichern.

»Allein die Vorstellung, nicht einfach so weitermachen zu können wie bisher und irgendwann gehen zu müssen, macht mich wahnsinnig. Aber das spielt keine Rolle. Ich werde bei dir sein, wann immer es geht. Ich kann gar nicht anders.« Nervös starrte er auf Julies Rücken. Sie reagierte nicht auf seine Worte, sondern stand einfach nur aufrecht da. Ihre Schultern hatte sie gestrafft. Auch sie schien angespannt zu sein, und Gerald hatte keine Ahnung, wie er ihr verdeutlichen sollte, was sie in ihm verändert hatte. Hilflos hob er die Hände und fuhr sich mit gespreizten Fingern durchs Haar. Alles hatte sich durch Julie verändert.

»All die Jahre über hatte ich grauenvolle Alpträume von Annas Tod. Seit ich dich getroffen habe, habe ich nur ein einziges Mal von ihr geträumt, und das war im Krankenhaus, bevor ich dich näher kannte. Dabei habe ich noch nie so intensiv an sie gedacht wie in den letzten Wochen«, sagte er eindringlich und legte Julie seine Hand auf die Schulter. Er hatte nicht einmal gemerkt, dass er sich wieder in Bewegung gesetzt hatte, und plötzlich stand er hinter ihr. Als zöge eine unsichtbare Kraft ihn in ihre Nähe. »Du machst etwas mit mir. Ich kann nicht sagen was, aber es gibt mir Frieden.«

Julie drehte sich lächelnd zu ihm um und berührte die Narbe über seiner Augenbraue. »Ich liebe dich auch, Gerald. Manchmal denke ich, dass es kein Zufall war, dass du hier gelandet bist.«

Geralds Herz machte einen Satz. Nichts konnte je perfekter

sein, als von Julie geliebt zu werden. Er schlang die Arme um sie und zog sie an sich. Es war ihm egal, ob es Schicksal war oder nicht, sie waren hier. Sie waren zusammen und wollten sich. Fordernd presste er seine Lippen auf Julies Mund und teilte mit seiner Zunge ihre Lippen. Mit einem zufriedenen Laut ließ sie sich darauf ein und erwiderte den Kuss. Ihre Hüften pressten sich an seinen Unterkörper. Er wurde steinhart. »Langsam …«, keuchte Gerald und atmete tief ein und aus, um sein Verlangen nicht die Oberhand gewinnen zu lassen. Es juckte ihn in den Fingerspitzen, Julie die Kleidung vom Körper zu zerren, sie ins Bett zu verfrachten und zu vögeln, bis sie vor Lust nicht mehr klar denken konnte. Aber verdammt, das hier war so viel mehr, als seine bisherigen sexuellen Begegnungen. Er wollte jede Sekunde davon auskosten. »Wir haben die ganze Nacht Zeit«, ergänzte er rau und zog sich ein wenig vor Julie zurück.

Doch anstatt von ihm abzulassen, ergriff Julie seine Hand und führte sie über die zarte Haut ihres Dekolletees. Seine Fingerspitzen kribbelten. »Du hast recht, wir haben die ganze Nacht. Trotzdem will ich nicht warten«, sagte sie leise. Ein verführerisches Lächeln umspielte ihre Lippen, immer tiefer führte sie seine Hand, bis sie auf ihrer Brust landete. Gerald konnte sich ein überraschtes Keuchen nicht verkneifen. Seine Lenden glühten vor Verlangen und seine Jeans fühlte sich mindestens zwei Nummern zu klein an.

»Schlaf mit mir«, flüsterte Julie und trat einen Schritt von ihm zurück. Gerald konnte nicht anders, als sie bewundernd anzustarren, als sie ganz langsam ihre Sweatjacke öffnete und sich über die Schultern schob. Unbeachtet fiel das Teil zu Boden und Julies Spitzen-BH hob sich dunkel gegen ihre zarte Haut ab.

Automatisch streckte er seine Hand danach aus. Jeder Millimeter dieser nackten Haut lud ihn ein, ihn zu erforschen. Kleine Stromstöße zuckten über seine Handflächen, als er Julies warmen Körper berührte. Bedächtig strich er die geschwungene Linie ihrer Taille nach.

Julies Brust hob und senkte sich unter ihren schnellen Atemzügen. Sie hatte ihre Augen halb geschlossen, die Lippen ein wenig geöffnet, und genoss offensichtlich seine Berührungen. Langsam ließ Gerald seine Hände weiter nach vorne wandern und strich wie beiläufig mit dem Daumen über ihre Nippel, die sich steif unter dem zarten Stoff ihres BHs abzeichneten. Julies Atmung beschleunigte sich. Von ihrer Reaktion ermutigt beugte sich Gerald nach unten, umfasste mit den Händen die Fülle ihrer Brüste und hob sie seinem Mund entgegen.

»Oh ja«, stöhnte Julie, als er in aufreizenden Kreisen seine Zunge um ihre Nippel gleiten ließ. Vorsichtig zog er sie zwischen die Lippen und knabberte daran. Julie keuchte und vergrub ihre Hände in seinem Haar. Der Laut war unglaublich sexy.

»Zieh dich aus«, forderte Julie ungeduldig und zerrte an seinem Hemd. Gerald ließ für einen Moment von ihr ab und zog es sich kurzerhand über den Kopf.

»Hmmm«, brummte Julie genüsslich und musterte ihn beeindruckt. Vorsichtig ließ sie ihre Fingerspitzen über seine Bauchmuskeln weiter nach oben gleiten, bis sie die rötlichen Narben erreichte, die die zahlreichen Schürfwunden von seinem Unfall hinterlassen hatten. »Tut es noch weh?«, fragte sie leise und strich mit den Fingerspitzen über seine Rippen. Es kitzelte. Gerald zuckte ein wenig zusammen. Sofort verdüsterte sich Julies Miene besorgt.

»Nein, es tut nicht mehr weh«, sagte Gerald schnell und räusperte sich. Seine Stimme klang rau. Er wollte jetzt nicht über seinen Unfall nachdenken. Mit einer kleinen Geste deutete er auf Julies halbnackten Oberkörper »Dieser Anblick verdrängt beinahe jeden Schmerz. Ich bin nur ein wenig kitzelig.« Julie neigte den Kopf zur Seite und blinzelte unschuldig. »Wenn das so ist, dann sollte ich eine gute Krankenschwester sein und dir noch mehr von diesem Anblick bieten.« Sie griff nach hinten, und kurz darauf fiel ihr BH zu Boden. Gerald spürte, wie seine Handflächen feucht wurden. »Komm mit«, sagte er heiser und ergriff Julies Hände. »Deine Krücke?«, fragte sie verwundert und sah sich um.

»Die stört nur. Aber lange kann ich mich ohne sie nicht mehr auf den Beinen halten.«

»Das hast du ziemlich schlau eingefädelt, Gerald Turner«, tadelte Julie ihn. Doch das halb belustigte, halb erregte Funkeln in ihren Augen verriet Gerald, dass sie es nicht ernst meinte. Ein überlegenes Blitzen stand in ihren Augen, als sie sich zu ihm herumdrehte und den Knopf ihrer Jeans öffnete. »Du hast ausgesprochenes Glück. Ich bin eine sehr gewissenhafte Krankenschwester.«

Gerald folgte ihr zum Bett hinüber. Der Gedanke an ein kleines Rollenspiel törnte ihn an. Schnell atmend beobachtete er Julie, wie sie sich mit schlängelnden Bewegungen aus ihrer engen Hose wand und sie mit dem Fuß achtlos beiseite schleuderte. Fuck, wie konnte eine so kleine Frau derart lange Beine haben? Er ließ seinen Blick über ihre schmalen Fesseln gleiten, die wohlgeformten Unterschenkel und schlanken Oberschenkel hinauf. Der an den Beinen hochgeschnittene schwarze Spitzenslip sah verboten aus, und Gerald hielt es kaum noch aus. Er musste sie einfach berühren. Er wollte sie rücklings aufs Bett drängen, doch Julie entwand sich ihm geschickt.

»Brauchst du Hilfe beim Ausziehen?«, raunte sie an sein Ohr. Ihr schneller Atem streifte ihn ihm Nacken und verursachte ihm eine Gänsehaut. Endlich durfte er dieser Phantasie freien Lauf lassen. »Als du mir das letzte Mal die Hosen ausgezogen hast, hätte ich dich am liebsten in mein Bett gezerrt«, antwortete er heiser. Julie sah ihm tief in die Augen und öffnete wie damals langsam einen Knopf nach dem anderen. »Wir haben einiges nachzuholen.« Mit einem Ruck zog sie seine Jeans nach unten. Schon viel besser. Gerald atmete erleichtert auf. Er schob seine Hände unter Julies Hintern und zog sie an sich. Jetzt durfte er all das tun, wonach seine Sehnsucht damals schon verlangt hatte. Ihm gefiel, wie sie nach Atem rang, als er seine Hüften kreisen ließ und sie seine Erektion spüren ließ.

»Wir haben sogar ziemlich viel nachzuholen, schätze ich«, knurrte er und suchte Julies Lippen für einen weiteren Kuss.

Das Drängen in ihm nahm zu. Julie schien es genauso zu empfinden. Zügig ließ sie ihre Hand über seinen Oberkörper gleiten und schob sie unter den Saum seiner Shorts.

»Hör nicht auf damit«, stöhnte Gerald ungehalten, als sie ihre Finger um seinen angeschwollenen Schaft legte und mit sanften Bewegungen auf und ab fuhr. Gerald zitterte. Verdammt, fühlte sich das gut an. Aber er brauchte es härter. Ungeduldig schob er ihr seine Hüften entgegen und stieß schneller in ihre Hand.

»Langsam, Lumberjack. Ich will auch noch was davon haben«, sagte Julie und lächelte ein wenig spöttisch. Sie zog seine Shorts nach unten und verpasste ihm einen sanften Schubs, so dass er mit einem Plumps auf der Bettkante landete. »Ich habe genau gesehen, wie du heute im Lagerraum gegrinst hast, und deinen großspurigen Worten sollten nun Taten folgen. Wage es also ja nicht, ohne mich zu kommen«, flüsterte sie und krabbelte über ihn. Der darauffolgende Kuss war ungestüm, aber für Geralds Geschmack viel zu kurz. Doch ehe er seine Hände in ihren Nacken legen konnte, um sie bei sich zu halten, löste Julie sich von ihm und bahnte sich mit Zunge und Lippen eine Spur aus feuchten Küssen über sein Kinn, sein Schlüsselbein, bis hinunter zu seinem Bauchnabel. Gerald hielt den Atem an, als sie dort stoppte. Doch anstatt ihn in den Mund zu nehmen, ließ sie von ihm ab und half ihm, aus seiner Jeans und den Shorts zu steigen. Sie spielte offensichtlich mit ihm und er hatte noch nie etwas Erotischeres gesehen als sie, wie sie vor ihm kniete und ihm aus den Hosen half. Er konnte einfach nicht länger warten.

Ungeduldig umfasste er ihre Oberarme und wollte sie auf seinen Schoß ziehen, doch Julie sperrte sich dagegen. »Ich hoffe, dass du Kondome da hast …«

»Hab ich … Bin gleich wieder da«, murmelte Gerald und ging so schnell er mit seinem verletzten Bein konnte zur Kommode hinüber. Er hatte in den vergangenen Jahren nie gewusst, wann sich dich Chance für einen One-Night-Stand ergab. Daher hatte er zum Glück immer Kondome bei sich. Doch keine dieser Frauen hatte ihn so angetörnt wie Julie. Fahrig wühlte er in der Schublade herum, bis er unter seinen Socken endlich die Verpackung fand. Ungeduldig fischte er ein Kondom aus der Packung und legte es auf seinem Nachttisch ab.

»Du hast noch viel zu viel an«, flüsterte er an Julies Ohr, strich ihr Haar beiseite und ließ seine Lippen über ihren Hals wandern. Julie seufzte wohlig und ließ sich zurück auf die Matratze sinken. Geralds Nerven vibrierten vor Aufregung, als er sich über sie beugte und ihr ganz aufs Bett half. Versonnen musterte er ihren Körper. Jeder ihrer Muskeln schien angespannt zu sein. Julie schlang ihre Arme um seinen Nacken, um ihn an sich zu ziehen.

»Du bist perfekt«, murmelte Gerald, legte sich neben sie und küsste sie. Ihr Körper drängte sich an ihn, langsam fuhr er mit den Händen über ihren Bauch und tiefer. Julie keuchte leise an seinen Mund, als er an ihrer Mitte ankam. Mit fahrigen Bewegungen half sie ihm dabei, ihren Slip nach unten zu ziehen. »Ich will nicht mehr auf dich warten«, keuchte sie, als er sich von ihr löste, um sich aufzusetzen und sie ganz auszuziehen. Nichts, kein Fetzen Stoff sollte mehr zwischen ihnen sein. Er wollte jeden Zentimeter ihrer Haut an sich fühlen.

»Ich brauche dich, Julie. Ich habe noch nie jemanden so sehr gebraucht wie dich«, flüsterte er und setzte sich auf seine Fersen. Sein Bein tat weh, aber das war nichts im Vergleich zu dieser unerträglichen Erregung. Er war so geschwollen, dass es beinahe weh tat. Er zog Julie den Slip aus und biss sich auf die Unterlippe. Fuck, wie konnte eine Frau innerlich und äußerlich so schön sein, so anziehend und sexy? Und jetzt gehörte sie ihm.

Seine Hände zitterten leicht, als er nach dem Kondom griff und es sich überzog. Julie beobachte ungeduldig jede seiner Bewegungen, dabei streichelte sie über seinen Oberschenkel und glitt mit ihrer Hand immer weiter nach oben.

»Oh mein Gott, sag mir, dass das kein Traum ist«, stöhnte Gerald, als sie seine Härte beinahe erreicht hatte und er es endlich geschafft hatte, sich den Gummi überzustreifen. Ungeduldig ließ er sich zwischen ihre Beine gleiten.

Julie lächelte. »Ich werde es dir beweisen …« Sie hielt sich an seinen Schultern fest und schlang ihre Beine um seine Hüften. Gerald schob die Hüften nach vorne und drang in sie ein. »Kein Traum könnte je so perfekt sein«, stöhnte er und stieß seine Hüften nach vorne. Julies lustvoller Anblick war kaum zu ertragen. Ihre Lippen öffneten sich mit einem lauten Stöhnen und ihre Finger krallten sich in seine Schultern.

Julie hob ihre Hüften an und kam seinen Stößen entgegen. Ihr Körper wand sich und ihre Hände fuhren hilflos seinen Rücken hinab. Er presste sich noch drängender zwischen ihre geöffneten Beine. »Gerald …«, keuchte sie. Ihre Augen glänzten fiebrig.

Gerald hielt sich an ihrem flehenden Blick fest und versuchte sich ein wenig zu beruhigen. Ihre heiße Haut über die Länge seines Körpers an sich zu fühlen war atemberaubend und es fühlte sich an, als existierten nur noch Julie und er, als er in ihren grünen Augen versank. Dieser ruhige Moment war es, wonach er sich tief im Innern die ganze Zeit über gesehnt hatte. So eng miteinander verbunden wie nur möglich lagen sie da, aber es fühlte sich an, als verschmelze er nicht nur körperlich mit Julie. Sein Herz schlug für sie, mit dem ihren. Er hatte sich getäuscht: Sie gehörte jetzt nicht ihm, er gehörte ihr. »Ich liebe dich so sehr, Julie …«, flüsterte er. Aufgewühlt vergrub er sein Gesicht an der Kuhle zwischen ihrem Hals und ihrer Schulter und begann sich wieder langsam und kraftvoll zu bewegen.

Julie legte ihren Kopf in den Nacken. Ihr Keuchen wurde lauter und schneller, als er immer wieder in sie stieß. Ihre Hüften zuckten krampfartig und verrieten Gerald, dass sie kurz davor stand zu kommen. Er benetzte ihren Hals mit Küssen. Ihr Oberkörper ruckte in die Höhe und sie klammerte sich an seine Schultern. Gerald richtete sich auf und hielt ihren Blick mit den Augen fest und umfasste ihre Taille, um sie an sich zu halten. Er wollte sehen, wie sich ihre Lust in ihrem Blick spiegelte. Die Lust, die er ihr bereitete. Langsam und kraftvoll liebte er sie. Sie hob sich ihm entgegen und keuchte.

Gerald konnte einfach nicht anders, als sich von ihrer Leidenschaft mitreißen zu lassen. Er sollte langsam machen, sie weiter zärtlich lieben. Doch er konnte dem Drang nicht wiederstehen, sich so tief wie nur möglich in sie zu bohren. Immer schneller, immer kraftvoller. Er spürte bereits, wie seine Hoden sich zusammenzogen. Lange würde er nicht mehr durchhalten. Er ließ sie zurück aufs Kissen sinken und verlangsamte sein Tempo.

»Hör nicht auf, bitte«, flehte Julie. Auffordernd krallten sich ihre Finger in seine Pobacken und ihre Hüften zuckten ihm drängend entgegen. Gerald stöhnte laut und legte seine Hand an ihre Wange, während er sich weiter rhythmisch in sie stieß. »Ich liebe dich.« Es war nicht nur blanke Begierde, auch wenn es sich für Julie so anfühlen musste.

Julie schenkte ihm ein liebevolles Lächeln und zog seinen Kopf zu sich hinunter. »Ich liebe dich«, flüsterte sie und küsste ihn verlangend. Gerald schloss die Augen, um das Gefühl noch tiefer in sich aufnehmen zu können. Alles um ihn schien sich plötzlich zu drehen. Da waren Julies heißer Körper, ihre enge Hitze und ihre Küsse. Die Lust überrollte ihn. Er zog sich ein Stück aus ihr zurück, stieß ein paarmal abgehackt zu und drängte sich noch einmal tief in sie. Als er sich ein letztes Mal in ihr versenkte, spürte er, wie sich ihre Muskeln krampfartig um ihn zusammenzogen. Julie stöhnte laut auf. Gerald presste sich weiter in sie, bis die letzten Wellen seines und ihres Höhepunktes abgeklungen waren.

Erleichtert, dass auch sie gekommen war, ließ er sich fallen. Warm schmiegte sich Julies Haut an seinen verschwitzten Körper. Er war viel zu unbeherrscht gewesen. Beschämt löste er sich von ihr und rollte sich von ihr herunter. Er griff sich eine Packung Taschentücher von seinem Nachtkästchen, um das Kondom zu entsorgen, froh darum, sich einen Moment abwenden und fassen zu können.

»Das war –«, setzte Julie an.

»Etwas zu schnell, ich weiß«, unterbrach Gerald sie steif, warf das Taschentuch auf den Boden und legte sich neben sie. »Für gewöhnlich bin ich ein wenig ausdauernder.«

Julie schlüpfte unter seinem Arm hindurch und schmiegte sich an seine Brust. »Ich wollte eigentlich unglaublich sagen. Aber wenn das so ist, kannst du mir das vielleicht später noch beweisen. Jetzt bin ich aber müde«, murmelte sie. Gerald schloss lächelnd die Augen und presste seine Lippen auf ihr Haar. Diese Frau war entschlossen, immer das Beste in ihm zu sehen.

Als Gerald am nächsten Morgen erwachte, brauchte er einen Moment, um sich zu orientieren. Er blinzelte verworren ins Dämmerlicht, neben ihm regte sich etwas.

»Hey«, sagte Julie leise, als er den Kopf drehte und er ihre Augen zwischen den bauschigen Federkissen und der Bettdecke hervorblitzen sah. Die Erinnerung an das Begehren, dieses Gefühl heftiger Liebe und zufriedener Ruhe kehrte zurück, und Gerald zog die Bettdecke ein wenig nach unten, um Julie zu küssen. Mitten in der Nacht waren sie aufgewacht und hatten sich noch einmal geliebt. Gefühlvoll und lange, so wie er es ihr versprochen hatte.

»Hey«, antwortete er und hauchte einen sanften Kuss auf ihre Lippen. Julie lächelte zufrieden und kuschelte sich in seine Arme. Die Pose war noch neu für sie und doch eigenartig vertraut, wie alles, was sie miteinander teilten.

»War ziemlich viel los gestern Abend, hm?«, durchbrach Julie schließlich die Stille. Gerald musste schmunzeln. Er ließ seine Fingerspitzen auf Julies nackter Schulter auf und ab gleiten und hauchte ihr einen zärtlichen Kuss auf den Scheitel. »Bereust du es?« Er bereute keine Sekunde mit ihr.

»Nein«, antworte Julie schnell und sah zu ihm auf. »Aber ich meinte nicht nur uns, sondern auch die Sache mit Craig und der Band.« Gerald zog nachdenklich die Augenbrauen zusammen. Sie lagen immer noch nackt und aneinandergekuschelt im Bett. Warum dachte sie jetzt an Craig? Als habe sie seine Gedanken gelesen, zuckte Julie verlegen mit den Schultern. »Ich wollte dir gestern schon davon erzählen, aber irgendwie kam ich nicht mehr dazu –« Ihre Lippen verzogen sich kurz zu einem glücklichen Lächeln. Schnell wurde ihre Miene aber wieder ernst. Ein mulmiges Gefühl breitete sich in Geralds Magengegend aus. Er setzte sich auf und sah Julie abwartend an. »Was wolltest du mir erzählen?«

Julie setzte sich ebenfalls gerade hin und schlang die Bettdecke um ihren Oberkörper, als müsse sie sich gegen ihn schützen. Sie sah unglücklich aus. »Ich habe mit ihm geredet, oder besser gesagt, wir haben gestritten. Na ja, ich habe ihm vorgeworfen, dass er sich dir gegenüber nicht sehr nett verhält.«

Gerald kniff argwöhnisch die Augen zusammen. So bekümmert wie sie dreinblickte, war das noch nicht alles. »Du scheinst ihm einen ziemlichen Tritt in den Allerwertesten verpasst zu haben. Bevor ich gesungen habe, hat er jedenfalls zu mir gesagt, dass ich mir das nächste Mal nicht so viel Zeit lassen soll, bis ich mich wieder melde. Also, was hast du zu ihm gesagt?«

Julie griff nach seiner Hand und verschränkte ihre Finger miteinander. Sie wich seinem Blick aus und betrachtete ihr Werk. »Es ging um dich und um die Vergangenheit. Er war sauer, dass es dir gut zu gehen scheint und du dich dennoch nicht gemeldet hast. Ich hab versucht ihm klarzumachen, dass es in den letzten Jahren nicht immer so war. Bist du mir böse?« Vorsichtig sah sie unter gesenkten Wimpern zu ihm auf.

»Nein, wieso sollte ich deshalb böse sein?«, fragte Gerald und hob überrascht die Augenbrauen. »Immerhin hat es etwas gebracht. Jetzt verstehe ich auch, wie er dazu kam, mit mir zu singen.« Gerald schüttelte ungläubig den Kopf. Und er hatte geglaubt, Craig habe sich von selbst wieder eingekriegt. Entsprang eigentlich alles Gute, das ihm derzeit wiederfuhr, Julies Wirken?

»Es war wundervoll, wie du gesungen hast. Du warst ziemlich gut dafür, dass du schon lange keine Musik mehr gemacht hast. Du musst es geliebt haben«, stellte Julie beiläufig fest. Gerald bildete sich ein, dass sie lauernd klang. Aber dieses Kapitel seiner Vergangenheit hatte er längst abgeschlossen. Julie konnte ruhig alles darüber wissen. »Früher wollte ich Musiker oder Songtexter und Komponist werden. Ich hatte sogar ein Stipendium für die Juilliard Musikhochschule in New York. Aber wie du weißt …«

»Hat sich alles geändert«, ergänzte Julie seinen Satz beklommen. Gerald nickte. Doch er wollte nicht, dass sie für ihn um seine gestorbenen Zukunftspläne trauerte. Sie sollte glücklich sein. Sanft legte er einen Zeigefinger unter ihr Kinn und hob ihren Kopf an. Ihre Augen waren dunkel vor Kummer. »Es ist in Ordnung, Julie. Ich bin gerne Holzfäller. So weit oben in den Wäldern, in dieser Einsamkeit bekommt man einen ganz anderen Blick auf das Leben.«

Julie atmete tief durch und wandte sich von Gerald ab. »Du meinst, das, was im Leben passiert ist, lässt sich besser aushalten?« Gerald nickte wieder. Julie hatte recht, sie hatten schließlich auch über seine Art, mit der Vergangenheit umzugehen, gesprochen. Aber es war doch nicht falsch, es im Leben so leicht wie möglich haben zu wollen. Irgendetwas stimmte hier nicht. »Worauf willst du hinaus?«, fragte er und musterte prüfend ihr Profil.

Julie neigte verlegen ihren Kopf zur Seite und wich seinem Blick weiter aus. »Na ja, ich dachte, es ginge dir gut. Aber als ich dich gestern zusammen mit deiner Band gesehen habe, ist mir erst richtig klargeworden, wie dein Leben sich in den letzten Jahren verändert haben muss. Wünschst du dir nicht manchmal, dass du dorthin zurückkehren könntest? Ich meine zu deiner Band, deinen Freunden …« Sie machte eine kurze Pause und sah ihn vorsichtig an. »Und zu deiner Familie?«, ergänzte sie schließlich leise.

Gerald zog scharf den Atem ein. Sich auf dieses Gespräch einzulassen war gefährlich. Natürlich fehlte ihm seine Mom. Aber er wollte Julie nicht sagen, dass er vermutlich nie nach Avon zurückkehren würde. In Gedanken spielte er immer wieder mit dieser Möglichkeit, aber die Realität sah anders aus. Vielleicht war ihm das unterbewusst in den letzten Wochen klargeworden, in denen er Julie von der Vergangenheit erzählt hatte. Vielleicht hatte er es schon nach dem Unfall begriffen, als er nach Hause entlassen werden sollte, aber eines wusste Gerald plötzlich mit Sicherheit: Nie würde er die Vergangenheit in all ihren schmerzhaften Facetten gänzlich verwinden können. Aber das war jetzt in Ordnung. Sein Leben hatte sich verändert, war besser geworden. Julie hatte es verändert.

Als Gerald ganz tief in sich hineinhorchte, fühlte er, dass er glücklich war. Vielleicht brachte das Gefühl nicht alles in ihm zum Summen, so dass er sein Glück hinausschreien wollte. Aber er hatte sich eine Ewigkeit nicht mehr so leicht und geliebt gefühlt. Mehr konnte er nicht erwarten, und er ließ nicht zu, dass Julie an der Echtheit der Empfindung zweifelte und sie ihm zerredete.

»Es war nur ein Lied, Julie. Ich habe mich gefreut, dass Craig das Kriegsbeil begraben hat. Mehr war es nicht«, sagte er und stand vom Bett auf, um sich anzuziehen. Es machte keinen Sinn, sich Gedanken darüber zu machen, wie schön es wäre, könnten seine Mom oder seine alten Freunde wieder ein echter Teil seines Lebens sein. Auch diesbezüglich hatte er sich etwas vorgemacht. Trotz aller Entschlossenheit, diesen Gedanken nicht zu tief in sich dringen zu lassen, spürte er ein schmerzhaftes Ziehen hinter seinem Brustbein. Warum hatte Julie nur damit anfangen müssen? Begriff sie nicht, dass sie damit alles kaputt machte?

Ungehalten bückte er sich nach seinen Shorts und seiner Jeans und zog sie an. »Wir sollten lieber zusehen, dass wir Sharon beim Aufräumen helfen, anstatt uns über alte Kamellen zu unterhalten«, sagte er. Doch Julie rührte sich nicht. Noch immer saß sie auf dem Bett und sah ihn aus großen Augen an.

Gerald seufzte leise. Sie wollte ihn nicht ärgern, sondern einfach nur, dass er glücklich war. »Mir geht es gut, Julie, wirklich«, sagte er eindringlich und setzte sich zu ihr. »Ich muss nicht wieder in einer Band spielen oder Musik studieren, um zufrieden zu sein. Mein Leben hat sich völlig anders entwickelt, als ich es geplant hatte. Das bedeutet jedoch nicht, dass ich jetzt nicht genau da bin, wo ich sein will: bei dir.« Julie ließ sich gegen ihn sinken und Gerald atmete erleichtert auf. »Ich will einfach nur, dass es dir gutgeht«, flüsterte sie. »Das tut es, das verspreche ich dir«, antwortete Gerald und strich ihr beruhigend übers Haar. Insgeheim musste er sich jedoch fragen, ob das wirklich stimmte. Früher oder später würde er sich von ihr trennen müssen. Schon bei dem Gedanken, Julie vielleicht wochenlang nicht zu sehen und sich in jeder Minute nach ihr zu sehnen, wenn er mit seinen Kumpeln wieder in den Wäldern war und Bäume fällte, ließ sein Herz sich verkrampfen. Wie könnte er unter diesen Umständen uneingeschränkt glücklich sein?

Kapitel 17

Es war später Nachmittag, bis sie mit Aufräumen fertig waren. Dutzende Gläser, die bei Normalbetrieb nicht gebraucht wurden, mussten gespült und weggeräumt, die unzähligen leeren Bierfässer auf den Anhänger des Getränkelieferanten geladen, die Musikanlage abgebaut und der ganze Laden ordentlich saubergemacht werden.

Obwohl Sonntag war, der Tag an dem Sharon für gewöhnlich einige Mittagsgäste beherbergte, blieb das Pub den ganzen Tag lang geschlossen. Das schien ihr aber nichts auszumachen. Scherzend und fröhlich summend kümmerte sie sich mit Tina um die Gläser, und Gerald – der nichts anderes tun konnte, als hinter der Bar zu sitzen und das Geschirr nachzupolieren, das aus der Spülmaschine kam – staunte, wie frisch sie wirkte, obwohl sie bis in die Morgenstunden geschuftet hatte.

»Wie machst du das nur, Sharon, fast gänzlich ohne Schlaf auszukommen?«, fragte er sie irgendwann. Obwohl er nicht deutlich weniger als sonst geschlafen hatte, fühlte er sich gerädert. Sein Bein schmerzte und sein Schädel brummte. Er hatte zwar kaum Alkohol getrunken, sich aber deutlich überlastet.

»Ich weiß nicht, ich bin einfach total begeistert davon, wie gut es gestern lief«, antwortet Sharon überdreht und reichte Gerald ein weiteres Glas. »Diese Party hat mich daran erinnert, dass ich noch viel mehr Möglichkeiten habe, als immer die gleichen Leute zu bedienen und ihnen das gleiche Essen zu kochen. Das war so aufregend.« Sie nahm Gerald das blankpolierte Glas ab und stellte es zu den anderen bereits sauberen Gläsern in den Karton. »Weißt du, in den letzten Jahren hatte ich immer mehr das Gefühl, dass diese Kneipe nicht meine Existenzgrundlage ist, sondern mein Gefängnis. Aber ich bin abhängig von ihr, also habe ich immer weitergemacht. Doch jetzt …« Sie schüttelte grinsend den Kopf und übergab Gerald das nächste Glas. »Jetzt geht mir so viel durch den Kopf. Ich denke an weitere Auftritte von Live-Bands und Themenpartys. Vielleicht zu Halloween oder anlässlich des Valentinstages. Wir könnten einen Karaoke-Abend veranstalten … Und das Beste daran ist, dass es sich finanziell auszahlen wird. Sogar wenn die Organisation nicht so kostengünstig ist, wie die Party gestern es war. Vorausgesetzt es kommen wieder so viele Leute.«

Gerald freute sich für Sharon und Tina klopfte ihr beruhigend auf die Schulter. »Das werden sie bestimmt. Ich weiß nicht wie viele gestern zum Abschied zu mir gesagt haben, dass der Abend einfach der Hammer war und dass sie unbedingt davon erfahren wollen, wenn du die nächste Veranstaltung planst. Und wenn du mich rechtzeitig darüber informierst, helfe ich auch wieder mit. Es hat mir richtig Spaß gemacht.« Sharons Lächeln wurde noch größer. Sie nahm Gerald das Glas ab und legte kurz ihre Hand auf seine Schulter, und er wusste, dass sie ihm für den Impuls dankbar war.

»Na das klingt doch super«, sagte Julie, die auf der anderen Seite der Theke unbemerkt zugehört hatte. »Ich bin ebenfalls dabei, wenn du Unterstützung für die Flyer oder die Werbung brauchst, und natürlich auch bei der Bewirtung. Nur beim Karaoke-Abend passe ich. Ich hasse schlechte Musik … »

Sharon ließ ihren Blick zwischen ihm und Julie hin und her schweifen und nickte nachdenklich. Julies Wangen röteten sich ein wenig und Gerald fragte sich, ob die anderen mitbekommen hatten, dass sie die Party gemeinsam verlassen hatten. Heute Morgen auf dem Weg nach unten war ihnen jedenfalls niemand begegnet.

»Gerald?«, fragte Julie mitten in seine Gedanken hinein und sah ihn abwartend an. Gerald runzelte nachdenklich die Stirn. Er brauchte einen Moment, ehe er begriff, was sie von ihm erwartete. »Natürlich helfe ich auch mit, wenn ich gerade in der Stadt bin.« Er konnte sich ein verstohlenes Zwinkern in Julies Richtung nicht verkneifen. Selbst wenn es jetzt noch ein süßes Geheimnis war, was zwischen ihnen lief, würden es sicher bald alle erfahren. Spätestens wenn er zurückkehrte, würde Sharon den Grund erahnen.

Julie wich seinem Blick aus und schnappte sich den Mikrophonständer, den sie vor der Theke abgestellt hatte, und marschierte davon. Hatte er etwas verpasst? Irritiert sah Gerald ihr hinterher.

»Bin gleich wieder da«, murmelte er und legte das Geschirrtuch beiseite, um Julie zu folgen. Warum reagierte sie so? Sie wusste doch, dass er nicht für immer in Chickaloon bleiben konnte. Eilig humpelte er ihr hinterher. Aufgrund seiner Schmerzen war er aber so langsam, dass er sie erst draußen vor dem Kleinbus des Nachbarn erwischte, mit dem sie nachher die geborgte Musikanlage ihrem Besitzer zurückbringen würde.

»Julie, warte«, rief er, als sie an ihm vorbei schnurstracks wieder in die Bar marschieren wollte. Sie wirbelte zu ihm herum und schüttelte entgeistert den Kopf. »Du hast dich also dazu entschieden, weiter davonzulaufen? Ich hatte gehofft, dass du wenigstens darüber nachdenken würdest.«

Gerald humpelte zu ihr und zog sie mit seinem freien Arm an seine Brust. Ihr Körper war angespannt, doch sie ließ es zu. »Wovon redest du überhaupt?« Sorgevoll musterte er ihr Gesicht. In ihren Augen tobte ein Sturm. Sie wand sich aus seinen Armen und schüttelte aufgebracht den Kopf. »Ich dachte, du hättest dich verändert, Gerald, aber ich habe mich getäuscht. Gestern Abend warst du völlig anders, aber heute Morgen denkst du bereits nur wieder darüber nach, wie du dich weiter vor der Vergangenheit verstecken kannst«, flüsterte sie und wischte sich unwirsch mit dem Ärmel ihrer Jacke über die Augen.

Darum ging es also wieder. Gerald spürte, wie sich jeder Muskel seines Körpers unwillkürlich anspannte. »Wieso willst du mir einfach nicht glauben, dass ich mit meinem Job zufrieden bin? Du liegst falsch. Es hat sich eine ganze Menge verändert. Das bedeutet jedoch nicht, dass ich mein ganzes Leben wieder umkrempeln muss. Mir geht es gut so wie es ist«, sagte er eindringlich.

Julie presste die Lippen aufeinander, ihre Augen füllten sich mit Tränen. »Du machst dir was vor, Gerald.«

»Du bist keine Psychologin, Julie. Woher nimmst du dir das Recht, mich zu beurteilen? Ich meine, ich weiß doch am besten wie es mir geht«, brauste Gerald auf. Sofort bereute er seinen scharfen Ton, doch es wühlte ihn auf, dass Julie ihn in Frage stellte. Verzweifelt warf er seine Hände in die Luft. »Ich habe mit dir über alles geredet und über Dinge gesprochen, die ich noch nie jemanden zuvor anvertraut habe. Das hat mir gutgetan. Aber erwarte nicht von mir, dass ich an den Punkt meines Lebens zurückkehre, an dem ich ausgestiegen bin.«

Julie sah ihn aus großen Augen an. Stur wie sie sein konnte würde sie nicht zurückweichen. Verstand sie überhaupt, was sie da von ihm verlangte? »Es geht doch nicht allein um die Vergangenheit, sondern um die Gegenwart. Wärst du etwa glücklicher damit, wenn ich mich erneut an der Juilliard bewerben würde? Vermutlich würden wir uns dann noch weniger sehen als wenn ich weiter als Holzfäller arbeite und das halbe Jahr über in Alaska verbringe. Ich will das jedenfalls nicht. Und mir hier irgendeinen einen miesbezahlten Job suchen …?«, fragte er sanfter und schüttelte den Kopf. »Ich habe keine Ausbildung, Julie. Meine Möglichkeiten sind also ziemlich eingeschränkt und dieser Job bringt mir eine Menge Geld ein. Und wie du weißt, unterstützt mein Chef mich. Ich kann froh sein, dass ich diesen Job habe. Damit kann ich dir etwas bieten, vielleicht irgendwann ein Haus mit einem Kamin, vor dem wir die Winterabende verbringen und Weihnachten feiern können.« Es war nicht nur für ihn das Beste, sondern auch für sie.

Gerald beugte sich nach unten, um auf dieselbe Höhe mit ihr zu gelangen, und sah ihr fest in die Augen. Julie schniefte und ließ zu, dass er sie wieder an seine Brust zog. Er schien sie jedoch nicht vollständig überzeugt zu haben.

»Es geht mir nicht um Geld oder wie oft wir uns sehen werden«, sagte sie leise. »Der springende Punkt ist, dass du denkst, mit mir über alles geredet zu haben, aber du hast nur ein einziges Mal richtig von Anna erzählt. Es ging beinahe immer nur um ihren Tod und seine Folgen. Und wenn ich erst an deine Reaktion denke, als du aus dem Krankenhaus nach Hause entlassen werden solltest … Mir graut vor dem Gedanken, mich von dir zu trennen, Gerald, aber ja: Ich denke, wenn du deine Lebensträume umsetzen könntest, dann würde es dir wirklich gutgehen. Ich habe gestern gesehen wie du wirklich bist.«

Julies Körper verspannte sich in seinen Armen, und Gerald spürte, wie sein Herz verkrampfte. Sie wand sich aus seiner Umarmung und sah ihn ernst an. »Wenn du dich weiter von deiner Heimat und deiner Vergangenheit fernhältst, dann läufst du immer noch davon.«

Es fühlte sich an, als hätte sie ihn geschlagen. Gerald zuckte zusammen. Er hatte gehofft, sie würde diesen Gedanken, über den sie schon am Morgen gesprochen hatte, vergessen. Doch stattdessen wurde er immer konkreter. Sie musste nur noch in klaren Worten einfordern, was sie wollte: dass er nach Hause fuhr. Seine Hände begannen zu zittern. Was, wenn er ihre Forderungen nicht erfüllte, sie nicht erfüllen konnte?

»Ich kann nicht mehr tun, als so damit klarzukommen«, gestand er leise.

Julie schloss ihre Augen und schluchzte leise. »Ist es wegen dem Streit? Craig hat etwas von einem Streit erzählt und dass deshalb der Unfall geschehen ist.«

Gerald fröstelte. Die Kälte kam direkt aus seinem Inneren. »Du willst die Wahrheit wissen?«, fragte er resigniert. Julie nickte, und er hatte das Gefühl zu fallen. Irgendwann hatten sie an diesen Punkt kommen müssen. »Ich kann dir nicht bieten, was du von mir erwartest. Denn egal was ich tun werde, ich werde mir Annas Tod nie verzeihen. Kurz vor dem Unfall haben wir uns gestritten. Meine Wut ist das Letzte, was sie gespürt hat. Gott, wenn ich nicht so wütend gewesen wäre, wäre ich vermutlich langsamer gefahren … Es ist meine Schuld, dass Anna tot ist. Damit muss ich leben. Aber wenn du bei mir bist, dann fällt es mir ein wenig leichter diese Schuld zu tragen.«

Eine Träne rollte über Julies Wange. Ihr Blick war voller Kummer und Grauen. Es tat weh, zu sehen, dass sie nun begriff, wer er wirklich war – dass er selbst nicht mehr davor ausweichen konnte. Er war ein gebrochener Mann, der darauf gehofft hatte, ein wenig Glück empfinden zu dürfen. Julie schlang die Arme um ihren Oberkörper, als müsse sie sich zusammenhalten. »Ich –«, setzte sie an, doch sie wurde von Craig unterbrochen, der auf sie beide zukam: »Da steckt ihr … Wir müssen langsam los, Gerald, und wenn du uns nicht persönlich zum Flughafen begleitest und verabschiedest, dann nehme ich dir das sehr übel«, sagte er grinsend.

Julie wandte sich ab und wischte sich verstohlen über die Augen. Craig ließ seinen Blick zwischen ihnen hin und her schweifen und trat peinlich berührt einen Schritt zurück. »Sorry, ich wollte nicht stören. Ähm, ich nehme das mit der Begleitung zum Flughafen zurück. Ihr scheint etwas Wichtiges zu besprechen zu haben.«

»Nein«, antwortete Julie schnell und ging ohne Gerald noch einmal anzusehen an Craig vorbei. »Wir müssen zusehen, dass wir fertig werden. Alles andere kann warten.«

»Autsch«, sagte Craig und zog eine betroffene Grimasse, kaum dass Julie verschwunden war. »Tut mir echt leid, Alter, dass ich da dazwischen geplatzt bin. Wenn du ihr lieber nachlaufen willst …«

»Nein«, antwortete Gerald und sah Julie besorgt hinterher. Er hatte keine Ahnung, wie er ihr die Idee ausreden konnte, dass er mit der Vergangenheit abschließen musste, um mit ihr glücklich sein zu können. Er brauchte Zeit zum Nachdenken. »Sie hat recht. Lass uns Will suchen, damit ihr pünktlich zum Flughafen kommt. Ich werde mich später in Ruhe mit ihr unterhalten.«

Als Gerald jedoch zurückkehrte, war Julie schon gegangen. Über Sharon ließ sie ihm ausrichten, dass sie müde war und am nächsten Tag zur Frühschicht im Krankenhaus fit sein musste. Das klärende Gespräch würde also bis zum nächsten Nachmittag warten müssen, wenn Julie ihn abholte, um ihn zu seinem Termin nach Palmer zu fahren.

Gerald wusste nicht wie, aber er musste Julie irgendwie klarmachen, dass sein Weg, mit seinem Schicksal umzugehen, nicht nur am einfachsten für ihn war, sondern auch die günstigsten Voraussetzungen für ihre Beziehung mit sich brachte. Julie liebte ihn und hatte ihn noch nie fallengelassen, und wenn es nicht anders ging, würde die Zeit sie überzeugen. Er würde ihr beweisen, dass er nicht länger der Vergangenheit hinterherhängen musste. Er hatte wieder einen Sinn in seinem Leben gefunden: sie. Sie musste doch einfach begreifen, dass das genug war.

Das beengende Gefühl, das Gerald empfand, seit er mit Julie auseinandergegangen war, wich purer Anspannung, als Jackson, Connor, Will und Tim am nächsten Tag schon vormittags um zehn von der Arbeit in den Bergen zurückkehrten.

»Wir müssen Delloway anrufen. Dort oben tobt ein Schneesturm, der sich gewaschen hat. So können wir einfach nicht weiterarbeiten«, brummte Jackson, als sie ins Pub marschierten.

Gerald leistete Sharon in der Küche Gesellschaft und half ihr, Kartoffel fürs Mittagessen zu schälen. Er hielt es nicht aus, mit sich und seinen Gedanken alleine zu sein. Und letztendlich schienen seine schlimmsten Befürchtungen einzutreffen. »Ich muss ihn auch sprechen«, sagte er und folgte Jackson zum Münztelefon. Er konnte jetzt einfach nicht weg von hier.

»Nein, Gerald, ich bestehe darauf, dass Sie herkommen«, schlug Alexander Delloway ihm jedoch seinen Wunsch aus, für die restliche Zeit seiner Genesung in Chickaloon zu bleiben. »Dieser Reporter glaubt mir nicht, dass Sie sich auf dem Wege der Besserung befinden, und dass Ihre Mutter geheult hat, als er sie aufgestöbert hat und sie nach Ihrem Befinden fragte, hat auch nicht besonders geholfen. Ich zahle jede Ihrer Rechnungen, und wenn Sie wollen, dass ich diese Vereinbarung weiter einhalte, dann steigen Sie in ein Flugzeug und lassen sich persönlich bei diesem Schmierfinken blicken. Was Sie danach tun ist mir schnuppe. Fliegen Sie zurück nach Alaska oder lassen Sie es bleiben.«

Gerald sagte widerwillig zu. Es wäre dumm gewesen, Delloways Großzügigkeit aufs Spiel zu setzen, und es ging nur um ein oder zwei Tage. Er konnte ein Interview mit dem Reporter vereinbaren und sich dann sofort den nächsten Flug zurück buchen. Doch zuvor musste er dringend mit Julie sprechen. Die Zeit war knapp. Jackson wollte bereits kurz nach Mittag abfliegen. Sie mussten ihren Flug bekommen und er hatte vorher noch den Helikopter im Hangar unterzubringen und winterfest zu machen.

»Kann ich mir dein Auto ausleihen?«, fragte er Sharon, als er zu ihr in die Küche zurückkehrte. Julie am Telefon von seiner Abreise zu berichten war angesichts ihres Streites undenkbar. Er musste ihr in die Augen sehen, wenn er ihr sagte, dass er bald wieder hier sein würde und dass sie dann in Ruhe über alles reden würden.

»Mit deinem verletzten Bein? Sicher nicht«, antwortet Sharon grinsend. »Tut mir leid, aber ich brauche diesen Wagen noch ein wenig länger.«

Gerald ließ sich matt auf den Stuhl sinken, den Sharon ihm an die Arbeitsplatte geschoben hatte, damit er während der Arbeit nicht stehen musste. »Hast du die Nummer von Old Jack? Vielleicht kann er mich fahren …« Sharon hatte so kurz vor dem Mittagessen natürlich keine Zeit dazu, deshalb bat er sie gar nicht erst darum. Sie beugte sich zu ihm hinunter und sah im besorgt ins Gesicht. »Alles in Ordnung? Du siehst gar nicht gut aus.«

Gerald schluckte trocken, um den Kloß in seinem Hals loszuwerden. Plötzlich schien alles aus dem Ruder zu laufen. Er musste Julie dringend sehen, um sich zu vergewissern, dass er sich täuschte. Verdammt, er würde bald wieder da sein. »Nein, mir geht es nicht gut. Julie denkt, ich könnte mit ihr allein nicht glücklich sein«, antwortete Gerald Sharon und berichtete ihr in groben Zügen, was vorgefallen war.

»Warte mal, ich brauche einen Moment, um das zu sortieren«, unterbrach Sharon ihn irgendwann und zog sich einen zweiten Stuhl heran. »Du und Julie seid jetzt zusammen – das überrascht mich nicht, so wie ihr euch schon die ganze Zeit über anseht. Jetzt will sie, dass du fortgehst, aber du willst bleiben. Und damit hat sie ein Problem? Das verstehe ich nicht.«

Gerald seufzte. Er hatte keine Zeit, Sharon die ganze Geschichte zu erzählen. »Sagen wir, ich habe eine schlimme Vergangenheit und Julie will, dass ich gehe, um sie aufzuarbeiten. Aber ich muss das nicht tun, um glücklich zu sein. Alles was ich brauche ist sie, und das muss ich ihr klarmachen bevor ich nach Colorado aufbreche.«

»Klingt ganz so, als hätte dieses Mädchen Psychologie studieren sollen«, antwortete Sharon trocken, zog trotz ihres Scherzes aber eine nachdenkliche Miene. »Aber mir scheint, als wäre da etwas dran. Warum tust du nicht einfach, was sie von dir erwartet? Sie wäre beruhigt und ihr könntet so weitermachen, wie du es geplant hast. Dass du was auch immer sie von dir erwartet einfach nicht tun willst, glaube ich dir nicht. Diesen ganzen Rummel um die Bar hast du doch vor allem veranstaltet, um sie zu beeindrucken. Viel mehr Aufwand kann diese andere Sache doch auch nicht verursachen.«

Gerald starrte ertappt auf seine Hände. Sharon seufzte leise. »Das wird ein Drama, das habe ich von Anfang an gespürt«, murmelte sie und drückte Gerald mitfühlend die Hand. »Ich kenne diese Art von Blicken: jemanden anzusehen, den man kaum kennt, und doch zu wissen, dass einen etwas ganz Besonderes mit ihm verbindet. Ich habe sie selbst jahrelang Jason zugeworfen und er mir. Aber diese Liebe entgegen jeder Vernunft ist nicht gut, Gerald. Für niemanden. Sie hat mich unglücklich gemacht, und ich will nicht, dass es dir und Julie ebenso ergeht.«

Sie seufzte wieder und fuhr sich müde über die Stirn, als fiele es ihr schwer, die nächsten Worte auszusprechen. »Du musst mir diese Frage nicht beantworten, aber sei bitte ehrlich zu dir selbst. Ist es wichtig für euer Glück und für eure Zukunft, dass du dich deiner Vergangenheit stellst?«

Gerald stockte der Atem. So direkt hatte Julie ihm diese Frage nicht gestellt und er hatte sie sich einfach nicht stellen wollen. Die ganze Zeit über hatte er über die Vergangenheit gesprochen, ohne auch nur darüber nachzudenken, sie tatsächlich zur Gegenwart werden zu lassen. Und Julie hatte das auch nicht von ihm erwartet. Doch plötzlich drängten sie und Sharon ihm diesen Gedanken auf. Gerald fühlte sich überfordert. Aufgewühlt stand er auf und griff nach seiner Krücke. »Ich liebe sie, und sie hat gesagt, dass sie mich liebt. Für alles andere werden wir eine Lösung finden. Vielleicht wird sie nicht perfekt sein, aber was ist schon perfekt? Auch Julie wird das einsehen und akzeptieren«, sagte er zu Sharon und ging zur Küchentür hinüber. Irgendwen würde er schon finden, der ihn zu ihr brachte.

»Wirklich?«, fragte Sharon eisig und hielt Gerald damit zurück. »Ich kenne diese Phrasen nur zu gut, Gerald. *Wir kriegen das hin. Alles wird gut, du wirst schon sehen.* Sie haben mich aber nicht vor dem Unglück bewahrt, das über mich hereingebrochen ist, als ich begriffen habe, dass Jason sich getäuscht hat. Wenn du also keine wirkliche Lösung kennst, dann lass Julie gehen. Versprich ihr nichts, das du nicht einhalten kannst und tu ihr damit nicht an, was Jason mir angetan hat.«

Gerald hatte das Gefühl, als gefriere sein Herz unter Sharons vernichtenden Worten. Sie hatte seinen wunden Punkt getroffen. Sie zeigte damit das auf, was Julie gespürt haben musste, aber nicht benennen konnte, und sie enttarnte die Lüge, von der er sich letztendlich selbst hatte überzeugen können.

In den letzten Wochen hatte er wie in einer Seifenblase gelebt, umgeben von Kollegen, die plötzlich Freunde wurden, in einer Stadt, in der er willkommen war, in der Nähe einer Frau, die sich vom ersten Augenblick an für ihn eingesetzt hatte.

Gerald hätte nur zu gern daran geglaubt, dass er ewig so weitermachen konnte. Doch er täuschte sich. Vielleicht konnte er Julie von sich überzeugen, weiterhin als Holzfäller arbeiten und seine freie Zeit mit ihr verbringen. Aber irgendwann würde die Vergangenheit ihn doch einholen.

Julie wollte bestimmt einmal Kinder, so wie sie von der heimeligen Vorstellung des perfekten Weihnachtsfestes gesprochen hatte. Verdammt, zu einer warmherzigen Frau wie Julie gehörten irgendwann einmal einfach Kinder, ein Leben als Familie. Doch mit ihm …? Bereits bei dem Gedanken daran, wie er sich gefühlt hatte, als er Joyce im Arm hielt, wurde Gerald übel. Schwer atmend stützte er sich am Türrahmen ab. Für den Moment – diesem Augenblick in dieser Seifenblasenwelt – war er in Ordnung, aber in Wirklichkeit hatte sich nichts verändert.

Es geht doch nicht ums Geld, Gerald. Das gleiche hatte seine Mutter ihm gesagt, als er sie finanziell hatte unterstützen wollen. Gerald dachte an ihren größten Wunsch zu Weihnachten. Sie wollte ihn in ihrem Leben haben – so wie Julie. Sie erwartete von ihm, dass er heilte – so wie Julie. Er konnte ihr all das nicht bieten – so wie er es Julie nicht bieten konnte.

Gerald rang nach Atem und sank auf die Knie. Nichts hatte sich verändert. Er würde sich mit Julie und ihren Kindern nicht die Schneeballschlachten liefern können, nach denen sie sich in der Vorweihnachtszeit sehnte, oder sie nach dem Rodeln mit heißem Tee zu Hause empfangen und ihnen mit kleinen Gesten dieser Art zeigen können wie sehr er sie liebte. Denn er konnte diese Liebe nicht aushalten.

Als sprenge die Erkenntnis den Knoten in seiner Brust, hörte der Raum auf, sich um ihn zu drehen, und er sah klarer, als er es die ganzen letzten Wochen über getan hatte. Vielleicht hatte er sich von seinen Gefühlen für Julie oder der Organisation der Party ablenken lassen, vielleicht hatte er auch nicht genau hinschauen wollen, um die Wirklichkeit nicht sehen zu müssen und sich einen Hauch Glück abzustauben, aber jetzt wusste er, was er zu tun hatte.

Julie sah immer das Beste in ihm. Sie würde immer etwas finden, das sie weiter an ihn glauben ließ, selbst wenn sie daran zerbrach. Sie würde ihn nicht fallenlassen. Er ließ sich von Sharon auf die Beine helfen, die plötzlich neben ihm stand und ihn entsetzt ansah. »Du hast recht. Wenn ich sie wirklich liebe, dann ist es das einzig Richtige, sie loszulassen«, flüsterte er.

Betäubt ging er nach oben, um seine Sachen zu packen. Er fühlte nichts, als er eine leere Seite aus seinem Notizheft mit den Songtexten herausriss und Julie eine kurze Nachricht schrieb. Vielleicht war es der Schock seiner jüngsten Erkenntnisse, der ihn emotional so taub machte, aber Gerald hoffte, dass es die Erleichterung war, das Risiko einer Liebe nicht weiter aushalten zu müssen.

Als es an der Zeit war sich zu verabschieden, zog er Sharon in seine Arme und steckte ihr seine Nachricht zu. »Gib das bitte Julie und sag ihr, dass es mir leidtut«, sagte er leise. Connor, Tim, Jackson und Will hatten sich schon verabschiedet und Sharon für die gute Zeit gedankt und standen wartend hinter ihm. »Mach's gut, Sharon«, sagte er erstickt und löste sich von ihr.

Sharon starrte mit gequältem Blick auf den Zettel in ihren Händen und schniefte leise. »Es tut mir so leid, Gerald.«

Er wusste, dass sie es sich anders für ihn gewünscht hätte, aber es war richtig, in erster Linie an Julie zu denken. »Keine Sorge, ich habe nichts geschrieben, das es ihr schwerer machen wird«, versicherte er ihr und wandte sich ab, um den anderen zu folgen. Seinetwegen konnte sie die Nachricht auch lesen. Es waren nur ein paar Abschiedsworte.

»Gerald?«, hielt Sharon ihn zurück und Gerald stoppte. »Du bist ein feiner Kerl«, sagte sie zu seinem Rücken. Ihre Stimme war brüchig. Gerald nickte bitter und setzte sich wieder in Bewegung. Ja, das war er. Zumindest solange er sich von den Menschen die er liebte fernhielt und ihr Leben nicht heillos durcheinanderbrachte. Dafür hatte Sharon ihm mit ihren Worten danken wollen, da war er sich sicher.

»Jetzt schau doch nicht so muffig. Du verdirbst einem damit richtig die Laune. Und das kann ich gar nicht gebrauchen, wo wir anscheinend endlich den Winterurlaub antreten dürfen. Es sind doch nur ein paar Tage. Sobald Delloway uns offiziell frei gibt, kannst du zurückkommen«, sagte Will und stieß Gerald kumpelhaft mit dem Ellbogen an. Er hatte also mitbekommen, was zwischen ihm und Julie gelaufen war, und er schien sich für ihn zu freuen.

Gerald nahm sich zusammen und versuchte sich an einem Lächeln. Die Jungs hatten Urlaub bitter nötig. Es fehlte nur noch Delloways Okay. Dass er sie sofort in Colorado einsetzen würde, war unwahrscheinlich, schließlich mussten sie ihre gesetzlich vorgeschriebene Erholungszeit irgendwann in Anspruch nehmen. Gerald wollte ihre Freude nicht trüben, indem er ihnen erzählte, dass er sich endgültig von Julie und Chickaloon verabschiedete.

Während er mit Will auf der Ladefläche von Old Jacks Truck saß und Jackson dabei zusah, wie er den Helikopter vor dem Abflug einer gründlichen Prüfung unterzog, versuchte er den Schein zu wahren. Old Jack tappte hinter dem Piloten her und beäugte neugierig seine Untersuchung, und Connor und Tim luden bereits ihr Gepäck in den Frachtraum. Nur Will schien sich zurückhalten zu können und leistete ihm Gesellschaft.

»Gerald?«, hakte Will nach, als dieser nichts zu seinen ermunternden Worten sagte, und musterte ihn aufmerksam von der Seite. »Du bleibst doch nur ein paar Tage in Colorado Springs, oder?«

Gerald presste die Lippen so fest zusammen, dass sein Kiefer schmerzte, und verkniff sich einen Blick auf die Uhr. Vermutlich wäre es noch nicht zu spät …

»Ich glaube es nicht«, sagte Will aufgebracht und sprang von der Ladefläche. »Du hast es versaut, oder?« Gerald schenkte ihm einen düsteren Blick und nickte. Früher oder später würde er es ohnehin erfahren.

»Was bist du nur für ein dämlicher Idiot«, maulte Will und

lief vor seiner Nase auf und ab. »Ich dachte, du hättest es endlich kapiert, dass dieser Job es nicht wert ist, ein richtiges Leben aufzugeben … Du solltest hierbleiben, bei Julie. Was hätte ich noch tun müssen, um dir deutlich zu machen, dass diese Frau vielleicht die beste Chance deines Lebens ist?«

Irritiert sah Gerald Will dabei zu, wie er kopfschüttelnd vor ihm auf und ab stapfte. Was sollten diese Anschuldigungen? In ihm begann es zu brodeln. Er hatte genug mit sich zu tun. Wills Gemaule konnte er gerade überhaupt nicht gebrauchen. Er hatte gedacht, dass sie so etwas wie Freunde geworden waren. Seine Worte trafen ihn umso härter. »Darum ging es dir also die ganze Zeit, mich loszuwerden?«, brauste er auf.

Will blieb abrupt stehen und zuckte verlegen mit den Schultern. »Ist doch egal, worum es mir ging. Letztendlich könntest du jetzt mit deinem Mädchen ein ganz neues Leben anfangen, wenn du es dir nicht verbockt hättest.«

Gerald musterte Will feindselig. Er sah nicht wütend aus oder verdrehte genervt die Augen, wie er es anfangs oft getan hatte, wenn er mit ihm zusammenarbeiten musste. »Sei doch froh, dass ich kein neues Leben anfange. So musst du keinen neuen Grünschnabel einarbeiten«, bemerkte er schroff. Wie oft hatte er diese Worte von Will zu hören bekommen?

Will seufzte leise und setzte sich neben ihm auf die Kante der Ladefläche. »Hör zu, ich konnte dich echt nicht leiden und wollte dich irgendwie loswerden. Aber wie die Dinge so laufen, habe ich in den letzten Wochen bemerkt, dass du gar nicht so übel bist. Das heißt aber nicht, dass ich mir nicht wünschen würde, dass du klüger wärst als ich.« Will wandte ihm den Blick zu und lächelte kläglich. »Da habe ich mich wohl getäuscht. Dabei habe ich wirklich alles versucht.«

Gerald zog überrascht die Augenbrauen in die Höhe. Wills plötzliche Offenheit erstaunte ihn und weckte seine Neugier. »Connor sagte mal zu mir, wir seien uns ziemlich ähnlich …« Ein verletzlicher Ausdruck blitzte in Wills Augen auf, doch er hatte sich schnell wieder im Griff. »Ich erzähle dir das jetzt nicht, weil ich bemitleidet werden will, okay?« Gerald nickte. Will griff in die Brusttasche seiner Jacke und holte ein Päckchen Zigaretten hervor. »Wie alt bist du, Gerald?«, fragte er und steckte sich eine Kippe an.

»Vierundzwanzig«, antwortete Gerald. *Noch*, ergänzte er in Gedanken. In zwei Tagen hatte er Geburtstag. Vermutlich würde er ihn alleine verbringen. Gerald dachte an die bevorstehende Einsamkeit. Nach der Zeit mit Julie würde sie schwer zu ertragen sein. Er verdrängte den Gedanken und sah Will fragend an. »Was hat mein Alter mit deiner Geschichte zu tun?«

Will nahm einen tiefen Zug und blies den blaugrauen Rauch in die Luft. »Als ich vierundzwanzig war, war ich bereits sechs Jahre verheiratet und hatte eine achtjährige Tochter.«

»Ich wusste nicht, dass du Familie hast«, stammelte Gerald überrascht. Das hatte er nicht erwartet. »Ich meine, du sprichst nie von ihr, fährst kaum nach Hause …« – und anscheinend ging Will auch ständig fremd.

Will schnitt ihm mit einer bestimmenden Geste das Wort ab. »Colbie und ich kannten uns schon in der Highschool. Sie Cheerleaderin, ich Footballspieler – es war perfekt. Wir hatten ein leichtes Leben, hatten keine Sorgen und nur unseren Spaß im Kopf. Na ja, wie soll ich sagen? Wir haben es wohl ein wenig zu heftig getrieben. Jedenfalls sind wir sturzbetrunken im Bett gelandet und so ist Millie entstanden.« Ein unerwartet zärtliches Lächeln erschien auf Wills Gesicht, und Gerald wagte es nicht, ihn erneut zu unterbrechen. Will seufzte und schnippte seine halb gerauchte Zigarette davon. »Ich bereue nicht, dass sie geboren wurde, nur dass ich eine ganze Reihe falscher Entscheidungen getroffen habe.« Er sah Gerald ernst in die Augen, doch Gerald begriff nicht.

Will schien es sich anders zu überlegen, angelte sich noch eine Zigarette aus der Packung und zündete sie an. Diese Geschichte zu erzählen schien ihn unter Stress zu setzen. »Ich dachte, ich müsse dem Jugendamt etwas vorweisen können. Sie haben die Vormundschaft für Millie übernommen bis Colbie und ich volljährig waren. Wir brauchten Babysachen, eine Wohnung und was weiß ich noch alles. Nun, das hier war der bestbezahlteste Job, den ich ohne langwierige Ausbildung bekommen habe.«

»Und du bist daran hängen geblieben, um deiner Familie etwas bieten zu können«, ergänzte Gerald. Es lag nicht einmal einen ganzen Tag zurück, da hatte er Julie etwas Ähnliches gesagt.

Will nickte. »Die Wünsche wurden immer teurer. Erst war es eine größere Wohnung, dann eine große Hochzeit, ein Haus, und so weiter. Ich war praktisch kaum mehr zu Hause, und wenn ich es war, hat Colbie mir Vorwürfe gemacht. Sie hat mir an den Kopf geworfen, dass ich sie nicht bei Millies Erziehung unterstütze, dass alles an ihr hängenbleibe, und sie hat mir unterstellt, dass ich ständig fremdgehen würde.« Will schnaubte verächtlich. »Scheiße, ich habe damals nicht mal einer anderen hinterhergesehen ... Lange Rede, kurzer Sinn: Ich bin nicht von dem Job losgekommen, weil wir das Geld brauchten. Und als ich dann vor zwei Jahren ganz spontan nach Hause kam, um Colbie zu überraschen, habe ich sie mit einem anderen im Bett erwischt.« Will warf die Kippe zu Boden und trat sie mit dem Absatz seines Stiefels aus. »Ich bin jetzt dreiunddreißig, muss meiner Exfrau Unterhalt bezahlen und will, dass meine Tochter es besser macht als ich. Ich bin ein mieser Vater. Das Einzige, das ich für sie tun kann, ist sie finanziell zu unterstützen. Das bin ich ihr schuldig, aber ich kann dadurch weniger denn je daran denken, den Job an den Nagel zu hängen und es ruhiger angehen zu lassen. Aber du ...« Er stieß sich von der Ladefläche ab und wandte Gerald den Rücken zu. »Das Mieseste dabei ist, dass Colbie und ich uns einmal richtig geliebt haben. Ich denke, wenn ich den richtigen Zeitpunkt nicht verpasst hätte und ausgestiegen wäre – sie nicht ständig alleine gelassen hätte und wir uns dadurch nicht entfremdet hätten – hätten wir glücklich werden können.«

Ohne Gerald noch einmal anzusehen, ließ er ihn stehen und ging zu Connor und Tim hinüber, die das Gepäck inzwischen verladen hatten und nur noch darauf warteten, dass Jackson seinen Checkup abschloss.

Gerald warf einen verstohlenen Blick auf die Uhr. Ihm war klar, dass Will ihm diese Geschichte erzählt hatte, um ihn zur Umkehr zu bewegen – mach etwas aus deinem Leben, steig aus und werde glücklich. Fast war er versucht, es zu tun. Doch Julie würde er damit nicht glücklich machen können.

* * *

Julie rannte den Weg von ihrem Wagen zum Pub. Sie war spät dran, aber das war nicht der Grund für ihre Eile. Sie hätte Gerald am Vortag nicht sich selbst überlassen dürfen. Sie hatte seine Not gespürt. Doch sie war völlig geschockt gewesen. Geralds Worte hatten ihr zugleich die Augen geöffnet und sie verletzt.

Ich bin schuld, dass Anna tot ist. Damit muss ich leben. Aber wenn du bei mir bist, dann fällt es mir ein wenig leichter diese Schuld zu tragen, hallten seine vernichtenden Worte in ihren Ohren wieder. Sie war sein Schutzschild gegen den Schmerz geworden.

Die ganze Nacht hatte sie sich von einer Seite auf die andere gewälzt. Selbst jetzt noch, als sie sich dazu entschlossen hatte, in Ruhe mit ihm darüber zu reden, rang ihr Verstand mit ihrem Herzen. Ihre Vorsicht sagte ihr, dass es von Anfang an zu kompliziert gewesen war, als dass es funktionieren konnte. Vielleicht hatte Gerald nicht gelogen, als er sagte, dass er sie liebte. Aber er benutzte diese Liebe dazu, seine Schuldgefühlte aushalten zu können. Das fühlte sich falsch an.

Ihr Herz war sich jedoch sicher, dass ihre Liebe ihm die Kraft geben würde, sich diesen vernichtenden Gefühlen zu stellen und darüber hinwegzukommen. Sie hätte ihn nur nicht so bedrängen dürfen. Wenn ihr eines inzwischen klargeworden war, dann dass er noch viel mehr aufzuarbeiten hatte, als sie geahnt hatte. Aber verdammt, Gerald war Jahre vor seiner Vergangenheit davongelaufen. Jetzt brauchte er einfach etwas Zeit, um sich an den Gedanken, sich ihr zu stellen, zu gewöhnen. Er musste sich langsam herantasten, und sie würde ihm dabei zur Seite stehen.

Entschlossen stieß sie die Tür des Pubs auf und betrat auf wackeligen Beinen den Eingangsbereich. Hoffentlich hatte ihn ihre Reaktion gestern nicht zu sehr verletzt.

»Hey Sharon, keine Zeit, ich bin spät dran«, rief sie Sharon im Vorübergehen zu, die, kaum dass sie durch die Tür gewirbelt kam, hinter der Theke hervortrat und auf sie zueilte. Julie ignorierte sie und steuerte die Treppe ins obere Stockwerk an. Das Gefühl, Gerald alles sagen zu müssen, was ihr durch den Kopf ging, wurde immer drängender.

»Warte«, rief Sharon ihr hinterher, doch sie sprang weiter die Stufen hinauf. Sie wollte endlich zu ihm.

»Sie sind nicht mehr hier!«

Julie erstarrte. Ihr Magen krampfte sich zusammen. »Wie meinst du das?«, fragte sie wie betäubt. Ihre Stimme klang unnatürlich hoch. Obwohl sie bereits wusste, was geschehen sein musste, weigerte sie sich, es zu glauben. Ihre Gedanken waren wie eingefroren. Ebenso ihr Herz. Die Sekunden schienen sich zu einer Ewigkeit auszudehnen. Langsam stieg sie die Treppe hinab. Sharons kummervolle Miene bestätigte ihre schlimmste Befürchtung.

»Sie sind vor einer Dreiviertelstunde aufgebrochen.« Tröstend streckte Sharon ihre Arme nach ihr aus, doch Julie schüttelte abweisend den Kopf. »Das kann nicht sein. Er würde doch nicht fortgehen, ohne sich von mir zu verabschieden«, flüsterte sie. Der Schmerz traf sie mit voller Wucht. Ihr Herz fühlte sich an als würde sie angeschossen. Es laut auszusprechen machte Geralds Verrat paradoxerweise real.

»Warum tut er mir das an?«, schluchzte sie und ließ sich in Sharons Arme fallen. Sie hatte keine Ahnung, wie lange sie einfach nur so dastand und fühlte, wie ihr Herz brach. Tief im Innern hatte sie gewusst, dass es nicht funktionieren konnte. Von Anfang an hatte sie gespürt, dass sie sich von ihm fernhalten sollte. Doch sie hatte nicht auf ihren Instinkt hören wollen.

»Warum versucht er es nicht einmal? Wenn er mit seiner Mom reden würde … Er braucht Hilfe«, schluchzte sie und weinte Sharons Schulter nass. Es tat einfach nur weh. Sharon schob sie sanft von sich und legte ihre Hände um ihr Gesicht. »Ich weiß nicht, was ihm zugestoßen ist und wovon du redest. Aber ich weiß, dass Gerald begriffen hat, dass er dich nicht glücklich machen kann und dir das Leben nur schwermachen würde.«

»Hat er genau das zu dir gesagt? Bitte, Sharon, ich muss ganz genau wissen, was er gesagt hat. Er liebt mich, vielleicht kann ich ihn zurückholen, wenn ich weiß, was ihn quält«, flehte sie Sharon an und machte sich gleichzeitig von ihr los, um aus der Tür zu rennen und nach Gerald zu suchen. Wenn sie Glück hatte, war der Helikopter noch nicht von Old Jacks Landeplatz abgeflogen.

»Tu dir das nicht an, Julie«, hielt Sharon sie zurück. Qual lag in ihrem Blick. »Liebe ist manchmal einfach nicht genug. Niemand weiß das besser als ich, und auch Gerald hat das begriffen.« Sie griff in ihre Hosentasche und zog ein gefaltetes Stück Papier heraus. Julie begann zu zittern. Am liebsten wäre sie davongerannt, doch ihre Beine waren schwer wie Blei.

»Lies das. Vielleicht hilft es dir, ihn besser zu verstehen«, sagte Sharon und streckte ihr den Zettel entgegen. Julie starrte ihn an, ohne ihn entgegenzunehmen. Sie wollte keinen Abschiedsbrief. Seine Existenz bedeutete, dass Gerald über sein Handeln nachgedacht hatte und dass er keine Hoffnung für sie und ihn sah.

»Soll ich ihn dir vorlesen?«, fragte Sharon vorsichtig. Julie sah ihr in die Augen und hasste sie in diesem Moment dafür, dass sie ihr nicht einmal für einen kurzen Augenblick Zuversicht gönnen wollte. Sie könnte davor weglaufen, wie Gerald es tat, oder sie könnte gegen die Ungerechtigkeit anschreien, doch es würde nichts ändern. Das war nicht Sharons Schuld. Sie nickte langsam.

Sharon faltete den Zettel auseinander und begann zu lesen:

»*Liebe Julie …*« Die Worte waren der Abschied, vor dem Julie sich gefürchtet hatte. Kraftlos ließ sie sich auf einen Barhocker sinken und presste ihre Lippen aufeinander. Vielleicht schaffte sie es wenigstens, Gerald zu hassen, wenn sie hörte, was das Letzte war, was er ihr zu sagen hatte. Sie klammerte ihre Finger ineinander und nickte Sharon auffordernd zu. Diese seufzte schwer und las weiter: »*Ich weiß nicht, womit ich beginnen und womit ich enden soll. Aber vermutlich sollte ich dir zunächst für alles danken, was du für mich getan hast. Wir hatten eine wundervolle Zeit, dennoch wünschte ich mir, wir wären uns nach diesem Abend in der Bar nicht wieder begegnet. Nicht weil mir die Zeit mit dir nichts bedeutet hat, sondern weil es jetzt einfacher wäre. Du hast dich in mein Herz gestohlen, Julie, und ich habe vergessen wo ich hingehöre. Erst jetzt begreife ich, dass wir nie wirklich eine Chance hatten. Es tut mir leid, aber ich bin nicht der richtige Mann für Schneeballschlachten, ein Haus mit einem weißen Gartenzaun und all den Kram, der zu so einem Leben dazugehört. Ich wünsche dir von Herzen, dass du den Richtigen findest. Gerald.*«

Julie zuckte zusammen. Als Gerald sich ihr geöffnet hatte, hatte es sich angefühlt als setze er sich damit über all seine Grenzen hinweg. Doch es gab Dinge, die er nicht überwinden konnte. Die Vergangenheit brandmarkte ihn. Er hatte recht, diese Narben würde er ein Leben lang tragen. Ihr Herz hatte sich getäuscht. Ihre Liebe konnte ihn nicht erlösen und sie musste nun zusehen, wie sie damit fertig wurde, dass er sie zutiefst berührt hatte.

»Klingt ziemlich aufgesetzt«, murmelte Sharon und sah Julie unsicher an. »Vielleicht bin ich ein Idiot …« Julies Herz begann schneller zu schlagen. Sharons Miene verzog sich gequält. »Er hat nicht alleine zu der Entscheidung gefunden, dich zu verlassen. Wir haben geredet – über ihn, dass ihn etwas belastet und über dich – danach war er entschlossen zu gehen.«

Julie sprang vom Barhocker auf. »Hast du ihm gesagt, dass er gehen soll?« Ihr Herz raste gegen ihre Rippen.

Sharon verzog nachdenklich das Gesicht. »Na ja, so ganz direkt habe ich das nicht gesagt …« Sharon wand sich. Sie fühlte sich sichtbar unwohl in ihrer Haut. Doch Julie war ihr dankbar, dass sie überhaupt mit der Sprache herausrückte.

»Bitte, Sharon, ich muss ganz genau wissen, was du zu Gerald gesagt hast und was er dazu gemeint hat«, bat sie Sharon erneut. Es gäbe einen Ausweg, ihm zu verzeihen. Gerald war labiler als sie geahnt hatte, und wenn er aufgrund von Sharons Einfluss gegangen war … »Bitte«, flehte Julie.

Sharon seufzte leise und senkte den Blick auf den Brief in ihren Händen. »Er hat erzählt, dass er Probleme hat und dass ihr deswegen Streit hattet. Ich habe ihn gefragt, ob er dich wirklich glücklich machen kann und ob er eine Lösung für seine Probleme kennt. Wenn nicht, dann sollte er dich besser in Ruhe lassen … Es tut mir leid, dass ich mich eingemischt habe.«

Julie sank auf den Barhocker zurück. Gerald kannte seine Möglichkeiten, doch er hatte den Weg gewählt, den er wohl immer wählen würde, wenn es zu eng für ihn wurde. Er war davongelaufen. ›Er wird seinen Fehler einsehen und zurückkommen‹, raunte die Stimme ihres Herzens ihr zu. Julie schüttelte entschlossen den Kopf. Selbst wenn er reumütig zurückkehrte, würde dieses Spiel um Glück und Unglück, Schuld und Vergebung nur von Neuem beginnen und sie würde irgendwann an der Hoffnung zerbrechen, dass er sie eines Tages unbelastet lieben konnte. Er hatte gewusst, wie wichtig es ihr war, dass er sich seiner Vergangenheit stellte, und war ohne zu zögern gegangen.

Julie war sich sicher, dass sie ihm diese Verletzung nie würde verzeihen können. Dennoch schaffte sie es nicht, das leise Flüstern ihres Herzens abzustellen. »Es ist gut, dass du dich eingemischt hast, Sharon. Du hast recht, manchmal reicht Liebe einfach nicht aus«, sagte sie hart und hoffte, dass sie irgendwann auch so empfinden konnte.

Kapitel 18

»Also, Gerald, wie lief es?«, fragte Alexander Delloway, kaum dass Gerald unter seinen argwöhnischen Blicken in sein Büro gehumpelt kam und vor seinem Schreibtisch Platz nahm. Er beugte sich über die gläserne Tischplatte und stütze sich breit auf seinen Armen ab. Gerald kam er vor wie die personifizierte Macht. Und er musste sie bändigen, wenn er nicht endgültig untergehen wollte.

»Ehrlich gesagt, nicht sehr gut«, gestand er leise. Er war nun zwei Tage in Colorado Springs, und noch ehe er einen Termin mit Shane Masters, dem Reporter, vereinbaren konnte, war der völlig überraschend in der Pension aufgetaucht, in der er sich eingemietet hatte. Delloway schien seine Aussage nicht zu gefallen. Ungehalten trommelte er mit den Fingern auf die gläserne Platte des Schreibtisches und sah lauernd auf ihn herab. Gerald hatte das Gefühl, immer kleiner zu werden. Dabei hatte er nichts falsch gemacht.

»Hören Sie, ich habe keine Ahnung, wie er mich gefunden hat, aber plötzlich stand dieser Masters vor meiner Tür und hat mir seltsame Fragen gestellt. Warum ich so ausgemergelt aussehe, ob es mir gesundheitlich schlechter gehe als ich zugeben wolle, und so. Ich habe ihm gesagt, dass es mir gutgeht und ihm erzählt wie Sie mich unterstützen. Aber er schien mir gar nicht richtig zuzuhören.«

»Hm«, gab Delloway nachdenklich von sich und ließ sich gegen seinen monströsen Schreibtisch sinken und verschränkte langsam die Arme vor seiner Brust. »Warum sollte er Sie aufsuchen, wenn er sich gar nicht dafür interessiert, was Sie zu sagen haben?« Geralds Herz begann zu rasen. Delloway lächelte ihn freundlich an, doch in seiner Stimme lag Argwohn. Für den nächsten hetzerischen Artikel würde er ihm die Schuld geben, so viel stand fest. »Er hat ein Foto von mir gemacht«, antwortete Gerald schuldbewusst. Und Masters hatte darauf bestanden, dass er dazu aufstand. Erst jetzt dämmerte Gerald weshalb. Masters hatte ihn vermutlich nicht ohne Krücke ablichten wollen. »Hat er das?«, hakte Delloway nach und musterte ihn aufmerksam. Gerald wurde schlecht. Er könnte bei der Zeitung anrufen und die Veröffentlichung des Bildes ablehnen. Aber Masters hatte gesagt, dass er den Artikel so schnell wie möglich bringen wollte und er hatte nichts dagegen gehabt. Vermutlich war die Zeitung schon gesetzt oder befand sich bereits im Druck.

»Nun, wenn das so ist, werden die Leser sich davon überzeugen können, dass es Ihnen gutgeht. Vorausgesetzt, Sie schauen auf dem Bild nicht so fertig wie jetzt drein, dürften sich die Leser ja durchaus ein Bild davon machen können, dass Sie in Ordnung sind. Mit einer Narbe im Gesicht und den Krücken sind Sie ja glimpflich davongekommen«, sagte Delloway und nickte in seine Richtung. Ganz automatisch griff Gerald sich an die Stelle über der linken Augenbraue, die vor ein paar Wochen noch dick und geschwollen gewesen war. Die Verletzung war verheilt. Nur seine seelischen Wunden schienen mehr denn je zu brennen. Und dieser Masters schien ihm das regelrecht angesehen zu haben. Er konnte nur hoffen, dass er das nicht in einem vernichtenden Artikel gegen die Delloway Tree Company verarbeitete.

»Lassen Sie uns den Artikel abwarten«, sagte Delloway, als habe er seine Gedanken gelesen und schritt um den Schreibtisch herum. »Dann können wir uns überlegen, wie weiter vorzugehen ist.«

Gerald wurde noch unwohler, als sein Chef hinter seinen Stuhl trat und ihm auf die Schulter klopfte. Die Geste war nicht freundschaftlicher Natur, da war er sich sicher. Vielmehr schien sein Chef ihn daran erinnern zu wollen, dass er für den weiteren Verlauf mit verantwortlich war und er aus der Angelegenheit nicht aussteigen konnte. »Ich denke, es versteht sich von selbst, dass Sie bis dahin nicht zurück nach Alaska fliegen«, bestätigte Delloway ihm die düstere Ahnung. Gerald nickte beklommen und stand steifbeinig auf. Am besten überlegte er sich gleich, womit er in Zukunft sein Geld verdienen wollte.

Zurück in seiner Pension legte Gerald sich aufs Bett, starrte an die Decke und fragte sich, warum er sich so seltsam ruhig fühlte. Er sollte Panik bekommen, diesen Masters ausfindig machen und ihn anflehen, Delloway um seinetwillen nicht weiter herauszufordern. Aber stattdessen lag er einfach nur da und überlegte, wann das schäbige Zimmer wohl zuletzt renoviert worden war. An der Decke über dem Bett war der gräuliche Putz aufgesprungen und ein hässlicher Spalt zog sich quer durch den Raum bis in die Mitte des Zimmers.

Vielleicht regte er sich nicht mehr auf weil er genauso am Ende war wie dieser Putz, der längst erneuert gehörte. Gerald hatte es mehr oder weniger erfolgreich verdrängt, aber jetzt begriff er, dass er schon kaputt gewesen war, bevor er nach Chickaloon gekommen war. Nun, da er die Stadt und die Menschen, die er liebgewonnen hatte, wieder verlassen hatte, war sein Herz endgültig zersprungen. Die Teile, die davon übrig waren, schienen so klein zu sein, dass sie nicht einmal in der Lage waren, Schmerz zu empfinden.

Nur das Gefühl, das Richtige getan zu haben – sich endgültig aufzugeben, um Julie nicht in sein Unglück hineinzuziehen – berührte noch etwas ganz tief in seinem Inneren. Doch der Funke war so schwach, dass Gerald sich sicher war, dass auch er verlöschen würde. Und er hatte keine Kraft mehr, sich dagegen zur Wehr zu setzen. Er sollte sich einfach in den nächsten Bus setzen, nach Hause fahren und zusehen, dass er sein Leben wieder auf die Reihe bekam. Julie hatte recht, wenn er glücklich werden wollte, musste er sich seiner Vergangenheit stellen, sich

Joyce stellen. Aber er fühlte sich innerlich wie erstarrt. Er war am Ende. »Happy Birthday, Gerald«, flüsterte er sarkastisch und rollte sich zusammen. Sein Geburtstag hätte wohl kaum mieser verlaufen können.

Als Delloway ihn bereits zwei Tage später zur Mittagszeit in sein Büro zitierte, war Gerald sich sicher, dass er ihm den letzten Hieb versetzen würde, der ihn zu Fall bringen würde.

»Haben Sie diese Scheiße gelesen?!«, brüllte er tatsächlich, kaum dass Gerald das Büro betrat und schleuderte eine Zeitung auf den Schreibtisch. Gerald machte sich erst gar nicht die Mühe, sich hinzusetzen. In der Stimmung, in der Delloway sich befand, würde er nicht lange herumfackeln. Müde griff er nach der Zeitung und überflog den Artikel, während Delloway aufgebracht hinter seinem Schreibtisch auf und ab schritt.

»Verunfallter Mitarbeiter in erbärmlichen Zustand … wirkt traumatisiert … Langzeitfolgen der Verletzung immer noch nicht absehbar … kann nicht ohne Gehhilfe laufen …« Die Krönung des Artikels war das Foto, das Masters von ihm geschossen hatte. Die dunklen Ringe unter seinen stumpfen Augen sagten beinahe mehr aus als die darunter stehenden Worte: »Wie gut ging es diesem Mitarbeiter mit der Delloway Tree Company vor seinem Unfall? Wer sich ernsthaft mit Gerald Turner unterhält, bekommt schnell den Eindruck, dass er die Grenzen seiner Belastbarkeit längst überschritten hat.« Gerald schloss resigniert die Augen. Masters hatte ihn durchschaut. Er zog nur falsche Schlüsse. Seine Arbeit war nicht schuld an seinem Befinden. Schlimmer hatte es nicht kommen können.

»Das lasse ich mir nicht bieten«, tobte Delloway und schnappte Gerald die Zeitung unter der Nase weg. »Dafür werden Köpfe rollen. Der dieses Schmierfinken und der desjenigen, dem ich das zu verdanken habe«, brüllte er und zerriss die Zeitung.

Gerald zog den Kopf ein. »Ich kann verstehen, dass Sie wütend sind. Aber die Leute werden das schnell wieder vergessen«, versuchte er seinen Chef zu beschwichtigen. Hatte Alexander

Delloway je etwas existentiell Schlimmes erlebt? *Nein*, beantwortete Gerald sich die Frage selbst.

Natürlich waren die privaten Nöte seiner Mitarbeiter nicht seine Angelegenheit, aber zornentbrannt auf den Fetzen der Zeitung herum zu trampeln, wie er es nun tat, war einfach lächerlich.

»Lassen Sie den Reporter in Ruhe. Was er schreibt ist Müll. Aber je mehr Sie ihn piesacken, desto unangenehmer wird seine Reaktion ausfallen. Wenn Sie ihn allerdings nicht weiter beachten, wird er vermutlich bald das Interesse verlieren«, versuchte Gerald erneut, seinen Chef zu beruhigen. Er hatte Shane Masters persönlich kennengelernt und er schien ein hoffnungsloser Visionär zu sein, der die Welt zu einem besseren Ort machen wollte. Ständig hatte er von Gerechtigkeit gesprochen, und wenn Delloway ihm nicht das Gefühl geben wollte, dass in seiner Firma etwas nicht mit rechten Dingen zuging, dann war es besser, gelassen zu bleiben. Andernfalls würde Masters erst recht Blut lecken.

»Passen Sie auf, was Sie da sagen, Junge, oder ich komme noch auf den Gedanken, dass Sie in dieser Verschwörung mit drinstecken«, fuhr Delloway ihn an und deutete drohend mit dem Finger auf ihn. Gerald verstand kein Wort. War er jetzt endgültig übergeschnappt, oder wovon redete der Mann?

»Ja genau, halten Sie die Klappe, dann bleibe ich vielleicht sogar so großzügig wie bisher und schicke Sie in der nächsten Saison wieder nach Alaska, so wie Sie mich vor einem halben Jahr genau an dieser Stelle darum angebettelt haben«, zischte Delloway und funkelte ihn herausfordernd an. »Vorausgesetzt natürlich, dass Sie bis dahin wieder auf den Beinen sind. Wenn man diesem Schreiberling glaubt, wird das wohl nie der Fall sein.«

Es fühlte sich an, als stoße Delloway ihm ein Messer in die Brust. Am liebsten wäre er aufgestanden und hätte ihm die Faust mitten in sein arrogantes Gesicht geschlagen. »Ich arbeite hart dafür und ich werde es schaffen«, antwortete er stattdessen gepresst. Der Job war das Letzte, was ihm noch geblieben war, und Delloway schien zu ahnen, wie sehr er von ihm abhing. Herablassend musterte er ihn. »Gut«, sagte er schließlich. »Dann muss ich für das Alaska Team nur einen neuen Mann suchen.«

Gerald bekam eine Gänsehaut. »Wovon sprechen Sie?« Eine diebische Freude spiegelte sich in den Augen seines Chefs. So großzügig er sich nach seinem Unfall gegeben hatte, so kalt war er in Wirklichkeit.

»Will Preston ist seit heute Morgen nicht mehr mein Mitarbeiter. Er dachte wohl, ich käme nicht dahinter. Hat wohl nicht mit meinen weitreichenden Beziehungen bis in die Presseabteilungen hinein gerechnet. Aber ein alter Studienfreund hat für mich herausgefunden, dass er es war, der Masters auf uns angesetzt hat. Hat ihm alle Einzelheiten des Unfalls erzählt und dass es meine Schuld wäre, weil die Arbeitsbedingungen so schlecht wären. Und dieser Masters ist dumm genug, diesen ganzen Schund zu glauben. Aber wie ich sagte: Auch er wird dafür bezahlen.« Delloway lächelte hämisch. Die Befriedigung seiner Rachegelüste schien seine Wut zu mildern »Nun, was soll ich sagen? Man beißt nicht die Hand, die einen füttert. Nicht wahr, Gerald?«

Gerald nickte betäubt. Er konnte nur daran denken, was Will ihm erzählt hatte. Er musste völlig fertig sein. Delloway trat zu ihm, legte ihm die Hand in den Rücken und dirigierte ihn in Richtung Bürotür. »Dann denken Sie daran, das nächste Mal ein wenig zu lächeln, wenn Sie von einem Reporter fotografiert werden. Noch eine Chance bekommen Sie nicht von mir. Ich denke, es versteht sich von selbst, dass wir damit quitt sind und ich meine Unterstützung ab sofort einstelle.« Er öffnete die Bürotür und schob Gerald hindurch. »Wenn Sie wieder fit sind, melden Sie sich. Bevor Sie es sich nicht verdienen, sehen Sie keinen Cent mehr von mir«, sagte er eisig und schlug Gerald die Tür vor der Nase zu.

Vielleicht war es die willkommene Ablenkung, die seine Sorge um Will ihm bot, vielleicht war die Angst aber auch echt, dass Will etwas Dummes anstellte. Was auch immer es war, Delloways Worte und seine Genugtuung, Will gefeuert zu haben, ließen Gerald keine Ruhe. Sich um seine eigene verfahrene Lage Gedanken zu machen, konnte warten.

Es dauerte eine Weile, bis er herausgefunden hatte wo Will sich vermutlich aufhielt. Als Gerald aus dem Bus stieg, dankte er wem auch immer dafür, dass Connor und er die Handynummern ausgetauscht hatten, damit sie sich für den Fall eines kurzfristigen Einsatzes zusammenrufen konnten. Er schien noch keine Ahnung zu haben, was geschehen war, aber er wusste wo Will wohnte.

Gerald musterte die triste Fassade des Wohnblockes, der von der Bushaltestelle aus zu sehen war, und fragte sich, was für ein Leben Will führte, wenn er nicht mit dem Holzfällertrupp unterwegs war. Vermutlich war es nicht weniger leer als sein eigenes. Er ignorierte das bohrende Gefühl und marschierte los.

Es schien eine Ewigkeit zu dauern, bis Will auf Geralds Klingeln reagierte. Aber er blieb hartnäckig und klingelte so lange, bis es Will zu dumm zu werden schien.

»Was willst du?«, bellte er in die Gegensprechanlage. »Dass du mich reinlässt«, antwortete Gerald. Tatsächlich ertönte das Summen der automatischen Entriegelung und Gerald drückte die Tür auf. Ein Schild an der Tür des Aufzuges verriet, dass er defekt war. Also schleppte er sich die vier Stockwerke nach oben. Will lehnte in der Wohnungstür und musterte ihn grimmig. »Was wills du?«, wiederholte er lallend.

Gerald fiel auf, dass er leicht schwankte. Vermutlich hatte er Mühe, aufrecht stehen zu bleiben, und lehnte sich deshalb an. »Bist du besoffen?«, fragte er.

Will lachte freudlos. »Bis doch nicht so dumm, wie ich geglaub hab.« Er machte einen Ausfallschritt zur Seite und drehte Gerald schwankend den Rücken zu. Gerald folgte ihm ins Innere der Wohnung, ehe er ihm die Tür vor seiner Nase zuschlagen konnte.

»Ich komme direkt von Delloway. Er hat mir erzählt was du getan hast, oder besser gesagt, er hat es mir ins Gesicht gebrüllt.«

Will schien ihn gar nicht zu hören oder hören zu wollen. Er wankte von dem dunklen Flur aus weiter ins Wohnzimmer, das gleichermaßen auch sein Schlaf- und Esszimmer zu sein schien, was Gerald an dem Bettzeug auf dem Sofa erkannte. Schnaufend ließ er sich auf seiner Bettdecke nieder und griff nach der halbleeren Whiskyflasche, die auf dem Couchtisch stand. Doch Gerald war schneller. Er bekam die Flasche vor Will zu fassen und zog sie ihm unter der Nase weg. »Hast du mich verstanden? Ich weiß, dass du diesen Reporter zu seinen Artikeln angestiftet hast!« Vermutlich hatte Masters sogar von ihm gewusst, wo er momentan zu finden war. Gerald schüttelte aufgebracht den Kopf. »Warum verdammt noch mal machst du so einen Scheiß?«

Will fixierte ihn aus trüben Augen. Sein Oberkörper pendelte hin und her, aber er schaffte es, Gerald in die Augen zu sehen. »Is doch egal. Alles …«, sagte er und ließ sich seitlich auf das Polster fallen. Entweder war er bewusstlos, oder er war einfach eingeschlafen. Bis Gerald jedoch begriff, dass er keine Show abzog, um ihn zu vertreiben, und an seiner Schulter rüttelte, zeigte Will keine Reaktion. Gerald beschloss zu warten.

Er ging in die kleine Küche, die durch den offenen Zugang vom Wohnzimmer aus zu sehen war, und stöberte sich durch die Schränke. Das schlechte Gewissen, das er dabei empfand, in Wills Privatsphäre einzubrechen, verdrängte er. Wenn er aufwachte, würde er einen Kaffee vertragen können, um wieder nüchtern zu werden. Und eine Kopfschmerztablette vermutlich auch.

Bis es jedoch so weit war, wurde es draußen bereits dunkel. Gerald hatte Kaffee gekocht, ihn in eine Thermoskanne gefüllt, im Spiegelschrank im Bad Schmerztabletten aufgestöbert und hatte gewartet. Zwischendurch hatte er sich gefragt, ob er nicht lieber doch den Rettungsdienst rufen sollte. Aber Will schien nur seinen Rausch auszuschlafen. Seine Atmung war regelmäßig und er schnarchte.

Vermutlich hätte er sich an Wills Stelle auch betrunken, dachte Gerald, als er sich in seinem Wohnzimmer umsah. Die wenigen Möbel, die herumstanden, waren alt und abgenutzt. Im Prinzip sah es in Wills Wohnung nicht viel anders aus als in Geralds Pensionszimmer. Kein Nippes stand herum, keine Pflanzen oder sonst etwas, das den Raum etwas weniger fad und unpersönlich gemacht hätte, und Gerald konnte auch sonst nichts entdecken, das ihm etwas über Will verraten hätte, das er nicht schon wusste. Seine Vorlieben, Hobbys oder Abneigungen. Nur die Whiskyflasche stand wie ein Symbol seines Scheiterns neben einem Aschenbecher auf dem Couchtisch.

Gerald fuhr sich müde über die Augen und stand auf, um sie wegzuräumen. Wenn Will aufwachte, sollte er sich lieber mit der Realität auseinandersetzen, als sich weiter zu betrinken. *Ausgerechnet du willst ihm das sagen?*, fragte ihn eine zynische Stimme in seinem Kopf. Er wusste, was der Job Will bedeutet hatte: noch eine Berechtigung im Leben seiner Tochter zu haben. Und nun hatte er gar nichts mehr. Vielleicht sollte er ihn einfach in Ruhe lassen und ihn damit umgehen lassen, wie er es für richtig hielt und wie er seine Lage ertragen konnte. Was wollte er ihm schon darüber erzählen, stark sein zu müssen und zu kämpfen?

Anstatt den Whisky in den Abfluss zu schütten, stellte er die Flasche auf die Arbeitsfläche der Küche und kehrte zu Will zurück. Wenn er sich davon überzeugt hatte, dass es ihm den Umständen entsprechend gutging, würde er gehen. Zu seiner Überraschung war Will aufgewacht und hatte sich aufgesetzt.

»Hast du den gemacht?«, fragte er Gerald und nickte in die Richtung der Thermoskanne, die Gerald zusammen mit einer Tasse, einem Glas Wasser und der Schmerztablette bereitgestellt hatte.

Gerald setzte sich auf den abgewetzten Sessel, auf dem er den größten Teil der letzten Stunden verbracht hatte, und nickte. »Hast dich ziemlich abgeschossen«, sagte er und griff nach der Thermoskanne.

»War nötig. Hätte ich noch laufen können, wäre ich vermutlich zurück ins Büro von diesem Arsch marschiert und hätte ihm die Fresse poliert. Jahrelang habe ich für ihn im Dreck geschuftet. Und er sitzt in seinem piekfeinen Büro, grinst mich dämlich an und legt mir die Kündigung auf den Schreibtisch, dieser miese Bastard«, brummte Will und angelte sich die obligatorische Zigarettenschachtel aus der Brusttasche seines Hemdes. Seine Augen waren noch glasig, aber der Schlaf schien ihm gutgetan zu haben und er wirkte deutlich nüchterner als noch vor ein paar Stunden. »Kann von Glück sagen, dass ich so überrascht war. Sonst hätte er jetzt keine Zähne mehr im Mund«, grollte er weiter.

Gerald schob ihm die volle Kaffeetasse über die Tischplatte zu und stützte sich mit den Ellbogen schwer auf seinen Oberschenkeln ab. Es half Will nicht weiter, Delloway zu beschimpfen. »Delloway ist ein Drecksack, das stimmt. Mich hat er auch ziemlich runtergemacht. Aber mit einem hat er recht: Man bewirft die Firma, die einem einen sicheren Job bieten, nicht mit Dreck. Warum hast du das getan?«

Will grinste zynisch und nickte in Geralds Richtung. »Ist das nicht offensichtlich?« Gerald wurde unwohl. Was hatte Will in ihm gesehen, dass er dieses Risiko eingegangen war? »Ich habe nie gewollt, dass du meinetwegen deine Zukunft aufs Spiel setzt. Im Endeffekt hat es nicht einmal etwas gebracht.«

Will nahm einen großen Schluck Kaffee und zog an seiner Zigarette. »Delloway hat dich nicht sofort rausgeworfen, wie ich gehofft hatte. Ich kenne ihn und wusste, dass er ein Choleriker ist. Ich war mir so sicher.« Er schüttelte den Kopf und sah Gerald nachdenklich an. »Du solltest dir jetzt aber erst recht Gedanken machen, ob du weiterhin für diesen Mann arbeiten willst. Ein Fehler und er setzt dich auf die Straße. Hast ja gesehen wie schnell das geht. Vielleicht reicht ihm auch ein Missverständnis, oder du wirst nicht so schnell gesund, wie er sich das in den Kopf gesetzt hat …«

Gerald starrte beklommen auf seine Hände. Tatsächlich schien Delloway es genossen zu haben, ihn seine Macht über sich spüren zu lassen. Was wenn er bis zur nächsten Saison nicht wieder voll einsatzfähig war? »Denk lieber darüber nach, wie du weitermachen willst, anstatt dir über mich den Kopf zu zerbrechen. Ich würde sagen, für den Moment sitzt du noch tiefer in der Scheiße als ich«, sagte er zu Will, um von sich abzulenken. Von diesem gedanklichen Hin und Her, das immerhin den Verlauf seines weiteren Lebens beinhaltete, wurde ihm schlecht.

»Jetzt werd mal nicht gleich melodramatisch«, antwortete Will und drückte betont gelassen seine Zigarette im Aschenbecher aus. »Ich denke, ich fahre erst mal zu meinem Bruder. Er betreibt einen Eisenwarenladen in Montana. Vielleicht kann er jemanden zum Regale auffüllen gebrauchen. Das dürfte sogar ich hinbekommen«, ergänzte er sarkastisch.

Gerald war klar, dass er seine Schwäche überspielen wollte. Für einen Moment war er mit der Situation völlig überfordert gewesen. Andernfalls hätte er sich nicht derart betrunken. Aber tatsächlich schien es ihm ein wenig besser zu gehen und er hatte einen Plan B. Das war mehr, als er selbst vorweisen konnte, für den Fall, dass Delloway es sich doch noch anders überlegte. Wenn er Masters wirklich zu einem Kräftemessen herausforderte … Gerald hatte das Gefühl, als presse ein tonnenschweres Gewicht die Luft aus seinen Lungen. Masters ließ sich in seinem Recht, seine Meinung frei zu äußern, bestimmt nicht einschränken. Es schien nur noch eine Frage der Zeit, dass Delloway mit ihm genauso ungnädig verfuhr wie mit Will. Er versuchte ruhig zu atmen, doch es fiel ihm immer schwerer. Ein kalter Schweißfilm bildete sich auf seiner Stirn. Fahrig wischte er ihn mit dem Handrücken ab, alles drehte sich, seine Sicht verschwamm.

»Fuck, Gerald, was ist mit dir?«, hörte er Will durch das Rauschen in seinen Ohren hindurch fragen. Der Raum drehte sich immer schneller. Hektisch schnappte er nach Luft.

»Gerald! Hey, Kleiner …!« Will packte ihn an der Schulter und schüttelte ihn. Gerald blinzelte. Die Berührung holte ihn zurück in die Gegenwart. Am Boden liegend kam er wieder zu sich. Sein Atem ging schnell und abgehackt und sein Herz trommelte gegen seine Rippen. Will kniete über ihm und rüttelte immer noch an seinen Schultern.

»Mir geht es gut«, antwortete Gerald benommen und rappelte sich hoch. Will stand ebenfalls auf und musterte ihn argwöhnisch. »Ich denke, du bist derjenige, der bis zum Hals in Schwierigkeiten steckt. Ich verwette meinen Arsch darauf, dass du gerade eine Panikattacke oder etwas in der Art hattest. Ich kenne mich da nicht aus, aber ich glaube, du brauchst dringend Hilfe.«

Gerald fühlte sich um Jahrzehnte gealtert, als er sich zur Bushaltestelle schleppte. Er wollte sich nur noch hinlegen, die Augen schließen und schlafen. Einfach für ein paar Stunden vergessen, dass er am absoluten Tiefpunkt angekommen war und keine Ahnung hatte, wie er aus diesem Loch wieder herausfinden sollte. Dabei fürchtete er nichts so sehr wie einzuschlafen. Die Alpträume waren zurückgekehrt, und sie waren noch schlimmer geworden.

Will hatte recht. Er brauchte Hilfe. Jemanden, der ihn stützte und ihm half, diese dunklen Zeiten zu überstehen. Am ersten Tag in Colorado Springs war er froh gewesen, dass es nicht wirklich weh tat, Julie zu verlassen. Jetzt erregte die andauernde Taubheit in ihm Grauen. Er fühlte nichts, außer dieser namenlosen Angst. Angst davor, gekündigt zu werden, Angst davor, wieder von vorn anzufangen, nachdem Julie seinen Schutzwall so mühelos durchdrungen hatte, und Angst, es nicht zu schaffen.

Kraftlos hievte Gerald sich in den Bus. Als solle er auch ja nicht vergessen, wie ernst es um ihn stand, schmerzte sein Bein. Er ließ sich auf den ersten freien Sitzplatz fallen und starrte aus dem Fenster. Es war inzwischen dunkel und die Lichter der Straßenbeleuchtung und der entgegenkommenden Fahrzeuge zogen wie in einem Rausch an ihm vorbei. Bereits vom Hinsehen wurde ihm schwindelig. Er schloss die Augen und lehnte sich mit der Stirn gegen das kühle Fensterglas.

Er sollte sich dringend einen neuen Physiotherapeuten suchen, wenn er bis zur nächsten Saison wieder fit sein wollte. Doch woher sollte er nur die Energie dazu nehmen? Er hatte einfach keine Kraft mehr.

Zurück in der Pension kroch er vollständig angezogen ins Bett und rollte sich zusammen. Warum konnte er nicht so sein wie Will, der die Verschlechterung seiner Lebensumstände pragmatisch sah? Bei ihrem Abschied hatte er sogar noch gesagt, dass es vielleicht sogar ganz gut sei, dass er nun dazu gezwungen wurde, seine Lebensführung zu überdenken. Gerald beneidete ihn für seinen Optimismus, dass etwas Gutes dabei herauskommen musste. Mit einem kalten Gefühl in der Brust schlief er schließlich ein.

»Hey, warum weinst du?«, fragte Julie sanft und näherte sich vorsichtig dem schluchzenden Mädchen, das in der hintersten Ecke der Kirche kauerte. Gerald sah genauer hin und erschrak. Er hatte Anna nicht erkannt. Ihr Haar war rabenschwarz, aber es war eindeutig Anna. »Nicht, Julie!«, rief er und eilte den endlos langen Gang hinunter, um Julie zuvor zu kommen und Anna zu trösten. Doch egal wie schnell er rannte, er kam einfach nicht vorwärts.

»Alles in Ordnung, Kleine. Du musst nicht mehr weinen, ich bin ja da«, sagte Julie und ließ sich neben Anna auf die Knie sinken. Anna warf sich bebend in ihre Arme und vergrub ihr tränennasses Gesicht an Julies Schulter. »Ich habe Angst«, schluchzte sie. Gerald beschleunigte sein Tempo. Endlich kam er den beiden näher. Trotzdem war er immer noch viel zu langsam. Julie schob Anna ein Stück von sich und wischte ihr die Tränen von den Wangen. »Vor wem hast du Angst? Sag es mir, dann kann ich dich beschützen.« Anna wandte den Kopf in Geralds Richtung und hob langsam den Arm. »Vor ihm.« Gerald zitterte, als Anna anklagend auf ihn zeigte.

»Das ist nur Gerald. Vor ihm musst du dich nicht fürchten«,

sagte Julie lachend und strich Anna beruhigend übers Haar. Doch Anna schüttelte heftig den Kopf. »Du irrst dich. Er tötet mich.«

Gerald verlangsamte sein Tempo. Trotzdem stand er im nächsten Moment direkt vor den beiden. Zitternd presste seine kleine Schwester sich an Julie. Julie schloss sie fest in die Arme und sah aus kalten Augen zu ihm empor. »Du sagtest, es war ein Autounfall. Wie konntest du mich nur belügen, Gerald? Du bist einfach widerlich.«

»Ich habe nicht gelogen. Ich habe das doch nicht gewollt, es war ein Unfall«, verteidigte Gerald sich. Doch Julie und Anna begannen schrill zu schreien. Immer lauter. Gerald presste sich die Hände auf die Ohren, um sie nicht hören zu müssen. »Ich bin nicht schuld«, rief er wieder und wieder.

Gerald schoss in die Höhe. Sein Hemd klebte unangenehm an seinem Körper und er brauchte einen Moment, um sich in der Dunkelheit zu orientieren.

»Ist jetzt endlich Ruhe?!«, brüllte jemand gedämpft und hämmerte gegen die Wand hinter dem Kopfteil seines Bettes. Er griff sich an den Kopf und rieb sich verwirrt über die Stirn. Der Traum, Julie und Anna, er hatte versucht, sie von seiner Unschuld zu überzeugen. Gerald vergrub stöhnend sein Gesicht in den Händen, als ihm klarwurde, dass er nicht nur im Traum geschrien hatte. Verflucht, jetzt drehte er endgültig durch.

Er knipste die Lampe auf dem Nachttisch an und atmete tief durch. Sein Puls raste, und er fragte sich, ob man im Schlaf eine Panikattacke bekommen konnte. Warum bekam er sie ausgerechnet jetzt, Jahre nach dem Unfall? Bestimmt war es auch eine Panikattacke gewesen, die ihn in Sharons Küche in die Knie gezwungen hatte. Doch was war der Auslöser dafür? Einsamkeit legte sich wie ein bleiernes Gewicht auf seine Brust, sein Herz raste weiter. *Denk an etwas Schönes*, hämmerte er sich ein. Er musste gegen diesen Strudel ankämpfen, der ihn zu verschlingen drohte. Doch es war so verdammt schwer, an etwas Schönes zu denken. Natürlich kam ihm Julie in den Sinn, und plötzlich tat es weh.

Die ganze Nacht über saß er im Schein der Nachttischlampe in seinem Bett und versuchte, der Angst keine Angriffsfläche zu bieten, damit sie ihn nicht wieder überrollen konnte. So konnte es einfach nicht weitergehen, wenn er nicht endgültig durchdrehen wollte.

Kapitel 19

Bereits ein paar Tage später saß er in einem völlig überladenen Zimmer einer Therapeutin und sah sich unsicher um. An den Wänden hingen unzählige Diplome und Urkunden, die ihm bestätigten, dass Dr. Ashton Erfahrung auf ihrem Gebiet haben musste. Aber sie war eine Fremde, und es fiel ihm verdammt schwer, ihre geradlinigen Fragen zu beantworten. Er fühlte sich hundeelend.

»Sie weichen mir aus, Mr. Turner. Wenn Sie mir meine Fragen nicht offen und ehrlich beantworten, dann verschwenden wir hier nur unsere Zeit.«

Gerald riss seinen Blick von ihren Auszeichnungen los und zwang sich, Dr. Ashton anzusehen. Sie sah genauso streng aus, wie sie sich ausdrückte. Gerald schätzte sie auf Ende fünfzig. Ihr graues Haar hatte sie zu einem strengen Knoten im Nacken zusammengefasst, auf ihrer Nasenspitze thronte eine Brille, über deren Rand sie ihn nun forschend musterte.

»Was haben Sie noch mal gefragt?«, fragte er und fasste sich an die Stirn. Seit diesem Traum über Anna und Julie hatte er kaum geschlafen. Dr. Ashton zog kurz die Augenbrauen in die Höhe und notierte sich etwas auf ihrem Block, auf dem sie schon die ganze Zeit herumkritzelte. »Ich kann mich im Moment nicht sehr gut konzentrieren«, entschuldigte Gerald sich. »Bemühen Sie sich. Eine Therapie setzt höchste Konzentration voraus«, murmelte Dr. Ashton und schrieb weiter.

Gerald verkniff sich eine patzige Antwort. Fast eine Stunde lang saß er schon hier und versuchte, so ehrlich wie möglich zu sein. Er hatte ihr beinahe alles über Anna, ihren Tod und seine Zeit in Chickaloon erzählt. Dr. Ashton schien zu spüren, wenn er über ein unangenehmes Detail hinweggehen wollte. Dann hatte sie nachgebohrt. Es fühlte sich an als wühle sie nicht mit ihren Fragen in ihm herum, sondern mit einem glühenden Messer. Doch er musste sich zusammenreißen. Dr. Ashton war die einzige Therapeutin, die bereit war, kurzfristig einen Termin mit ihm zu vereinbaren – andere, bei denen er angefragt hatte, waren für Wochen ausgelastet. Und noch hatte sie nicht entschieden, ob sie ihn behandeln würde.

»Entschuldigen Sie, ich habe in letzter Zeit kaum geschlafen«, erklärte er sich weiter.

»Das dachte ich mir schon«, sagte Dr. Ashton und notierte sich anscheinend auch diese Anmerkung auf dem Block. »Na gut«, bemerkte sie und sah Gerald unverwandt an. »Ich wollte wissen, ob Sie bereit sind, Medikamente einzunehmen.«

Gerald rutschte unwohl auf seinem Stuhl hin und her. »Ähm, darüber habe ich noch gar nicht nachgedacht. Ich dachte eigentlich, dass eine Therapie mir helfen würde.«

»So einfach ist es nicht«, sagte Dr. Ashton und lächelte spitz. »Wir haben hier Jahre aufzuarbeiten. Jahre, die Sie dazu benutzt haben, ihre unverarbeitete Trauer in sich zu begraben. Das haben Sie anscheinend sehr gründlich getan, sonst hätten Sie die letzten Jahre über nicht funktioniert. Aber anstatt vorsichtig an das Thema heranzugehen, haben Sie es beinahe gewaltsam aus seinem Versteck gezerrt. Es war sehr unvernünftig, das mit dieser Frau zu tun, anstatt sich professionelle Hilfe zu suchen« Dr. Ashton schüttelte tadelnd den Kopf und überflog ihre Notizen. »Sie haben offensichtlich stark ausgeprägte Angstzustände und leiden unter einer Depression. Ich denke, um eine medikamentöse Therapie werden wir nicht herumkommen, wenn ich Sie nicht sogar in eine psychiatrische Klinik einweisen sollte.«

Gerald zog erschrocken die Luft ein. So weit war er also gekommen? »Nein, wenn es sein muss, dann nehme ich Medikamente. Vielleicht geht es dann auch ein bisschen schneller …?« Unter keinen Umständen wollte er schon wieder in ein Krankenhaus, noch dazu in die Psychiatrie. Und er konnte sich keine Umwege leisten. Die Zeit drängte. Es war schon Anfang Dezember. Ihm blieben vielleicht drei, höchstens vier Monate.

»Sie scheinen nicht ganz zu verstehen worum es hier geht, Mr. Turner«, sagte Dr. Ashton und zog ärgerlich die Augenbrauen zusammen. Sie schien ihn genauso wenig zu mögen wie er sie. Gerald hoffte, dass das keine Auswirkungen auf den Erfolg der Therapie hatte. Tatsächlich schien es, als nehme Dr. Ashton ihn als Patienten an, und er hatte kaum eine andere Wahl, als sie als Therapeutin zu akzeptieren, wenn er schnell Hilfe wollte. Wenn daraus nichts wurde, konnte er ja immer noch wechseln.

»Ich kann nicht bewirken, dass Sie einfach wieder so funktionieren, wie es vor Ihrem Unfall der Fall war«, fuhr sie fort und lehnte sich in ihrem Schreibtischstuhl zurück. »Die Psychologie ist eine komplizierte Angelegenheit, vergleichbar mit einer Ausgrabungsstätte. Ganz vorsichtig muss man Schicht für Schicht abtragen, um an das Fossil – in ihrem Fall das Trauma – heranzukommen und wenn nötig nur mit einem Pinselchen ein paar Staubkörner beiseite fegen. Geht man zu ungeduldig oder zu forsch vor, besteht die Gefahr, dass man etwas irreparabel zerstört.« Sie stoppte und sah Gerald abwartend an. Sie schien irgendeine Reaktion zu erwarten. Gerald nickte gehorsam. Dr. Ashton schenkte ihm ein mildes Lächeln und fuhr fort: »Wie soll ich sagen? Sie haben versucht, mit einem Spaten an das Fossil heranzukommen, und nun ist es unsere Aufgabe, die Schäden, die Sie verursacht haben, so gut wie möglich zu reparieren. Durch die Medikamente werden Sie sich besser fühlen, aber Sie ersetzen nicht die Notwendigkeit, sich zum Kern des Problems vorzuarbeiten. Und das setzte ihre Mitwirkungsbereitschaft voraus. Haben Sie das verstanden?«

Wieder nickte Gerald. Was hatte er denn für eine andere Wahl? Dr. Ashton griff nach einem kleineren Block und schrieb etwas auf. »Ich verschreibe Ihnen Prozac und etwas, das die

Angstzustände im Notfall lindert.« Sie erklärte Gerald wie er die Medikamente einnehmen musste und vereinbarte bereits für den nächsten Tag einen neuen Termin mit ihm.

Gerald betrachtete argwöhnisch die weißen Pillen, die in seiner Handfläche lagen. Sie sahen harmlos aus. Aber dass sie die Macht besitzen sollten, ihn sich besser fühlen zu lassen, flößte ihm Respekt ein.

Als er das Rezept im Anschluss an das Gespräch mit Dr. Ashton eingelöst hatte, hatte er nicht einmal daran gedacht sie in die Toilette zu werfen. Nun, da er sie in der Hand hielt, erweckten sie seinen Wiederwillen. Verdammt, er wollte sich nicht betäuben, er wollte fühlen. Er wollte, dass die Angst und der Schmerz verschwanden und dem echten Leben Platz machten. Was würde aber zum Vorschein kommen, wenn er diese Tabletten einnahm? Er wollte sich die Chance geben, es ohne sie zu schaffen. Dieses eine Mal wollte er es hinbekommen, sich aus eigener Kraft sich selbst zu stellen, ohne auszuweichen und ohne seine Angst von einer Reihe Chemikalien abstumpfen zu lassen.

Kurz entschlossen kippte er die drei Pillen zurück in die Plastikdose und schloss den Deckel. Er konnte sich immer noch anders entscheiden, wenn er nicht weiterkam.

Die Tage vergingen im Flug und Gerald war froh, dass er ständig Termine hatte. Er hatte sich eine neue Physiotherapeutin gesucht und besuchte nun abwechselnd ihre Praxis und die von Dr. Ashton. Er hatte jedoch nur bei einem von beiden das Gefühl, dass er vorankam.

»Der Unfall ist noch keine zwei Monate her?«, hatte Summer erstaunt gefragt, als sie die erste Trainingseinheit beendeten. »Das sieht schon ziemlich gut aus. Bleib mit den Übungen dran, die der Therapeut in Alaska dir gezeigt hat und die ich dir heute beigebracht habe. Dann bin ich optimistisch, dass du in ein paar Wochen die Krücken ganz los bist. Noch ein paar Wochen, dann dürftest du außer einem kleinen Zwacken bei Wetterwechsel oder bei nasskaltem Wetter kaum noch was spüren.«

Gerald wiederholte die neue Dehnungsübung, die Summer ihm heute gezeigt hatte und war zufrieden mit dem Ergebnis. Sein Bein schmerzte deutlich weniger als noch vor einer Woche, als er zum ersten Mal bei ihr gewesen war, und auch der Muskel schien wieder deutlich aufzubauen. Inzwischen konnte Gerald schon mehrere Schritte ganz ohne Krücken laufen und ohne den betroffenen Unterschenkel zu entlasten. Überhaupt ging er gerne zu Summer. Er mochte die quirlige Blondine, die während der Behandlung pausenlos quasselte. Sie schien unkompliziert und strotzte vor Energie und Tatendrang. Eigenschaften, die er sich eigentlich von Dr. Ashton gewünscht hätte. Anstatt sich auf das drängendste seiner Probleme zu konzentrieren – seine fortwährende Angst vor der Zukunft – nahm sie nun die Beziehungen zu seinen Mitmenschen auseinander. Gerald war klar, dass er in diesem Punkt nicht normal funktionierte, aber das war schließlich auch nicht sein vorrangiges Ziel.

Wenn alles gut wäre, könntest du Julie um Verzeihung bitten, blitzte kurz der Gedanke durch seinen Kopf. Gerald schob ihn schnell beiseite, ehe er sich festsetzen konnte. In ihm hatte sich nicht viel verändert, seit er in Colorado Springs angekommen war. Nur dass durch Dr. Asthons Gerede um seine Familie, Freunde und Julie die Trauer um die Verluste in seinem Leben wieder an Stärke gewonnen hatte, war neu. Das war noch lange nicht genug für Julie.

»Darauf hätte ich ohne Weiteres verzichten können«, murmelte er und ließ sich aufs Bett fallen, um zu warten, dass der Tag vorbeiging. Morgen war wieder der Termin bei Dr. Ashton an der Reihe und er hatte keine Ahnung, was er ihr sagen sollte.

Sie hatte ihm eine Hausaufgabe aufgegeben. Er sollte darüber nachdenken, warum er an der Beziehung zu seiner Mom festhielt, obwohl er sie für so kaltherzig hielt, Anna durch ein neues Kind zu ersetzen. Gerald biss die Zähne zusammen. Manchmal hatte er das Gefühl, dass die Therapeutin ihm die Worte im Mund herumdrehte. Dennoch erwartete sie eine plausible Erklärung. Andernfalls – so hatte sie gesagt – sehe sie keinen Grund, den Kontakt nicht ganz abzubrechen, um ihn zu entlasten. Gerald hatte seit dem Telefonat von Sharons Münztelefon aus nicht mehr mit seiner Mom gesprochen. Doch beim Gedanken daran, sich dieser Möglichkeit zu berauben, bildete sich ein harter Klumpen in seinem Magen.

»Warum ich den Kontakt zu meiner Mom nicht abbreche? Ganz einfach, weil ich sie liebe«, sagte er am nächsten Tag zu Dr. Ashton. Die Antwort schien ihr nicht zu genügen. Ihre dünnen Lippen kräuselten sich zu einem süßlichen Lächeln. »Dann wird es Ihre nächste Aufgabe sein, sie zu besuchen.«

Gerald hätte ihr für ihren herausfordernden Tonfall am liebsten das Glas Wasser ins Gesicht geschüttet, das vor ihm stand. »Sie wissen genau, dass ich das nicht kann«, presste er zwischen zusammengebissenen Zähnen hervor. Es war ihm schwergefallen, dennoch hatte er ihr sogar vom Weihnachtswunsch seiner Mom berichtet und wie erbärmlich er sich fühlte, dass er nicht in der Lage war, ihn zu erfüllen. Es machte ihn unglaublich wütend, dass sie seine Ehrlichkeit nun gegen ihn einsetzte. Er verkniff sich einen patzigen Kommentar und biss die Zähne noch fester zusammen.

Dr. Ashton ließ sich von seiner unterdrückten Wut nicht beeindrucken. Sie lehnte sich zurück, verschränkte die Arme und musterte ihn eingehend. »In Ihren Beziehungen ist ein Muster zu erkennen, Gerald. Sie haben Ihre Trauer nach Annas Tod nicht verarbeitet und sind damit in der Rolle des Schuldigen verharrt. Mit Ihren Anrufen bei Ihrer Mutter erinnern Sie sich an diese Schuld, und ich wage zu behaupten, dass es sich in Ihrer Beziehung zu Julie ähnlich verhält: Sie haben mit ihr geschlafen und haben sie fallengelassen – und was empfinden Sie?«

»Ich fühle mich schäbig und egoistisch, weil ich von Anfang an gespürt habe, dass ich die Finger von Julie lassen sollte. Tief im Innern wusste ich vielleicht sogar, dass es nicht gutgehen konnte«, murmelte Gerald. Sein Herzschlag beschleunigte sich und sein Nacken kribbelte. Er hatte das Gefühl, ganz nah dran zu sein – woran genau, konnte er noch nicht erfassen. Aber Dr. Ashtons Worte lösten ein drängendes Gefühl in ihm aus.

»Ich denke, wir sind auf dem richtigen Weg, Gerald«, sagte Dr. Ashton und funkelte ihn über den Rand ihrer Brille hinweg triumphierend an. »Jetzt müssen wir allerdings noch herausarbeiten, wie Sie aus diesem Teufelskreis aussteigen können. Stark vereinfacht dargestellt gibt es eigentlich nur zwei Möglichkeiten: Sie entlasten sich von diesen destruktiven Kontakten und arbeiten ihre Trauer durch eine Gesprächstherapie auf, oder Sie gehen mit den an der Situation Beteiligten ran.«

Geralds Magen rumorte. Unwillkürlich ballte er seine Hände zu Fäusten und erwiderte entschlossen Dr. Ashtons Blick. Er hatte keine Ahnung, welche inneren Vorgänge ihn lenkten. Aber eines wusste er mit Sicherheit: »Ich liebe meine Mom.« Dr. Ashton schmunzelte, und Gerald hatte das Gefühl, als zeige sie ihm damit zum ersten Mal eine echte Gemütsregung. Als bemerke sie es ebenfalls, räusperte sie sich und ihre Miene wurde wieder strenger. »Dann haben wir die Antwort auf die Frage, wie wir weiter verfahren sollen, wohl gefunden. Jetzt –« Gerald wartete gar nicht ab, bis sie ausgesprochen hatte, sondern sprang von dem Druck in seinem Inneren getrieben von seinem Stuhl auf. Endlich wusste er, was er zu tun hatte.

»Wo wollen Sie hin, Gerald? Wir müssen uns erst einmal gründlich damit auseinandersetzen, ob Sie zu diesem tiefgreifenden Schritt überhaupt schon in der Lage sind. Ich weiß nicht, ob Sie bereits stabil genug sind …«, rief Dr. Ashton ihm hilflos hinterher, als er bereits an der Tür stand und die Klinke herunterdrückte. Gerald senkte den Blick auf seine Hand und straffte entschlossen die Schultern. »Wenn ich jetzt nicht dazu bereit bin, werde ich es nie sein. Danke, dass Sie mir das klargemacht haben«, antwortete er Dr. Ashton und verließ ihre Praxis. Er hoffte, dass er nie mehr wiederkommen musste.

Als er vor der Praxis auf die Straße trat, traf ihn ein kalter

Windstoß. Gerald zog den Reißverschluss seiner Jacke höher, obwohl er wusste, dass es nicht gegen die Kälte helfen würde. Es fühlte sich an, als hätte er mit seinem Entschluss die letzten schützenden Steine der Mauer, die er um sein Herz errichtet hatte, niedergerissen. Dennoch marschierte er entschlossen weiter. Er würde den Teufelskreis, wie Dr. Ashton die Art, wie er seine Beziehungen führte, brechen. Und wenn er das schaffte …

Ein nervöses Summen mischte sich unter seine aufgewühlten Emotionen. Er wäre frei, Julie so zu lieben, wie sie es von ihm erwartet hatte – so wie er sie lieben wollte. Ohne Einschränkungen, ohne Wenn und Aber. Mit ihrer Wärme, ihrer zurückhaltenden Anteilnahme, der Art, wie sie ihn angesehen hatte, während er von seiner Vergangenheit sprach, hatte sie ihm den Mut gegeben, wieder Liebe zuzulassen. Und jetzt würde der Gedanke an sie ihm die Kraft geben, sich seinem Schmerz zu stellen.

Er war so in seine Gedanken versunken, dass er gar nicht bemerkte, wie schnell er trotz immer noch eingeschränkter Bewegungsfreiheit bei der Pension ankam. Sein Puls raste, als er die Tür aufstieß. »Würden Sie mir bitte die Rechnung fertigmachen? Ich ziehe noch heute aus«, rief er dem etwas gelangweilten Mitarbeiter hinter dem Tresen zu und steuerte die Treppe an. Seine Knie fühlten sich wackelig an, aber er war fest entschlossen. Es sollte nicht umsonst gewesen sein, dass er Julie weh getan hatte. Hinter seinem Brustbein zog es. Würde Julie ihm überhaut verzeihen? Er verdrängte den Gedanken und schwang seine Tür auf. Wie hatte Cole gesagt? Ein Schritt nach dem anderen …

»Hey, Kleiner, ich dachte, ich muss mal nachfragen, was du so treibst.« Nachdenklich runzelte Gerald die Stirn. Er kannte die Nummer des Anrufers nicht, die auf dem Display seines Handys erschienen war, und er brauchte einen Augenblick, um Wills Stimme zu erkennen. »Hey«, antworte er und klemmte sich das Handy zwischen Wange und Schultern, um während des Gesprächs seine herumliegende Kleidung weiter in den Rucksack zu stopfen. »Dasselbe könnte ich dich auch fragen. Wie ist Montana?«

»So sensationell wie es immer war. Ich hatte fast vergessen, wie es ist, sich zu Hause zu fühlen«, sagte Will und erstaunte Gerald wie häufiger in den letzten Wochen mit seiner Offenheit. Er hatte eher erwartet, dass er einen abfälligen Scherz riss.

»Dein Bruder kann dich im Eisenwarenladen gebrauchen?«, hakte er weiter nach.

Will gluckste leise. »Nein, eigentlich nicht. Aber ich kann vorübergehend bei ihm wohnen. Und ich habe da etwas Vielversprechendes in Aussicht.«

Gerald hielt inne damit, seine Hemden einzusammeln, die überall im Zimmer verstreut herumlagen. Konnte es tatsächlich sein, dass sich Wills Kündigung als Glücksfall entpuppte? »Erzähl«, forderte er ihn auf und ließ sich auf die Kante seines Bettes sinken.

»Habe ich dir mal erzählt, dass meine Eltern eine Farm besaßen?«, fragte Will, anstatt ihm zu antworten. »Ich glaube, Connor hat das mal erwähnte«, sagte Gerald und hoffte, dass er sich damit nicht auf zu dünnes Eis begab. »Soll das heißen, dass du jetzt Farmer werden willst?«, fragte er. Es war besser, sich ahnungslos zu stellen, als Will zu erzählen, dass er von Connor auch vom Verkauf des Besitzes seiner Eltern, ihrem Tod und seiner ganzen Geschichte darum herum wusste.

»Vielleicht«, antwortete Will heiter.

Gerald runzelte irritiert die Stirn. »Wie kommt's?«, fragte er neugierig.

»Meine Eltern waren keine sehr guten Wirtschafter«, antwortete Will und seufzte leise. »Haben über ihre Verhältnisse gelebt und die Farm hoch verschuldet, deshalb habe ich es auch abgelehnt, sie zu übernehmen, als sie kurz nacheinander starben. Ich konnte und wollte die finanzielle Belastung neben den Verpflichtungen meiner Familie gegenüber nicht tragen. Mit dem Erlös aus der Versteigerung konnten mein Bruder und ich gerade so die Schulden tilgen. Damit war das Thema für mich erledigt. Aber jetzt kommt der Knüller …« Will lachte leise und Gerald wartete gespannt ab, dass er fortfuhr. »Es war nicht irgendwer, der anonym über einen engagierten Bieter den Zuschlag bekommen hat. Es waren Colbies Großeltern.«

Gerald keuchte überrascht. »Scheiße, das ist irgendwie übel. Und jetzt?«

Will schnaubte »Das ist übler als du denkst. Denn anstatt ihr die Farm zu überschreiben, was wohl ursprünglich ihr Plan war, haben sie uns dabei zugesehen wie wir uns auseinanderleben. Erst als sie gestorben sind, hat Colbie aus dem Testament erfahren, dass sie die schuldenfreie Farm erbt und sie als Chance nutzen soll, um diesen – ich zitiere: *Nichtsnutz von Ehemann* loswerden zu können.«

Gerald schüttelte ungläubig den Kopf. Dass sie für ihren Plan Wills Elternhaus benutzten, machte die Angelegenheit noch heftiger. »Fiese Sache«, murmelte er. Will lachte freudlos. »Na ja, wenigstens waren sie Colbie gegenüber auch nicht sehr fair. Anstatt sie dann wirklich zu entlasten, indem sie ihr die Möglichkeit gaben, unabhängig von mir zu sein, haben sie die Farm zurückgehalten. Anscheinend waren sie zufrieden, dass wir unsere Ehe ganz ohne sie verbockt haben, und vermutlich war es ihnen lieber, mich Unterhalt zahlen zu sehen, anstatt Colbie zu unterstützen.«

»Was waren das nur für Leute?«, fragte Gerald ungläubig. Die Geschichte wurde immer haarsträubender. Aber sie ließ einige Fragen offen. »Und woher weißt du das alles?«

»Das ist das Beste bei der ganzen Sache«, sagte Will. Seine Stimme überschlug sich beinahe vor Eifer. »Als ich ankam, hat mein Bruder mich sofort vorgewarnt, damit ich nicht von irgendjemandem erfahre, dass Colbie jetzt das Leben lebt, das eigentlich mir zustünde. Natürlich bin ich stinksauer geworden. Ich meine, sie betreibt seit über einem Jahr eine gutgehende Rinderfarm und hat mich weiterhin den Großteil meines Lohnes an sie überweisen lassen.«

»Krass«, rutschte es Gerald heraus. Ihm dämmerte, dass es zum Eklat gekommen war.

»Kann man so sagen. Ich war also dermaßen stinkig, dass ich sofort ins Auto gesprungen und zu ihr rausgefahren bin. *Will – du hier?*, fragt sie und sieht aus, als hätte sie einen Geist gesehen. Ich: *Ziemlich blöd für dich, hm, dass ich dahintergekommen bin, dass du mich auch nach der Scheidung noch ausnutzt, wo es nur geht.*« Will lachte. Es klang befreit, wie Gerald es noch nie von ihm gehört hatte. »Gerald, Kleiner, ich kann dir sagen, ich habe noch nie ein derart tobendes Weib gesehen. Jedenfalls hat sie mir so ziemlich jeden Schimpfnamen verpasst, den sie je gehört haben muss, und mir ins Gesicht geschrien, dass sie die Einsamkeit unserer Beziehung einfach nicht mehr aushalten konnte. Hat irgendwas von Leere füllen und so gebrüllt. Jedenfalls endete es damit, dass sie mir zuerst eine gescheuert und mich dann geküsst hat.«

»Das klingt mir ganz nach einer Episode einer billigen Seifenoper. Und die enden nicht selten dramatisch«, warnte Gerald ihn. Es tat ihm leid, Wills Freude zu dämpfen, aber für ihn klang es ganz danach, als wickle Colbie ihn gekonnt um den Finger. »Denk an das Geld, das sie dir anscheinend ohne schlechtes Gewissen weiter abgeknöpft hat. Herrgott Will, du hast mir selbst erzählt, dass sie dich betrogen hat.«

»Du kennst Colbie nicht«, antwortete Will leise. Seine Stimme klang plötzlich zärtlich. Wann war aus dem harten Kerl, der so gerne mit Eroberungen geprahlt hatte, ein derart einfühlsamer Mann geworden?

»Sie ist kein schlechter Mensch und will es immer allen recht machen. Sie hat sogar ihre garstigen Großeltern bis zu ihrem Tod gepflegt, obwohl sie es ihr mit ihrer Abneigung gegen mich nie leichtgemacht haben. Im Nachhinein betrachtet passt es zu ihr, dass sie das Beste aus unserer Situation gemacht hat und ihre Einsamkeit mit den Vorzügen meiner Arbeit verdrängen wollte – eine größere Wohnung, schicke Kleidung und der ganze andere Kram eben. Und dann hat sie den Fehler gemacht, mit einem anderen zu schlafen. Gott, Gerald, wir haben beide Fehler gemacht – sollen wir uns das ewig vorwerfen und uns damit unglücklich machen? Ich habe sie mit Millie völlig alleingelassen, und als wir daran zerbrochen sind, hat sie noch nicht einmal versucht, die Scheidung zu verhindern. Alles, was ich ihr je überwiesen habe, hat sie in einem Treuhandfond für Millie angelegt. Sie hat mir die Unterlagen gezeigt …«

In Geralds Hals bildete sich ein dicker Kloß. »Klingt ganz so, als würdest du tatsächlich eine zweite Chance bekommen«, sagte er belegt. Er freute sich ehrlich für Will. Aber dass sich sein Unglück derart wandelte, erinnerte ihn noch viel stärker an seine eigene Lage.

»Vielleicht gibt es wirklich zweite Chancen«, sagte Will leise. Eine peinliche Stille entstand. Gerald traute sich nicht, ihm zuzustimmen. Trotz aller Entschlossenheit fürchtete er sich davor, dass er bei dem Versuch, wieder eine Verbindung zu seiner Familie herzustellen, scheitern könnte. *Ich weiß nicht, ob sie bereits stabil genug sind*, hallten ihm Dr. Ashtons Worte in Gedanken nach. Also sagte er gar nichts. Irgendwann durchbrach Will die Stille und räusperte sich. »Aber jetzt erzähl was du machst. Ich habe eigentlich nicht angerufen, um nur von mir zu quasseln.«

Gerald zögerte. Es fiel ihm schwer, Will von seinen Plänen zu berichten, als würden sie dadurch erst real und damit noch beängstigender. Er presste die Lippen zusammen. Verdammt, er würde nicht mehr kneifen. Er atmete tief durch und straffte die Schultern. »Ich hole mir Julie zurück«, antwortete er Will. Seine Stimme klang trotz seiner aufgewühlten Emotionen seltsam ruhig. Das war gut. Es überzeugte ihn restlos, dass er das Richtige tat. »Es wird vermutlich nicht so einfach wie bei Colbie und dir, aber sie ist das Einzige, das ich will und brauche.«

Als er knappe zwei Stunden später im Bus saß, gingen ihm seine eigenen Worte immer noch im Kopf herum. Ja, Julie war der Dreh- und Angelpunkt seines Lebens. Sie hatte ihn aufgerüttelt und Prozesse in ihm in Gang gesetzt, die nicht mehr aufzuhalten waren. Auch wenn dieser feige Teil in ihm sich wünschte, zu der oberflächlichen Ruhe zurückkehren zu können, die er sich über Jahre hinweg hart erarbeitet hatte, wusste er nun endgültig, dass das nicht möglich war. Und er wusste auch, dass einzig und allein er selbst sich sein Leben zurückholen konnte.

Er hatte mit Julie ein paar Schritte nach vorne gewagt, aber den Rest des Weges musste er nun alleine gehen. Er hatte sie finden und dann wieder verlieren müssen. Er hatte diesen Tiefpunkt gebraucht, um zu begreifen, dass sein Leben ohne sie wie ein Leben ohne Sonne sein würde und dass er verdammt noch mal diese Sonne brauchte – egal, was er dafür auf sich nehmen musste. Niemand konnte das für ihn tun und niemand ihm die Last abnehmen, die er mit sich trug. Er konnte nur hoffen, dass die Mühen sich lohnen würden und er am Ende der Mann sein würde, der gut genug für Julie war.

Gerald schob seine Hand in die Jackentasche und umklammerte den Zettel, auf dem Julie ihm nach seiner Entlassung aus dem Krankenhaus ihre Telefonnummer aufgeschrieben hatte, damit er sie im Falle einer Terminänderung erreichen konnte. Es juckte ihn in den Fingern, die Zahlenkombination zu wählen und ihre Stimme zu hören und ihr zu sagen, dass er alles tun würde, was sie von ihm verlangte. Alles, solange sie nur versprach auf ihn zu warten. Mehrmals hatte er die Nummer bereits in sein Smartphone eingetippt, dann aber das rote Symbol für Auflegen anstelle des grünen für Anrufen gedrückt.

Was, wenn er es nicht schaffte? Was, wenn er einfach nicht genug Kraft besaß und versagte? Was, wenn Julie ihm sagte, dass sie ihm niemals verzeihen würde, egal was er tat? Er musste sie sehr verletzt haben. Er fürchtete sich vor ihrer Antwort. Wenn sie ihm sagte, dass sie ihm niemals verzeihen konnte, dann würde sein Kampf vorbei sein, ehe er ihn richtig begonnen hatte.

»Busbahnhof Avon. Das ist die Endstation und ich bitte Sie alle auszusteigen.«

Gerald bekam eine Gänsehaut am ganzen Körper. Er konnte kaum fassen, dass er es tatsächlich wagte und hier war – näher an seinem Elternhaus, als er es in den letzten fünfeinhalb Jahren gewesen war. Nur zwei Querstraßen weiter saß seine Mom vielleicht beim Abendbrot und wusste noch nicht einmal, welche Überraschung auf sie wartete.

Gerald zögerte. War er wirklich bereit, ihr unter die Augen zu treten und ihr all die Fragen zu stellen, die Dr. Ashton ihm in Bezug auf ihre Beziehung gestellt hatte? *Denkst du wirklich, dass ich für Annas Tod verantwortlich bin, oder bin lediglich ich überzeugt davon, dass du so denken musst? – Geht es dir besser, wenn ich nicht da bin, oder ist das nur meine Vermutung?* Das und noch viel mehr hatte sie von ihm wissen wollen. Doch Gerald war so durcheinander, dass er letztendlich keine Ahnung mehr hatte, was seine Mom tatsächlich alles gesagt oder angedeutet hatte und was er ihr unterstellte.

»Haben Sie nicht gehört? Endstation.«

Gerald zuckte erschrocken zusammen und hob den Blick von seinem Rucksack, den er neben sich auf den Sitz gestellt und angestarrt hatte, anstatt endlich auszusteigen. All die anderen Fahrgäste waren bereits verschwunden. Nur der Busfahrer stand noch in der Tür. Vermutlich war es Zeit für seine Pause. Er schien nur noch auf ihn zu warten. Gerald nickte entschlossen und schnappte sich seine Krücke und den Rucksack.

Es fühlte sich nicht außergewöhnlich an, nach all der Zeit heimatlichen Boden zu betreten. Nicht außergewöhnlich gut, aber auch nicht außergewöhnlich schlecht, wie er es sich immer vorgestellt hatte. Bevor er sich länger Gedanken darüber machen konnte, warum er also die Rückkehr in seinen Heimatort so lange vor sich hergeschoben hatte, nahm er den schweren Rucksack auf die Schultern und machte sich auf den Weg.

Während er an den Häusern vorbeiging, von denen er genau wusste, wer ihre Bewohner waren, welche Funktion sie in der Gemeinschaft des Stadtviertels hatten und was für ein Leben sie zu führen pflegten, spürte er überdeutlich seinen schnellen Herzschlag. Beinahe erwartete er, dass Mr. Pierce, sein pensionierter Grundschullehrer, ans Fenster trat und ihm zuwinkte, oder dass Mrs. Hobbs in den Garten geschossen kam, um ihn davor zu warnen, seine Kirschen zu stehlen. Natürlich trug der Baum zu dieser Jahreszeit keine Früchte, aber die Erinnerungen waren so eindrücklich und lebendig, dass sie beinahe real wirkten.

Sei nicht immer so ungeduldig, Gerald. Ich weiß, du bist jung und hast ein Recht darauf, aber wenn du erwachsen werden willst, dann musst du lernen, dass manche Dinge Zeit brauchen, um richtig gut zu werden. Gerald blieb vor dem über und über mit Efeu bewachsenem Backsteinhaus stehen und versuchte sich vorzustellen, wie Penny Bower – ihre Nachbarin – immer tadelnd den Finger gehoben hatte, wenn sie ihn ermahnte. Sie hatte ihn dabei beobachtet, wie er wütend gegen den Pfosten des Briefkastens trat. Er hatte Wochen auf eine Nachricht aus New York von der Juilliard gewartet, aber auch an diesem Tag war sie nicht eingetroffen.

Gerald seufzte leise. Gute alte Penny. Sie war wie eine Großmutter für Anna und ihn gewesen. Ein schmerzhaftes Ziehen meldete sich in seiner Brust, als er an den Kummer dachte, den er auch ihr bereitet haben musste. Nun lagen ihr Haus und der Vorgarten dunkel vor ihm, und er fragte sich, ob sie noch lebte. Sie war damals schon weit über siebzig Jahre alt gewesen.

Es hilft dir jetzt nicht, dir noch mehr Schuldgefühle zu machen, sagte Gerald sich und warf einen letzten Blick auf Pennys Haus. So würde er ohnehin nicht herausfinden, was sich seit seiner Flucht alles verändert hatte. Er schindete nur Zeit. Gerald gab sich einen Ruck und ging die wenigen Meter weiter, die zwischen Pennys Gartentor und dem seines Elternhauses lag. Seine Hände zitterten, als er die eiserne Klinge herunterdrückte und sie mit einem leisen Quietschen aufschob. Manche Dinge änderten sich wohl nie …

Ermutigt von dem vertrauten Geräusch schritt Gerald über den Kiesweg. Die Fenster des Wohnzimmers und der Küche waren hellerleuchtet. Durch die Gardinen konnte er schemenhafte Bewegungen ausmachen. Sein Herz begann zu rasen und er hörte nicht einmal mehr seine knirschenden Schritte, so laut rauschte das Blut in seinen Ohren. Als er die zwei Stufen auf das Podest vor der Haustür hinaufgestiegen war, zögerte er.

Dave, Amy und Joyce Turner stand auf dem Klingelschild. Die Erkenntnis, dass er längst nicht mehr Teil dieser Familie war, tat weh. Er hatte es selbst so gewollt, trotzdem traf ihn der sichtbare Beweis dafür hart.

»Turner«, murmelte er und fuhr sanft mit dem Daumen über die Buchstaben. Das war auch er, und in diesem Moment war er Dave dankbar, dass er den Namen seiner Mutter angenommen hatte, um den Familiennamen zu erhalten. Dennoch ... Gerald biss sich auf die Unterlippe und schüttelte den Kopf. Dass es so schwer würde, nachdem ihm die Entscheidung zur Rückkehr plötzlich so leichtgefallen war, hatte er nicht erwartet. Er hob den Arm und ließ ihn wieder sinken. »Verdammt«, murmelte er und ballte die freie Hand zu einer Faust. Joyce ... Er konnte einfach nicht anders, als nur diesen Namen anzustarren.

Gerald zuckte zusammen und umklammerte den Griff seiner Krücke so fest, dass seine Hand weh tat, als plötzlich das Licht im Flur aufflammte. Jemand hielt direkt auf die Eingangstür zu. Das konnte er schemenhaft durch die milchige Verglasung erkennen. Geralds Hände wurden noch feuchter. Nervös rieb er seine freie Hand an seiner Jeans ab. Er hätte nicht herkommen sollen. *Zu spät*, schoss ihm durch den Kopf, als ihn nur noch wenige Schritte und die Tür von der Person im Inneren – Dave oder seine Mutter – trennten. Wenn er bisher noch die Möglichkeit zum Rückzug gehabt hatte, dann war sie jetzt vorbei.

»Ich sagte dir, dass vorhin jemand durch den Garten geschlichen ist«, hörte er die Stimme seiner Mom, als die Tür aufgerissen wurde und Dave in der Öffnung erschien.

»Wenn jemand gekommen wäre, hätte er geklingelt«, rief er über die Schulter zurück und drehte sich zu Gerald um. Der amüsierte Ausdruck auf seinem Gesicht wich Fassungslosigkeit. »Schau bitte trotzdem nach«, rief seine Mom wieder, und so wie es klang, kam ihre Stimme aus der Küche.

Gerald stand wie versteinert da. Er konnte nur Dave anschauen, den Mann, von dem er sich verdrängt gefühlt hatte und der in Jogginghosen und mit einem deutlich sichtbaren Bauchansatz überhaupt nichts Bedrohliches mehr ausstrahlte. Auch er schien völlig erstarrt.

»Dave?«, rief seine Mutter, als sie keine Reaktion ihres Ehemannes erhielt. Daves Mund öffnete sich, aber er brachte kein Wort heraus. »Dave?« Durch die Verglasung der halbgeöffneten Tür konnte Gerald sehen, dass seine Mutter aus der Küche trat, um nach dem Rechten zu sehen. Doch Dave reagierte noch immer nicht und starrte ihn weiterhin an wie einen Geist. Gerald konnte aus seiner Miene nicht deuten, was er von seinem überraschenden Erscheinen hielt.

»Was ist denn los?«, fragte seine Mutter besorgt und drängte sich neben ihren Ehemann. Geralds Herz raste noch schneller gegen seine Rippen. Er wandte ihr den Blick zu und begann zu zittern. Als sie ihn erkannte, schlug sie bestürzt die Hand vor den Mund. Ihre Augen füllten sich mit Tränen. »Gerald«, flüsterte sie und drängte sich an ihrem Mann vorbei und stürzte auf ihn zu. Erst als sie ihn abwechselnd in die Arme schloss und ihn von sich schob, um sein Gesicht zu betrachten, kam wieder Bewegung in ihn.

»Mom«, flüsterte er und legte seinen freien Arm um sie. Sie stellte sich auf die Zehenspitzen und schlang ihre Arme wieder um seinen Nacken. Gerald hatte keine Ahnung, wie er sich fühlen sollte. Betäubt stand er da und starrte über den Kopf seiner Mom hinweg in Daves undurchdringliche Miene. War sie eigentlich schon immer so klein gewesen und hatte sich in seinen Armen so zerbrechlich angefühlt?

Kapitel 20

In dem Moment als Gerald seine Mutter im Arm hielt, begriff er, dass er erwachsen geworden war. Früher war sie es immer gewesen, die ihm Halt gegeben hatte, egal wie sehr er sich für sie und Anna verantwortlich gefühlt hatte. Und als er ihn bei ihr nicht mehr finden konnte, war er gegangen.

Sie wirkte völlig aufgelöst, wie sie sich immer wieder auf die Zehenspitzen stellte, um ihn in ihre Arme zu ziehen, und ihn wieder losließ und ungläubig sein Gesicht betrachtete. Sie fand Trost bei ihm. Gerald begriff, dass er in den letzten Jahren über ihren Schutz hinausgewachsen war. Das war seltsam. Er hatte sich nicht langsam von seinem Elternhaus gelöst, so wie es wohl die meisten taten, sondern diesen Schritt übersprungen. Umso merkwürdiger fühlte es sich an, nun zurückzukehren.

Wie seine Mom, wirkte auch der Flur kleiner als früher auf ihn. Als hätte die Erweiterung seines Horizontes weit über Avon hinaus auch bewirkt, dass alles, was seine Kinder- und Jugendtage geprägt hatte, geschrumpft war. Abgesehen davon schien sich nicht viel verändert zu haben, stellte Gerald fest, als er sich im Flur umsah. Die sonnengelb gestrichenen Wände strahlten einladend wie eh und je, und an der Wand hing noch dieselbe hölzerne Garderobe. Sogar die Klamotten daran schienen sich kaum verändert zu haben. Sein Herz krampfte sich zusammen, als er eine pinkfarbene Mädchenjacke dort hängen sah.

»Wärst du so lieb und bringst Joyce ins Bett? Es ist spät …«, wandte sich seine Mom an Dave und berührte ihn kurz am Oberarm. Daves bisher verkrampfte Körperhaltung entspannte sich ein wenig. Er hatte noch kein Wort gesagt. Doch anstatt ihrer Bitte einfach nachzukommen, tauschte er stumme Blicke mit seiner Frau. Seine Mom nickte, woraufhin er Gerald einen abschätzenden Blick zuwarf und ging. Vermutlich ließ er ihn nicht gerne mit ihr allein.

Gerald sah ihm hinterher, als er im Wohnzimmer verschwand. Joyce sah sich wahrscheinlich vor dem Zubettgehen eine Kindersendung im Fernsehen an. Wie Anna es immer getan hatte. Der Gedanke versetzte ihm einen scharfen Stich.

»Lass uns in die Küche gehen. Du kannst bestimmt einen Kaffee vertragen – oder was Stärkeres.« Seine Mom berührte ihn am Oberarm und lachte nervös. »Ich könnte jedenfalls einen Schnaps brauchen«, murmelte sie.

Gerald löste seinen Blick von der Wohnzimmertür, aus deren Richtung er leises Gemurmel hören konnte, und betrachtete nachdenklich seine Mom. Ihm war klar, was sie ihm tatsächlich anbot. Er musste Joyce nicht sehen, wenn er es nicht wollte. Er nickte dankbar und streifte sich die Schuhe von den Füßen. »Ich will *Doc McStuffins* aber noch fertig schauen, Daddy«, hörte er eine weinerliche Mädchenstimme sagen, als er hinter seiner Mutter in die Küche trat, die dem Wohnzimmer gegenüberlag. Gerald war sich sicher, dass er Dave und Joyce im Gang sehen würde, würde er es wagen, einen kurzen Blick über die Schulter zu werfen. Ein Kribbeln meldete sich in seiner Magengrube. Er unterdrückte den Impuls, sich umzusehen, und warf die Tür hinter sich ins Schloss. Er war noch nicht so weit.

»Hast du Hunger?«, fragte seine Mom und rückte ihm einen Stuhl am Esstisch zurecht. Gerald schüttelte den Kopf, stellte seinen Rucksack neben die Tür und humpelte zum Tisch hinüber. Seine Mom zuckte leicht zusammen. »Wie geht es dir?«, fragte sie leise.

»Um ehrlich zu sein, nicht besonders«, antwortete Gerald und räusperte sich. Seine Stimme klang rau. Vielleicht lag es daran, dass er bisher kaum ein Wort gesagt hatte, vielleicht aber auch an dem Knoten in seiner Brust, der ihm das Atmen schwer machte.

»Dein Bein«, sagte seine Mutter. Ihre Stimme zitterte. Gerald ließ sich auf den Stuhl sinken und betrachtete sie. Obwohl sein Erscheinen sie völlig aus der Bahn werfen musste, versuchte sie die Starke zu spielen. Sie wandte sich von ihm ab, um Gläser aus dem Küchenschrank zu holen. Gerald entging jedoch nicht, dass sie sich verstohlen über die Augen wischte.

»Meinem Bein geht es gut. Ich meine, jetzt vielleicht noch nicht, aber das wird wieder«, versicherte er ihr. Natürlich war ihm klar, dass sie nicht allein deshalb weinte. Aber er wusste einfach nicht, was er ihr sagen sollte. Dr. Ashton hatte recht. Er hätte sich auf dieses Gespräch vorbereiten müssen und sich die Worte zurechtlegen sollen, stattdessen wirbelten seine Gedanken unaufhörlich durcheinander.

»Mom?«, fragte er leise und stand auf, als seine Mom reglos an der Arbeitsplatte stehen blieb. Vorsichtig legte er ihr die Hand auf die Schulter. Er hatte nicht gewollt, dass sein plötzliches Auftauchen sie quälte. »Es tut mir leid, Mom …«, sagte er leise. Als sie sich wieder zu ihm umdrehte, schien sie ihre Gefühle wieder unter Kontrolle zu haben. Jedenfalls deutete keine Regung ihrer Mimik darauf hin, dass sie innerlich völlig aufgewühlt sein musste. »Mir geht es gut, ich bin nur …« Sie lächelte. »Gib mir einfach einen Moment, um mich zu fassen, ja? Ich habe einfach nicht mit dir gerechnet.«

Gerald konnte sie damit jedoch nicht täuschen. Er schluckte, um den Knoten in seiner Brust zu lösen, der immer größer zu werden schien. Was hatte er sich nur dabei gedacht, herzukommen? Es war egoistisch, so plötzlich hier hereinzuschneien und zu erwarten, dass seine Mom ihn freudig und mit offenen Armen empfing. »Soll ich lieber wieder gehen? Ich meine, wenn es dich verletzt, dass ich hier bin –« – »Nein!«, unterbrach seine Mom ihn heftig und fuhr sich zittrig mit der Hand über die Stirn. »Setzen wir uns, reden wir …«

»Okay.« Gerald war erleichtert, aber ihre Antwort setzte ihn auch unter Druck. Es gab keine Ausrede mehr, davonzulaufen, wenn seine Mom ihn nicht wegschickte. Er griff an ihr vorbei nach der Wasserflasche, um seine nervösen Hände zu beschäftigen, und folgte ihr an den Tisch. Er fühlte sich um Jahre gealtert, als er sich erschöpft auf die Bank sinken ließ, die wie damals schon neben den vier Stühlen am Tisch stand.

»Ich kann einfach nicht glauben, dass du hier bist ...«, flüsterte seine Mom, setzte sich zu ihm und musterte sein Gesicht. Ihre Augen glänzten bereits wieder verdächtig, und Gerald hielt es nicht länger aus, sie anzusehen. Er wich ihrem Blick aus und schenkte das Wasser in die Gläser, die sie auf den Tisch gestellt hatte. In seiner Brust breitete sich ein beklemmender Schmerz aus. Er hatte seiner Mom weh getan, als er gegangen war, und nun tat er ihr weh, indem er zurückkehrte. Was auch immer er tat, er verletzte sie. Sie musste das ebenso begreifen wie er. Gerald fühlte sich schäbig.

»Willst du wirklich nichts essen?«, fragte seine Mom nach einer gefühlten Ewigkeit, als sie es nicht länger auszuhalten schien, wie sie sich anschwiegen. Dabei hätte er so viel zu sagen ... Doch egal, wie sehr Gerald sich bemühte, er fand einfach nicht die richtigen Worte, mit denen er seine Mom um Verzeihung hätte bitten können. Es fühlte sich seltsam vertraut und doch völlig fremd an, miteinander dazusitzen, und alles, was er hätte sagen können, erschien ihm viel zu banal und aufgesetzt. »Mach dir keine Umstände, ich bin nicht besonders hungrig«, erwiderte er und nahm einen Schluck Wasser. Seine Kehle fühlte sich wie zugeschnürt an. »Du solltest wirklich etwas essen«, wiederholte seine Mom sanft. »Und danach beziehe ich dir dein Bett und du schläfst dich ordentlich aus. Du siehst müde aus.«

»Mom, ich will nicht ...«, sagte Gerald, um sie zu bremsen. Aber er brach ab. Er konnte ihr nicht sagen, dass er nicht wollte, dass sie sich um ihn kümmerte. Nach allem, was er ihr all die Jahre angetan hatte, fühlte es sich nicht richtig an. Aber er würde sie damit noch mehr vor den Kopf stoßen, das wollte er ebenso wenig. Doch er hielt er ihre Fürsorge kaum aus.

»Was willst du nicht?« fragte seine Mom. Ihre Stimme klang

alarmiert. Ihr Blick flackerte und huschte zu seinem Rucksack neben der Tür. »Du bist gar nicht hier, um zu bleiben«, flüsterte sie. Ihre Stimme zitterte. Gerald hatte das Gefühl, als implodiere sein Herz. Egal wie sehr seine Anwesenheit sie aufwühlte, die Vorstellung, dass er einfach wieder gehen könnte, war noch viel schlimmer für sie. *Geht es dir besser, wenn ich nicht da bin, oder ist das nur meine Vermutung?*, schwirrte ihm durch den Kopf. Jetzt kannte er die Antwort.

»Ich möchte bleiben«, sagte er mit möglichst fester Stimme. Trotzdem klang sie brüchig. Er griff über den Küchentisch nach ihrer Hand und hoffte, dass sie begriff, dass sie trotzdem nicht zu viel von ihm erwarten durfte. »Es war wirklich ein anstrengender Tag, ich würde mich jetzt gerne ausruhen. Und morgen unterhalten wir uns in Ruhe. In Ordnung?« Eine Pause … Er brauchte dringend Abstand, um sich zu sortieren. Zu seiner Erleichterung wirkte seine Mom nicht gekränkt, als sie ihm zustimmte und ihm voraus zu seinem alten Zimmer ging.

»Wir haben es genauso gelassen wie es war«, sagte sie und öffnete die Tür. Wahrscheinlich wollte sie ihm damit sagen, dass er hier immer noch zu Hause war. Gerald musste unwillkürlich lächeln. »Danke«, sagte er leise und hielt für einen Moment den Atem an, als er an seiner Mom vorbei ins Zimmer trat und sich umsah. Es war tatsächlich noch genauso, wie er es damals verlassen hatte. An den Wänden hingen die Poster großer Musiker: Bob Dylan, Freddie Mercury, Sam Cooke. Seine Idole waren alle noch da, genau wie seine Gitarre in der Ecke und das Keyboard, an dem er die Melodien zu seinen Songs komponiert hatte. Währenddessen ging seine Mom frische Bettbezüge holen und machte sich sofort daran, sein Bett zu beziehen, als sie zurückkehrte. Das war einfach zu viel.

»Ich kann das selber machen«, sagte Gerald und ließ seinen Rucksack auf den Boden fallen. Seine Mom reagierte nicht, sondern streifte den Bezug über das Kissen und schüttelte die Füllung in die Ecken. Ein zärtliches Gefühl regte sich in Geralds Brust. Sie wollte ihm deutlich machen, dass er willkommen war.

Dennoch … »Mom«, ermahnte er sie leise, trat zu ihr und nahm ihr das Kissen aus der Hand. »Du siehst ebenfalls müde aus.«

Seine Mom lächelte matt und seufzte leise. »Na gut. Dann bleibt mir wohl nur noch, dir eine gute Nacht zu wünschen.« Befangen trat sie von einem Bein auf das andere, als wisse sie nicht, wie sie sich verhalten sollte. Gerald erging es genauso. Sie hatte ihn aufgenommen wie den heimkehrenden Sohn und ihm keinerlei Vorwürfe gemacht. Doch sie waren einander fremd geworden.

Gerald überwand seine Scheu und beugte sich zu ihr hinunter und hauchte ihr einen Kuss auf die Wange. »Gute Nacht, Mom.« Seine Mom schlang die Arme um seinen Nacken und drückte ihn für einen kurzen Moment ganz fest an sich. »Ich bin wirklich froh, dass du da bist«, flüsterte sie erstickt. Gerald sah ihr nachdenklich hinterher, als sie ohne ein weiteres Wort sein Zimmer verließ.

Neben all den Gefühlen, die er aufgewühlt haben mochte, schien sie tatsächlich glücklich zu sein, ihn zu sehen. Für einen kurzen Moment hatte er aber auch ihre Angst gesehen. Sie machte sich Sorgen, dass er einfach wieder verschwinden könnte. Hatte Dr. Ashton vielleicht sogar recht, und all die Widrigkeiten, die ihn gezwungen hatten zu gehen, waren in seinem Kopf entstanden und Ausgeburten seiner Schuldgefühle?

Als Gerald am nächsten Morgen erwachte, konnte er kaum die Augen öffnen. Wie sein ganzer Körper fühlten sie sich seine Lider schwer wie Blei an, obwohl er früh ins Bett gegangen war und die ganze Nacht durchgeschlafen hatte. Dr. Ashtons Notfalltabletten hatten ihn völlig außer Gefecht gesetzt. Gerald drehte sich auf die Seite und lauschte den Geräuschen der erwachenden Familie, die ihn wohl auch aufgeweckt hatten. Nachdem seine Mutter ihn am Vorabend allein gelassen hatte, waren seine Gedanken nicht mehr zum Stillstand gekommen. Aufgewühlt wie er gewesen war, hatte er zum ersten Mal Gebrauch von den Medikamenten gemacht.

»Warum fährst du mich nicht in den Kindergarten, Mommy?«, fragte die Mädchenstimme weinerlich, die er schon gestern gehörte hatte. Joyce.

Gerald schlug die Augen auf und setzte sich starr im Bett auf. Joyces Stimme kam einer kalten Dusche gleich und hatte eine ähnliche Wirkung. Wie schon am Vorabend war er versucht, einen Blick auf sie zu werfen, doch stattdessen blieb er stocksteif im Bett sitzen. Er brachte es einfach nicht über sich, aufzustehen, um dem kleinen Mädchen gegenüberzutreten – seiner Halbschwester …

»Ich hab noch einiges zu erledigen, Schatz. Penny wartet auf ihr Frühstück«, hörte Gerald die durch das Holz der Tür gedämpfte Antwort seiner Mutter. Ein warmes Gefühl breitete sich in ihm aus. Penny lebte also noch. Und wenn seine Mom sich um sie kümmerte, musste das bedeuten, dass sie immer noch nebenan wohnte.

»Aber du bringst ihr doch jeden Tag Frühstück und fährst mich trotzdem –«

»Kein Aber, Schatz. Daddy wartet unten auf dich«, unterbrach seine Mom Joyce. Das Mädchen versuchte es mit einem weiteren Protest, ihr Grummeln und ihre Schritte entfernten sich jedoch, als seine Mom sie davor warnte, dass sie zu Hause bleiben musste, wenn sie ihren Vater noch länger warten ließ.

Gerald atmete erleichtert auf und ließ sich zurück ins Kissen sinken. Es war schon schmerzhaft, auch nur über Joyce nachzudenken. Er war neugierig, aber er hatte auch Angst, dass sie Anna ähnlich sehen könnte. Der Gedanke war ihm unerträglich.

Es klopfte leise. Ehe er eine Antwort gab, wurde die Klinke heruntergedrückt. »Bist du schon wach?«, fragte seine Mom leise und streckte ihren Kopf durch die Tür. Unten fiel die Haustür ins Schloss. Gerald zog die Decke nach oben und setzte sich wieder auf. Wie immer schlief er nur in Shorts.

»Ich hoffe, du wirfst meinetwegen nicht deine ganze Tagesplanung über den Haufen«, sagte er. Seine Mom schob die Tür weiter auf, wagte es aber nicht, sein Zimmer zu betreten. »Ehrlich gesagt habe ich bereits im Büro angerufen und mir frei genommen«, antwortete sie und sah an ihm vorbei aus dem Fenster. Sein nackter Oberkörper schien sie genauso befangen zu machen wie er sich fühlte und erinnerte ihn erneut daran, wie fremd sie sich geworden waren. Gerald angelte nach dem T-Shirt, das er vor dem Bett auf den Boden geworfen hatte und schlüpfte hinein. »Das hättest du nicht tun müssen«, sagte er. Es war ihm unangenehm, dass er für so viel Wirbel sorgte.

»Ich dachte, wir sollten Zeit füreinander haben«, sagte seine Mutter und presste die Lippen aufeinander. »Ich will nicht, dass es so bleibt wie jetzt …«

Gerald nickte bedrückt. »Ich weiß, dass ich es dir ziemlich schwer mache, indem ich plötzlich herkomme und darauf hoffe, dass du mir dabei helfen kannst, zu begreifen, was mit mir los ist …«, sagte er, stand vom Bett auf und schlüpft in seine Jeans. »Ich habe es anders versucht, ich habe eine Therapie angefangen. Aber letztendlich gibt es nur einen Weg für mich, um mein Leben wieder in den Griff zu bekommen, und der führt mich nach Hause.«

»Du machst eine Therapie?«, fragte seine Mom. Ein Ruck ging durch sie hindurch und Gerald konnte in ihren Augen eine Veränderung erkennen. »Es sollte mir egal sein, aber ich verstehe nicht, warum jetzt? Nach unserem letzten Telefonat dachte ich nicht, dass du dazu bereit wärst, nach Hause zu kommen.«

Geralds Körper versteifte sich. Die Worte seiner Mom waren ernüchternd. »Ähm, nun ja …«, stammelte er. Wie würde sie darauf reagieren, wenn sie erfuhr, dass nicht allein ihre Bitte, nach Hause zu kommen, ihn dazu bewegt hatte? »Lass uns beim Frühstück darüber reden«, vertröstete er sie. Wenigstens für einen ganz kurzen Moment wollte er ihr die Illusion lassen, dass ihr Sohn kein egozentrischer Mistkerl war, der der nur seinetwegen hergekommen war.

Seine Mom begann zu strahlen. »Das klingt gut, würde ich sagen. Ich gehe jetzt zu Penny rüber und du solltest dir eine ausgiebige Dusche gönnen. Danach frühstücken wir zusammen und du gibst du mir alle Klamotten zum Waschen, die so muffig wie diese Jeans aussehen, die du da trägst.«

Ehe Gerald etwas erwidern konnte, war sie auch schon verschwunden. Kopfschüttelnd sah er ihr hinterher. Warum tat sie das? Warum haute sie ihm ihre Verletztheit nicht einfach um die Ohren, die der Gedanke an seinen erneuten Rückzug zu verursachen schien? Sie hätte jedes Recht dazu. Fürs Erste entschied Gerald sich dazu, ihrem Rat zu folgen und sich unter die Dusche zu stellen. Später, wenn sie geredet hatten, wollte er Penny ebenfalls besuchen und hoffte, dass sie ebenso erfreut über seine Rückkehr war wie seine Mom.

Als er fast eine Dreiviertelstunde später nach unten ging, stand seine Mom in der Küche, schnitt Brot auf und stellte Teller und Tassen auf den Esstisch. »Penny will übrigens, dass du sie später besuchen kommst«, sagte seine Mom. Sie stand mit dem Rücken zu ihm an der Arbeitsplatte und goss frisch aufgebrühten Kaffee in eine Thermoskanne.

»Mach ich«, antworte Gerald und setzte sich an den Tisch. *Wer um Himmels Willen soll das alles essen?*, fragte er sich, als er sich den üppig gedeckten Frühstückstisch besah. Dann aber erinnerte er sich daran, dass seine Mom immer schon die Arbeitswut gepackt hatte, wenn sie aus dem Takt geriet. Nach Annas Tod hatte es eine Zeit gegeben, in der sie jeden Tag das Haus geputzt hatte. Bis sie schwanger wurde …

Gerald drängte den Gedanken an Joyce beiseite. Bevor er auch nur darüber nachdachte, wie er mit dem kleinen Mädchen umgehen sollte, musste er erst einmal mit seiner Mom ins Reine kommen.

»Um ehrlich zu sein habe ich die Therapie angefangen, weil ich nicht mehr weiterwusste. Es gibt da eine Frau – Julie. Sie hat einen Haufen Fragen aufgeworfen, die mir meine Therapeutin auch nicht beantworten konnte«, brach es aus ihm heraus.

Seine Mom setzte sich zu ihm an den Tisch und schenkte

ihm Kaffee ein. »Du hast eine Freundin?« Gerald sah, wie ihre Hand zitterte, als sie ihre eigene Tasse füllte. »Ich hätte nicht herkommen sollen«, begriff er und sprang auf. Nur weil er sich dazu überwunden hatte, würde nicht einfach alles wieder gut werden. »Es tut mir leid, Mom, aber ich kann nicht Teil von deiner und Daves Familie sein.« Es war seine Schuld, dass Anna tot war, und für Joyce war es besser, wenn er sich von ihr fernhielt.

»Und Joyces – sag ihren Namen, Gerald – und Teil von Joyces Familie«, presste seine Mom hervor und schüttelte aufgebracht den Kopf. »Du könntest es, Gerald. Du musst es nur richtig wollen.«

Gerald wandte sich ab, um nicht länger ihren flehenden Blick ertragen zu müssen. »Es geht nicht um Joyce, Mom, es geht um Anna.« Gestresst wischte er sich mit der Hand über den Mund.

»Natürlich geht es auch um Joyce. Es ging dir immer um sie, das hast du selbst gesagt, bevor du verschwunden bist. Du hast mir in die Augen gesehen und mir gesagt, dass sie lediglich der Versuch sei, Anna zu ersetzen. Aber das stimmt nicht, Gerald, und tief im Inneren weißt du das«, antwortete seine Mom. Die Zerbrechlichkeit in ihrer Stimme gab Gerald den Rest.

Er schüttelte abwehrend den Kopf. »Ich geh jetzt zu Penny rüber.« Ohne seiner Mom noch einmal ins Gesicht zu sehen, verließ er die Küche. Danach würde er seine Sachen packen und wieder verschwinden. Er hatte das Leben seiner Mom schon einmal völlig aus der Bahn geworfen, als er den Unfall verursacht hatte, der Anna das Leben gekostet hatte. Ein weiteres Mal wollte er sich das nicht zuschulden kommen lassen. Sie hatte nicht ausgesprochen, dass sie ihn für Annas Tod verantwortlich machte, aber das musste sie nicht. Sie hatte gesagt, dass sie ihn immer in ihrem Leben würde haben wollen, egal was er getan hatte oder was er tun würde. Das war Antwort genug. Seine Mom hatte es leichter, wenn er nicht da war. Es würde diese Familie zerstören, wenn er blieb.

Er stieß die Haustür auf und trat nur mit einem dünnen Hemd bekleidet in die kalte Winterluft hinaus. Seine Lungenflügel fühlten sich an, als würden sie nicht genug Sauerstoff bekommen. »Fuck …«, keuchte Gerald und stützte sich am Türrahmen ab. Vielleicht spielte es noch nicht einmal eine Rolle, was seine Mom über ihn und den Unfall damals dachte. *Er* wusste, dass er schuld daran war.

»Bist du immer noch böse auf mich?«, fragte Anna und stupste ihn von der Seite an. Anstatt ihr zu antworten, gab er Gas. Aus der Ferne konnte er sehen, dass die Ampel an der großen Kreuzung auf Grün sprang, und wenn er nicht trödelte, dann würde er es noch hinüberschaffen, ehe sie wieder umschaltete.

»Ich bin sauer«, grummelte er. »Mom, Dave und du, euch ist es egal, wenn ich weg bin. Und wenn Mom noch das Baby bekommt, von dem Dave und sie träumen, dann bin ich wohl völlig überflüssig. Immerhin brauchen sie dann ein Zimmer.«

Anna keuchte erschrocken auf. »Meinst du, du kommst dann nie mehr nach Hause? Aber ich werde dich doch schrecklich vermissen.«

Gerald gab noch ein bisschen mehr Gas. Er würde es schaffen und Anna bald bei ihrer Freundin abladen können. Er musste mit seiner Wut alleine klarkommen. Im Grunde genommen wusste er, dass er wütend auf Dave war, der sich in seine Familie schlich, während er dabei war sie zu verlassen. Aber Anna war da, also bekam sie seine Wut ab.

Er überfuhr die Ampel mit der höchsten gerade noch zugelassenen Geschwindigkeit. Es krachte ohrenbetäubend, und ein gellendes Kreischen schrillte durch seinen Kopf. Gerald wurde nach links geschleudert. Der Airbag dämpfte seinen Aufprall, dennoch wurde ihm schwarz vor Augen. »Anna«, schrie er, als das Auto aufhörte, sich zu drehen, doch Anna antwortete ihm nicht mehr.

Gerald rang nach Atem. Alles um ihn herum schien sich zu drehen. Er hätte Anna sagen müssen, dass er sie auch vermissen würde, stattdessen war seine Wut das Letzte gewesen, das Anna von ihm abbekommen hatte. Er hätte nicht so schnell fahren dürfen, nur um nicht einzuknicken und ihr einzuräumen, dass er nicht wütend auf sie, sondern auf sich selbst war, weil er sich in der Familie überflüssig gefühlt hatte. Vielleicht hatte er nicht denselben Fehler gemacht wie dieser Truckfahrer, der bei Rot über die Kreuzung gerast war, aber er war sauer und nur deshalb fuhr er schneller als sonst. Nur deshalb war Anna tot. – Wie oft hatte er das schon gedacht?

Als hole der Gedanke Gerald zurück in die Realität, strömte Luft in seine Lungen und er schaffte es, sich gerade aufzurichten. Penny wollte ihn sehen. Sie war alt und auf die Hilfe seiner Mutter angewiesen. Es war vermutlich die letzte Gelegenheit für ihn, sie zu sehen. Kraftlos schleppte Gerald sich durch den Vorgarten zu ihrem Haus hinüber.

»Bist du das, Gerald?«, fragte Penny, kaum dass er leise in ihr Schlafzimmer trat. In ihrem Haus hing der vertraute Geruch, den er schon als Kind gekannt hatte. Es roch süßlich und etwas modrig, wie alte Äpfel, wenn man sie aufschnitt. Als Anna gerade ein Jahr alt geworden war und ihr Vater sie verlassen hatte, hatte Penny oft auf sie beide aufgepasst, wenn ihre Mom arbeiten musste. Damals war sie noch rüstig gewesen, doch jetzt …

Gerald erschrak, als er sie im Bett liegen sah. Ihre Wangen waren eingefallen und ihre hellen Augen, die in ihrem hageren Gesicht übergroß wirkten, starrten blind in seine Richtung. »Ja, ich bin's, Penny«, sagte er leise, um die Sorge in seiner Stimme vor ihr zu verbergen, und trat zurückhaltend näher ans Bett. Pennys Gesicht begann zu strahlen. »Lass dich ansehen, Junge«, sagte sie und streckte ihre Hände nach ihm aus. Gerald traten Tränen in die Augen, als er ihre gekrümmten Finger sah. Schon damals hatte sie bei nasskaltem Wetter über die Schmerzen geklagt, die sie aufgrund der Gicht in den Händen hatte. Aber jetzt … Ihre Fingergelenke schienen gänzlich aus dicken Knorpeln zu bestehen.

Gerald setzte sich auf den Stuhl, der neben dem Bett stand, griff vorsichtig nach ihren Händen, um ihr nicht weh zu tun, und führte sie an sein Gesicht. Zittrig betastete Penny seine Züge. »Ahah, so ein starker Mann wird doch nicht weinen,

Gerald«, sagte sie, als er die Tränen nicht länger zurückhalten konnte, und tätschelte gutmütig seine Wange. »Ich weiß, es muss dich erschrecken, aber ich bin eine alte Frau und darf so grauenvoll aussehen.«

Gerald musste unwillkürlich lächeln. An ihrer Scharfsichtigkeit schien Penny nichts eingebüßt zu haben. »Du siehst wundervoll aus, Penny«, sagte er und meinte es ehrlich. Nichts konnte in diesem Moment tröstlicher sein als ihr Anblick. Selbst wenn ihre Verfassung besorgniserregend war. Pennys Lächeln wurde noch breiter. Sie hob die Hand und wackelte drohend mit dem Zeigefinger. »Lüg mich nicht an, Gerald Turner. Du warst schon immer ein Schlitzohr und ein Charmeur, aber du warst noch nie ein guter Lügner. Was bedrückt dich, Junge?«

War das nicht offensichtlich? Gerald unterdrückt ein bitteres Lachen. »Ich bin ziemlich durch den Wind. Mom zu sehen und all die Eindrücke von früher … Das alles macht mir ziemlich zu schaffen«, gestand er Penny leise und griff nach ihrer Hand, die sie auf die blütenweiße Bettdecke hatte sinken lassen. Überhaupt war es sauber im Zimmer und, wie Gerald gesehen hatte, im ganzen Haus, und er fragte sich, ob Penny das seiner Mutter zu verdanken hatte.

»Deiner Mom geht es nicht anders, Junge. Als sie heute Morgen hereinkam, habe ich sofort gespürt, dass etwas geschehen sein muss. Sie war völlig aufgewühlt. Und ehrlich gesagt hat sie mich ein bisschen angesteckt, als sie mir erzählt hat, dass du endlich den Weg nach Hause gefunden hast. Und ich rege mich eigentlich über gar nichts mehr auf.« Penny grinste verschmitzt und erinnerte Gerald damit endgültig wieder an die freundlich lustige, aber auch weise Großmutterfigur, die er in ihr gefunden hatte.

»Nun, wie dem auch sei, ich kann nicht bleiben«, sagte er leise. Pennys Hand, die er noch immer festhielt, verkrampfte sich. »Aber Amy –«

»Ihr wird es wieder bessergehen, wenn ich nicht da bin«, unterbrach Gerald Pennys Prostest. Pennys Miene verdüsterte sich. Gerald fühlte sich schäbig. »Ich haue nicht einfach wieder ab, weil ich das Gefühl habe, nicht anders zu können. Aber seien wir ehrlich – Mom, Dave und Joyce sind eine glückliche Familie. Durch mich erinnert sie sich nur an das Unglück. Deshalb ist sie so aufgewühlt. Es war eine dumme Idee, herzukommen.«

Penny entzog ihm ihre Hand und stützte sich auf ihre dünnen Arme. Die Anstrengung war ihr anzusehen, doch sie schien nicht gewillt, ihn einfach so gehen zu lassen. Gerald half ihr, sich ein Stück aufzurichten und schob ihr ein Kissen als Stütze in den Rücken. Penny wirkte um Jahre jünger, als sie ihr Kinn nach vorne reckte. »Behaupte nicht zu wissen was in deiner Mom vorgeht, Gerald. Du willst es dir damit nur einfacher machen. Du hast keine Ahnung, wie oft Amy in den letzten Jahren von dir gesprochen hat. Jedes Mal, wenn sie von dir gehört hat, lief sie tagelang glücklich durch die Gegend. Sie war einfach nur froh zu wissen, dass es dir gutgeht. Und dann kam jedes einzige Mal der Rückschlag, als ihr klarwurde, dass der Anruf auch bedeutete, dass du weit fort bist und nicht daran denkst, nach Hause zu kommen. Also«, Pennys Miene verdüsterte sich und sie atmete schwer, »denk nicht, dass du weißt was in ihr vorgeht und wage es nicht, wieder davonzulaufen, bis du es herausgefunden hast. Du bist nur zu ungeduldig, wie immer. Hab ein bisschen mehr Geduld und lass euch Zeit. Dann werdet ihr wieder von ganz allein zueinanderfinden.« Penny lehnte sich matt im Kissen zurück und atmete rasselnd ein und aus. Mit ihm zu schimpfen schien weit über ihre Kräfte hinauszugehen. Gerald bekam ein schlechtes Gewissen, dass er sie so aufgeregt hatte. »Ist gut, Penny«, sagte er und half ihr, sich wieder hinzulegen. »Ich werde noch mal mit ihr reden. Versprochen.« Penny nickte zufrieden und schloss die Augen.

Gerald wartete, bis ihre Atmung sich normalisierte und sie schließlich einschlief. Mit einem dumpfen Gefühl in der Brust machte er sich auf den Rückweg. Auf dem Kiesweg im Vorgarten blieb er stehen und musterte düster die saubere Fassade seines Elternhauses. Wie sah das Leben aus, das seine Mom, Dave und Joyce in den letzten Jahren dort geführt hatten? Hatte Penny recht und sie könnten es tatsächlich schaffen, irgendwie wieder zueinanderzufinden?

Der Druck in seinem Brustkorb wurde stärker. Er würde seiner Mom Fragen stellen müssen – darüber, was sie über ihn und den Unfall dachte. Gerald hatte keine Ahnung, wie er sie danach fragen sollte und was ihre Antwort in ihm auslösen würde. Noch mehr Schuldgefühle? Als er jedoch in der Küche und im Wohnzimmer nachsah, fand er sie nicht. Sein Magen grummelte unangenehm, als er die Treppe nach oben stieg, um in ihrem Schlafzimmer nachzusehen. Es war der einzige Raum des Hauses, der für Anna und ihn immer tabu gewesen war. Er war ihr Rückzugsraum, in den sie ging, wenn ihr die Dinge über den Kopf wuchsen.

Gerald hatte als Kind oft im Gang vor der Schlafzimmertür gesessen und gewartet, dass sie wieder rauskam. Sie hatten als Familie harte Zeiten hinter sich. Sein Dad hatte sie verlassen, immer war das Geld knapp gewesen und allzu oft hatte seine Mom nicht gewusst, wie sie all die Rechnungen bezahlen sollte. Abgesehen von den Problemen, die er mit Dave hatte, schien es der Familie besser zu gehen, als seine Mom sich in ihn verliebte und sie heirateten. Doch dann war Anna gestorben …

Gerald schluckte den Kloß in seinem Hals hinunter und musterte die weiß lackierte Tür. Was, wenn sie ihm sagte, dass sie ihm verzieh, oder gar, dass sie ihm nicht die Schuld an Annas Tod gab? Gerald zweifelte daran, dass es irgendetwas in ihm verändern würde. Aber verdammt, Penny hatte recht. Er durfte nicht so einfach wieder gehen. Er hatte seiner Mom gesagt, dass er sie nicht wieder verlassen würde.

Er nahm sich zusammen und klopfte an ihre Schlafzimmertür, doch drinnen rührte sich nichts. Zögernd drückte Gerald die Klinke nach unten und warf einen Blick hinein. Die Sonne schien durchs Fenster und flutete den Raum mit Licht und das Bett stand ordentlich gemacht in der Mitte des Raumes. Aber von seiner Mom war nichts zu sehen. Nur ein leises Poltern klang aus dem Zimmer nebenan.

Geralds Herz begann heftiger zu klopfen. Annas Zimmer. Er biss sich auf die Unterlippe und ballte seine Hände zu Fäusten. Sein Zimmer war unverändert, und damit gab es nur noch einen unbewohnten Raum im Haus, der zu Joyces Zimmer hatte werden können. Der Staubsauger wurde angeschaltet. Das Geräusch drang direkt aus dem Raum, der zwischen dem Schlafzimmer seiner Mom und dem seinen lag. Er verdrängte das schmerzliche Ziehen in seiner Brust, das der Gedanke, dass Joyce nun Annas Zimmer bewohnte, verursachte, trat auf die Tür zu und öffnete sie leise.

Seine Mom fuhr mit dem Staubsaugerrohr in die Ecken und wischte sich mit der freien Hand den Schweiß von der Stirn. Doch es war nicht Joyces Zimmer, das sie putzte. Gerald zitterte. Aufgewühlt sah er sich um. Das weiße Bett mit den aufgemalten Ponys stand noch immer in der Ecke, daneben der Schreibtisch mit der Lampe, auf dessen Schirm Schmetterlinge in verschiedensten Farben abgebildet waren. Auf der anderen Seite befand sich wie immer das Regal, auf dem sich unzählige Kuscheltiere aneinanderdrängten.

Gerald hatte das Gefühl, als höre die Welt für einen Moment auf sich zu drehen. Er stand einfach nur wie zu einem Eisblock gefroren da und sah sich in Annas Zimmer um. Es tat weh, zu sehen, dass alles, was ihr gehört hatte, noch da war. Beinahe erwartete er, dass sie plötzlich hereingestürmt kam und ihn fragte, was er in ihrem Zimmer mache. Doch sie würde nicht mehr zurückkommen. Gerald krümmte sich unter dem Schmerz. Erst als seine Mom den Staubsauger abschaltete, fand er aus dem seltsam entrückten Zustand zurück ins Jetzt.

»Gerald«, sagte seine Mom ertappt. Gerald sah sie verschwommen durch einen Tränenschleier. Er hatte nicht einmal bemerkt, dass er weinte. »Ich … Warum? Es tut mir leid«, stotterte er und ließ sich auf die Knie sinken. Es war überflüssig zu fragen, warum sie Annas Zimmer nicht ausgeräumt hatten. Sie hatte Annas Platz in ihrem Leben mit Joyce nicht einfach neu besetzt.

Seine Mom ließ sich neben ihn auf den Boden sinken und schloss ihn in die Arme. Es dauerte eine gefühlte Ewigkeit, bis das Zittern nachließ und er wieder normal atmen konnte.

»Ich hätte dich vorwarnen sollen, aber ich habe hier drin schon viel zu lange nicht mehr saubergemacht«, sagte seine Mom, als er sich langsam wieder beruhigte. Vorsichtig schob sie ihn von sich und sah ihm prüfend ins Gesicht. »Wir sollten miteinander reden und uns nicht streiten«, sagte sie. Gerald nickte. Sie hatte recht, und wie immer hatte sie es nicht ausgehalten, untätig herumzusitzen und darauf zu warten, dass ihre aufgewühlten Gefühle zur Ruhe kamen. Er und die Ahnung, dass er wieder verschwinden würde, hatten sie so weit gebracht. Und jetzt saß er hier und ließ sich wie ein kleines Kind von ihr trösten.

»Entschuldige«, sagte er und räusperte sich. »Ich hatte erwartet, dass ihr das Zimmer inzwischen ausgeräumt habt.« Seine Mom lächelte traurig. »Dave hat das Büro in den Keller verlegt, als Joyce alt genug für ein eigenes Zimmer war.« Gerald nickte. Das hatte er nicht mehr miterlebt. Als er gegangen war, hatte Joyces Bettchen noch im Elternschlafzimmer gestanden.

»Warum habt ihr nicht gewartet, Mom?«, fragte er leise. Das war das Einzige, das er noch immer nicht begreifen konnte. »Anna war noch keine drei Monate fort und du bist schon schwanger geworden.« Seine Mom seufzte schwer und rappelte sich von dem cremefarbenen Teppichboden hoch, auf dem sie noch immer saßen. »Ich weiß, dass du das nicht verstehen kannst«, sagte sie abweisend und wandte sich nach dem Wassereimer um, der auf Annas Schreibtisch stand. Sie wrang den Lappen aus und wischte in kräftigen Zügen über die Tischplatte.

Gerald schüttelte den Kopf und folgte ihr. Sie erwartete die alten Vorwürfe, das war offensichtlich. Aber er hatte sich seiner Mom schon ewig nicht mehr so nahe gefühlt wie jetzt. »Es tut mir leid, was ich damals alles gesagt habe. Aber es ging alles so schnell ... Ich begreife noch immer nicht, warum du und Dave euch nicht einfach etwas Zeit gelassen habt.«

»Ich war zweiundvierzig Jahre alt, Gerald. Ich habe dir das nie erzählt, aber auf Anna musste ich über ein Jahr lang warten, und damals war ich noch deutlich jünger.« Sie zuckte hilflos mit den Schultern. »Vielleicht habe ich nicht einmal damit gerechnet, dass es klappen würde.« Sie warf den Lappen zurück in den Eimer und setzte sich müde an den Schreibtisch. »Dave hielt es für richtig, es zumindest zu versuchen. Er sagte, wenn es klappt und ich schwanger werde, dann solle es so sein.« Vorsichtig sah sie zu ihm auf und biss sich auf die Unterlippe. Ihre Augen füllten sich mit Tränen. »Ich habe nie eine schwierigere Entscheidung fällen müssen als diese. Aber ich war noch nicht bereit, nicht mehr richtig Mutter sein zu dürfen. Anna war fort, und auch wenn du das Stipendium für die Juilliard zunächst abgelehnt hast, war mir klar, dass du nicht mehr lange zu Hause sein würdest. Ich war einfach noch nicht bereit dafür, das alles zu verlieren. Also habe ich die härteste Entscheidung gefällt, die ich jemals zu fällen hatte. Ich weiß, das war egoistisch –«

»Nein«, unterbrach Gerald sie und ließ sich wieder auf den Knien nieder. »Ich verstehe es.« Er hatte das Gefühl, als würde ihm ein tonnenschweres Gewicht von der Brust genommen. Ihm war nicht klargewesen, wie wichtig es war, die Entscheidungen seiner Mom zu verstehen. Für ihn hatte nur das Ergebnis gezählt: dass Joyce existierte. Doch es gab nicht nur Schwarz oder Weiß. Glück konnte nicht nur allein existieren. Es konnte neben dem größten Unglück stehen, ohne dass der Schmerz dadurch geringer wurde. Das begriff er erst jetzt. »Es tut mir so leid, Mom«, sagte er noch einmal. Er konnte nicht ändern, wie er sich in der Vergangenheit verhalten hatte und dass er ihr damit weh getan hatte, aber er konnte sich aufrichtig dafür entschuldigen.

Seine Mom schien zu begreifen, was in ihm vorging. Sie wischte mit dem Ärmel über ihre Augen und rieb ihm aufmunternd über den Oberarm. »Wir können nicht ungeschehen machen, wie wir uns verhalten haben, aber wir können es vielleicht einfach vergessen. Vielleicht hätte ich damals einfach nicht zulassen dürfen, dass du dich mit der Trauer in deine eigene Welt zurückziehst …«

Gerald ließ nachdenklich seinen Blick durchs Zimmer schweifen und fragte sich, ob er das zugelassen hätte. Hätten sich die Dinge anders entwickelt? Anfangs hatte er mit seiner Mom um Anna getrauert, sie hatten sich stundenlang über sie unterhalten und miteinander geweint. Bis zu dem Tag, als er erfahren hatte, dass Joyce unterwegs war. Er schüttelte den Kopf und stand auf. An diesem Tag war er völlig außer sich gewesen. »Es hätte sich wahrscheinlich nichts geändert. Wahrscheinlich habe ich Abstand gebraucht, um dir überhaupt richtig zuhören zu können«, sagte er und ergänzte in Gedanken: Und ich habe Julie gebraucht. Ein drängendes Gefühl machte sich in ihm breit. Es war nun beinahe drei Wochen her, dass er sie verlassen hatte. Doch anstatt die Vergangenheit mit der Beantwortung einiger Fragen bereinigen zu können, gestaltete sich nun alles viel komplexer als er gehofft hatte.

»Und jetzt?«, fragte seine Mom, als ahne sie was in seinem Kopf vorging. Gerald versuchte sich vorzustellen was Julie dazu sagen würde. Er musste unwillkürlich lächeln. Natürlich würde sie ihm davon abraten, in einem derart bedeutenden Moment wie diesem den Rückzug anzutreten. Er nickte beklommen, um seinen Entschluss zu bekräftigen. »Ich schätze, ich sollte Joyce eine Chance geben. Ich habe nur Angst –« Er schüttelte den Kopf und brach ab. Würde seine Mom ihm Joyce überhaupt anvertrauen können, ohne Angst um sie zu haben? Und würde er sich wirklich auf sie einlassen können, wenn er ständig diese Frage im Hinterkopf hatte?

Nein, entschied Gerald. Angespannt ballte er seine Hände zu Fäusten und sah seine Mom fest an. »Denkst du, dass ich schuld an dem Unfall war? Ich meine, wenn ich mit Joyce irgendwo hinfahren würde …« Seine Stimme brach. Er hatte nicht damit gerechnet, dass es ihn derart aus der Bahn werfen würde, seiner

Mom diese Frage zu stellen. Aufgewühlt presste er eine Faust gegen seinen Mund und starrte sie abwartend an.

»Mein Gott, Gerald, denkst du etwa, ich werfe dir das vor?«, fragte sie. Ihre Stimme zitterte.

Gerald zuckte hilflos mit den Schultern. »Ich weiß nicht … *Ich* werfe es mir vor.« Seine Mom gab einen gequälten Laut von sich. »Tu das nicht, Gerald. Es war ein Unfall, und egal wie wir versuchen, ihn uns zu erklären, wir können ihn nicht rückgängig machen. Also hör auf, dich mit der Frage zu quälen, ob du ihn vielleicht hättest verhindern können. Ich –« – »Du hast auch nicht den Wagen gefahren«, unterbrach Gerald sie heftig und wandte sich von ihr ab. Er hielt es nicht aus, ihr ins Gesicht zu sehen, wo die eigentliche Antwort auf seine Frage vielleicht zu lesen war. Dass sie anscheinend bereit war, ihm alles zu verzeihen, nur um ihn nicht wieder zu vertreiben, brachte ihn auf. Aber sie sagte nicht, dass ihn in ihren Augen keine Schuld traf.

»Aber ich habe dich und Anna noch für einen Moment aufgehalten, weil ich bemerkt habe, dass sie ihre Zahnbürste vergessen hatte und sie noch schnell im Bad holen musste«, erwiderte seine Mom leise. Vorsichtig sah Gerald sie an, seine Mom lächelte angespannt und sah ihm direkt ins Gesicht. »Aber ich gebe mir nicht die Schuld an Annas Tod, weil ich weiß, dass dieser betrunkene Truckfahrer die Verantwortung dafür trägt. Er hat den Fehler gemacht, nicht du, Gerald. Er ist bei Rot über die Ampel gefahren, du bei Grün. Ich habe dir niemals Vorwürfe gemacht, und ich werde jetzt nicht damit anfangen.«

Gerald und nickte. Vielleicht hatte sie recht. Dennoch konnte er nicht vergessen, wie er sich Anna gegenüber verhalten hatte. Aber er konnte es nicht rückgängig machen, sondern nur versuchen, nach vorne zu sehen. Er atmete tief durch, sah seiner Mom in die Augen und versuchte sich an einem Lächeln. »Ich will Joyce kennenlernen.«

Kapitel 21

Mit Joyce in Verbindung zu treten reizte Gerald, so viel stand fest. Bereits ihre Stimme hatte ihn neugierig gemacht. Seine Entscheidung fühlte sich richtig an. Dennoch breitete sich ein mulmiges Gefühl in seiner Magengegend aus, als er sich von seiner Mom vor dem City Market verabschiedete. Sie wollte noch für das bevorstehende Wochenende einkaufen, ehe sie Joyce vom Kindergarten abholte. Er hatte sie darum geben ihn mitzunehmen. Er hatte sich mit dem Entschluss gut gefühlt, seine kleine Schwester kennenzulernen. Als ihm aber klarwurde, dass ihm keine zwei Stunden blieben, um sich gegen all die Emotionen zu wappnen, die sie in ihm auslösen könnte, war die Leichtigkeit schlagartig gewichen. Zurückgeblieben war dieses kribbelige, etwas unangenehme Gefühl, als würde er sich gleich übergeben müssen, und er hatte keine Ahnung, wie er die zwei Stunden alleine im stillen Haus aushalten sollte. Also war er mit seiner Mom ins Zentrum der Kleinstadt gefahren.

»Wäre es in Ordnung für dich, wenn du mich später wieder hier abholst? Ich hätte noch ein paar Dinge zu erledigen«, bat er seine Mom, als sie den SUV auf den Parkplatz vor dem Supermarkt lenkte und in eine freie Parklücke fuhr. »Das ist kein Problem, aber was hast du vor?«, fragte sie ihn überrascht. Gerald griff demonstrativ nach seiner Krücke, die leider noch immer sein ständiger Begleiter war. »Ich schätze, ich sollte mich nach einem neuen Physiotherapeuten umsehen. So weit ich mich erinnern kann, soll Coleen Pierce ganz gut sein.«

»Das ist sie. Dave hatte letztes Jahr ziemliche Probleme mit seiner Schulter, aber sie hat ihn wieder super hinbekommen«, pflichtete seine Mom ihm bei und nickte begeistert. Natürlich musste ihr klar sein, was seine Worte bedeuteten. Was auch kommen würde, seinen Entschluss zu bleiben würde er nicht mehr so einfach ändern. Er warf einen verstohlenen Blick zu ihr hinüber und sah, dass ihre Augen verdächtig glänzten. Unbeholfen legte er die Hand auf ihren Oberarm. Es tat ihm leid, dass sie seinetwegen so sehr gelitten hatte, dass es selbst jetzt – da er beschlossen hatte alles zu tun, um seine Fehler wiedergutzumachen – noch weh tat. Es war schäbig, aber er fühlte sich dadurch unter Druck gesetzt. »Es geht nur um Termine bei einer Physiotherapeutin, Mom. Wir werden dann sehen wie sich alles entwickelt.«

Seine Mom nickte tapfer und starrte zur Windschutzscheibe hinaus. »Ich weiß, es ist alles ein bisschen viel auf einmal. Aber ich kenne dich, Gerald. Du warst schon immer stur. Wenn du dir etwas in den Kopf gesetzt hast, egal was, dann hast du dein Ziel immer erreicht«, sagte sie leise und wandte ihm den Blick zu. »Was auch immer zwischen dir und dieser Julie geschehen ist, du scheinst es ernst damit zu nehmen, die Vergangenheit aufzuarbeiten. Ich bin ihr sehr dankbar dafür, dass sie dich dazu gebracht hat.« Ihre Stimme begann zu zittern und brach beinahe als sie fortfuhr: »Und ich danke dir, dass du dich darauf eingelassen hast.«

Gerald spürte, wie das Grummeln in seinem Magen abflaute. Die Unterstützung seiner Mom und zu spüren, dass er das Richtige tat, brachte die Leichtigkeit zurück. Dabei hätte sie ihm genauso gut vorwerfen können, dass er Jahre dazu benötigt hatte, den rechten Weg zu finden. So wie Craig, bevor er nach Chickaloon gekommen war.

»Weißt du, ob Craig noch bei der Wells Fargo Bank arbeitet?«, fragte er. Er sollte sich bei ihm blicken lassen, wo er schon hier war. Und wenn er immer noch in der Bank arbeitete, in der er gleich nach der Highschool seine Ausbildung begonnen hatte, dann befand er sich in diesem Moment nur ein paar Straßen weiter. Seine Mom sah ihn ungläubig an und öffnete den Mund, sagte aber nichts. Auch wenn sie nicht mitbekommen hatte worum es damals gegangen war, wusste sie, dass der Streit mit Craig der letzte Tropfen gewesen war, der das Fass zum Überlaufen gebracht hatte.

Gerald zuckte verlegen mit den Schultern. »Na ja, wenn ich schon mal hier bin, sollte ich diese Aufarbeitungssache wohl gleich richtig machen.« Seine Mom biss sich glücklich auf die Unterlippe und nickte. »Craig arbeitet so weit ich weiß noch bei Wells Fargo. Aber wenn nicht, dann bekommen wir schon raus wo er jetzt angestellt ist oder wo er wohnt. Bestimmt steht er im Telefonbuch –«

»Ich habe seine Handynummer, Mom, und wir haben uns vor ein paar Wochen gesehen«, unterbrach Gerald sie und öffnete die Beifahrertür. »Ich erzähle dir später davon, okay? Ich dachte nur, es wäre eine nette Überraschung …« Plötzlich aufgeregt stieg er aus dem Wagen und wartete die Antwort seiner Mom gar nicht erst ab. Den Termin bei Coleen Pierce konnte er auch telefonisch vereinbaren.

»Sag Craig einen schönen Gruß von mir. Wir treffen uns dann in einer Stunde wieder genau hier, ja?«, rief seine Mom ihm durch das geöffnete Seitenfenster hinterher.

Gerald freute sich über das Funkeln in ihren Augen und nickte. Es würde vielleicht noch etwas dauern, bis sie zu einem völlig normalen Umgang miteinander zurückfanden, aber sie waren auf einem guten Weg. Es war noch keine vierundzwanzig Stunden her, dass er unangemeldet vor ihrer Tür gestanden hatte. So beschwingt, wie es in seiner Verfassung möglich war, machte er sich auf den Weg zum Chapel Place, wo die Bank ihren Sitz hatte.

»Ich glaub mein Schwein pfeift. Du hier?«, rief Craig quer durch den Raum und durchbrach die gediegene Ruhe, kaum dass Gerald in den Schaltersaal trat. Beinahe sämtliche Wartenden sahen sich neugierig nach ihm um. Peinlich berührt zog er den Kopf ein. Craig ließ sich dadurch nicht beeindrucken. Ausgelassen und für Geralds Geschmack viel zu laut rief er einem Kollegen zu, dass er jetzt Mittagspause mache und kam direkt auf ihn zu. Für gewöhnlich trug er Jeans und Sweatshirt. In dem dunklen Anzug sah er ungewohnt erwachsen aus. »Alter, was machst du hier?«, fragte er überdreht und klopfte ihm brüderlich auf die Schulter. So erinnerte er ihn wieder ganz an den Kerl, den er einmal richtig gut gekannt hatte.

»Ist 'ne etwas längere Geschichte. Aber du sagtest ja, ich solle mich melden«, antwortete Gerald verlegen. Manche Leute steckten schon die Köpfe zusammen und sahen in ihre Richtung. Erkannten sie ihn wieder? »Können wir woanders hin?«

»Klar, um die Ecke hat kürzlich ein Starbucks aufgemacht. Ich hole nur schnell meine Jacke«, antwortete Craig zum Glück.

»Also, erzähl warum du hier bist«, forderte Craig ihn auf, kaum dass sie sich wenige Minuten später im Coffee Shop an einen Tisch setzten.

»Ich hatte die Schnauze voll davon, immer nur das Falsche zu tun«, antwortet Gerald und erzählte Craig in groben Zügen wie es zu seiner Rückkehr gekommen war. Gebannt lauschte Craig seinem Bericht. Zwischendurch nippte er von seinem Kaffee oder nahm einen Bissen von seinem Sandwich. Als Gerald von seiner Zeit in Colorado Springs sprach, schüttelte er ungläubig den Kopf. »Du bist ein Idiot, Gerald. Wie konntest du Julie nur verlassen? So wie sie mir deinetwegen die Hölle heiß gemacht hat, liebt sie dich, egal wie durchgeknallt du bist«, sagte er und schüttelte erneut den Kopf.

Gerald presste die Lippen aufeinander und nickte. »Ich weiß. Aber ich habe mir vorgenommen, dass das der letzte Fehler ist, den ich gemacht habe. Leider wird er auch der letzte sein, den ich wiedergutmachen kann.« Craigs Augen wurden groß. »Heißt das, dass sie nichts von all dem hier weiß?« Gerald nickte beklommen. Craig lehnte sich zurück und blies die Backen auf und lies die Luft prustend daraus entweichen. »Herrgott,

Alter, worauf wartest du? Diese Frau wird nicht ewig in Alaska hocken, auf eine Nachricht von dir hoffen und versauern.«

Da war er wieder – der Druck. Wann auch immer Gerald an sie dachte, schien er größer zu werden. Aber so einfach war es nicht. »Hast du mir nicht zugehört? Ich warte auf den richtigen Moment. Erst wenn ich mir ganz sicher sein kann, dass ich Julie nicht enttäuschen werde, kann ich sie um Verzeihung bitten.«

»Und wann ist der richtige Moment gekommen?«, fragte Craig zweifelnd und sah ihn an, als wäre er tatsächlich verrückt geworden.

Gerald zuckte unbeholfen mit den Schultern. »Ich habe keine Ahnung.« Er konnte nur hoffen, dass er ihn erkennen würde und dass er es spüren würde, wenn er wieder heil war.

Als Craig ihn zum Ende seiner Mittagspause hin zum Parkplatz vor dem City Markt begleitete, war er immer noch mit dieser Frage beschäftigt. Seine Mom war noch nicht zurück und die Warterei machte die Aufregung vor der ersten richtigen Begegnung mit Joyce nicht gerade besser. Craig schien das zu spüren, denn obwohl er seine Pausenzeit längst überschritten haben musste, ließ er es sich nicht nehmen, mit ihm zu warten.

»Jetzt geh schon. Ich komme alleine klar und ich will nicht, dass du Ärger bekommst«, forderte Gerald ihn zum wiederholten Male auf, als Craig immer häufiger auf seine Uhr sah. »Sicher?«, hakte er nach. Gerald nickte. »Um ehrlich zu sein machst du mich mit deinem Gezappel nur noch nervöser.« Craig trat grinsend von einem Bein auf das andere. »Na gut, wenn das so ist ... Die schmeißen mich sicher nicht gleich raus, nur weil ich mal zu spät komme, aber ich habe keine Lust, die Zeit wieder reinarbeiten zu müssen. Außerdem hasst meine Frau es, wenn ich zu spät nach Hause komme.«

»Deine Frau?« Gerald klappte überrascht den Mund auf. Ganz automatisch glitt sein Blick zu Craigs Ringfinger. Craig schüttelte den Kopf und zog grinsend eine Kette unter dem Kragen seiner Jacke hervor. Kein Wunder, dass ihm der Ring nicht aufgefallen war. Aber Craig nahm ihn tatsächlich nicht auf den

Arm. Der goldene Ring, der an den Gliedern baumelte, sah eindeutig nach einem Ehering aus.

»Jetzt muss ich aber wirklich los«, sagte Craig immer noch grinsend und schob die Kette zurück unter den Kragen der Jacke. »Wenn dir die Decke auf den Kopf fällt, oder du einfach nur neugierig bist, dann komm doch einfach mal zu uns rüber. Wir wohnen in der Eastern Hurd Lane, in dem Haus, in dem früher meine Grandma gelebt hat.« Er schien es zu genießen, ihn auf die Folter zu spannen. Anstatt das Rätsel aufzulösen, klopfte er ihm zum Abschied auf die Schulter und verschwand.

»Idiot«, murmelte Gerald und sah ihm kopfschüttelnd hinterher. Craig war verheiratet. Gerald hatte keine Ahnung, wie er das fand und warum Craig ein Geheimnis daraus machte. Vielleicht war es seine Rache dafür, dass er die ganze Entwicklung verpasst hatte. Gerald bedauerte zutiefst, dass er die Hochzeit seines Freundes verpasst hatte. Er schien kaum noch etwas über ihn zu wissen. Waren sie überhaupt noch Freunde?

Gerald zuckte zusammen, als ein Auto ganz in der Nähe der Bank, auf der er Platz genommen hatte, hupte. Seine Mom war zurück. Und Joyce. Gerald sah auf die Uhr und musste grinsen. Eine weitere Viertelstunde war vergangen. Craig hatte ihn einfach nur ablenken wollen. Gerald musste schmunzeln.

»Hey«, sagte er vor Anspannung etwas atemlos, als er die Beifahrertür des SUV öffnete. Vorsichtig warf er einen Blick auf die Rücksitzbank. Durch die verdunkelten Fenster der Hintertüren hatte er von außen nichts erkennen können. Ein Zittern rann durch seinen Körper, doch er war erleichtert.

Joyce saß ordentlich angeschnallt in ihrem Kindersitz und schaute ihn verwirrt an. Ihr Haar war dunkel, fast schwarz, wie das von Dave. Ihre Augen schokoladenbraun. Anna hatte seiner Mom unglaublich ähnlich gesehen.

»Wer ist das, Mommy?«, fragte Joyce, und Gerald musste über ihren forschen Tonfall unwillkürlich lächeln.

»Hi, ich bin Gerald«, antwortet er. Alles in ihm wurde ruhig, als hielten seine Gedanken und Gefühle den Atem mit ihm an.

Joyce neigte den Kopf ein wenig zur Seite und legte ihre glatte Stirn in Falten. Neugierig musterte sie ihn. »Ich habe einen Bruder, der heißt auch Gerald. Aber der ist weit weg, weil er Bäume fällen muss, damit die Leute im Winter nicht erfrieren«, sagte sie und Gerald konnte einfach nicht anders, als zu lachen.

»Bleibt Gerald jetzt für immer bei uns?«, fragte Joyce unvermittelt beim Abendbrot. Gerald zuckte bei dem Gedanken zusammen. Seine Mom hatte sie inzwischen darüber aufgeklärt, dass er tatsächlich ihr großer Bruder war und seither war die Kleine kaum mehr zu halten.

Sie wollte wissen warum er sie erst jetzt besuchen kam und ob es nicht langweilig sei, den ganzen Tag lang nur Bäume zu fällen. Sie erzählte vom Kindergarten, sang ihm das neue Lied vor, das sie in dieser Woche gelernt hatte, und lud ihn ein, nach dem Abendbrot mit ihr zusammen fernzusehen. Es war unerwartet einfach, ihre Gegenwart auszuhalten. Sie war so völlig anders als Anna, die jeder Neuerung zunächst skeptisch, beinahe scheu gegenübergestanden hatte. Doch ihre Frage ließ Gerald zusammenfahren und begreifen, dass er tief im Inneren angespannter war, als er wahrhaben wollte.

»Ja, wie lange will Gerald denn bleiben?«, griff Dave die Frage seiner Tochter auf und warf Gerald einen misstrauischen Blick über den Tisch zu. Er war erst nach Hause gekommen, als sie sich bereits zum Essen zusammengesetzt hatten und ihm schien nicht zu gefallen, dass er noch da war.

Gerald senkte getroffen den Blick auf seinen Teller. Er verstand Daves Argwohn. Vermutlich wollte er nur seine Familie beschützen. Dennoch fühlte er sich plötzlich wie ein ungebetener Eindringling.

»Gerald kann so lange bleiben wie er möchte«, sagte seine Mom bestimmt. Ihre Stimme klang warnend. Vorsichtig sah Gerald auf. Joyce zuckte leichthin mit den Schultern, doch Dave starrte seine Mom stumm an. Ein Muskel in seinem Unterkiefer zuckte vor Anspannung, doch seine Mom ließ sich davon nicht beeindrucken, sondern starrte unnachgiebig zurück. So lange, bis Dave schließlich einknickte und fortfuhr, mit seiner Gabel auf die Nudeln mit Tomatensauce einzuhacken.

»Hilf du Joyce doch bitte, sich bettfertig zu machen, Gerald und ich räumen solange die Küche auf«, sagte er zu seiner Frau, kaum dass die Mahlzeit beendet war. Seine Mom zögerte, doch Gerald nickte ihr zustimmend zu. Die beinahe feindselige Atmosphäre hatte sich während des restlichen Essens nicht gewandelt und er hatte erwartet, dass Dave ein paar Worte unter vier Augen mit ihm wechseln wollte. Gerald war das recht.

»Hör zu, ich kann verstehen, dass du nicht gerade begeistert bis, mich hierzuhaben. Aber ich bin nicht gekommen, um Mom oder Joyce weh zu tun«, sagte er, kaum dass die beiden die Küche verlassen hatten. Angriff schien ihm in dieser Situation die beste Verteidigung zu sein. Doch anstatt aufzubrausen oder wütend zu werden, wie er erwartet hatte, lehnte Dave sich an die Arbeitsplatte der Küchenzeile und rieb sich müde über die Augen.

»Ich habe kein Problem damit, dich hierzuhaben, Gerald. Auch wenn du das anscheinend immer noch glaubst, ich habe nichts gegen dich. Aber ich bin natürlich auch nicht begeistert, dass du Amy so aufwühlst. Und Joyce? Der große Bruder existiert nicht länger nur in ihrer Phantasie. Wenn du jetzt wieder verschwindest … Ich weiß nicht, wie Amy das noch einmal durchstehen sollte.« Hilflos hob er die Hände und schüttelte den Kopf.

Gerald dämmerte, dass sein Verhalten in den letzten Jahren noch weitere Kreise gezogen hatte, als er geahnt hatte. Auch Dave schien darunter gelitten zu haben, zumindest musste er den Schmerz seiner Frau erdulden. Und er schien nicht gewillt, das ein weiteres Mal zu tun. Ein Ruck ging durch ihn hindurch und er straffte die Schultern. »Was ich dir damit sagen will ist: Wage es ja nicht, deiner Mom noch einmal das Herz zu brechen, oder Joyce.«

Gerald nickte ernst. Daves Worte kamen einer Drohung

gleich. Früher hätte er sich darüber geärgert, dass Dave – der eigentliche Eindringling – es wagte, ihn in seinem Elternhaus zu bedrohen. Doch stattdessen begriff er zum ersten Mal, dass er seine Mom von Herzen liebte. Gerald hatte kein Recht darauf gehabt, sich von ihr betrogen zu fühlen, weil sie Dave in ihr Leben gelassen hatte.

»Ich verstehe, dass du sie beschützen willst«, sagte er leise und nickte Dave anerkennend zu. »Aber es ist mir ernst. Ich will nicht so weitermachen wie in den letzten Jahren, und ehrlich gesagt kann ich auch nicht so weitermachen. Ich weiß nicht wie ich dir das erklären soll, aber wenn ich es nicht schaffe, mit all dem hier klarzukommen, dann gehe ich unter.«

Dave musterte ihn eindringlich und Gerald fühlte sich unter seinem prüfenden Blick zunehmend unwohler. Er schien gründlich zu überlegen, welche Stellung er in der Frage, wie es nun weiterging, beziehen sollte. Doch die Rollen hatten sich neu geordnet. Er war erwachsen geworden und Dave war nun der Mann in diesem Haus. Und Gerald hatte kein Problem mehr damit.

Vielleicht spürte Dave, was sich zwischen ihnen verändert hatte, vielleicht erregte er auch einfach nur sein Mitleid. Jedenfalls nickte er schließlich und klopfte Gerald auf den Rücken. »Meinetwegen kannst du bleiben. Aber nur wenn du bereit bist, dir die Heizung mal genauer anzusehen. Irgendwas stimmt mit dem Warmwasserregler nicht, und ich komme einfach nicht darauf was es ist.« Er grinste breit und steckte Gerald damit an.

»Geht klar«, antwortete Gerald erleichtert. Dave war ein scharfsichtiger Versicherungsmakler, doch er hatte zwei linke Hände. Außerdem schien er ein Mann zu sein, der bereit war zu verzeihen. Mit seiner Bitte tat er nichts anderes, als einen Schritt beiseite zu treten und ihm wieder Platz im Leben der Familie zu machen.

Kapitel 22

Das Wochenende und die Arbeitswoche vergingen, und auch wenn es Gerald nicht immer leichtfiel, versuchte er so viel Zeit wie möglich mit Joyce zu verbringen. Seine ersten Vermutungen bestätigten sich immer mehr: Joyce war ein kleiner Wirbelwind – völlig anders als Anna. Dennoch geriet er immer wieder in Schwierigkeiten, wenn sie ganz plötzlich und völlig unerwartet etwas tat oder sagte, das ihn an seine verstorbene Schwester erinnerte.

Es war Samstag. In zwei Tagen war Weihnachten und Gerald lag auf seinem Bett und starrte nachdenklich in das Gesicht von Jonny Cash, seinem größten Idol. Er fühlte sich gleichzeitig ruhig und aufgebracht. Ein Gedanke wollte in seinem Kopf entstehen. Trotz seines inzwischen festen Willens, wollte es ihm einfach nicht gelingen, sein Herz für Joyce zu öffnen. Gerald hatte das Gefühl, dass die Lösung des Problems zum Greifen nahe vor seiner Nase lag, aber jedes Mal, wenn er den Gedanken beinahe erfassen konnte, entglitt er ihm. Es war zum Verzweifeln. Aber vielleicht machte er sich auch viel zu viele Gedanken …

»Guck mal, Gerald, ist das Pony nicht unglaublich süß? Wenn ich groß bin, dann will ich auch ein Pferd haben«, hatte Joyce aufgeregt gerufen, als neulich Abend ein geschecktes Pony in einer Fernsehwerbung zu sehen gewesen war. Gerald war erstarrt. Zwar war ihm klar, dass vermutlich jedes kleine Mädchen diese Pferdeliebephase durchmachte, aber dass Joyce Anna damit ähnlich war, versetzte ihm einen scharfen Stich.

»Hast du schon mal ein Pferd aus der Nähe gesehen? Sie stinken und wenn du nicht aufpasst, beißen sie dir in die Finger, wenn du ihnen eine Karotte geben willst«, hatte er abweisend und ohne länger darüber nachzudenken geantwortet. Joyce hatte ihn betreten angesehen. »Wirklich? Mommy hat mir versprochen, dass ich Reitstunden nehmen darf, wenn ich sechs werde. Aber das will ich dann gar nicht mehr, wenn das Pferd mich beißen will.«

Geralds Herz krampfte sich zusammen. Es war Annas heißester Wunsch gewesen, Reiten zu lernen. Doch sie hatte keine Reitstunden nehmen dürfen, als sie sechs Jahre alt geworden war. Erschöpft vom vielen Nachdenken rieb er sich über die Augen. Es war unfair, wenn er die damalige Situation seiner Mom mit der jetzigen verglich. Damals hatte das Familieneinkommen aus ihrer Teilzeitstelle und seinem Aushilfsjob bei einer Autowaschanlage bestanden. Heute standen ihnen Daves Vollzeiteinkommen und der Verdienst aus ihrer Zwanzig-Stunden-Stelle zur Verfügung. Es war unvernünftig, traurig darüber zu sein, dass Joyce Wünsche erfüllt bekam, die Anna verwehrt geblieben waren. Dennoch schmerzte es.

Seufzend stand er vom Bett auf und schnappte sich seine Jacke, die er über die Lehne seines Schreibtischstuhles gehängt hatte. Vermutlich entstand immer noch das unterbewusste Gefühl in ihm, Anna zu verraten, wenn er sich wirklich für Joyce öffnete. Aber wenn er so weitermachte, entfernten ihn seine Gedanken nur noch weiter von Joyce und damit von Julie. In zwei Tagen war Weihnachten, und er hoffte, dass es ihm wenigstens am Fest der Liebe gelang, so etwas wie Zuneigung für das kleine Mädchen empfinden zu können.

»Ich geh rüber zu Craig«, rief er seiner Mom im Vorbeigehen durch die geöffnete Wohnzimmertür zu.

»Bist du zum Abendbrot wieder da?«, rief sie zurück.

Gerald hielt inne und schloss für einen kurzen Moment die Augen. Ein Betrachter von außen hätte die Situation wohl als völlig normal empfunden. Aber nichts war normal. Nach der

Entlastung der ersten klärenden Gespräche geriet er zunehmend wieder aus der Bahn.

Er riss sich zusammen und gab sich einen Ruck. »Ja, ich schau nur kurz bei ihm vorbei«, antwortete er seiner Mom. Wenn sich schon nichts gewöhnlich anfühlte, dann sollte er zumindest versuchen so zu tun. Vielleicht kam der Rest dann ganz von alleine. Er stieg in die schweren Stiefel, die er auch bei der Arbeit trug, und machte sich auf den Weg.

Er war schon eine ganze Woche lang zu Hause, aber er hatte sich so auf seine Familie und vor allem Joyce konzentriert, dass er bisher nicht die Zeit gefunden hatte, bei Craig vorbeizuschauen. Dazu ging er noch fast täglich zu Coleen Piere und besuchte Penny sooft es ging. Nur ein paar Nachrichten hatten sie sich geschrieben und hatten einmal ganz spontan zusammen in einer Kneipe ein Bier getrunken, als Craig ihm geschrieben hatte, dass ihm langweilig sei, weil seine Frau auf Fortbildung war und die Nacht außerhalb der Stadt verbringen würde. Aber Craig hatte ihm nicht verraten wollen, wen er zur Ehefrau gewählt hatte – er sollte es wohl selbst herausfinden, indem er zu ihm nach Hause kam. Wenn Craig zu Hause war, dann würde er es endlich erfahren.

Gerald beschleunigte seine Schritte. Es fühlte sich gut an, dass Craig ihn so offensichtlich wieder in seinem Leben haben wollte, und es fühlte sich gut an, zu ihm zu gehen, ohne vor Schmerz die Zähne zusammenbeißen zu müssen. Wie ihm Summer in Colorado Springs prophezeit hatte, benötigte er dank der weiteren intensiven Therapie bei Coleen Pierce gute zweieinhalb Monate nach dem Unfall nun keine Krücke mehr. Jetzt musste er nur noch das Humpeln in den Griff bekommen. Aber auch das würde er noch schaffen, da war er sich sicher.

»Ja?«, meldete sich eine weibliche Stimme durch die Gegensprechanlage, als Gerald die Klingel an Craigs Gartentor betätigte, das verriegelt war. Auf dem Schild stand lediglich *Porter* – Craigs Nachname. Doch die Stimme kam Gerald irgendwie bekannt vor.

»Hey, hier ist Gerald. Ich wollte zu Craig. Ist er zu Hause?« Anstatt einer Antwort, wurde der Türsummer betätigt und er konnte das Gartentor öffnen.

»Ich hatte dich ehrlich gesagt schon früher erwartet«, empfing ihn Craig bereits an der Haustür und lachte.

»Das war echt 'ne miese Nummer, mich so auf die Folter zu spannen«, murrte Gerald und warf einen Blick an Craig vorbei in den Hausflur. »Bittest du mich wenigstens jetzt herein und stellst mir die Glückliche vor?«

Craig machte die Tür frei und deutete mit einer einladenden Geste in den Flur. »Das mache ich gerne ...«

»Die Vorstellung dürfte jedoch überflüssig sein«, hörte Gerald die Stimme von Craigs Frau aus einem der Zimmer, die vom Flur abgingen. Vor Überraschung blieb ihm der Mund offenstehen, als Zoe Carter in den Gang trat – die Traumfrau seiner Jugend.

»Du bist so ein Idiot. Lässt mich *Laughing girl* singen und erwähnst mit keinem Wort, dass du das lachende Mädchen geheiratet hast«, murmelte Gerald und warf Craig einen angesäuerten Blick zu.

»Ich war mir in Chickaloon nicht sicher, ob es dich überhaupt interessiert, was zu Hause vor sich geht«, sagte Craig grinsend. »Aber anscheinend existiert der alte Gerald Timothy Turner noch in diesem Muskelprotz.« Lachend klopfte er ihm auf die Schulter. Gerald fühlte sich immer noch ein wenig gedemütigt, dennoch konnte er Craig einfach nicht böse sein. Er zog eine getroffene Grimasse und ging an Craig vorbei in den Hausflur. »Von wegen Muskelprotz. Seit diesem Unfall habe ich dreizehn Pfund abgenommen.«

Zoe musterte ihn verunsichert.

»Ich bin mir nicht sicher, ob dieser Kerl ein Mädchen wie dich verdient hat, aber ich freue mich für euch«, wandte sich Gerald an sie. Sie sollte nicht denken, dass er immer noch Interesse an ihr hegen könnte und deshalb sauer auf Craig war.

Sie lächelte erleichtert. »Danke. Es ist schön dich zu sehen,

Gerald.« Sie umarmte ihn kurz und klopfte ihm freundschaftlich auf den Rücken.

»Wie lange seid ihr schon verheiratet?«, fragte er Craig, als sie mit je einer Flasche Bier vor der Nase im Wohnzimmer zusammensaßen. Craig lächelte versonnen. »Du warst ein paar Monate fort, da haben wir uns zufällig in einer Bar getroffen. Zoe hat in den Semesterferien ihre Eltern besucht. Ich war ziemlich mies drauf zu dieser Zeit, und irgendwie hat sie sich wohl für mich verantwortlich gefühlt. Jedenfalls haben wir uns beinahe jeden Tag gesehen, und am Tag vor ihrer Rückreise nach Massachusetts hat sie mir dann gestanden, dass sie schon länger ein Auge auf mich geworfen hat. Sie hat mich geküsst, und seit dem Tag sind wir zusammen, und geheiratet haben wir dann vor eineinhalb Jahren.«

»Dann hatte es wenigstens etwas Gutes, dass ich abgehauen bin. Ich habe dir nicht länger im Weg gestanden«, murmelte Gerald nachdenklich. So betrachtet stimmte das wahrscheinlich sogar. Andernfalls hätte sich Craig als loyaler Freund niemals auf Zoe eingelassen.

Craig nickte und lächelte schwermütig. Dann aber zuckte er mit den Schultern und grinste sein typisch verschmitztes Grinsen. »Vielleicht lag es erst einmal auch daran, dass ich für sie als angehende Psychologin ein interessantes Forschungsobjekt war, und sie hat sich erst später in mich verliebt.«

Gerald war klar, dass Craig die plötzlich bedrückte Stimmung wieder aufheitern wollte. Doch seine Worte erinnerten ihn noch viel mehr an Julie und an das ganze Dilemma, in das er hineingeraten war. »Ich dachte am Anfang auch, dass Julie an so was wie einem Helferkomplex leidet. Aber im Nachhinein betrachtet bin ich mir sicher, dass mir zu helfen ein Vorwand war.«

Craig nahm einen großen Schluck von seinem Bier und seufzte leise. »Dieser Moment lässt auf sich warten, hm?«

Gerald nickte bekommen. »Ja. Joyce ist wirklich lieb, nett und süß. Aber es fühlt sich einfach nicht richtig an, so zu tun als wäre ich ihr Bruder.«

»Wie soll es auch?«, fragte Craig trocken. Gerald verstand nicht. Auffordernd nickte er seinem Freund zu. »Du kennst sie kaum, wie soll sie dir in so kurzer Zeit ans Herz wachsen?«, fuhr Craig fort und richtete sich in dem Sessel auf, in den er sich gemütlich hineingelümmelt hatte. Er nippte nachdenklich an seinem Bier und sah Gerald dann eindringlich an. »Hör zu, du denkst viel zu viel nach, Alter. Du bist hier und hast dich mit der Geschichte auseinandergesetzt. Genau das hat Julie doch erwartet. Ich verstehe nicht, warum du dich nicht längst auf dem Weg zurück nach Alaska befindest, um sie dir zurückzuholen.«

Gerald griff nach seiner eigenen Flasche und nahm einen langen Zug. Oberflächlich betrachtet hatte Craig recht. Aber machte ihn das zu dem Mann, der Julie glücklich machen konnte? Dr. Ashton hatte ihm ziemlich deutlich zu verstehen gegeben, dass es dauern würde, seine Geschichte aufzuarbeiten. Er könnte wieder zu ihr gehen, damit sie ihn dabei unterstützte. Dennoch konnte er sich nicht sicher sein, dass er damit das Ziel, sich selbst zu vergeben, erreichte. Aber verdammt, er tat alles, versuchte alles und würde auch nicht aufgeben. War das denn nicht genug?

»Ich werde mir einen Flug für den 26. Dezember buchen. Mom würde es das Herz brechen, wenn ich vor Weihnachten abreise«, sagte er, ohne länger darüber nachzudenken. Julie sollte darüber entscheiden, ob sie mit dem Risiko leben wollte, dass auch eine intensive Therapie ihn vielleicht nicht heil machen konnte.

»Ich hatte recht: Du bist wieder ganz der Alte. Darauf trinke ich«, sagte Craig und prostete ihm lässig zu. Er konnte damit allerdings nicht verbergen, dass seine Stimme rau klang. Gerald prostete zurück und war sich plötzlich sicher, dass ihre Freundschaft überleben würde, komme was wolle.

Am Tag vor dem Weihnachtsmorgen fühlte Gerald sich zerrissener denn je. Wie angekündigt hatte er einen Flug von Colorado Springs nach Anchorage gebucht. Doch nicht nur das machte ihn nervös. Das bevorstehende Weihnachtsfest stellte ihn auf die Probe. Vielleicht war es die letzte Gelegenheit, Joyce eine echte Chance zu geben. Gerald schüttelte den Kopf und versuchte sich auf das Rezept zu konzentrieren. Was brauchte seine Mom als nächstes …? Sein Blick huschte über die Zeilen des Kochbuches. Doch die Buchstaben verschwammen vor seinen Augen und die Unruhe ließ sich nicht verdrängen. Es war lächerlich. Es würde noch tausende Gelegenheiten geben und er hatte doch noch so viel Zeit …

»Pfeffer«, sagte seine Mom und durchbrach damit seine Gedanken. Gerald gab ihr die Pfeffermühle in die ausgestreckte Hand und sah dabei zu wie sie den Braten würzte. Um sich abzulenken, hatte er ihr angeboten, ihr bei den Vorbereitungen für das große Fest zu helfen. Seine Gedanken schweiften jedoch immer wieder ab. Am liebsten hätte er seine Sachen zusammengepackt und sich einen Flug ans andere Ende der Welt gebucht.

Die bevorstehende Rückkehr zu Julie machte ihm zusätzlich zu schaffen und er hatte das Gefühl, dem steigenden Druck nicht mehr lange standhalten zu können. Er freute sich darauf, sie wiederzusehen. Aber ihm war auch klar, dass es eigentlich nicht fair war, ausgerechnet jetzt zu ihr zurückzukehren. Für sie wäre es das Klügste, ihm nicht zu verzeihen. Doch er kannte Julie und ihre Art zu denken. Sie würde ihn verstehen wollen, und sie würde darüber nachdenken und Kompromisse schließen, bis sie eine Entschuldigung für sein Verhalten fand.

Gerald schüttelte den Kopf und reichte seiner Mom die vorbereitete Füllung für den Rollbraten, noch ehe sie danach fragte. Es war doch genau das, was er wollte: dass Julie ihm verzieh …

»Ist mit dir alles in Ordnung?«, fragte seine Mom und verteilte die Füllung aus Aprikosen, Äpfeln, Frischkäse und diversen Gewürzen auf dem Fleisch. Die Frage war beiläufig, doch Gerald ahnte, dass sie seine Nervosität spürte.

»Mir geht es gut, ich bin nur müde«, antwortet er und war froh, dass er am Vorabend ziemlich lange bei Craig war und sie bis tief in die Nacht zusammengesessen und sich unterhalten hatten. Seine Mom nickte abwesend und rollte das Fleisch mit der Füllung auf. »Gibst du mir bitte den Bratschlauch?« Gerald reichte ihr das Küchenutensil und war erleichtert, die Arbeit damit zu beenden und sich vor seiner Mom zurückziehen zu können.

»Wegen morgen ist alles klar? Ich meine, dir geht es gut?«, fragte sie weiter, als er die Küche verlassen wollte.

Gerald blieb stehen und seufzte leise. »Mir geht es wirklich gut. Es ist nicht einfach, Weihnachten so wie früher zu feiern, aber ich komme klar.« Das erste Weihnachten nach Annas Tod hatten sie praktisch ausgelassen, und es war seither tatsächlich das erste Mal, dass er das Fest richtig beging. Vielleicht ging ihm auch das an die Nieren. Gerald wusste es nicht. Doch ehe seine Mom noch weiter seine widersprüchlichen Gedanken aus ihm herausholen konnte und er noch etwas Unüberlegtes sagte, war es besser auf sein Zimmer zu gehen.

»Ich bin wirklich glücklich, dass du da bist«, sagte seine Mom gerade als er die Tür erreichte. Ihre Stimme klang erstickt. Gerald hielt inne. Es bedeutete ihr viel, dass er da war, und er würde ihr das verdammt noch mal nicht versauen, indem er sich nicht zusammenreißen konnte. »Ich weiß, Mom. Ich bin auch froh, dass ich hier bin.«

»Deinetwegen wird es dieses Jahr ein wirklich besonderes Fest. Es wird einfach perfekt werden. Wie du irgendwann am Telefon mal gesagt hast, können wir uns durch meinen Job auch ein paar besondere Wünsche erfüllen, was natürlich in erster Linie Joyce betrifft. Gott, sie wird ausflippen vor Freude. Sie bekommt eine Reitausrüstung, und fürs neue Jahr habe ich sie schon in einem Reitstall angemeldet. Das wird eine Überraschung. Sie denkt …«

Gerald erstarrte, während seine Mom immer noch aufgeregt weiterplapperte. Er wusste auch so, was Joyce dachte. Dass sie nicht erst in einem Jahr Reitunterricht bekommen sollte, sondern noch früher, gab ihm in seiner momentanen Verfassung den Rest.

»Ich geh rüber zu Craig, wir wollten noch ein Bier zusammen trinken«, presste er hervor und verließ hastig das Haus. Anstatt zu Craig zu gehen und ihm damit den Vorweihnachtstag zu vermiesen, lief er ziellos durch die Straßen.

Es war lächerlich, dass ihn die Entscheidung seiner Mom, Joyce früher Reiten lernen zu lassen, derart traf. Dennoch tat es weh, dass sie ihrem zweiten kleinen Mädchen all die Wünsche erfüllen konnte, die sie Anna nicht hatte erfüllen können. Sie hatte bei Anna so viel versäumt. Er hatte es. Auch Anna hatte Pferde geliebt. Aber sie hatte nur hin und wieder auf einem Jahrmarkt auf einem Pferderücken sitzen können.

Sie war auch nie auf die Highschool gegangen. Aus ihr war nie ein richtiger Teenager geworden, der sich verliebte und der seine Zukunft plante. Sie hatte keine Erfahrungen machen dürfen wie mit ihrer besten Freundin heimlich Bier zu probieren und doch Hausarrest dafür zu bekommen, weil Mom die fehlende Flasche aufgefallen war.

Warum geschahen solche schrecklichen Dinge, und warum hatte dieses Schicksal seine Familie treffen müssen? Verzweifelt sah Gerald sich um. Er war auf seinem Irrweg durch die Stadt vor der Kirche gelandet. Er zitterte. Er musste eine gefühlte Ewigkeit durch die verschneiten Straßen gelaufen sein, aber die Kälte kam von Innen.

Zögernd öffnete er das schmiedeeiserne Tor zum Friedhof. Seit Annas Begräbnis war er nicht mehr hier gewesen. Aber das Bedürfnis, ihr nahe zu sein, war größer als die Angst vor dem sichtbaren Beweis, dass sie nicht mehr wiederkommen würde. Obwohl er ihn nur einmal gegangen war, fand er auf Anhieb den Weg zwischen den vielen Grabsteinen hindurch zu ihrer letzten Ruhestätte.

Gerald atmete schwer, als er vor dem Marmorengel stand. Sein Herz klopfte aufgewühlt, als wolle es ihn spüren lassen, dass er noch am Leben war. *Siebzehnter Juli 2003* stand in geschwungenen Lettern hinter einem kleinen Sternchen. Annas Geburtstag. Geralds Sicht verschwamm. Grausamer Weise konnte er dennoch die zweite Zeile der Inschrift erkennen. Das Datum, das mit einem kleinen Kreuz gekennzeichnet war. *Dreiundzwanzigster Juli 2012* – der schlimmste Tag seines Lebens. Doch auf dem steinernen Buch, das der Engel in der Hand hielt, wirkten die Zahlen völlig harmlos. Seltsam berührt betrachtete er die Grabstätte.

Es war ihm egal gewesen, welchen Grabstein seine Mom auswählte. Dennoch fühlte er sich von dem Engel mit dem kindlichen Gesicht und dem Buch in der Hand und dem Teddybären im Arm getröstet. Er war Annas letzter Beschützer. Gerald sank auf die Knie und legte die Hände auf die Oberschenkel, unfähig den Blick von dem in Stein gemeißelten Gesicht zu nehmen. Blank und rein schimmerte es in der anbrechenden Abenddämmerung. Vielleicht hatte er erwartet, dass Wind und Wetter Spuren auf den Zügen hinterlassen hatten. Doch dem Engel war nicht anzusehen, wie viele Jahre er schon über Anna wachte.

»Gerald?«

Gerald zuckte zusammen. Er musste sich nicht umdrehen, um zu wissen wer durch den Kies knirschend auf ihn zukam und hinter ihn trat.

»Mom hat doch gesagt, dass du nicht mit uns zu Anna gehen willst«, sagte Joyce verwirrt. Gerald stand hastig auf, seine Nerven vibrierten angespannt. Joyce passte nicht hierher. Sie gehörte nicht hierher. »Wo ist Mom?«, fragte er abweisend. Er wollte Anna nicht mit ihr teilen.

»Sie hat die Streichhölzer für die Kerze im Auto vergessen«, sagte Joyce und streckte Gerald ein Gesteck aus Tannenzweigen und buntglitzernden Weihnachtsbaumkugeln unter die Nase. In der Mitte befand sich ein Windlicht mit einer lilafarbenen Stumpenkerze. »Das haben wir für Anna mitgebracht«, sagte sie.

Gerald musterte sie verwirrt. Es klang, als wäre es das Selbstverständlichste der Welt, dass sie Anna ein Geschenk brachte. »Kommst du oft mit Mom her?«, fragte er Joyce und beobachtete, wie sie das Gesteck auf dem Kiesweg abstellte, sich die Jackenärmel über die Hände zog und Annas Grab vorsichtig von der dünnen Schneeschicht befreite. »Wir besuchen sie jede Woche. Im Sommer darf ich die Blumen gießen und Mom erzählt mir von ihr. Ich nehme dann immer meine lila Gießkanne von zu Hause mit. Mom sagt, Anna schaut vom Himmel aus zu und freut sich darüber, weil Lila ihre Lieblingsfarbe war.«

Gerald versuchte die Tränen wegzublinzeln, die ihm unwillkürlich in die Augen stiegen. »Was weißt du noch über Anna?«, fragte er leise. Es tat ihm weh, mit Joyce über sie zu sprechen. Doch er musste es einfach wissen.

»Wenn Gott sie nicht zu einem Engel gemacht hätte, dann wäre sie meine große Schwester. Mom sagt, es ist etwas ganz Besonderes, ein Engel zu sein. Aber mir wäre es lieber, wenn sie bei mir wäre. Es wäre schön, eine richtige Schwester zu haben, und ich glaube, wir hätten uns sehr lieb«, antwortet Joyce und sah aus großen dunklen Augen zu ihm auf. Ein Stich zuckte durch ihn hindurch. Seine Mom hatte nicht nur in ihrem Leben Platz für die Erinnerung an Anna gelassen, sie hatte ihn ebenso in Joyces Leben geschaffen. Gerald konnte nicht benennen was es war, aber er fühlte wie die Erkenntnis etwas mit ihm machte.

»Meinst du, Anna findet es schön?«, fragte Joyce und hob das Gesteck vom Boden auf. Unsicher sah sie zu Gerald auf. »Ich habe es ausgesucht und die Kugeln glitzern.«

Gerald wischte sich verstohlen über die Augen und presste die Lippen aufeinander, um ein Schluchzen zu unterdrücken. Die Kleine würde seine Reaktion nicht verstehen. »Anna hätte es sehr gefallen. Sie hat Glitzer sehr gemocht, und du hast recht. Lila war ihre Lieblingsfarbe«, antwortet er und deutete auf die Stumpenkerze. Joyces Augen begannen zu strahlen. Fröhlich summend stellte sie das Gesteck auf der gefrorenen Erde des Grabes nieder. »Jetzt fehlen nur noch die Streichhölzer«, stellte sie betrübt fest. Ganz automatisch griff Gerald in seine Jackentasche und holte die Streichhölzer hervor, die ihm beim Eintritt in die Bar, die er neulich mit Craig besucht hatte, als

Werbegeschenk überreicht worden waren. »Sollen wir die Kerze anzünden?« Joyce nickte.

Gerald zog mit klammen Fingern ein Streichholz aus der Verpackung und entzündete es. Vorsichtig schützte er es mit der Hand, damit die Flamme nicht erlosch, und führte es zum Docht der Kerze.

»Danke«, sagte Joyce einfach, als er sich wieder aufrichtete und sie zusammen das warme Licht betrachteten. »Weißt du, es wäre schön gewesen, eine richtige Schwester zu haben, aber jetzt habe ich ja dich«, sagte Joyce und schob ihre kleine Hand in Geralds Finger. »Mom sagte, dass du früher ein toller Bruder warst und Anna dich sehr geliebt hat. Manchmal bist du zwar komisch und sagst gemeine Sachen, wie das über Pferde, aber ich hab dich trotzdem gern. Mom sagt, dass ich dir Zeit lassen muss, was auch immer das heißt.«

Das Gefühl traf ihn völlig unvorbereitet. Er schloss die Augen und schluchzte lautlos. Vielleicht hatte er es Anna an jenem Tag nicht gezeigt, aber sie hatte gewusst, dass er sie liebte. Genau wie Joyce spürte, dass sie ihn nicht aufgeben durfte. Plötzlich fühlte er es: ein warmes Gefühl in seiner Brust, eine Zuneigung für dieses kleine Mädchen, das seine Hand festhielt. Und es war in Ordnung, Joyce zu mögen. Nicht weil sie Annas Platz einnehmen sollte, sondern einfach nur weil sie da war und weil sie wie Anna seine kleine Schwester war.

»Ja, jetzt hast du mich. Und ich werde mir Mühe geben, dir ein besserer Bruder zu sein«, sagte er leise und betrachtete Joyces kindliches Profil. Sie sah zu ihm auf und schenkte ihm ein strahlendes Lächeln, als verstehe sie, dass er es geschafft hatte.

Gerald hatte keine Ahnung, wie lange er und Joyce so dastanden. Still und nur durch eine einfache Geste miteinander verbunden, die so viel mehr bedeutete als all die Stunden, die er bisher mit ihr verbracht hatte. Er stand einfach nur da, spürte Joyces zarte Finger in seiner Handfläche und fühlte die Ruhe, die sich im Dämmerlicht, nur erhellt von der Kerze auf

Annas Grab, über in legte. Vielleicht vergingen nur Sekunden, vielleicht waren es auch Minuten. Doch erst als Joyce sich regte und umsah, wurde ihm bewusst, dass seine Mom viel zu lange brauchte, um nur die Streichhölzer aus dem Auto zu holen.

»Mommy, schau wer auch hier ist«, rief Joyce und winkte seiner und ihrer Mom zu, die in einiger Entfernung zwischen zwei Grabsteinen stand und zu ihnen herübersah. Gerald konnte auf die Entfernung und in der nun schnell hereinbrechenden Dunkelheit den Ausdruck auf ihrem Gesicht nicht erkennen, aber sie wirkte verunsichert, als sie sich nur zögerlich in Bewegung setzte, um zu ihnen herüberzukommen.

»Gerald hat die Kerze angezündet«, freute Joyce sich und zeigte stolz auf das Gesteck. Die Kugeln funkelten im flackernden Licht.

»Ich finde, es sieht wirklich sehr schön aus. Du hast gut ausgewählt«, antwortete seine Mom und strich Joyce liebevoll über den Kopf. Während die Kleine sich wieder Annas Grab zuwandte und leise ein Weihnachtslied anstimmte, das sie dem kindlichen Text nach vermutlich im Kindergarten gelernt hatte, sah Gerald aus den Augenwinkeln, wie seine Mom ihn vorsichtig von der Seite musterte.

»Es tut mir leid, wir wollten dich nicht stören. Wenn ich gewusst hätte –«, sagte sie, doch Gerald unterbracht sie. »Es ist alles gut. Ich bin froh, dass ihr da seid«, sagte er und legte seiner Mom einen Arm um die Schultern. Eines hatte er dank der Begegnung mit Joyce vor Annas Grab begriffen. »Ich hatte Angst, dass ich Anna verrate und sie vielleicht sogar vergesse, wenn ich Joyce der Bruder bin, der ich früher für Anna war. Es tut mir leid, Mom, dass ich dir unterstellt habe, Anna ersetzen zu wollen. Dabei fühlte ich mich schuldig, weil ich Joyce vom ersten Moment an in meinem Arm geliebt habe.«

Es war zu einfach gewesen, Joyce zu lieben, als dass er sich nicht davor gefürchtet hatte. Er seufzte leise und sah seiner Mom in die Augen. »Fühlst du dich deshalb immer noch schuldig?«, fragte sie leise. Ihre Augen schimmerten hoffnungsvoll.

Gerald schüttelte leicht den Kopf und lächelte befreit. »Nein, jetzt ist alles gut.«

»Können wir nach Hause gehen? Mir ist kalt und Daddy wollte doch heiße Schokolade für uns machen«, fragte Joyce. Gerald schloss seine Finger fester um ihre kleine Hand, um sie zu wärmen, und beugte sich zu ihr hinunter. »Geh du mit Mom schon mal vor. Ich habe noch etwas zu erledigen. Aber wenn ich nach Hause komme, zeige ich dir, wie man heiße Schokolade noch viel leckerer machen kann«, sagte er und nickte seiner Mom aufmunternd zu. *Keine Sorge, mir geht es wirklich gut und ich komme wieder nach Hause*, versprach er ihr stumm. Doch zuerst musste er Marshmallows für Joyces heiße Schokolade und ein Weihnachtsgeschenk für sie besorgen.

Es wurde ein ruhiges und besinnliches Weihnachtsfest. Gerald war dankbar für das größte Geschenk, das er hatte bekommen können. Die Vergebung und die Liebe seiner Familie. Doch während er mit Joyce, seiner Mom und Dave unter dem Baum saß, sie Punsch tranken und er sich über Joyces strahlende Augen freute, als sie das Plüscheinhorn auspackte, das er ihr am Vorabend noch besorgt hatte, fand er nicht wirklich zur Ruhe.

In Gedanken war er bei Julie. Immer wieder fragte er sich, wie sie den Weihnachtsmorgen verbrachte. Ein schlechtes Gewissen regte sich in ihm, als er daran dachte, dass er das Weihnachtsfest feierte, das sie sich wünschte. Er hoffte, dass es ihr gutging.

Morgen, sagte er sich und versuchte sich auf Joyce zu konzentrieren, die fieberhaft nach einem Namen für das weiße Einhorn mit der regenbogenfarbenen Mähne und dem Schweif suchte. Morgen würde er bei ihr sein und sie um Verzeihung bitten können.

»Wie findest du Lollypop?«, fragte er Joyce und deutete auf die bunten Farben. »Das klingt fröhlich und ich finde, das würde prima passen«, sagte er. Joyce lachte ausgelassen und drückte das Plüschtier an ihre Brust. »Lollypop«, rief sie und flog in Geralds Arme. »Danke Gerald, du bist der Beste!«

Kapitel 23

Gerald sah sich nervös auf dem Seattle Tacoma International Airport um, um sich zu orientieren. Er hatte nur eine Stunde Aufenthalt, bevor es weiter nach Anchorage ging, und ihm graute vor der Vorstellung, den Anschlussflug zu verpassen. Auch so dauerte ihm die Reise schon viel zu lange. Vier weitere Stunden würde er im Flieger sitzen, bis er in Anchorage ankam. Dann würde er sich erst einmal um ein Mietauto kümmern müssen. Auch das würde Zeit beanspruchen. Er seufzte leise und erspähte das Schild, auf dem die Nummer seines Gates stand. Zielstrebig marschierte er mit seinem Handgepäck zur Kontrolle und saß eine knappe Dreiviertelstunde später bereits wieder im Flugzeug, das ihn endlich zu Julie bringen würde.

Gerald starrte aus dem Fenster, als der Pilot Schub gab und die Maschine vom Boden abhob. Der Flughafen wurde kleiner und kleiner, während er darüber nachdachte was er Julie sagen wollte. Er hatte sie nicht angerufen. Was, wenn sie ihm sagte, dass sie ihn nicht sehen wollte? Gerald schüttelte den Kopf und knetete nervös seine Finger. Die größte Chance, dass sie ihn anhörte, hatte er, wenn sie ihm in die Augen sah und erkannte, dass er sich wirklich verändert hatte.

»Flugangst?«, fragte die ältere Dame, die neben ihm saß, und lächelte ihn mitleidig an.

Gerald schüttelte den Kopf und legte seine Hände flach auf die Oberschenkel. »Nein, ich würde es eher Lampenfieber nennen. Ich bin auf dem Weg zu einer ganz bestimmten Frau. Dabei habe ich keine Ahnung, ob sie mich überhaupt sehen will.« Während er sich fragte, warum er überhaupt davon erzählte, beugte sich die alte Dame zu ihm hinüber und tätschelte aufmunternd seine Hand. »Wenn Sie sie dabei so liebenswert anlächeln wie mich jetzt, dann denke ich, dass Ihre Chancen gut stehen …«

Geralds Herz hüpfte vor Aufregung. Natürlich wusste die alte Dame nichts über Julie und ihn. Dennoch breitete sich bei ihren Worten ein warmes Gefühl in seiner Brust aus. Vielleicht hatte sie recht. Vielleicht würde er in weniger als sechs Stunden Julie wieder in seinen Armen halten dürfen.

»Gerald«, rief Sharon überrascht, als er die Tür zum Pub aufstieß und zusammen mit einer Böe kalten Windes hineinwehte. Als wäre keine Zeit vergangen, stand sie hinter der Theke und wischte die Arbeitsfläche ab. Nur dass sie ihn mit offenstehendem Mund anstarrte, bewies Gerald, dass er über einen Monat lang fort gewesen war.

»Ich brauche ein Zimmer Sharon, und dann musst du mir sagen wo Julie wohnt.« Gerald hatte den Drang unterdrückt, einfach zum Krankenhaus zu fahren und nachzusehen, ob sie die Spätschicht hatte und noch arbeitete. Es wäre nicht klug gewesen, sie dort zu überraschen. Es wäre zu leicht für sie, ihn einfach abzuwimmeln.

Als er während des Fluges und der Fahrt von Anchorage nach Chickaloon wieder und wieder die Art seines Abschiedes in Gedanken durchgegangen war, hatte ihn zunehmend ein mulmiges Gefühl beschlichen. Julie würde sich nicht einfach freuen ihn wiederzusehen und darüber den Schmerz vergessen, den er ihr zugefügt hatte. Und dass Sharon ihn nun mitfühlend musterte und sich langsam auf einen Barhocker sinken ließ, war wie eine Bestätigung seiner Ahnung, dass Julie ihm nicht so leicht würde verzeihen können. Vielleicht war es aber auch die Sorge um Julie, die Sharon bewegte.

»Es hat sich alles verändert, Sharon, ich habe mich verändert. Und das muss ich Julie sagen«, sagte Gerald beschwörend und trat zu ihr an die Theke.

Sharon nickte mechanisch. »Du siehst gut aus«, sagte sie leise. In ihren Augen stand Mitgefühl. »Aber Julie ist nicht da. Nachdem ich ihr deinen Abschiedsbrief gegeben habe, ist sie nicht mehr oft hergekommen. Aber sie ist gekommen, um sich von mir zu verabschieden.«

Der Raum begann sich zu drehen. »Wo ist sie?«, fragte Gerald. Ein kalter Schauder rann ihm über den Nacken und die Wirbelsäule hinunter. Das Glück war zum Greifen nahe gewesen. Er musste nur darum kämpfen. Doch nun schien es in unerreichbare Ferne zu rücken.

»Sie ist vor einer Woche mit Daniel Richmond nach New York geflogen. Er hat dort immer noch ein Haus, und er hat im Krankenhaus gekündigt und tritt zu Jahresbeginn eine Stelle in irgendeiner Privatklinik an. Er hat sie eingeladen, Weihnachten mit ihm und seiner Familie zu verbringen.«

Gerald biss sich auf die Unterlippe, um einen Fluch zu unterdrücken. Daniel Richmond war klug. Natürlich versuchte er die Chancen zu nutzen, die sich ihm als Tröster boten. Sein Magen rebellierte. »Verflucht!« Gerald unterdrückte den Drang, irgendetwas gegen die Wand zu schleudern. Durchatmen. Er ballte seine Hände zu Fäusten und ließ sich auf einen Barhocker sinken. »Verdammt! Ich bin nicht gekommen, um so einfach aufzugeben.« Aber was sollte er nun unternehmen?

Nachdenklich ließ er seinen Blick durch den Gastraum schweifen. Es war kaum was los. Gerald wunderte sich nicht darüber. Es war immer noch Weihnachten. Vermutlich verbrachten Sharons Stammgäste ihre Tage ausnahmsweise lieber mit ihren Familien als in dem Pub. Sein Blick fiel auf die Jukebox, an der er ein Lied für Julie ausgewählt hatte. Damals, als sie ihm von ihren Beweggründen, nach Alaska zu kommen, erzählt hatte. Gerald fiel es wie Schuppen von den Augen. Natürlich, das musste es sein …

Ihre Grandma war tot und ihre Mom befand sich auf Tournee durch Europa. Julie hatte niemanden außer Daniel Richmond, mit dem sie die Feiertage hätte verbringen können. Er atmete durch, um das erdrückende Gefühl auf seiner Brust zu verdrängen, und sah Sharon beschwörend an. »Hat Julie irgendwas davon gesagt, wann sie wiederkommt?«

Sharon starrte ihn aus großen Augen an und schüttelte langsam den Kopf. Ein beklemmendes Gefühl mischte sich unter die Erleichterung. Irgendetwas schien hier nicht zu stimmen.

»Aber sie wird doch widerkommen?«, fragte er eindringlich. Sharon zuckte beklommen mit den Schultern. »Sie sagte nur, dass sie Weihnachten mit Daniel verbringt und hat sich verabschiedet.«

Das klang nach einem völlig normalen Abschied, und eigentlich sollte er nicht weiter beunruhigt sein. Dennoch hatte Gerald das Gefühl, als liefe plötzlich alles schief. Julie mit Daniel unter dem Weihnachtsbaum … In dieser romantischen Szenerie musste sie sich doch geradezu in ihn verlieben. Der Gedanke war ihm unerträglich. Gerald versuchte ihn abzuschütteln, um in Ruhe darüber nachzudenken, wie er nun weiter vorgehen sollte. Dennoch drängte sich ihm hartnäckig das Bild auf, wie Julie in den Armen des Arztes lag und ihn strahlend anlächelte. In seiner Vorstellung lächelte Daniel Richmond triumphierend.

Gerald wurde schlecht. Er nahm einen langen Zug von dem Bier, das Sharon ihm vor die Nase stellte, und verdrängte die zermürbende Vorstellung. Julie liebte ihn. Zumindest hatte sie es getan. Aber auch wenn er sie verletzt hatte, würde sie ihre Gefühle für ihn in der kurzen Zeit nicht einfach abstellen können und sich auf einen anderen einlassen. Sie verbrachte ihren Urlaub in New York, und dann würde sie zurückkommen. Einen anderen Gedanken wollte er erst gar nicht zulassen. Er hasste zwar die Vorstellung, dass sie genau in diesem Moment mit Daniel Richmond zusammen war, aber das würde er aushalten müssen. Es war egal, ob sie in einem Tag oder erst in einer Woche zurückkehrte. »Dann werde ich eben auf sie warten«, murmelte er und nickte Sharon entschlossen zu.

Jeden Tag stieg Gerald morgens in seinen Leihwagen und fuhr zu Julies Wohnung. Während er im Auto saß, die schwere Holztür des Mietshauses anstarrte und heißen Tee aus der Thermoskanne trank, die Sharon ihm mitgab, betete er darum, dass dies der Tag war, an dem sie zurückkommen würde. Doch nichts geschah. Tage vergingen und die Weihnachtsfeiertage waren längst vorbei, doch Julie war noch immer nicht zurück.

Gerald wurde immer verzweifelter und rief sogar im Krankenhaus an, um herauszufinden wie lange Julie sich Urlaub genommen hatte. Doch Carolyn, die am Apparat war, schien nicht gut auf ihn zu sprechen zu sein und hatte sich strikt geweigert, ihm – einem ehemaligen Patienten – persönliche Informationen über Julie zu geben. Bestimmt hatte sie das ein oder andere über ihr Verhältnis mitbekommen. Gerald war sich sicher, dass sie ihm mit ihrer Verschwiegenheit den Weg zu Julie verbauen wollte. Das war nicht gut. Es war eine weitere Bestätigung dafür, dass Julie seinetwegen zutiefst verletzt sein musste. Das Gefühl, ihr diesen Schmerz nehmen zu müssen, wurde immer drängender. Doch er war machtlos, solange sie nicht nach Hause kam.

Als er am fünften Tag frühmorgens in Julies Wohnstraße einfuhr, sah er schon von weitem den Lastwagen vor ihrer Tür. Ein ungutes Gefühl breitete sich in ihm aus. Er parkte wie immer am gegenüberliegenden Straßenrand und besah sich den riesigen Transporter genauer, der den Blick auf die Eingangstür versperrte. *Norris Company – we move your life*, stand in großen Lettern auf die Plane geschrieben.

Gerald begann zu zittern. Julie würde es niemals wagen, klammheimlich von hier zu verschwinden. Sie mochte Chickaloon und die Leute hier … *Sie hat sich schon vor ihrer Abreise von Sharon verabschiedet und wer weiß von wem noch alles*, raunte ihm ein fieses Stimmchen zu. Gerald ignorierte es und stieg steifbeinig aus dem Wagen.

Im Innern des Lkws war ein Umzugshelfer damit beschäftigt, Kartons aufeinanderzustapeln. Gerald trat näher und blieb vor der geöffneten Laderampe stehen. »Entschuldigen Sie, wo finde ich Ms. –« Er brach betreten ab. Er kannte nicht einmal Julies Nachnamen. Aber das war im Augenblick nicht wichtig. »Sind das Julies Sachen?«, fragte er den schrankartig gebauten Umzugshelfer. Überrascht drehte er sich zu Gerald um. »Sie suchen Julie Carrow? Sie ist nicht hier«, antwortete er und verschwand tiefer in den Laderaum.

Geralds Herz begann zu rasen und in seinem Magen ballte sich ein schwerer Klumpen zusammen. Nicht eine einzige Sekunde lang hatte er darüber nachgedacht, dass sie nicht mehr hier sein könnte, wenn er zurückkam. Sie mochte Chickaloon, und so wie sie über die Leute hier gesprochen hatte, fühlte sie sich hier zu Hause. Doch er schien sie völlig falsch einzuschätzen. Kannte er die Frau überhaupt, die ihre Zelte hier abbrach?

»Was wollen Sie von Ms. Carrow?«, fragte der Umzugshelfer und stieg die Laderampe herunter.

Gerald musterte ihn misstrauisch. Hier war doch etwas faul. Dieser Kerl räumte doch bestimmt nicht ohne Aufsicht Julies Wohnung leer. »Ich muss sie dringend sprechen«, sagte er und sah verzweifelt an der Fassade des Hauses empor. Es durfte einfach nicht sein, dass er zu spät kam. Nein, bestimmt war sie hier, um dem Umzugsunternehmen Anweisungen zu geben. Er durfte nur nicht auf den Kerl hören, sondern sollte einfach ins Haus gehen und nach ihr suchen. Geralds Verstand suchte krampfhaft nach einer Lösung, die es ihm erlaubte, die Illusion aufrechtzuerhalten, dass alles gut werden würde. Vielleicht gehörte es auch zu ihren Anweisungen, sie zu verleumden, damit sie niemandem Rechenschaft ablegen musste. Sie ahnte noch nicht einmal, dass er hier war, um um sie zu kämpfen.

Entschlossen straffte er die Schultern. Er hatte zu viel durchgemacht, um hier auf der Straße vor ihrer Wohnung zu scheitern. Zielstrebig marschierte er in Richtung Haustür los. Doch der Umzugshelfer war schneller. Er packte ihn an der Schulter und hielt ihn zurück.

»Hey, wo wollen Sie hin? Ich sagte Ihnen doch, dass Ms.

Carrow nicht da ist. Sie können also nicht einfach in ihre Wohnung«, erklärte er bestimmt.

Gerald starrte ihn flehend an. »Das kann nicht sein. Ich meine, Sie können doch nicht alleine in ihren Sachen herumwühlen. Irgendwer muss doch hier sein, um Sie zu beaufsichtigen.« Und da Julie auf diesem Kontinent keine Angehörigen mehr hatte, konnte das nur sie selbst sein. »Ich muss wirklich dringend mit ihr sprechen. Bitte …«

Der Umzugshelfer musterte ihn nachdenklich. Er schien seine Verzweiflung zu spüren und sie ließ ihn zögern, Gerald einfach abzuwimmeln und mit seiner Arbeit fortzufahren. Schließlich seufzte er resigniert. »Na gut, ich sage Ihnen was ich weiß. Aber nur, wenn Sie mich dann in Ruhe weiterarbeiten lassen.«

Gerald nickte erleichtert.

»Ms. Carrow ist wirklich nicht da«, begann der Umzugshelfer und hob abwehrend die Hand, als Gerald ihn unterbrechen wollte. »Wir haben von unserer Zweigstelle in New York einen Schlüssel bekommen und eine genaue Auflistung, was eingepackt werden muss. So läuft das hier ab, okay? Kann ich jetzt endlich wieder meinen Job erledigen?«

Das klang glaubwürdig. Gerald nickte beklommen. »Es tut mir leid, dass ich Sie aufgehalten habe. Aber können Sie mir vielleicht noch sagen, zu welcher Adresse Sie ihre Sachen bringen?«

Der Umzugshelfer schnaubte und musterte ihn argwöhnisch. Er musste ihn für einen Stalker halten.

»Ich weiß, das muss alles ziemlich seltsam auf Sie wirken, aber ich muss einfach wissen, wo genau sie wohnen wird«, beschwor Gerald ihn. Er würde sie in New York finden, so viel stand fest. Aber er musste wissen ob Sie zu Daniel zog. Auch seine Adresse würde er ausfindig machen.

»Das kann ich Ihnen nicht sagen, unterliegt dem Datenschutz«, sagte der Umzugshelfer jedoch und ließ ihn stehen. Gerald schlang sich die Arme um den Oberkörper, um die Kälte zu vertreiben, die sich schlagartig in ihm ausbreitete. Völlig erstarrt sah er dem Umzugshelfer hinterher. Spielte es überhaupt eine Rolle, ob sie bei Daniel Richmond einzog? Sie blieb seinetwegen in New York. Dessen war Gerald sich nun sicher.

Wie betäubt stieg Gerald in sein Auto und fuhr weg, ohne noch einen Blick auf den Lastwagen der Umzugsspedition zu werfen. Er fuhr zum Landeplatz auf dem Grundstück von Old Jack und stellte das Auto auf dem Platz ab, auf dem vor gerade mal einem Monat der Truck des Alten gestanden hatte. Wie wäre es für ihn gelaufen, wenn er auf Will gehört hätte und umgekehrt wäre?

Gerald stand einfach nur da und starrte in die tiefverschneiten Berge. Doch er nahm sie gar nicht richtig wahr. In seinen Gedanken erlebte er jeden Moment mit Julie noch einmal. Wie ein Film, bestehend aus einzelnen kurzen Szenen, spulte sein Gehirn die kostbaren Minuten ab. Ein warmes Gefühl breitete sich in ihm aus, als er an die scheuen Blicke dachte, mit denen sie ihn vor allem zu Beginn häufig gemustert hatte, wenn sie vermutlich dachte, dass er es nicht bemerkte. Vor seinem inneren Auge sah er ihr warmes Lächeln und die wilde Entschlossenheit, für ihn da zu sein.

Die Menschen, die für uns bestimmt sind werden auch bei uns bleiben. Die, die kommen und wieder gehen, hat das Schicksal nicht für uns vorgesehen, hatte sie einmal zu ihm gesagt. Gerald musste unwillkürlich lächeln. Vielleicht hatte Julie recht, aber er würde nicht darauf warten, dass das Schicksal für ihn entschied. Er würde ihm auf die Sprünge helfen. Er atmete tief durch und warf einen letzten Blick auf die Bergkette. Es dämmerte bereits. Nur die letzten Strahlen der untergehenden Sonne schienen über die Wipfel der Bäume und tauchten sie in goldgelbes Licht. Der Anblick war überwältigend und rührte etwas tief in ihm an. Wäre er vor einem Monat nicht gegangen, würde er nicht so empfinden können. Ein demütiges Gefühl von Freiheit breitete sich in ihm aus. Sein Leben war wieder weit. Das hatte er vor allem Julie zu verdanken. Vielleicht kannte er sie nicht besonders gut, wusste nicht, ob sie an den Füßen kitzelig war und mutig genug, ein scharfes Chili ohne Brot zu essen, aber eines hatte Gerald in der Zeit in Chickaloon gelernt. Liebe war keine rationale Angelegenheit. Er war unendlich dankbar, dass das Schicksal ihn hierhergeführt hatte, und endlich wusste er, worauf das alles hinauslaufen sollte.

»Gott sei Dank«, rief Sharon erleichtert und stürzte auf ihn zu, als Gerald völlig durchgefroren in die Bar zurückkehrte. Draußen war es inzwischen dunkel. »Old Jack war heute Mittag hier und hat von einem Umzugslastwagen vor Julies Haus erzählt.« Sie musterte Gerald prüfend, als wolle sie herausfinden ob er dort gewesen war und ihn auch gesehen hatte. Gerald nickte. Sharon schloss ihn in die Arme und drückte ihn an sich. »Wo hast du den ganzen Tag gesteckt? Ich habe mir Sorgen gemacht …«

Gerald schloss die Augen und strich Sharon beruhigend über den Rücken. Als er das erste Mal bei ihr gewohnt hatte, hatte er sofort ein heimeliges Gefühl empfunden. Sie hatte damit die Sehnsucht nach seinen Wurzeln in ihm wachgerufen. Dafür war Gerald ihr dankbar. »Ich bin ein wenig rumgefahren, um einen klaren Kopf zu bekommen«, antwortete er.

Sharon schob ihn von sich und schüttelte beklommen den Kopf. Ihre Augen waren dunkel und traurig. »Gerald, es tut mir so leid … Ich hätte mich niemals einmischen dürfen. Ich wollte nur … Ach ich weiß nicht.« Sie schniefte leise. Sie hatte das Beste für ihn und vor allem für Julie gewollt. Das wusste Gerald. Doch so wie sie aussah, fühlte sie sich schuldig.

»Es ist okay, Sharon«, sagte er und strich ihr beruhigend über den Oberarm. »Nein, es ist besser als okay. Es war gut, dass du dich eingemischt hast.«

Sharon runzelte irritiert die Stirn und sah ihn fragend an. Natürlich konnte sie nicht verstehen, was in ihm vorging. »Ich erzähle dir irgendwann mal die ganze Geschichte«, versprach er ihr. »Aber jetzt muss ich dringend etwas erledigen. Kannst du mir eine Gitarre besorgen?«

Auch wenn Sharon noch beunruhigter gewirkt hatte, hatte sie ihm seine Bitte erfüllt und war sofort zu ihrem Nachbarn hinübergegangen, um seine Gitarre auszuleihen. Gerald hätte ihr gerne erklärt, was in ihm vorging, doch er hatte keine Zeit, sich darüber zu unterhalten. Er musste diese Empfindungen in Worte verpacken, sie aus sich herausfließen lassen und in Töne hüllen.

Bis in die Morgenstunden saß er in seinem Zimmer und komponierte. Er hatte gelernt, dass Glück neben Unglück existieren konnte. Dass die Liebe zu einem Menschen die Liebe zu einem anderen nicht weniger wert machte, oder sie gar auslöschte. Und er hatte begriffen, dass er die Menschen, die er liebte, auf vielfältige Art verlieren konnte. Der Tod war die grausamste, aber auch wenn er sie aus seinem Leben ausschloss, verlor er sie. All das hätte ihm ein Therapeut vielleicht sagen können, aber nichts hätte ihn so sehr erreichen können wie die Erfahrungen, die er dank Julies Anstoßes gemacht hatte. Er hätte bleiben können, doch Sharon hatte recht. Er hätte Julie nicht glücklich gemacht, und er hätte nie erfahren, wie sich Vergebung anfühlte.

Heute musste er das aufschreiben, um sich endgültig von der Schwere und der Schuld seiner Vergangenheit zu befreien. Morgen würde er sich von Sharon und Chickaloon verabschieden und seine Zukunft angehen. Jetzt war die Zeit nach vorne zu schauen und das Leben in all seinen Facetten wieder zu bejahen. Julie hatte ihn auf den rechten Weg geführt, und Gerald war fest entschlossen, ihn nicht alleine zu gehen.

All das schrieb Gerald nieder. Zeile um Zeile versuchte er, seine vielschichtigen Empfindungen in Worte zu fassen, strich alles wieder durch und schrieb den Text um. Wie das Leben waren seine Gefühle kompliziert und schienen viel zu verworren, um sie in einen einfachen Song zu verpacken. Doch schließlich gelang es ihm. Dann war der musikalische Teil an der Reihe.

Die Melodie seiner Erfahrungen – all der Höhen und Tiefen, die er in den letzten Monaten erlebt hatte – summte bereits eine gefühlte Ewigkeit in ihm. Es waren einfache Töne, die zusammengefasst eine bescheidene, leise Melodie ergaben und für Gerald gerade aus diesem Grund eine besondere Kraft in sich bargen. Sie gefiel ihm auf Anhieb, als er sie auf der Gitarre zupfte. Sorgfältig übertrug er sie auf das selbstgezeichnete Notenblatt und lehnte sich zurück.

Sein Nacken schmerzte und seine Augen brannten. Doch tief im Innern erfasste ihn eine unbeschreibliche Ruhe. Er handelte richtig. Er befand sich endgültig wieder auf dem richtigen Kurs. *Changing Course – Kurswechsel*, schrieb er auf die Titelzeile und löschte das Licht auf dem Tisch, an dem er gearbeitet hatte, und ging ins Bett.

Gerald fixierte das rote Lämpchen der Fußgängerampel und trat nervös von einem Fuß auf den anderen. Er hatte noch massig Zeit, aber es drängte ihn voranzukommen. Gerade als die Ampel umsprang, klingelte sein Handy.

»Ja?«, meldete er sich und bahnte sich in Schlangenlinien einen Weg um langsamere Passanten herum. Es war unglaublich, wie viele Menschen hier unterwegs waren.

»Hey, Kleiner. Ich dachte, ich muss mich mal wieder bei dir melden …« Gerald musste schmunzeln. Seit Will nach Montana gegangen war, standen sie in regelmäßigem Kontakt, und inzwischen verband sie eine tiefe Freundschaft.

Gerald bog um eine Ecke und blieb einen Augenblick lang stehen. Das Gebäude dort vorne musste es sein. Er hatte sein Ziel fast erreicht. »Es freut mich, von dir zu hören, aber ich habe jetzt leider keine Zeit, mir deine Schwärmereien über Getreideanbau anzuhören.« Der Frühling stand bevor. Will war bei Colbie eingezogen und schien in seiner neuen Arbeit als Farmer völlig aufzugehen. »Was gibt es Spannenderes, als sich anzuhören wie wir uns hier auf die Aussaat vorbereiten?«, fragte Will amüsiert. Gerald setzte sich wieder in Bewegung und steuerte zielstrebig auf den imposanten Bau am Ende der Straße zu. »Wie wäre es mit einem Besuch in New York?«

»Hast du endlich eine vielversrechende Spur?«, fragte Will. Er klang aufgeregt.

Gerald lächelte wehmütig. »Nein, leider nicht. Aber wenn alles glatt läuft, dann werde ich bald in New York wohnen, und dann fällt es mir hoffentlich leichter, nach Julie zu suchen«, antwortete er. Als er vor drei Monaten aus Chickaloon heimgekehrt war und Will davon berichtet hatte, dass Julie nicht mehr in Chickaloon war, hatte er ihn dazu gedrängt, sofort nach New York zu gehen, weil er sich wenig davon versprach, per Telefon nach ihr zu suchen. Natürlich hatte Gerald es zunächst mit Julies Handynummer versucht, aber die Leitung war bei all seinen Versuchen tot geblieben. Als ahne Julie, dass er nach ihr suchte und wollte, dass er sie nicht fand, hatte sie die Verbindung anscheinend stilllegen lassen.

Und mit seinen verzweifelten Versuchen, sie anders ausfindig zu machen, war er bisher nicht weit gekommen. Will hatte recht. Nur wenige der Kliniken, Hospizhäuser und Pflegeeinrichtungen, bei denen Gerald angerufen hatte, waren bereit, einem völlig Fremden Auskunft darüber zu geben, ob eine Krankenschwester namens Julie Carrow bei ihnen arbeitete.

»Verdammt, Kleiner, das wird aber auch Zeit! Aber was meinst du mit *wenn alles glatt läuft*?«, brummte Will mitten in seine Gedanken hinein und klang zufrieden.

Gerald atmete tief durch. Nur noch wenige Meter trennten ihn vom Eingang des modernen Baus. Nur noch wenige Meter, bis er an der ersten Etappe seines endgültigen Zieles ankam. Ein ehrfürchtiger Schauder rann ihm über den Rücken. »Ich bin hier, um zu tun was ich schon immer wollte. Drück mir die Daumen, ich erzähle dir dann, wie es gelaufen ist«, erwiderte er Will und legte nach einem knappen Abschied auf.

Mit klopfendem Herzen ging Gerald die Treppe zum Eingang hinauf und stemmte die schwere Holztür auf, um sich anzumelden. »Die Vorstellungsgespräche finden im zweiten Stock statt, Zimmer M34, rechts vom Aufzug«, teilte ihm die freundliche Dame mit, die hinter einer Art Empfangstresen saß, der gleichermaßen ein Büro zu sein schien. In den Regalen hinter ihr standen massenhaft Ordner und auf einem Schreibtisch türmten sich Papierberge.

»Danke«, erwiderte Gerald ihr und machte sich auf den Weg. Plötzlich schien alles viel zu schnell zu gehen und er hatte das Gefühl, sich nicht ausreichend vorbereitet zu haben. Kaum dass er aus dem Aufzug getreten war und auf einem Stuhl in dem langen Gang Platz genommen hatte, ging die Tür auf.

Er folgte der Dame, die sich als Ashley Vermont, Leiterin der Aufnahmekommission, vorstellte. Sein Herz klopfte laut, als er vor der Tischreihe stehen blieb. Nun musste er alles geben. Nervös trat von einem Fuß auf den anderen und musterte verstohlen die Mitglieder der Auswahlkommission – die Leiterin, drei weitere Frauen und vier Männer. Sie waren allesamt vornehm dunkel gekleidet. Keiner sagte etwas, alle begutachteten ihn eingehend. Nur Ashley Vermont senkte ihren Blick auf die Papiere vor sich und blätterte seine Bewerbungsunterlagen durch. Und sie würden über seine Zukunft entscheiden …

Gerald fühlte sich in seiner Bluejeans und dem Flanellhemd plötzlich völlig deplatziert, und die anhaltende Stille machte ihm zu schaffen. Beinahe bereute er seine Entscheidung, in seiner Alltagskleidung zu diesem Bewerbungsgespräch zu erscheinen. Aber verdammt, das war er, und wenn sie ihn so wie er war nicht wollten, dann würde er kein Student der Juilliard Musikhochschule werden.

»Nun, Mr. Turner, ich fürchte, dass uns ein Fehler unterlaufen ist. Ehrlich gesagt glaube ich nicht, dass Sie zu uns passen«, sagte Ashley Vermont schließlich und sah ihn streng über den Rand ihrer Brille hinweg an. Der Mann neben ihr deutete aufgebracht auf seine Papiere. »Ja, ein Fehler – so sehe ich das auch. Wir haben Sie ja schon einmal angenommen und da haben Sie uns äußerst kurzfristig abgesagt. So geht das nicht, und ich gedenke nicht, diesen Fehler zu wiederholen, indem ich Ihnen meine Zustimmung gebe.« Die anderen Mitglieder der Aufnahmekommission nickten beipflichtend.

Geralds Mundwinkel zuckten. Sie fanden es dreist, dass er sich ein zweites Mal beworben hatte, und ihnen missfiel offensichtlich, dass sie diesen Umstand nicht bemerkt hatten. Aber sein Essay darüber, warum er sich für einen talentierten Musiker hielt, die Empfehlungsschreiben seiner alten Lehrer und wohl vor allem die Noten seines selbstkomponierten Liedes schienen sie neugierig gemacht zu haben, denn keiner von ihnen bat ihn darum, sofort wieder zu gehen.

»Was haben Sie zu ihrer Erklärung zu sagen, Mr. Turner?«, fragte Ashley Vermont. Sie lehnte sich zurück, ihre Augen blitzten abwartend und Gerald entspannte sich ein wenig. »Darf ich mit Verlaub darauf hinweisen, dass Sie sich mein Lied vielleicht erst anhören sollten, ehe Sie eine voreilige Entscheidung treffen?« Er ignorierte den empörten Laut einer der anderen Frauen und ließ sich auf die Knie nieder, um seine Gitarre aus dem Koffer zu holen, die er zum Glück mitgebracht hatte. Es wurde nicht gefordert, dass er zu diesem Zeitpunkt sein musikalisches Können unter Beweis stellte, aber er war das Gefühl nicht losgeworden, dass er ohne seine Gitarre bei diesem Gespräch nackt war.

»Ich weiß, dass ich damals eine große Chance vertan habe, als ich meinen Studienplatz abgesagt habe. Aber ich denke, dass mich alles, was in der Zwischenzeit geschehen ist, zu einem besseren Musiker gemacht hat.« Er öffnete den Deckel des Koffers und schlang seine Finger um den Hals seines Instruments. Als er es herausholte und sich unter den misstrauischen Blicken der Kommissionsmitglieder wieder aufrichtete, wurde er ruhiger.

»Meine Empfehlungen sind in allererster Linie die Erfahrungen, die ich in meinem Leben gemacht habe und die ich Ihnen in meinem Anschreiben geschildert habe. Sie machen mich zu dem Menschen, der ich heute bin, und zu dem Komponisten, der bei Ihnen lernen will, um ganz groß zu werden. Also darf ich?«, fragte er höflich und legte den Gurt seiner Gitarre um.

Kapitel 24

Neun Monate später

Gerald stand hinter der Theke der *Singcity Bar* und wischte die klebrigen Reste eines verschütteten Getränkes auf. Besonders in diesen Tagen musste er oft daran denken, wie er hier gelandet war.

Nachdem er der Aufnahmekommission *Changing course* vorgespielt hatte, hatte Ashley Vermont stumme Blicke mit ihren Kollegen getauscht und einfach nur genickt. »Na gut«, hatte sie gesagt. »Dann lassen wir es auf einen Versuch ankommen.« Inzwischen war das erste Semester vorüber, Weihnachten stand vor der Tür und er war einer ihrer eifrigsten Studenten geworden. Und all das hatte vor einem guten Jahr in einem kleinen Nest in Alaska seinen Anfang genommen. Mit einer Frau, die Gerald nie vergessen würde.

Er tat alles, was in seiner Macht stand und rief weiter Krankenhäuser und sämtliche Einrichtungen an, von denen er dachte, dass sie eine Krankenschwester beschäftigen könnten. Inzwischen war er sogar dazu übergegangen, auf einer der Bänke, die vor den Kliniken standen zu sitzen und darauf zu warten, dass Julie plötzlich aus dem Eingang kam. Aber New York war verdammt groß und es gab hunderte solcher potentieller Arbeitgeber – er hatte Julie bisher nicht gefunden. Dabei hatte er noch nicht einmal damit begonnen, die Außenbezirke abzuklappern. Vielleicht arbeitete sie auch drüben in New Jersey … Alles schien möglich zu sein, und Gerald zweifelte immer mehr daran, dass er Julie finden würde.

Er seufzte leise und griff nach dem Cocktailshaker, Rum und weiteren Zutaten, um die Drinks seiner letzten Bestellung zu mixen. Vielleicht sollte er sich so langsam mit dem Gedanken auseinandersetzen, dass er Julie nicht finden würde, egal wie lange und intensiv er nach ihr suchte. Aber sein Herz weigerte sich, die Vorstellung zuzulassen. Jemanden der noch besonderer war, jemanden der sich hingebungsvoller für ihn einsetzen würde, als Julie es getan hatte, konnte es einfach nicht geben. Julie war die Liebe seines Lebens, und er pfiff auf das Schicksal, wenn es nicht einen Weg finden würde, sie zu ihm zurückzubringen.

»Sag mal, träumst du schon wieder oder schläfst du mit offenen Augen?« Aiden, sein Kollege und Freund, stieß ihn kumpelhaft von der Seite an. »Lass mich, ich denke einfach nur nach«, grummelte Gerald und wandte sich von Aiden ab, um den Spüllappen auszuwringen. Vor allem sollte er aber nicht den Ausdruck in seinen Augen sehen, den er ihm zufolge immer bekam, wenn er von Julie redete.

Auch in diesem Punkt hatte er sich verändert. Er war bezüglich seiner Vergangenheit viel offener geworden. Seit er begriffen hatte, was ihn bewegte, konnte er viel besser damit umgehen. Kennengelernt hatte er Aiden, als sie im Studentenwohnheim zusammen ein Zimmer bezogen. Wie er studierte er im ersten Jahr an der Juilliard, und Gerald hatte ihm seine Geschichte erzählt, als er sich darüber gewundert hatte, dass er erst mit fünfundzwanzig zu studieren begann.

»Es ist echt gut, dass wir Semesterferien haben und du morgen nach Hause fährst, Bro. Vielleicht begegnet dir dort eine alte Highschool-Flamme und du kommst endlich mal auf andere Gedanken«, sagte Aiden, der auch ohne ihn anzusehen seine Stimmung zu bemerken schien.

Gerald warf ihm einen bösen Blick über die Schulter zu. Aiden hatte keine Ahnung von Liebe. Er war gerade neunzehn geworden und schien an nichts anderes als Sex zu denken. Doch anstatt sich weiter über ihn lustig zu machen, starrte Aiden an ihm vorbei und grinste. »Ich habe eine noch bessere Idee … Du bedienst jetzt diese süßen Ladies, die gerade durch die Tür kommen. Sieht nach 'nem Junggesellinnenabschied aus, und bestimmt ist die eine oder andere noch auf der Suche nach einer heißen Nummer.« Er lachte und schüttelte ausgelassen den Kopf. »Wenn ich es mir recht überlege, sollte doch lieber ich –«

»Vergiss es«, unterbrach Gerald ihn und griff nach dem Bedienpad, das Aiden sich bereits geschnappt hatte. Geschickt wich er ihm aus. »Schau du lieber zu, dass du diese Sache mit Linda gebacken bekommst, anstatt dich von irgendwelchen hübschen Ladies ablenken zu lassen«, rügte Gerald ihn und griff abermals nach dem Bedienpad.

»Ich mag sie wirklich, aber ich will mich einfach noch nicht auf was Festes einlassen. Du bist das traurige Beispiel, dass das einem nur den Spaß verdirbt«, grummelte Aiden, überließ ihm aber ohne weiter Widerstand zu leisten das Bedienpad. Gerald wusste, dass Aiden Linda vergötterte. Aber er schien viel zu unsicher zu sein, um der toughen Sekretärin eines großen Autohauses gewachsen zu sein. *Wenn ich dich jemals dabei erwische, dass du mit einer anderen ausgehst, solange du mich datest, kastriere ich dich*, hatte sie nach dem vierten oder fünften Date zu Aiden gesagt, und seither verkündete Aiden jedem der es hören wollte oder auch nicht, dass er noch nicht bereit für eine feste Bindung sei. Dabei ertappte Gerald ihn ständig dabei, wie er zufrieden in sich hineingrinste, wenn Linda von sich hören ließ.

»Hör auf, dich hinter coolen Sprüchen zu verstecken, kauf ein hübsches Geschenk und überrasch Linda damit, bevor du nach Hause fährst. Und du wirst sehen: Es gibt nichts Schöneres, als sich richtig auf eine Frau einzulassen, und sich nicht nur mit ihr durch die Laken zu wälzen«, riet Gerald seinem Freund und besah sich den Trupp genauer, der im Eingangsbereich der Bar stand.

Mit viel Tumult schüttelten die jungen Frauen sich die Schneeflocken aus den Haaren, hängten ihre Jacken auf, quasselten wild durcheinander und lachten.

Gerald schüttelte den Kopf und seufzte. Er wusste jetzt schon, wie sein restlicher Abend verlaufen würde. Die glitzernden Tüllröckchen und Shirts mit dem Aufdruck *Bye bye Horrible Dates* auf der Vorderseite und *Hello Mr. Right* auf der Rückseite bestätigten Aidens Verdacht, dass es sich um einen Junggesellinnenabschied handelte. Meist brauchten so viele Frauen auf einem Haufen – Gerald schätzte sie grob überschlagen auf acht oder neun – erst eine Ewigkeit, um den richtigen Sitzplatz zu finden, und dann berieten sie gerne hin und her welchen Cocktail sie trinken sollten, anstatt dass jede einfach für sich selbst entschied.

»Guten Abend, Ladies, ich bin heute euer ganz persönlicher Lakai, und wenn es euch recht ist, dann schiebe ich euch gleich die beiden Tische dort vor der Bühne zusammen«, sagte er mit einem Augenzwinkern, als er zu den Frauen trat. Tatsächlich diskutierten sie bereits wo sie sitzen sollten.

Eine Blondine kicherte geziert und nickte. »Ist doch 'ne gute Idee, oder Mädels?«, fragte sie in die Runde.

Zustimmende Kommentare bestätigten Gerald, dass er den richtigen Ton getroffen hatte. Wenn er Glück hatte, wirkte sich das auch auf das Trinkgeld aus.

Der Trupp begleitete ihn vor die Bühne, und Gerald hatte das Gefühl als bräche das pure Chaos um ihn aus. Die Frauen quasselten wild durcheinander, lachten gackernd und wuselten um ihn herum. Tische wurden gerückt und Stühle hergeschafft.

»Ich will neben Candra sitzen.«

»Wir brauchen noch drei Stühle, die anderen sind noch auf dem Klo«

»Setz dich woanders hin, Melissa, das da ist der beste Platz und der ist für die Braut«

»Wo ist sie?« –

»Mit aufs Klo«

Gerald schwirrte der Kopf, als es beinahe geschafft war und der Großteil der Frauen sich einen Platz ergattert hatte. Erleichtert holte er den letzten Stuhl heran und stellte ihn an den Tisch.

»Sag mal, strippst du auch? Das würde unserer Braut bestimmt gefallen«, fragte ihn die Blondine von vorhin. Der Trupp johlte zustimmend, und Gerald musste schmunzeln. Es war fast Mitternacht und die Damen schienen schon länger unterwegs zu sein und bereits ordentlich gefeiert zu haben. Aber das war ihm recht. Der quirlige Haufen wirkte belebend und so würde der Rest seiner Schicht im Handumdrehen vorübergehen.

»Ich glaube mein Chef hätte etwas dagegen, wenn ich in seiner Bar die Hüllen fallen lasse. Aber ich habe in einer guten Stunde Feierabend, dann kann ich gerne etwas für euch singen«, antwortete er und verzog gespielt bedauernd die Miene. Die Blondine seufzte verträumt. Gerald war sich sicher, dass sie ihm auch ohne Striptease ein gutes Trinkgeld geben würde. Seine Laune hob sich. Zwar hatte Dave ihm bereits nach seiner Bewerbung an der Juilliard angeboten, ihn finanziell zu unterstützen, aber er wollte seiner Familie nicht zur Last fallen und es mit dem Stipendium und seinem Einkommen alleine schaffen.

»Oh mein Gott, er kann auch noch singen. Hast du das gehört?«, seufzte auch die junge Frau, die, so weit Gerald mitbekommen hatte, Melissa hieß, und sah an ihm vorbei. Die Braut schien einzutreffen.

»Ja, kann er. Und für die Braut singe ich sehr gerne ein Ständchen«, sagte er lächelnd und drehte sich um.

»Also mir wäre ein Striptease lieber«, kommentierte die große Brünette, die direkt vor ihm stand und ihn abschätzend musterte. »Was meint ihr dazu?« Sie trat beiseite und Gerald erstarrte. Das war nicht möglich. Überdeutlich fühlte er seinen Herzschlag und seine Knie zitterten. Das konnte einfach nicht sein. Hinter der Brünetten, neben einer weiteren Frau stand Julie. Sie stand halb von ihm abgewandt und sagte etwas zu ihrer Freundin neben sich. Aber sie war es eindeutig. Sein Herz klopfte noch schneller und er konnte einfach nicht anders, als sie überwältigt anzustarren. In New York gab es nicht nur hunderte Krankenpflegeunternehmen, es musste auch tausende

Bars geben. Wie konnte es sein, dass sie ausgerechnet in diejenige hineinmarschierte, in der er arbeitete?

Die Brünette runzelte irritiert die Stirn.

»Julie?«, flüsterte Gerald. Sie horchte auf und sah ihm direkt in die Augen. »Gerald ...«, formten ihre Lippen tonlos. Sie zuckte leicht zusammen und schüttelte ungläubig den Kopf.

»Kennt ihr euch?«, raunte die Brünette Julie gerade so laut zu, dass Gerald es hören konnte. Julie wirkte benommen, genauso wie er sich fühlte. Ganz langsam und ohne den Blickkontakt zu ihm zu unterbrechen nickte sie. Sie wirkte wie verzaubert. Gerald lächelte. Doch anstatt es zu erwidern, blinzelte Julie und räusperte sich. »Tessa, darf ich vorstellen? Das ist Gerald ...«, sagte sie zu der Brünetten und versteifte sich.

Überrascht zog die Brünette die Augenbraune in die Höhe. Sein Name schien ihr nicht fremd zu sein. Julie nickte langsam und nahm ihrer Freundin etwas aus der Hand. Ein scharfer Stich durchzuckte Gerald, als er erkannte, was es war. Ein silbernes Krönchen, dessen Spitzen goldene, ineinander verschlungene Ringe zierten und das eindeutig zu der Braut gehörte. Sein Herz verkrampfte sich.

»Wo habe ich nur meine Manieren gelassen?«, frage Julie und räusperte sich wieder. Mit einem steifen Lächeln trat sie auf ihn zu. »Schön, dich wiederzusehen, Gerald«, sagte sie. Bedacht – und wie es Gerald erschien nachdrücklich – schob sie sich das Krönchen ins Haar. Ihr Blick huschte nervös zu ihrer brünetten Freundin, die wie erstarrt neben ihr stand und sie beobachtete.

Verdammt, tu etwas, befahl Gerald sich, doch er war wie gelähmt. Die anderen Frauen schienen selbst über ihren Lärm hinweg zu bemerken, dass etwas nicht stimmte. Plötzlich wurde es ganz leise am Tisch. Die Stimmung drohte zu kippen. Er sollte über den kritischen Moment hinweggehen und die Bestellungen aufnehmen oder so. Aber er stand einfach nur da und schaffte es nicht, sich von Julie abzuwenden. Sie war wunderschön. Ihre Wangen waren leicht gerötet, ihr dunkles Haar schimmerte seiden und ihre grünen Augen glänzten.

»Also ich kann jetzt einen Drink vertragen«, durchbrach die Brünette lautstark den Zauber des Moments. »Wie sieht es bei euch aus, Mädels?«

Gerald hörte das zustimmende Johlen kaum. Immer noch wie betäubt folgte er Julie mit seinem Blick, die mit der anderen an ihm vorbeiging und sich steif an den Tisch setzte.

»Hey, sei doch bitte so nett und bring uns 'ne Runde Cosmopolitans«, sagte die Brünette leise zu ihm und legte ihre Hand auf seine Schulter. Widerwillig löste Gerald seinen Blick von Julie, die ihm auswich und nach der Longdrinkkarte griff. Verwirrt sah er der Brünetten ins Gesicht. »Cosmopolitans? Ähm, klar …« Die Brünette nickte. In ihrem Blick stand Mitleid.

»Wow, was haben die mit dir gemacht? Du siehst aus als hättest du einen Geist gesehen«, bemerkte Aiden, als Gerald zu ihm hinter die Theke trat. »Soll ich lieber übernehmen?«

Denk nicht darüber nach, wiederholte Gerald in Gedanken wieder und wieder, anstatt seinem Freund zu antworten. Er hatte gewusst, dass sie mit Daniel zusammen war – zumindest hatte er es geahnt. Für ihn würde sich dadurch, dass er es nun mit Gewissheit wusste, nichts ändern, nur dass er das Lernen wieder in die Bücherei verlegen konnte. Fast ein ganzes Jahr hatte er bereits ohne Julie gelebt. Für ihn war es ein gutes Jahr gewesen, für Julie anscheinend ein Jahr, in dem sie eine so tiefe Bindung zu Daniel eingegangen war, dass sie ihn nun heiratete.

Geralds Herz verkrampfte sich. Für ihn sollte sich durch ihre Verlobung nichts ändern, aber die Realität sah anders aus. Verstohlen sah er zu Julies Tisch hinüber. Der Anblick des funkelnden Krönchens in ihrem Haar brachte ihn beinahe um. Es war der sichtbare Beweis, dass das zwischen Julie und ihm endgültig vorbei war. Fahrig griff er nach dem Messer, um die Limetten aufzuschneiden. Seine Hand zitterte.

»Gerald?«, fragte Aiden verunsichert und nahm ihm das Messer aus der Hand.

Gerald hob den Blick vom Schneidebrett und schüttelte verzweifelt den Kopf. »Julie ist die Braut.«

»Fuck«, rutschte es Aiden heraus. Er schob ihn beiseite und schnappte sich eine Limette. »Ich mach das, mach du sauber.« Gerald nickte dankbar. Nichts wäre ihm lieber gewesen, als noch mal zu Julie rüberzugehen, ihre Stimme zu hören und sich vielleicht sogar mit ihr zu unterhalten. Aber er schaffte es einfach nicht.

Dankbar sah Gerald Aiden hinterher, als er mit dem vollbeladenen Tablett den Thekenbereich verließ. So zittrig wie er sich fühlte, hätte er die Cocktails vermutlich fallenlassen. Unauffällig folgte er Aiden mit seinem Blick, wie er sich zwischen den langsam immer leerer werdenden Tischen hindurchschlängelte und schließlich zu dem Frauentrupp stieß. Die Brünette – Tessa – sah stirnrunzelnd zu ihm herüber. Sie wirkte verärgert.

Gerald wandte sich schnell von ihr ab und zapfte die drei Bier, die Tony – Inhaber der Bar und sein Chef – per Bedienpad durchgegeben hatte. Er fühlte sich völlig überreizt. Während er die Biergläser der Reihe nach unter den Zapfhahn hielt, konnte er es nicht bleiben lassen, immer wieder einen kurzen Blick zu Julie hinüberzuwerfen.

Sie verschränkte schützend die Arme vor dem Bauch, als Aiden zu ihr trat und ihr den bestellten Cosmopolitan und einen Sex on the Beach mit völlig überladener Glitterdeko vor die Nase stellte – der in solchen Fällen übliche Gruß des Hauses an die Braut. Aiden sagte etwas zu ihr und lachte. Julie lächelte ebenfalls, doch Gerald erkannte sogar auf die Entfernung hinweg, dass es künstlich wirkte. Ihr Blick huschte in seine Richtung. Als sich ihre Blicke kreuzten, wandte sie sich jedoch schnell ab und sagte etwas zu Tessa.

Gerald war beunruhigt. Irgendetwas stimmte hier nicht. Er kannte ihr Lächeln und wie sie strahlte, wenn sie glücklich war. Die Julie, die dort am Tisch saß, hatte wenig mit der Julie gemein, die er in Chickaloon kennengelernt hatte.

»Also Bro, ich denke nicht, dass die Braut schon bereit ist, ihre Freiheit aufzugeben. Mach dich ran«, sagte Aiden fröhlich grinsend, als hinter die Theke zurückkehrte. Schwungvoll knallte er das Tablett auf die Arbeitsplatte und wackelte anzüglich mit den Augenbrauen. Gerald schnappte entsetzt nach Luft. »Shit, Aiden, was hast du zu ihr gesagt?« Ein Blick auf Julie zeigte ihm deutlich, dass er sie damit völlig aus der Fassung gebracht hatte. Anstatt sich der Runde anzuschließen, die sich ausgelassen zuprostete und schwatzte, saß sie zusammengekauert auf ihrem Stuhl und starrte abwesend die langsam herunterbrennende Wunderkerze an, die am Glas des Sex on the Beach befestigt war und die Aiden am Tisch für sie angezündet hatte.

»Hab nur gesagt, dass sie den Sex on the Beach genießen soll, nachdem ihre Tage in Freiheit wohl bald endgültig gezählt sind. Sie hat mich angeschaut als hätte ich sie nicht mehr alle, also bin ich zurückgerudert und hab gesagt, dass das nur ein Scherz war und ich ja weiß, dass Frauen es immer ziemlich eilig haben, wenn es um die Liebe geht.« Aiden schüttelte nachdenklich den Kopf und Geralds Herz klopfte immer schneller. Julie hatte ihn bedrängt, sich seiner Vergangenheit zu stellen. Sie wollte, dass er sie bedingungslos lieben konnte … Hatte sie bei Aidens Worte an ihn – Gerald – und nicht an Daniel gedacht? So verletzt wie sie aussah, erschien es Gerald so. »Du bist ein Idiot, Aiden«, murmelte er wütend. Dass Aiden Julie an den Schmerz erinnerte, den er ihr zugefügt hatte, konnte Gerald in dieser Situation überhaupt nicht gebrauchen.

»Bro, so gezwungen, wie sie mich angelächelt hat, kann ich mir echt nicht vorstellen, dass sie wirklich glücklich über ihre Heirat ist. Zumindest jetzt nicht mehr …«, verteidigte sich Aiden und klopfte ihm freundschaftlich auf die Schulter. »Sieht ganz danach aus, als gäbe es hier noch jemanden, der nicht vergessen kann.« Er nickte den Gästen zu, die ihm zuwinkten und signalisierten, dass sie zahlen wollten, und verließ den Thekenbereich wieder.

Gerald sah ihm erschüttert hinterher. Hatte Aiden recht? Konnte es wirklich sein, dass ihre Begegnung Julie derart aufwühlte, dass sie sich wie er wünschte, die Zeit zurückdrehen zu können und irgendetwas zu tun oder zu sagen, das ihre Wege nicht getrennt hätte? Gerald versuchte den Gedanken beiseite zu schieben. Er kannte Julie und ihre Art zu denken. In Chickaloon hatte sie sich übermäßig Gedanken darum gemacht, was andere in ihr sahen. Vermutlich beschämte Aidens Kommentar sie. Vielleicht glaubte sie sogar, dass er etwas Abfälliges über ihre Verlobung gesagt hatte, was Aiden zu der Stichelei hingerissen hatte. Aber Aiden hatte den Nagel voll auf den Kopf getroffen: Sie hatte es verdammt eilig. Nur wenige Wochen bevor sie mit Daniel nach New York gezogen war, hatte ihr Herz noch für ihn geschlagen und sie hatte ihm gesagt, dass sie ihn liebe.

Gerald schnappte sich den Lappen aus der Spüle und scheuerte die eigentlich saubere Arbeitsplatte. Er war völlig durcheinander und musste seine Hände beschäftigen. Dennoch kamen seine Gedanken nicht zur Ruhe. Verdammt, das mit Daniel hatte einen völlig übereilten Anfang genommen. Gerald schaffte es einfach nicht, den hoffnungsvollen Gedanken zu verdrängen, dass Aiden recht hatte und Julie sich aus was auch immer für zweifelhaften Gründen auf die Verlobung mit Daniel eingelassen hatte.

Wie er es auch hin und herschob, Gerald kam zu keinem schlüssigen Ergebnis. Julie sah als Braut in der Runde des Junggesellinnenabschiedes nicht glücklich aus, aber über das Wiedersehen mit ihm hatte sie sich auch nicht gefreut. Natürlich nicht, er hatte sie verletzt. Egal in welche Einzelheiten Gerald die Situation auch zerdachte, am Ende kam er immer wieder an dem Punkt an, an dem er Julie verlassen hatte. Aber er hatte wiederkommen wollen. Wusste Julie das überhaupt? Hielt sie Kontakt zu Sharon oder Carolyn und sie hatten ihr davon erzählt?

Als seine Schicht sich schließlich dem Ende zuneigte, war er immer noch durcheinander und fühlte sich innerlich aufgerieben. Er nahm seine Bedienschürze mit dem schweren Ledergeldbeutel ab und warf einen letzten Blick auf Julie. Wer wusste, ob er sie je wiedersehen würde.

Der Frauentrupp ließ es sich gutgehen und hatte inzwischen mehrere Runden Cocktails bestellt und die Stimmung schien auf dem Höhepunkt angekommen zu sein. Ein paar der Frauen hüpften ausgelassen auf der Tanzfläche herum, die anderen saßen am Tisch und grölten lautstark *I will survive* mit, das ein recht passabler Musiker auf der Bühne zum Besten gab. Sogar Julie schien etwas lockerer zu werden. Sie hatte sich bei ihrer brünetten Freundin untergehakt und schunkelte und sang wie die anderen. Gerald seufzte leise. Ihre Begegnung hatte sie mitgenommen, aber sie würde darüber hinwegkommen …

»Macht nicht zu lange«, sagte er zu Aiden, zog den Geldbeutel aus der Schürze und verstaute ihn in der abschließbaren Schublade, wo er nach Feierabend hingehörte. Heute war Aiden an der Reihe, mit Tony bis zur Schließzeit auszuharren und die verbliebenen Gäste zu bedienen. Aiden zeigte ihm den Mittelfinger und grinste. »Ich fürchte, die werden nicht freiwillig gehen«, meinte er und nickte in die Richtung des Frauentrupps.

»Sei trotzdem lieb zu ihnen. Es zahlt sich bestimmt aus«, murmelte Gerald und machte sich auf den Weg in den Mitarbeiterbereich. Er warf die schwarze Bedienschürze in den Wäschekorb, holte seinen Rucksack aus dem Spind und schlüpfte in seine Jacke. Als er die Klinke der Hintertür in der Hand hielt, durch die er unbemerkt verschwinden konnte, hielt er inne. Er ließ eine einmalige Chance an sich vorbeiziehen …

Als er nach New York gekommen war, hatte er sich vorgenommen, das Leben wieder anzugehen und keine Fehler mehr zu machen. Ein warmes Gefühl breitete sich in seiner Brust aus. Er machte kehrt und ging zurück in die Bar. Jetzt zu gehen wäre ein Fehler. Es war ihm egal, ob Julie verliebt, verlobt oder bereits verheiratet war. Sie hatte vielleicht nie erfahren, dass er zu ihr zurückkehren wollte, und er würde verdammt sein, wenn er die kleine Chance, die sich vielleicht daraus ergab, nicht nutzte.

»Hey, hast es dir doch noch anders überlegt?«, empfing Aiden ihn grinsend im Thekenbereich. Seine Unentschlossenheit schien ihn zu amüsieren. Gerald sah an ihm vorbei in Richtung Bühne, wo gerade ein ziemlich betrunken wirkender Sänger ein Lied zum Besten gab. Verdammt … Jetzt, wo Gerald den Entschluss gefasst, hatte, tatsächlich für Julie zu singen, wollte er nicht warten. Unruhig trat er von einem Fuß auf den anderen. Aidens Grinsen wurde breiter.

»Wenn du mich auch nur ein einziges Mal dafür, was ich jetzt tue, aufziehst, dann erzähle ich Linda, ich hätte dich mit einer anderen im Bett erwischt«, warnte Gerald ihn, konnte sich aber ein Grinsen ebenfalls nicht verkneifen. Es fühlte sich verdammt gut an, endlich etwas tun zu können, um Julie zu zeigen, was er noch immer für sie empfand.

»Ich tue alles was du willst – wenn es sein muss, fahre ich dich morgen früh sogar zum Bahnhof, obwohl ich kaum ein paar Stunden Schaf abbekommen werde –, aber erzähl Linda bloß keinen Scheiß«, flehte Aiden und zog eine übertrieben verzweifelte Miene. Gerald boxte ihm gegen den Oberarm und straffte die Schultern. Der Betrunkene hatte aufgegeben und wankte von der Bühne. »Liegt ganz an dir, Bro …«, sagte er zu Aiden, warf seinen Rucksack in die Ecke und legte seine Jacke darauf. Seine Hände zitterten vor Anspannung.

Wie wahrscheinlich war es, dass er bei Julie tatsächlich noch eine Chance hatte?, fragte er sich und durchquerte die Bar, um zur Bühne zu gelangen. Er konnte Julies Blick auf sich fühlen, als er die Stufen zur Bühne hinaufstieg und nach der Gitarre griff, die neben so manch anderen Instrumenten für die Musiker bereitstand. Er hatte während des Semesters ein ausgereiftes Stück aus *Changing course* komponiert. Akkordeon, Schlagzeug und Bass waren hinzugekommen, doch jetzt würde er das Lied in seiner ursprünglichen Form spielen. Das Lied, das er über und für Julie geschrieben hatte.

»Gerald, endlich mal wieder ein neuer Song!«, jubelten Tina und Clara, zwei Mitvierzigerinnen ihm zu, die beinahe jeden Samstagabend hier verbrachten und ihn schon öfter hatten singen hören. Manchmal nutzte er die Gelegenheit und testete nach Feierabend seine Songs auf ihre Publikumstauglichkeit.

Gerald nickte ihnen freundlich zu und trat hinters Mikro. »Hey Leute, es ist echt nett, dass ihr euch so darüber freut, mein

Testpublikum zu sein. Aber heute würde ich gerne ein älteres Lied von mir spielen.« Er legte sich den Gitarrengurt um und schlug prüfend den ersten Akkord an. Zwei Saiten stimmte er nach. Es sollte perfekt klingen.

Er hob den Blick und sah Julie direkt ins Gesicht. Sie schaute erschrocken zu ihm auf und knabberte angespannt auf ihrer Unterlippe herum, aber sie wich seinem Blick nicht aus oder ging ganz einfach. Gerald atmete tief durch und versuchte nicht daran zu denken, wie sie ihn nach dem Song ansehen würde.

»Es gab in meinem Leben eine ziemlich harte Zeit. Aber wie das manchmal so ist, tritt plötzlich ein Mensch in dein Leben, der alles verändert«, sagte er. Seine Stimme klang vor Nervosität rau. Er räusperte sich und strich wieder über die Saiten, um sich von ihrem Klang beruhigen zu lassen. »Ich hatte das Glück, diesem besonderen Menschen zu begegnen, und ehrlich gesagt, stünde ich heute nicht hier, wenn es ihn nicht gegeben hätte. Aber hört euch die Geschichte doch selber an: *Changing course.*«

Er räusperte sich erneut, atmete tief durch und hoffte, dass Julie verstand, was er ihr mit seinem Countrysong sagen wollte. Auch wenn er zutiefst aufgewühlt war, setzte er sein lockeres Bühnenlächeln auf – es gehörte einfach zu diesem Sound – und begann zu singen:

»I'm sitting in a bar at the end of the road and stare into my beer. Then this sweet girl comes over to me and she says: Hey boy, why are you looking so sad? Life is a rainbow, made to smile. And I think: she has no idea that I'm not made to be lucky. My smile is tired and I answer: girl, you don't know it yet, but life is shit.«

Er schlug die Überleitungsakkorde zum Refrain an und entspannte sich. Wie immer wurde er beim Singen lockerer. Julie saß da und wirkte völlig gelöst, wie sie ihn aus großen Augen ansah und an seinen Lippen hing. Ganz automatisch verbreiterte sich sein Lächeln.

»She grabbes me by the hand and laughs. Don't look like that, dance it away, and tell me about it until the morning dawns. She wants me to change the course.«

Er hob die Stimme, änderte die Melodie und sang den Refrain: »*It would mean to forgive myself. It would require to love my life and not hanging in the past anymore. But I want so see her smile.*«

Tina und Clara johlten. Gerald wusste, dass sie den Song liebten. Er liebte ihn selbst und hatte ihn schon häufiger hier gesungen. Es half ihm weiterzumachen, wenn er darüber zu verzweifeln drohte, dass er sie nicht fand. Er nickte in die Richtung von Tinas und Claras Tisch und schlug die Akkorde zur Überleitung in die nächste Strophe an.

»*She makes it easy for me and listens to my self-pity until the morning breaks. And when she knows everything, I taste her lips. Her eyes shine. Now life is a rainbow and I'm with you, I want do dance under it. But I'm afraid, it will not be easy that way.*«

Seine eigenen Worte versetzten ihm einen Stich. Ja, er hatte gewusst, dass es nicht einfach werden würde, dennoch hatte er sich auf Julie eingelassen. Wie es ihr mit dieser Erkenntnis erst ergehen musste … Vorsichtig wagte er einen Blick in ihr Gesicht. Sie lächelte sanft und schüttelte langsam den Kopf. Natürlich erinnerte sie sich an das Hin und Her, ehe sie zueinandergefunden hatten. Ihre wohlwollende Geste versetzte Gerald in Hochstimmung. Gelöst sang er den Refrain und die nächste Strophe: »*I dance with her under the rainbow, accept her love and enjoy my life. But one day she says: Boy, it's not enough anymore. The past is your shadow and we need the sun to keep our rainbow. And I remember I thought: it will not be easy that way.*«

Julies Augen verdunkelten sich, genauso wie seine Stimme sich gegen Ende der Strophe hin senkte. »*I cannot forgive myself, I cannot live my life and I still hang in the past. But I want her to smile. And so I go*«, sang er den veränderten Refrain und sah Julie direkt in die Augen. Wenn sie es bisher nicht wusste, dann sollte sie jetzt erfahren, dass er nicht anders gekonnte hatte, als sie zu verlassen. Die Worte waren einfach, doch Julie schien zu begreifen. Tränen traten in ihre Augen und sie presste ihre Lippen zu einer schmalen Linie zusammen. Wie immer lächelte er an der Stelle des Liedes traurig, um die Wirkung des Textes zu unterstreichen. Auch das gehörte zur Show. Es half ihm, sich daran festzuhalten, um überhaupt weitersingen zu können. Und dieses Mal war das traurige Lächeln nicht einmal aufgesetzt. Er verlangsamte das Tempo und seine Anschläge und stimmte das Outro des Liedes an:

»Living without her is hell. But she wanted me to change my course. And so I did. I know that a faded rainbow is lost forever. But it was there and made me change my life. Life goes on. I keep the gift of her love in my heart and when I see a rainbow, I think of her.«

Gerald legte all das Gefühl, das er für Julie empfunden hatte und alles, was er immer noch für sie empfand, und seine ganze Dankbarkeit in seine Stimme. Es war dieser Moment, in dem er endgültig begriff, dass es das Werk eines Engels gewesen sein musste, das ihn zu Julie geführt hatte. Ein ehrfürchtiger Schauder rann ihm über den Rücken, als er die letzten Zeilen sang: *»I have forgiven myself and I love my life. But I hope, I'll see her smile again.«*

Er schloss die Augen und ließ die letzten Töne verklingen. Noch nie war er so gut gewesen. Noch nie war es ihm so wie heute gelungen, die Gefühle hinter dem Lied so klar zu transportieren und zwischen den Zeilen herauszulocken. Auch die Gäste schienen das zu bemerken. Im Raum war es still geworden. Zwar waren ohnehin nicht mehr viele da, aber die, die noch anwesend waren, schienen sich alle voll auf ihn, seine Gitarre und seine Stimme konzentriert zu haben. Es war jedoch die Reaktion einer einzigen Person, die Geralds Herz zum Rasen brachte. Er atmete tief durch und öffnete die Augen wieder. Für sein Publikum schien es das Zeichen zu sein, dass er fertig war. Tina und Clara sprangen auf und applaudierten, und auch anderen Gäste riefen ihm begeistert zu und klatschten. Doch Gerald nahm es gar nicht richtig wahr. Wie versteinert starrte er auf Julies Platz. Er war leer.

Kapitel 25

Gerald fühlte sich immer noch benommen, als er die Gitarre zurück in den Ständer stellte und von der Bühne stieg. Tessa wartete am Fuß der Treppe bereits auf ihn und sah ihn betreten an. »Hey, was sollte das? Julie ist völlig von der Rolle!« Sie starrte ihn an und schnaubte wütend.

»Ich sagte ja, dass ich für die Braut singen würde, und dieses Lied ist mein Geschenk für sie«, erwiderte Gerald niedergeschlagen. Tessa begriff es vielleicht nicht, aber Julie hatte sicherlich verstanden, was er ihr damit hatte sagen wollen: Komm zu mir zurück. Und ihre Antwort darauf hätte nicht klarer sein können. »Ich wollte sie nicht durcheinanderbringen. Sag ihr bitte, dass es mir leidtut.« Er lächelte Tessa entschuldigend zu und ließe sie ohne eine Erwiderung abzuwarten stehen, um hinter die Theke zu gehen und seine Sachen zu holen. Sein Brustkorb fühlte sich eng an, doch Gerald kämpfte das Gefühl nieder. Übermorgen war Weihnachten. Sein zweites Weihnachtsfest mit Joyce …

»Scheiße, Bro, das war genial«, empfing Aiden ihn mit einem breiten Grinsen. Gerald winkte ihm müde ab. Aiden hatte keine Ahnung von Liebe und erst recht nicht von verletzten Gefühlen. Es machte keinen Sinn, sich mit ihm darüber zu unterhalten. »Wir sehen uns nach den Ferien«, verabschiedete Gerald sich. Er wollte nur noch in sein Bett, diesen Abend hinter sich lassen, zu seiner Familie nach Hause fahren und seine Gefühle für Julie wieder dahin verbannen wo sie offensichtlich hingehörten: in die Vergangenheit.

Es war als tauche er in eine andere Welt, als er aus der Bar trat. Die Nachtluft war kalt und das Dämmerlicht der Straßenbeleuchtung war eine willkommene Abwechslung zur grellen Beleuchtung der Bar. Erst jetzt begriff er vollends, was er da getan hatte. Er hatte Julie praktisch seine Liebe gestanden, und sie hatte ihn mit ihrer Flucht jeglicher Hoffnung beraubt, dass sein Glück irgendwann perfekt sein würde. »Gott, bin ich ein Idiot!«, murmelte er und rieb sich müde über die Stirn. Wie sollte er die Weihnachtsfeiertage mit diesem Wissen nur überstehen? Er wollte seiner Familie das Fest nicht versauen, aber es würde ihm auch verdammt schwerfallen, so zu tun, als wäre alles in bester Ordnung mit ihm.

»Ganz recht!«

Gerald fuhr überrascht zusammen und sein Herz begann zu hämmern. Julie trat aus dem Schatten einer Seitenstraße hervor und funkelte ihn wütend an.

»Julie! Ich dachte, … Ich dachte, du wärst gegangen …«, stotterte er und versuchte die Gedanken zu ordnen, die sich in seinem Kopf überschlugen. Warum war sie noch hier? War sie nicht in der Lage, die Bar ohne zurückzusehen zu verlassen, ohne zu erfahren was tatsächlich geschehen war? »Ich will dir so vieles sagen«, sagte er. Er wollte, dass sie begriff, dass er ihr nie hatte weh tun wollen. Sie sollte wissen, dass er immer nur gewollt hatte, dass sie glücklich wurde.

»Jetzt bin ausnahmsweise mal ich an der Reihe«, brauste Julie auf. Sie schlang die Arme um den Oberkörper und funkelte ihn aufgebracht an. Gerald nickte. Sie hatte jedes Recht, wütend zu sein. Julie starrte ihn aus großen Augen an, als versuche sie in ihn hineinzusehen. Egal was geschehen war, sie wollte begreifen, was in ihm vorging. Das war seine Julie. Gerald lächelte zärtlich.

»Glaube nicht, dass ich abgehauen bin, weil mich dein ach so toller Song verwirrt hat«, giftete Julie ihn an, anstatt sein Lächeln zu erwidern. Sie reckte zornig das Kinn vor und begann unruhig vor ihm auf und ab zu laufen. »Ich bin so was von sauer auf dich«, zischte sie und blieb stehen.

Gerald nickte und konnte einfach nicht anders, als sie anzulächeln. Julie schien das nicht zu gefallen. »Ich habe nie verstanden, warum Craig damals so wütend war. Ich meine, er wusste was du durchgemacht hast … Aber jetzt verstehe ich es.« Sie schüttelte den Kopf und stapfte wieder los. »Ich verstehe, dass er sich betrogen gefühlt hat. Dir ging es gut und du hattest es nicht mal nötig, dich bei ihm zu melden – ihm, der dir etwas hätte bedeuten sollen.« Ihre Stimme zitterte und Gerald war klar, dass sie von sich selbst und nicht von Craig sprach.

»Du warst mehr für mich, das weißt du«, sagte er sanft und trat einen Schritt auf sie zu. Zu gern würde er sie in den Arm nehmen und ihr über den Rücken streicheln, bis nichts mehr von der Verletzung übrig war, die er ihr angetan hatte. Doch in Julies Gesicht machte sich ein entgeisterter Ausdruck breit und sie wich vor ihm zurück.

»Ich habe mir die Schuld gegeben. Ich konnte einfach nicht aufhören, darüber nachzudenken, was ich falsch gemacht habe und dass ich dich viel zu sehr bedrängt habe.« Sie schnaubte verächtlich. »Nachdem Sharon mir erzählt hatte, was vorgefallen war, war mir klar, dass du nicht wiederkommen würdest. Ich wusste, dass es das Beste war, dass du gegangen bist. Aber du hast mir damit so verdammt weh getan. Also wage es jetzt nicht, zu behaupten, dass ich dir wichtig war.« Ihre Stimme brach. Leise schluchzend presste sie ihre Faust gegen ihren Mund. Ihre Verzweiflung tat Gerald weh. Er wollte nach ihrer Hand greifen, um sie von dieser resignierten Geste abzubringen. Doch Julie wich ihm abermals aus. »Lass mich! Warum konntest du mich da drin nicht einfach in Ruhe lassen, Gerald? Warum musste es dieses verdammte Lied sein?«

Sein Herz verkrampfte sich. Sie konnte sich nicht verzeihen, dass sie an ihn geglaubt hatte. Und er hatte sie wieder daran erinnert und den Schmerz hervorgezerrt. Ihm war klar, dass er sich damit verdammt weit vorwagte, aber sie sollte wissen, dass sie sich nicht in ihm getäuscht hatte.

»Ich war da, Julie. Kurz nach Weihnachten bin ich nach

Chickaloon zurückgekommen, doch du warst schon fort.« Doch statt dass es ihr damit besser ging, sah sie noch verletzter aus. Sie zitterte und ihre Augen waren dunkel.

»Warum sagst du das jetzt, Gerald?«, flüsterte sie und verzog gequält den Mund. »Du brauchst es, dass ich dir vergebe, nicht wahr? Du hältst es nicht aus, einen Fehler gemacht zu haben. Ich muss schuld daran sein, dass wir es nicht länger als für eine Nacht miteinander hinbekommen haben. Warum willst du unbedingt der Gute sein?«

»Es geht nicht darum, wer hier welche Fehler gemacht hat«, sagte Gerald sanft. Augenblicklich spannte Julie sich an, als erwarte sie, dass er wieder versuchen würde, sich ihr zu nähern. »Ich habe eine Menge davon gemacht, das weiß ich«, sagte Gerald und hob beschwichtigend die Hände. Sie sollte nicht noch weiter vor ihm zurückweichen. »Aber ich war wirklich in Chickaloon. Ich wollte so lange warten, bis du zurückkommst. Dann habe ich aber gesehen, wie eine Umzugsfirma deine Wohnung leergeräumt hat. Ich habe dich gesucht, Julie. Aber ich habe dich nicht gefunden – bis jetzt.«

Seine Worte schienen etwas in Julie zu verändern. Ihre Augen huschten ruhelos über sein Gesicht, als wolle sie ergründen, ob er die Wahrheit sagte. »Ich wollte, dass du glücklich bist, Julie. Darum habe ich dich verlassen«, flüsterte er und sah, wie sich Julies Augen mit Tränen füllten. Es war wie damals mit seiner Mom, als er nach Hause gekommen war. Die Erinnerung an das, was er getan hatte, schmerzte Julie. Gerald hielt es nicht länger aus. »Es tut mir leid, was ich da drin getan habe. Du bist mit Daniel zusammen, ihr werdet heiraten …« Seine Stimme versagte. Er wollte Julie sagen, dass er ihr wünschte, mit Daniel glücklich zu werden. Aber er brachte es nicht über sich. Es war falsch.

»Ja, das war der Plan, als ich mit ihm hergekommen bin«, sagte sie leise und griff in ihr Haar und zog sich das Krönchen mit den verschlungenen Ringen vom Kopf. Sie wirkte plötzlich ganz ruhig, als sie es in den Händen hielt und mit leerem Blick anstarrte. In Geralds Bauch breitete sich ein aufgeregtes Kribbeln aus.

»Ich wollte es wirklich«, flüsterte sie und schniefte leise. »Dann aber habe ich begriffen, dass man sein Herz nur einmal verschenken kann. Ich hätte wohl besser aufpassen müssen an wen.« Sie hob den Blick und sah Gerald traurig an. »Es hat nicht funktioniert. Ich bin nicht mit Daniel zusammen und war es auch nie.«

Gerald widerstand dem Drang, sie in die Arme zu schließen. Es war ein kleines Wunder, dass sich ihre Wege noch einmal kreuzten. Dass die zweite Chance, auf die er über Monate gehofft hatte, zum Greifen nahe war, überwältigte ihn völlig. Doch Julie stand immer noch wie versteinert da und starrte das Krönchen an. Obwohl sich kein Muskel ihres angespannten Körpers bewegte, hatte Gerald das Gefühl, als könne sie ihm jeden Augenblick davonlaufen.

»Lass uns irgendwo hingehen und in Ruhe reden«, beschwor er sie. Julie hob den Blick und sah ihm in die Augen. »Es war Reflex, dass ich mir die hier von Tessa geschnappt habe«, sagte sie und zeigte ihm das Krönchen. Sie schnaubte leise und schüttelte langsam den Kopf. »Als könnte so zu tun, als sei ich verlobt, mich vor der Erinnerung an dich schützen.«

Gerald gefror innerlich. Es spielte überhaupt keine Rolle für sie, ob sie gebunden war oder nicht. Das war nicht gut. Er trat einen Schritt auf sie zu und streckte eine Hand nach ihr aus. »Lass es mich dir erklären. Bitte …«

Julie trat einen Schritt zurück. Gerald folgte ihr. »Bitte, Julie. Es ändert einfach alles, dass du jetzt hier bist und mir sagst, dass du nicht mit Daniel zusammen bist.« Julie schluckte und senkte den Blick auf das Krönchen in ihren Händen. Langsam drehte sie es herum.

»Nein, Gerald, das ändert gar nichts. Du hättest mit mir reden müssen, anstatt alleine über meine Zukunft zu entscheiden. Selbst wenn ich dir glauben würde, dass du es zu meinem Wohl getan hast, wie soll ich dir noch vertrauen? Ich meine, wenn

Schwierigkeiten auftauchen oder es unangenehm für dich wird, dann wählst du deinen Weg alleine. Was sagt das über eine Liebe aus …?«, sagte sie. Ihre Stimme klang rau, als müsse sie sich dazu zwingen. Doch sie schien sich mit aller Macht dagegen zu wehren, ihm nachzugeben. Sie warf ihm einen letzten traurigen Blick zu und wandte sich von ihm ab, um zu gehen.

Gerald hatte das Gefühl zu fallen. Es war völlig egal, was er sagte, er erreichte sie damit nicht. Sie musste sehen, was sich verändert hatte und dass er Zeit gebraucht hatte, um diese Veränderung in Gang zu bringen.

»Ich fahre morgen nach Avon. Begleite mich«, rief er ihr verzweifelt hinterher. Wenn sie all die Menschen kennenlernte, die ihn zurück in ihr Leben gelassen hatten und die er nicht enttäuscht hatte, dann fand vielleicht auch sie den Mut, ihm zu verzeihen. Seine Mom, Dave, Joyce, Craig und Penny hatten ihm vergeben, dass er fünf lange Jahre benötigt hatte, um zu ihnen zurückzukehren. Verdammt, es war nur ein einziger Monat, den er von ihr benötigt hatte.

»Avon«, wiederholte Julie leise. Sie blieb stehen, wandte sich aber nicht zu ihm um, so dass Gerald ihr Gesicht nicht sehen konnte. Er konnte nur hoffen, dass sie verstand, was er ihr damit sagen wollte. »Ja, Avon … Mom würde sich bestimmt freuen, dich kennenzulernen. Sie weiß was ich dir zu verdanken habe. Und Joyce …«

»So einfach ist das nicht«, unterbrach Julie ihn. Ihre Stimme klang hohl. »Ich habe Verpflichtungen.«

Gerald trat nervös von einem Fuß auf den anderen. Am liebsten würde er sie festhalten und nie wieder loslassen. Aber es würde sie endgültig in die Flucht schlagen, wenn er sie jetzt anfasste. »Versuch es wenigstens, bitte. Mein Zug geht um halb neun, Grand Central Station.«

Julie nickte und ließ ihn ohne eine Erwiderung stehen.

* * *

Noch eine Viertelstunde ... Julie starrte die Uhr auf ihrer Kommode an und überschlug im Kopf, dass sie noch eine Viertelstunde hatte, um sich zu entscheiden. Wenn sie sich dann beeilte, schaffte sie es noch rechtzeitig zum Bahnhof. Wenn sie noch länger zögerte ...

»Scheiße«, fluchte sie und stand von ihrem Bett auf. Sie sollte nicht einmal darüber nachdenken. Doch ihr Herz schlug noch immer so heftig für Gerald, wie es das vor einem Jahr getan hatte. Egal wie tief er sie verletzt hatte und egal wie aussichtslos ihre Liebe ihr erschienen war, ihr Herz hatte sie immer daran glauben lassen, dass er zurückkehren würde. Es hatte sie fast um den Verstand gebracht, dass die Tage verstrichen waren und sie nichts von ihm gehört hatte. Deshalb war sie gegangen. Sie hatte es nicht länger ausgehalten, diese Hoffnung zu spüren, die Tag für Tag aufs Neue enttäuscht worden war. Und nun sollte es plötzlich so einfach sein?

Julie schnappte sich ihren Koffer und warf ihn aufs Bett. Sie hatte ihn noch in der Nacht gepackt, obwohl sie sich längst nicht dafür entschieden hatte, Geralds Einladung anzunehmen. »Nichts ist einfach, wenn es um dich geht, Gerald Turner«, murmelte sie und öffnete die Verschlüsse. Schon damals hatte ihr Verstand sie vor ihm gewarnt. Doch sie hatte nicht darauf hören wollen. *Diesmal*, schwor sie sich, *diesmal bin ich nicht so dumm, mich auf dich einzulassen.* Es würde die notdürftig zusammengefügten Scherben ihres Herzens wieder in tausend Stücke schlagen, wenn Gerald sie erneut enttäuschte. Noch einmal konnte sie das nicht überstehen.

Sie klappte den Deckel auf und begann ihre Kleidungsstücke auszuräumen. Ein kleiner Stich durchzuckte sie, als sie ihren Morgenmantel herauszog und auf die Bettdecke legte.

Früher hatte sie am Weihnachtsmorgen gerade mal die Zeit gefunden, sich einen Morgenmantel über den Pyjama zu ziehen. Die Freude über das Fest und gemeinsam mit ihrer Grandma unter dem Weihnachtsbaum zu sitzen war so groß gewesen, dass sie sich nicht einmal die Zeit genommen hatte, sich ordentlich anzuziehen. Natürlich war es nicht mehr der Morgenmantel von damals, den sie eingepackt hatte. Aber für sie war er ein Symbol für Zuhause und Gemütlichkeit.

Julie zuckte zusammen, als unvermittelt ihr Handy klingelte. Einen Moment lang erwartete sie, dass es Gerald war, der ihr weiter zureden wollte. Aber das war natürlich Unsinn. Er kannte ihre neue Handynummer nicht, die sie sich in New York zugelegt hatte.

»Ja?«, meldete sie sich schniefend. Ihre Sicht war vor Tränen verschwommen, so dass sie den Namen des Anrufers nicht lesen konnte.

»Hey Süße … Es ist also so schlimm, wie ich vermutet habe?«, fragte Tessa.

Julie wollte nach ihrem Gespräch mit Gerald alleine sein und hatte Tessa eine Nachricht geschrieben, dass es ihr gutgehe, sie aber nach Hause wolle. Anscheinend hatte Tessa ihr kein Wort geglaubt. Sonst würde sie nicht so früh am Morgen anrufen.

»Es geht schon. Gerald hat nur ein paar Sachen gesagt, die ich erst einmal verdauen muss. Aber ich komme schon wieder in Ordnung«, versicherte sie ihrer Freundin und hoffte, dass es ihr erneut gelingen würde, Gerald aus ihren Gedanken zu verbannen.

»Ach, Mäusezähnchen …«, murmelte Tessa mitleidig. Julie hatte sie während ihrer gemeinsamen Studienzeit gemocht, Aussprüche dieser Art aber für völlig aufgesetzt gehalten. Vielleicht waren sie deshalb nicht richtig warm miteinander geworden. Als sie aber nach New York gezogen war und sich daran erinnert hatte, dass Tessa hier nach dem Studium eine Arbeitsstelle angetreten hatte, hatte sie in ihrer Einsamkeit Kontakt zu ihr aufgenommen und sie hatten sich eng miteinander angefreundet.

»Was hat Gerald denn gesagt?«, hakte ihre Freundin nun weiter nach und Julie erzählte ihr in groben Zügen, was sie alles von ihm erfahren hatte.

»Oh mein Gott!«, rief Tessa aufgeregt.

Julie schloss erschöpft die Augen. Sie ahnte, was nun folgen würde.

»Nach allem was er dir angetan hat, dachte ich ja wirklich, dass er ein Arschloch ist. Aber verdammt, Julie, ich schätze, ich habe mich getäuscht«, sprudelte sie los. Julie wollte ihr widersprechen, doch Tessa ließ ihr gar keine Chance. »Dieser Mann ist nicht nur ein Sahnestück, er scheint auch noch was fürs Herz zu sein. Gott, dieser Song, und dann sagt er auch noch so was Romantisches wie *das ändert alles …*«, schwärmte sie träumerisch.

»Bist du jetzt fertig?«, fragte Julie kühl, als sie verstummte. Sie fühlte sich von ihrer Freundin verraten. »Nichts hat sich verändert. Er ist abgehauen und hat mir weh getan. Und jetzt, da er mich wiedersieht, kommt ihm plötzlich in den Sinn, um mich zu kämpfen?« Sie schnaubte verächtlich.

»Er hat sich verändert. Das ist es doch, was er dir mit seiner Einladung beweisen will«, wiedersprach Tessa. Julie seufzte. »Mir ist klar, was er damit bezwecken will. Aber was ist, wenn es nicht funktioniert? Ich meine, ein Teil von mir will ihm vergeben können, aber was ist, wenn ich es einfach nicht schaffe?« Sie fürchtete sich davor. Das Jahr ohne Gerald war hart gewesen und sie hatte es nur langsam geschafft, wieder Boden unter ihre Füße zu bekommen. Sie konnte nicht riskieren, dass er ihn ihr wieder wegzog.

»Vielleicht könntest du ihn dann endgültig abhaken«, sagte Tessa.

Herrgott, was mache ich eigentlich hier?, fragte Julie sich und spähte vorsichtig aus dem Seitengang, der zu den Toiletten führte, um nach Gerald zu sehen. Obwohl er sich immer wieder umsah, schien er sie noch nicht bemerkt zu haben. Verfluchte Tessa … Julie zog sich wieder tiefer in den Gang zurück und lehnte sich müde gegen die Wand. Sie fühlte sich aufgerieben und wund und konnte sich einfach nicht dazu überwinden, den letzten Schritt zu wagen und auf Gerald zu zugehen.

Verflucht, warum war sie gestern nicht einfach nach Hause

gegangen, so wie sie es eigentlich vorhatte, anstatt noch mit in die Bar zu gehen. Julie massierte sich die Schläfen, um die aufkommenden Kopfschmerzen zu verhindern. Tessa – die eigentliche Braut – wäre beleidigt gewesen. Verfluchte Tessa … Nur ihretwegen befand sie sich in dieser Lage.

Wieder rückte Julie ans Ende des Ganges vor, der in die große Wartehalle mündete, um nach Gerald zu sehen. Er stand mitten in der Halle – eine Reisetasche in der einen Hand, sein Ticket in der anderen – und sah sich suchend um. Sein Blick blieb an der Uhr hängen, die an der Stirnseite über dem Ausgang zu den Bahnsteigen aufgehängt war. Julie sah, wie seine ganze Haltung sich versteifte. Ein drängendes Gefühl machte sich in ihr breit.

Gerald presste die Lippen aufeinander und sah sich ein letztes Mal um, dann setzte er sich langsam in Bewegung. *Jetzt oder nie.*

»Gerald, warte!«, rief sie ihm hinterher, schnappte sich ihre Reisetasche und rannte los. Es war sein Blick, der sie dazu bewog, ihm zu folgen. Er sah aus wie ein Mann, der alles verloren hatte. Seine Schultern hingen niedergeschlagen nach vorne und sein Kiefer mahlte vor Anspannung. Dennoch sah er lebendiger aus, als Julie ihn in Chickaloon je gesehen hatte. Er war traurig und verzweifelt, aber nicht gebrochen. Ihr Herz begann zu hämmern, als sie bei ihm ankam, in Gedanken korrigierte sie sich: Sie hatte ihn nur einmal in Chickaloon so gesehen – als er mit Craig gesungen hatte. Und auch jetzt verwandelte er sich vor ihren Augen zu einem völlig anderen Menschen. Seine Augen strahlten und er lächelte überwältigt. »Ich dachte, du kommst nicht.«

Plötzlich schien die Luft vor angespannten Erwartungen zu knistern. Was dachte sie sich nur dabei? Ihre Gefühle für ihn hatte sie nie in Frage gestellt. Das bedeutete aber noch lange nicht, dass sie ihm verzeihen konnte. Betroffen schaute sie hinab auf ihre Schuhe, um Geralds aufmerksamen Blick zu entgehen. »Ehrlich gesagt bin ich mir nicht sicher, ob ich überhaupt hier sein will«, antwortete sie leise.

* * *

Gerald spürte, wie sich eine Gänsehaut über seinen Nacken und seine Arme ausbreitete. Julies Worte klangen nach wenig Hoffnung. Dennoch konnte sie nicht leugnen, dass es Hoffnung gab. Egal wie stark ihre Zweifel waren, sie war hier. »Hast du schon ein Ticket?«, fragte er. Er würde sich erst ein wenig sicherer fühlen, wenn sie mit ihm im Zug saß. Julie sah zu ihm auf und schüttelte betreten den Kopf.

»Dann sollten wir uns beeilen«, sagte er und ergriff ihre Hand. Julie wirkte wie erstarrt. Aber er würde einen Teufel tun und sich die beste Chance entgehen lassen, die er vermutlich je bekommen hatte. Seine Handfläche kribbelte warm, als er seine Finger um Julies zierliche Hand schloss und sie mit sich zog.

»Eine Fahrkarte nach Avon/ Colorado«, forderte Gerald, kaum dass sie am Schalter ankamen, ignorierte Julies Protest und bezahlte das Ticket. »Könnte knapp werden«, meinte der Fahrkartenverkäufer und nickte in Richtung Uhr. »Der nächste Zug fährt dann um halb zwölf. Dann müssen Sie allerdings dreimal umsteigen, anstatt nur einmal.« Gerald winkte ab und griff wieder nach Julies Hand. Sie ließ es zu, dass er sie mit sich zum Bahngleis zog. Erst als sie dem Zug dabei zusahen, wie er aus dem Bahnhof fuhr, entzog sie sich ihm.

»Fuck«, fluchte Gerald und sah dem Zug hinterher.

»Vielleicht ist das ein Zeichen«, murmelte Julie und sprach vermutlich mehr zu sich selbst als zu ihm.

Alarmiert wandte er sich ihr zu und sah ihr beschwörend in die Augen. »Es ist höchstens ein Zeichen dafür, dass wir ein verdammt schlechtes Timing haben.« Zum ersten Mal seit ihrem Wiedersehen schlich sich ein echtes Lächeln auf Julies Lippen. Es war klein, aber unübersehbar, und es schürte Geralds Hoffnungen.

»Komm, ich lade dich auf einen Kaffee ein«, schlug er vor und lächelte zaghaft zurück. Julie nagte nachdenklich auf ihrer Unterlippe herum und nickte zu seiner Erleichterung schließlich.

Bis es Mittag war und sie schlussendlich im Zug saßen, war Gerald völlig fertig mit den Nerven. Mehrfach hatte Julie den Anschein erweckt, sie würde es sich doch noch anders überlegen. Und er hatte begriffen, dass nicht nur er sich verändert hatte. In Alaska war sie offen gewesen und hatte nur das Beste in den Menschen gesehen – vor allem wohl in ihm. Doch sie war vorsichtig geworden.

Gerald ertappte sich mehrfach dabei, dass er über den Tisch des Bahnhofbistros nach ihrer Hand greifen wollte. Doch er verkniff es sich. Die Situation machte Julie ohnehin schon nervös und die Geste wäre zu intim gewesen. Sie hatten es nicht mehr eilig, den Zug zu erwischen. Nun wäre ihre Hand zu halten nicht beiläufig genug, um Julie damit nicht noch mehr zu verunsichern.

Als er sich im Zug dann endlich in einem freien Abteil auf einen Sitz sinken ließ, hatte er das Gefühl, den schwierigsten Teil bereits überstanden zu haben. Julie nahm ihm gegenüber so weit entfernt wie nur möglich Platz.

»Warst du eigentlich schon mal in Colorado?«, fragte Gerald. Sie hatten es kaum geschafft, die letzten Stunden mit Gesprächen zu füllen und immer wieder waren peinliche Minuten des Schweigens entstanden. Aber nun ging es vorwärts.

»Nein, über Kalifornien, Alaska und New York bin ich noch nicht hinausgekommen«, antwortete Julie, drehte sich zur Seite und sah aus dem Fenster. Gerald konnte nicht anders, als ihr Profil anzustarren, die hübsche Stupsnase und ihre langen Wimpern zu bewundern. »Es wird dir bestimmt gefallen. Mom liebt Weihnachten und veranstaltet einen richtigen Zirkus darum mit einem unglaublichen Festessen, Punsch und Keksen, und Dave und Joyce sind Meister im Baumschmücken«, plapperte er drauflos, um nur ja nicht wieder diese Stille ertragen zu müssen.

Julie wandte sich ihm zu. Etwas Undefinierbares stand in ihren Augen. Eine Mischung aus Argwohn und Freude. Oder war es Trauer? Gerald konnte es nicht einordnen.

»Hättest du Weihnachten lieber wieder mit Daniel verbracht?«, fragte er leise. Auch wenn er nun wusste, dass es keinen Grund zur Eifersucht gab, bohrte sich ein fieser Stachel in sein Herz. Vielleicht lag es daran, dass Julie Daniel hatte lieben wollen. Wie sie zu ihm selbst stand, diesbezüglich war Gerald sich immer unsicherer.

»Das Weihnachtsfest mit Daniel und seiner Familie war schön, aber ich gehöre nicht zu ihnen«, antwortet Julie und blinzelte. »Ehrlich gesagt weiß ich gar nicht mehr, wo ich überhaupt hingehöre.«

Geralds Herz zog sich zusammen. Sie hatte so sehr zu den Leuten in Chickaloon gehören wollen. Erst jetzt begriff er, wie haltlos sie sich seit dem Tod ihrer Großmutter fühlen musste. Er stand auf und setzte sich dicht neben sie auf die gepolsterte Bank. Er würde alles tun, um ihr Trost zu spenden. Und wenn es nur das Versprechen des perfekten Weihnachtsfestes war, das sie sich immer gewünscht hatte. »Mom macht zu Weihnachten einen Rollbraten – das hat sie schon immer getan – und Erdbeerbowle. Dave hat letztes Jahr heimlich Scotch hineingeschüttet, weil sie seiner Meinung nach viel zu lasch war.« Er musste bei der Erinnerung an das Gesicht seiner Mom lachen, als sie davon gekostet hatte. Julie lauschte ihm gebannt und reagierte auf sein Lächeln, indem sie zurücklächelte. »Und wie ich schon gesagt habe, übernehmen die anderen das Schmücken des Baums«, fuhr Gerald ermutigt von ihrer Reaktion fort. »Es sind keine kitschig bunten Kugeln, sondern uralte, die in der Turnerfamilie von Generation zu Generation weitergegeben werden. Und natürlich der selbstgebastelte Baumschmuck von Joyce.« Er musste wieder lächeln, als er sich daran erinnerte, wie stolz sie auf ihre glitzernden Rentiere war. »Das jüngste Familienmitglied darf den Engel auf die Spitze des Baumes setzen. Früher hat das immer Anna gemacht, jetzt fällt die Ehre Joyce zu.«

»Du hast dich wirklich auf sie eingelassen?«, stellte Julie mehr fest, als dass sie fragte, und sah ihn aus großen Augen an. Er musste abermals lächeln. »Weißt du, es ist ziemlich leicht, Joyce zu mögen. Sie ist ein tolles Mädchen. Als sie geboren wurde, hatte ich Angst, dass ich Anna durch sie vergessen könnte. Aber ich habe begriffen, dass das nicht passieren wird.«

Julie lächelte matt. Sie schien nicht zu begreifen, was die Erkenntnis in ihm bewirkte.

»Hey, schau nicht so traurig«, sagte Gerald leise und strich mit dem Zeigefinger flüchtig über ihre Wange. »Ich habe Anna geliebt, aber egal was kommt, egal wie ich mich verhalte und wen ich in mein Herz lasse – ich weiß jetzt, dass ich sie nie vergessen werde. Im Gegenteil. Erst durch ihren Verlust und dadurch, meine Familie wiederbekommen zu haben, ist mir bewusstgeworden, wie kostbar die Zeit ist, die ich mit ihnen habe und dass ich keine Minute mehr vergeuden will.« Während er sprach, kam er Julie immer näher. Es war wie ein Sog, den sie auf ihn ausübte, und der Moment war magisch. Julie senkte ihre Lider und ließ ihn gewähren.

»Du wirst sehen, es wird ein wunderschönes Weihnachten. Bestimmt liegt Schnee und wir können eine Schneeballschlacht machen. Joyce wird sich freuen …«, fuhr er leise fort. Nur noch wenige Zentimeter trennten ihn von Julies Lippen. Doch ehe er die Berührung mehr als nur erahnen konnte, räusperte sie sich und wandte sich wieder dem Fenster zu.

»Wir werden sehen. Aber jetzt bin ich müde.« Sie drehte Gerald den Rücken zu, bettete ihre Jacke unter ihren Kopf und rollte sich ein. Gerald seufzte leise. Ihr Vertrauen wiederzugewinnen würde noch viel schwieriger werden als er befürchtet hatte.

Es dauerte nicht lange und Julies Atemzüge wurden tiefer. Gerald beobachtete sie beim Schlafen und fragte sich, ob ihre Schultern schon immer so schmal gewesen waren und sie so verletzlich gewirkt hatte. Es war seltsam, aber die Rollen schienen sich vertauscht zu haben. Nun war Julie diejenige, die Hilfe zu brauchen schien, und für ihn gab es nur einen Weg: Liebe.

Ihre Liebe hatte ihn gerettet und er war sich sicher, dass nur

Liebe imstande war, Julie von dieser undefinierbaren Anspannung zu befreien. Sie musste sie nur zulassen. Doch egal wie er es auch drehte und wendete, er fürchtete sich davor, dass sie mit nach Hause zu nehmen nicht genug sein würde. Und dann? Würden sich ihre Wege wieder trennen – diesmal für immer?

Gerald erschauderte. Der Zug fuhr in eine langgezogene Kurve ein. Julie fiel in seine Richtung und landete an seiner Brust. Sie schien so fest zu schlafen, dass sie sich nicht einmal gegen die Bewegung gestemmt hatte. Hilflos breitete Gerald die Arme aus, als sie sich vollends drehte und an ihn kuschelte. Sie lächelte im Schlaf und grummelte zufrieden. Er entspannte sich. Ein warmes Gefühl breitete sich in ihm aus. Das war es. Dieses Gefühl war der Grund, weshalb er niemals aufgeben würde.

Vorsichtig legte er seine Arme um Julie und strich ihr sanft über den Rücken und versuchte nicht darüber nachzudenken, was er ihr sagen würde wenn sie aufwachte. Irgendwie würde sich alles fügen.

* * *

Julie zuckte leicht zusammen, als eine blecherne Stimme bis in ihre Träume drang. Sie brauchte einen Moment, um sich zu orientieren und sich daran zu erinnern, dass sie sich auf dem Weg nach Colorado befand. Es fühlte sich so geborgen und warm an, als läge sie mollig warm eingekuschelt in ihrem Bett in Grandma's Haus, und sie konnte sich nicht daran erinnern, wann sie sich zuletzt so gefühlt hatte.

Vorsichtig öffnete sie ihre Lider einen Spalt breit und erschrak innerlich. Wie war sie in Geralds Armen gelandet? Es war nicht ihr Kopfkissen, das sich an ihre Wange schmiegte, sondern das weiche Flanell seines Hemdes. Es fühlte sich gut an, in Geralds Armen zu liegen. Für einen Moment gestattete sie sich diese vertraute Wärme und kuschelte sich noch enger an ihn. Sofort schlossen sich seine Arme fester um sie und er streichelte sanft ihren Rücken. »Selbst wenn du danach wieder verschwindest, dieses Weihnachten wird etwas ganz Besonderes«, flüsterte er und hauchte ihr einen flüchtigen Kuss auf den Scheitel. »Es wird so sein, wie du es dir immer vorgestellt hast. Das verspreche ich dir.«

Ein warmer Schauder rieselte durch sie hindurch. Sie seufzte leise und schloss die Augen wieder. Nur kurz wollte sie aufhören, darüber nachzugrübeln, was kommen würde. Nur für den Moment wollte sie einfach nur fühlen.

Kapitel 26

»Da bist du ja endlich. Ich dachte schon, du hättest es dir doch noch anders überlegt.«

Gerald lächelte seiner Mom entschuldigend zu, als sie schwungvoll die Haustür öffnete und ihn in die Arme zog. »Tut mir leid, Mom. Wir haben den Zug verpasst und ich habe gar nicht darüber nachgedacht, dass ich anrufen sollte.« Er war zu sehr auf Julie konzentriert gewesen, die am Absatz der Treppe stehen geblieben war.

»Und wer ist wir?«, fragte seine Mom prompt und schob Gerald von sich. Ihr Blick glitt fragend zwischen ihm und Julie hin und her. Gerald drehte sich zu Julie um und nickte ihr auffordernd zu. Sie schien sich nicht besonders wohl zu fühlen, als sie die zwei Stufen nach oben stieg und neben ihm stehen blieb. Gerald konnte ihre Anspannung spüren. Seine Mom schien davon aber nichts zu bemerken. Freundlich lächelte sie Julie zu und streckte ihr die Hand entgegen. »Da mein Sohn anscheinend vergessen hat, dass ich ihn gut erzogen habe … Ich bin Amy.«

Julie ergriff zögerlich die Hand seiner Mom und schüttelte sie. »Julie. Es freut mich, Sie kennenzulernen, Mrs. Turner.«

Ein überraschter Ausdruck huschte über das Gesicht seiner Mom. Als Gerald zum zweiten Mal aus Alaska heimgekehrt war und auf eine Antwort aus New York gewartet hatte, hatte er ihr alles über Julie erzählt. Zu Recht war sie überrascht, sie nun hier zu sehen, doch sie hatte sich schnell wieder im Griff. »Na dann kommt doch rein«, sagte sie.

Gerald bedeutete Julie vorauszugehen. Seine Mom zwinkerte

ihm verschwörerisch zu, als er an ihr vorbeiging. Gerald schüttelte stumm den Kopf. Er musste ihr dringend erklären, wie es zu Julies Begleitung kam. Andernfalls würde sie sich in die Nesseln setzen. Ehe er jedoch dazu kam, sie zu bitten, das Klappbett für Gäste im Büro aufzustellen, oder etwas ähnlich Taktvolles, das andeutete, dass er und Julie nicht zusammen waren, kam Joyce aus dem Wohnzimmer gewirbelt.

»Er ist es, Daddy. Jetzt können wir endlich den Baum schmücken«, rief sie über ihre Schultern zurück und stürzte jubelnd auf ihn zu. Wie immer, wenn er Joyce gegenüberstand, spürte er diese unglaubliche Zärtlichkeit in sich aufsteigen. Er fing sie lachend auf und hob sie in die Höhe.

»Hey Prinzessin, du bist ja schon wieder schwerer geworden.«

Joyce zog kurz einen Schmollmund und zeigte ihm dann ihre Zähne. »Und mein erster Zahn ist endlich ausgefallen«, ergänzte sie stolz. »Die Zahnfee hat mir was ganz Tolles dafür geschenkt.« Sie strampelte und Gerald setzte sie auf dem Boden ab. »Komm, ich zeige es dir«, rief sie eifrig und packte ihn an der Hand.

Gerald strich ihr liebevoll über den Kopf. Er hatte sie vier lange Monate nicht gesehen, und er wollte die verpasste Zeit unbedingt aufholen. Doch so leid es ihm tat, das musste warten. Julie stand in der Ecke des Ganges und schien nicht zu wissen, wo sie hinschauen sollte.

»Ich schau es mir später an, okay?«, versprach er Joyce, nahm sie an der Hand und ging mit ihr zu Julie hinüber. Sie sollte sehen, was sie bewirkt hatte. »Das ist Julie. Sie ist über Weihnachten unser Gast, und zu allererst sollten wir uns um sie kümmern.«

Joyce runzelte die Stirn und musterte Julie neugierig. »Bist du Geralds Freundin?«

Gerald wich peinlich berührt Julies Blick aus. Sie sollte sich nicht in die Ecke gedrängt fühlen. »Sie ist eine Freundin von mir. Eine sehr gute sogar, und darum ist sie auch hier«, erklärte er Joyce und ließ sich vor ihr auf die Knie sinken. »Darum bekommt sie auch mein Zimmer, und ich schlafe auf der Couch. Magst du ihr gleich zeigen wo es ist, damit sie ihren Koffer abstellen kann? Dann kann ich mich kurz mit Mom unterhalten«, bat er seine kleine Schwester und wandte sich an Julie: »Ist das für dich okay?«

Julie nickte hastig. Sie schien froh darüber zu sein, sich für einen Moment zurückziehen zu können. Gerald sah ihr hinterher, bis sie mit der fröhlich plappernden Joyce aus seinem Sichtfeld verschwand.

»Sie ist also nur eine Freundin?«, fragte seine Mom und trat neben ihn. Ihre Augen blitzten amüsiert.

Gerald seufzte schwer. »So leid es mir tut, Mom, ich geniere mich nicht einfach nur, eine Frau mit nach Hause zu bringen.« Aus dem Alter war er längst heraus. Er legte seiner Mom einen Arm um die Schultern und führte sie in die Küche. »Ehrlich gesagt ist es ziemlich kompliziert und ich habe keine Ahnung, ob ich das wieder geradebiegen kann. Ich will es zumindest versuchen. Es ist doch in Ordnung, dass ich sie einfach mitgebracht habe?«

Seine Mom drängt ihn, am Tisch Platz zu nehmen und schenkte ihm und sich eine Tasse Kaffee aus der stets gefüllten Thermoskanne ein. »Natürlich ist es in Ordnung«, antwortete sie, lehnte sich rücklings an die Arbeitsplatte der Küche und rührte gedankenverloren Zucker in den Kaffee. »Ich weiß, was ich ihr zu verdanken habe, und sie wird in diesem Haus immer willkommen sein. Aber ehrlich gesagt sah sie nicht so aus, als würde sie sich damit wohlfühlen, hier zu sein.«

Gerald nahm einen schnellen Schluck und stand auf. »Und genau das will ich ändern«, murmelte er und hauchte seiner Mom im Vorübergehen einen dankbaren Kuss auf die Wange.

Als er nach oben kam, redete Joyce immer noch auf Julie ein. Gerald hielt an der angelehnten Tür seines Zimmers inne und lauschte. Ob Julie in der Zwischenzeit überhaupt zu Wort gekommen war?

»Da fällt mir ein, dass Gerald bei dir schlafen muss. Manchmal schnarcht er so laut, dass ich ihn sogar bis in mein Zimmer hören kann. Der Weihnachtsmann bekommt bestimmt Angst, wenn Gerald auf dem Sofa schläft«, sagte Joyce besorgt. Julie lachte leise und erklärte ihr, dass der Weihnachtsmann vor nichts Angst habe. Dennoch bestand Joyce darauf, dass Gerald bei ihr im Zimmer schlafen musste.

»Ich habe die perfekte Lösung«, platzte Gerald dazwischen und erklärte Joyce, wo er schlafen würde. Zufrieden zog sie ab, um ihre Glitzerrentiere herzurichten. Julie sah ihr erleichtert hinterher. »Die Kleine weiß was sie will«, murmelte sie anerkennend.

»Ich hoffe, sie hat dich nicht in Verlegenheit gebracht. Mom weiß jetzt jedenfalls Bescheid, und sie freut sich, dass du hier bist.« Er zuckte verlegen mit den Schultern. Warum fühlte er sich plötzlich so befangen? Beinahe die ganze Fahrt über hatte er sie im Arm gehalten. Erst als sie aufgewacht war, hatte er sie losgelassen. Doch sie in seinem Zimmer zu haben war seltsam. Es war ungewohnt intim in einem Moment, in dem sie ihn offensichtlich auf Abstand haben wollte. Sie drehte ihm den Rücken zu und besah sich die Bücher und Fotografien in seinem Regal.

»Ich weiß, es ist komisch für dich«, sagte Gerald und trat näher an sie heran. »Aber komm bitte mit mir nach unten und gib ihnen eine Chance.« *Gib mir eine Chance, an dich heranzukommen*, ergänzte er in Gedanken. Julie drehte sich zu ihm herum und er trat einen Schritt zurück. Nichts wollte er lieber, als sie wieder im Arm zu halten, aber er nahm sich zusammen und ging ihr zur Tür voraus. Wenn er hartnäckig blieb, würde sie ihm vielleicht sogar nachgeben. Aber das war nicht richtig. Sie musste den Weg zu ihm alleine finden, so wie er seinen Weg hatte finden müssen. Julie hatte ihm den richtigen Anstoß gegeben. Mehr konnte er jetzt auch nicht für sie tun. »Kommst du?«, fragte er leise und wertete es als ein gutes Zeichen, dass sie lächelnd nickte und ihm folgte.

»Also, du hast jetzt die Wahl: Baumschmücken oder Kaffeetrinken.« Sie standen im Gang und deutete auf die sich gegenüberliegenden Türen.

»Bestimmt kann sie einen Kaffee vertragen, oder Julie?«, schritt seine Mom ein und streckte ihren Kopf zur Küchentür heraus, ehe Julie antworten konnte. Sie nickte erleichtert. »Kaffee klingt toll.«

Gerald wollte ihr in die Küche folgen, doch seine Mom hielt ihn an der Tür zurück. »Joyce hat darauf bestanden, mit dem Schmücken auf dich zu warten.« Gerald warf einen zweifelnden Blick auf Julie, die am Tisch Platz nahm und angespannt ihre Hände knetete. »Jetzt geh schon und tu Joyce den Gefallen. Julie und ich kommen schon zurecht.«

Es wiederstrebte ihm zutiefst, Julie mehr oder weniger sich selbst zu überlassen, wo sie sich offensichtlich nicht wohlfühlte. Aber seine Mom hatte recht. Joyce wäre zutiefst enttäuscht. »Ich bin drüben im Wohnzimmer, ja?«, sagte er zu Julie.

Seine Mom schob ihn aus der Tür. »Ich werde sie schon nicht auffressen«, raunte sie ihm amüsiert zu.

* * *

Einerseits war Julie froh, ein paar Minuten Geralds Nähe zu entkommen. Andererseits fühlte sie sich ohne ihn noch unwohler. Seine Mom stellte ihr einen Becher mit schwarzem Kaffee, Milch und Zucker vor die Nase und setzte sich zu ihr.

Julie gab einen Schuss Milch in die Tasse und rührte um. Diese Frau wusste noch nicht mal, wie sie ihren Kaffee trank, und sie störte ihr Weihnachtsfest. Amy hatte sie herzlich begrüßt, aber Julie fühlte sich wie ein Eindringling.

»Danke«, sagte sie. »Hören Sie, Mrs. Turner, es tut mir wirklich leid, so unangemeldet hereinzuplatzen. Gerald hat mich eingeladen und ich habe nicht richtig nachgedacht.«

Amy griff ebenfalls nach der Milch und berührte sie kurz an der Hand. »Ich sagte vorhin schon zu Gerald, dass ich mich wirklich über Ihren Besuch freue. Meinetwegen können Sie bleiben, solange sie wollen.«

Julie nickte. Es gab nur einen Grund für Amy Turner, sie so herzlich aufzunehmen, und dass sie bestens über ihr Verhältnis zu ihrem Sohn Bescheid zu wissen schien verstärkte das Gefühl, dass es das einzig Richtige wäre, nach oben zu gehen, sich ihren Koffer zu holen und wieder zu verschwinden. Doch sie konnte einfach nicht.

»Ich hätte seine Einladung nicht annehmen dürfen. Ich meine, es macht ihm Hoffnung, und ich weiß nicht, ob ich ihm verzeihen kann.« Julie brach ab. Warum erzählte sie seiner Mom überhaupt davon? Vermutlich war sie über ihr Erscheinen so begeistert, weil sie sich für ihren Sohn dieselben Chancen errechnete wie er selbst.

Zu Julies erstaunen schüttelte Amy schmunzelnd den Kopf. »Lassen Sie sich von ihm bloß nicht aus der Ruhe bringen«, riet sie ihr und nahm einen Schluck von ihrem Kaffee. »Gerald ist ein ungeduldiger Mensch. Das war er schon immer«, fuhr sie fort und starrte lächelnd in ihre Tasse, als sehe sie in die Vergangenheit. »Es fällt ihm schwer, eine Vorstellung davon zu haben, wie etwas laufen soll, und aushalten zu müssen, wenn die Dinge dann ihren eigenen Lauf nehmen. So war es wenn er als Kind etwas haben wollte, als er sich am College beworben hat und nach Annas Tod. Er hat es einfach nicht ausgehalten, trauern zu müssen.« Kurz huschte ein dunkler Schatten über ihre Miene. Sie hob den Blick und lächelte Julie nachsichtig zu. »Sie wissen natürlich genau, was Gerald sich von Ihnen erhofft, und ich weiß es auch. Aber diese Sache mit dem Verzeihen ist nicht so einfach. Man kann es sich vornehmen, aber es geschieht erst dann, wenn man es fühlen kann. Lassen Sie sich davon nicht beeinflussen und genießen Sie das Fest.«

Wie konnte Amy nur so gelassen sein? Julie konnte nicht anders, als sie für ihre Stärke zu bewundern. »Sie haben ihm einfach so verziehen«, sagte sie leise.

»Das war nicht schwer, er ist mein Sohn. Und egal was er getan und gesagt hat, ich liebe ihn und werde es immer tun. Das war und ist das Einzige, das für mich Bedeutung hat.« Sie trank ihren Kaffee mit einem Zug leer, stand vom Tisch auf und stellte den Becher in die Spüle. »Was meinen Sie, sollen wir helfen den Baum zu schmücken?« Das Gespräch war damit offensichtlich beendet.

Julie nickte und nahm ihre eigene Tasse mit. Während sie Amy ins Wohnzimmer folgte, fragte sie sich, ob sie nie an Geralds Standhaftigkeit gezweifelt hatte. Ihr fielen die Worte wieder ein, mit denen sie ihn begrüßt hatte – die Sorge, dass er es sich anders überlegt hatte und er doch nicht nach Hause kam. »Darf ich Sie noch etwas fragen?«

Amy blieb im Gang stehen und nickte ihr freundlich zu.

»Haben Sie nie Angst, dass Gerald wieder einknicken und sich dazu entscheiden könnte, dass Davonlaufen der einfachere Weg ist?«, fragte Julie leise. Sie wollte den vergangenen Schmerz dieser Frau nicht wieder aufwühlen, doch sie musste es einfach wissen. Vielleicht könnte sie es dann auch. Vielleicht könnte sie wieder das Beste in Gerald sehen und an ihn glauben, wie sie es damals in Chickaloon getan hatte. Seine Mutter musste ihr nur bestätigen, dass sie es auch sehen konnte.

»Nein, er wird nicht wieder verschwinden, dafür hat er sich zu sehr verändert. Aber natürlich habe ich Angst, dass ihm etwas zustoßen könnte. Ich meine, ich habe Jahre seines Lebens versäumt und weiß, wie es sich anfühlt, ihn zu verlieren oder zu erfahren, dass er einen Unfall hatte.« Julie nickte erschüttert. Trotz der schweren Worte lächelte Amy. »Ich habe aber auch gelernt, nicht zu sehr in die Zukunft sehen zu wollen. So oder so geschehen die Dinge, die geschehen sollen – gute wie schlechte.« Sie legte Julie eine Hand in den Rücken und dirigierte sie ins Wohnzimmer.

Während Julie sich mit der Erklärung, erst noch ihren Kaffee auszutrinken, aufs Sofa zurückzog, beobachtete sie Gerald inmitten seiner Familie. Lachend hob er die fröhlich quiekende Joyce hoch, damit sie den Engel auf die Spitze des Baumes setzen konnte. *Kann es so einfach sein?*, fragte sie sich. Musste sie wie seine Mom einfach nur zulassen, dass sie ihm vergab und darauf hoffen, dass er in Zukunft die richtigen Wege einschlug und sie nicht wieder verletzte? Hatte er den Schmerz hinter sich gelassen, der ihn vorangetrieben hatte?

Die Erkenntnis wühlte Julie auf, aber sie musste sich eingestehen, dass sein durchschaubarer Plan aufging. Ihr wurde es warm ums Herz. Es war bezaubernd, wie er sich Joyce gegenüber verhielt. Wie ein richtiger großer Bruder.

Nach dem Abendessen zog Julie sich zurück. Obwohl sie im Zug geschlafen hatte, war sie völlig erschöpft. Doch kaum, dass sie in Geralds Bett lag und in die Dunkelheit starrte, fühlte sie sich hellwach. Unten im Wohnzimmer saß die Familie noch zusammen, um eine Weihnachtsgeschichte zu lesen. Julie fühlte sich einsam.

Sie schloss die Augen, drehte sich auf die andere Seite und befahl sich zu schlafen. Doch ihre Gedanken wollten einfach nicht stillstehen. Obwohl sie nicht wirklich dazugehörte, fühlte sie sich bei den Turners wohl. Vielleicht lag es aber auch an der Umgebung. Sie hatte nicht viel von Avon gesehen, aber als sie an Geralds Seite vom Busbahnhof zum Turner-Haus gelaufen war, hatte die Ruhe der Kleinstadt ihre überreizten Nerven besänftigt. Sie hatte Großstädte noch nie besonders gemocht. Aber erst jetzt wurde ihr klar, dass der ständige Lärm und die Hektik in den überfüllten Straßen ihr offensichtlich nicht guttaten. New York war ohnehin eine Notlösung gewesen, und vielleicht ging es ihr besser, wenn sie der Stadt den Rücken kehrte.

Julie drehte sich wieder auf die andere Seite und versuchte die Erinnerung an das vergangene Jahr beiseite zu schieben. Sie lauschte durch die Dunkelheit in den Gang hinaus, wo Amy und Dave Joyce gute Nacht sagten. Türen wurden geöffnet und schlossen sich leise klappernd wieder und es wurde wieder still, doch sie war immer noch meilenweit davon entfernt einzuschlafen. Es war, als wäre sie die Stille nicht mehr gewohnt.

Bei den Everetts – der Familie, bei der sie zur Pflege der an Multipler Sklerose erkrankten Großtante angestellt war – war sie ständig auf Abruf. Julie beklagte sich nicht, denn immerhin bezahlte die betuchte Familie sie gut und sie hatte in ihrem Penthouse in bester Lage mitten in Manhattan nicht nur ein luxuriös großes Zimmer, sondern auch noch ein eigenes Bad. Je länger sie jedoch in New York lebte, desto mehr verloren diese materiellen Dinge ihren Reiz. Aber wo sollte sie hin?

Julie seufzte und schaltete die Nachtischlampe an. In der Helligkeit war der Druck einfacher zu ertragen, der sich schwer auf ihre Brust legte. Sie wollte nicht mehr darüber nachdenken, wie ihre Zukunft aussehen würde und wie sie sie gestalten wollte. Schon als sie von Chickaloon nach New York gezogen war, hatte sie diesen Druck in sich gespürt. Dabei versuchte sie einfach wieder einen Platz für sich zu finden, an dem sie Wurzeln schlagen konnte. Doch als sie begriffen hatte, dass sie für Daniel nie mehr empfinden würde als tiefe Freundschaft, war sie wie erstarrt gewesen und unfähig, ihre Sachen zusammenzupacken und weiterzuziehen. Bis jetzt. Es war, als rüttle Gerald und die Erinnerung an schönere Tage sie auf.

Sie schlug die Decke beiseite und schwang die Beine aus dem Bett. Das Weihnachtsfest war mit ihrer Grandma immer besonders gewesen. Sie hatten sich dem kommerziellen Rummel um das Fest verweigert, sich zu Hause vergraben und Stunden lang zusammengesessen, Tee getrunken und sich bis in die Abendstunden über Gott und die Welt unterhalten. Es hatte sich angefühlt, als hüllten sie sich damit in eine Decke aus Besinnung und Liebe. Der zurückhaltend geschmückte Baum der Turners erinnerte sie an sie.

Julie streifte sich ihren Morgenmantel über, den sie nach dem Telefonat mit Tessa wieder eingepackt hatte, und verließ leise das Zimmer. Ihr Bauch kribbelte, als sie sich leise die Treppe hinunterstahl. Es fühlte sich an, als würde sie etwas Verbotenes tun. Dabei wollte sie sich nur ein wenig unter den Baum setzen und sich in seinem festlichen Glanz an die Zeiten mit ihrer Grandma erinnern.

Leise schob sie die angelehnte Wohnzimmertür weiter auf

und trat wie verzaubert auf die Tanne zu, die bis knapp unter die Decke reichte. Die etwas angelaufenen silbernen Kugeln glänzten sanft im Schein der vielen kleine Glühbirnen, die wie Goldsprenkeln auf den Ästen saßen. Sanft strich Julie über das Grün und inhalierte den herben Tannenduft. So roch Weihnachten.

»Ein wunderschöner Baum, nicht wahr?«

Julie zuckte zusammen und wandte sich überrascht nach Gerald um. Er stand am Fenster und Julie konnte nur seine Silhouette erkennen, die sich dunkel gegen das hereinscheinende Licht der Straßenbeleuchtung abhob. »Ja, du hast nicht zu viel versprochen«, antwortete sie und fühlte sich plötzlich verlegen. Es gehörte sich nicht, alleine durch fremde Häuser zu schleichen. »Ich dachte, du wärst ebenfalls schon schlafen gegangen«, erklärte sie Gerald.

»Sollte ich, immerhin habe ich strikte Anweisung von Mom, ihr ganz früh dabei zu helfen, die Geschenke unter den Baum zu legen. Aber ich brauchte noch einen Moment für mich«, antwortete er und wandte sich zum Fenster um. »Es schneit. Unten im Keller gibt es kein Fenster, von dem aus es zu sehen wäre.«

Eine seltsame Stimmung ergriff Besitz von Julie. Sie hatte das Gefühl, als störe sie Gerald. »Ich sollte –«, *schlafen gehen*, wollte sie sagen, doch Gerald unterbrach sie: »Du solltest es dir ansehen. Alles wirkt so friedlich und ruhig, wenn es unter einer frischen Schneedecke begraben ist.«

Langsam trat sie neben Gerald und spähte zum Fenster hinaus. Dicke Flocken schwebten dicht beieinander zur Erde. Es war wirklich einladend, ihnen dabei zuzusehen. Doch vielmehr zog Geralds Anblick sie in seinen Bann. Als Julie zu ihm trat nahm er nicht einmal kurz den Blick von dem Geschehen vor dem Fenster. Der Ausdruck auf seinem Gesicht war weich und gelöst und stand in krassem Gegensatz zu seiner Körperhaltung. Seine Hände hatte er tief in die Hosentaschen vergraben, seine Schultern waren angespannt. Was ging in diesem Mann vor?

Julie blinzelte und sah wieder zum Fenster hinaus, ehe Gerald bemerkte, dass sie ihn anstarrte. Flocke um Flocke wirbelte vom Himmel und Julie wünschte sich, alles könnte so einfach und so rein sein wie dieser Vorgang.

»Woran denkst du?«, fragte Gerald leise.

Aus dem Augenwinkel konnte sie sehen, wie er sich ein wenig bewegte. Nur ganz flüchtig streifte er dabei ihren Arm, doch wie schon im Zug breitete sich ein behaglich und zugleich aufwühlendes Gefühl in ihr aus. Sie verdrängte es. Es war besser, sich zu überlegen, wie sie wieder zur Ruhe kommen konnte, anstatt mit Gerald die Ungewissheit wieder in ihr Leben zu lassen. »Ich denke darüber nach, ob ich nach Kalifornien zurückgehen soll«, antwortete sie ihm leise und presste die Lippen aufeinander. Es war hart, es auszusprechen, denn es bedeutete, dass sie ihm keine Chance geben konnte. Doch es war das Vernünftigste.

»Du fühlst dich in New York nicht besonders wohl?«, fragte Gerald. Julie konnte keinen Vorwurf in seinen Augen finden, als sie ihm einen kurzen Seitenblick zuwarf. Zu ihrer Verwunderung versuchte er nicht, es ihr auszureden, sondern nickte verstehend.

»New York ist einfach nichts für mich«, antwortete sie und schlang ihre Arme um den Oberkörper. Wenn ihre Entscheidung die richtige war, warum fühlte sie sich dann so falsch an? *Liebe ist keine rationale Angelegenheit*, raunte ihr ein gemeines Stimmchen die Worte zu, die sie selbst einmal zu Gerald gesagt hatte. Ihr Herz klopfte schneller. War das der Punkt, auf den ihre Gedanken und Gefühle immer wieder hinauslaufen würden – ohne Wenn und Aber auf die Liebe zu vertrauen? Würde sie nie zur Ruhe kommen, bis sie dem Drängen in sich nachgab?

»Wir sollten schlafen gehen«, durchbrach Gerald ihre Gedanken und strich ihr flüchtig über den Rücken. »Morgen wird ein langer und wahrscheinlich auch ziemlich anstrengender Tag.« Ehe sie etwas erwidern oder ihm eine gute Nacht wünschen konnte, war er verschwunden.

Der Weihnachtsmorgen verlief beinahe so turbulent, wie Julie es erwartet hatte. Als Joyce ins Zimmer gewirbelt kam und sie an der Schulter rüttelte, schlief sie noch tief und fest. »Wach auf, es ist Weihnachten, und Mom sagt, dass wir erst ins Wohnzimmer gehen, wenn alle da sind!«

Julie schlug die Augen auf und blickte direkt in Joyces erwartungsvoll strahlende Augen. Gerne hätte sie sich noch mal umgedreht, anstatt so übereilt aus dem Bett zu springen. Doch sie brachte es nicht über sich, der Kleinen zu sagen, dass ihre Geschenke auch in einer halben Stunde noch unter dem Baum liegen und auf sie warten würden.

»Jetzt mach schon«, drängelte Joyce, als sie aus dem Bett stieg und nach den Klamotten griff, die sie sich auf dem Schreibtischstuhl bereitgelegt hatte. Es war zwar Weihnachten, aber bei der fremden Familie sollte sie sich ordentlich anziehen. Doch Joyces Übermut war ansteckend. Julie schüttelte lachend den Kopf und schnappte sich ihren Morgenmantel, den sie über den Stuhl gehängt hatte.

»Jetzt sind alle da, Mommy!«, rief Joyce, als sie im Eiltempo die Treppe ins Erdgeschoss hinunterfegte. Julie wurde von ihr an der Hand mitgezogen und musste sich sputen, um Schritt zu halten.

»Du hättest ihr aber schon noch Zeit lassen können, sich anzuziehen«, tadelte Amy, als sie grinsend den Kopf aus der Küche streckte. »Andererseits finde ich es viel gemütlicher, sich im Pyjama um den Baum zu versammeln«, ergänzte sie und trat lächelnd in den Gang. Wie Joyce und Julie war auch sie nicht angezogen, was sie für Julie noch sympathischer machte. Dave und Gerald folgten ihr und zusammen gingen sie ins Wohnzimmer. Julies Haut kribbelte angenehm, als Gerald ihr die Hand in den Rücken legte. Vielleicht lag es aber auch an der vor Spannung und Freude aufgeladenen Atmosphäre. Ihr war zwar klar, dass für sie kein Geschenk unter dem Baum liegen würde, aber es fühlte sich schön an, Teil der Zeremonie zu sein.

Im Wohnzimmer zog Julie sich ein wenig vor dem Tumult

um den Baum zurück und genoss es, Joyce und den anderen beim Geschenke auspacken zuzusehen. Wie schon bei ihrer Ankunft hatte sie den Eindruck, dass sie und Gerald sich sehr nahe standen. Julie konnte sich nur darüber wundern, wie er es geschafft hatte, die verlorenen Jahre scheinbar vollständig aufzuholen.

»Schau mal, Gerald, eine Flöte. Jetzt kann ich auch Musikerin werden«, rief Joyce und streckte ein wunderschönes Holzinstrument in die Höhe. Es sah allerdings etwas anders aus als eine gewöhnliche Blockflöte. Sogar auf die Entfernung konnte Julie kunstvoll eingeschnitzte Symbole erkennen. Offiziell stammte sie natürlich vom Weihnachtsmann, aber Julie war sich sicher, dass sie Geralds Geschenk für Joyce war.

»Das ist eine Earthtone Flöte«, erklärte er und ließ sich neben Joyce inmitten eines Haufens aus Geschenkpapier und Schleifenbändern auf dem Boden nieder. »Das hier ist eine nachgebaute, aber ursprünglich stammt sie von den Indianern. Ihre Tonlage ist besonders, denn die Indianer haben sie für spirituelle Anlässe benutzt«, erklärte er ihr und streckte seine Hand nach der Flöte aus. »Darf ich?« Joyce nickte begeistert und übergab ihm das Instrument. Die simple Melodie, die er spielte, war hinreißend, und nicht nur Joyce wurde ruhiger.

»Ich würde vorschlagen, dass wir jetzt eine Kleinigkeit essen und dann hier ein wenig aufräumen. Bis zum Festessen dauert es noch ein Weilchen. Du kannst dann nach dem Frühstück deine neuen Sachen ausprobieren, Joyce«, nutzte Geralds Mom die Gelegenheit, als Gerald die Flöte absetzte. Er gab sie Joyce zurück und sie musterte sie bewundernd, als könne sie es gar nicht fassen, dass sie ein so kostbares Geschenk bekommen hatte.

»Komm, Mom hat recht und du hast nach der Aufregung bestimmt auch Hunger«, sagte Gerald, stand auf und streckte Joyce seine Hand entgegen.

»Kannst du mir auch beibringen, so zu spielen?«, fragte sie, legte die Flöte vorsichtig unter den Baum und ergriff Geralds Hand.

»Es dauert schon, bis man sie richtig spielen kann, und man muss viel üben. Aber ich mache dir einen Vorschlag: Jedes Mal, wenn ich nach Hause komme, bringe ich dir etwas bei, und wenn du fleißig übst, dann wirst du eines Tages die schönsten Lieder spielen können«, sagte Gerald und führte Joyce aus dem Wohnzimmer. Wie hypnotisiert hing sie an seinen Lippen und nickte ernst.

Julie blinzelte, als sie aus ihrem Sichtfeld verschwanden. Sie war völlig auf die beiden konzentriert gewesen und fühlte sich, als würde sie zum zweiten Mal an diesem Tag aus dem Schlaf erwachen. Ein überwältigendes Gefühl machte sich in ihrer Brust breit, aber sie konnte es nicht richtig einordnen.

»Sehen Sie, er wird nicht einfach wieder verschwinden«, sagte Amy, die plötzlich neben ihr stand und sie wissend anlächelte. Julie erwiderte ihr Lächeln. Genau das war es, was sie fühlte und was sie leichter atmen ließ: nicht nur zu wissen, dass Gerald sich verändert hatte, sondern es tief im Herzen zu fühlen.

Während dem Frühstück konnte Julie kaum stillsitzen. Der ganze Weihnachtstag war vollgepackt mit Plänen, wie die Familie ihre Zeit miteinander verbringen wollte. Wie sollte sie sich da ein paar ungestörte Minuten mit Gerald herausschlagen? Aber sie musste dringend mit ihm reden. Der Funken Hoffnung, dass er noch etwas zu ihr sagen könnte, das es ihr ermöglichte, ihm zu verzeihen, glühte heiß in ihrer Brust und sie hielt es kaum aus zu warten. Als sich ihre Wege nach dem Frühstück an der Treppe trennten, um sich in ihren Zimmern anzuziehen, fasste Julie sich ein Herz. »Kannst du nachher hochkommen? Ich würde mich gerne unter vier Augen mit dir unterhalten«, frage sie Gerald. Ihr Herz klopfte so heftig, dass sie meinte, Gerald müsste es hören. Für einen kurzen Moment sah er sie undefinierbar an, dann aber lächelte er und nickte. »Hast du vielleicht Lust, einen kleinen Spaziergang zu machen? Ich wollte zum Friedhof …«

Julie verstand. »In Ordnung«, antwortete sie. Ihr Herz pochte noch heftiger, als sie sich von Gerald abwandte, um nach oben zu gehen. Er hatte Anna am Fest der Liebe nicht vergessen oder die Erinnerung an sie verdrängt. Er hatte es wirklich geschafft.

In Windeseile schlüpfte sie in ihre Jeans und den Strickpullover, bürstete schnell ihr Haar, putzte sich die Zähne und hastete die Treppe hinunter. Sie hatte keine Ahnung, was sie Gerald sagen sollte, aber sie konnte es kaum erwarten. Er stand bereits am Fuß der Treppe und wartete auf sie. Sein Anblick brach Julie das Herz. In seinen Händen hielt er ein geflochtenes Herz aus Weidenzweigen. Auf dem Moos, das darauf befestigt war, thronten kleine, weiße Röschen. Als er Julie ansah, stand all der Schmerz in seinen Augen, den er in Chickaloon für sie in Worte gefasst hatte. Dennoch hatte sie ihn nie in diesem Ausmaß an ihm wahrgenommen. Er hatte gesagt, dass er ihn nie ganz überwinden würde, und Julie begriff, was sie damals von ihm verlangt hatte. Er war nicht stark genug gewesen, den Schmerz wirklich zuzulassen und mit ihm zu leben. Jetzt war er es.

»Hey«, sagte er leise und lächelte. Ein Funkeln stahl sich zurück in seine Augen. Schweigend zogen sie sich an und verließen das Haus. »Worüber wolltest du mit mir reden?«, fragte er, als sie dick eingepackt nebeneinander den Weg zum Friedhof einschlugen.

Julie fühlte sich völlig verwirrt. »Lass uns den Spaziergang genießen und später darüber reden, okay?«

Sie musste erst ihre Gedanken ordnen. Er liebte seine Familie offensichtlich. Das hatte sie bestätigt, damals das Richtige von ihm erwartet zu haben. Aber dieser Schmerz in seinen Augen … Julies Herz krampfte sich zusammen. Plötzlich konnte sie verstehen, warum er damals davongelaufen war. Jedes Mal, wenn er hier war, musste er sich automatisch an die Vergangenheit erinnern. Die Qual musste unvorstellbar groß sein. Ein beklommenes Gefühl breitete sich in ihr aus. Es wäre egoistisch, jetzt mit ihm über ihre durcheinandergeratenen Gefühle zu sprechen.

»Erzähl mir, wie du auf diese schöne Idee mit der Flöte gekommen bist«, forderte sie ihn auf. Sie musste ihre Gedanken auf das Positive konzentrieren, das dabei herausgekommen war.

»Ich wollte Joyce etwas Besonderes schenken, so wie ich es auch bei Anna immer getan habe«, sagte Gerald und sein Blick wurde weich. Julie konnte nur darüber staunen, wieviel Liebe in seinen Worten mitschwang. Liebe für das verstorbene Mädchen und Liebe für die Schwester, die bei ihm war. Wie konnte er das nur aushalten? Er erzählte ihr, dass er durch Zufall im Unterricht auf die Earthtone Flöte gestoßen war und es war ihm als die perfekte Möglichkeit erschienen, Zeit mit Joyce zu verbringen und ihr etwas von sich geben zu können. »Das Instrument habe ich dann in einem Laden für Kunst der Native Americans in Brooklyn gefunden. Die Schnitzerei symbolisiert den Kreislauf des Lebens – geboren werden, lieben und geliebt sein, sterben.« Aus den Augenwinkeln konnte Julie sehen, wie er verlegen lächelte. »Ich weiß, dass es kitschig klingt, aber sie schien mir wie für Joyce und mich gemacht zu sein. Ich meine, was ist das Leben, wenn wir nicht das Beste aus dem Teil zwischen Geburt und Tod machen? Und das will ich tun und auch ihr beibringen.«

Julie erschauderte. Als sie ihn zum ersten Mal gesehen hatte – einen halb verwilderten Holzfäller mit etwas zu langem Haar und Dreitagebart – hatte sie nicht im Traum daran geglaubt, dass so viel Sensibilität in ihm steckte. »Das ist nicht kitschig, sondern ein wundvoller Gedanke«, sagte sie gerührt. Gerald schenkte ihr ein zurückhaltendes Lächeln und nickte in die Richtung einer steinernen Mauer auf der gegenüberliegenden Straßenseite. »Wir sind da.«

Julie folgte ihm zwischen den Gräbern hindurch, bis er vor einem Marmorengel stehen blieb. Gerald legte stumm das Gesteck nieder und faltete die Hände. Julie wusste nicht was sie erwartet hatte, aber sie hatte nicht geglaubt, dass er so beherrscht aussehen würde.

»Kommst du oft her?«, fragte sie nach einiger Zeit leise. Sie war sich nicht sicher, ob sie ihn in seinem Gedenken an Anna stören durfte. Gerald erstaunte sie erneut, als er sie anlächelte und seine Augen strahlten. Es war, als wäre er hier vor Annas Grab ganz bei sich angekommen. »Wenn ich in Avon bin, dann besuche ich immer ihr Grab.«

Ein kleiner Stich durchzuckte Julie. So komplex und vielschichtig Geralds Leben war, so einfach war es letztendlich für ihn gewesen, die einzelnen Teile zusammen zu puzzeln. All ihr Schmerz hätte nicht sein müssen. Gerald schien die Veränderung ihrer Stimmung zu bemerken. »Es war nicht einfach, mich dazu zu überwinden. Als ich zum ersten Mal herkam, hatte ich drei ziemlich heftige Wochen hinter mir. Es hat gedauert, bis ich kapiert habe, dass ich auf meinem Weg nicht mehr aus dem Loch herauskomme, in das ich gefallen war, als ich mit dem Weglaufen aufgehört habe. Ich habe eine Therapie angefangen, aber auch das hat mir nicht gegen die Panikattacken geholfen, die ich plötzlich bekommen habe. Es war der letzte Ausweg herzukommen.«

Julie starrte auf ihre ebenfalls gefalteten Hände und versuchte zu verarbeiten, was er da sagte. Ihr Herz begann zu rasen. »Du bist nicht direkt aus Alaska hierher gegangen?«

Gerald schüttelte den Kopf und Julie hatte das Gefühl, zu fallen. Es war, als explodiere dieser kleine Funken Hoffnung in ihrem Herzen, der seit sie Gerald wiedergetroffen hatte leise vor sich dahinglomm. Er entzündete einen Flächenbrand in ihr. Plötzlich machte alles Sinn. »Du hast den Weg alleine finden müssen. Mit mir wäre dir das niemals gelungen. Ich war dein Schutzschild gegen den Schmerz, aber ohne mich bist du am Tiefpunkt angekommen und musstest dich bewegen.« Alles um sie herum begann sich zu drehen. Sein Verrat schmerzte immer noch. Aber er hatte ihn auch zu dem Mann werden lassen, der jetzt neben ihr stand. Es war nicht recht, ihm vorzuwerfen, dass er sie verlassen hatte. Und er hatte wiederkommen wollen und nicht aufgehört nach ihr zu suchen. »Gerald, ich … es tut mir leid«, stammelte sie aufgewühlt.

Die Dunkelheit, die sie seit jenen Tagen in Chickaloon begleitete, wich und sie fühlte die Sonne in sich aufgehen. Julie musste lächeln. So also fühlte sich Vergebung an.

»Es gibt nichts, das dir leidtun muss«, sagte Gerald leise und ergriff ihre Hand. »Ich verstehe, dass du zurück nach Kalifornien gehen willst. Du hast bestimmt noch Freundinnen dort. Ich wollte nur, dass du weißt, ja dass du richtig begreifst was du für mich getan hast. Ich werde dir das nie vergessen, Julie, und ich werde dich immer lieben.«

* * *

Julies Brust hob und senkte sich unter ihren schnellen Atemzügen. Gerald bereute bereits, ihr von der Zeit in Colorado Springs erzählt zu haben. Er wollte sie nicht verwirren, doch jetzt sah sie völlig durcheinander aus. »Nein«, erwiderte sie und schüttelte heftig den Kopf. Sie lachte leise und drückte seine Hand. »Ich habe es in Chickaloon ohne dich einfach nicht ausgehalten.« Kurz huschte ein Schatten über ihre Miene und ihr Lächeln wurde traurig. »Ich wusste, dass es vorbei ist. Trotzdem habe ich gehofft, dass ich mich täusche. Ich konnte einfach nicht anders, als auf eine Nachricht von dir warten. Aber als keine kam, war ich völlig fertig. Daniel hat mich nach New York eingeladen und ich habe dich endgültig aufgegeben. Es tut mir leid, Gerald. Ich hätte dich nie aufgeben dürfen«, flüsterte sie und führte seine Hand an ihre Lippen.

Gerald blinzelte verwirrt, als sie sanft die empfindliche Stelle zwischen seinem Daumen und seinem Zeigefinger küsste. Etwas geschah mit Julie, das konnte er ihr ansehen, doch er konnte nicht erfassen was es war. »Ich habe dir nie vorgeworfen, dass du mich aufgegeben hast. Jeder an deiner Stelle hätte dasselbe getan. Ich verstehe es, aber ich konnte dich trotzdem nicht aufgeben.«

Julies Augen schimmerten feucht. Sie nickte tapfer und umklammerte seine Hand noch fester. »Ich habe mich ohne dich so allein gefühlt und dachte, du hättest mir Chickaloon verdorben. Dabei ist es so einfach. Warum begreife ich es erst jetzt?«, murmelte sie mehr sich selbst als Gerald zu und ließ ihren Blick weit über den Friedhof schweifen, als begreife sie erst jetzt, wohin das Schicksal sie geführt hatte.

Gerald zitterte vor Ungeduld. Es lag wieder dieser Zauber in der Luft, den er schon vor einem Jahr gespürt hatte, als er mit Joyce genau an dieser Stelle gestanden hatte. Doch Julie schien so beschäftigt mit sich selbst zu sein, dass sie ihre Gedanken nicht mit ihm teilte. »Und?«, hakte er nach und legte seine Hand an Julies Wange. Als weckte die Berührung sie auf, wandte sie ihm ihren Blick zu. Gerald verschlug es den Atem, als er in ihre Augen sah.

»Es spielt überhaupt keine Rolle, wo ich hingehe. Von Bedeutung ist nur, ob du ebenfalls dort sein wirst«, flüsterte sie.

Geralds Herz klopfte schneller. Es war Liebe, was er in ihrem Blick sehen konnte. Er ergriff auch ihre andere Hand und zog sie enger an sich. »Wenn du es willst, dann werde ich dort sein.« Julie seufzte leise. Sie lehnte sich an ihn und schmiegte den Kopf an seine Schulter. Gerald legte vorsichtig die Arme um sie, als könne sie plötzlich verschwinden oder zur Besinnung kommen, wenn er zu forsch vorging.

»Egal wo, ich will, dass du bei mir bleibst. Bei dir bin ich zu Hause«, flüsterte Julie.

Es war, als würde es mitten im Winter Sommer, so wie Julie ihm in diesem November in Alaska die Sonne zurück in sein Leben gebracht hatte. Es war ein stiller Moment und doch barg er so viel Tiefe in sich, dass Gerald bis in den letzten Winkel seines Herzens erschauderte. »Ich verspreche dir, dass ich dich nie wieder alleine lassen werde«, sagte er rau und neigte seinen Kopf.

Julie lachte leiste und Gerald konnte ihren Atem auf seinem Gesicht spüren. »Dann bleiben wir also in New York?«, fragte sie.

Gerald nickte feierlich. »Das ist perfekt. Nur deinetwegen habe ich es dorthin geschafft.« Er schloss die Augen und überbrückte die wenigen Zentimeter, die seine Lippen noch von

Julies trennten. Genau so hatte es kommen sollen, schoss ihm durch den Kopf, als sich ihre Lippen trafen und zu einem sanften Kuss verschmolzen. Er war am Ende seines langen Weges angekommen, und nun begann endlich das richtige Leben.

Epilog

»Wir hätten ein Taxi nehmen sollen«, klagte Julie und zerrte an ihrem Rollkoffer, um ihn über eine Unebenheit auf dem Gehsteig zu hieven. Gerald nahm ihr den Griff aus der Hand und übernahm das für sie. Er musste grinsen. »Für die paar Meter vom Busbahnhof? Wir sind doch gleich da.« Er nickte auffordernd nach vorne und zerrte Julies Koffer weiter. Insgeheim gab er ihr jedoch recht. Das Teil war schwerer als es aussah und ergab zusammen mit seiner Reisetasche, die er geschultert hatte, ein ordentliches Gewicht. »Oder wir hätten Wills Einladung annehmen, auf der Farm übernachten und erst morgen weiterreisen sollen«, ergänzte er Julies Gedanken schnaufend. Aber er hatte es nicht erwarten können.

Julie holte zu ihm auf und funkelte ihn triumphierend an. »Ich sagte dir doch gleich, dass die Hochzeit anstrengend wird.«

Gerald verdrehte gespielt genervt die Augen. Julie hatte mehrfach versucht ihn zu überzeugen, dass es klüger wäre, sich von Wills und Colbies Hochzeitsfeier zu erholen, ehe sie nach Avon erst mit dem Flugzeug und dann mit dem Bus weiterreisten. Gerald würde einen Großteil seiner Semesterferien und Julie einen zweiwöchigen Urlaub dort verbringen. Ein verlorener Tag hätte unter normalen Umständen wirklich kein Problem dargestellt, aber die Umstände waren nicht normal. Julie ahnte zwar noch nichts davon, aber am Ende ihrer Reise erwartete sie eine Überraschung.

»Wir sind gleich da«, wiederholte er und beschleunigte mit klopfendem Herzen seine Schritte und bog in die Straße seines Elternhauses ein.

»Gott, freue ich mich auf eine Dusche und ein kuscheliges Bett. Wage es ja nicht, mich morgen vor zehn zu wecken«, murrte Julie, die wieder etwas zurückblieb und beinahe in Gerald hineinlief, als er unvermittelt stehen blieb. »Was ist?«

»Wir sind da«, antwortete Gerald und lächelte Julie im Schein der Straßenbeleuchtung zu. Julie zog verwirrt die Nase kraus und musterte das Backsteinhaus mit der efeubewachsenen Fassade. »Ich weiß, es ist lange her, aber findest du nicht auch, dass es ein wenig spät ist, um Penny –« Sie brach ab und sah Gerald überrascht an. »– zu besuchen?«, ergänzte sie leise.

Gerald ergriff zittrig ihre Hand und ließ sich mitten auf dem Gehsteig auf die Knie sinken. Der Moment war wie er es sich vorgestellt hatte. Die Nacht war mild und Julie schien so langsam zu dämmern, dass der Moment besonders war. Ihre Augen glitzerten.

»Julie Barbara Carrow. Du weißt, dass du mich gerettet hast, und ich bin dir dankbar, dass du mir folgen wirst, wohin ich auch gehe. Dennoch möchte ich dich fragen, ob du dein Leben hier mit mir verbringen willst – als meine Frau?«

»Hier? Wie meinst du das?«, frage Julie piepsig und wirkte völlig überrumpelt. Ratlos sah sie zwischen ihm und Pennys Haus hin und her.

Julie liebte Pennys Haus, das wusste Gerald. Es verunsicherte ihn umso mehr, dass sie nicht einfach Ja sagte. Er räusperte sich und neigte verlegen den Kopf zur Seite. »Penny wird es zu mühselig, das Haus zu halten. Sie wird in ein Heim ziehen und hat es mir zum Kauf angeboten.« Als Penny ihn angerufen hatte, war es Gerald erschienen als besiegle sie damit ihren Lebensabend. Aber er fühlte sich auch geehrt, dass sie sich wünschte, er und Julie würden dort wohnen und ihr Haus wieder mit Leben füllen.

»Es ist ein unglaublicher Gedanke, aber wir können uns das nicht leisten, Gerald«, sagte Julie und sah seufzend wieder zum Haus hinüber. Ihre Worte kamen einer kalten Dusche gleich. Gerald fühlte sich plötzlich lächerlich, wie er immer noch vor ihr kniete. »Der Hauskauf scheint mir weniger das Problem zu sein«, murmelte er und stand auf. Julie schlug sich die Hand vor den Mund und sah ihn aus großen Augen an. »Oh mein Gott, es tut mir leid … Natürlich will ich. Ich meine, wir können uns kein Haus leisten, aber das ist völlig egal.« Sie schüttelte ungläubig den Kopf. »Natürlich will ich deine Frau werden«, setzte sie hinterher und lachte und weinte gleichzeitig.

Gerald zog sie zufrieden in seine Arme und küsste sie lang und tief. »Und was sagst du zu dem Haus?«, fragte er ein wenig atemlos, als er sich wieder von ihr löste. Sie breitete die Arme aus und lachte. »Das fragst du mich wirklich? Ich liebe es. Wir hätten jede Menge Platz.« Sie brach ab und zuckte verlegen mit den Schultern. »Ich meine, du könntest dir ein Tonstudio einrichten.«

Gerald musste lächeln. In Momenten wie diesen schien Julie immer noch bedacht darauf zu sein, ihn nicht zu überrumpeln. »Und es gäbe genügend Kinderzimmer«, ergänzte er den Gedanken, den sie anscheinend nicht laut auszusprechen wagte. Julie schmiegte sich wieder in seine Arme und seufzte verträumt. »Es wäre perfekt.«

Gerald nickte zufrieden. Das war die Reaktion, auf die er gehofft hatte. »Dann kaufen wir es«, sagte er schlicht und zog den zierlichen Goldring aus seiner Tasche, den er schon vor Wochen gekauft hatte, kurz nachdem Penny ihn zum ersten Mal angerufen hatte.

»Wir können es nicht kaufen, Gerald. Du steckst noch mitten im Studium und mein Einkommen reicht auch nicht aus, um die Kosten für einen Kredit und die Miete zu bezahlen. Bis du an der Juilliard fertig bist, sollten wir über einen Hauskauf erst gar nicht nachdenken. Es wäre unvernünftig.«

Gerald ignorierte Julies Einspruch, ergriff ihre Hand und streifte ihr den Ring über. »Die besten Dinge im Leben sind nicht rational«, sagte er mit einem Zwinkern und hauchte einen Kuss auf den Ring an Julies Finger. Er passte perfekt. »Mach dir über die Finanzierung keine Gedanken. Penny macht uns einen sehr fairen Kaufpreis. Über die Hälfte kann ich schon von meinem Ersparten bezahlen. Bis wir selbst einziehen können, sind ohnehin noch ein paar Renovierungsarbeiten fällig. Danach könnten wir es auch noch vermieten.« Julies Augen funkelten begeistert und Gerald wusste, dass er sie überzeugt hatte. Ihm war, als würde sich der Kreis damit endgültig schließen.

Nur seiner Arbeit bei der Delloway Tree Company hatte er es zu verdanken, dass er über ein gutes finanzielles Polster verfügte, das er dank seines Stipendiums und der Arbeit in der Bar kaum angerührt hatte. Nur der Arbeit als Holzfäller wegen war er Julie begegnet – der Liebe seines Lebens.

»Lass uns auf die Zukunft anstoßen«, sagte er und zog sie an sich, um sie zu seinem Elternhaus zu führen. »Gleich morgen früh gehen wir zu Penny rüber und sagen ihr zu.« Wehmut trübte die Freude ein wenig. Penny würde sich freuen, aber ihm war, als endete eine Ära, wenn sie ihr Haus verließ, um ihm und Julie Platz zu machen. Aber wenn sie es nicht kauften, würde es ein anderer tun.

»Und?«, fragte seine Mom, die die Haustür aufriss, noch ehe sie klingelten. Natürlich hatte er sie über seine Pläne informiert und sie gefragt, was sie davon hielt, dass er mit Julie ins Nachbarshaus ziehen wollte. Sie war begeistert von der Idee und konnte es anscheinend kaum erwarten, Julies Reaktion darauf zu erfahren.

»Dürfen wir gratulieren?«, fragte auch Dave, der sich neben seiner Mom in die Türöffnung drängte und sie liebevoll an sich zog. Julie hob lächelnd die Hand mit ihrem Verlobungsring, zeigte ihn den beiden und nickte. »Wir werden heiraten, und wir werden Pennys Haus kaufen.«

Seine Mom schoss jubelnd auf sie zu und drückte ihn und Julie gleichzeitig an sich. Dave gesellte sich dazu und klopfte ihm freundschaftlich auf die Schulter.

»Danke«, flüsterte Gerald stumm über die Köpfe seiner Lieben hinweg und schaute zum klaren Nachthimmel auf. Die Sterne funkelten, und er war sich sicher, wenn Anna in irgendeiner Weise noch bei ihnen war, dann lächelte sie jetzt und freute sich über die Leichtigkeit, die ihn und sein Leben erfasst hatte. Vielleicht war sogar sie es, die ihn und Julie an der Hand genommen und sie dorthin geführt hatte, wo sie jetzt standen. Am Anfang einer Zukunft voller Liebe.

Ende